Matthias Aicher
Die Offenbarung der Johanna

Matthias Aicher

Die Offenbarung der Johanna

PIPER

Mehr über unsere Autoren und Bücher:
www.piper.de

Wenn Ihnen dieser Thriller gefallen hat, schreiben Sie uns unter Nennung des Titels »Die Offenbarung der Johanna« an empfehlungen@piper.de, und wir empfehlen Ihnen gerne vergleichbare Bücher.

Alle Personen dieses Romans sind frei erfunden. Ähnlichkeiten mit lebenden oder toten Personen sind rein zufällig.

ISBN 978-3-492-50374-7

Redaktion: Franz Leipold
Covergestaltung: Traumstoff Buchdesign traumstoff.at
Covermotiv: Bilder unter Lizenzierung von Shutterstock.com genutzt

Für Aleister, Püppi, Momo, Lucie und
meine saarländischen Freunde.
You know who you are.

Das Wort stellt die Wirklichkeit nicht dar.
Das Wort ist die Wirklichkeit.

– Philip K. Dick, Zeit aus den Fugen –

If we keep our pride
Though paradise is lost
We will pay the price
But we will not count the cost

– Rush: Bravado –

Woltersweiler, Saarland

Kaisersaal
Samstag, 18:18 Uhr

Wie fühlt man sich, wenn man weiß, dass man in knapp vierzig Minuten sein Heimatdorf in Schutt und Asche legen wird? Wenn man weiß, dass danach nichts mehr so sein wird, wie es war?

Wie fühlt man sich, wenn man weiß, dass am Ende der Nacht nichts bleibt? Außer verbrannter Erde, Blut und Tränen.

Beschissen fühlt man sich, einfach nur beschissen.

Der Backstage-Raum des Kaisersaals ist ein knapp 20 qm großer, in hellen Farben gestrichener, fensterloser Raum, der von zwei Stehlampen erhellt wird. In einer Ecke ein Kühlschrank, gefüllt mit Bier, Weißwein, Wasser, Cola, Orangensaft. Mir schräg gegenüber drei Stufen: der Aufgang zur Bühne. An den Wänden gerahmte Plakate von vergangenen Veranstaltungen. Die Coverbands Prozac und Majkallica. Der Entertainer Horst Weck. Ein Galadinner mit dem Pianisten Frederick Unold. Der über die Grenzen des Saarlands hinaus bekannte Comedian Heinz Becker. Das 25-jährige Jubiläum des Musikantenmuseums Woltersweiler mit der Showband GooGs.

Und natürlich das Plakat, das meine heutige Lesung ankündigt.

Ich sitze rauchend auf dem schwarzen Ledersofa. Vor mir ein Couchtisch, auf dem ein DIN-A4-Blatt mit meiner vorbereiteten Rede liegt, daneben die ausgedruckten 256 Seiten meines neuen Manuskripts.

Ich gieße mir ein Glas Médoc ein. Ein Cru Bourgeois AOC 1993. Aus dem Weinkeller meines Vaters. Die Flasche kostet auf eBay um die 50 Euro. Ein Wein für besondere Anlässe. Ich lasse das Glas kreisen, inhaliere den süßen schweren Duft nach Erde und Holz und frage mich nicht zum ersten Mal in den letzten Monaten, warum ich mir das alles antue. Niemand hat mich dazu gezwungen, weder mein Verlag noch mein Agent, es war ganz allein meine Entscheidung. Es geht nicht um Geld – die Einnahmen der Lesung, abzüglich aller Kosten, werde ich einem Tierheim in der Region spenden – und schon gar nicht um Aufmerksamkeit oder Ruhm; von beidem hatte ich mehr als genug. Das, was heute Abend passieren wird, dient nur einem Zweck: der Wahrheit Genüge zu tun. Und danach werde ich hoffentlich meinen Frieden machen.

Mit Woltersweiler.

Mit dem, was 1988 passiert ist.

Mit meinem Vater.

Und vor allem mit Jakob, meinem Bruder.

Während ich am Wein nippe, nehme ich wie in Trance die Musik aus dem Kaisersaal wahr. Im Moment sind die Stereophonics dran. Danach folgen Steven Wilson, Tangerine Dream, Sigur Ros und Dream The Electric Sheep. Die Playlist habe ich extra für heute Abend zusammengestellt und Klemens, dem Ton- und Lichttechniker des Kaisersaals, per E-Mail geschickt. Sie dauert exakt 60 Minuten und läuft seit 18 Uhr. Der letzte Song kurz vor 19 Uhr wird »Come hell or waters high« von Judie Tzuke sein.

Ich drücke die Kippe im Aschenbecher aus, als es klopft.

»Ja?«

Die Tür öffnet sich einen Spaltbreit, und Katarina, meine blutjunge und wunderhübsche Assistentin, steckt ihren schwarzen Lockenkopf herein. »Hanna? Hast du kurz …?«

»Was gibt's?«

»Dieser …«, sie sieht auf ihr Tablet, »…Willi Stenger, unser Ansprechpartner heute Abend für alle Sachen, die den Kaisersaal betreffen …« Katarina realisiert, dass ich trotz des Rauchverbots geraucht habe, und wirkt kurz irritiert, spart sich aber einen Kommentar; sie will den Star des Abends ja nicht verärgern. Dabei ist der eigentliche Star des Abends jemand anderes – aber das weiß nur ich.

»Er meint, es gebe Stress am Eingang«, fährt sie fort. »Mit 'nem Typ, den du wohl auch kennst.« Sie sieht erneut auf ihr Tablet. »Egon Soboletzki. Und der meinte, dass er dich sprechen will. Persönlich und sofort. Er ist wohl nicht so ganz mit deinen … äh … Sicherheitsmaßnahmen am Eingang einverstanden.«

Mein Spiel, meine Regeln. Und die besagen, dass die Besucher und ihre Taschen am Eingang durchsucht werden. Und Handys abgegeben werden müssen. Auch Alkohol ist nicht erlaubt. Klar, dass jemand wie Soboletzki Stress macht, wenn man von ihm verlangt, sich durchsuchen zu lassen und Handy und Alk abzugeben.

»Kein Problem. Ich kümmere mich darum.«

»Das musst du nicht. Irgendwie kriegen wir das hin«, erwidert Katarina. »Ich wollte nur, dass du weißt …«

»Ich mach das schon«, unterbreche ich sie.

Katarina zieht eine Augenbraue hoch, was bei ihr immer sehr sexy aussieht. »Okay, du bist der Boss«, erwidert sie, wobei sie das »ay« von okay extrem in die Länge zieht. Dann schließt sie die Tür, und ich bin wieder alleine. Der Gedanke, den Kaisersaal zu durchqueren und von alten Schulkameraden, Würdenträgern des Dorfes oder – noch schlimmer – Fans angesprochen zu werden, stresst mich. Doch ich habe keine Wahl. Soboletzki ist eine tickende Zeitbombe, die entschärft werden muss.

Ich öffne die Tür einen Spalt und spähe in den Saal. Die in drei Meter Höhe befindlichen Fenster sind mit schwarzen Stoffbahnen abgehängt, das Licht der drei riesigen Kronleuchter ist gedimmt, fast schon schummrig. Alles ist komplett bestuhlt und schon zur Hälfte besetzt. Der Kaisersaal, ein wunderschöner, renovierter Veranstaltungsort aus dem 19. Jahrhundert mit Natursteinwänden und einer Holzdecke im Wabenstil, bietet Platz für knapp 400 Gäste. Und genau so viele werden heute Abend auch anwesend sein, die Lesung ist seit Wochen ausverkauft.

Die Location habe ich aus drei Gründen ausgewählt: Es gibt nur einen Ausgang. Die Fenster der Toiletten sind vergittert, und die Türen der beiden Notausgänge abschließbar.

Die Schlüssel dafür habe ich.

Im Publikum entdecke ich Birgit Görgen, die Bürgermeisterin von Woltersweiler. Korpulent. Randlose Brille. Kurze glatte Haare. Und sie trägt wie üblich ein Kostüm, das ihr mindestens zwei Nummern zu klein ist. Sie ist seit 2012 im Amt, hat sich souverän mit über 54 Prozent gegen ihre Gegenkandidatin durchgesetzt. In der Schule wurde sie nur *Schmodder-Biggi* genannt, da sie damals nicht wusste, dass man eine laufende Nase auch putzen kann. Ich denke, inzwischen weiß sie, wie es funktioniert. Sie ist in ein angeregtes Gespräch mit Lothar Meyer vertieft, dem glatzköpfigen Vereinsvorsitzenden und Mäzen des SV Woltersweiler, und beugt sich dabei über ihren Mann Roland, der neben ihr sitzt, um sich angemessen mit Meyer austauschen zu können. Roland wirkt genervt und bietet seiner Frau an, mit ihm den Platz zu tauschen, was sich *Schmodder-Biggi* nicht zweimal sagen lässt.

Ich nehme einen letzten Schluck Médoc, stelle das Glas auf den Couchtisch und atme tief durch. Als ich die Tür des Backstage-Raums hinter mir schließe, lächelt mir Katarina aufmunternd zu. Ich mache mich auf den mir endlos erscheinenden Weg zum Ausgang. Versuche, mich unsichtbar zu machen.

Erfolglos.

Alle starren mich an wie ein Alien. Manche lächeln, nicken mir verhalten zu, tuscheln miteinander und sehen mir hinterher. Ich weiß, dass sie mir hinterhersehen, ich kann ihre Blicke in meinem Rücken spüren. Dennoch spricht mich keiner an, auch wenn auffallend viele Anwesende diverse Jules-Wunderlich-Romane dabeihaben, die sie wahrscheinlich unterschrieben haben wollen. Von einer Signierstunde vor oder nach der Lesung war aber nie die Rede.

Was mir auffällt: Keiner der Gäste scheint einen meiner beiden letzten Romane, in denen Jules *nicht* vorkommt, dabeizuhaben.

Erbse, mein Caterer, und sein Team füllen am bereits eröffneten Buffet an der Längsseite des Saals Getränke nach. Als er mich entdeckt, wandern seine Augenbrauen in die Höhe.

»Chefin mal in schick«, frotzelt er. »Det ick ditt noch erlebn darf.«

Er meint meine neuen Jeans, die Pumps, die frisch gebügelte weiße Bluse und die brandneue braune Lederjacke. Nicht gerade mein Standard-Outfit.

»Ich hasse es«, grummele ich. »Und das weißt du.«

»Weeß ick, steht dir trotzdem.«

»Alles in Ordnung bei euch?«

»Allet schick, allet im Griff, allet entspannt«, antwortet er. »Mach dir keen Kopp.«

»Mach ich mir nicht. Jedenfalls nicht wegen des Buffets.«

»Du rockst dit, hundertpro«, sagt Erbse lächelnd.

Genau wie meine Security-Leute habe ich ihn und seine Crew aus Berlin kommen lassen. Bei so einem Ereignis will ich nicht von lokalen Teams abhängig sein. Heute Abend muss alles nach Plan laufen.

Aus den Augenwinkeln sehe ich, wie mein alter Schulkamerad Manfred Haag, der Dorfarzt von Woltersweiler, seinen Platz einnimmt. Bei ihm seine Frau Anita. Immer noch genau so sexy und charismatisch wie früher. Alle – nicht nur die Jungs – waren damals hoffnungslos in Anita verknallt. Doch nur einer bekam sie: Manfred. Die beiden sind seit 1988 zusammen. Er war seinerzeit der erfolgreiche und beliebte Mittelstürmer des SV Woltersweiler, sie die Tochter eines Lehrerpaares. Kurz vor Vertragsabschluss mit einem Regionalligaverein erlitt Manfred Ende der 1980er-Jahre eine schwere Knieverletzung, die seine Karriere beendete; daraufhin studierte er nach dem Abitur Medizin. Anita, heute Lehrerin an der Grundschule von Woltersweiler, war immer an seiner Seite.

Bevor die Haags mich entdecken können, verabschiede ich mich von Erbse.

»Wird schon schiefgehen«, versuche ich mich an einem Lächeln und gehe weiter in Richtung der beiden – noch – offenen Flügeltüren, hinter denen sich der Garderobenbereich befindet; daran schließt sich der eigentliche Eingang an, bei dem Soboletzki Stress macht.

Plötzlich tippt mir jemand auf die Schulter. Ich drehe mich erschrocken um.

Schmodder-Biggi, die Bürgermeisterin.

»Hanna, entschuldige, aber ich muss dir unbedingt jemanden vorstellen.«

»Sorry, Biggi, aber ich ...«

»Entspann dich, dauert keine zwei Minuten«, duldet sie keinen Widerspruch. Spätestens jetzt wird mir bewusst, dass es ein Fehler war, den Backstage-Raum vor der Lesung zu verlassen.

Birgit blickt über die Schulter. »Arnie?«

Sie winkt ihrem Assistenten zu, der zu uns kommt. In seinem Schlepptau Heike Beyer, die Ministerpräsidentin des Saarlands. Bei ihr ein bulliger Leibwächter im Anzug.

»Frau Beyer, darf ich vorstellen: Johanna Krämer, die berühmteste Tochter unseres Dorfes.«

»Frau Krämer. Es ist mir eine Ehre, heute Abend hier zu sein«, sagt Heike Beyer. Ich schüttele Hände mit ihr. Sie sieht gut aus. Modische Kurzhaarfrisur. Bezauberndes Lächeln. »Das ist ihre erste Lesung überhaupt. Und das in Woltersweiler, ihrem Heimatort. Was für ein Ereignis für Woltersweiler und das Saarland«, erklärt Birgit.

Dass ich mir ausgerechnet Woltersweiler, das Kaff, in dem ich aufgewachsen bin, und nicht Berlin, Frankfurt oder München als Ort für meine erste Lesung ausgesucht habe, war nicht nur für Birgit und die Ministerpräsidentin eine Sensation. Ich habe meinen Geburtsort 1988 verlassen und nicht vorgehabt, jemals wieder zurückzukommen. Und schon gar nicht, um eine Lesung abzuhalten. Denn wie allgemein bekannt ist, hasse ich Menschenmassen und weigere mich hartnäckig, öffentlich zu lesen und das Entertainer-Äffchen zu spielen. Ich bin Schriftstellerin, kein Rockstar oder Comedian. Bei meinem ersten Jules-Wunderlich-Roman *Underdog* gab es richtig Stress mit meinem Agenten und dem

Verlag, da ich für das Buch keinerlei Interviews geben und schon gar nicht auf Lesereise gehen wollte. Aber letztlich konnte ich mich durchsetzen. Und der Roman wurde überraschenderweise auch ohne Lesungen und Interviews ein Bestseller. Im Nachhinein war es aus Sicht des Verlags sogar die richtige Entscheidung, mich nicht ins Rampenlicht zu zerren, denn dadurch umgab mich eine Aura des Geheimnisvollen und Mysteriösen. Und das allein aufgrund meiner Weigerung, mich nicht in der Öffentlichkeit zum Idioten zu machen. Was für ein Schwachsinn! An mir ist nichts geheimnisvoll und schon gar nicht mysteriös. Ich denke mir Geschichten aus, das ist alles. Der Rest ist Marketing, Image und PR-Quatsch, allerdings zu meinem Vorteil. Denn ich lebe seit mittlerweile über zehn Jahren vom Schreiben. Vier Kriminalromane mit meiner Protagonistin Juliana »Jules« Wunderlich, der durchgeknallten, »etwas anderen« Kommissarin mit den Modelmaßen, die alle Bestseller wurden, und zwei, na ja, eher nicht so erfolgreiche Bücher ohne Jules, die vom Publikum ignoriert und vom Feuilleton zerrissen wurden. Klar, dass alle nach einem fünften Jules-Wunderlich-Roman schreien.

»... bin sehr gespannt, was uns heute Abend erwarten wird«, dringen die Worte der Ministerpräsidentin wieder an mein Ohr. Ich lächle. Nicke mechanisch.

»Hanna und ich waren ja zusammen in der Grundschule«, mischt sich Birgit ein. »Weißt du noch, Hanna, wie Frau Scherer dich ...«

»Ich muss noch was erledigen, bevor es losgeht«, unterbreche ich. »Sorry.«

»Kein Ding, wir wollten dich nicht aufhalten«, erwidert Biggi angefressen.

»Viel Erfolg«, wünscht mir die Ministerpräsidentin. Ich

nicke ihr knapp zu und eile weiter. Checke mein Handy. 18:37 Uhr.

Als ich endlich im Garderobenbereich ankomme, kann ich Soboletzki schon brüllen hören: »... mir scheißegal, was du davon hältst, du Clown! Ich lass mich nicht durchsuchen! Geht das in dein verficktes Spastihirn rein, du Penner?«

Ich drängele mich zwischen den Gästen nach draußen. Die tief stehende Sonne lässt mich blinzeln und ist ein Schock nach dem Halbdunkel, das im Saal herrscht. Soboletzki, eine halb volle Bierflasche in der Hand und schon sichtlich angetrunken, steht Herry, dem Chef meiner Security, gegenüber.

»Ich will die Kuh sprechen! Jetzt! Hast du das kapiert, du Affe?«

Herry hat die Arme vor der breiten Brust verschränkt und lässt sich keine Reaktion anmerken. Wenn Soboletzki wüsste, dass er gerade Herry Beer beschimpft, auch bekannt als »Der Bär«, den Präsidenten des legendären, berühmt berüchtigten Berliner Motorradclubs »Demons«, würde er sich wahrscheinlich in seiner Wortwahl zügeln. Und Sicherheitsabstand halten. Oder auch nicht. Soboletzki war schon immer eine total durchgeknallte Scheißhausratte ohne Rücksicht auf Verluste, ohne Rücksicht auf sich selbst und andere. Herry ist heute Abend Chef meiner Security. Zum Glück für Soboletzki, denn in seinem Job als Security-Mann und Türsteher ist Herry einfach nur souverän. Niemand kann ihn provozieren, nichts bringt ihn aus der Fassung. Genau deshalb habe ich ihn und drei seiner Clubmitglieder – Mike, Lusche und Tier – für heute Abend engagiert. Wäre Herry heute als Privatperson oder in seiner Funktion als Präsident der »Demons« unterwegs, läge Soboletzki schon längst mit ausgekugelter Schulter oder gebrochenem Kiefer am Boden. Oder mit beidem.

»Hier ist *die Kuh*, Soboletzki«, mache ich auf mich aufmerksam, wobei ich versuche, cool und entspannt zu bleiben, was mir angesichts der Tatsache, dass mir noch knapp zwanzig Minuten bis zur Lesung bleiben, ziemlich schwerfällt. »Wie kann sie dir behilflich sein?«

Soboletzki sieht überrascht von Herry zu mir und ist kurz sprachlos. Aber wirklich nur kurz. »Was soll'n der Scheiß, Krämer?«, blafft er. »Was wird das hier? Die Kaiserkrönung oder was? Ich lass mich nicht durchsuchen! Und mein Handy geb ich auch nicht ab. Und mein Bier schon gar nicht. Ich glaub, es hackt!«

Ich blicke kurz zu Herry. Zusammen mit Mike durchsucht er die Taschen weiterer Besucher. Lusche und Tier halten in einiger Entfernung ein TV-Team sowie mehrere Fotografen und Pressevertreter auf Abstand. Die Besucher am Eingang geben sich sichtlich Mühe, Soboletzki, mich und die brenzlige Situation zu ignorieren, was ihnen natürlich nicht gelingt.

»Tja, dann kommst du nicht rein«, sage ich so sachlich wie möglich und sehe zu meinen alten Schulkameraden, den Webers. Ralf und seine Frau Susanne. Die Clintons des Saarlands. Die Aufsteiger. Die Macher. Und Soboletzki von Anfang an immer an ihrer Seite. Wobei er nicht so wirklich der Macher ist, eher der Schläger und *Troublemaker*. Leicht unterbemittelt und leicht reizbar. Schnell mit den Fäusten, eher langsam im Denken. Offiziell Assistent der Webers, inoffiziell eher ihr Bodyguard. Der Mann fürs Grobe. Das dritte Rad am Wagen. Aber den Webers gegenüber immer loyal und treu.

Ich nicke Ralf und Susanne zu. Beide nicken knapp zurück. Und beiden ist Soboletzkis Auftritt sichtlich unangenehm. Susanne sieht blendend aus. Eine 45-Jährige mit der Figur und der Haut einer 30-Jährigen. Enges schwarzes Kleid, Pumps. Glatte, schulterlange braune Haare. Stylische schwarze Nerdbrille. Bezauberndes Lächeln. Sofern sie mal lächelt. Die perfekte First Lady des Saarlands. Aber nur falls Ralf, der Heike Beyers größter Konkurrent bei den bevorstehenden Landtagswahlen ist, gewinnen sollte. Aktuell deuten aber alle Umfragewerte darauf hin.

»Das ist doch pure Schikane«, meckert Soboletzki weiter. »Wer denkst du, wer du bist, Stotter-Fotze? Die Königin von Deutschland?«

Ich starre Soboletzki an. Im Bruchteil einer Nanosekunde kippt alles. Mein Herz klopft wild im Hals, ich spüre kalten Schweiß im Nacken. Das alles fühlt sich falsch an. Komplett falsch. Ich habe das Gefühl, als wäre es 1984. Als wäre ich wieder das unsichere, schüchterne, pubertierende Mädchen mit ein paar Pfunden zu viel auf den Hüften, das Angst vor Konfrontationen und Konflikten hat und am liebsten wegrennen würde. Dahin, wo es keine Demütigungen, keine verletzenden Sprüche der Schulkameraden, keine Erniedrigungen und keine Albträume gibt. Dahin, wo man keine Außenseiterin ist.

»Wäre es okay für dich, wenn ich …«, erwidere ich und spüre, wie Panik mich befällt und meine Kehle zuschnürt. Ich weiß, ich werde den Satz nicht fehlerfrei beenden. Egal, wie viel Mühe ich mir gebe. Ich werde es nicht schaffen.

»… wenn ich d-d-d-dich durchs-s-s-u-u-u …«

Soboletzki lacht. Laut und kehlig. »Was wolltest du sagen? Ob es okay wäre, wenn du mich durchs-s-s-u-u-uhuhuuhuuu …«

»Wenn ich dich durchsuche!«, presse ich mit letzter Kraft zwischen den Lippen hervor. Der kalte Schweiß rinnt mir inzwischen in Strömen über den Rücken.

»Na, das wird ja ’ne lustige Lesung«, lacht Soboletzki. Ralf zieht ihn weg von mir. »Hör zu, Hanna«, sagt er, »vielleicht kann man ja eine Ausnahme machen.« Er klopft mir jovial auf die Schulter, ignoriert mein Stottern, ignoriert die peinliche Situation. Lächelt dieses Lächeln, für das man ihm am Liebsten eins in die Fresse hauen würde. »Ich bürge für Egon, er ist sauber. Er wird nicht durchsucht, gibt aber sein Handy ab und kann dann rein, okay?«

Ralf Weber, Spitzenkandidat seiner Partei für die anstehende Landtagswahl und das Amt des Ministerpräsidenten. Prototyp des aalglatten, souveränen Politikers. Kurzes blondes Haar, schwarze Prada-Brille, perfekt sitzende enge Jeans, brandneue, hippe Adidas-Turnschuhe, die Ärmel des dunkelblauen Hemdes bis zu den Ellbogen hochgekrempelt, das Jackett lässig über dem Unterarm gelegt. Ein trinkfester, bodenständiger Mann des Volkes, der auf Dorffesten Wahlkampf macht, gleichzeitig aber auch weiß, wie man seine Ellbogen einsetzt und sich bei Parteifreunden und -feinden Respekt verschafft. Und in seinem Gesicht immer dieses arrogant-spöttische »Ihr-könnt-mich-alle-mal, ich-bin-eh-der-Beste«-Lächeln. Optisch erinnert er frappierend an den Ex-Verteidigungsminister Guttenberg, mit dem er auch immer wieder verglichen wurde. Bis zu dem Tag, an dem Guttenberg über seine eigenen Füße bzw. über diverse Skandale stolperte und Ralf es sich verbat, jemals wieder mit »diesem Amateur« – Zitat Ralf Weber – verglichen zu werden. Seinen damals extrem breiten und prollig wirkenden saarländischen Akzent hat er inzwischen vollständig abgelegt. Und jetzt rettet mich dieser schnöselige Politprofi vor der Demütigung, stotternd antworten zu müssen, indem er mir eine Frage stellt, auf die ich nur nicken oder den Kopf schütteln muss.

Ich nicke.

Natürlich nicke ich. Die Vorstellung, einen randalierenden, betrunkenen Soboletzki während der Lesung draußen vor der Tür zu haben, ist keine Option.

»Super, Hanna. Danke!« Ralf tätschelt kurz meinen Rücken, legt dann Soboletzki einen Arm auf die Schulter. »Komm schon, Alter, trink dein Bier aus, gib dein Handy ab und lass uns alle einen netten Abend haben.«

Soboletzki zögert. Susanne greift seinen Arm und zieht ihn zu sich ran. Zischt ihm etwas ins Ohr. Soboletzki starrt sie an. Susanne hält seinem Blick stand. Ein Blick, der keinen Widerspruch duldet. Den hatte sie schon damals im Repertoire. Soboletzki trinkt sein Bier aus, zieht sein Handy aus der Hosentasche und drückt es wortlos Herry in die Hand. »Geht dir jetzt einer ab, Stotter-Fotze?«, blafft Soboletzki, drückt mir seine leere Bierflasche vor die Brust und stampft in den Kaisersaal. Herry legt das Handy zu anderen Handys in eine Plastikbox. Daneben eine weitere Box mit Flachmännern, Taschenmessern, Bierdosen und -flaschen.

»Du weißt ja, wie er ist. Er meint es nicht so«, sagt Susanne entschuldigend.

»Schon klar«, murmele ich, ohne zu stottern – kurze Sätze kriege ich immer irgendwie hin –, und gebe Herry die leere Bierflasche von Soboletzki. Dann wende ich mich eilig ab und gehe zurück in den Kaisersaal. Versuche, meine Panik in den Griff zu bekommen. In meinem Kopf aber nur ein Gedanke, der ganz und gar nicht dazu angetan ist, meine Panik unter Kontrolle zu bringen: Was zum Teufel war das? Wie konnte es passieren, dass das Trauma meiner Kindheit plötzlich wieder präsent ist? Ich habe seit dreißig Jahren nicht mehr gestottert, wieso ausgerechnet heute Abend, bei meiner ersten Lesung? Das Trauma, wegen dem ich mich immer geweigert hatte, öffentlich zu lesen. Das Trauma, von dem ich niemandem erzählen konnte. Ist das Stottern vielleicht nie wirklich weg gewesen und hat die ganze Zeit nur auf einen schwachen Moment gewartet, eine Stresssituation wie die mit Soboletzki, um gnadenlos zuzuschlagen?

Mein Mund ist trocken, mein Puls auf Hundertachtzig und meine Bluse inklusive BH klatschnass. Ich muss mich umziehen. Und mich runterfahren, sonst wird das nichts mit der Lesung. Und ich brauche einen Whisky. Dringend.

Auf dem Weg zurück zum Backstage-Raum entdecke ich meinen Onkel Stefan. Er hat eine Aktentasche auf seinem Schoß und manövriert gerade mithilfe seiner Frau Burgunda, meiner Tante, seinen Rollstuhl an den Rand der ersten Reihe, direkt vor der Bühne. Als er mich sieht, zeigt er mir lächelnd seinen in die Luft gereckten Daumen. Ich lächle bemüht zurück, als ich am Rande des Saals einen kahlköpfigen Mann entdecke. Hackfresse. Vollbart. Speckiger Overall. Kariertes Holzfällerhemd. Cowboystiefel. Cowboyhut. Er lehnt an der Wand, hat die Arme vor der Brust verschränkt und observiert mit glasigem, stumpfem Blick die Gäste.

Adalbert »Adi« Schulz.

Er ist dieses Jahr fünfundfünfzig geworden, lebt alleine auf dem ihm vererbten Messie-Hof seiner Eltern am Rand des Dorfes, hat keine Frau, keine Kinder, keine Verwandten, keinen Schulabschluss. Und den IQ eines 10-Jährigen. Das in Verbindung mit seiner extremen Gewaltbereitschaft war schon damals eine hochexplosive Mischung. Ich hatte gehofft, diesen Scheißkerl nie wiedersehen zu müssen. Er war der Einzige, von dem ich jemals eine aufs Maul bekommen habe. Alle haben von ihm damals aufs Maul bekommen. Ob Mädchen, Junge – scheißegal. Gegen Adi ist Soboletzki ein

Waisenknabe. Adi ist wegen mehrfacher Körperverletzung vorbestraft, säuft den ganzen Tag und macht dann Stress. Meistens im Sportheim, manchmal auch im »Raben«, einer Kneipe in der Nähe des Kaisersaals, oder auf dem Spielplatz. Es gibt Gerüchte, er stehe auf Minderjährige. Geschlecht egal. Aber niemand im Dorf hat die Eier, diese Gerüchte öffentlich zu äußern und ihn damit zu konfrontieren. Weil: Adi ist unberechenbar und zu allem fähig.

Das Eingangsriff von »Flight« von »Dream the electric sheep« reißt mich aus meinen Gedanken. »Flight« ist der vorletzte Song meiner Playlist. Ich habe noch knapp sechs Minuten.

Ich sehe aus den Augenwinkeln, wie Ralf und Susanne die Ministerpräsidentin kreuzen – und sie komplett ignorieren.

Ich eile in Richtung Backstage, vor dem Katarina mit ihrem Tablet steht. Bei ihr Maren Müller-Kaufmann, eine alte Schulkameradin von mir, deren Name aber nicht in Katarinas Liste steht. Aus verständlichen Gründen. Sie war schon damals einfach nur PITA: *Pain in the ass.* Und ist es heute noch. In ihrer Hand ein Exemplar von »Underdog«.

Als ich auftauche, versucht sie mich aufzuhalten. »Hanna, warte! Ich bin's, Maren. Erinnerst du dich? Wir haben damals zusammen bei Frau Nowak …«

»Keine Zeit«, versuche ich sie abzuwimmeln.

»Kannst du nicht schnell …?« Sie hält mir *»Underdog«* hin. »Ich liebe Jules. Sie ist so … anders.«

So wie du nie sein wirst, schießt es mir durch den Kopf.

»Für Maren. Mit einem Herzchen, bitte.«

»Später. Sorry.«

Ihre Mundwinkel sacken in Lichtgeschwindigkeit nach unten. »Ist es wirklich zu viel verlangt, einer alten Schulkameradin schnell eine Unterschrift zu geben? Du bist echt so eine arrogante Diva, unglaublich, das gibt's ja gar nicht!«

»Johanna wird Ihnen das Buch nach der Lesung signieren, versprochen«, versucht Katarina, die Situation zu entspannen.

»Johanna kann mich mal!«, faucht Maren.

»Da stehen noch einige andere vor Ihnen auf der ›Johanna-kann-mich-mal‹-Liste«, erwidert Katarina sachlich. »Also bitte hintanstellen.«

Maren wirft Katarina einen tödlichen Blick zu, dreht sich um und stakst auf ihren High Heels davon. Katarina grinst mich an. Ich versuche mich an einem Lächeln, scheitere grandios und verschwinde im Backstage. Ziehe die Tür hinter mir zu. Schäle mich aus der durchgeschwitzten Lederjacke und werfe sie aufs Sofa. Greife mir meinen zerfledderten Rucksack, der mich schon ewig begleitet. Darin: eine Flasche Whisky. Tomatin. 1988. Viel zu teuer, um ihn einfach runterzustürzen, doch das ist mir im Moment egal. Ich schraube mit zitternden Händen den Verschluss der Flasche ab und gebe mir die Dröhnung. Verschlucke mich. Huste. Glaube kurz, mich übergeben zu müssen. Schnappe nach Luft. Nehme dennoch einen weiteren Schluck und lasse die Flasche wieder in meinem Rucksack verschwinden. Reiße mir die mir am Körper klebende Bluse vom Leib, ebenso den BH. Krame ein Handtuch aus meinem Rucksack und rubbele mich damit ab. Mir ist kotzübel. Ich durchwühle die Vordertasche des Rucksacks nach meinem Deo, finde und benutze es. Will mir meine Wechselbluse und den Ersatz-BH rausnehmen und halte plötzlich ein dunkelblaues T-Shirt in der Hand. Bedruckt mit einem verblassten roten Y auf gelben Grund.

Das YPS-Logo.

Das Shirt meines Bruders Jakob. Sein damaliges Lieblingsshirt. Mir war nicht bewusst, dass ich es eingepackt hatte. Größe L. Damals nicht meine Größe, aber inzwischen könnte es passen. Ohne lange zu überlegen, ziehe ich es an. Es passt. Ich beschließe spontan, meine High Heels gegen meine geliebten Turnschuhe zu tauschen und auf die neue Lederjacke zu verzichten. Keine Ahnung, was mich zu der Annahme verleitet hat, ich müsste heute Abend irgendwelchen Erwartungen gerecht werden und *schick* aussehen. Zumal ich mit meiner Lesung heute Abend sowieso sämtliche Erwartungen zerstören werde.

Aus den Boxen des Kaisersaals erklingt das Piano-Intro von »Come hell or waters high« von »Judie Tzuke«.

Der letzte Song meiner Playlist.

Ich schließe die Augen.

Wenn ich gläubig wäre, würde ich jetzt beten.

Beten, dass ich nicht stottere.

Beten, dass alles so läuft wie geplant.

Beten, dass die Wahrheit stärker ist als die Lüge.

Aber ich bin nicht gläubig. Jedenfalls nicht im Sinne der katholischen Kirche. Obwohl wir beide im gleichen Business tätig sind: Geschichten erfinden.

Ich greife mir den Rucksack mit dem Whisky, das Blatt mit meiner Rede und das ausgedruckte Manuskript und betrete die Bühne. Der Vorhang ist noch zugezogen. Ein Tisch. Ein Stuhl. Ein Mikrofon. Eine Leselampe. Ein einzelner roter Scheinwerferspot. Ein Aschenbecher. Ein leeres Glas. Eine Flasche Mineralwasser. Rechts von mir eine Leinwand, davor ein Diaprojektor. Klemens, der Tontechniker, sitzt unsichtbar fürs Publikum im hinteren Bereich der Bühne an seinem Mischpult, direkt neben dem Aufgang vom Backstage-Raum. Er trinkt ein Bier und schaufelt Kartoffelsalat und Wiener Würstchen in sich rein. Als er mich sieht, wirkt er irgendwie ertappt.

»Frau Krämer. Sorry. Ich hab mir ein Bier aus dem Kühlschrank …«

»Dafür ist der Kühlschrank da«, unterbreche ich. »Alles im Griff?«

Er nickt mit vollem Mund. Ich packe meine Unterlagen auf den Tisch. Lehne meinen Rucksack gegen eins der Tischbeine und stelle die Flasche Tomatin auf den Tisch. Setze mich. Rücke mir den Stuhl, das Mikro und die Leselampe zurecht. Gieße mir ein Glas Whisky ein und nehme einen Schluck. Sehe auf mein Handy. 18:58 Uhr. Herry und die Jungs müssten in diesem Moment gerade die Eingangstür schließen. Wer jetzt nicht im Saal ist, kommt nicht mehr rein.

Jetzt gibt es kein Zurück mehr.

Come hell or waters high.

Ich schalte mein Handy stumm, lege es auf den Tisch neben die Kippen, das Feuerzeug und den Aschenbecher. Wische mir mit dem Ärmel von Jakobs Shirt den Schweiß aus der Stirn. Schließe kurz die Augen. Ich bin bereit. Lasset die Spiele beginnen.

Woltersweiler, Saarland

Kaisersaal
Samstag, 19:00 Uhr

Ich sehe über die Schulter zu Klemens.

»Soll ich ausblenden?«, fragt er mit vollem Mund, immer noch seine Wiener mampfend. Ich nicke. Er blendet den Song langsam aus. Es scheint eine Ewigkeit zu dauern, bis der letzte Akkord verklungen ist.

Dann: Stille.

Immer wieder kurzzeitig unterbrochen von Räuspern und Husten im Publikum.

Ich atme tief durch. Ich bin jetzt allein, nur auf mich gestellt, kann mich nicht verstecken. Nicht hinter dem Mikro, nicht hinter meinen Worten. Heute Abend bin ich nackt, ungeschützt, angreifbar, verletzbar, dem Publikum auf Gedeih und Verderb ausgeliefert. Ich muss mich offenbaren und meine Deckung aufgeben. Muss alles offenlegen, muss *mich* offenlegen. Es gibt keinen anderen Weg, um mein Ziel zu erreichen. Vielleicht werde ich am Ende der Nacht für meinen Mut belohnt, vielleicht auch nicht, es gibt keine Garantie.

Für nichts.

Niemals.

Ich sehe erneut zu Klemens, nicke ihm knapp zu. Er

trinkt sein Bier aus, ehe er das Licht der Kronleuchter im Saal auf die kleinste Stufe dimmt.

»Sind Sie soweit?«, fragt er.

Nein, bin ich nicht. Adrenalin strömt immer noch durch meinen Körper, meine Hände zittern, mein Herz rast. Und nein, das ist kein Lampenfieber, das ist pure Panik. Kann ich sicher sein, dass meine Stimme nicht versagt und ich nicht stottere? Nein, kann ich nicht. Alles ist möglich. Aber das werde ich erst wissen, wenn ich zu lesen beginne. Der erste Satz ist der wichtigste. Kriege ich den ohne stottern hin, kriege ich auch den Rest hin.

Hoffe ich.

Was wäre die Alternative? Tja, einfach den Vorhang geschlossen lassen und gehen. Durch den Notausgang, dessen Schlüssel ich ja habe. Mich in mein Mazda-MX5-Cabrio setzen, das am Hinterausgang des Kaisersaals parkt, und direkt zurück nach Berlin fahren. Als wäre ich nie da gewesen.

Ein Gespenst.

Ein Schatten.

Ein Phantom.

Als wäre alles, was im letzten Jahr hier in Woltersweiler passiert ist, nur ein Traum gewesen.

»Frau Krämer?«

Ich zucke erschrocken zusammen.

»Soll ich jetzt?«, fragt Klemens. »Den Vorhang meine ich …«

Ich sehe ihn an, sehe gleichzeitig durch ihn hindurch. Er legt den Kopf schief, weiß nicht, was er davon halten soll.

Scheiß drauf, ich ziehe das jetzt durch. Stottergefahr hin oder her. Die Zeit des Haderns und Zweifelns ist vorbei, jetzt ist die Zeit des Handelns.

Ich nicke Klemens zu. Er betätigt einen Schalter direkt an der Wand hinter seinem Arbeitsplatz. Wie in Zeitlupe gleitet der Vorhang zur Seite.

Ohrenbetäubender Applaus.

Ich nehme einen Schluck Whisky, sehe ins Publikum, zu den Protagonisten meines Romans, den ich gleich lesen werden: Manfred und Anita Haag. Birgit Görgen. Mein Onkel Stefan und meine Tante Burgunda. Egon Soboletzki, Ralf und Susanne Weber. Maren Müller-Kaufmann. Christine und Thomas Allenbach, die Inhaber des »Ochsen«. Günther und Emma Lehberger, die Eltern von Nikki.

Und: Adi.

Ich konzentriere mich auf das Blatt mit meiner Rede. Der Rede, an der ich über eine Woche gefeilt habe, auch wenn sie nur zwei Seiten lang ist.

Der Applaus scheint nicht enden zu wollen, was mich stresst.

Ich nehme einen weiteren Schluck Whisky und konzentriere mich. Wie geplant, gibt es keine Anmoderation, keine Höflichkeits- und Begrüßungsfloskeln, einfach nur der Sprung ins kalte Wasser.

»Die Gerüchte stimmen …«, sage ich langsam und akzentuiert ins Mikrofon.

Ohne zu stottern.

Der Applaus bricht abrupt ab. Nicht einmal ein Räuspern ist jetzt noch zu hören.

»Ich habe im letzten Jahr während meines Aufenthalts in Woltersweiler einen neuen Roman geschrieben.«

Gemurmel. Vereinzeltes Klatschen.

»Und zwar den fünften Jules-Wunderlich-Roman.«

Applaus brandet auf, teilweise sogar Jubel. Nicht wirklich überraschend. Ich habe immer deutlich gemacht, dass es keinen fünften Roman mit der doch recht durchgeknallten Kommissarin aus Frankfurt geben wird. Und das, obwohl sie mir seit vielen Jahren ans Herz gewachsen ist und meinen Lebensunterhalt finanziert. Aber ich war sie einfach leid, hatte das Gefühl, sie sei auserzählt. Tja, das war sie offensichtlich nicht.

»Der Roman heißt *Phantom*«, fahre ich fort, wobei ich mich strikt an das halte, was ich geschrieben habe. Keine Improvisationen, keine Experimente. Dazu habe ich zu wenig Erfahrung mit öffentlichen Auftritten. Meine Worte auf Papier sind heute Abend mein Rettungsanker. Und je mehr ich einfach vom Blatt ablese und je weniger ich über das Thema »Stottern« nachdenke, desto sicherer fühle ich mich.

»In dem Roman kommt Juliana – Jules – zurück in ihr Heimatdorf«, fahre ich fort, »einen kleinen Ort im Saarland, wo sie ihren Vater zu Grabe trägt; danach hat sie vor, das ihr vererbte Haus zu verkaufen. Das Haus, in dem sie mit ihren Eltern und ihrem Bruder Jakob aufgewachsen ist.«

Als ich den Namen Jakob erwähne, geht ein Raunen durch den Saal.

»Doch Jules verkauft das Haus nicht. Stattdessen bleibt sie in ihrem Heimatdorf, denn sie ist auf etwas gestoßen, das alles ändert. Nicht nur für sie, sondern für das ganze Dorf.«

Alle verstehen jetzt, dass Jules' Geschichte meine Geschichte ist. Auch ich bin vor knapp einem Jahr nach jahrzehntelanger Abwesenheit nach Woltersweiler zurückgekommen, um meinen Vater zu Grabe zu tragen und das mir vererbte Haus zu verkaufen. Und wie Jules bin auch ich geblieben. Über ein Jahr.

Ich sehe kurz hoch, versuche Reaktionen im Publikum auszumachen, versuche abzuschätzen, wie die Stimmung ist.

Manche der Besucher tuscheln, haben die Köpfe zusammengesteckt, andere wirken geschockt, wieder andere überrascht.

Ich nippe am Whisky und stecke mir trotz des strikten Rauchverbots eine Kippe an, bevor ich fortfahre. »In dem Roman geht es um die Ereignisse in Woltersweiler vom 28. Mai 1988. Ihr erinnert euch, was damals passiert ist …?«

Alle erinnern sich.

Natürlich tun sie das.

Der 28. Mai 1988 ist im kollektiven Gedächtnis von Woltersweiler eingebrannt.

»Ich werde heute Abend den neuen Roman lesen. Nicht in Auszügen, sondern komplett. Über 200 Seiten. Es wird also eine lange Nacht. Aber für das leibliche Wohl ist gesorgt, wie ihr ja bereits feststellen konntet.«

Gemurmel im Publikum, Getuschel, Unmutsbekundungen.

»Alkohol ist aus nahe liegenden Gründen nicht im Angebot. Das Risiko, dass Einzelne aufgrund ihres übermäßigen Konsums eventuell die *contenance* verlieren, war mir dann doch zu groß. Und an Kandidaten, die für ihren übermäßigen Alkoholkonsum und den damit verbundenen Verlust der *contenance* bekannt sind, mangelt es heute Abend ja wahrlich nicht.«

Vereinzelte Lacher. Doch der Großteil des Publikums schweigt eisig. Keine Zwischenrufe, keine Unmutsbekundungen mehr.

Die kommen nach meinen nächsten Sätzen, ganz sicher.

»Falls jemand während der Lesung gehen will, weil ihm das alles zu lange dauert: Das ist leider nicht möglich. Alle werden bis zum Ende bleiben und sich anhören, was ich zu erzählen habe.«

Wie erwartet, melden sich jetzt die Zwischenrufer zu

Wort. Gemeinsamer Tenor: Das sei eine Frechheit, was ich mir einbilden würde, ich sei wohl komplett verrückt geworden usw.

»Jungs?«, sage ich ins Mikrofon und sehe zum Eingang. Alle Köpfe drehen sich in diese Richtung. Herry und seine Leute kommen von draußen rein. Sie tragen inzwischen ihre schwarzen Kutten, auf deren Rücken das aufgenähte Logo der »Demons« prangt: ein grinsender Totenkopf, flankiert von zwei Pistolen. An ihren Hüften Schlagstöcke. Herry macht die Flügeltüren hinter sich zu und schließt sie ab. Steckt den Schlüssel ein. Stellt sich zusammen mit seinen Jungs vor die Türen. Dann ziehen alle wortlos ihre Schlagstöcke und klatschen diese demonstrativ einige Male in ihre offenen Handflächen.

»Das sind Herry, Mike, Lusche und Tier. Mitglieder der ›Demons‹, einer Bikergang aus Berlin«, erkläre ich. »Sie sind auf meinen Wunsch hin extra heute Abend nach Woltersweiler gekommen. Ich kenne sie von Recherchen zu meinem dritten Jules-Wunderlich-Roman, erschienen unter dem Titel *Loner*. Und deshalb weiß ich auch, dass mit ihnen nicht zu spaßen ist. Aber wenn es einer von euch darauf anlegen will: nur zu. Ich übernehme jedoch keine Verantwortung für die Konsequenzen.«

Beiläufig zeigt Lusche dem Publikum, dass er unter seiner Lederjacke ein Schulterholster trägt. Darin: eine Knarre.

Langsam aber sicher scheint allen zu dämmern, dass heute Abend kein *good clean family entertainment* auf dem Programm steht. Heute Abend geht es ans Eingemachte. Heute Abend wird es hässlich. Heute Abend wird es wehtun.

Allen.

»Es kommt niemand raus und niemand rein. Eure Handys liegen im Garderobenbereich, ihr könnt sie nach der

Lesung wieder an euch nehmen. Aber in den nächsten Stunden wird hier niemand eine SMS schreiben, etwas twittern oder auf Facebook posten. Die Welt bleibt draußen. Genauso wie die Vertreter der Presse. Wir sind unter uns.«

Die meisten der Besucher stecken die Köpfe zusammen und tuscheln aufgeregt. Auch Ralf, Susanne, Soboletzki und die Haags.

»Das ist Freiheitsberaubung! Eine Geiselnahme!« Birgit Görgen ist aufgesprungen und gestikuliert aufgebracht in meine Richtung.

Ich verlasse spontan den sicheren Pfad meiner vorbereiteten Rede, habe aber inzwischen das Gefühl, für die eine oder andere Improvisation bereit zu sein.

»Es ist mir scheißegal, wie du das nennst, Biggi. Keiner kommt hier raus, bis ich den Roman zu Ende gelesen habe.«

Birgit brüllt weiter. »Bist du völlig verrückt geworden, Hanna? Das kannst du nicht bringen! Damit machst du dich …«

»Setz dich, Biggi«, unterbreche ich eisig. »Jetzt. Oder du machst Bekanntschaft mit Herry und seinen Jungs.«

Sie zögert, sieht kurz über die Schulter zu den vier »Demons«. Dann wird sie von ihrem Mann gewaltsam auf ihren Platz zurückgezerrt. »Das wird juristische Konsequenzen haben!«, ruft sie noch in meine Richtung, bevor ihr Mann Roland ihre Hand nimmt und sie damit zum Schweigen bringt.

Ich lese weiter. »Wie bereits erwähnt, geht es in dem Roman um die Ereignisse vom Mai 1988. Genauer gesagt, um den Mord an der damals 18-jährigen Nicola Lehberger.«

Günther und Emma Lehberger, die Eltern von Nikki, sitzen in der zweiten Reihe, direkt hinter meinem Onkel und meiner Tante. Sie wirken angespannt, wissen nicht, was sie heute Abend erwartet. Auch wenn ich zu ihnen Kontakt aufgenommen hatte und sie mir Einsicht in die Tagebücher ihrer Tochter erlaubt hatten. Sie hatten sich nichts dabei gedacht, fühlten sich sogar geschmeichelt, dass sich eine Bestseller-Autorin für das Leben – und Sterben – ihrer Tochter interessierte. Niemand im Dorf hat meine Recherchen im letzten Jahr ernst genommen. Niemand hat geahnt, was ich vorhatte. Alle dachten, ich sei nichts weiter als eine weltfremde, dem Alkohol zugeneigte Autorin, die sich mal wieder eine Geschichte ausdenkt.

Dass ich auf der Suche nach der Wahrheit war, war keinem bewusst.

»Nach fast einem Jahr Recherchearbeit weiß ich jetzt, dass mein Bruder Jakob, der damals als Täter verurteilt wurde, unschuldig war«, fahre ich fort.

Raunen im Saal.

»Ihr erinnert euch doch an Jakob? Wie wurde er damals von euch genannt? *De Mongo*?«

Totenstille im Publikum.

»Jakob hat Nikki nicht umgebracht. Der wahre Mörder befindet sich seit 1988 auf freiem Fuß, er wurde nie wegen seines Verbrechens angeklagt. Er dachte all die Jahre, er würde damit durchkommen. Falsch gedacht. Denn ich weiß inzwischen, wer er ist.«

Ich lasse bewusst eine Pause, damit der nächste Satz besser wirkt.

»Und er ist heute Abend anwesend. Mitten unter uns.«

Mit einem Schlag steigt der Lautstärkepegel des Gemurmels im Publikum.

»Deshalb die Vorsichtsmaßnahmen am Eingang, das Schließen der Türen und die Anwesenheit meiner Security. Der Mörder soll heute Abend keine Chance haben, sich zu verstecken oder wegzulaufen. Heute Abend muss er sich für das, was er getan hat, verantworten.«

Alle im Publikum halten den Atem an.

Ich lege das Blatt mit meiner Rede zur Seite. Drücke die Kippe aus. Nehme einen Schluck Whisky. Ziehe das Manuskript in den Lichtkegel der Leselampe und beginne zu lesen.

JOHANNA KRÄMER

PHANTOM

Juliana Wunderlichs 5. Fall

Kriminalroman

Für Jakob.

Nach einer wahren Begebenheit.

TEIL 1:
STRANGER IN A STRANGE LAND

1

Dunkelgraue Wolken hingen wie ein Leichentuch über dem Friedhof von Woltersweiler. Es sah nach Regen aus. Demnächst würde die recht überschaubare Trauergemeinde von ihren in weiser Voraussicht mitgebrachten Regenschirmen Gebrauch machen müssen. Anwesend waren neben Jules, ihrer Tante Burgunda und ihrem Onkel Stefan nur eine Handvoll ehemaliger Kollegen von Jules' Vater von Bosch, der Vereinsvorsitzende des SV Woltersweiler, ehemalige Schulkameraden mit ihren Frauen sowie die dorfbekannten gelangweilten Rentner mit zu viel Freizeit, die jeder Beerdigung beiwohnten.

Der Sarg wurde in das Grab hinabgelassen, und Jules fühlte … nichts.

Keine Trauer, keine Leere, kein Gefühl des Verlusts.

Nichts.

Ihr schoss eine Textzeile durch den Kopf, sie hätte aber nicht sagen können, um welchen Song es sich handelte.

… let the rain wash away our sins …

Um meine Sünden wegzuwaschen, müsste es schon eine neue Sintflut geben, dachte sie und musste bei dem Gedanken leise kichern. Sie bemerkte, dass Burgunda, eine kleine, rundliche Frau Anfang 70 mit kurzen, dunkelbraun gefärbten Haaren und einer Brille, die nicht nur entfernt an John Lennon erinnerte, ihr einen missbilligenden Blick zuwarf. Sie stand neben dem Rollstuhl ihres Manns Stefan auf der anderen Seite des Grabes.

Jules' Mundwinkel wanderten nach unten; sie senkte den Blick und setzte eine Trauermiene auf. Jules Wunderlichs Version einer Trauermiene. Dennoch schien diese ihre Wirkung nicht zu verfehlen, denn ihre Tante wandte den Blick von ihr ab und starrte wieder gedankenverloren und mitgenommen auf das Grab.

»… hat uns die fürchterliche Nachricht von Werners Tod getroffen und in tiefe Trauer versetzt.« Der Pfarrer machte eine Pause und sah Jules direkt an. »Wir sind bestürzt, Juliana, dass dein Vater so plötzlich und unerwartet von uns gegangen ist.«

Juliana.

Wann hatte sie das letzte Mal jemand Juliana genannt? Ihr Onkel und ihre Tante. Vor zwei Tagen. Bei ihrer Ankunft in Woltersweiler, diesem in Formaldehyd konservierten Organismus, der weder lebte noch tot war. Ein konserviertes Dorf, wie es Tausende in Deutschland gab. Dörfer in Aspik. Aus der Zeit gefallene Dörfer. Anachronistische Dörfer. Dörfer der Vergangenheit. Dörfer ohne Gegenwart und ohne Zukunft.

Jules nickte dem Pfarrer zu. Wenigstens ansatzweise betroffen, wie sie hoffte. Aber eigentlich war es ihr scheißegal, ob sie betroffen wirkte oder nicht. Alles, was sie wollte, war, die Beerdigung so schnell wie möglich hinter sich zu bringen.

»Es ist schwer zu fassen«, fuhr der Pfarrer fort, dessen Namen sie vergessen hatte. »Noch vor wenigen Monaten schien Werner vor Kraft und Elan strotzend und voller Zufriedenheit zu sein und …«

Die Worte des Pfarrers verloren sich in der Ferne. Wie

Jules' Gedanken. Gedanken an das, was vor zwei Monaten in Frankfurt in einem Hinterhof im Bahnhofsviertel passiert war. Gedanken an die Nacht, in der alles aus dem Ruder gelaufen war. Die Nacht, die sie den Job gekostet hatte. Ob nur vorübergehend oder auf Dauer – das war noch nicht abzusehen. Die Entscheidung darüber lag nicht in ihrer Hand. Seit dieser Nacht lebte sie in einem Vakuum und wusste nicht, ob sie jemals wieder als Kommissarin der Mordkommission würde arbeiten dürfen.

»... werden ihn schmerzlich vermissen. Den Menschen Werner und sein besonderes Engagement. Wir werden sein Angedenken immer in liebevoller Erinnerung behalten.«

Sie sah nach links, wo sich die Gräber ihrer Mutter Maria, Burgundas Schwester, und ihres Bruders Jakob befanden.

Burgunda begann zu schluchzen. Dann kamen die Tränen. Sie schien sich gar nicht mehr beruhigen zu können.

Wind kam auf. Jules legte den Kopf in den Nacken. Die Wolken über dem Friedhof waren inzwischen tiefschwarz. Es war nur noch eine Frage von Minuten, bis es regnen würde.

Mach hin, Pfaffe, dachte sie. *Ich habe Hunger, mir ist kalt, und ich brauch 'nen Drink. Dringend.*

* * *

Sie saß mit ihrem Onkel und ihrer Tante an einem Tisch in der hintersten Ecke der Gastwirtschaft »Zum Ochsen«, die um diese Zeit und bei dem Wetter kaum besucht war. Auf Jules' Wunsch fand das Essen nach der Beerdigung ohne weitere Freunde und Bekannte ihres Vaters statt, was bei Stefan und Burgunda verständlicherweise nicht gerade auf Begeisterung gestoßen war. Aber sie mussten zähneknirschend zustimmen, denn als Tochter hatte Jules das Sagen. Und Jules hatte nun mal keine Lust auf Menschen, die sie nicht kannte. Eigentlich hatte sie nie Lust auf Menschen, selbst wenn sie diese kannte.

Ihr Onkel trank Radler, seine Frau ein Hefeweizen und Jules einen Rotwein. Alle drei studierten die Karte. Gut bürgerliche Küche. Natürlich auch mit typisch saarländischen Gerichten: Dibbelabbes. Eierschmeer. Verheiratete. Lyonerkuchen und Lyoner-Fleischsalat. Stubberte. Hoorische. Der »Ochsen« war eine von drei verbliebenen Gaststätten in Woltersweiler. Aktuell gab es nur noch einen Pizza-Lieferservice, betrieben von Albanern, die sich als Italiener ausgaben, und einen Griechen, dessen Inhaber und Angestellte aus Kroatien stammten. Ende der 1980er-Jahre florierte die Kneipen- und Restaurantszene Woltersweilers noch, doch seit Mitte der 90er-Jahre war es steil bergab gegangen. Nicht nur mit dem Umsatz der Gastronomie, sondern mit ganz Woltersweiler. Massig Arbeitslose durch die Insolvenz des größten Arbeitgebers im Umkreis, des Autozulieferers »Klein KG«. Die Jungen fanden keine Arbeit mehr und zogen weg, was Geburtenrückgänge und leer stehende Häuser, Häuser ohne Wert, zur Folge hatte. Die Alten blieben, wurden immer weniger und hatten immer weniger Geld. Eine Abwärtsspirale, typisch für strukturschwache Regionen in ganz Deutschland, nicht nur im Saarland. Alles hatte sich verändert. Nur der »Ochsen« hatte überlebt. Seit Jahrzehnten im Familienbesitz und schon eine Woltersweiler Institution, als Jules noch ein Kind war. Mit Thomas Allenstein und dessen Frau Christine, den Betreibern, die die Gaststätte vor ein paar Jahren von Thomas' Eltern übernommen hatten, hatte sie die Schulbank der Grundschule gedrückt.

Ihr Onkel nahm einen Schluck von seinem Radler und sah Jules an. »Und? Wie geht es jetzt weiter? Was hast du vor?«

Jules zuckte mit den Schultern.

»Heißt das, du weißt es noch nicht?«, hakte Stefan Wunderlich irritiert nach.

»Alles gut«, sagte Jules. »War ein Scherz. Das Haus wird wie geplant verkauft, und dann bin ich wieder weg.«

Um was genau zu tun?, dachte sie. Sie war suspendiert. Sie konnte nichts tun. Außer warten.

»Werner ist nicht einmal eine Stunde unter der Erde, und du machst schon wieder Scherze?«, zischte ihre Tante.

»War ja kein Scherz über meinen Vater«, erwiderte Jules sachlich und blätterte in der Speisekarte. »Was nehmt ihr? Ich denke, ich gönne mir zur Feier des Tages einen Schweinebraten.«

»Früher mochtest du immer Dibbelabbes«, bemerkte Stefan.

»Früher ist vorbei«, erwiderte Jules und klappte die Karte zu.

»Wir haben übrigens zwei Interessenten für das Haus. Bis jetzt haben sie es aber nur von außen gesehen«, sagte ihr Onkel.

»Für wie viel hast du es inseriert?«

»215.000.«

»Nur?«

Ihr Onkel zuckte mit den Schultern. »Die fetten Jahre hier in der Gegend sind vorbei. Schon lange.«

»Ich sag Bescheid, wann sie reinkönnen«, murmelte Jules. »Erst mal muss ich mir einen Überblick verschaffen.«

»Das hast du immer noch nicht?« Burgunda schien von Jules' Versäumnis persönlich beleidigt zu sein »Du bist doch schon seit zwei Tagen hier.«

»Kam nicht dazu«, sagte Jules und schüttete sich den letzten Tropfen aus ihrem Glas in die Kehle, als Thomas

Allenstein, der Besitzer und Koch des »Ochsen«, mit einem Tablett mit Schnäpsen an ihren Tisch kam.

»Obstler. Selbstgebrannt. Gehen aufs Haus.«

Er stieß mit dem kläglichen Rest der Familie Wunderlich an.

Jules und Thomas kippten ihr Glas auf Ex.

»Noch mal mein Beileid«, sagte Thomas.

Jules nickte knapp.

»Ich hätte dich vorhin fast nicht erkannt. Du hast dich echt total verändert.«

Du dich auch, Thomas, dachte Jules. Aber nicht gerade zum Besseren. Geschätzte vierzig Kilo Übergewicht und lichtes bis kein Haar, das er dennoch so frisierte, als hätte er Haare, gereichten keinem Mann Mitte 40 zum Vorteil.

»Steht dir aber echt gut die Frisur«, sagte Thomas. »Und die Farbe.«

Für Jules war es die gefühlte sechste oder siebte Neuerfindung ihrer selbst. Optisch war sie aktuell die Jules-Wunderlich-Version von Claire Underwood, der Frau des Präsidenten aus der Netflix-Serie »House of Cards«: Knallblond gefärbte Haare, angedeuteter Undercut, Seitenscheitel, ausrasierter Nacken. Und innerlich? Wohl eher Daenerys Targaryen, die *mother of dragons* aus »Game of Thrones«. In der Jules-Wunderlich-Version. Ohne Drachen.

»Danke.« Sie reichte Thomas die Speisekarte. »Ich nehme noch einen Rotwein, ein Mineralwasser und den Schweinebraten.« Sie sah ihren Onkel und ihre Tante an.

»Zweimal Stubberte«, murmelte Burgunda, ohne Jules anzusehen, trank ihren Schnaps aus und stellte das leere Glas zurück auf Thomas' Tablett. »Und noch mal drei Obstler.«

Nach dem Essen und einer weiteren Runde Obstler murmelte ihre Tante schluchzend: »Er war ein guter Mensch.

Werner war ein so guter Mensch ...« Sie sah Jules an, deren Miene eine Maske blieb, als sie an ihrem Espresso nippte. Sie konnte nicht beurteilen, ob ihr Vater ein guter Mensch gewesen war. Als sie gerade achtzehn geworden war, hatte er sie nach einem Riesenstreit aus dem Haus geworfen und sich nie wieder mit ihr versöhnt. Sie hatte über die Jahre immer mal wieder versucht, mit ihm in Kontakt zu treten, aber erfolglos. Jeder Versuch der Annäherung wurde durch seine Sturheit und Dickköpfigkeit im Keim erstickt. Selbst die Vermittlung ihrer Mutter hatte nichts gebracht. Jules wusste nichts über ihn. Wusste nicht, was er geträumt, gefühlt, gehofft hatte. Für sie war er ein Fremder geblieben.

»... so ein guter Mensch ...«, schluchzte Burgunda. Stefan Wunderlich legte seiner sichtlich angetrunkenen Frau eine Hand auf den Unterarm. »Ist gut jetzt, Burgunda.«

»Nichts ist gut!«, keifte Burgunda und schlug seine Hand weg. Warf ihrem Mann einen Blick zu, in dem nichts als Verachtung lag. Dann kamen wieder die Tränen. Sie sprang auf und eilte in Richtung Ausgang. Stefan Wunderlich sah entschuldigend zu Jules, die mit den Schultern zuckte.

»Frauen ...«, murmelte er. »Hysterie kommt, Hysterie geht. Mach dir keinen Kopf.«

»Mach ich mir nicht«, erwiderte Jules, wobei sie sich schon wunderte, dass der Tod ihres Vaters ihre Tante emotional so dermaßen aus der Bahn warf.

* * *

Sie hatte ihr Nachtlager auf dem Sofa im Wohnzimmer aufgeschlagen. In ihrem alten Zimmer in der Einliegerwohnung im Keller zu schlafen, hätte sie nicht ertragen. Das riesige Wohnzimmer wurde nur von einer Stehlampe neben dem Kamin erhellt. Der Fernseher, ein massiges Flachbildmonstrum, lief ohne Ton. Sie saß auf dem Perserteppich, auf dem sie schon als kleines Mädchen gespielt hatte, vor dem offenen Kamin. Darin knisterten Holzscheite und verbreiteten eine wohlige Wärme. Neben ihr auf dem Boden ein Aschenbecher und eine Flasche Médoc. Kein Glas, sie trank direkt aus der Flasche. Aus ihrem kleinen Bluetooth-Lautsprecher erklang »Ultraviolence« von Lana del Rey. Perfekte Untermalung für den in den Startlöchern stehenden Herbst.

Rund um den Esstisch stapelten sich an die dreißig Pappkartons mit Unterlagen. Alle nummeriert, sorgfältig beschriftet und nach Themenbereichen sortiert. Ob ihr Vater dafür verantwortlich war oder ihr Onkel, konnte sie nicht sagen. Sie wusste nur, dass ihr Onkel in den Tagen vor ihrer Ankunft im Haus schon einiges geordnet und aufgeräumt hatte. Vermutlich bezog sich das auch auf die Aktenordner in den Kisten. Ihrem Vater, den sie als chaotischen, cholerischen, leicht reizbaren Menschen in Erinnerung hatte, der wegen jeder Kleinigkeit ausrastete, traute sie solch eine Disziplin und Strukturiertheit nicht zu.

Sie ging systematisch alle Unterlagen aus den Kartons durch und versuchte, sich einen Überblick über die Finanzen ihres Vaters zu verschaffen. Hatte er Schulden? War das Haus abbezahlt? Welche Wertanlagen hatte er? Was es definitiv nicht gab: ein Testament. Das hieß, sie würde als Tochter und nächste Verwandte alles erben. Ein spätes Zeichen ihres Vaters der Versöhnung? Er hätte ja auch alles dem Fußballverein vermachen können.

Sie stopfte den Aktenordner mit den Bauplänen und Rechnungen über diverse Renovierungen sowie den Einbau einer neuen Heizung und Küche zurück in den Karton mit der Nummer 10 und griff sich den danebenstehenden. Er trug die Nummer 13. Auf der Seite stand: »Recherche«.

Jules stutzte. *Was für eine Recherche?*, dachte sie. *Handwerkerfirmen, oder was?*

Sie öffnete den Karton. Darin: ein dicker Aktenordner, Fotoalben, Zeitungsausschnitte, Filmnegative, zusammengerollte Poster, mehrere BRAVO-Ausgaben aus den 80er-Jahren, Kuscheltiere und eine zerbrochene, am Nasenbügel mit Klebeband geflickte Brille. Bevor Jules dazu kam, sich näher mit dem Inhalt des Kartons zu beschäftigen, nahm sie ein Geräusch wahr; es kam aus Richtung der Glastür zum Hausflur.

Instinktiv griff sie unter ihre Achsel. Doch da war nichts. Kein Schulterholster. Keine Dienstwaffe.

Sie fühlte sich nackt und hilflos. Ihre Knarre war ihre Lebensversicherung, hatte ihr mehr als einmal das Leben gerettet. Doch nach den Ereignissen im Bahnhofsviertel und den anschließenden Ermittlungen hatte sie sie abgeben müssen. Und ihre – inoffizielle – Ersatzwaffe befand sich in einem Versteck in ihrer Frankfurter Wohnung.

Sie schnappte die so gut wie leere Rotweinflasche am Hals, stand auf, löschte das Licht im Wohnzimmer und drückte sich mit dem Rücken gegen die Wand neben der Glastür zum Flur. Jeden Muskel ihres Körpers angespannt und bereit, zuzuschlagen, spähte sie durch die Milchglasscheibe.

Es war schemenhaft zu erkennen, wie sich die Haustür langsam und wie von Geisterhand öffnete. Dahinter ein Schatten.

Sie riss die Tür zum Flur auf. Die Hand, in der sie die Weinflasche hielt, hoch in der Luft, bereit zuzuschlagen.

Ihr Onkel Stefan, der gerade im Begriff war, sich in seinem Rollstuhl über die Stufe des Eingangs zu wuchten, zuckte erschrocken zusammen.

»Stefan! Spinnst du? Was soll der Scheiß? Kannst du nicht klingeln?«

»Ich ... habe doch ...«, stammelte er und zeigte ihr seinen Hausschlüssel.

»Oh, Mann ...«, stöhnte Jules.

»Entschuldige. Ich wollte nur ...«

»Schon gut«, murmelte Jules, drückte ihrem Onkel die Weinflasche in die Hand, zog seinen Rollstuhl über die Stufe und schob ihn ins Wohnzimmer an den Couchtisch. »Willst du was trinken?«

»Einen Wein würde ich nehmen.«

»Hab nur Roten.«

»Ist in Ordnung.«

Sie ging in die Küche, öffnete eine neue Flasche Médoc und holte ein Weinglas. Goss ihrem Onkel ein. Räumte ihren Schlafsack und die Kissen zur Seite und setzte sich auf die Couch. Stieß mit ihrem Onkel an. Dass sie aus der Flasche trank, schien ihren Onkel sichtlich zu irritieren.

»Gläser sind überbewertet«, meinte Jules schulterzuckend. »Dieser ganze Mythos von wegen Rotwein muss atmen und so. Einen Scheißdreck muss der. Der muss schmecken. Und wirken. Und das tut er.« Sie lachte.

Stefan Wunderlich starrte schweigend auf das Weinglas in seinen Händen.

»Wie geht's Burgunda?«, fragte Jules.

»Nicht so gut. Schläft schon. Hat zu viele Schnäpse getrunken.«

Jules nickte und steckte sich eine Zigarette an. »Die Kartons ... Das warst du, oder?«

»Was meinst du?« Stefan Wunderlich wirkte irritiert.

»Die Beschriftungen, die Nummerierungen, die geordneten Akten und das alles ...«

Stefan Wunderlich schüttelte den kahlen Kopf.

»Das war mein Vater?« Jules konnte es nicht glauben. »Dieser durchgeknallte Chaot?«

»Er war kein Chaot«, erwiderte Stefan Wunderlich leise und ohne seine Nichte anzusehen. »Und schon gar nicht durchgeknallt.« Er nahm einen Schluck Wein und sah nachdenklich vor sich hin. »Aber du hast recht, das mit den Kartons war nicht er. Das war noch deine Mutter. Dein Vater hat sich damit erst nach ihrem Tod beschäftigt.«

Jules schwieg. Ihr Onkel sah zu dem Karton mit der Nummer 13. »Du hast die 13 schon entdeckt, wie ich sehe.«

»Gerade eben«, erwiderte Jules. »So richtig schlau werde ich aber nicht draus. Warum hat Mutter irgendwelchen Kram aus den 80ern aufbewahrt?«

»Es geht um deinen Bruder«, erklärte ihr Onkel.

»Sind das Jakobs Sachen im Karton?«

Ihr Onkel nickte. »Seine Brille. Erinnerst du dich an seine Brille?«

Jules' erster Impuls war es, den Kopf zu schütteln, doch dann flammte plötzlich eine Erinnerung auf, so klar und deutlich, als wären diese Bilder all die Jahre präsent gewesen.

Im ZDF …

… läuft die Hitparade. Gebrüder Blattschuss. »Kreuzberger Nächte«. Ich sitze am Esstisch im Wohnzimmer. Vor mir auf dem Tisch eine Linsensuppe. Ich hasse Linsensuppe und hab sie kaum angerührt. Ich sehe zu Jakob, der sich schreiend, hysterisch keifend und kreischend auf dem Perserteppich wälzt und sich wie ein kleines Kind benimmt, obwohl er schon fast 15 ist. Auf der Nase seine mit Klebeband reparierte Brille. Meine Mutter Maria bei ihm. Auf den Knien. In ihrer Hand eine neue Brille. Sie redet in Engelszungen auf Jakob ein. Bietet ihm die neue Brille an.

Jakob, der sich in Embryohaltung zusammenkrümmt und Mutter den Rücken zudreht. Rotz und Wasser heult.

Mein Vater im Sessel, der stoisch auf den Fernseher starrt, als würde ihn das alles nichts angehen …

»Seine kaputte Brille«, murmelte Jules. »Die er nicht eintauschen wollte, die er irgendwie geliebt hat. Die Brille, ohne die er so gut wie blind war.«

»Genau die«, erwiderte ihr Onkel.

Jules nahm einen Schluck Rotwein. Ihre Gedanken bei ihrem Bruder. Er war sechs Jahre älter als sie. Ein kleines Kind im Körper eines 1,90 Meter großen Mannes.

Wie lange hatte Jules schon nicht mehr an Jakob gedacht? Und an das, was damals passiert war? Zehn Jahre? Zwanzig Jahre? Sie hätte es nicht sagen können. Jakob war ein Geist, ein Schatten aus der Vergangenheit, eine konturlose Gestalt im Nebel.

Ein Phantom.

»Ist das seine Brille? Die im Karton?«

Ihr Onkel nickte. »Da drin ist alles, was von ihm übrig geblieben ist.«

»Wo ist seine Kamera? Er hatte damals doch diese Spiegelreflex zum Geburtstag geschenkt bekommen, oder?«, fragte Jules.

»Eine Canon EOS 850 mit Zoom-Objektiv«, bestätigte ihr Onkel. »1984, zum zwanzigsten Geburtstag. Keine Ahnung, wo die ist.«

»Sonst ist alles da, nur nicht das, was ihm damals das Wichtigste war? Ohne die hat er doch nie das Haus verlassen.«

»Stimmt, das ist seltsam.«

Die beiden schwiegen eine Weile. Dann griff Jules nach

ihrem Smartphone und stoppte Lana del Rey. Ihr war nach Andrea Schroeder und ihrem Album »Void«.

»Hat Mama das alles gesammelt?«, fragte Jules.

Ihr Onkel nickte.

»Wozu?«

»Um sich zu erinnern«, murmelte Stefan Wunderlich. »Wenn man aufhört, sich zu erinnern, ist doch derjenige, der nicht mehr da ist, wirklich tot.«

»Was ist in dem Aktenordner?«, fragte Jules.

»Sieh es dir selbst an.«

Jules nahm den Aktenordner aus dem Karton mit der Nummer 13. Legte ihn auf den Couchtisch und öffnete ihn. Darin eine vergilbte Akte.

Eine Polizeiakte.

Die Akte des Mordfalls »Nicola Lehberger« aus dem Jahr 1988.

Jules war baff. »Woher hatte er die?«

»Von mir«, erwiderte ihr Onkel.

»Und woher hattest du sie?«

»Ich vermute von einem ehemaligen Kollegen. Sie lag irgendwann vor der Haustür, ohne Absender.«

Jules versuchte, ihre Gedanken zu ordnen. »Was zum Teufel wollte mein Vater damit? Beweisen, dass Jakob unschuldig war?«

Stefan Wunderlich nickte.

Jules lachte auf. »Vater war Ingenieur bei Bosch, kein Kommissar.«

»In den Jahren nach seiner Pensionierung und dem Tod deiner Mutter war er definitiv mehr Kommissar als Ingenieur.«

Jules realisierte, dass ihr Onkel es ernst meinte. Todernst. Sie überflog die Akte. Auf fast jeder Seite handschriftliche Anmerkungen. Eine gut lesbare, sehr klare Handschrift.

»Sind das seine Anmerkungen?«

Ihr Onkel nickte. Jules steckte sich eine Zigarette an.

»Hast du noch eine?«, fragte ihr Onkel.

»Ich dachte, du hast aufgehört.«

»Seit über zehn Jahren. Nach dem Autounfall, bei dem ich …« Er brach ab, wirkte kurz in sich versunken. »Aber aktuell habe ich gerade ziemlich Lust auf eine.«

Sie hielt ihm ihr Päckchen hin. Er bediente sich. Sie gab ihm Feuer. Er inhalierte. Hustete. Fluchte.

»Oh, verdammt«, krächzte ihr Onkel und hustete erneut. »Ich bin definitiv außer Übung.«

Jules lachte. »Dann lass es doch einfach.«

»Vielleicht besser …«, murmelte Stefan Wunderlich und drückte die Kippe im Aschenbecher aus. »Lies es dir in Ruhe durch.«

»Ganz sicher nicht«, erwiderte Jules sachlich, klappte die Akte zu und verstaute den Aktenordner wieder in dem Karton mit der Nummer 13. »Was würde das ändern? Nichts, genau. Wir können die Vergangenheit nicht neu schreiben.«

»Dass er Jakob dadurch nicht zurückbekommen würde, war ihm auch klar«, erwiderte ihr Onkel. »Darum ging es ihm auch nicht, es ging ihm um Gerechtigkeit. Und um die Wahrheit. Und irgendwie darum … etwas wiedergutzumachen«, fügte er leise hinzu.

»Und? Hat er was Neues rausgefunden?«

»Das weiß ich nicht, darüber hat er nicht gesprochen«, antwortete ihr Onkel. »Was ich aber weiß: Er hat sich die letzten Jahre *intensiv* damit beschäftigt. Und das macht man nicht ohne Aussicht auf Erfolg.«

»Kann ich nicht beurteilen«, sagte Jules. »Es gibt so viel Bekloppte da draußen, die an irgendetwas glauben. Aber objektiv gesehen ist es meistens nur Bullshit.«

»Hör auf!«, zischte ihr Onkel. »Dein Vater war nicht verrückt!« Er wirkte aufgewühlt und steckte sich die eben ausgedrückte Zigarette wieder an. Inhalierte dieses Mal, ohne zu husten. »Es geht nicht um Werner, dich oder mich, Juliana«, sagte er ernst. »Es geht um Jakob, deinen Bruder, meinen Neffen, Werners Sohn. Er war unschuldig. Und Werner wollte das beweisen.«

»Nach achtundzwanzig Jahren. Klar. Nichts leichter als das.«

»Es war ihm ernst damit«, bekräftigte ihr Onkel und starrte in sein Weinglas. Er schwieg kurz, starrte auf seine Zigarette. »Ich wollte zu der Zeit nichts mehr mit alldem zu tun haben. Doch die Dinge haben sich geändert. Dir würde ich meine Hilfe anbieten. Und ich würde mir wünschen, du nimmst sie an. Ich war damals Teil der Soko, die in dem Mordfall ermittelt hat, wie du weißt.«

»Weiß ich«, erwiderte Jules.

»Und du weißt auch, dass ich ziemlich schnell von dem Fall abgezogen wurde, weil der Tatverdächtige mein Neffe war.«

Jules nickte.

»Wenn jemand beweisen kann, dass Jakob nicht der Mörder von Nicola Lehberger war, dann du und ich. Ich habe das Gefühl, das bin ich meinem Bruder schuldig. Und meinem Neffen.«

»Nicht mein Zirkus, nicht meine Affen, sorry«, erwiderte Jules knapp. »Außerdem ist das Schnee von gestern.

»Aber dein Vater …«

»Das war *sein Projekt*, Stefan«, unterbrach sie, »nicht meins. Die Vergangenheit interessiert mich nicht. Hat sie noch nie. Das, was passiert ist, ist passiert. Wir können nichts daran ändern.«

»Doch, können wir, Juliana«, erwiderte ihr Onkel. »Wir können die Vergangenheit *richtigstellen*. Jakob war kein Mörder. Auch wenn das damals alle geglaubt haben. Und immer noch glauben. Wir können ihn rehabilitieren. Zusammen. Wenn wir an einem Strang ziehen und …«

»Ich zieh mit niemandem an einem Strang«, unterbrach ihn Jules. »Ich bin Einzelkämpferin. War ich schon immer. Solltest du eigentlich wissen.«

»Du bist so …« Stefan Wunderlich schien nach dem richtigen Wort zu suchen. Fand es nicht. Wirkte aufgewühlt. »Ja, hätte ich eigentlich wissen sollen«, murmelte er dann, drückte seine Zigarette aus und stellte sein Glas auf den Couchtisch. »Entschuldige, wenn ich dich damit belästigt habe.«

Jules stand auf, wollte ihn zum Ausgang schieben.

»Ich komme schon klar, danke«, sagte Stefan Wunderlich eisig.

Als Jules wieder alleine war, öffnete sie eine neue Flasche Médoc. Aus dem Weinkeller ihres Vaters, den es 1988, bei ihrem Auszug, noch nicht gegeben hatte. Sie hatte sich gefragt, welchem Zweck er diente. Ihr Vater war kein Weintrinker. Bier war seine Droge. Schon damals. Sollte der Wein so etwas wie eine Wertanlage darstellen? Hatte er vorgehabt, die Flaschen irgendwann zu verkaufen? Hatte er wirklich geglaubt, damit Gewinn zu erzielen?

Und war er wirklich davon überzeugt, die Unschuld seines Sohnes beweisen zu können? 28 Jahre nach der Tat? Nur Mithilfe der damaligen Akte? War er tatsächlich so naiv gewesen zu glauben, dass es so etwas wie Gerechtigkeit und Wahrheit gab? Jules glaubte schon lange nicht mehr an Gerechtigkeit. Oder dass es so etwas wie *die eine* Wahrheit gab. Wahrheit war genauso subjektiv und individuell wie leben. Und sterben. Sie glaubte auch nicht daran, dass sich Menschen ändern konnten. Jeder trug sein Päckchen. Und nahm es mit ins Grab. Man konnte sich nicht in irgendeiner Form finanziell oder emotional absichern. Weder mit teurem Wein, einem Job, einem Haus und schon gar nicht durch eine Ehe oder irgendwelche Versicherungen. Wenn es Zeit war, zu gehen, musste man gehen.

Was blieb? Nichts. Außer einem Haus mit einem Weinkeller, der von einem *stranger in a strange land,* in diesem Fall von ihr, geplündert wurde. Mit dem Ziel, zu vergessen.

* * *

Das Feuer im Kamin war erloschen. Der Regen prasselte gegen die Balkontür. Es dämmerte, wurde aber nicht wirklich hell. Sie saß im Schneidersitz auf dem Perserteppich. Neben ihr auf dem Boden zwei leere Médocflaschen und ein überquellender Aschenbecher. Aus ihrem Bluetooth-Lautsprecher erklang The Cure: »There is no if«.

In ihrer Hand die mehrfach mit Klebeband am Nasenbügel geflickte Brille ihres toten Bruders.

In ihrem Schoß die Akte des Mordes an ihrer damaligen besten Freundin.

Woltersweiler, Saarland

Kaisersaal
Samstag, 19:38 Uhr

Ich sehe ins Publikum. Überall werden Köpfe zusammengesteckt, wird gemurmelt und getuschelt, sich geräuspert. Auch bei den Allensteins, den Besitzern des »Ochsen«. Christine und Thomas sind kreidebleich, können nicht glauben, dass ich im Roman ihre echten Namen verwende. Alle Gäste sind sichtlich schockiert, dass ich nicht mal ansatzweise versuche, die Bewohner von Woltersweiler literarisch zu erhöhen und ihre wahre Identität zu verschleiern. Die Rechtsabteilung meines Verlages wird mich killen, soviel ist klar. Aber das spielt jetzt und hier keine Rolle. Ich musste die echten Namen verwenden, um das zu erreichen, was ich geplant habe.

Ralf, Susanne und Soboletzki haben die Köpfe zusammengesteckt. Sehr wahrscheinliches Thema: Werden wir auch im Roman vorkommen? Mit unseren echten Namen?

Ich sehe zu meinem Onkel und meiner Tante in der ersten Reihe. Burgunda wirkt entsetzt, auch wenn sie wusste, dass sie Teil des Romans sein würde. Mein Onkel hingegen macht einen entspannten Eindruck, lächelt, keine Spur von Schock oder Überraschung.

»Bevor ihr meine Geschichte anzweifelt …«

Ich stelle die Whiskyflasche auf den Boden neben meinen Rucksack. Ich brauche ihn nicht mehr, er hat seinen Zweck erfüllt: meine Nervosität zu bekämpfen. Und mich davon abzuhalten, über das Thema Stottern nachzudenken. Ich muss halbwegs nüchtern bleiben, der Abend hat gerade erst begonnen.

»Eine Kopie der Akte des Mordfalls ist wirklich in meinem Besitz.«

Alles, was ich ab jetzt zwischen den Kapiteln sagen werde, ist improvisiert. Es gibt keine vorbereitete Rede mehr, an der ich mich orientieren könnte. Ab jetzt werde ich mich einfach treiben lassen und darauf hoffen und vertrauen, dass meine Geschichte funktioniert. Aber wenn das Publikum jetzt schon schockiert ist, mag ich mir nicht vorstellen, welche Reaktionen ich hervorrufen werde, wenn es *richtig* zur Sache geht. Es wird hässlich. Richtig hässlich. Aber das muss und werde ich in Kauf nehmen.

»Stefan?« Ich sehe auffordernd zu meinem Onkel.

Er öffnet die Aktentasche in seinem Schoß und holt die Kopie der Akte des Mordfalls hervor. Hält sie hoch, sodass alle Anwesenden sie sehen können.

»Lass sie rumgehen«, sage ich.

Er runzelt die Stirn, zögert.

»Lass alle überprüfen, ob ihre Namen im Zusammenhang mit den Mordermittlungen auftauchen.«

Zögerlich reicht mein Onkel die Unterlagen an seinen Sitznachbarn weiter, der sie direkt weitergibt.

»Aber ich kann euch beruhigen: Es tauchen nicht viele Einwohner aus Woltersweiler darin auf. Weder als Zeugen noch als Verdächtige.«

Ich sehe, wie Susanne Weber mit angewidertem Gesichtsausdruck in der Akte blättert.

»Ich habe die Akte zusammen mit meinem Onkel durchgearbeitet. Wie mein Vater in den letzten beiden Jahren seines Lebens«, sage ich und sehe, wie Susanne die Akte weiter an Ralf gibt, der sie sofort Soboletzki in die Hand drückt, so als sei sie toxisch. Was sie für gewisse Anwesende ja auch ist. Soboletzki wirft keinen Blick darauf, sondern reicht sie weiter nach hinten, in die nächste Reihe.

»Was uns sofort auffiel: Nachdem mein Onkel zwei Tage nach dem Mord wegen Befangenheit von der Soko abgezogen wurde, da sich sein Neffe als alleiniger Tatverdächtiger herauskristallisiert hatte, schienen die Kollegen ziemlich, tja, schlampig ermittelt … zu haben.«

Ich gerate ins Stocken, denn ich sehe, wie Soboletzki einen Flachmann aus der Innentasche seiner Jacke zieht und einen kräftigen Schluck nimmt. Alle sehen es. Und er prostet mir grinsend damit zu. Wie zum Teufel hat er es geschafft, die Flasche in den Saal zu schmuggeln? Er wurde doch abgetastet.

Nein, wurde er nicht.

Das war ja der *Deal* mit Ralf.

Scheiße.

Ich versuche, den Faden wieder aufzunehmen, was mir schwerfällt. Die Vorstellung, einen besoffenen Soboletzki im Saal zu haben, ist für meine Konzentration nicht gerade förderlich. Soll ich die Lesung kurz unterbrechen? Was würde passieren, wenn Herry und seine Jungs versuchen würden, Soboletzki den Flachmann abzunehmen? Er würde sich weigern, würde handgreiflich werden, würde brüllen, herumkrakelen, das volle Drama-Programm abliefern. Und dadurch alle Aufmerksamkeit auf sich lenken. Aber das kann ich mir nicht leisten.

Ich versuche, Soboletzki und seinen Flachmann auszublenden. Versuche, mich zu fokussieren. Versuche, nicht an das Thema »stottern« zu denken.

Ich räuspere mich. »Alibis wurden nicht überprüft, Zeugen wurden nicht vernommen, Beweismittel verschwanden oder wurden nicht erfasst, die Ergebnisse der Obduktion wurden sehr wahrscheinlich manipuliert. Es gab massenhaft Fragen, die aber nicht gestellt und somit auch nicht beantwortet wurden. Und: Aus der Akte geht nicht hervor, was am Tag des Mordes wirklich passiert ist. Es wurde weder ein Bewegungsprofil des Opfers erstellt noch eins von Jakob.«

Ich sehe, wie Günther und Emma Lehberger, die Eltern der ermordeten Nicola, die Akte sofort weitergeben, ohne auch nur einen Blick darauf zu werfen. Sie wirken aufgewühlt, was mehr als verständlich ist.

»Wo wart ihr am Tag des Mordes? Erinnert ihr euch noch?«, frage ich. »Nein? Das solltet ihr aber. Jeder Einzelne von euch. Denn heute Abend geht es genau darum: Wo wart ihr, als Nicola Lehberger ermordet wurde?«

Gemurmel im Saal.

»Was selbst bei einem oberflächlichen Studium der Akte auffällt«, fahre ich fort. »Bei den Ermittlungen wurden erstaunlich viele Anfängerfehler gemacht. Professionelles Ermitteln ist definitiv etwas anderes. Wäre es zu einem Prozess gekommen, hätten die Ergebnisse der Soko vor Gericht niemals standgehalten und Jakob wäre freigesprochen worden. Aber wie ihr alle wisst, kam es zu keinem Prozess, da sich Jakob in der U-Haft, keine Woche nach dem Mord, erhängt hat. Wobei abschließend auch nie geklärt wurde, wie es passieren konnte, dass er zu dem Zeitpunkt immer noch im Besitz seiner Schuhe inklusive Schnürsenkel war.«

Schweigen.

»Aber das interessierte nach seinem Suizid niemanden

mehr. Die Soko hatte ihren Mörder, und alle waren erleichtert, dass es *de Mongo* gewesen war und keiner von euch. Jakobs Selbstmord war ein Glücksfall. Für die Soko, für euch und für Woltersweiler. Und natürlich für den wahren Mörder. Oder sollte ich besser sagen: *die* Mörder?«

Aufgeregtes Raunen im Publikum inklusive Unmutsbekundungen und Zwischenrufen. Ich könne nicht wissen, ob Jakob nicht verurteilt geworden wäre, das könne niemand wissen; die Theorie mit zwei oder mehreren Mördern sei nichts als Spekulation; alles habe damals für Jakob als Mörder gesprochen.

»Jakob war kein Vergewaltiger. Und schon gar kein Mörder«, unterbreche ich das Gezeter. »Das wisst ihr. Das wusstet ihr schon damals! Aber einem *Mongo* traute man eben alles zu. Alles …«

Das Gemurmel im Publikum wird leiser.

Ich angele mir den Whisky und nehme einen Schluck direkt aus der Flasche. Sehe, wie Soboletzki mir höhnisch lachend erneut mit seinem Flachmann zuprostet.

Ich ignoriere ihn, nehme einen weiteren Schluck und blättere zum 2. Kapitel von *Phantom*.

2

Jules saß am Steuer ihres weinroten Opel Commodore B Coupé GS/E, Baujahr 1976. Auf dem Beifahrersitz ihr Onkel Stefan. Den Wagen hatte sie 1989, ein Jahr nach dem Auszug aus ihrem Elternhaus gekauft, zu der Zeit, als sie in eine WG in Saarbrücken gezogen war. Alles Studentinnen. Hauptmieterin war Sabine gewesen, die ihr das Geld für den Wagen geliehen hatte. Neben ihrem Studium hatte Sabine in einem Table-Dance-Club gearbeitet und damals richtig Kohle gemacht.

Jules hatte nie einen anderen Wagen gefahren. Er war perfekt für sie. Sie und der Commodore, den sie »Seb« getauft hatte – nach Sebastian Bach, dem Sänger von Skid Row –, gehörten einfach zusammen. Und dank ihres Schraubers Jörg in Frankfurt, der den Opel vor fünf Jahren komplett restauriert, überholt und erneut durch den TÜV gebracht hatte, schnurrten die sechs Zylinder wie Kätzchen. Seb besaß natürlich keine Servolenkung, keine Klimaanlage, keine Sitzheizung, keinen Tempomat, keine elektrischen Fensterheber oder sonstigen modernen Schnickschnack. Bis auf das MP3-Radio, das Jörg ihr eingebaut hatte, befand sich der alte Mann fast im Originalzustand.

Jules hatte Jörg bei einem Mordfall vor zehn Jahren kennengelernt, bei dem er erst als Zeuge, dann als Verdächtiger und schließlich wieder als Zeuge in Erscheinung getreten war. Jörg, selbst ein fanatischer Opel-Fan, hatte Seb von Anfang an geliebt und Jules angeboten, sich um ihn zu kümmern, falls er mal Zicken machen sollte. Jules hatte von Autos nicht die geringste Ahnung; ihrer Meinung nach mussten sie einfach funktionieren, alles andere interessierte sie nicht, weshalb sie Jörg natürlich sofort zugesagt hatte. Und dadurch nicht nur einen Schrauber, sondern auch einen Freund gewonnen hatte.

Sie und ihr Onkel waren auf dem Weg nach Saarlouis. Ihr Ziel war ein Gartencenter. Burgunda hatte ihnen eine Einkaufsliste mitgegeben. Sie benötigte Pflanzen, Vogelfutter, zwei Vogelhäuschen sowie diverse Gartenutensilien.

»Es ist Ende Oktober«, sagte Jules. »Da braucht man doch keine Pflanzen mehr.«

»Winterharte Pflanzen schon. Also jedenfalls Burgunda. Ohne Pflanzen würde sie eingehen wie eine …« Er suchte nach dem richtigen Wort.

»Primel?«, schlug Jules vor und fuhr auf die A8 in Richtung Saarlouis.

»Ja, Primel. Genau. Ich kenne mich mit Pflanzen nicht so aus.«

»Primel ist 'ne Blume.«

»Mit Blumen schon gar nicht«, erwiderte ihr Onkel und lehnte seine Stirn gegen die Scheibe der Beifahrertür. Er wirkte müde und ausgebrannt.

»Ich habe übrigens gestern Nacht die Akte gelesen«, sagte Jules, ohne den Blick von der Straße zu nehmen. Stefan Wunderlich drehte sich abrupt zu ihr um, war plötzlich hellwach. »Heißt das, du willst die Arbeit deines Vaters fortführen und den Fall neu …«

»Ich habe die Akte gelesen«, unterbrach Jules. »Nicht mehr und nicht weniger.«

»Okay«, murmelte Stefan Wunderlich und sah wieder aus dem Seitenfenster.

»Ist dir auch aufgefallen, wie schlampig ermittelt wurde?«

Ihr Onkel nickte.

»Nachlässigkeit? Oder Absicht?«

»Ich weiß es nicht«, erwiderte Stefan Wunderlich. »Für die Kollegen stand offenbar schnell fest, dass sie den Mörder gefasst hatten, da ermittelt man nicht mehr groß in andere Richtungen.«

»Angenommen, es war keine Nachlässigkeit. Das würde dann ja wohl nur einen Schluss zulassen ...«

»... dass etwas vertuscht werden sollte«, erwiderte er.

»Genau.« Jules steckte sich eine Zigarette an und kurbelte ihr Fenster runter. »Wer hätte damals ein Interesse daran haben können, dass Jakob Mordverdächtiger war? Der einzige Mordverdächtige. Doch nur der wahre Mörder, oder?«

»Oder jemand, der den Mörder schützte.«

Jules schaltet einen Gang zurück, beschleunigte und überholte einen Luxus-SUV, der mit knapp 80 km/h auf der rechten Spur kroch. Am Steuer: eine Frau, die beim Fahren mit ihrem Handy telefonierte und offensichtlich nicht wusste, wie man die Freisprechanlage benutzte.

»Fotze«, murmelte Jules, als sie vorbeizog.

»Was?«, hakte ihr Onkel nach.

»Nichts.« Sie aschte aus dem halb offenen Fenster. »Sie brauchten einen Sündenbock, ein Bauernopfer«, sagte sie. »Und wer hätte sich da besser angeboten als mein Bruder? Der geistig zurückgebliebene – früher hätte man schwachsinnig gesagt – riesige Bär mit dem Intellekt eines 10-Jährigen. Ein einsamer Bär, der ohne seine Brille so gut wie blind war und immer alleine durch den Wald gestreift ist und seine Fotos gemacht hat.«

»Ein einsamer Bär, der keine Freunde gehabt hatte, selten bis nie gesprochen und nur über seine Fotos mit seiner Umwelt kommuniziert hat«, ergänzte ihr Onkel.

Jules schnippte die Kippe aus dem Fenster, schaltete das Radio ein. SR 1. Charts-Scheiße. Sie drückte einen Button am MP3-Radio und steuerte ihren iPod an, der im Handschuhfach lag. Guns'n'Roses: »You could be mine«. Ihre 80er-Rock-Playlist.

Es begann zu regnen. Sie schaltete den Scheibenwischer ein, der natürlich keine Intervallschaltung hatte. Entweder an oder aus, dazwischen gab es nichts. Keine Grautöne, nur Schwarz oder Weiß.

Irgendwie war das Leben damals einfacher und übersichtlicher, dachte Jules.

»Ich will eine Liste von dir«, sagte sie, ohne ihren Onkel anzusehen. »Eine Liste mit den Namen, Telefonnummern und Adressen aller Beamten, die damals Teil der Soko waren. Inklusive dem Namen und der Adresse eures Bosses.«

»Du weißt schon, dass die meisten inzwischen pensioniert sind?«

»Besorg mir einfach die Liste.«

»Okay, kein Problem. Ist auf jeden Fall ein Anfang.«

Jules sah aus den Augenwinkeln, wie ein Lächeln die Lippen ihres Onkels umspielte.

»Mach dir keine allzu großen Hoffnungen«, sagte sie. »Ich bin einfach neugierig. Das bedeutet aber nicht, dass ich vorhabe, den Fall neu aufzurollen. Das ist auch nicht mein Job. Zumal ich spätestens in einer Woche wieder in Frankfurt sein muss.«

Was natürlich eine Lüge war, aber sie hatte nicht die geringste Lust, dass ihr Onkel von ihrer Suspendierung erfuhr.

»Natürlich«, erwiderte ihr Onkel sachlich.
Aber sein Lächeln blieb.

* * *

Im Fernseher, der über dem Stammtisch des »Ochsen« unter der Decke hing, lief Fußball. Die Bundesliga-Konferenz auf SKY. Der Stammtisch war voll besetzt. Fußballer des SV Woltersweiler. Weizenbiere trinkend, durcheinander quatschend, Sprüche klopfend. Picklige, bullige, testosterongeschwängerte Jungs Anfang bis Mitte zwanzig mit beginnendem Haarausfall. Der Großteil hatte Schals von Bayern München um den Hals, nur einer den Schal vom FC Saarbrücken.

Am Tresen saß Adalbert »Adi« Schulz. Speckige Cargohose in Tarnfarben, Cowboystiefel, Holzfällerhemd. Sein Cowboyhut lag auf dem Tresen neben seinem Pils und einem Ouzo. Als Jules den Ochsen betrat, drehten sich die Köpfe der Fußballer, die ihre Söhne hätten sein können, zu ihr um. Auch Adi sah in ihre Richtung. In seinem Blick eine Leere, die Jules frösteln ließ. Sie ignorierte Adi, der sich wieder seinen Getränken widmete, nickte kurz den Fußballern zu und ging auf den Tisch in der hintersten Ecke der Gaststätte zu, an dem sie schon am Tag der Beerdigung ihres Vaters mit ihrem Onkel und ihrer Tante gesessen hatte. Spürte dabei die Blicke der Fußballer im Rücken. Sie setzte sich und versuchte, sich unsichtbar zu machen. Studierte die Speisekarte, auch wenn sie keinen Hunger hatte.

Christine Allenstein, Thomas Allensteins Frau, eine XXL-Frau mit XXL-Brüsten, XXL-Schwabbelarmen und -beinen, aber seltsamerweise ohne XXL-Gesicht, kam zu ihr an den Tisch.

»Hallo, Juliana.«

»Hey, Christine.«

»Weißt du schon, was du trinken willst?«

»Einen Milchkaffee.«

»Auch was zu essen?«

»Nein, danke.« Sie klappte die Speisekarte zu. »Habt ihr kurz Zeit? Du und Thomas? Ich würde gerne mit euch reden.«

Christine wirkte irritiert, zögerte, sah zum Stammtisch. Die Fußballer waren versorgt. Ebenso Adi am Tresen.

»Dauert nur zehn Minuten. Höchstens«, sagte Jules.

»Okay«, murmelte Christine. »Ich hole Thomas.«

Kurz darauf saßen die beiden bei Jules am Tisch.

»An was erinnert Ihr euch noch von damals?«, fragte Jules, während sie Zucker in ihren Milchkaffee schüttete.

»Was meinst du?«, fragte Thomas irritiert.

»Der Sommer, als wir achtzehn waren, der Sommer von 1988. Was ist am Tag des Mordes, dem 28. Mai passiert? Was war an dem Tag in Woltersweiler los? Wo wart ihr, wo war ich?«

»Was wird das, Juliana? Ein Verhör, oder was?«, fragte Christine schnippisch.

»Die Kommissarin Juliana Wunderlich ist gerade nicht anwesend, okay?«, erwiderte Jules sachlich. Christine sah Thomas an, der mit den Schultern zuckte.

»Was war damals los in Woltersweiler? Was war das für ein Wochentag?«

»Samstag«, erwiderte Christine. »Ein wunderschöner Frühlingstag. Über zwanzig Grad, blauer Himmel.«

»Die meisten waren auf dem Sportplatz«, ergänzte Thomas. »Christine und ich auch. Es ging doch um den Aufstieg, das alles entscheidende Spiel.«

»Wo du warst, wissen wir nicht«, sagte Christine spitz. »Beim Spiel warst du jedenfalls nicht.«

Wo war ich, als Nicola, die damals alle nur Nikki nannten, getötet wurde?, dachte Jules. Der Tod war laut Akte zwischen 15 und 16 Uhr eingetreten, also ungefähr zur Zeit des Spiels. Sie versuchte krampfhaft, sich zu erinnern.

Scheiterte.

»Was war sie für ein Mensch?«, fragte Jules.

»Was? Wer?«, sagte Thomas irritiert.

»Nikki. Helft meiner Erinnerung auf die Sprünge.«

»Das ist jetzt Verarsche, oder?«, fragte Thomas. »Ihr wart damals doch ein Kopf und ein Arsch.«

»Das ist über fünfundzwanzig Jahre her, Thomas. Ich erinnere mich echt nicht mehr«, erwiderte Jules.

Thomas und Christine tauschten einen skeptischen Blick. Jules fragte sich, ob sich die beiden, die nie aus Woltersweiler rausgekommen waren, nie woanders gelebt hatten, niemals ein anderes Leben geführt hatten als das, das sie seit über fünfundzwanzig Jahren lebten, wirklich nicht vorstellen konnten, dass man gewisse Dinge aus der Vergangenheit einfach vergaß. Dass Ereignisse, Dinge, Menschen von damals angesichts des neuen Lebens in einer anderen Stadt keine Rolle mehr spielten, keinerlei Bedeutung mehr hatten.

»Glaubt mir einfach«, sagte Jules. »Sonst würde ich nicht fragen.

»Nikki war die, die alle wollten«, sagte Thomas nach kurzem Zögern. »Aber die keiner bekam. Sie war die Dorfschönheit, die blonde Prinzessin. Eine Göttin, eine Zauberin, magisch, nicht von dieser Welt.«

Thomas sah zu seiner Frau, deren Gesichtszüge sich verhärteten.

»Eine Göttin? Ich lach mich tot!«, zischte Christine. »Eine Schlampe war sie. Eine Schlampe mit dicken Titten, nichts weiter.«

Thomas stöhnte, ersparte sich aber einen Kommentar.

»Wie kommst du da drauf?«, hakte Jules nach.

»Alles war für sie nur ein Spiel«, erwiderte Christine. »Sie hat alle verarscht und hingehalten. Aber immer so getan, als wäre sie zu haben. War sie aber nicht. Und ihr«, sie sah dabei ihren Mann an, »habt das nie durchschaut. Ihr dachtet wirklich, ihr hättet bei so einer Frau eine Chance. Lächerlich.«

Thomas nippte an seinem Wasser. »Ja, stimmt schon«, sagte er dann zu Jules, »sie war irgendwie … unantastbar, ließ sich auf nichts ein. Ein bisschen flirten hier und da, ja, klar, aber sobald es ernst wurde, war sie weg.«

»Aber vielleicht hast du da ja andere Erfahrungen gemacht«, sagte Christine zu Jules.

»Was meinst du?«, fragte Jules.

»Es wurde gemunkelt, dass du und Nikki nicht nur ein Kopf und ein Arsch wart, wie Thomas es so schön formuliert hat, sondern was zusammen hattet.«

Jules starrte sie an.

»Ja, da gab es Gerüchte«, bestätigte Thomas. »Ihr beide hattet damals keinen festen Freund, habt euch auch nicht wirklich für Jungs interessiert, habt ständig zusammen rumgehangen.« Er zuckte mit den Schultern. »Klar, dass es da Gerüchte gab, oder?«

»Wir hatten nichts, da lief nichts«, erwiderte Jules fest. »Wir waren Freundinnen, nichts weiter. Wir haben zusammen abgehangen, Musik gehört. Immer die neuesten Sachen. Sie hat doch damals in dem Plattenladen in Neunkirchen gearbeitet.«

»Die Metalbräute, genau«, sagte Christine spitz. »Hautenge Stretchjeans mit Leopardenmuster, knappe Lederjäckchen, auftoupierte, schwarz gefärbte Haare. Groupies halt.«

»Also ob ausgerechnet du damals gewusst hättest, was

Groupies sind«, erwiderte Jules amüsiert. »Warst du nicht diejenige, die Chartsmucke gehört hat? Unter Anderem Peter Maffay, soweit ich mich erinnere?«

»Dafür, dass du dich angeblich nicht erinnern kannst, erinnerst du dich doch ziemlich gut«, erwiderte Christine spitz.

Jules ging nicht darauf ein. »Wusstet ihr damals, wie Nikki ums Leben kam?«

»In den Zeitungen stand, sie wäre erschlagen worden«, sagte Thomas.

»Das stimmt«, erwiderte Jules. »Mit einem Ast. Mit dem sie auch vergewaltigt wurde. Ob post mortem oder nicht, konnte nicht herausgefunden werden.«

»Woher weißt du das?«, fragte Thomas überrascht.

Jules erklärte es ihm. Thomas und Christine waren fassungslos.

Adi am Tresen machte lautstark in breitestem Saarländisch auf sich aufmerksam. »Was'n das hier für 'n Scheißladen? Kriegt man hier auch mal was zu trinken?«

»Ich mach schon«, sagte Christine zu Thomas und ging hinter den Tresen, um zu zapfen. Thomas wirkte immer noch mitgenommen.

»Habt ihr Jakob damals den Mord wirklich zugetraut?«, fragte Jules.

Thomas hob den Blick, zögerte. Dann nickte er.

»Tja, er war halt einfach der perfekte Sündenbock, schätze ich. Für alles«, sagte Jules und sah zum Tresen, wo sich Adi halb zu ihr umgedreht hatte und ihr einen abschätzigen, herablassenden Blick zuwarf. Dann wandte er sich ab und kippte seinen Ouzo auf ex. Christine goss ihm erneut nach.

»Was hast du jetzt vor?«, fragte Thomas.

Jules zuckte mit den Schultern und rührte nachdenklich in ihrem Milchkaffee.

* * *

Der schier endlos erscheinende Weg über den langen, schmalen, fensterlosen Flur der Einliegerwohnung, an dessen Ende sich ihr Zimmer und das von Jakob befanden, hatte Jules als Kind immer Albträume verursacht.

Auch heute noch. Die Spinnweben in den Ecken. Das diffuse kalte Neonlicht. Die dunkelbraunen Fliesen. Die holzvertäfelten Wände. Der Geruch nach modrigem Keller und Schimmel.

Warum tat sie sich das an? Was erhoffte sie sich davon? Antworten zu finden? Auf welche Fragen? Wer sie war, woher sie kam? Ging es wirklich ums Erinnern? Oder hatten sie einfach mal wieder der altbekannte Jagdtrieb und die Neugier gepackt? Ein Puzzle, das gelegt, ein Rätsel, das gelöst und ein Geheimnis, das gelüftet werden musste?

Am Ende des Flurs befand sich rechterhand ihr altes Zimmer, links das von Jakob. Sie überlegte kurz, sich Jakobs Zimmer anzusehen, wandte sich dann aber nach rechts und öffnete zögerlich die Tür zu ihrem ehemaligen Refugium. Drückte den Lichtschalter. Eine matte Glühbirne erhellte den Raum. An den Wänden Styropor, auf dem Boden Holzpaletten, auf denen sich Pappkartons, Kisten, alte Möbel und ausgemusterter Elektroschrott stapelten.

Ihr altes Zimmer war ein Abstellraum. Man hatte die Erinnerung an sie komplett ausgelöscht. Nichts deutete mehr darauf hin, dass sie hier die ersten achtzehn Jahre ihres Lebens verbracht hatte.

Sie wollte schon wieder das Licht löschen und nach oben gehen, als ihr Blick auf einige Pappkartons an der Wand fiel.

Sie waren beschriftet: Juliana 1. Juliana 2. Juliana 3. Bis hin zu Juliana 9.

What the fuck?, dachte Jules. *Mein Zimmer dem Erdboden gleichmachen, dann aber Kartons mit meinen Sachen aufheben? Das ergibt keinen Sinn.*

Sie griff sich die oberste Kiste mit der Nummer 1. Eine halbe Stunde später hatte sie alle neun Kartons ins Wohnzimmer geschleppt. Zwei Stunden, eine Flasche Médoc und fast eine Schachtel Kippen später hatte sie sich einen Überblick verschafft. Es war alles da: ihre alte Jeansjacke, ihre Lederjacke, zwei Stretchjeans, eine mit Leoparden-, die andere mit Zebramuster, ihre Band-Shirts aus den 80ern, ihre Fotoalben, Musikmagazine, LPs, Tapes. Und ihre Bücher, die sie auf dem Boden gestapelt hatte. Eins davon hatte sie in der Hand. »Der Steppenwolf« von Hermann Hesse. Ihr Lieblingsbuch damals. Sie schlug es auf. Auf der ersten Seite eine Widmung:

Für Jules.
With love.
Nikki.

Darunter ein Herzchen und das Datum: 20.3.1988.

Sie blätterte durch die schon ziemlich vergilbten Seiten. Stieß auf die Stelle mit dem magischen Theater, die mit einem Eselsohr markiert war. Massig unterstrichene, eingekreiste Absätze, Wörter, Formulierungen. Sie hielt sich das Buch unter die Nase, saugte den Geruch der 80er in sich auf, als ein Briefumschlag aus den Seiten des Buches zu Boden fiel. Darauf stand handschriftlich »Mai 1988«. Sie öffnete ihn. Darin: mehrere Streifen Foto-Negative. Sie hielt sie ins Licht der Stehlampe.

Nacktfotos.

Explizite Nacktfotos.

Von ihr und Nikki.

Jules war bis eben nicht bewusst, dass es diese Fotos gab. Aber plötzlich war alles wieder da.

Der Samstagabend im März 1988.

Sie und Nikki …

… in meinem Zimmer in der Einliegerwohnung. Nikki hat sich heimlich über die Terrasse reingeschlichen. Meine Eltern hätten niemals erlaubt, dass ich an einem Samstagabend nach zehn Uhr noch Besuch bekomme. Ich habe Sekt und Chips besorgt, sie weiteren Knabberkram. Und eine Flasche Batida de Coco. Und sie hat ein Geschenk für mich. Hermann Hesse. »Der Steppenwolf«. Mit Widmung. Ihr Lieblingsbuch. Ich freue mich total, bedanke mich, indem ich sie kurz auf die Wange küsse.

Wir hören Musik. Sie hat ein Mixtape zusammengestellt. Mötley Crüe. Cinderella. Malice. W.A.S.P. Helloween. Dokken. Journey. Guns'n'Roses. Rough Cutt. Durch ihren Job in einem Plattenladen in Neunkirchen sitzt sie ja an der Quelle. Wir quatschen. Kichern. Rauchen am offenen Fenster. Sie öffnet den Batida. Wir trinken direkt aus der Flasche. Irgendwann sind wir ziemlich angeschickert.

»Scheiße warm hier«, meint sie und zieht sich ihr »The Cult«-T-Shirt, dessen Ärmel sie abgeschnitten hat, über den Kopf. Sie trägt einen schwarzen BH, den ich als riesig empfinde. Ich frage sie nach ihrer Körbchengröße.

»85 D«, erwidert sie und grinst. »Und du?«

»70 B«, murmele ich. Sie glaubt mir nicht und will sich selbst davon überzeugen. Ich ziere mich.

»Keine Widerrede, wir sind doch unter uns.«

Sie zieht mir mein Shirt aus. Begutachtet ausgiebig meine

Brüste, die von einem langweiligen weißen BH verdeckt werden. Dann legt sie ihre Hände drauf. Gefühlt sehr lange. Gefühlt ewig. Dann meint sie grinsend: »Fühlen sich gut an. Fühlen sich sehr gut an.«

Sie küsst mich flüchtig auf die Wange und nimmt einen weiteren Schluck Batida. Dann hat sie die Idee, dass wir uns gegenseitig fotografieren. Sie schnappt sich meinen Fotoapparat und legt los. Drückt ihn dann mir in die Hand. Und wirft sich für mich in Pose. Ich drücke den Auslöser. Immer und immer wieder. Sie ist so wunderschön. So perfekt. Irgendwann ist der Film voll, und ich lege einen neuen ein. Sie meint, irgendwie wäre das doch langweilig mit BH und zieht ihren aus. Ich halte den Atem an. Sie streckt mir ihre üppigen, festen Brüste mit kleinen, braunen, harten Brustwarzen entgegen, die in seltsamem Kontrast zu ihrem fragilen Körper stehen.

Ich zögere. Zittere. Hoffe, dass sie es nicht bemerkt.

»Mach schon«, sagt sie. »Bevor ich sie wieder wegpacke.« Sie lacht. Ich lache mit. Verschämt. Unsicher. Mache dennoch Fotos von ihr und ihren wundervollen, perfekten Brüsten. Irgendwann schnappt sie sich die Kamera und will, dass auch ich meinen BH ausziehe. Ich zögere. Sie schnappt sich ihren Rucksack.

»Vielleicht hilft dir das ja bei der Entscheidungsfindung.«

Sie zieht eine Flasche Whisky aus dem Rucksack. Jack Daniel's. Der Lieblings-Whisky unserer Metal-Helden. Wie könnte ich da nein sagen? Wir teilen uns ein Glas. Pur. Ohne Cola, ohne Eis. Sie ist immer noch oben ohne. Das Bedürfnis, sie und ihre Brüste anzufassen, ist übermächtig.

Nach dem zweiten Glas Jacky stimme ich zu, meinen BH auszuziehen.

»Warte«, sagt sie. »Ich mach schon!«

Wir knien auf meinem Bett, sie kommt hinter mich, öffnet

meinen BH und wirft ihn lachend zu Boden. Verschämt bedecke ich meine kleinen Titten mit den Unterarmen.

»Komm schon, zeig!«, drängt sie.

Ich lasse die Arme sinken, zeige sie ihr.

»Mhhh. Lecker«, sagt sie verschmitzt grinsend, beugt sich zu mir und leckt kurz über meine linke Brustwarze. Mir läuft ein Schauer über den Rücken. Ich will nicht, dass sie damit aufhört, will, dass sie weitermacht, will, dass sie mich küsst. Als hätte sie meine Gedanken erraten, nimmt sie mein Gesicht in ihre Hände, sieht mich mit ihren wilden braunen Augen an. Sagt: »Ich küsse dich jetzt, okay?«

Bevor ich antworten kann, spüre ich ihre warmen, weichen Lippen auf meinen. Und ihre Zunge auf meiner. Sie spielt mit mir. Sie testet mich. Sie teast mich. Sie macht mich scharf. Ich will mehr. Ich will alles. Ich will sie.

Sie löst sich von meinen Lippen. Grinst mich frech an. »Mehr?«

Woher weiß sie, was in mir vorgeht? Kann sie Gedanken lesen? Ist sie eine Zauberin?

Ich nicke, ohne ihr in die Augen sehen zu können.

Sie lacht. »Okay. Aber nicht sofort.« Sie greift sich die Kamera. »Erst noch ein paar Fotos.« Sie drückt den Auslöser. Instinktiv verschränke ich wieder die Arme vor meinem Oberkörper.

»Entspann dich, alles ist gut. Es sieht uns doch keiner.«

Ich lasse zu, dass sie mich fotografiert. Dass sie meine Brüste fotografiert. Meine Brüste, die ich zu klein finde. Viel zu klein. Und im Vergleich zu ihren sowieso.

»Du bist wunderschön«, sagt sie und reicht mir das Whiskyglas.

»Geht so«, murmele ich und nehme einen Schluck.

»Hör auf! Du bist total hübsch. Und deine Titten …«

Sie streckt eine Hand aus, berührt wie beiläufig meine linke Brust. Streichelt mit einem Finger über meine Brustwarze, die sofort hart wird.

Ich spüre, wie ich nass werde. Sehr nass.

»Bist du nass?«, fragt sie.

Ich starre sie an. Sie muss eine Zauberin sein. Oder eine Hexe. Oder beides.

»Sag schon.«

»Ja, bin ich«, murmele ich.

»Zeig!«

»Nikki!«

»Komm schon, zeig mir deine Muschi. Ich zeig dir auch meine.«

»Ich weiß nicht, ob …« Ich breche ab, denn sie beginnt, sich aus ihrer hautengen Stretchjeans zu schälen. Wirft diese achtlos neben das Bett. Sie trägt einen knappen schwarzen Slip. Dann legt sie sich auf den Rücken und zieht ihn aus. Stützt sich mit den Ellenbogen ab, spreizt die Beine, lässt mich ihre Muschi sehen.

»There you go, Baby.« Sie lächelt und reicht mir den Fotoapparat. »Mach ein paar Fotos. Nur für dich und mich.«

Ich verknipse einen ganzen Film. Lege einen neuen ein. Meine Hände zittern. Sie lacht, nimmt einen Schluck Whisky und gibt mir das Glas. Ich trinke es leer. Sie füllt nach.

»Jetzt du«, sagt sie.

»Hör auf, Nikki. Du bist betrunken.«

»Na und? Du doch auch.«

»Ich … steh eigentlich nicht auf Frauen.«

»Ich doch auch nicht«, lacht sie. »Aber auf dich steh ich.«

Sie gibt mir das Whisky-Glas. Ich nehme einen Schluck.

»Ja, ich bin besoffen«, sage ich. »Und ja, ich steh auch auf dich.«

»Dann ran an den Speck!« Nikki kichert. Spreizt erneut ihre Beine. Schließt die Augen, legt den Kopf schief und öffnet leicht ihren Mund. Fährt sich mit der Zunge lasziv über ihre Lippen.

Scheiß drauf, denke ich und ziehe mir die Jeans aus. Und den Slip. Dann bin ich nackt. Wie sie. Setze mich ihr gegenüber. Spreize ebenfalls die Beine, sodass sie meine Muschi sehen kann.

»Hey! Geht doch!« Sie grinst frech. Ihre Hand gleitet zwischen ihre Beine. Mit zwei Fingern beginnt sie, sich ihre nassglänzende Klit zu reiben.

»Mach Fotos«, haucht sie.

Ich greife mit zitternden Fingern nach der Kamera neben dem Bett. Fotografiere, wie sie es sich selbst macht. Mein Herz klopft bis zum Hals. Ich bin so unfassbar scharf auf sie.

Als der Film voll ist und ich einen neuen einlegen will, hält sie mich zurück. Nimmt mir die Kamera ab, legt sie neben das Bett. Nimmt mein Gesicht in ihre Hände, sieht mir in die Augen. Küsst mich erneut. Lange. Zärtlich. Dann leidenschaftlicher. Wilder. Fordernder.

Ich stöhne, will mehr. Will alles. Will sie.

Sie lässt mein Gesicht los. Lächelt mich an. Ihr Blick wissend. Für sie bin ich ein offenes Buch. Sie weiß genau, was ich will. Ihre Zunge an meinem Hals. An der Seite meiner Brust. Sie streift kurz meine Nippel. Gleitet tiefer. Am Bauchnabel vorbei. Über die Innenseite meiner Schenkel. Dann zwischen meine Beine. Nur sie und ihre Zunge.

Ich stöhne. Sie drückt mich mit einer Hand in eine liegende Position, ohne aufzuhören, mich zu verwöhnen. Die Augen geschlossen, meine Hände in ihrem Haar verliere ich mich in ihren Zärtlichkeiten, ihrer Geilheit, in meiner Geilheit. Sie nimmt ihre Finger dazu. Steigert die Geschwindigkeit. Ich bin kurz davor, zu kommen, als sie plötzlich aufhört und schreit.

»Scheiße, Mann, Scheiße! Verdammte Scheiße! Geht's noch?«

Ich reiße die Augen auf, kapiere nicht, was abgeht.

»Was ist?«, stammele ich, noch immer fassungslos, dass sie aufgehört hat.

Sie sieht an mir vorbei in Richtung Tür.

Ich drehe den Kopf. In der halb offenen Tür steht Jakob. Seine Hosen auf den Knöcheln. In der Hand sein erigierter Schwanz, den er hektisch reibt. Er hat den Kopf leicht schief gelegt und starrt uns durch die dicken Gläser seiner Brille an, die seine Augen unnatürlich vergrößern.

Als sei er ein Alien.

Ein Monster.

In seinem Blick eine Leere, die mich schaudern lässt.

Er scheint gar nicht zu begreifen, was er da tut, er tut es einfach. Als wäre er ein Tier, getrieben allein von seinen Instinkten.

»Hast du sie noch alle?«, brülle ich ihn an. »Wie lange stehst du da schon? Verpiss dich! Hau ab!«

Er spritzt seine Ladung auf den Boden, grunzt dabei animalisch.

»Du Arschloch! Du bekloppptes Schwein!«, schreie ich ihn an, schnappe mir ein Kissen und werfe es nach ihm. Treffe ihn im Gesicht. Seine Brille, ohne die er so gut wie blind ist, fällt zu Boden. Er stößt einen spitzen Schrei aus, geht auf die Knie, tastet auf dem Boden herum, gibt dabei jammernde, klagende Laute von sich, die mehr an ein verletztes Tier als einen Menschen erinnern.

Ich springe nackt vom Bett auf, verpasse meinem knienden und blind in seinem eigenen Sperma nach seiner Brille herumstochernden Bruder einen Tritt. Er kippt rücklings um. Ich kicke ihm seine Brille in den Flur hinterher und knalle die Tür zu. Mein Puls ist auf hundertachtzig.

»Du Wichser! Du Scheiß-Wichser!«, brülle ich durch die geschlossene Tür. Ich kann ihn wimmern und weinen hören.

Als ich mich zu Nikki umdrehe, zieht sie sich gerade wieder ihren BH an.

»Das ist so eklig«, sagt sie angewidert und schlüpft in ihre Jeans. »Macht der das öfter?«

»Nein«, murmele ich, »war das erste Mal.«

Ich schlinge mir die Überdecke um die Schultern.

»Alter, ich pack's nicht«, grummelt Nikki und zieht sich kopfschüttelnd ihre Stretchjeans und die Cowboystiefel an.

Der magische Moment ist vorbei, der Zauber verflogen.

Keine zehn Minuten später ist sie verschwunden, und ich bleibe alleine mit dem Rest des Whiskys und meinen Tränen zurück …

Jules packte die Fotonegative zurück in den Briefumschlag, steckte diesen in »Der Steppenwolf« und legte das Buch zurück in den Karton. Nahm einen Schluck Wein und steckte sich eine Kippe an, wobei ihre Hand zitterte. Wusste nicht, was sie mehr schockierte. Die Fotos und ihre dadurch wiedergewonnene Erinnerung an das, was sie und Nikki an dem Abend geteilt hatten, oder der Absatz in der Akte des Mordfalls, in dem erwähnt wird, dass auf Nikkis nackter Leiche Sperma sichergestellt werden konnte.

Das Sperma ihres Bruders Jakob.

Woltersweiler, Saarland

Kaisersaal
Samstag, 20:03 Uhr

Mein Mund ist staubtrocken und meine Hände zittern, als ich das Manuskript umblättere. Ich schließe für einen Moment die Augen. Höre das Raunen im Publikum. Beim Vorlesen des letzten Kapitels hätte ich fast wieder gestottert. Ich habe das Gefühl, das Publikum ist ein lebender Organismus, ein Vampir, der mich aussagt und mir meine letzten Kraftreserven raubt. Ich bräuchte dringend eine Pause, aber das ist unmöglich.

Ich will mir ein Wasser eingießen, aber die Flasche ist leer. Ich sehe über die Schulter zu Klemens, deute auf die leere Wasserflasche. Er nickt und eilt in den Backstage-Raum. Mein Whiskyglas ist noch halb voll. Ich nehme einen Schluck. Mein Treibstoff. Jedenfalls kurzfristig. Ich muss durchhalten. Egal wie. Egal, um welchen Preis.

Klemens kommt zu mir und stellt mir eine volle, kalte Wasserflasche aus dem Kühlschrank des Backstage-Raums auf den Tisch. Ich nicke ihm kurz dankbar zu, und er nimmt wieder seinen Platz hinter dem Mischpult ein.

Ich sehe ins Publikum. Die Akte des Mordfalls wird von einem der Besucher an Adi weitergereicht, der immer noch mit vor der breiten Brust verschränkten Armen an der Wand lehnt. Statt sie anzunehmen und durchzublättern, spuckt Adi darauf. Erschrocken lässt der Besucher die Akte fallen. Lusche kommt dazu, greift sich die Akte und baut sich vor Adi auf.

»Irgendein Problem, Alter?«

Adi verzieht keine Miene und rotzt vor Lusche auf den Boden. Ich kenne Lusche gut genug, um zu wissen, dass er im Gegensatz zu seinem Chef Herry extrem leicht zu provozieren ist und jetzt gerade richtig Lust hätte, Adi eine reinzuhauen. Oder zwei. Bevor ich dazu komme, mich per Mikrofon einzumischen, taucht Herry bei Adi und Lusche auf und zieht seinen Kumpel wortlos in Richtung Eingang weg. Adi sieht den beiden hinterher, ohne eine Reaktion zu zeigen. Herry nimmt Lusche die Akte des Mordfalls aus den Händen und gibt sie an eine Frau weiter, an der die beiden gerade vorbeikommen.

»Herry?«, sage ich ins Mikro. Er sieht überrascht zu mir.

»Ich denke, wir brauchen die Akte nicht mehr. Gib sie meinem Onkel.«

Herry zögert kurz, dann schubst er Lusche weiter in Richtung Eingang, bevor er zu meinem Onkel in die erste Reihe geht und ihm die Akte gibt. Mein Onkel stopft sie zurück in seine Aktentasche.

Soboletzki lacht.

Laut.

Sehr laut.

Alle drehen sich zu ihm um. Ralf Weber flüstert ihm etwas ins Ohr, versucht offenbar, ihn runterzufahren. Ohne Erfolg, denn Soboletzki lacht erneut.

Ich ignoriere ihn und ziehe das Mikro näher zu mir ran.

»Es gab dieses Mädchen wirklich. Sie war Nikkis beste Freundin. Und ihre Geliebte. Aber das wusste damals niemand. Das war Nikkis Geheimnis. Und das Geheimnis ihrer Freundin.«

Erneut Gemurmel. Und Zwischenrufe. Die ich unterbreche.

»Und Nikkis Geliebte von damals ist heute Abend natürlich auch anwesend.«

Ich stelle mich auf Zwischenrufe ein, doch es kommen keine. Im Gegenteil. Im Saal ist es totenstill.

»Die beiden waren extrem vorsichtig, was ihre Treffen anging. Ihnen war klar, was es bedeuten würde, wenn die Leute zu tuscheln anfangen würden. Und eine Formulierung wie ›Die Lesben‹ wären da noch das Harmloseste gewesen. Es wäre wohl eher in Richtung ›perverse Leckschwestern‹ gegangen, schätze ich. Und das konnte sich keine der beiden erlauben. Nicht 1988, nicht in Woltersweiler.«

Ralf und Susanne stecken wieder die Köpfe zusammen, während sich Soboletzki einen weiteren Schluck aus seinem Flachmann genehmigt.

»Woher ich das alles weiß?«, fahre ich fort. »Die Eltern von Nikki haben mich ihre Tagebücher und andere private Sachen durchsehen lassen.« Ich sehe zu den beiden. Einige Köpfe haben sich nach ihnen umgedreht. Nikkis Eltern haben den Blick gesenkt, wirken mitgenommen. Verständlich. Aber da müssen sie jetzt durch. Auf Befindlichkeiten Einzelner kann ich heute Abend keine Rücksicht nehmen. Es geht um die Aufklärung eines Mordes, und es ist nicht zuletzt im Interesse der beiden, dass sie endlich erfahren, wer wirklich für den Mord an ihrer Tochter verantwortlich war.

»Was die Ermittler damals übrigens nicht getan haben. Also sich Nikkis Sachen anzusehen. Warum nicht? Weil sie sicher waren, dass sie den Mörder hatten. Wozu also noch in den privaten Dingen des Opfers herumwühlen? Dafür haben sie damals so ziemlich alle Sachen von Jakob mitgenommen. Und erst lange nach seinem Selbstmord wieder zurückgebracht. Bis auf seine Kamera.«

Ich nehme einen Schluck Whisky. Meine Hand zittert nicht mehr.

»Im nächsten Kapitel trifft Jules auf zwei Personen aus ihrer Vergangenheit, die inzwischen eine sagenhafte Karriere gemacht haben«. Ich lasse eine Pause. »In der Politik.«

Ralf und Susanne hören schlagartig zu tuscheln auf und starren mich an.

Ich lese weiter.

TEIL 2:
RENEGADE

3

Jules hatte den ganzen Tag damit verbracht, Ordnung zu schaffen. Sie hatte geputzt, gesaugt, Staub gewischt. Auch wenn sie es hasste. Aber deswegen eine Putzfrau zu engagieren kam nicht infrage. Und das hatte nichts mit Geld zu tun; sie wollte einfach niemanden sehen.

Jetzt war sie körperlich ausgepowert, doch in ihrem Kopf herrschte immer noch komplettes Chaos. Sie hatte vergessen zu duschen, zu schlafen, zu essen, hatte bis jetzt das Haus ihrer Kindheit nicht verlassen.

Zu viele Gedanken. Zu viele Ereignisse, an die sie sich nicht hatte erinnern wollen und die jetzt wieder hochkamen. Und zu viele Zweifel. Hatte sie das mit Nikki wirklich erlebt oder hatte ihr die Erinnerung nur einen Streich gespielt? Die Fotos sprachen dafür, dass es wirklich so gewesen war. Aber endete es auch so, dass Jakob …?

Falls es wirklich so gewesen war, spräche das nicht für ihren Bruder als Mörder?

Die Ausgaben der Woltersweiler Zeitung von letzter Woche lagen gestapelt im Wohnzimmer. Jules griff sich diejenige vom Vortag, versuchte, eine Nummer zu finden, unter der sie das Abo ihres Vaters kündigen konnte. Stieß dabei auf eine halbseitige Anzeige, die eine Wahlkampfveranstaltung von Ralf Weber ankündigte, dem Spitzenkandidaten der SPD für das Amt des Ministerpräsidenten.

Im Kaisersaal, der größten Location in Woltersweiler. Heute, Samstag, 16:00 Uhr.

Sie sah auf ihr Handy. 16:14 Uhr.

* * *

Der Kaisersaal war bestuhlt und zu zwei Dritteln gefüllt. Es waren mehrere TV-Teams, Fotografen und Pressevertreter anwesend. Ralf Weber stand hinter einem Pult auf der Bühne und sprach gerade über soziale Ungerechtigkeit, als Jules den Saal betrat. Direkt hinter den beiden Flügeltüren mehrere Stehtische, voll mit Werbematerialien von Ralfs Partei. An einem der Tische Susanne Weber im Gespräch mit zwei Wahlhelfern. Als Susanne Jules entdeckte, schickte sie die Wahlhelfer weg und ging auf Jules zu.

»Frau Kommissarin«, sagte sie lächelnd. »Welch eine Ehre.«

Sie hielt Jules ihre Hand hin, die Jules schüttelte.

Kurz. Sehr kurz.

»Gibt's hier was zu essen?«, fragte Jules und sah sich um. »Hab tierischen Hunger.«

»Leider nein«, erwiderte Susanne nonchalant. »Aber wenn du einen Prosecco möchtest …«

»Ich hasse Prosecco«, erwiderte Jules und sah zur Bühne. Ralf hatte ein Heimspiel und war augenscheinlich in Hochform.

»… die gegenwärtige Entwicklung ist völlig inakzeptabel. Die Sekretärinnen, die Krankenpfleger und die Facharbeiter zahlen brav ihre Steuern, während die Bezieher höherer Einkommen jede Menge Abschreibungsobjekte haben. Millionäre sind sogar noch stolz darauf und brüsten sich damit, dass sie keinen Cent Steuern zahlen. Wie soll da das Vertrauen in unseren Staat noch gegeben sein?«

Tosender Applaus.

Jules lachte auf. Susanne warf ihr einen befremdeten Blick zu. »Du scheinst dich ja prächtig zu amüsieren«, sagte sie spitz. »Über was genau?«

»Dass dein Mann klingt wie Oskar Lafontaine 1998«, erwiderte Jules. »Und was aus dem geworden ist, wissen wir ja alle.«

Sie lächelte Susanne an, deren Mundwinkel nach unten sackten.

»Hast du kurz Zeit?«, sagte Jules. »Dauert nicht lange.«

»Worum geht's?«

»Um den 28. Mai 1988.«

* * *

Susanne und Jules standen vor dem Eingang des Kaisersaals. Jules gab erst Susanne, die ein Glas Prosecco in der Hand hielt, Feuer und dann sich. Beide inhalierten und sahen in den grauen, wolkenverhangenen saarländischen Oktoberhimmel.

»Du und Ralf; ihr habt echt 'ne nette Karriere hingelegt«, sagte Jules. »Chapeau!«

»Ralf *is the man*«, erwiderte Susanne. »Ich bin nur die Frau an seiner Seite.«

»Seit wann bist du so demütig? Früher warst du doch recht forsch und dominant, soweit ich mich erinnere.«

»War ich das?«, erwiderte Susanne kühl und zog an ihrer Zigarette. »Keine Ahnung, kann mich nicht mehr erinnern.«

Aus dem Saal war lang anhaltender Applaus zu hören.

»Das war die Stelle, an der Ralf über höhere Renten und bessere Absicherung im Alter spricht«, erklärte Susanne lächelnd. »Zieht immer.«

Jules zog wortlos an ihrer Zigarette, legte den Kopf in

den Nacken und blies den Rauch aus. Susanne musterte sie. »Du siehst gut aus. Erstaunlich gut. Viel besser als damals. Damals warst du irgendwie … unproportioniert. Zu lange Beine, zu lange Arme, knochig, kein Arsch, Scheißfrisur.« Sie lachte auf.

Jules ignorierte Susannes Spitze. »28. Mai 1988. An was erinnerst du dich noch?«

»Also stimmt es, was man so hört.«

»Was hört man denn so?«

»Dass du den Mordfall neu aufrollen willst«, meinte Susanne sachlich.

»Sagen wir mal so«, erwiderte Jules. »Es gibt in der Rückschau zu viele Ungereimtheiten, um den Fall *nicht* wieder aufzurollen.«

»Offiziell?«

»Eigentlich bin ich hier für die Fragen zuständig.«

»Nur wenn der Fall offiziell wieder aufgerollt wird. Und? Wird er?«

»Nein«, sagte Jules und blies den Rauch aus, ohne Susanne anzusehen. »Das ist im Moment nur mein *Privatvergnügen*.«

»Verstehe«, sagte Susanne spöttisch lächelnd, wobei sie Jules nicht ansah, sondern einen Blick in den Himmel warf. »Dir scheint es aktuell ja richtig langweilig zu sein.«

Man konnte den lauten, scheinbar nicht enden wollenden Applaus aus dem Kaisersaal hören.

»Dein Mann hat fertig?«, fragte Jules.

»Hört sich so an.«

»Wird er es schaffen, neuer Ministerpräsident zu werden?«

»Ich wäre nicht hier, wenn ich nicht daran glauben würde.« Susanne nahm einen Schluck von ihrem Prosecco. »Stell deine Fragen. Ich habe nicht viel Zeit.«

»Hast du Jakob damals die Vergewaltigung wirklich zugetraut? Und den Mord?«

»Was spielt das für eine Rolle?«

»Nette Taktik«, sagte Jules.

Susanne sah sie fragend an.

»Fragen mit Gegenfragen zu beantworten.«

»Ich bin kein Politiker«, erwiderte Susanne sachlich. »Aber wenn du es wirklich wissen willst: Ja, ich habe deinem Bruder den Mord zugetraut. Und ich war nicht die Einzige. Jakob war unberechenbar.« Sie ließ ihre Zigarette zu Boden fallen und drückte sie mit dem Absatz ihrer Pumps aus. Keinen Meter weiter stand ein Aschenbecher. »Ralf hasst mich.«

»Bitte was?«

»Er ist seit drei Jahren Nichtraucher«, erklärte Susanne. »Aber ich krieg's irgendwie nicht auf die Reihe.« Sie kramte ein Pfefferminzbonbon aus ihrer Handtasche. »Der Geist ist willig, aber das Fleisch ... Ausschussware. Na ja, weißt ja, wie das ist.«

»Nein, weiß ich nicht«, erwiderte Jules.

Susanne sah Jules an. Ohne zu lächeln. »Doch, weißt du, Baby.« Sie lachte kurz auf. Dann wurde sie wieder ernst. »Gibt es neue Indizien, die auf einen anderen Mörder als deinen Bruder hindeuten, oder warum beschäftigst du dich mit dem alten Scheiß?«

Jules erzählte ihrer von ihrer Theorie, dass sie glaubte, dass damals schlampig ermittelt wurde, dass Beweise nicht gesichert wurden und teilweise sogar verschwanden, dass Spuren nicht nachgegangen wurde, dass alles dafür getan wurde, Jakob als Mörder in den Fokus zu stellen.

»Eine Art Verschwörung, verstehe.« Susanne lachte auf. »Das ist ein Witz, oder? Das glaubst du nicht wirklich.«

»Doch«, erwiderte Jules.

»Worum geht es dir, Jules? Gerechtigkeit? Die Wahrheit?« Susanne steckte sich erneut eine Zigarette an. »Die Vergangenheit ist vorbei. Lass sie ruhen. Das Ganze ist Zeitverschwendung. Und es bringt dir deinen Bruder nicht zurück. Deinen Bruder, den Mörder.«

»Er war es nicht, Susanne.«

»Ah ja? Und wer war es dann?«

»Das versuche ich herauszufinden.«

»Und was erwartest du jetzt von mir?«, fragte Susanne. »Und von Ralf?«

»Antworten.«

»Auf welche Fragen?«

»Wo wart ihr am Tag des Mordes? Auch beim Fußballspiel?«

Susanne lachte auf. »Mach dich nicht lächerlich. Du glaubst doch nicht ernsthaft, dass ich darauf antworte?«

»Ich ermittele. Und versuche, unter Anderem den Tag des Mordes zu rekonstruieren. Du bist nicht die Einzige, mit der ich spreche. Also?«

»Sorry, aber das ist mir zu blöd, echt.«

Susanne drückte ihre nicht einmal halbgerauchte Zigarette im Aschenbecher aus, wandte sich wortlos ab und ging zurück in den Kaisersaal, aus dem immer noch lauter Jubel und Klatschen zu hören waren.

Jules sah in den trüben grauen Herbsthimmel. Dass sie hier war, fühlte sich falsch an. Alles fühlte sich falsch an. Ihr Körper. Ihre Gedanken. *Sie* fühlte sich falsch. So wie damals. Als sie *Bohnenstange* und *Scheinriese* genannt wurde und so viel Selbstvertrauen wie eine Amöbe besessen hatte.

* * *

Eine Stunde später war sie zurück in ihrem Elternhaus. Es hatte sich keine Gelegenheit mehr ergeben, mit Ralf zu sprechen, denn er war damit beschäftigt gewesen, Autogramme zu schreiben, Küsschen zu verteilen und sich von seinen Fans feiern zu lassen. Jules wollte ihn aber alleine sprechen, unter vier Augen. Ohne Susanne. Alles andere war keine Option.

Sie hatte Hunger, doch der Kühlschrank war leer; sie hatte mal wieder vergessen einzukaufen. Sie griff sich den Flyer des Pizza-Lieferservices, der auf dem Stapel der Woltersweiler Zeitung lag. Fragte sich, ob ihr Vater selbst gekocht oder nur auswärts gegessen hatte. Oder hatte er ebenfalls den Lieferservice in Anspruch genommen?

Nach zweimal besetzt kam sie endlich durch, bestellte eine Pizza Salami und einen italienischen Salat, nur mit Schinken, Ei und Käse, ohne solchen Quatsch wie Mais und Karotten. Und das Ganze dann mit Essig und Öl. Als eine halbe Stunde später das Essen geliefert wurde, drückte sie dem Angestellten an der Wohnungstür das Geld in die Hand, ohne den Inhalt der Kartons zu prüfen. Am Esstisch realisierte sie, dass man statt eines italienischen Salats nur Schinken, Ei und Käse geliefert hatte.

Ohne Salat.

Scheiß drauf, dachte sie, öffnete die erste Flasche Rotwein und aß die Pizza direkt aus dem Karton. Dabei surfte sie im Netz. Versuchte Zeitungsausschnitte zu finden, die sich mit dem Mord an Nikki beschäftigten. Viele waren es nicht. Genau genommen nur zwei. Sie fand noch eine kurze Notiz über den Selbstmord des mutmaßlichen Täters in Haft, das war alles.

Sie macht sich eine Notiz: »Archiv der Woltersweiler Zeitung kontakten«. Sie rieb sich mit zwei Fingern die Augen, fühlte sich müde, ausgebrannt und überfordert.

Nicht mein Zirkus, nicht meine Affen, dachte sie.

Wobei das alte polnische Sprichwort in diesem Fall nicht wirklich zutraf. Natürlich waren es ihr Zirkus und ihre Affen.

Sie checkte ihre E-Mails. Nichts Neues bezüglich ihrer Suspendierung, was zu erwarten gewesen war. Auch wenn sie insgeheim gehofft hatte, dass die Entscheidung schneller fallen würde. Aber danach sah es nicht aus.

Sie braucht einen Schnaps. Die Gedanken an Nikki und den Mordfall drohten überhandzunehmen. Alkohol war ihre Flucht. Flucht vor ihrem Kopf, der niemals Ruhe gab, der sie 24 Stunden am Tag terrorisierte. Der permanent Fragen stellte, sie aufforderte, Dinge zu Ende zu denken, Dinge neu zu denken, Dinge anders zu denken, der ihr niemals eine Ruhepause gönnte. Ihr Kopf, den sie immer wieder überlisten musste, damit er sie wenigstens für ein paar Stunden in Ruhe ließ. Ihr Kopf, der sie jeden Tag aufs Neue an ihre Grenzen brachte und es nicht zulassen konnte, dass sie sich entspannte und einfach losließ. Ihr Kopf, der sie jeden Tag ans Limit stoßen ließ. Und darüber hinaus. Ihr Kopf, der meistens Fluch, aber manchmal auch Segen war. Jedenfalls in ihrem Job.

Aber sie hatte zurzeit keinen Job.

War sie gerade auf dem Weg, sich selbst einen zu beschaffen? Was aber, wenn sich herausstellte, dass es gar keinen Fall und somit keinen Job gab? Was, wenn sich herausstellte, dass trotz der schlampigen Ermittlungen der Soko ihr Bruder der Mörder war?

Im Arbeitszimmer ihres Vaters wurde sie fündig. Im 70er-Jahre-Schrank mit der kleinen abschließbaren Bar, die innen mit Spiegeln verkleidet war. Gin. Rum. Grappa. Ouzo. Whisky. Sie griff sich die Flasche Grappa, öffnete sie und trank. Sie musste husten, so scharf war das Zeug. Sie holte sich aus der Küche ein Schnapsglas, goss es voll und setzte sich auf die Couch.

»Prost«, murmelte sie und kippte den Grappa auf ex.

Aus dem einen Schnaps wurde letztlich fast die ganze Flasche. Gegen 2 Uhr nachts war sie stockbetrunken. Kein Gedanke mehr an Nikki und den Mordfall.

Jedenfalls bis zum Aufwachen.

* * *

Der schwarze 3er-BMW mit dem SB-Kennzeichen stand im Schatten zwischen zwei Straßenlaternen, keine zwanzig Meter von Jules' Elternhaus entfernt. Am Steuer ein muskulöser Mann Mitte 40 mit Vollbart, Glatze und furchteinflößenden Knasttattoos. Er hatte beobachtet, wie Jules gegen Nachmittag das Haus betreten hatte. Seitdem war sie nicht mehr rausgekommen, hatte sich lediglich Essen liefern lassen.

Der Mann öffnete das Handschuhfach. Darin lag eine SIG Sauer P6. Daneben ein Flachmann, den er herausholte. Er schloss das Handschuhfach, schraubte den Flachmann auf und prostete in Richtung von Jules' Elternhaus.

»Auf dich, du Miststück«, murmelte er, wobei er grinste. »Wir sehen uns. Freu mich.«

Er nahm einen Schluck. Rülpste. Dann startete er den BMW, wendete und fuhr im Schritttempo weg.

* * *

Als Jules am nächsten Morgen die Haustür aufschloss, fand sie ein unter der Tür durchgeschobenes DIN-A4-Blatt. Eine handgeschriebene Liste mit Namen, Dienstgraden, Telefonnummern und Adressen: Die Namen der 22 Beamten, die 1988 Teil der »Soko Nicola« gewesen waren.

Ihr Herz klopfte laut bis zum Hals.

Woltersweiler, Saarland

Kaisersaal
Samstag, 20:35 Uhr

Mir ist kotzübel. Ich kann nicht mehr. Ich will nicht mehr.

»Kurze Pause«, röchele ich heiser ins Mikro. »Das Buffet ist wieder zugänglich.«

Erneut prostet mir Soboletzki höhnisch grinsend zu.

Ich greife mir mein Handy und die Whiskyflasche, stehe auf, ignoriere die Unmutsbekundungen im Publikum und eile in Richtung Backstage-Raum.

»Vorhang zu. Musik an«, sage ich dabei zu Klemens, der mich ansieht, als hätte ich komplett den Verstand verloren.

Im Backstage-Raum lasse ich mich auf die Couch fallen. Schließe die Augen. Mein Herz rast. Ich höre, wie Klemens eine weitere Playlist startet. Meine Ersatzplaylist. Mit Sarah McLachlan, Aimee Mann, Tori Amos.

Ohne anzuklopfen, kommt Katarina hereingestürmt. In ihrer Hand das Tablet. »Hanna! Alles okay? Was ist los?«

»Ich … keine Ahnung. Brauch 'ne kurze Pause«, stammele ich.

»Soll ich 'nen Notarzt rufen?«, fragt sie besorgt.

»Was? Nein, Quatsch, alles gut. Gib mir fünf Minuten.«

»Willst du vielleicht was essen? Soll ich Erbse Bescheid sagen?«

Sie hat recht, ich müsste dringend was essen, fühle mich unterzuckert, ahne aber gleichzeitig, dass ich keinen Bissen runterkriegen würde.

»Alles gut, Katarina«, sage ich. »Halt mir einfach alle vom Leib. Nur fünf Minuten. Bitte.«

Sie zögert. Dann nickt sie und geht.

Klemens kommt von der Bühne und holt sich ein Bier aus dem Kühlschrank. »Ich darf doch, oder?«

Ich nicke. Er wirft mir einen Blick zu, den ich in einem Roman als *mitleidig* beschreiben würde. Ich versuche, mich zu sammeln, zu fokussieren, alles auszublenden.

Scheitere.

In meinen Ohren ein unangenehmes, lautes Rauschen. Ich nehme einen Schluck Whisky direkt aus der Flasche, als Manfred Haag, der Dorf-Doc, hereingestürmt kommt, wobei Katarina noch versucht, ihn aufzuhalten. »Warten Sie! Sie können doch nicht …!«

»Alles in Ordnung bei dir?«, fragt Manfred. »Kann ich irgendwie helfen?«

»Hey! So läuft das nicht!«, versucht Katarina zu intervenieren. »Hanna muss …«

»Schon okay, Katarina«, sage ich. »Mach die Tür zu.«

»Aber du meintest doch eben, ich solle alle …«

»Alles gut, Katarina«, unterbreche ich. »Mach bitte die Tür zu.«

»Oh, Mann«, stöhnt sie und zieht die Tür hinter sich ran.

Manfred setzt sich neben mich auf die Couch, mustert mich besorgt. »Brauchst du irgendwas, Hanna? Soll ich schnell in die Praxis fahren und …«

»Das geht nicht, Manfred«, erwidere ich matt. »Es kommt heute Abend niemand hier raus.«

»Und wenn es sich um einen Notfall handelt?«

»Auch dann nicht. Aber es ist ja auch kein Notfall«, stelle ich klar. »Ich habe nur gerade einen kleinen Tiefpunkt. Dauert nicht lange, dann geht's wieder.«

»Hast du Fieber? Kreislaufprobleme? Ist dir schwindelig?«

»Nein, kein Fieber, kein Kreislauf, alles gut.«

Manfred sieht auf die Whiskyflasche auf dem Couchtisch.

»Alkohol ist natürlich extrem kontraproduktiv, wenn man eh schon angeschlagen ist und ...«

»Bist du meine Mutter, oder was?«, unterbreche ich gereizt. »Ich habe im Moment echt andere Sorgen.«

Manfred macht eine abwehrende Geste und steht auf.

»Entschuldige«, murmelt er. »Wollte ja nur helfen.«

»Ja. Danke.«

»Tut mir leid. Ich wollte dich nicht ...«

»Ist gut jetzt, Manfred«, unterbreche ich. »Ich brauch einfach nur ein wenig Zeit für mich.«

Er nickt. »Wenn was sein sollte, ich bin da.«

Ich nicke knapp, ohne ihn anzusehen. Er geht.

Ich schließe die Augen, atme durch. In meinem Kopf eine bleierne Leere, die mich zutiefst erschreckt. Ich wollte die Zügel über den Ablauf des Abends in der Hand behalten, und jetzt droht mir alles zu entgleiten. Ich weiß nicht, wie es weitergehen soll, weiß nicht, ob ich das alles physisch und psychisch durchstehe.

Ich wuchte mich vom Sofa hoch, gehe zur Tür und öffne sie. Davor steht Katarina im Gespräch mit mehreren sichtlich aufgebrachten Besuchern, unter ihnen auch Maren Müller-Kaufmann.

»Katarina?«

Sie sieht zu mir. Maren auch. »Das geht so nicht, Hanna«, poltert sie los. »Du kannst doch nicht einfach ...«

»Halt die Fresse, Maren«, unterbreche ich sie so betont sachlich wie möglich und gebe Katarina ein Zeichen, dass sie reinkommen soll. Ich schließe die Tür hinter ihr, kann Maren aber noch weiter lamentieren hören.

»Ich glaub, ich brauch wirklich was zu essen. Ein belegtes Brötchen, keine Ahnung. Irgendwas.«

»Ich kümmere mich«, sagt Katarina knapp und ist im nächsten Moment verschwunden. Ich lehne mich mit dem Rücken gegen die geschlossene Tür. Versuche, die Wortfetzen aus dem Saal zu ignorieren.

»… Frechheit … Skandal … verarschen will die uns … alles Lüge … was für eine Spinnerin …«

Ich schließe die Augen.

Stehe wieder am Grab meines Vaters. Eine Schaufel mit Erde in der Hand. Schütte die Erde auf den Sarg. Spüre … nichts. Außer dem diffusen Gefühl, dass ich alleine bin. Wie jetzt. Herry und seine Jungs können zwar sicherstellen, dass keiner raus- und reinkommt ,und auch Erbse und Katarina haben ihre Jobs im Griff, aber bei dem, was ich vorhabe, bin ich alleine. Es gib niemanden, der mich aufbauen könnte, der mir Kraft geben könnte, der mich davon überzeugen könnte, dass das, was ich tue, das Richtige ist. Und im Moment weiß ich nicht mehr, ob es das Richtige ist.

Das Klopfen an der Tür holt mich zurück in die Realität. Ich habe jegliches Zeitgefühl verloren. Es fühlt sich an, als sei eine Ewigkeit vergangen, aber in Wahrheit handelte es sich wahrscheinlich nur um wenige Minuten, in denen Katarina mir was zu essen besorgt hat.

»Hier«, sagt sie und drückt mir einen Plastikteller mit Spaghetti Bolognese inklusive einer Plastikgabel in die Hand. »Lauwarm, aber genießbar. Meinte Erbse.«

»Danke«, murmele ich und schlinge die Nudeln runter.

Sie steht wartend im Türrahmen und mustert mich mit leicht schief gelegtem Kopf.

»Was?«

»Ich mache mir Sorgen. Um dich. Vielleicht solltest du wirklich in Erwägung ziehen …«

»Nein. Keine Option«, erwidere ich mit vollem Mund, obwohl ich mir natürlich ganz und gar nicht sicher bin.

»Ich mein ja nur«, murmelt sie.

»Danke fürs Essen«, sage ich. »In fünf Minuten geht's weiter.«

»Okayyyy«, meint sie und schließt die Tür des Backstage-Raums hinter sich.

Ich nehme einen Schluck Whisky direkt aus der Flasche. Schaufele weiter Spaghetti in mich rein. Das Bild von Soboletzki in meinem Kopf, wie er mir grinsend mit seinem Flachmann zuprostet. Spüre plötzlich, wie mir alles hochkommt. Kotze neben den Couchtisch in den Abfalleimer. Huste. Röchle. Spucke. Japse nach Luft. Sehe aus den Augenwinkeln Klemens, der am Aufgang zur Bühne steht. Ich verscheuche ihn mit einer Handbewegung und wische mir den Mund ab. Schnäuze mir die Nase und nehme einen Schluck Wasser.

Ich bin stinksauer. Auf mich. Weil mir Soboletzki heute Abend mehrfach die Zügel aus der Hand genommen hat. Und weil ich es zugelassen habe. Und weil er mich zum Stottern gebracht hat und alle am Eingang es mitbekommen haben. Er kontrolliert mich wie ein Puppenspieler seine Handpuppe.

Ich muss durchgreifen. Sofort. Sonst verspiele ich das, was ich an Assen im Ärmel habe: meine Glaubwürdigkeit und meine Autorität. Und die brauche ich, um meine Geschichte zu Ende zu bringen und den Mörder zu überführen.

Ich ziehe mein durchgeschwitztes T-Shirt aus. Jakobs YPS-T-Shirt. Durchwühle meinen Rucksack nach einem Ersatz-Shirt. Finde ein schwarzes Queensrÿche-Shirt. »Operation Mindcrime«. Ziehe es an. Dann rufe ich Katarina herein.

»Besorg mir bitte einen doppelten Espresso. Und hol Herry her.«

Sie nickt. Ich schließe die Tür hinter ihr.

Klemens taucht am Eingang zur Bühne auf. In seiner Hand die halb volle Bierflasche. »Entschuldigung, will ja nicht nerven. Aber gibt es irgendeine Art von Zeitplan? Ich meine ...«

»Nach dem Espresso geht es weiter. Drei Minuten«, unterbreche ich. Klemens nickt. Zögerlich. Sehr zögerlich. Dann zieht er sich zurück auf die Bühne.

Katarina kommt zurück. In ihrem Schlepptau Herry. Ich nehme meinen Espresso entgegen, bedanke mich und schließe die Tür.

»Soboletzki. Nimm ihm den Flachmann ab.«

Herry ist überrascht. »Wat? Aber ick dachte ...«

»Tu es einfach, Herry, okay?«

»Und wat, wenn dit Janze ...?«

»... eskaliert?«, ergänze ich.

Er nickt.

»Es darf nicht eskalieren. Und es wird nicht eskalieren. Lass dich auf keine Diskussionen ein. Nimm ihm einfach den Scheiß-Flachmann weg.«

»Und der ursprüngliche Plan? Jestorben, oder wat?«

»Nein, nicht gestorben. Er wurde nur gerade ein bisschen ... modifiziert.«

Herry sieht mich an, als versuche er einzuschätzen, ob ich weiß, was ich da tue.

»Ich gebe dem Arschloch gleich noch eine Chance, den Flachmann freiwillig abzugeben«, erkläre ich. »Falls er sich weigert, bist du dran, okay?«

»Jeht klar«, nuschelt Herry und verschwindet.

Ich sehe auf mein Handy: 20:52 Uhr. Es wird Zeit.

Ich schnappe mir mein Handy und die Whiskyflasche und gehe auf die Bühne. Klemens sitzt an seinem Mischpult, trinkt sein Bier und blättert dabei in einer Autozeitschrift. Er zuckt kurz zusammen, als er mich bemerkt. »Geht's weiter?«, fragt er.

»Geht weiter«, bestätige ich und setze mich an den Tisch, stelle den Whisky neben ein Stuhlbein und lege mein Handy ab.

»Sie sagen Bescheid, wenn Sie bereit sind«, höre ich Klemens hinter mir.

»Bereit«, erwidere ich.

Die Musik stoppt, der Vorhang gleitet zur Seite.

Die meisten Plätze sind leer. Viele Besucher bedienen sich noch am Büffet und unterhalten sich, andere stehen in Grüppchen zusammen. Darunter auch die Ministerpräsidentin und die Bürgermeisterin. Soboletzki steht bei Ralf und Susanne am Rande des Saals.

»Die Pause ist beendet«, sage ich ins Mikrofon. »Setzt euch bitte wieder.«

Es dauert eine gefühlte Ewigkeit, bis alle wieder ihre Plätze eingenommen haben und ich mir der Aufmerksamkeit der Anwesenden sicher sein kann. Ich nicke Herry zu, der daraufhin zusammen mit Mike unauffällig in Soboletzkis Nähe Position bezieht.

»Soboletzki?«, sage ich ins Mikro.

Soboletzki, sichtlich überrascht, dass ich ihn direkt anspreche, sieht zu mir.

»Gib deinen Flachmann ab. Jetzt.«

Herry geht durch die Sitzreihe zu Soboletzki. Was Soboletzki nicht sieht: In der Sitzreihe hinter ihm nähert sich Mike.

Herry hält Soboletzki auffordernd die offene Hand hin. Soboletzki grinst und nimmt demonstrativ einen weiteren Schluck aus dem Flachmann.

»Nimm ihm das Teil ab, Herry«, sage ich.

Herry will sich den Flachmann greifen, doch Soboletzki lässt ihn blitzschnell hinter seinem Rücken verschwinden. Grinst Herry an. »Und jetzt, du Affe?«

Bevor die Situation eskalieren kann, greift sich Mike Soboletzkis Handgelenk von hinten und entwendet ihm den Flachmann. Soboletzki ist sichtlich überrascht und aus der Bahn geworfen, damit hat er offensichtlich nicht gerechnet. Er beschimpft die beiden als »Arschficker« und »Fotzen«, aber Mike und Herry lassen sich nicht provozieren und gehen gelassen zurück zu ihren Plätzen am Eingang.

»Wenn sich jetzt alle wieder beruhigt haben, würde ich gerne weiterlesen«, sage ich.

Ralf redet auf Soboletzki ein, der stinksauer ist. Auch Susanne versucht, ihn runterzufahren. Es dauert eine weitere gefühlte Ewigkeit, bis das Gemurmel wieder ein Normalmaß erreicht hat, das es mir ermöglicht weiterzulesen.

»Danke«, sage ich leise, schnappe mir das Manuskript und blättere zu Kapitel 4 von *Phantom*.

4

Jules saß im Wartezimmer der Praxis ihres ehemaligen Schulkameraden Manfred Haag und blätterte in einer Frauenzeitschrift. In den ersten Artikeln ging es darum, als Frau mit ein paar Pfunden zu viel auf den Hüften zu sich zu stehen und sich so zu akzeptieren, wie man war. In den Artikeln danach wurden Tipps gegeben, wie man schnell und nachhaltig abnehmen konnte.

Jules wollte gerade nach einer Autozeitschrift greifen, da wurde sie von der Sprechstundenhilfe ins Behandlungszimmer gerufen.

Manfred saß hinter einem riesigen Schreibtisch mit Glasplatte und füllte ein Rezept aus, als sie hereinkam. Jules ließ sich ihre Überraschung über sein fehlendes Haupthaar und die gut 40 Kilo Übergewicht nicht anmerken, aber der Herr Doktor hatte rein optisch nichts, aber auch gar nichts mehr mit dem blonden Sonnyboy und Fußballgott aus den 80er-Jahren gemein.

Manfred sah über den Rand seiner Brille hoch. »Juliana, hallo. Setz dich.« Er deutete auf den Stuhl vor dem Schreibtisch. Jules setzte sich.

Manfred legte das Rezept zur Seite und musterte sie. »Wie lange haben wir uns jetzt nicht mehr gesehen?«, fragte er.

»Fast 30 Jahre«, erwiderte Jules.

»Mann, Mann, wie die Zeit vergeht. Aber gut siehst du aus«, sagte er. »Die Frisur ist echt klasse.«

»Ich weiß«, erwiderte Jules sachlich.

Manfred lächelte. Es war ein professionelles Lächeln, kein herzliches. »Wie kann ich dir helfen?«, fragte er.

»Es geht um das hier ...« Jules zog die Akte des Mordfalls »Nicola« aus ihrer Umhängetasche und schob sie Manfred über den Tisch zu. »Ab Seite 65.«

Manfred betrachtete die Akte fast schon angewidert. »Juliana, was soll das?«

»Dein Vater hat die Obduktion durchgeführt, wie du sicher weißt.«

»Worauf willst du hinaus?«

»Ich möchte einfach deine Meinung dazu hören. Die Meinung eines Experten. Es gibt da ein paar Sachen, die ich nicht verstehe. Ich würde sie aber gerne verstehen.«

»Was zum Beispiel?«

»Wie es sein kann, dass nach einer Vergewaltigung keine Spuren des Täters gefunden werden? Die Spurensicherung und dein Vater hätten massenhaft Spuren finden müssen. Aber die einzige Spur – laut Akte – war Jakobs Sperma. *Auf* Nikki wohlgemerkt.«

»Bitte was?«

»Jakobs Sperma wurde angeblich *auf* Nikki gefunden, nicht in ihr. Ist es plausibel, dass ein Vergewaltiger nicht *in* sein Opfer ejakuliert? Und nur am Rande: laut der Akte *vermuteten* die Ermittler lediglich, dass es sich um Jakobs Sperma handelte. Der betreffende Absatz ist in der Akte so kryptisch formuliert, dass ich ihn mehrfach lesen musste, um zu verstehen. Fakt ist: es wurde nie *bewiesen*, dass es sich um Jakobs Sperma handelte. Weil: keine Woche nach dem Mord hat sich Jakob in der U-Haft ja umgebracht, wie du dich sicher noch erinnerst. Und das war ja wohl eindeutig ein Schuldeingeständnis. Warum also noch weiter ermitteln?«

Manfred stand auf und stellte sich ans Fenster. Sah hinaus.

»Inzwischen bin ich mir auch sicher, dass damals *überhaupt kein Sperma,* weder von Jakob noch von sonst wem, auf der Leiche gefunden wurde. Die Akte – inklusive des Obduktionsberichts – ist von vorne bis hinten ...«

»Es ist sinnlos, Juliana, es ändert nichts«, unterbrach Manfred, ohne sich zu ihr umzudrehen.

»Es ändert alles, Manfred«, widersprach Jules. »Alles.«

Manfred sah sie über die Schulter an. »Du verrennst dich. Dein Bruder ...«

»Er war kein Mörder«, unterbrach Jules. »Er war einfach ... anders. Aber er war kein Mörder.«

»Alles sprach gegen ihn«, erwiderte Manfred.

»Sieh dir die Akte an, wenn du dazu kommst«, sagte Jules. »Ich habe die relevanten Stellen angestrichen.«

Manfred räusperte sich. »Dir ist schon klar, dass du dir damit keine Freunde machst.«

»Freunde sind überbewertet«, erwiderte Jules knapp. »Kommen und gehen. No big deal.«

Manfred rieb sich mit Daumen und Zeigefinger die Augen.

»Alle im Dorf wissen Bescheid, an was du dran bist«, sagte er, während er sich hinter seinen Schreibtisch setzte. »Genau wie dein Vater in den letzten Jahren. Wobei sich jeder gefragt hat, warum. Ich meine, es war ein offenes Geheimnis, dass er mit Jakob nicht wirklich so viel hatte anfangen können. Von daher hat ihn niemand wirklich ernst genommen. Auch du wirst eher belächelt.«

»Nur von einem nicht ...«

Manfred sah sie fragend an.

»Dem wahren Mörder«, ergänzte Jules.

* * *

Soboletzki, der gerade vom Laufband stieg, entdeckte sie als Erster. Er stupste Ralf auf dem Laufband neben ihm an. Ralf sah über die Schulter. Jules trug ein weißes Top, darunter einen Sport-BH und eine hautenge, knallbunte Gymnastikhose. In der Hand ihr Smartphone. Um ihren Hals baumelten Kopfhörer, über der Schulter ein Handtuch. Sie kam direkt auf Ralf und Soboletzki zu und legte ihr Handtuch über die Haltegriffe des Laufbands neben den beiden.

»Long time no see, ihr Schwuletten«, sagte sie, ohne zu lächeln.

»Du trainierst hier? Ausgerechnet hier«, blaffte Soboletzki sie an. »Hast du uns gesucht, oder was?«

»Dich habe ich ganz sicher nicht gesucht, Soboletzki. Ich wollte mit Ralf reden. Alleine.«

Soboletzki verengte die Augen zu Schlitzen. »Pass mal auf, du Fotze. Wenn du glaubst, dass …«

»Ist gut, Soboletzki«, unterbrach Ralf scharf und schaltete sein Laufband ab. »Lass uns allein.«

Soboletzki sah von Ralf zu Jules, die seinem Blick standhielt, und wieder zurück zu Ralf.

»Jetzt«, insistierte Ralf. Soboletzki machte eine abwehrende Geste, schnappte sich sein Handtuch und ging, ohne Jules eines weiteren Blickes zu würdigen.

»Süß, der kleine Heißsporn«, sagte Jules. »Eine derartige Null-Entwicklung hat fast schon was Tröstliches in Zeiten, in denen sich alles ändert und nichts bleibt, wie es war, oder?«

»Hallo, Frau Wunderlich«, sagte Ralf lächelnd, während er sich mit seinem Handtuch den Schweiß aus dem Nacken und dem Gesicht wischte. »Wie kann ich Ihnen behilflich sein?«

»Du weißt, wie du mir behilflich sein kannst. Deine Frau hat es dir doch sicher schon gesteckt.«

»Wie fandest du meinen Auftritt gestern im Kaisersaal? Ziemlich Rock'n'Roll, nicht wahr?« Er grinste sie an.

»Rock'n'Roll? Eher langweiliger, austauschbarer Synthie-Charts-Pop würde ich sagen«, erwiderte Jules gelangweilt. »Mit Tendenz zu Schlager.«

Ralf grinste. »Der war gut, der war richtig gut. Muss ich mir merken.« Er legte sein Handtuch zurück über die Haltegriffe des Laufbands. »Ah, nee, warte. Muss ich mir nicht merken. War eigentlich eher Scheiße.« Er lachte auf.

»Hattest du damals was mit Nikki?«, fragte Jules.

Ralf starrte sie an, wirkte für den Bruchteil einer Sekunde aus der Bahn geworfen. Dann lachte er erneut. »Irgendwie bist du echt lustig, Juliana. Warst du schon damals. Wenn auch eher unfreiwillig.«

Jules wusste genau, worauf er anspielte. Auf ihren Spitznamen, der sich auf ihre Größe von 1,80 und ihr damaliges Untergewicht bezog. Doch damit konnte er sie nicht provozieren. Nicht mehr. Sie war nicht mehr die schüchterne, unsichere Juliana, die »Bohnenstange« aus Woltersweiler. Schon lange nicht mehr. Sie war Jules, die toughe Kommissarin aus Frankfurt, die sich durch nichts und von niemandem einschüchtern und runtermachen ließ. Und schon gar nicht von so jemandem wie Ralf Weber.

»Hör auf, Spielchen zu spielen, Ralf. Du weißt, was ich will.«

»Spielchen? Hallo?«, erwiderte er. »Ich bin Politiker, die spielen doch keine Spielchen.« Er grinste breit, nur um dann wieder sein professionelles Pokerface aufzusetzen. »Vergiss es, Juliana. Ich habe im Moment wirklich andere Sorgen als die sentimentalen Anwandlungen einer ehemaligen Schulkameradin.«

»Es geht um Mord, Ralf.«

»Es *ging* um Mord. Aber der Case ist closed. End of story.«

»Der Case kann ganz schnell wieder geöffnet werden.«

Ralf musterte sie mit diesem spöttischen Lächeln, das Jules schon damals gehasst hatte. »Kann er nicht«, sagte er. »Und weißt du auch warum? Weil ich aus gut unterrichteten Kreisen erfahren habe, dass du zurzeit suspendiert bist. Das heißt, es gibt keine offiziellen Ermittlungen in der Sache, und es wird auch künftig keine geben.«

Jules hatte das Gefühl, als habe er ihr gerade brutal mit der Faust in die Magengrube geschlagen. *Woher weiß er das?*, dachte sie. *Das kann er nicht wissen. Es sei denn …*

»Ich habe mich ein bisschen über dich kundig gemacht«, erklärte Ralf. »Bei deinem Chef, Walter Bauer. Wir sind Parteifreunde und kennen uns von der Eröffnung der EZB in Frankfurt. Haben zusammen ein, zwei Bier getrunken. Fanden uns sofort sympathisch.«

Jules war geschockt, dass ihr Chef diese Art von Infos ausgerechnet an Ralf weitergegeben hatte, versuchte aber, sich nichts anmerken zu lassen. Ralf grinste Jules an, die überlegte, ob Bauer ihm wohl auch gesteckt hatte, *warum* sie suspendiert war.

»Das sind die Fakten«, fuhr Ralf fort. »Also. Was willst du von mir?«

Jules riss sich zusammen. »Die Wahrheit.«

»Von mir?« Er lachte. »Hast du was getrunken? Man munkelt ja, dass du dem Alkohol nicht abgeneigt sein sollst.«

»Man munkelt so einiges in Woltersweiler, das solltest du doch wissen«, erwiderte sie. »Wobei immer das Munkeln im Vordergrund steht, nicht der Wahrheitsgehalt. Oder stimmt es etwa, dass du seit Jahren eine Affäre mit …«, schoss Jules ins Blaue.

»Was willst du von mir, Juliana«, unterbrach Ralf eisig.

Bingo, dachte Jules.

»Nichts«, sagte sie. »Wollte nur ein bisschen mit dir über die guten alten Zeiten plaudern.« Sie schenkte ihm ihre Version des typischen Ralf-Weber-Grinsens.

Ralf beugte sich zu ihr und flüsterte in ihr Ohr. »Lass die Finger von der Sache.«

»Ich habe mich übrigens mal ein bisschen auf deiner Facebook-Seite rumgetrieben«, sagte Jules. »Du bist immer noch der überhebliche, selbstgerechte Blender, der du schon damals warst. Image und Oberfläche statt Inhalte. Es hat sich nichts geändert.«

Ralf grinste. »Ich bleibe dabei: Irgendwie bist du lustig, Juliana.«

Soboletzki kam dazu. »Muss euer kleines Kaffeekränzchen leider unterbrechen. Wir haben in 45 Minuten einen Termin in Saarbrücken. Radiointerview.«

Ralf griff sich sein Handtuch und ging, ohne sich von Jules zu verabschieden. Plötzlich drehte er sich noch mal zu ihr um.

»Waren wir damals eigentlich zusammen in der Kiste?«

»Wer mit mir gevögelt hat und sich nicht daran erinnert, hat nicht mit mir gevögelt«, erwiderte Jules.

Ralf lachte auf. »Aber ich weiß, wie deine Möpse aussehen.«

»Das bezweifle ich«, erwiderte Jules.

»Ich weiß übrigens auch, wie die aussehen, Wunderlich«, mischte sich Soboletzki ein, wobei er grinste. »Klein, straff, helle, harte, kleine Nippel. Steh ich eigentlich total drauf. Problem: Es sind deine Titten. Und die würd' ich nicht mal mit der Kneifzange anfassen.«

Ralf und Soboletzki lachten und gaben sich high five.

Jules überlegte fieberhaft, woher die beiden das wissen

konnten. Waren sie damals zusammen in der Sauna gewesen? Nacktbaden? Nein, waren sie ganz sicher nicht.

»Woher wollt ihr das wissen?«, fragte Jules.

»Du hast die den Türstehern von 'ner Rock-Disco gezeigt«, erklärte Ralf. »Namen hab ich vergessen. Im Wald bei Elversberg. 1988. War ein super lustiger Abend. Erinnerst du dich nicht mehr?«

Das entfernte Echo einer längst verlorenen Erinnerung streifte kurz Jules' Gedächtnis, lieferte aber keine Bilder.

Und ohne Bilder keine Erinnerung.

»Schönen Tag noch, Frau Kommissarin«, sagte Ralf spöttisch und ging mit Soboletzki in Richtung der Umkleidekabinen.

* * *

Am Steuer ihres Commodores auf dem Rückweg nach Woltersweiler spuckte ihr iPod ein Lied von Accept aus, und plötzlich fiel ihr der Name der Rock-Disse wieder ein.

Metal Heart.

Mai 1988. Ralf, Susanne, Manfred, Anita, Soboletzki, Nikki und sie. In Manfreds Audi 80. Soboletzki mit einem Sixpack Bier wie üblich im Kofferraum. Irgendetwas Beängstigendes war damals in der Nacht im »Metal Heart« passiert. Und es hatte mit Nikki zu tun gehabt. Oder mit Ralf? Mit allen?

Je mehr sie sich den Kopf zerbrach und versuchte, sich zu erinnern, desto weniger erinnerte sie sich.

* * *

Es dämmerte bereits, als sie den Opel vor dem Haus ihrer Eltern abstellte und ausstieg. Ihr fiel ein schwarzer 3er BMW mit SB-Kennzeichen auf, der in Sichtweite halb auf dem

Bürgersteig parkte. Die Scheibe der Fahrerseite glitt nach unten, und eine Hand schnippte eine Kippe nach draußen.

Autos mit SB-Kennzeichen waren eher selten in Woltersweiler.

Und Autos, die halb auf dem Bürgersteig parkten und deren Fahrer offensichtlich auf etwas zu warten schien, noch seltener.

Sie merkte sich das Kennzeichen und ging die Stufen zum Haus hoch.

Nachdem sie geduscht und einen überbackenen Toast gegessen hatte, saß sie mit einem Glas Rotwein im Wohnzimmer und blätterte – zum wievielten Male? – in der Akte des Mordfalls. Hoffte immer noch, über etwas zu stolpern, das ihr entgangen war. Irgendetwas. Doch sie wurde nicht fündig, hatte das Gefühl, in einer Sackgasse zu stecken. Sie war allein, hatte niemanden, mit dem sie sich über den Fall austauschen konnte. Kein Team, keine Vertrauten, keine Mitstreiter. Bis auf ihren Onkel. Aber der war natürlich kein Partner, wie Ciro es in Frankfurt war. Es gab nur Widersacher. Und Windmühlen. Sie vermisste Frankfurt, ihre eigenen vier Wände, ihren Alltag. Aber vor allem ihren Job. Die Ungewissheit, wie es mit ihrem Leben weitergehen würde, stresste sie, auch wenn sie das niemandem gegenüber zugegeben hätte.

Sie nahm einen weiteren Schluck Wein, als ihr Handy den Eingang einer WhatsApp-Nachricht meldete.

Ciro.

Sie schnappte nach Luft. Als hätte er gespürt, dass sie gerade an ihn gedacht hatte. Ihr war klar, dass er sich irgendwann melden würde, dennoch hatte sie gehofft, er würde es nicht tun.

Sie überlegte kurz, die Nachricht zu ignorieren, war dann

aber doch zu neugierig. Ciro wollte wissen, wie es ihr ginge, wo sie sei und ob alles in Ordnung war.

Ihr erster Impuls war, ihm zu antworten. Doch dann legte sie das Handy zur Seite. Sie wollte ihn da nicht mit reinziehen; es reichte, wenn sie selbst gegen Windmühlen kämpfte.

Sie legte die Akte beiseite und griff nach der Liste mit den Namen der damaligen Mitglieder der Soko, die ihr Onkel ihr gegeben hatte. Sie nahm sich vor, einen nach dem Anderen in den nächsten Tagen zu kontaktieren, auch wenn ihr bewusst war, dass sie damit dünnes Eis betreten würde. Sie war suspendiert und konnte sich nicht mehr als Kommissarin ausweisen, da sie ihren Ausweis inklusive ihrer Pistole auf der Dienststelle hatte abgeben müssen. Es könnte richtig Ärger für sie geben, falls sich einer der damaligen Beamten der Soko bei ihrem Chef melden und ihn über ihre Ermittlungen informieren würde.

Wobei: Wie viel Ärger könnte sie noch bekommen?

Sie erinnerte sich an ein Zitat von John Lennon: *Ich stand knietief in der Scheiße und musste mich dann auch noch hinknien.*

Sie musste es einfach versuchen, auch wenn sie befürchtete, dass keiner der – zumeist ehemaligen – Beamten mit ihr reden würde.

Sie holte den Karton, in dem ihre Mutter die Erinnerungsstücke an Jakob aufbewahrt hatte, und schüttete den Inhalt auf den Boden. Lucky-Luke- und Asterix-Comics. Ein blaues YPS-Shirt. Plastikfiguren aus Ü-Eiern. Kleine Modellautos. Fotoalben. Krimskrams. Taschenbücher von Stephen King und Philip K. Dick. Dass Jakob lesen konnte, daran konnte sie sich erinnern. Aber konnte er auch schreiben? Es gab kein Tagebuch oder etwas Ähnliches, soweit sie das erkennen konnte.

Sie steckte sich eine Zigarette an. Ihr Vater hätte sie dafür gehasst. Er hatte nie geraucht, und es hatte damals regelmäßig Stress gegeben, wenn sie in ihrem Zimmer im Untergeschoss am Fenster geraucht und er es gerochen hatte.

Sie blätterte durch Jakobs Fotoalben. Offensichtlich hatte er mithilfe der Fotos seinen Alltag dokumentiert. Akribisch. Mit Datum und teilweise sogar Uhrzeit. Und er schien wirklich oft im Wald gewesen zu sein.

Und am See, dem späteren Tatort des Mordes an Nikki.

Aber es gab keine Fotos vom Mai 1988, den Monat des Mordes. Die letzten Fotos in den Alben waren vom April 1988.

In der Küche öffnete sie eine neue Flasche Médoc. Sah nach draußen. Eine einsame Straßenlaterne versuchte vergeblich, den zähen Nebel zu durchdringen, der sich über den gepflasterten Parkplatz vor dem Haus gelegt hatte, auf dem ihr Opel stand.

Der BMW mit Saarbrücker-Kennzeichen war verschwunden.

Sie ging zurück ins Wohnzimmer und loggte sich mit ihrem Laptop über den Server ihrer Dienststelle in die Datenbank der Saarbrücker Zulassungsstelle ein. Der BMW war ein Geschäftswagen. Zugelassen auf eine Saarbrücker Im- und Exportfirma namens Saar-Trade. Inhaber war ein gewisser Olaf Gruber. Weder die Firma noch der Name des Besitzers sagten ihr etwas.

Sie klappte den Laptop zu und widmete sich wieder Jakob. Was genau war damals nicht mit ihm *in Ordnung* gewesen? Wie nannte man seine Behinderung, seine Einschränkung, sein Defizit? Damals hieß es einfach nur, er hatte ein Ding an der Klatsche. Geistig behindert. Debil.

De Mongo.

Sie recherchierte bei Wikipedia und stieß auf einen Artikel, in dem es um Intelligenzminderung ging. Bei einer sogenannten leichten Intelligenzminderung waren die Betroffenen schulbildungsfähig, meist allerdings nur in Förderschulen für Lernbehinderte. Das war bei Jakob der Fall gewesen. Zusätzlich konnte laut dem Artikel noch eine soziale und emotionale Unreife hinzukommen, sodass die Betroffenen eigenständig den Anforderungen einer Ehe oder einer Kindererziehung nicht nachkommen konnten.

Sie klickte das Wikipediafenster weg und starrte vor sich hin. Je intensiver sie sich mit Jakob und seinem Leben beschäftigte, desto mehr hatte sie das Gefühl, sich mit einem Fremden zu beschäftigen. Einem Alien. Es gab damals keine Schnittpunkte zwischen ihr und ihm. Sie kannte nur die offensichtlichen Eckpunkte: Sonderschule. Danach Arbeit in einer Behinderten-Werkstatt im Nachbarort. Aber was für ein Mensch war er gewesen? Womit hatte er sich beschäftigt? Von was hatte er geträumt?

Sie wusste es nicht und würde es wohl nie erfahren.

Genau wie bei ihrem Vater.

Was also war ihre wahre Motivation bei der ganzen Sache? Ging es ihr wirklich um ihren Bruder und um Gerechtigkeit? Oder stürzte sie sich nur aus egoistischen Gründen auf den Fall? Weil es ihr guttat? Weil sie viel zu viel Zeit hatte und nicht nachdenken wollte? Weil es ihr das Gefühl gab, etwas Sinnvolles zu tun? Etwas, das einen Unterschied machte?

Sie versuchte, sich an die Zeit mit Jakob zu erinnern. Hatte er jemals gesprochen? Sie war sich ziemlich sicher, dass das nicht der Fall gewesen war. Gegrunzt, gefiept und gejault hatte er öfter, um sein Missfallen und seine Abneigung auszudrücken. So wie bei der Aktion mit der neuen Brille. Aber gesprochen? Nein, hatte er nicht. Wieso eigentlich nicht?

Er war doch nicht stumm gewesen. Und wie hatte er die Sonderschule schaffen können und danach die Arbeit in der Behinderten-Werkstatt bewältigt? Ohne zu sprechen? Sie machte sich eine Notiz: Angestellte und Leitung der Werkstatte kontaktieren.

Eine weitere WhatsApp-Nachricht von Ciro trudelte ein.

»Nicht jetzt«, murmelte sie. »Bitte …«

Sie schaltete ihr Handy aus und nippte an ihrem Wein. Sie hatte niemandem in Frankfurt Bescheid gesagt, dass ihr Vater gestorben war und sie zurück in die alte Heimat fahren würde. Klar, dass sich Ciro Sorgen machte. Vielleicht sollte sie ihm einfach kurz Bescheid geben, dass alles in Ordnung war und …

Nein, das würde sie nicht tun. Zumal nichts in Ordnung war. Diese Sorgen gehörten allein Ciro. Sie war nicht seine Mutter.

Sie brauchte einen Schnaps.

Jetzt.

Nicht für sich, nur für ihren beschissenen, scheiß-fucking, auf Hochtouren durchdrehenden Kopf.

Woltersweiler, Saarland

Kaisersaal
Samstag, 21:26 Uhr

Ich breche ab, da ich spüre, wie sich Unruhe im Publikum breitmacht. Ich sehe hoch. Soboletzki. Er hat seinen Platz verlassen und ist auf dem Weg zum Ausgang, wo meine Berliner Jungs stehen.

»Soboletzki! Setz dich wieder!«

»Leck mich am Arsch, Krämer!«, blafft er für alle hörbar und ohne sich zu mir umzudrehen. »Das ist der komplette Schwachsinn hier. Ich brauch jetzt 'nen Drink.«

»Du bleibst hier!«, zische ich ins Mikro.

»Fick dich, Stotter-Fotze!«

»Setz dich, du Penner!«, brüllt Herry vom Eingang her.

»Und du kannst dich gleich mit ficken, du Pisskopf«, brüllt Soboletzki in Richtung Herry. »Ich bin raus. Und du wirst mich nicht daran hindern!«

Lusche eilt Soboletzki entgegen. »Setz dich einfach wieder hin, Mann, und mach keinen Stress«, fordert er Soboletzki auf, während er demonstrativ seine Lederjacke ein Stück offenhält und Soboletzki seine Knarre im Schulterholster präsentiert.

»Ich geh da jetzt raus!«, krakeelt Soboletzki. »Was willst du dagegen tun, Arschloch? Mich erschießen?«

»Lass es drauf ankommen«, sagt Lusche so ruhig, wie es einem Heißsporn wie ihm nur möglich ist, während seine Hand auf dem Knauf seiner Knarre ruht.

Was auch für Soboletzki gut zu sehen sein sollte.

Doch den scheint das nicht zu interessieren. Er versucht, sich an Lusche vorbei in Richtung der beiden Flügeltüren zu drängen. Lusche stellt sich ihm erneut in den Weg. Ein Wort gibt das andere. Soboletzki schubst Lusche, der schubst zurück. Herry, Mike und Tier kommen dazu, drängen Soboletzki zurück in Richtung seines Platzes. Soboletzki wütet, schimpft, flucht, tritt nach den »Demons«. Herry versucht, Soboletzki in den Schwitzkasten zu nehmen. Soboletzki tritt ihm in den Unterleib. Herry geht röchelnd zu Boden. Die Situation droht komplett außer Kontrolle zu geraten.

Ich muss eingreifen. Verbal dazwischen gehen. Mich einmischen. Mich positionieren. Versuchen, zu deeskalieren.

Aber ich schaffe es nicht. Ich habe das Gefühl, nur die Beobachterin eines Films zu sein, auf dessen Geschehen ich keinen Einfluss habe.

Wie in Zeitlupe registriere ich, dass Lusche seine Pistole zieht und brüllt: »Ich mach dich fertig, du Pisser!«

»Lusche! Nein! Nicht!«, krächze ich heiser ins Mikro.

Soboletzki wirft sich auf Lusche. Beide gehen zu Boden.

Dann fällt ein Schuss.

Ich zucke zusammen.

Spitze Schreie im Publikum. Die Besucher werfen sich panisch zu Boden, gehen in Deckung. Wie durch einen Nebel nehme ich wahr, dass der Bodyguard der Ministerpräsidentin diese zu Boden reißt und sich schützend über sie wirft. Nikkis Eltern, die schreien. Soboletzki, der schreit. Katarina, die ihr Tablet fallen lässt und sich zu Boden wirft.

Manfred, der Anitas Kopf schützend gegen seine Brust drückt. Menschen, die panisch in Richtung der verschlossenen Türen rennen.

Ich springe auf und renne zu Soboletzki, der halb auf Lusche liegt. Lusche hat die Knarre in der Hand, wirkt wie unter Schock. Soboletzki bewegt sich nicht, er scheint ohnmächtig zu sein. Überall Blut. Ich registriere, dass einige der Besucher an den verschlossenen Ausgangstüren rütteln.

Herry zieht den ohnmächtigen Soboletzki von Lusche runter.

»Jeh zum Eingang!«, brüllt er Lusche an. »Keener kommt raus!«

Lusche scheint nicht zu verstehen, wirkt ganz weit weg. Herry verpasst ihm eine Ohrfeige, was Lusche zur Besinnung kommen lässt. Tier greift sich Lusches Waffe und steckt sie in seinen Hosenbund.

»Sichert die Tür!«, brüllt Herry. Tier, Lusche und Mike rennen hin. Herry betrachtet sich Soboletzkis Wunde. Die Kugel hat seinen Unterschenkel getroffen, vermutlich das Schienbein.

»Glatter Durchschuss würd' ich sagen. Nicht lebensgefährlich.«

Ich sehe ins Publikum. Menschen in Schockstarre. Kreidebleich. Zitternd. Schluchzend. Am Eingang drängen Mike, Lusche und Tier die Gäste ab, die hinauswollen.

Manfred, Ralf und Susanne kommen zu Soboletzki, mir und Herry geeilt. Alle drei sind geschockt. Susanne will was sagen, schafft es aber nicht. Manfred kniet sich zu Soboletzki, will die Verletzung begutachten.

»Bring ihn ins Backstage und kümmere dich um ihn«, sage ich zu Herry. »Es gibt da einen Notfallkoffer. Katarina soll dir helfen.«

Manfred starrt mich fassungslos an. »Er hat eine Schussverletzung, Hanna. Er muss ins Krankenhaus!«

Ich ignoriere ihn. »Schaff ihn nach hinten, Herry. Jetzt.«

Herry legt sich Soboletzki über die Schulter, als sei er ein Kartoffelsack, und verschwindet mit ihm im Backstage-Raum. Katarina folgt den beiden. In den Gesichtern des Publikums Entsetzen, Fassungslosigkeit, blanke Panik.

Und Angst.

»Manfred hat recht«, mischt sich Ralf ein. »Er muss ins Krankenhaus.«

»Nein«, erwidere ich fest. »Herry und Katarina kümmern sich um ihn. Die Verletzung ist nicht lebensbedrohlich.«

»Sagt wer?«, will Manfred wissen. »Dein Security-Chef, der Biker? Hat der Medizin studiert, oder was?«

»Auf jeden Fall kennt er sich mit Schussverletzungen aus, das ist Alltag in seinem Job.«

Manfred stöhnt. »Er braucht ärztliche Hilfe, Hanna. Lass mich helfen.«

»Nein, Manfred.«

»Du bist komplett verrückt«, zischt Susanne. »Du gehörst in die Klapse, nicht auf die Bühne!«

»Die Lesung ist beendet, Hanna«, sagt Ralf entschieden. »Sag deinen Kettenhunden, dass sie die Türen öffnen sollen! Und ruf einen Krankenwagen und die Polizei!«

»Die Lesung ist beendet, wenn ich sie beende«, erwidere ich eisig. »Ihr bleibt! Alle bleiben. Bis zum Ende.«

»Merkst du noch was?«, brüllt mir Ralf ins Gesicht. »Das hier *ist* das Ende!«

»Es ist vorbei, wenn *ich* entscheide, dass es vorbei ist, Ralf«, erwidere ich.

Ralf tauscht einen Blick mit Susanne. Susanne schließt kurz die Augen.

»Das wird Konsequenzen haben, Hanna«, zischt Ralf. Er wendet sich ab und stampft zurück zu seinem Platz. Susanne sieht mich an. In ihrem Blick nichts als Verachtung. Und eine Spur Mitleid. Wahrscheinlich weil sie zu wissen glaubt, was mich nach der Lesung erwartet.

»Ich hoffe, du weißt, was du tust«, sagt sie. »Aber ganz ehrlich: Ich bezweifle es.«

Sie geht zu Ralf, der sich mit vor der Brust verschränkten Armen auf seinen Platz gesetzt hat.

Maren taucht neben mir auf. In ihrem Schlepptau Birgit Görgen. Beide kreidebleich. »Hanna. Ich … wir …«, stammelt Maren. »Wir sind entsetzt. Das muss ein Ende haben.«

»Du musst die Veranstaltung abbrechen. Sofort«, sagt Birgit aufgewühlt. »Hier wurde eine Grenze überschritten. Es besteht akute Gefahr für das Leben aller Gäste.«

»Nur für Solche, die Stress machen«, erwidere ich.

Birgit starrt mich mit halb offenem Mund an. Ich zucke mit den Schultern. »Ich habe meine Jungs offensichtlich nicht mehr im Griff«, sage ich. »Dumm gelaufen, ist aber so. Und die sind unberechenbar. An eurer Stelle würde ich mich einfach wieder hinsetzen und die Füße stillhalten.«

Maren und Birgit tauschen einen Blick. Dann wenden sie sich wortlos ab und gehen zurück zu ihren Plätzen.

Ich sehe zu Adi. Er steht immer noch bewegungslos rechts von der Bühne an der Wand. Und grinst. In meine Richtung. Eindeutig.

Ich wende eilig den Blick ab. Sehe, dass sich die Eltern von Nikki gegenseitig umarmt halten. Emma Lehberger weint.

Ich schaue hinüber zum Eingang. Mike, Lusche und Tier scheinen alles wieder im Griff zu haben.

Ich atme tief durch und sehe in Richtung Backstage, als

mein Herz mehrere Schläge aussetzt, denn Manfred betritt gerade den Backstage-Raum und schließt die Tür hinter sich.

Ich renne hin, will die Tür aufreißen, als Manfred von Herry rausgedrängt wird. In Manfreds Blick Fassungslosigkeit, Unverständnis, Schock. Ich ziehe ihn zur Seite.

»Kein Wort! Zu niemandem!«, zische ich ihm ins Ohr. »Auch nicht zu Anita. Kapiert?« Dann wende ich mich an Herry. »Bleib erst mal hier, keiner darf da rein«, sage ich zu ihm. Herry nickt.

Manfred sieht mich mit leerem Blick an. »Warum, Hanna? Warum?« Seine Stimme klingt heiser.

»Das wirst du noch selbst rausfinden«, antworte ich.

Er starrt mich an, als sei ich komplett geistesgestört.

»Du hältst die Klappe, verstanden?«

Manfred zögert, weicht meinem Blick aus, sieht zu Anita, die auf ihrem Platz sitzt.

»Manfred! Hast du mich verstanden?«

Er sieht mich an, wirkt immer noch, als würde er komplett neben sich stehen. Dann nickt er zögerlich.

»Gut. Dann setz dich jetzt wieder. Es geht gleich weiter.«

Er nickt mechanisch und läuft wie in Trance zu seiner Frau.

Herry wendet sich an mich. »Er is einfach rinjestürmt, ick hatte keene Chance.«

»Ich weiß, Herry. War nicht deine Schuld. Er wollte nur helfen. Notfalls wäre er über die Bühne gekommen. Alles gut.«

Wobei nichts gut ist. Gar nichts. Das alles war so nicht geplant. Ich hoffe, Manfred behält das, was er im Backstage-Raum gesehen hat, wirklich für sich, ansonsten … tja, was dann? Ich weiß es nicht, ich kann es nicht zu Ende denken, dabei habe ich eigentlich durch meinen Job gelernt, alles zu Ende zu denken.

Ich atme tief durch. »Deine Jungs können dich an der Tür entbehren?«

»Die kommen klar«, sagt Herry.

Ich klopfe ihm kurz auf den Rücken. »Dann weiter nach Plan, okay?«

Er nickt und geht zurück in den Backstage-Raum. Ich gehe zur Bühne, klettere hoch. Klemens sitzt an seinem Mischpult. Genauso geschockt wie das Publikum. Ich setze mich an den Tisch. Mein Herz rast immer noch.

Ich räuspere mich und ziehe mir das Mikro ran. »Setzt euch wieder. Bitte.«

Gemurmel. Einige der Gäste nehmen zögerlich wieder ihre Plätze ein, aber der Großteil steht immer noch unschlüssig herum.

»Das, was eben passiert ist, hat sich Soboletzki selbst zuzuschreiben«, fahre ich fort.

Gemurmel und Unmutsbekundungen.

»Er ist medizinisch versorgt und befindet sich nicht in Lebensgefahr, wird aber bis zum Ende der Lesung im Backstage-Bereich bleiben müssen.«

Ich sehe zu Manfred, der mit Anita spricht. Ich verspanne mich. Doch Anitas Reaktion – sie nickt und zeigt keine Überraschung – deutet nicht darauf hin, dass ihr Mann sie informiert hat.

Ich versuche mich zu sammeln. Nehme einen Schluck Whisky, bevor ich fortfahre. »Das hier ist kein Spiel, Leute, das ist die Realität«, sage ich ins Mikro. »Es geht nicht um Soboletzki, es geht nicht um euch. Es geht um die Aufklärung eines Mordes, der damals eben *nicht* aufgeklärt wurde. Auch wenn ihr alle gehofft hattet, dass dieses Thema nie wieder zur Sprache kommen würde.«

Das Gemurmel nimmt an Lautstärke zu.

»Mein Abend, meine Regeln, daran hat sich nichts geändert«, sage ich ins Mikro. »Wer die Lesung stört, muss mit den Konsequenzen klarkommen. So wie Soboletzki. Und jetzt setzt euch endlich hin!«

Es dauert eine Weile, bis alle Anwesenden wieder sitzen.

Bis auf Adi.

Er steht immer noch an der Stelle, an der er von Anfang an stand.

Der Scheißkerl macht mir Angst. Hätte ich Herry und die Jungs darauf hinweisen müssen, ihn im Auge zu behalten?

Zu spät jetzt.

The show must go on.

Mit zitternden Händen ziehe ich das Manuskript zu mir ran und versuche, den Faden meiner Geschichte wieder aufzunehmen.

5

»Hast du schon meine Ex-Kollegen kontaktiert?«, fragte Jules' Onkel.

»Kam noch nicht dazu«, erwiderte Jules kurz angebunden.

Sie saßen kaffeetrinkend auf der Terrasse. Es war kurz nach zehn Uhr morgens. Die einzige Zeit des Tages, während der man an dem Platz für knapp zwei Stunden die Sonne genießen konnte. Falls sie sich denn mal zeigte, was aber heute der Fall war.

Jules litt unter höllischen Kopfschmerzen. Sie hatte gestern Nacht noch bis weit nach 5 Uhr die Flasche Grappa geleert und war irgendwann stockbesoffen auf der Couch eingeschlafen. Ohne Albträume. Ohne zu grübeln. Ohne zu zweifeln.

»Was? Wieso das denn?« Ihr Onkel wirkte fast schon empört. »Das ist doch wichtig für den Fall!«

»Keiner von denen wird mit mir reden«, murmelte Jules.

»Du bist Kommissarin. Natürlich werden sie mit dir sprechen.«

»Nein, Stefan, das werden sie nicht.«

Stefan Wunderlich sah seine Nichte fragend an. Jules nippte an ihrem Kaffee. Dann kramte sie nach einer Zigarette, bot ihrem Onkel auch eine an. Er zögerte kurz, griff dann aber zu. Jules gab ihm und sich Feuer. Beide inhalierten schweigend.

»Ich bin zurzeit keine Kommissarin mehr«, sagte Jules und blies den Rauch aus. »Ohne in die Details zu gehen: Ich bin suspendiert.«

Ihr Onkel war fassungslos. »Was? Weswegen? Für wie lange?«

»Keine Ahnung für wie lange.«

»Was ist passiert, Juliana?«

»Ich möchte nicht darüber reden«, sagte sie und nahm einen Schluck Kaffee, ohne ihn anzuschauen.

»Verstehe«, sagte ihr Onkel. »Du hast Angst, dass dich keiner ernst nehmen wird, weil du dich nicht als Kommissarin ausweisen kannst. Und du hast Angst, dass deine Ermittlungen in einer Sackgasse enden.«

Jules lachte auf. »Angst? Ich habe keine Angst. Vor was sollte ich noch Angst haben? Vor Verlust? Ich habe doch eh schon alles verloren, was mir wichtig war.«

»Werner? Er war dir wichtig? Den Eindruck hatte ich nicht.«

»Ich rede nicht von meinem Vater. Wie kann einem jemand wichtig sein, den man kaum kannte?«

Ihr Onkel musste lächeln. »Du und er. Ihr seid … wart euch ähnlicher, als du glaubst. Beide dickköpfige, sture, misanthropische Don Quijotes«, sagte er, nahm einen letzten Zug und drückte seine Zigarette aus, als plötzlich eine zierliche schwarze Katze um die Ecke des Hauses geschlichen kam.

Jules' Herz setzte einen Schlag aus. Oder zwei. Die Katze sah genau aus wie ihr Aleister, benannt nach Aleister Crowley. Sie und er waren 14 Jahre zusammen gewesen. Er wurde 18 Jahre alt. Er hatte alle Partner, Lover, Freunde, Kollegen in ihrem Leben überdauert. Er war ihr *best friend*, ihr Buddy, ihr Vertrauter, ihr *partner in crime* gewesen. Gegen Ende war sein kleiner fragiler Körper von Tumoren zerfressen; er war bis auf die Knochen abgemagert, halb blind, litt an Inkontinenz und hatte Wasser in der Lunge. Sein Atmen war nur noch ein heiseres Rasseln. Seine Zeit an ihrer Seite ging qualvoll schleichend vorüber, das war objektiv nicht zu übersehen gewesen. Aber leider war Sterben nie objektiv. Sie hatte es über zwei Monate nicht geschafft, ihn loszulassen. Der Gedanke an ein Leben ohne ihn war zu schmerzhaft. Als würde sie einen Teil ihrer Persönlichkeit, ihres Charakters, ihres Lebens loslassen müssen. Sie wollte ihn nicht gehen lassen, sie konnte es nicht. Doch schließlich hatte Aleister ihr die Entscheidung abgenommen.

Irgendwas war damals vor zwei Jahren in ihr zerbrochen. Alles, was mit Emotionen und Gefühlen zu tun hatte, perlte seitdem an ihr ab. Nichts berührte sie mehr. Sie hatte seitdem nicht mehr getrauert und schon gar nicht mehr geweint. Um nichts und niemanden. Und sie wusste, dass sich daran auch nichts ändern würde. Egal, was passierte.

»Hey, Süßer. Wer bist du denn?«, sagte Jules und hoffte, dass ihr Onkel das Zittern in ihrer Stimme nicht wahrnahm. Sie beugte sich zur Katze hinunter und hielt ihr die Hand hin, damit sie diese beschnuppern konnte. Die Katze zögerte. Musterte Jules so, als wollte sie abchecken, ob man ihr vertrauen könne. Jules war klar, dass sich schwarze Katzen meistens extrem ähnelten. Und fast immer auch eine weiße Blesse am Hals hatten. Wie die Katze, die eben aufgetaucht war und die sie immer noch anstarrte, als wäre sie ein Alien.

»Er ist eine sie«, erklärte ihr Onkel. Die Katze wandte sich ab und legte sich ein paar Meter entfernt auf den Rasen. Sie schnurrte. Wann hatte Jules das letzte Mal das Schnurren einer Katze gehört? Gefühlt eine Ewigkeit her, denn Aleister hatte die letzten Monate seines Lebens nicht mehr geschnurrt.

»Sie ist geschätzte zwölf bis vierzehn Jahre alt, so genau konnte das niemand sagen, auch die Tierärztin nicht«, fuhr ihr Onkel fort. »Sie heißt Momo. Und sie ist Werners Katze.«

Jules sah ihn perplex an. »Vater hatte eine Katze? Ich dachte, er hat Tiere gehasst.«

»Momo nicht.«

Die beiden sahen zu Momo, die sich ausgiebig auf dem Rasen wälzte.

»Das ist ihr Ritual«, erklärte Stefan Wunderlich. »Also war ihr Ritual.«

Jules sah ihn fragend an.

»Wenn sie das macht, erwartet sie, dass sie gestreichelt wird. Von deinem Vater. Und zwar nur von deinem Vater.«

Ohne zu überlegen, stand Jules auf, ging zu Momo, kniete sich neben sie und streckte ihr ihre Hand hin.

»Vergiss es, Juliana. Sie wird sich nicht streicheln lassen. Deine Tante und ich haben es auch mehrmals versucht. Sie hat uns gehauen, obwohl wir sie nach Werners Tod durchgefüttert haben.«

Momo schnupperte kurz an Jules' Hand und verpasste ihr dann ein Ding mit ausgefahrenen Krallen. Jules zuckte zurück. Momo sprang auf und verschwand um die Ecke im Garten. Jules starrte auf ihre Hand: Kratzspuren. Blut.

»Sag ich doch«, meinte ihr Onkel lapidar. »Momo ist speziell.« Er lachte. »Niemand durfte sie streicheln. Nur Werner.« Er steckte sich eine weitere Zigarette aus Jules' Päckchen an, während sie sich wieder neben ihn setzte und nachdenklich die Kratzwunden auf ihrer Hand betrachtete.

»Die beiden waren ein Herz und eine Seele«, erklärte ihr Onkel. »Auch wenn er sie anfangs immer wieder weggescheucht hat. Doch Momo blieb hartnäckig. Und irgendwann hatte sie das Herz deines Vaters geknackt.« Er blies den

Rauch aus, wirkte nachdenklich. »Weißt du, wann sie zum ersten Mal hier aufgetaucht ist?«

»Nein«, erwiderte Jules, »woher soll ich das wissen?«

»Am Abend des Tages, als …«, er musste schlucken, »… deine Mutter gestorben ist.«

Jules zeigte keine Reaktion.

»Sie kam wie aus dem Nichts. Keiner im Dorf kannte sie, keiner hatte sie jemals zuvor gesehen. Sie war wie ein Geist, ein Phantom, eine Erscheinung. Nicht von dieser Welt. Und sie hat sich für deinen Vater entschieden. Ohne Zögern, ohne Wenn und Aber. So als wollte sie ihm deine Mutter ersetzen. So als ob sie wissen würde, dass er und sie zusammengehören.«

Jules schwieg, hing ihren Gedanken nach. Gedanken an Aleister. Ihr erstes Kennenlernen. Ihren letzten gemeinsamen Tag. Doch die Erinnerung an den Tag war immer noch zu schmerzhaft, deshalb zwang sie sich, an etwas anderes zu denken. Was ihr auch gelang, darin war sie mehr als geübt.

»Zehn Jahre waren die beiden zusammen«, erzählte ihr Onkel weiter. »Sie waren dorfbekannt wie bunte Hunde. Auf all seinen Spaziergängen hat sie ihn begleitet, war immer an seiner Seite. Egal ob er im ›Ochsen‹ zu Abend aß oder ein Bier in seiner Stammkneipe trank – Momo hat draußen auf der Fensterbank auf ihn gewartet. Und wenn dein Vater sich ein Fußballspiel des SV Woltersweiler angesehen hat, saß sie auf dem Platz neben ihm.« Die Erinnerung brachte Stefan Wunderlich zum Lächeln. »Und manchmal, wenn dein Vater dabei war, in der Kneipe einen über den Durst zu trinken – was nicht wirklich oft vorkam, aber es kam vor –, hat sich Momo in die Kneipe geschlichen und ihn nach Hause gescheucht. Sie war alles für ihn. Und er alles für sie …« Er sah nachdenklich in die Ferne, dann räusperte er sich. »Du weißt, wie dein Vater starb, oder?« Er sah Jules von der Seite an.

Jules schüttelte den Kopf.

»Stimmt, du hast nie gefragt.« Stefan Wunderlich schwieg kurz, nahm einen Schluck Kaffee. »Er starb im Schlaf«, sagte er dann leise. »Auf der Couch im Wohnzimmer, wo sich dein Nachtlager befindet. Herzinfarkt. Wie deine Mutter. Auf dem Tisch lag die aufgeschlagene Akte des Mordfalls. Wir fanden ihn am nächsten Abend, Burgunda und ich. Wir waren verabredet und hatten einen Schlüssel. Er sah so friedlich aus. Und Momo war bei ihm, lag auf seinem Schoß, hielt Totenwache. Und ließ nicht zu, dass seine Leiche in der Nacht abgeholt wurde. Sie fauchte, kratzte, schrie, hat niemanden an deinen Vater rangelassen.«

Jules musste schlucken.

»Erst im Morgengrauen, sobald die ersten Sonnenstrahlen erschienen, hat sie die Leiche *freigegeben*. Ich vermute, es hatte damit zu tun, dass Momo nicht wollte, dass er in der Nacht weggebracht wird. Er war wie sie Frühaufsteher und liebte die ersten Stunden des neuen Tages.« Stefan sah abwesend in seine Kaffeetasse. »Danach war Momo verschwunden. Für mehrere Tage. Erst einen Tag vor deiner Rückkehr tauchte sie wieder auf. Bei Burgunda und mir. Wir haben sie gefüttert, aber geblieben ist sie nicht. Das hier ist ihr Zuhause.«

Jules nickte stumm, in Gedanken versunken.

»Könntest du sie füttern? Kennst du dich aus mit Katzen?«, fragte ihr Onkel.

»Ja. Und ja«, erwiderte Jules knapp.

»Okay. Futter ist im Abstellraum, in einem Karton. Nicht zu übersehen. Nur Nassfutter. Sauce. Gelee mag sie nicht. Ist halt sehr speziell, die Dame. Ihre Näpfe …«

»… sind im Schrank. Schon entdeckt«, unterbrach Jules. »Krieg ich hin, keine Sorge. Falls sie denn noch mal auftaucht. Jetzt, da ich hier bin.«

»Wird sie, ganz bestimmt«, meinte ihr Onkel und trank seinen Kaffee aus. »Ich muss los. Melde dich, wenn was ist.«

»Mach ich.«

Er rollte in Richtung der offenen Terrassentür des Wohnzimmers.

»Ach ja«, meinte er, hielt inne und drehte den Rollstuhl in Jules' Richtung. »Du hast einen Platten. Vorne links.«

Jules sah ihn überrascht an.

»Hast du einen Ersatzreifen?«

»Nope, Sir«, erwiderte Jules. »Nie gebraucht, hatte noch nie einen Platten.«

»Dann melde dich bei Birgit Görgen, der Bürgermeisterin, deiner alten Mitschülerin.«

»Ich weiß, wer Biggi ist«, erwiderte Jules.

»Was du vielleicht nicht weißt: Ihr Mann hat eine Werkstatt. Ringstraße 20. Die können dir sicher einen neuen Reifen besorgen.«

Er rollte ins Wohnzimmer und weiter in Richtung Ausgangstür.

Jules steckte sich nachdenklich eine weitere Zigarette an. Ihre Gedanken kreisten um Aleister. Und dadurch auch um Momo.

Nachdem sie ihr zwei Schälchen Futter auf die Terrasse gestellt und sie erfolglos gerufen hatte, inspizierte sie den Reifen an ihrem Opel. Ihr fiel ein schmaler, gleichmäßiger Riss auf, charakteristisch für die Verwendung eines Messers. Hatte ihr jemand den Reifen aufgeschlitzt? Warum? Nur ein blöder Schuljungenstreich? Oder eine Warnung?

Sie erinnerte sich an den 3er BMW mit Saarbrücker Kennzeichen.

Ein Schauer lief ihr über den Rücken.

* * *

»Ein GSE, wie geil!«

Chris Görgen, Birgit Görgens 23-jähriger Sohn, strich fast schon andächtig mit einer Hand über die Karosserie des Commodore. Er trug einen Blaumann, hatte kurze, zur Seite gegelte Haare und die durchtrainierte Figur eines Triathleten.

»Wie viel PS hat der?«

»160«, antwortete Jules.

»Wow. Wie lange haben Sie den schon?«

»Du.«

»Was?«

»Bitte nicht siezen, da fühl ich mich so fucking alt.«

»Okay«, sagte Chris und grinste. »Wie lange hast du den schon?«

»Seit Ende der 80er«, erwiderte Jules. »War mein erstes Auto.«

»Hammer. Und immer noch in so einem geilen Zustand.«

»Hab einen guten Schrauber in Frankfurt«, erklärte Jules.

»Cool«, sagte Chris und kniete sich, um den platten Reifen zu betrachten. Er stutzte. »Sieht aus wie zerstochen.«

»Jap«, sagte Jules.

»Wer zersticht denn in Woltersweiler Reifen?«

»Sag du es mir«, sagte Jules, auch wenn sie eine Ahnung hatte.

»Keinen Plan«, meinte Chris.

»Kannst du mir einen neuen besorgen?«

»Klar, logisch. Muss ich aber bestellen.«

»Dauert wie lange?«

»Sollte morgen da sein. Bring ich vorbei und wechsel ich, kein Problem.« Er stand auf und lächelte Jules an.

»Sehe ich aus, als könnte ich nicht selbst einen Reifen wechseln?«, sagte Jules trocken. Chris' Lächeln sackte in sich zusammen. »Was? Nein, natürlich nicht«, sagte er eilig. »Ich dachte nur, Sie ... du ... äh ...« Er brach überfordert ab.

»Ich verarsch dich doch nur«, sagte Jules und lachte. »Alles gut. Bin froh, wenn jemand den Job übernimmt.«

Chris wirkte erleichtert. »Okay, dann bis morgen. Ich meld mich.«

»Mach das«, sagte Jules und lächelte Chris an, was diesen schüchtern den Blick abwenden ließ. »Und Grüße an deine Mutter.«

Chris nickte knapp und ging zu seinem Golf GTI, der gegenüber der Einfahrt stand.

»Ach, Chris ...«

Er drehte sich zu Jules um. Sie zögerte kurz. »Nicht so wichtig. Bis morgen.«

Chris wirkte kurz verunsichert, nickte erneut und stieg dann in seinen Golf. Jules sah ihm hinterher, als er röhrend um die Ecke bog und verschwand. Sie hätte ihn gerne gefragt, ob seine Mutter mit ihm je über den Mord von 1988 gesprochen hatte. Und ob er Ralf Weber näher kannte und ob der öfter bei den Görgens zu Besuch war. Auch was die Leute über sie redeten, hätte sie zu gerne gewusst. Und ob er eine Freundin hatte. Ob er Jules attraktiv fand. Und ob er Lust hätte, mit ihr zu vögeln. Doch das konnte sie nicht bringen. Sie war nicht hier, um einen neuen Lover und neue Freunde zu finden. Sie war alleine, eine Fremde, eine Außenseiterin, eine Weggezogene, die sich in Dinge einmischte, die sie nichts angingen.

Niemand in Woltersweiler hatte ein Interesse daran, die Wahrheit ans Licht zu bringen. Niemand wollte, dass alles noch mal aufgewühlt wurde, dass jemand infrage stellte, ob Jules' Bruder nun der Mörder von Nicola war oder nicht. Alle wollten, dass die Vergangenheit das blieb, was sie war: Vergangenheit.

* * *

Es dämmerte bereits, als Jules rauchend die Hauptstraße von Woltersweiler entlangschlenderte. Ihr Ziel war der »Ochsen«. Sie hörte Musik über Kopfhörer. Queensrÿche. »Operation Mindcrime«. Hatte sie schon ewig nicht mehr gehört und heute Abend irgendwie Lust darauf gehabt. Es erinnerte sie an etwas, aber sie hätte nicht sagen können, an was genau. Hatte es etwas mit dem Abend im »Metal Heart« zu tun, an dem sie laut Ralf und Soboletzki angeblich den Türstehern ihre Titten gezeigt hatte? Sie wusste es nicht. Die Erinnerung an den Abend wurde von einem dichten, dunklen Nebel verborgen, den zu durchdringen sie nicht fähig war.

Auf Höhe der Sparkasse bemerkte sie plötzlich einen Radfahrer mit Cowboyhut auf einem rostigen, klapprigen Damenfahrrad, der in Zick-Zack-Linien die an dieser Stelle leicht ansteigende Hauptstraße heruntergerast kam.

Adi.

Autofahrer mussten ihm hupend ausweichen, und es sah so aus, als würde er sich jeden Moment auf die Fresse legen. Auf Höhe der Ampel, am unteren Ende der Straße, direkt gegenüber von Jules, verlor er schließlich vollends die Kontrolle über sein schlingerndes Gefährt und krachte frontal gegen eine Straßenlaterne. Er stürzte zu Boden und blieb bewegungslos liegen. Jules riss sich die Kopfhörer von den Ohren und rannte ohne lange zu überlegen bei Rot über die

Straße. Adi lag auf dem Rücken und grummelte. Es klang wütend, schmerzerfüllt und seltsam nicht menschlich. Sein Blick war wirr und glasig. Fettige Haarsträhnen hingen ihm ins Gesicht, und er trug immer noch das gleiche Holzfällerhemd, das er schon im »Ochsen« angehabt hatte. Sein Cowboyhut lag neben ihm. Er blutete aus einer Platzwunde an der Stirn und hatte aufgeplatzte Lippen. Und er stank. Nach etwas, das Jules an Fleisch erinnerte, das zu lange bei Temperaturen über 30 Grad in der Sonne gelegen hatte.

»Alles okay?« Jules reichte ihm die Hand, wollte ihm auf die Beine helfen.

»Figg disch, stinknde Drecksfutt, du!«, blaffte er sie brabbelnd an. Er rappelte sich hoch, war sichtlich sturzbetrunken.

»Hey, alles easy. Wollte doch nur …«

»Isch figg dich, du Fotze, du! Verpiss disch!«, brüllte Adi und schubste sie weg. Jules stolperte rückwärts gegen die Fassade der Bäckerei Schmitz, hatte Mühe, sich auf den Beinen zu halten.

»Geh sterben, du Scheiß-Wichser!«, zischte sie. Adi hob den Blick, sah sie an. Seine Augen zu Schlitzen verengt. In seinem Blick nur Hass. Purer, reiner Hass.

»Du. Bisch. Dot. Dotgfickt«, brabbelte er. Er spuckte einen Batzen Blut auf den Gehsteig, griff sich seinen Cowboyhut, setzte ihn auf, wankte zu seinem demolierten Fahrrad, hob es auf und schob es schwankend weiter.

Jules atmete tief durch und setzte sich wieder die Kopfhörer auf, wobei ihre Hände zitterten.

* * *

Als sie im »Ochsen« ankam, war kein Tisch mehr frei. Christine, die gerade ein Tablett mit Weizenbieren am Stammtisch abgeliefert hatte, kam ihr entgegen. »Juliana. Alles voll. Willst du am Tresen warten?«

Jules nickte, als sie an einem Tisch in der Ecke eine Frau Mitte 40 entdeckte, die ihr bekannt vorkam. Die Frau hatte ihre langen braunen Haare mit einem Pferdeschwanz gebändigt. Durch ihr stylisches, seriöses Business-Outfit wirkte sie im »Ochsen« irgendwie fehl am Platz.

»Die Frau da«, sagte Jules zu Christine und nickte in die Richtung. »Ist das nicht Anita? Anita Haag?«

»Ist sie«, sagte Christine. »Habt Ihr euch schon getroffen?«

Jules schüttelte den Kopf. »Nur Manfred.«

»Dann wird's Zeit. Setz dich doch zu ihr. Willst du was trinken?«

»Einen Rotwein, bitte. Den vom letzten Mal. Rioja, oder?«

»Genau. Essen auch?«

Jules nickte.

»Karte kommt gleich.« Christine eilte hinter den Tresen. Anita sah hoch, entdeckte Jules. Wirkte überrascht. Jules lächelte und ging zu ihr. »Hey, Anita.«

»Hey, Juliana.«

Juliana, dachte Jules. *War klar irgendwie.*

»Darf ich?«

»Klar«, erwiderte Anita distanziert. Sehr distanziert. Wie damals. Jules setzte sich ihr gegenüber. Christine brachte Jules ein Glas Rioja und die Speisekarte. »Essen kann grad bisschen dauern. Sorry. Ihr seht ja, was hier los ist.«

»Kein Ding«, sagte Jules und stieß mit Anita an, die eine Weißweinschorle trank. »Cheers.«

»Prost.«

Die beiden nippten an ihren Weinen.

»Gut siehst du aus«, sagte Jules.

»Danke«, erwiderte Anita, ohne zu lächeln. Und ohne das Kompliment zurückzugeben, was Jules natürlich registrierte.

»Wie geht's dir?«, fragte Jules.

»Gut, danke. Und selbst?«

»Alles bestens.«

»Fein.«

»Wo ist Manfred?«

»Muss arbeiten. Kommt vielleicht später noch. Aber wohl eher nicht.«

Jules nickte und blätterte in der Speisekarte. »Hast du schon gegessen?«

»Nein, aber schon bestellt. Das, was ich hier immer bestelle. Salat«, erwiderte Anita. »Muss ja auf meine Figur achten.«

»Ich nicht. Kann fressen und saufen, was ich will, ich werde einfach nicht fett. Ist wahrscheinlich irgendeine Krankheit.« Jules grinste Anita an, die *not amused* wirkte.

Nachdem Jules bei Christine ein Rumpsteak bestellt und die beiden erneut Rot- und Weißwein geordert hatten, sprach Jules das Thema Nikki an. Anita wirkte gereizt. »Weiß dein Vorgesetzter eigentlich, dass du hier in einem Mordfall ermittelst?«, fragte sie spitz. »In einem Mordfall, der wohlgemerkt seit fast dreißig Jahren aufgeklärt ist.« Sie lehnte sich zurück und musterte Jules undurchdringlich.

»Soll nicht dein Problem sein«, erwiderte Jules.

»Es macht keinen Unterschied, Jules. Du kannst nicht ändern, was passiert ist. Da kannst du noch so oft versuchen, Manfred oder sonst wen für deine Zwecke einzuspannen, es bringt nichts.«

»Hat er die Akte schon gelesen?«

»Nein. Wird er auch nicht«, erwiderte Anita distanziert.

»Du hast nichts, Jules, nichts. Keinen Verdacht, keinen Verdächtigen, nur diese Akte.«

»Manfred sollte die Akte lesen. Sie könnte ihm einiges über seinen Vater sagen.«

»Ah ja? Und zwar was?«

»Dass er die Ergebnisse der Obduktion von Nikki manipuliert hat. Oder es zugelassen hat, dass sie manipuliert wurden.«

Anita wirkte kurz verunsichert. Dann lachte sie auf, was auf Jules alles andere als echt wirkte. »Okay. Wenn du das sagst …«

»Es steht alles in der Akte, Anita. Manfred sollte sie wirklich lesen.«

»Wie gesagt, das wird er nicht. Im Gegensatz zu dir ist er nicht rückwärtsgewandt.«

»Du glaubst, ich bin rückwärtsgewandt?« Jules lachte auf. »Glaub mir, bin ich nicht, kein Stück. Im Gegenteil. Ich versuche nur, die Wahrheit zu finden.«

»Dabei musst du aber zwangsläufig tief in der Vergangenheit wühlen«, sagte Anita. »In meiner, deiner, der von Manfred, Ralf, Susanne, Soboletzki, Biggi und allen anderen, die damals etwas mit Nikki zu tun gehabt haben. Aber das will keiner, Juliana. Und weißt du warum? Weil alle froh sind, dass diese Zeiten vorbei sind. Davon abgesehen, wurde die Wahrheit schon 1988 gefunden. Ob es dir gefällt oder nicht.«

Jules schwieg, als Anita an ihr vorbei zur Eingangstür sah. »Hast du mit den beiden eigentlich schon gesprochen?«

Sie nickte in Richtung Eingang. Jules drehte sich um. Ein Pärchen, das Jules auf Anfang 70 schätzte, kam rein. Die Frau musste ihren Mann stützen. Sie wirkte resolut, energisch und fit, er hingegen sah abgemagert, ausgezehrt und traurig aus, so als hätte ihn aller Lebensmut schon lange verlassen.

»Nein, kenne ich nicht«, sagte Jules.

»Doch, kennst du«, entgegnete Anita. »Das sind Nicolas Eltern.«

Jules war geschockt. »Das ist Nikkis Vater? Dieser Bär von einem Mann mit seinen mindestens 100 Kilo? Also damals …«

»Die Trauer über den Verlust seiner Tochter«, erwiderte Anita schulterzuckend. »Offensichtlich ist er nie darüber hinweggekommen.«

Jules sah nochmals über die Schulter zu den beiden. Nikkis Mutter führte ihren Mann gerade zu einem Tisch in der Ecke, dem Tisch neben dem Stammtisch, der gerade frei geworden war. Sie zog einen Stuhl nach hinten, damit er sich setzen konnte. Dann nahm sie ihm gegenüber Platz und legte ihre Hände auf seine. Jules wandte mitgenommen den Blick ab, was Anita bemerkte.

»Warum fragst du nicht die beiden, was sie davon halten, dass du alte Wunden aufreißt?«

Jules schwieg.

»Vielleicht ist es für alle Beteiligten wirklich das Beste, einfach weiterzugehen und die Vergangenheit Vergangenheit sein zu lassen«, sagte Anita, als Christine das Essen brachte. Die beiden Frauen aßen schweigend.

Nachdem sie das Essen beendet hatten, bestellte Jules einen Espresso und einen Ouzo.

»Ouzo? Nette Idee«, sagte Anita. »Hatte ich schon gefühlt seit den 80ern nicht mehr.«

»Ich bring drei, okay? Gehen aufs Haus«, sagte Christine lächelnd. Kurz darauf stießen die drei Frauen mit ihren Ouzo an und kippten sie wie damals auf ex.

»Altär«, hechelte Jules. »Gleich noch mal drei, okay?«

»Okay«, sagten Anita und Christine unisono und grinsend. Nach dem zweiten gemeinsamen Ouzo musste Christine wieder zurück in den Service. Anita und Jules stießen mit ihren Weingläsern an. »Erinnerst du dich eigentlich noch an die 80er?«, fragte Jules.

Anita zuckte mit den Schultern. »Wer sich an die 80er erinnert, war nicht dabei, oder?« Sie lachte.

»Sagt dir ›Metal Heart‹ was?«, fragte Jules.

»Das Accept-Album?«

»Nein. Die Metal-Kneipe im Wald bei Elversberg. '88. Du, ich, Manfred, Nikki, Ralf, Susanne, Soboletzki.«

»Ja, doch, ich erinnere mich. Dunkel. Sehr dunkel«, murmelte Anita.

»Weißt du noch, was in der Nacht passiert ist? Irgendwie habe ich das Gefühl, es ist etwas passiert. Etwas Einschneidendes, etwas … Seltsames. Aber ich weiß nicht mehr was genau. Und es hat irgendwas mit ›Operation Mindcrime‹ von Queensrÿche zu tun.«

»Keine Ahnung. Wahrscheinlich haben wir wie üblich gefeiert, getanzt und zu viel getrunken.« Anita zuckte mit den Schultern.

»Und geknutscht«, ergänzte Jules.

»Das vermutlich auch.«

Die beiden lachten. Dann wurde Anita ernst. »Warst du damals scharf auf Manfred?«

Jules sah sie erstaunt an. Dann lachte sie. »No, ma'am. Zu keinem Zeitpunkt.«

»Echt nicht?«

»Echt nicht.«

»Schwör, dass du damals nichts von meinem Mann wolltest!«

»Er war damals noch nicht dein Mann.«

»Ich hab ihn als Erste angeleckt, also meins!«

Jules grinste. »Ich schwöre, dass ich damals nichts von deinem von dir höchstpersönlich angeleckten zukünftigen Mann wollte.«

»Schwöre bei den Lippen von Tom Keifer!«

»Ich schwöre bei den Lippen von Tom Keifer.«

»Und dem Arsch von Bon Jovi!«

»Bei dem auch.«

Die beiden gackerten.

»Im Ernst«, sagte Jules. »Manfred war nie mein Typ.«

»Aber auf Ralf warst du schon scharf, oder?« Sie grinste.

»Klar«, erwiderte Jules. »Wer war das nicht?«

Die beiden kicherten wie Schulmädchen.

»Damals: Vince Neil für Arme. Und heute: Ahl Männer, aalglatt«, sagte Anita.

»BAP«, sagte Jules. »1986.«

»Genau.«

»Glaubst du, er schafft es?«, fragte Jules. »Ministerpräsident zu werden?«

»Gott bewahre«, erwiderte Anita. »Das wäre der Super-GAU.«

»Inwiefern?«

»Ralf ist ein Narzisst. Und Narzissten mit so viel Macht? Ist in der Geschichte immer ungut ausgegangen. Prost.«

Anita und Jules stießen an und tranken. Anita wirkte schon mehr als nur ein bisschen angeschickert. Und wie Jules sich vage erinnerte, wurde Anita damals immer sentimental und melancholisch, wenn sie zu viel intus hatte. »War schon 'ne krasse Zeit damals«, meinte Anita wehmütig und bestätigte damit Jules' Meinung bezüglich Anitas Stimmung auf Alkohol. Als Christine vorbeikam, bestellte Jules einen weiteren Espresso und einen Grappa. Anita meinte, sie hätte gern die gleiche Mischung.

Es war kurz nach 23 Uhr, als Christine den beiden Frauen noch zwei Ouzo brachte.

»Danach muss ich euch rauswerfen, tut mir leid, wir machen zu.«

»Kein Ding«, meinte Anita. »Ich glaub, ich hab eh genug langsam.«

Als Christine weg war, sah Anita Jules an. Sie wirkte nachdenklich.

»Was ist?«, hakte Jules nach.

»Das, was du vorhin gesagt hast …«, sagte Anita. »Dass die Akte des Mordfalls Manfred einiges über seinen Vater sagen könnte. Das stimmt nicht. Manfred weiß alles über ihn.«

Jules sah sie abwartend an.

»Zwei oder drei Tage nach dem Mord … Manfred und ich waren im Haus seiner Eltern, in Manfreds Zimmer unterm Dach, kennst du ja auch noch.«

Jules nickte. »Unser Partyraum.«

»Genau. Jedenfalls hörten wir plötzlich seinen Vater unten im Wohnzimmer brüllen. Und noch einen anderen Mann. Die haben sich angeschrien, und zwar nicht zu knapp.«

»Um was ging es? Wer war der Mann?«

»Das weiß ich nicht. Bis heute nicht. Manfreds Vater hat über diesen Vorfall auch nie gesprochen. Aber um was es ging, war klar: um den Mord an Nikki. Und um die Obduktion, die Manfreds Vater vorgenommen hat. Und dass er von dem Mann bezüglich der Obduktion offensichtlich unter Druck gesetzt wurde. Und zwar massiv.«

»Was wollte der Mann von Manfreds Vater?«, fragte Jules. »Dass gewisse Fakten und Erkenntnisse nicht in dem Obduktionsbericht erscheinen sollten?«

»Vermutlich.«

»Kannst du dich an Details erinnern? Wortfetzen?«

»Nicht wirklich«, sagte Anita. »Nur, dass der Mann Manfreds Vater mit Konsequenzen gedroht hatte. Für ihn, seine Familie und seine Karriere. Falls er sich weigern sollte, sich der *Anordnung* zu widersetzen.«

»Der Mann hat wirklich Anordnung gesagt?«

»Soweit ich mich erinnere, ja. Die Tage danach war Manfreds Vater extrem nervös, angespannt, gereizt. Offensichtlich stand er unter großem Druck.«

»Meinst du, ich könnte mal mit ihm sprechen?«

»Mit Bernhard, Manfreds Vater?«

Jules nickte.

»Er ist dement«, sagte Anita. »Und lebt schon seit Jahren in einem Heim in Neunkirchen. An schlechten Tagen erinnert er sich nicht einmal mehr an seinen Namen. Geschweige denn an Ereignisse von 1988.«

Sie stieß mit Jules an und kippte ihren Ouzo auf ex.

* * *

Es war weit nach Mitternacht, als Jules mit einem Glas Rotwein in der Hand aus der Küche in Richtung Terrassentür ging und die Schiebetür öffnete. Die beiden Katzennäpfe auf der Terrasse waren leer. Sie nahm sie mit in die Küche, spülte sie aus und füllte sie mit frischem Nassfutter. Dann stellte sie die Schälchen wieder auf ihre Plätze.

Sie lächelte.

Woltersweiler, Saarland

Kaisersaal
Samstag, 22:13 Uhr

Ich spüre ihren Blick auf mir.

Anitas Blick.

Schon seit der Stelle im Roman, die im »Ochsen« spielte.

Ich sehe hoch. Sie sitzt mit hängenden Mundwinkeln und verschränkten Armen auf ihrem Platz neben Manfred. Sie wirkt angepisst. Richtig angepisst. Warum ist klar: Sie wollte nicht in einem Roman vorkommen. Und schon gar nicht in meinem. Alle anderen Protagonisten wahrscheinlich auch nicht.

Nicht zum ersten Mal wird mir bewusst, dass ich meine alten Freunde benutze und für meine Zwecke missbrauche. Sie alle sind Schachfiguren, die ich nach Belieben hin und her schiebe. Schachfiguren in einem Spiel, dessen Regeln sie nicht kennen. Woher auch? Es ist mein Spiel, und es sind meine Regeln. Und nur ich kenne sie. Habe ich deswegen ein schlechtes Gewissen? In manchen Momenten ja. In schwachen Momenten. In Momenten, in denen ich mit allem hadere, in denen ich zweifle. Aber damit muss ich klarkommen. Und die Beteiligten auch. Jedenfalls heute Abend. Verklagen können sie mich morgen.

Ralf und Susanne tuscheln. Vermutlich geht es darum,

was Anita im Roman über Ralf gesagt hat. Was die beiden nicht wissen: Die Szene mit Anita im »Ochsen« ist nicht erfunden, sie hat genau so stattgefunden. Nur mit dem kleinen Unterschied, dass Anita nicht Jules gegenübersaß, sondern mir. Aber ansonsten ist alles genau so passiert, wie es Jules erlebt hat. Wie die meisten Szenen im Roman. Ich musste wirklich erstaunlich wenig dazu erfinden, das alles hat sich quasi von selbst geschrieben.

Ich nehme plötzlich ein Schluchzen war. Ein paar Reihen hinter Manfred und Anita. Maren, PITA, der *Pain in the Ass*. Sie klammert sich an ihre Ausgabe von *Underdog*, starrt zu Boden und schluchzt. Es ist die Art von Schluchzen, die innerhalb von Sekunden nahtlos in Weinen übergehen kann und die Frauen seit frühester Kindheit perfekt beherrschen. Weiteres Wimmern ein paar Reihen hinter Maren. Helga Ritter, zusammen mit ihrem Mann Anton Inhaberin der Bäckerei Ritter an der Hauptstraße. Ihr Mann hält ihre Hand. Er wirft mir einen Blick zu, der nicht falsch zu deuten ist. Links von den Ritters eine weitere schluchzende Frau. Eva Hessler, Grundschullehrerin und Kollegin von Anita.

Ich schließe die Augen, reibe mir mit den Zeigefingern die schmerzenden Schläfen. Versuche, die Konsequenzen dessen abzuschätzen, was ich gerade vorhabe zu tun. Schaffe es nicht, weshalb ich spontan nach Gefühl entscheide. Auch wenn mir bewusst ist, dass Entscheidungen nach Gefühl in meinem Leben meistens ungut endeten.

Ich ziehe das Mikro zu mir ran. »Frau Ritter? Frau Hessler?« Keine der Frauen scheint zu verstehen, dass ich sie direkt anspreche. Ihre Sitznachbarn stupsen sie an und deuten zur Bühne. Die beiden sehen zu mir.

»Wenn Sie möchten, dürfen Sie gehen.«

Helga Ritter und Eva Hessler starren mich wie paralysiert an, machen aber keine Anstalten, aufzustehen.

»Sie haben mich richtig verstanden, Sie dürfen gehen«, wiederhole ich und wende mich an die »Demons«, die am Eingang stehen. »Lasst sie raus, Jungs.«

Mike, Lusche und Tier am Eingang wirken irritiert.

»Lasst sie raus und schließt hinter ihnen wieder ab.«

Anton Ritter steht auf und zieht seine Frau an der Hand eilig in Richtung Ausgang. Eva Hessler folgt den beiden. Maren starrt fassungslos in meine Richtung. Dann steht sie ebenfalls auf, drängt sich durch ihre Sitzreihe und eilt auf den Eingang zu, wobei sie ihre Ausgabe von *Underdog* achtlos zu Boden fallen lässt.

»Du nicht, Maren!«, sage ich scharf. »Du bleibst!«

Wie vom Blitz getroffen, bleibt Maren stehen, dreht sich zu mir um. Tränen der Verzweiflung in ihren Augen.

»Setz dich bitte wieder.«

»Leck mich am Arsch, du durchgeknallte Kuh!«, kreischt sie hysterisch und eilt weiter in Richtung der Ausgangstüren. Aus dem Gemurmel des Publikums wird ein unterdrücktes Tuscheln, das zunehmend anschwillt, an Lautstärke und Intensität zunimmt. Weitere Gäste springen auf, eilen ebenfalls zum Ausgang. Es sind so viele, dass ich den Überblick verliere. Ich drehe mich zu Klemens um. »Sag Herry Bescheid. Ich brauche ihn am Eingang!«

Klemens zögert, wirkt überfordert. »Jetzt, verdammt!«, zische ich. Klemens springt auf, wobei er aus Versehen seinen Stuhl umwirft, und verschwindet im Backstage.

Ich greife mir das Mikro. »Frau Ritter und Frau Hessler können raus, sonst niemand. Setzt euch bitte wieder!«

Maren ist am Eingang angekommen und redet zusammen mit den Ritters, Eva Hessler und weiteren Gästen auf

Mike, Tier und Lusche ein, die sichtlich überfordert sind. Ich sehe, wie Herry aus dem Backstage geeilt kommt und in Richtung der Eingangstüren rennt. Ich springe von der Bühne und haste ebenfalls in die Richtung. Inzwischen sind an die dreißig Gäste im Bereich des Ausgangs versammelt, die alle raus wollen. Die Situation ist kurz davor, zu eskalieren. Die »Demons« ziehen ihre Schlagstöcke und fuchteln damit herum. Brüllen: »Zurück! Weg vom Eingang! Geht zurück auf eure Plätze!«

Ich komme am Eingang an, dränge mich mit Ellbogeneinsatz durch die Menge zu den »Demons«.

»Lasst Frau Ritter, ihren Mann und Frau Hessler raus!«, sage ich zu Mike. »Und dann wieder Tür zu!«

Herry und die Jungs haben weiterhin Mühe, die restlichen Gäste vom Eingang wegzudrängen, trotz der drohend erhobenen Schlagstöcke, die fast zum Einsatz kommen.

»Wenn wir jetzt die Türen aufmachen, überrennen die uns!«, sagt Tier. »Das können wir nicht bringen!«

Ich weiß, dass er recht hat, und will gerade antworten, als ich sehe, wie Herry die Knarre von Lusche aus dessen Schulterholster reißt. »Zurück jetzt! Alle! Weg vom Eingang!«, brüllt er und fuchtelt mit der Knarre rum. »Sofort!«

Die Menge weicht zögerlich zurück. Nur Maren nicht.

»Ich will raus hier«, kreischt sie unter Tränen. »Lasst mich raus, verdammt!« Sie trommelt gegen Herrys Brust, ungeachtet der Tatsache, dass der eine Pistole in der Hand hält. Herry sieht hilfesuchend zu mir.

»Sie bleibt!«, sage ich fest. Maren dreht sich wie in Zeitlupe zu mir um. In ihrem Blick Verzweiflung. Und Wut. Grenzenlose Wut. »Du Dreckfutt!«, brüllt sie mich an. »Du stinkende Scheiß-Drecksfutt!«

»Maren. Setz dich w-w-wieder … b-b-b-bitte.«

Nicht jetzt, denke ich. Bitte nicht jetzt.

Plötzlich ändert sich Marens Gesichtsausdruck. Ihre Mundwinkel wandern wie in Zeitlupe nach oben. Sie grinst. Dann lacht sie. Ohne weiteres Wort wendet sie sich ab und geht zurück zu ihrem Platz. Ich sehe über die Schulter zu den Gästen, die auf ihren Plätzen sitzen geblieben sind. Alle haben die Köpfe zum Eingang gedreht.

Nur Anita, Manfred, Susanne und Ralf nicht.

Und Adi.

Als würde sie das alles nichts angehen. Als würde ihnen das alles am Arsch vorbei gehen. Als hätte das alles nicht das Geringste mit ihnen zu tun.

Aber da täuschen sie sich.

Herry macht den Gästen am Eingang klar, dass sie jetzt wieder ihre Plätze einnehmen sollen. »Red ick chinesisch, oder wat?«, brüllt er und fuchtelt erneut mit der Pistole herum. »Zurück! Jetzt! Sofort!«

Es dauert gefühlt an die zehn Minuten, bis wieder halbwegs Ruhe eingekehrt ist. Die »Demons« stecken die Schlagstöcke zurück in ihre Holster am Gürtel. Herry gibt Lusche die Pistole, der sie in sein Schulterholster steckt. Mike greift nach dem Handgelenk von Helga Ritter und zischt ihr etwas ins Ohr. Ich bin sicher, es geht in Richtung »Falls ihr in Erwägung zieht, die Bullen zu rufen … denkt nicht mal dran. Denn dann stehen wir morgen vor eurem Haus …« Helga Ritter starrt ihn an. Sieht zu ihrem Mann. Mike scheint das, was er Helga Ritter gesagt hat, auch ihrem Mann zu sagen. Der zögert, nickt dann und nimmt die Hand seiner Frau. Mike schließt die Türen auf und lässt die Ritters und Eva Hessler gehen.

Herry kommt zu mir. »Dit war 'ne richtje Scheiß-Idee, Chefin. Also die jehn zu lassen.«

»Ich w-w-weiß«, stottere ich. Herry zieht eine Augenbraue hoch.

»Geht g-g-g-gleich wieder.«

»Davon jeh ick aus.« Er klopft mir kurz auf den Rücken und geht in Richtung Backstage. Ich sehe zu Mike, der die Eingangstür wieder abschließt und den Schlüssel einsteckt.

Meine Nerven liegen blank. Noch so eine Eskalation inklusive Stottern, und ich breche ab. Es wird morgen massig Anzeigen gegen mich hageln, soviel ist klar. Wegen Freiheitsberaubung, Geiselnahme, Nötigung, Verleumdung, Verletzung der Persönlichkeitsrechte und was weiß ich noch alles. Aber darauf bin ich vorbereitet, und auch mein Anwalt weiß Bescheid. Dennoch frage ich mich, ob das alles noch im Verhältnis zu dem steht, was ich vorhabe. Und zwar den Mörder von Nikki zu enttarnen. Als Idee, als Gedanke klang alles schlüssig, logisch und zwangsläufig. Doch inzwischen weiß ich es nicht mehr. Wo wird das alles noch hinführen heute Nacht? Habe ich wirklich alles zu Ende gedacht? So wie ich einen Roman zu Ende denke, bevor ich auch nur eine Zeile schreibe? Kann ich das überhaupt miteinander vergleichen?

Alles, was ich weiß: Ich muss es zu Ende bringen.

Irgendwie.

Es gibt kein Zurück.

Ich gehe zur Bühne. Spüre dabei die Blicke des Publikums in meinem Rücken. Wie Giftpfeile. Ich stolpere über das Exemplar von *Underdog*, das Maren hat fallen lassen. Ich hebe es auf, zücke meinen Kugelschreiber, den ich immer in der hinteren Hosentasche meiner Jeans dabeihabe, und signiere das Buch. Dann gebe ich es dem Mann, der ganz außen in der Reihe sitzt, in der Maren inzwischen wieder Platz genommen hat, und sage ihm, das Buch sei für Maren.

Er gibt es weiter, bis es bei Maren ankommt. Sie starrt auf das Buch, dann zu mir. Sie schüttelt fassungslos den Kopf und gibt das Buch an ihre Sitznachbarin weiter.

Erbse kommt zu mir. »Wasser für alle?«

Ich nicke. »Und Kaffee.«

»Geht klar«, sagt Erbse und geht zurück zum Buffet. Ich laufe weiter in Richtung Bühne. Als ich an der Reihe vorbeikomme, in der Ralf und Susanne sitzen, spricht mich Ralf an.

»Ey, Schriftstellerin!«

Ich bleibe stehen und sehe zu ihm.

»Geht dir dabei eigentlich einer ab, wenn du Herr über Leben und Tod spielst?«

Ich weiß, was er vorhat. Er will mich provozieren, will, dass ich antworte und dabei stottere. Er will mich bloßstellen. So wie Soboletzki mich vor dem Eingang bloßgestellt hat. Aber den Gefallen werde ich ihm nicht tun.

»Welche Kriterien legst du eigentlich an, Hanna? Also bezüglich der Besucher, die gehen dürfen?«, fragt er in einem spöttischen, sarkastischen Tonfall. »Mal 'n bisschen rumschluchzen, und das erweicht dann das eiskalte Herz der ehemaligen Bestseller-Autorin? Aber wenn Soboletzki angeschossen wird, ist dir das scheißegal, oder was?«

Ich wende mich wortlos ab und gehe weiter zur Bühne.

»Du bist erledigt, Hanna!«, brüllt er mir hinterher. »Für immer! Dafür werde ich sorgen!«

Ich bleibe stehen. Drehe mich langsam um. Sehe Ralf an. Keine lange Erwiderung jetzt. Nur drei Worte, die ich ohne Stottern hinkriege. Komm schon, Hanna. Drei kleine Worte, das schaffst du.

Ich setze mein bestes Lächeln auf und sage: »Wir. Werden. Sehen.«

Dann klettere ich zurück auf die Bühne. Klemens kommt auf mich zugeeilt. Er wirkt aufgewühlt und mitgenommen. Dann fällt mir ein, warum: Ich habe ihn in den Backstage-Raum geschickt, um Herry zu holen. In den Raum, in dem Soboletzki …

»Frau Krämer, ich …«, stammelt er. »Im Backstage. Ich wusste doch nicht, dass …« Er bricht überfordert ab.

»Alles gut, Klemens, keine Panik. Ich habe alles im Griff«, sage ich, ohne zu stottern. Klemens' Blick nach zu urteilen, bezweifelt er das.

»Nicht dein Problem, okay? Mach einfach deinen Job.«

Kein Stottern, kein Zögern, nichts. Warum? Weil ich nicht darüber nachgedacht habe, dass ich vielleicht stottern würde?

Katarina erscheint auf der Treppe, die vom Backstage-Raum zur Bühne führt. »Alles okay bei dir?«, fragt sie.

Ich nicke. »Besorg Klemens noch ein Bier aus dem Kühlschrank.« Ich sehe Klemens an. »In Ordnung?«

»Danke, gerne«, stammelt er.

»Ich glaub, ich nehme auch eins«, sage ich zu Katarina. Sie zieht eine Augenbraue hoch. »Okayyyyy«, murmelt sie und verschwindet im Backstage.

»Soll ich Musik anmachen?«, fragt Klemens.

»Gute Idee. Nimm meine Chill-Playlist.«

»Alles klar.« Er setzt sich an sein Mischpult und startet die Playlist. Wobei es Playlist nicht wirklich trifft, denn es handelt sich nur um einen Song. Aber der dauert eine Stunde und elf Minuten. »Agai« von TV Victor. Perfekt zum Beruhigen der Gemüter nach den letzten Eskalationen.

»Und mach den Spot auf der Bühne aus, solange es nicht weitergeht.«

»Oh. Klar. Natürlich.« Er drückt eine Taste. Der rote

Scheinwerfer, der auf meinen Lesetisch gerichtet ist, erlischt. Ich sehe ins Publikum. Habe das Gefühl, die Sitzordnung hat sich inzwischen komplett aufgelöst. Es haben sich Grüppchen gebildet. Jeder sitzt da, wo er sitzen will, bei seinen Freunden, Bekannten, Vertrauten. Die Ministerpräsidentin wirkt angesichts der Ereignisse der letzten Stunde erstaunlich entspannt. Ebenso Biggi, die Bürgermeisterin, die sich gerade in einem Gespräch mit ihrem Mann Roland befindet. Ralf spricht mit Susanne, Manfred mit Anita. Adi steht immer noch da, wo er schon seit Beginn der Lesung steht. Chris, einer von Erbses Leuten, bietet ihm gerade eine Flasche Wasser an. Adi sieht Chris an, als habe der ihn gefragt, ob er ihm einen blasen dürfe. Chris wendet sich konsterniert ab und gibt die Flasche einem anderen Besucher. Adi sieht in meine Richtung.

Grinst.

Mir läuft ein eiskalter Schauer über den Rücken. Katarina kommt mit zwei Bieren aus dem Backstage auf die Bühne. »Prost, die Damen«, versucht sie sich an einem Scherz, drückt uns die Flaschen in die Hände und verschwindet wieder im Backstage-Raum. Ich stoße mit Klemens an und nehme einen langen Schluck. Herry kommt auf die Bühne geklettert.

»Allet wieder unter Kontrolle, würd' ick mal sajn. Na ja, so halbwegs. Bei dir ooch?«

Ich zucke mit den Schultern. »It's a dirty job but someone's gotta do it.«

Herry lacht auf. »Na ja, Hauptsache, sie stottert nich, wa?« Er lacht erneut. Dann wird er ernst. »Soll ick den Jungs am Einjang helfen?«

»Nein«, erwidere ich. »Bleib bei Soboletzki im Backstage. Und stell sicher, dass keiner reinkommt.«

»Jeht klar.« Er tippt sich an die Stirn und will durch die Tür der Bühne ins Backstage. Ich halte ihn zurück. »Und sag den Jungs, sie sollen Adi im Auge behalten.«

»Adi?«

»Den durchgeknallten Psycho, der die ganze Zeit am Rand des Saals steht.«

Ich nicke unauffällig in die Richtung.

»Ah, der«, meint Herry. »Der is mir ooch schon uffjefallen. Und nicht jrad positiv. Oki, ich sach den Jungs Bescheid.« Er springt von der Bühne und läuft zu Mike, Tier und Lusche am Eingang.

Ich atme tief durch.

Wie fühlt man sich, wenn man weiß, dass man mittendrin ist, sein Heimatdorf in Schutt und Asche zu legen? Wenn man weiß, dass danach nichts mehr so sein wird, wie es war? Wie fühlt man sich, wenn man weiß, dass am Ende der Nacht nichts bleibt? Außer verbrannter Erde, Blut und Tränen.

Beschissen fühlt man sich.

Immer noch einfach nur beschissen.

Ich stelle mein Bier neben den Tisch auf den Boden und wende mich an Klemens.

»Ich wäre dann so weit.«

Klemens nickt, schaltet den roten Spot über dem Tisch wieder ein und blendet die Musik aus. Ich setze mich, rücke mir den Stuhl zurecht, stecke mir eine Zigarette an.

The show must go on.

Hoffentlich ohne Stottern.

»Ich werde jetzt weiterlesen«, sage ich ins Mikro.

Totenstille im Publikum.

»Dass die Ritters und Eva Hessler gehen durften, hat damit zu tun, dass sie nicht *relevant* für den weiteren Ablauf des Abends sind. Ihr, die ihr noch hier seid, hingegen schon. Mehr oder weniger …«

Keine Zwischenrufe, kein Gemurmel, nichts.

Ich räuspere mich und ziehe das Manuskript zu mir ran.

6

Gegen Mittag hatte Chris Görgen einen neuen Reifen inklusive Felge für Jules' Opel vorbeigebracht und diesen auch gleich gewechselt. Auf Jules' Nachfrage, was er dafür bekomme, meinte Chris lächelnd, nur den Preis für den Reifen, alles andere sei inklusive gewesen, wobei er Jules frech angrinste. Jules hatte gespürt, dass er sie sexy und anziehend fand und nicht abgeneigt war, mit ihr was anzufangen, doch sie hatte ihre Entscheidung schon getroffen: Sie würde sich in Woltersweiler auf nichts einlassen. Und wenn Jules Wunderlich einmal eine Entscheidung getroffen hatte, war diese unumstößlich.

Sie setzte sich hinters Steuer. Zwanzig Minuten später stellte sie den Wagen auf dem Parkplatz des Pflegeheims in Neunkirchen ab, in dem Manfreds Vater Bernhard lebte. »Wohn- und Seniorenzentrum« verkündete ein Schild über dem Eingang. Die Adresse hatte sie von Anita bekommen, auch wenn diese bezweifelte, dass ein Gespräch mit Manfreds Vater möglich sein würde. Jules schloss den Commodore ab und ging auf den Eingang des riesigen Wohnkomplexes zu.

Sie hatte heute den ganzen Vormittag damit verbracht, zum wiederholten Male die Akte des Mordfalls durchzugehen und sich Notizen zu machen. Darüber, was sie bis jetzt wusste und was nicht. Was sie wusste: Es gab erstaunliche, offensichtliche und nicht wirklich zu erklärende Lücken und offene Fragen. Zu viele offene Fragen. Doch wo sollte sie ansetzen, diese Fragen zu beantworten? Sie hatte das Gefühl, der unbekannte Mann, der damals auf Bernhard Haag so großen Einfluss hatte ausüben können, sodass dieser eingeknickt war und den Obduktionsbericht im Sinne des ominösen Strippenziehers manipuliert hatte, war der Schlüssel. Er hatte dadurch Jakob in den Fokus der Ermittlungen gebracht und ihn letztlich getötet. Wer war dieser Mann im Hause der Haags gewesen, den Anita und Manfred gehört hatten? Ein Kollege von Manfreds Vater? Ein Polizeibeamter? Ein Freund? Ein Politiker? Und: Warum hatte jemand nach dem Mord ein Interesse daran gehabt, die Ergebnisse der Obduktion zu verschleiern? Für Jules war die Antwort klar: Weil diese Ergebnisse direkt zum wahren Mörder geführt hätten.

Am Empfang des Heims fragte sie die Frau hinter dem Tresen – Jules schätzte sie auf Mitte 40, auch wenn sie durch ihre Spießer-Klamotten wie Ende 60 aussah – nach Bernhard Haag. Die Frau legte den Kopf schief und musterte Jules misstrauisch. »Sind Sie Verwandtschaft?«

»Nein. Muss man das sein, um einen Bewohner besuchen zu können?«

»Nein, natürlich nicht, aber …«

»Ich bin die erste Freundin seines Sohnes«, unterbrach Jules. »Also die allererste, wenn Sie verstehen …«

Die Frau hinterm Tresen zog eine Augenbraue hoch.

»Wir und Bernhard hatten immer ein gutes Verhältnis zueinander«, fuhr Jules fort. »Und wir haben uns seit über 25 Jahren nicht gesehen. Er wird sich sicher über meinen Besuch freuen. Ich bin nämlich nicht so oft in der alten Heimat, müssen Sie wissen.«

Jules schenkte der Empfangsdame ein bezauberndes Lächeln. Ein Lächeln, das nur sehr wenigen Menschen vorbehalten war und das zu 90 Prozent seine Wirkung nicht verfehlte. Auch nicht bei der Empfangsdame, die seufzte. »Zimmer 224, zweiter Stock. Wenn er nicht da ist, ist er im Garten oder in der Caféteria.«

Jules traf Bernhard Haag im Garten an. Er sah noch genau so aus, wie sie ihn in Erinnerung gehabt hatte. Bis auf die inzwischen schlohweißen, aber immer noch dichten und wirren Haare und dass er noch einen Tick schmaler und zerbrechlicher wirkte als damals. Er saß alleine auf einer Bank mit Blick auf den Teich der Wohnanlage und blätterte in einem Buch. Nietzsche, wie Jules erkennen konnte. Neben ihm auf der Bank stand eine Tasse Kaffee.

Jules ging auf ihn zu. »Hallo, Herr Haag.«

Bernhard Haag sah sie überrascht an.

»Erinnern Sie sich noch an mich?«

In Bernhard Haags Gehirn schien etwas klick zu machen, und er lächelte. »Sophia!«, sagte er erfreut. »Das ist aber schön, dass du mich besuchen kommst, ich freue mich sehr.« Er legte das Buch zur Seite, nahm die Kaffeetasse an sich und tätschelte mit der Hand auf den Platz neben sich. »Komm, setz dich zu mir.«

Jules setzte sich neben ihn. Bernhard Haag beugte sich verschwörerisch zu ihr. »Wir müssen vorsichtig sein, sie beobachtet uns«, flüsterte er und sah sich versichernd um.

»Sie?«

»Vera. Sie ist misstrauisch, sie ahnt etwas. Wenn herauskommt, dass wir beide …« Er brach ab. Wirkte angespannt. »Das wäre das Ende. Das darf nicht passieren.«

Das hier ist sinnlos, dachte Jules. Bernhard Haag schien in seiner eigenen kleinen Parallelwelt gefangen zu sein, in der seine damalige Geliebte Sophia offensichtlich eine maßgebliche Rolle spielte, aber ganz sicher nicht der Mord an Nikki und die damals durchgeführte Obduktion.

»Aber ich kann Vera nicht verlassen, das verstehst du doch, Sophia, oder?« Er sah Jules aufgewühlt von der Seite an. »Sie ist doch meine … Frau.«

»Klar, verstehe ich«, erwiderte Jules und stand auf. »Ich habe leider nicht viel Zeit. Vielleicht komme ich die Tage noch mal vorbei.«

Bernhard Haag sah sie erschüttert an. »Du kannst mich jetzt doch nicht alleine lassen! Du bist doch alles, was ich habe!« Er griff mit beiden Händen nach ihrer Hand. »Du musst bleiben, Sophia. Ich flehe dich an!«

Jules versuchte, ihre Hand seinem Griff zu entziehen, doch Bernhard Haag hielt sie wie in einem Schraubstock fest.

»Ich muss jetzt wirklich los, Herr Haag, tut mir leid.«

Er sah sie an. In seinem Blick nichts als tief empfundener Schmerz. Und Trauer. Er ließ ihre Hand los. Sah zu Boden. »Mir tut es leid, Sophia. Dass ich nicht zu dir stehen kann. Ich kann einfach nicht …«

Jules registrierte, dass sich eine Frau in den Sechzigern mit dichtem grauem Haar näherte, das sie mit einem Bandana gebändigt hatte. Wallendes Neo-Hippie-Kleidchen, viel Schmuck und Ketten, riesige Sonnenbrille. Ihre Füße steckten in Birkenstock-Sandalen. In ihrer Armbeuge ein Bastkorb.

»Ihre Frau …«, sagte Jules zu Bernhard und nickte in Vera Haags Richtung. Bernhard Haag drehte sich erschrocken um. »Du darfst ihr nichts sagen, Sophia, kein Wort! Bitte.«

Vera Haag kam bei Jules und Bernhard an.

»Hallo, Vera«, stammelte Bernhard und sah zu Jules. »Das ist …« Er brach überfordert ab.

»Juliana Wunderlich. Hallo«, sagte Jules zu Vera Haag

und hielt ihr die Hand hin. »Eine alte Schulfreundin Ihres Sohnes.«

Vera Haag schob sich die riesige Sonnenbrille in die Haare und musterte Jules eisig. »Ich weiß, wer du bist«, sagte sie mit tiefer, rauchiger Stimme und ohne Jules' Hand zu schütteln. »Du bist diejenige, die mit ihrer Rumschnüffelei alles kaputt macht.«

* * *

Vera Haag räumte den Inhalt des Bastkorbs – Obst, Gemüse, Joghurts, eine Flasche Wein, Wasser, Milch – in den Kühlschrank ihres Mannes, während er am Geländer des Balkons stand und geistesabwesend in den Garten starrte. Jules saß am Esstisch des hellen, erstaunlich großen und luxuriös eingerichteten Heimzimmers.

»Jeder im Dorf weiß, was du tust, Juliana«, sagte Vera Haag. »Und glaub mir, keiner findet es gut.«

»Hätte mich ehrlich gesagt auch gewundert«, erwiderte Jules. »Niemand hat ein Interesse an der Wahrheit.«

Vera Haag lachte kurz auf. »Die Wahrheit? Die gibt es nicht, Juliana. Jeder hat seine eigene Wahrheit. Und vor allem seine eigene, subjektive Version der Vergangenheit. Dein Vater hat sich übrigens fast darin verloren. Also in der Beschäftigung mit seiner Version der Vergangenheit.«

»Dafür bin ich nicht anfällig«, sagte Jules.

»Für die Vergangenheit oder dich in irgendwas zu verlieren?«, fragte Vera, schloss die Kühlschranktür und ging zur Espressomaschine. »Espresso? Milchkaffee? Kaffee?«

»Einen Milchkaffee würde ich nehmen.«

Vera Haag rief in Richtung Balkon. »Bernhard? Kaffee?«

Bernhard Haag drehte sich wie in Zeitlupe zu ihr um und sah sie fragend an.

»Kaffee?«

Bernhard schien zu überlegen. Dann nickte er zögerlich.

Vera Haag holte zwei Tassen aus dem Regal und eine Packung Milch aus dem Kühlschrank. Drückte einen Knopf an der Espressomaschine.

»Bernhard zum Beispiel«, sagte sie. »Seine Wahrheit ist die Vergangenheit. Er lebt seit Jahren in ihr. Im echten Leben vergisst er regelmäßig, wo er ist, wer er ist, was er ist.«

Der Kaffee war fertig. Vera brachte ihn ihrem Mann auf den Balkon. Er stand immer noch am Geländer und sah in den Garten. Murmelte »Danke«, wobei er wie ein Schuljunge wirkte, der beim Klauen erwischt worden war. Vera ging zurück in den Wohnbereich mit der offenen Küche und kümmerte sich um Jules' Milchkaffee.

»Wusstest du, dass ich damals als Sozialpädagogin gearbeitet habe?«

»Mit verhaltensauffälligen Jugendlichen in Saarbrücken, soweit ich mich erinnere, richtig?«.

»Richtig«, bestätigte Vera Haag. »Bis 1987. Dann bin ich zurück nach Woltersweiler. In die Behindertenwerkstätten in der Nähe vom ›Aldi‹. Wobei man heutzutage ›Behindertenwerkstatt‹ nicht mehr sagen darf, ist wohl politisch unkorrekt. Offiziell nennt man diese Einrichtungen inzwischen ›Werkstatt für behinderte Menschen‹. Beziehungsweise ›gehandicapte Menschen‹.«

Der Milchkaffee war fertig, und sie stellte ihn Jules hin. »Zucker?«

»Nein, danke.«

Vera Haag nahm sich eine Flasche Mineralwasser aus dem Kühlschrank und goss sich ein Glas ein.

»Worauf ich hinauswill: Dein Bruder Jakob war zu der Zeit auch da.«

Jules sah sie erstaunt an.

»Wusstest du offensichtlich nicht«, sagte Vera Haag sachlich. »Tja, du scheinst deinen Bruder nicht wirklich gekannt zu haben.« Sie setzte sich Jules gegenüber. Jules schwieg und nippte an ihrem Milchkaffee. »Und trotzdem glaubst du, er sei nicht zu einem Mord fähig gewesen?« Sie steckte sich eine Zigarette an und inhalierte tief. »Meine Meinung: Jeder ist dazu fähig. Es kommt nur auf die Situation und die Umstände an. Jakob war nicht das harmlose, knuffige Behinderten-Bärchen, das keiner Fliege was zuleide tun konnte und das du offensichtlich immer noch in ihm siehst.«

»Ist hier nicht Rauchverbot?«, fragte Jules.

»Selbstverständlich ist hier Rauchverbot«, erwiderte Vera. »Was dachtest du denn?«

Beide lachten.

Jules steckte sich ebenfalls eine Zigarette an, während Vera fortfuhr. »Jakob war die meiste Zeit angespannt, nervös und leicht reizbar. Und er reagierte extrem aggressiv auf vermeintliche Provokationen. Wenn ihn jemand in der Werkstatt mal aus Versehen auf dem falschen Fuß erwischte – egal ob Gruppenleiter, ich oder einer der Kollegen –, ging er sofort durch die Decke, warf mit Werkzeug nach allen, wütete wie ein wilder Stier. Einmal ist er auf einen der Gruppenleiter losgegangen. Mit einer Eisenstange. Und das nur, weil der ihn darauf hingewiesen hatte, dass seine Mittagspause vorbei sei. Weder ich noch seine Kollegen und schon gar nicht die Gruppenleiter fanden irgendeinen Zugang zu ihm. Er verweigerte sich auf allen Ebenen. Sprach nicht. Mit niemandem. Auch wenn alle wussten, dass er sprechen konnte. Er machte nur seinen Job, aber ansonsten sah er durch alle hindurch. Schien irgendwo anders zu sein. In seiner eigenen kleinen Welt. Und wenn man ihn, durch was auch immer, aus dieser Welt herausriss, flippte er aus.«

»Worauf wollen Sie hinaus?«, fragte Jules.

»Du«, korrigierte Vera Haag. »Wir haben uns geduzt damals.«

»Okay«, murmelte Jules. »Worauf willst du hinaus?«

»Darauf, dass dein Bild von Jakob falsch ist. Es ist verzerrt und beschönigend. Du kanntest ihn nicht, du weißt nicht, wer er war, was er fühlte, was er träumte, was er hoffte. Und zu was er fähig war.« Sie lehnte sich in ihrem Stuhl zurück, legte den Kopf in den Nacken und blies den Rauch aus. »Hab ich recht?«

Jules aschte ab und nahm einen Schluck von ihrem Milchkaffee.

»Hatte Jakob einen Vertrauten? Einen Buddy? So was wie einen Freund?«, fragte sie.

»Was glaubst du?«, fragte Vera.

»Würde ich fragen, wenn ich es wüsste?«

»Ja, hatte er«, sagte Vera Haag, nahm einen Zug von ihrer Zigarette und drückte sie dann halbgeraucht im Aschenbecher aus. Jules wartete darauf, dass Manfreds Mutter weitererzählte, aber sie schwieg.

»Wie hieß der Buddy?«, hakte Jules nach. »Oder was auch immer derjenige für Jakob war. Oder ist das ein Geheimnis?«

»Kein Geheimnis«, erwiderte Vera. »Es war ein Mädchen. Stefanie. Die beiden hingen in jeder Mittagspause zusammen ab. Tauschten Karten. Autoquartett. Kennst du auch noch, oder?«

»Klar«, erwiderte Jules. »Wie hieß sie weiter?«

»Spielt keine Rolle. Sie wird dir nicht dabei behilflich sein können, irgendetwas Neues über Jakob zu erfahren.«

»Sag mir einfach ihren Nachnamen.«

»Sie ist tot«, erklärte Vera. »Schon seit 1995. Autounfall. Bei dem auch ihre Mutter starb.«

Jules wirkte kurz überrascht, was Vera natürlich bemerkte.

»Du weißt nicht das Geringste, was in Woltersweiler abgeht beziehungsweise abging, und glaubst ernsthaft, du könntest einen Mordfall von 1988 aufklären? Einen Mordfall, zu dem jeder hier die gleiche Meinung hat: Es war Jakob.«

Jule umfasste ihre Tasse mit beiden Händen und sah Vera Haag an. »Wer war Sophia?«

Vera Haag wirkte gereizt. »Er hat wieder von ihr gesprochen?«

»Er glaubte, ich sei sie«, bestätigte Jules.

Vera Haag rieb sich kurz mit zwei Fingern die Augen. Wirkte plötzlich angreifbar, verletzlich, müde. Dann straffte sie sich.

»Sophia war seine Geliebte«, sagte sie sachlich. »Mitte der 80er. Eine der Arzthelferinnen. Er war 32, sie gerade mal 20. Blond. Dicke Titten. Schmollmund. Eine dieser Frauen, die nichts weiter ausstrahlten als animalischen Sex. Deren Mösen nach einem Schwanz schrien. Deren Mösen Pheromone aussandten. Pheromone, die dem Opfer signalisierten: Ich bin nass. Ich bin scharf. Ich bin geil. Ich will dich. Fick mich. Nimm mich. Steck ihn mir rein. Besorg's mir. Ich brauche es. Jetzt. Schnell und hart. Dreckig und laut. Deren Lippen – also beide Paare – dazu prädestiniert waren, sich um einen harten Schwanz zu schließen und alles in sich aufzunehmen. Sie träumte davon, sich ins gemachte Nest zu setzen, ohne selbst auch nur einen Finger zu rühren. Das hatten solche Unterschichts-Prinzessinnen wie Sophia aber auch gar nicht nötig. Sie hatten doch alles, wovon ein Weichei wie mein Mann nur träumen konnte.«

Sie sah zu ihrem Mann, der sich auf dem Balkon gerade

einen der dort stehenden Stühle heranzog und sich setzte. Und weiterhin bedröppelt in den Garten starrte.

»Sophia war nichts weiter als eine billige, einfältige kleine Nutte. Eine Nutte, die sich aber selbst nie als Nutte bezeichnet hätte«, sagte Vera Haag. »Und mein naiver, einfältiger, weltfremder Mann ist damals auf sie reingefallen. Ich wusste von Anfang an Bescheid, hab das Ganze aber nie ernst genommen. Weil ich wusste, dass er mich wegen ihr nie verlassen würde. Denn ich hatte mehr zu bieten als sie. Also auf lange Sicht. Und das *auf lange Sicht* war Bernhard schon immer extrem wichtig gewesen.«

Jules war gleichzeitig fasziniert und abgestoßen. Fasziniert, weil Vera Haag so offen über das Thema sprach, und abgestoßen, *weil* sie es tat. Warum erzählte ihr Manfreds Mutter das alles? Jules war eine Fremde für sie, keine Freundin, keine Vertraute. Jules hatte niemals eine Beziehung mit Manfred gehabt, war nur Teil der Clique um Manfred, Anita, Ralf, Susanne, Soboletzki und Nikki gewesen, die regelmäßig im Haus der Haags, in Manfreds Zimmer unterm Dach, gefeiert, getrunken und Metal gehört hatten. Was erwartete Vera Haag von ihr? Eine Bestätigung ihrer Meinung bezüglich der ehemaligen Geliebten ihres Mannes?

»Wie auch immer«, fuhr Vera Haag fort. »Sophia war nie eine Bedrohung für mich. Und schon gar nicht für unsere Ehe. Aber dass Bernhard immer noch an sie denkt, dass sie für ihn immer noch präsent ist …« Sie beendete den Satz nicht, wirkte für einen Moment erneut angreifbar und verletzlich, was Jules registrierte. »Was wolltest du von Bernhard? Ging es um den Mord?«

Jules nickte.

»Der Obduktionsbericht?«

Jules wirkte erstaunt. »Du weißt davon?«

Vera Haag lachte auf. »Natürlich. Ich war ja dabei, als …«
Sie brach ab. Schien realisiert zu haben, dass sie im Begriff war, zu viel zu erzählen.

»… als dieser Mann Bernhard dazu genötigt hat, den Bericht zu *modifizieren*«, beendete Jules den Satz.

Vera Haag lachte auf. »Nicht schlecht, Frau Wunderlich. Woher weißt du das?«

Jules ging nicht darauf ein. »Wer war der Mann?«

»Was macht das noch für einen Unterschied?«

»Für dich … euch vielleicht nicht, für mich schon. Jakob war mein Bruder. Und alle glauben, er sei der Mörder von Nikki.«

»Nicht so abwegig, dass er der Mörder war, oder?«

»Wenn es keinen Unterschied mehr macht, kannst du mir doch auch sagen, wer der Mann war.« Jules schenkte Vera Haag das gleiche bezaubernde, charmante Lächeln, das sie knapp eine Stunde zuvor der Dame am Empfangstresen des Heims geschenkt hatte. Das Lächeln, das nur sehr wenigen Menschen vorbehalten war und das zu 90 Prozent seine Wirkung nicht verfehlte.

Bei Vera Haag schon.

»Selbst wenn ich auf deiner Seite wäre, Juliana, würde ich es dir nicht sagen.« Vera Haag blickte zu ihrem Mann, der auf dem Balkon an seinem Kaffee nippte. »Davon abgesehen, weiß ich es nicht. Bernhard hat nie mit mir oder sonst jemandem darüber gesprochen.«

»Was, wenn ich ihn einfach fragen würde?«, sagte Jules.

Vera Haag lachte auf. »Nur zu. Viel Erfolg.«

Jules drückte ihre Zigarette aus, stand auf und ging auf den Balkon. Bernhard Haag sah angespannt zu ihr. »Hat meine Frau … was gemerkt?«

»Nein, alles ist gut. Sie ahnt nichts.«

»Sicher?«

»Ganz sicher.«

Bernhard Haag atmete erleichterte durch.

»Bernhard?«

Bernhard Haag sah Jules an.

»Wer war der Mann, der dir damals Stress wegen der Obduktion von Nicola Lehberger gemacht hat?«

Bernhard Haag musterte sie irritiert. »Aber das weißt du doch, das habe ich dir doch erzählt.«

»Ich kann mich leider nicht mehr an den Namen erinnern.«

Bernhard Haag nannte Jules den Namen.

Jules sah zu Vera Haag, die im Wohnbereich mitgehört hatte, sich gerade an ihrem Wasser verschluckte und zu husten begann.

7

»Schmidt Olaf? Wer soll das sein?«

Ihr Onkel nippte an seinem Médoc. Es war kurz nach zweiundzwanzig Uhr. Jules und er saßen auf der Terrasse. Jules hatte ihre Lederjacke angezogen, ihr Onkel seine Strickjacke.

»Das weiß ich noch nicht«, sagte Jules. »Google war nicht wirklich eine Hilfe.«

»Der Name taucht auch nicht in der Akte auf, schätze ich.«

»Nein.«

»Ich kenne keinen Schmidt Olaf in Woltersweiler.«

Jules goss sich einen weiteren Médoc ein. »Muss ja nicht zwangsläufig aus Woltersweiler sein, oder?«

»Hat Bernhard noch mehr zu dem Mann gesagt? Beruf? Seine Verbindung zu ihm? Wohnort?«

»Nein, nichts.«

»Und Vera?«

»Auch nicht. Sie will damit nichts mehr zu tun haben.«

»Das heißt, sie weiß wer der Mann war?«

»Davon gehe ich aus. Aber wie gesagt …« Sie zuckte mit den Schultern.

»Sackgasse«, murmelte Stefan Wunderlich. »Schmidt Olaf. Ein Allerweltsname. Ohne nähere Infos bringt uns das gar nichts. Kümmere dich lieber um meine ehemaligen Kollegen. Da stehen die Chancen vermutlich besser.«

»Das bezweifle ich.«

»Du zweifelst zu viel, Juliana. Das ist kontraproduktiv bei Ermittlungen«, erwiderte ihr Onkel sachlich.

»Was für Ermittlungen?«, sagte Jules. »Ich habe nichts, gar nichts. Nur Indizien und Spekulationen, nichts Handfestes.«

»Dann sieh zu, dass du was Handfestes findest.«

»Wenn dir das alles so wichtig ist, warum sprichst du dann nicht mit deinen ehemaligen Kollegen?«

»Ich bin kein Beamter mehr.«

»War dein Bruder auch nicht. Und ich bin es zurzeit übrigens auch nicht, wie du dich vielleicht erinnerst.«

Ihr Onkel schwieg und sah zu Momos Näpfen, die leer waren. »Sie frisst hier?«

»Keine Ahnung, ob sie das war. Vielleicht Katzen aus der Nachbarschaft.«

Stefan Wunderlich lachte auf. »Sicher nicht, die hat Momo alle verscheucht.«

»Ich fülle gleich noch mal auf«, sagte Jules. »Sie scheint nur nachts zu kommen, hab sie tagsüber noch nie gesehen.«

»Nachtaktiv war sie schon immer. Hat den ganzen Tag auf der Couch verpennt und ist dann nach Sonnenuntergang losgezogen. Um pünktlich zum Sonnenaufgang wieder bei deinem Vater zu sein, sobald der aufwachte.« Er nahm einen Schluck von seinem Wein. »Wirklich schade, dass ihr nie die Chance hattet, euch kennenzulernen. Ich meine, euch *richtig* kennenzulernen. Ihr hättet euch gemocht, ganz sicher.«

»Hör auf mit dem Scheiß«, murmelte Jules.

Die beiden schwiegen eine Weile, jeder hing seinen Gedanken nach. Jules dachte an Aleister, auch wenn sie krampfhaft versuchte, nicht an ihn zu denken. Aber durch Momo kam gerade alles wieder hoch.

»Jemand hat mir den Vorderreifen des Opels zerstochen«, durchbrach sie das Schweigen.

Ihr Onkel sah sie überrascht an. »Bist du sicher?«

»Yes, Sir«, erwiderte Jules.

»Glaubst du, das hat was mit deinen … Ermittlungen zu tun?«

»Keine Ahnung.«

»Falls ja, würde das bedeuten …«

»… dass ich jemandem durch meine Recherche – oder wie auch immer man das nennen soll – zu nahe gekommen bin«, unterbrach Jules.

Ihr Onkel nickte. »Wem? Was glaubst du?«

»Hab keine Theorie«, sagte Jules. »Noch nicht.«

Ihr Onkel ließ nachdenklich sein Weinglas kreisen. »Hast du schon mit Nicolas Eltern gesprochen?«

»Wozu?«

»Gehört das nicht dazu? Mit den Eltern des Opfers zu sprechen?«

»Hat mein Vater mit den beiden gesprochen?«, fragte Jules. Ihr Onkel steckte sich seufzend eine weitere Zigarette an. »Er hat es versucht. Aber sie wollten nicht an die Ereignisse von damals erinnert werden. Was verständlich ist.«

»Keiner in Woltersweiler hat ein Interesse, daran erinnert zu werden.«

Ihr Onkel schwieg.

»Ist doch so, oder? Mein Vater hat gegen Windmühlen gekämpft. Er hatte nicht die geringste Unterstützung, keinen Rückhalt im Dorf, keine Verbündeten. Sein Kampf war sinnlos. Und dann? Ist er im Schlaf an einem Herzinfarkt gestorben. Ohne die Unschuld seines Sohnes bewiesen zu haben. Und jetzt soll ich das Gleiche noch mal versuchen? Reicht es nicht, wenn er gescheitert ist?«

»Das kannst du nicht vergleichen, Juliana«, murmelte ihr Onkel. »Ihr wart euch sehr ähnlich, das stimmt. Aber er hatte nie deinen Ehrgeiz und deine Leidenschaft. Und deine Härte.«

Jules sah ihn erstaunt an, lachte dann auf. »Definiere Härte.«

»Ich weiß nicht, wie ich es sagen soll. Du bist so … gnadenlos. Dir selbst gegenüber und gegenüber anderen.«

»Bin ich das?«

»Na ja, den Eindruck vermittelst du jedenfalls.« Er blies den Rauch in die kühle Nachtluft aus. Dann atmete er tief durch. »Ich spreche mit den Eltern von Nicola. Also ich versuche, mit ihnen zu sprechen.«

Jules zuckte mit den Schultern. »Tu dir keinen Zwang an. Aber wie gesagt, ich denke nicht, dass sie darüber sprechen wollen.«

Die beiden schwiegen erneut eine Weile.

»Wie geht's jetzt weiter?«, fragte Stefan Wunderlich irgendwann. »Was ist dein Plan?«

»Fressen für Momo fertigmachen. Grappa. Bett. Und zwar genau in der Reihenfolge«, erwiderte Jules.

Nachdem Stefan Wunderlich weg war, spülte Jules Momos Näpfe aus, füllte sie erneut und stellte sie auf die Terrasse. Sie rief nach der Katze ihres Vaters, aber keine Reaktion. Die Schiebetür zur Terrasse ließ sie halb offen. Für alle Fälle.

In der Küche goss sie sich einen Grappa ein. Die Schärfe des Schnapses störte sie inzwischen kaum noch.

Ein Médoc geht noch, dachte sie und fühlte sich plötzlich gar nicht mehr müde. Sie hatte das Gefühl, zurück zu der Nachteule zu mutieren, die sie früher mal gewesen war. Bevor sie einen festen Job gehabt hatte. Doch jetzt hatte sie keinen Job mehr. Schon seit über zwei Wochen nicht mehr. Und seitdem genoss sie wieder die Nächte. Auch wenn sie alleine war und keinen *Buddy* an ihrer Seite hatte, mit dem sie quatschen, philosophieren, rauchen und trinken konnte. Mit dem sie den Sonnenaufgang erleben konnte. Und mit dem sie danach in die Kiste steigen konnte, um sich gegenseitig das Hirn rauszuvögeln.

Sie holte eine Flasche Mineralwasser aus dem Kühlschrank, nahm sie zusammen mit dem Grappa und dem Médoc mit zur Couch im Wohnzimmer.

Schnaps, Wein, Wasser. Neue Mischung. Interessante Mischung. Gute Mischung, dachte sie. Und gegen Mitternacht einen doppelten Espresso. Damit sie nicht zu betrunken wurde. Sie klappte ihr MacBook auf und wollte gerade ihre E-Mails checken, um bezüglich der ehemaligen Beamten der »Soko Nicola« und Olaf Schmidt zu recherchieren, als sie innehielt. Einem Impuls folgend, ging sie ins Büro ihres Vaters neben dem Bad. Es sah aufgeräumt und ordentlich aus. War ihr Vater wirklich so ein strukturierter Mensch gewesen oder hatten Onkel Stefan und Tante Burgunda ihre Finger im Spiel gehabt? In ihrer Erinnerung war ihr Vater aufbrausend gewesen, unberechenbar, fast schon ein Choleriker. Damals hatte sie das Gefühl gehabt, er würde sie für irgendetwas bestrafen. Für etwas, zu dem sie nichts beigetragen hatte, an dem sie nicht schuld war. Einfach nur dafür, dass sie da war, dass sie seine Tochter war.

Im Regal links neben dem massiven Holzschreibtisch ihres Vaters fand sie, was sie gesucht hatte. Seine Fotoalben. Es waren an die zwanzig. Ordentlich mit Jahreszahlen und Locations beschriftet und chronologisch geordnet. Vielleicht musste sie ihre Meinung bezüglich ihres Vaters wirklich revidieren, denn dass ihr Onkel und/oder ihre Tante nachträglich die Fotoalben ihres Vaters beschriftet hatten, war absurd.

Dann bemerkte sie die Lücke zwischen dem Album von 1967 und dem von 1969. Sie ging ins Wohnzimmer und durchsuchte die beschrifteten Nachlasskartons ihres Vaters. Im Karton mit der Nummer 10 wurde sie fündig. Das Fotoalbum lag ganz unten, bedeckt von mehreren Aktenordnern. So als hätte es jemand verstecken wollen. Sie nahm es mit zum Couchtisch. Es war mit »1968« beschriftet. Urlaub in der Toskana. Die beiden Brüder und die beiden Schwestern: Ihr Vater Werner, sein Bruder Stefan, sowie Burgunda Scherer und ihre ältere Schwester Maria, Jules' Mutter. Im orangefarbenen Audi 100 von Stefan. Die Schwestern auf einem Rastplatz, die Brüder an einem See, Stefan, Burgunda und Werner vor einem Hotel. Aber kein Foto von Jakob, der damals fünf Jahre alt gewesen war. Wo war er während der Zeit des Urlaubs? Hatten ihre Eltern ihn zu Jules' Großeltern abgeschoben? Oder war er doch dabei gewesen und nur nicht auf den Fotos? Sie erinnerte sich, dass es wirklich nur sehr wenige Fotos von Jakob gab, eigentlich so gut wie keine. Wollten ihre Eltern ihn verstecken? War er ihnen peinlich? Wollten sie nicht, dass er Teil der gemeinsamen Erinnerungen in ihren Fotoalben war?

Sie koppelte ihr Smartphone mit ihrem Bluetooth-Lautsprecher und startete eine Playlist, die sie *thinking music* genannt hatte: Anathema. Steven Wilson. Mogwai. Sigor Rós. Godspeed You! Black Emperor. Zum größten Teil instrumentale Musik, die ihr Raum zum Denken gab. Und den brauchte sie beim Betrachten der Fotos von 1968.

Die Wunderlich-Brüder und die Scherer-Schwestern waren damals Mitte zwanzig gewesen. In ihren Augen das Selbstbewusstsein der Jugend, das Wissen, dass man die

Welt erobern wird, dass man unsterblich ist. Und dass man den Partner fürs Leben schon gefunden hat. Sie blätterte weiter und stutzte. Ein Porträtfoto ihres Onkels Stefan. Er stand vor einem typisch toskanischen Landhaus und lächelte in die Kamera.

Jules legte den Kopf schief und starrte auf das Foto. War ihr das wirklich noch nie aufgefallen? Diese unfassbare Ähnlichkeit zwischen ihrem Onkel und ihr. Die Wangenknochen, die Nase, die Augen, das Kinn. Selbst die Form der Augenbrauen.

Sie legte das Album zur Seite. Tausend Gedanken in ihrem Kopf, aber nicht einen einzigen, den sie hätte formulieren können.

Sie blätterte weiter in dem Fotoalbum, um sicherzugehen, dass sie sich nicht getäuscht hatte.

Hatte sie nicht.

Je länger sie die Fotos ihrer Familie unter diesem neuen Aspekt betrachtete, desto sicherer war sie, dass es stimmte. Die Ähnlichkeit zu ihrem Vater war so gut wie nicht vorhanden. Die Ähnlichkeit zu ihrem Onkel war, tja, frappierend.

Es folgten mehrere Fotos, auf denen alle vier zu sehen waren.

Aber irgendetwas stimmte nicht.

Es dauerte einen Moment, bis Jules verstand: Die Paare waren vertauscht. Ihr Onkel Stefan hatte Jules' Mutter Maria im Arm und Jules' Vater Burgunda. Alle vier wirkten entspannt und glücklich. So als wären sie jetzt endlich in den Armen des richtigen Partners.

Sie klappte das Fotoalbum zu. Ihr war kotzübel. Und das hatte definitiv nichts mit ihrem Alkoholkonsum zu tun.

Ihr Handy klingelte. Sie sah aufs Display: Ciro.

»Nicht, Ciro, bitte«, murmelte sie. »Nicht jetzt.«

Sie drückte den Anruf weg, goss sich einen Grappa ein und kippte ihn auf ex.

* * *

Gegen 4 Uhr schlief sie auf der Couch im Wohnzimmer ein.

Zwei Stunden später bekam sie Besuch.

Von Jakob.

Und von Nikki.

In ihrem Schlepptau eine Ente, die den beiden hinterherwatschelte und dann auf den Couchtisch flatterte. Nikki und Jakob standen vor der Couch. Nikki war nackt und betrachtete die schlafende Jules. Jakob hatte seinen Schwanz ausgepackt und rieb ihn, während er auf Nikkis Brüste starrte.

»Geh zurück«, sagte Nikki zu Jules. »Geh dahin zurück, wo alles begann. Und alles endete.«

Die Ente quakte aufgeregt, als Jakob auf Nikkis Oberschenkel abspritzte, wobei er grunzte. Nikki betrachtete pikiert das Sperma auf ihrem Oberschenkel, wandte sich dann wortlos ab und ging. Jakob legte den Kopf schief und schaute zu Jules. Die Ente sagte mit der Stimme von Nikki: »Das kalte Herz im Wald. Mindcrime. Der Indianer. Alle Fragen. Alle Antworten. Damals.«

Jules schreckte hoch. Es dämmerte, war fast schon hell. Blauer Himmel. Kalter Schweiß auf ihrer Stirn, ihrem Rücken, zwischen ihren Brüsten, ihren Beinen, überall. Ihr Herz tanzte einen wilden synkopischen Rhythmus. Sie fühlte sich desorientiert, hilflos, verloren.

Sie setzte sich auf. Ihr Hals kratzte, in ihrem Mund der Geschmack von totem Hund. Sie sah zur Terrassentür, die sie Momo zuliebe halb offengelassen hatte.

Momo saß vor der Tür, beobachte sie.

»Hey, Momo«, krächzte Jules.

Momo blinzelte kurz, machte dann auf dem Absatz kehrt und war verschwunden.

Jules griff nach der Wasserflasche neben der Couch. Hatte das Gefühl, sie würde immer noch träumen.

8

Jules warf einen Blick auf die Namensliste, die sie von ihrem Onkel bekommen hatte. Für die Abarbeitung der Reihenfolge war ihr nur ein Kriterium wichtig gewesen: die Route. Illingen, Merchweiler, Ottweiler, Neunkirchen. Sechs Namen von zweiundzwanzig. Mehr würde sie heute nicht schaffen.

Sie stand vor einem in den 70er-Jahren des letzten Jahrhunderts gebauten Reihenmittelhaus in Illingen, das in direkter Nähe zum Sportplatz und zu den Bahngleisen lag. Der Mann, der ihr die Tür öffnete, hieß Thomas Wilhelm und war damals ein Beamter der Spurensicherung.

»Ja?«, brummelte Wilhelm. Er hatte wenig bis keine Haare, eine billige, völlig verschmierte Brille auf der Nase, trug viel zu weite braune Cordhosen und ein ausgebleichtes graues Schlabberhemd, das seinen Bauch nicht mal ansatzweise kaschierte. Auf Jules wirkte er verbittert, verkniffen und humorlos, weshalb sie sich Mühe gab, nicht gleich mit der Tür ins Haus zu fallen.

»Hallo. Herr Wilhelm, nehme ich an«, sagte sie.

»Wenn's an der Klingel steht …«, knurrte Wilhelm. »Um was geht's?«

»Ich bin Juliana Wunderlich, die Nichte von Stefan Wunderlich. Hauptkommissarin aus Frankfurt. Hallo.«

Sie hielt ihm ihre Hand hin, die Wilhelm ignorierte.

»Um was geht's?«, wiederholte er. Dieses Mal deutlich gereizter.

»Darf ich kurz reinkommen? Dann erkläre ich es Ihnen«, sagte Jules.

»Nein, dürfen Sie nicht. Auch wenn Sie Stefans Nichte sind«, grummelte er. »Was wollen Sie?«

Jules seufzte. Spätestens jetzt musste sie ihre Karten auf den Tisch legen; eine weitere Chance würde sie bei dem Kerl nicht bekommen, das war ihr klar.

»Es geht um den Mordfall ›Nicola Lehberger‹ von 1988«, sagte Jules. »Ich habe ein paar Fragen dazu. Dauert wirklich nicht lange.« Sie schenkte Wilhelm ihr *charming-as-hell*-Lächeln, was jedoch komplett verpuffte. Wilhelm zog die Augenbrauen zusammen, während zeitgleich seine Mundwinkel nach unten sackten.

»Wollen Sie mich verarschen? Ihr Bruder war der Mörder. Es gibt keine Fragen mehr.«

Thomas Wilhelm knallte Jules die Tür vor der Nase zu.

Jules rieb sich mit Daumen und Zeigefinger die Augen.

* * *

Ihre Vorahnung hatte sie nicht getäuscht. Von den sechs Beamten der damaligen Soko, die sie kontaktiert hatte, hatten ihr vier die Tür vor der Nase zugeschlagen. Die beiden anderen hatten sie noch zusätzlich beschimpft, bevor sie die Tür zuschlugen. Auch wenn noch sechzehn weitere Ex-Beamte auf ihrer Liste standen: Keiner würde mit ihr über Nikki und den Mord sprechen wollen. Nicht heute, nicht morgen, nicht irgendwann. Der Fall war für sie erledigt. Schon seit damals, seit dem Selbstmord von Jakob. Keiner hatte ein Interesse daran, das alles noch mal aufzurollen. Warum? Weil es nichts aufzurollen gab? Oder weil für die ehemaligen Beamten zu viel auf dem Spiel stand? Weil alle an der Vertuschung beteiligt gewesen waren? Und dass es sich um eine Vertuschung gehandelt hatte, davon war Jules inzwischen überzeugt. Die Frage war nur: Warum?

Sie beschloss, die restlichen Beamten per Telefon zu kontaktieren, dann würde sie sich im Falle einer sehr wahrscheinlichen Absage wenigstens die ganze Fahrerei sparen.

Der iPod im Handschuhfach spielte ihre *driving music*-Playlist ab. The Night Flight Orchestra. Journey. Lake. Foreigner. John Waite. Toto. Survivor. Little River Band. Sie war frustriert, und ihre Stimmung entsprach gerade eher Slayer und Metallica als AOR und Westcoast-Mucke, aber sie war zu faul, anzuhalten und die Playlist zu ändern.

Sie steckte sich eine Zigarette an und kurbelte das Fahrerfenster runter, als der Wagen vor ihr einen kurzen Schlenker auf die Gegenfahrbahn machte, um etwas auszuweichen, was auf der Straße lag. Erst dachte Jules, dass es sich um eine Tasche handelte, doch als sie näher kam, realisierte sie, dass es eine Ente war. Sie lag bewegungsunfähig auf dem Rücken. War offensichtlich schwer verletzt. Ihre orangenen Füßchen strampelten hilflos in der Luft.

Die Ente aus ihrem Traum.

Sie wich instinktiv aus, wobei sie gerade noch einen Frontalzusammenstoß mit einem Auto auf der Gegenfahrbahn vermeiden konnte. Ihr Herz klopfte wild, tausend Gedanken in ihrem Kopf, wovon einer die Oberhand gewann: Die Ente lebt noch!

Sie stieg in die Eisen, brachte den Opel zum Stehen und schaltete die Warnblinkanlage ein. Es gab keinen Seitenstreifen; sie hatte keine andere Wahl, als mitten auf dem rechten Fahrstreifen der Bundesstraße zu halten. Sie sprang aus dem Commodore und rannte zurück in Richtung der

Ente. Wedelte dabei wild mit den Armen, um den ihr entgegenkommenden Wagen, einen schwarzen Touareg, zum Halten zu bringen. Sie war keine zehn Meter von der immer noch verzweifelt mit den kleinen Füßchen strampelnden hilflosen Ente entfernt, als der Touareg die Ente unter seinen Reifen zermalmte. Dann kam er mit quietschenden Reifen keinen Meter vor Jules zum Stehen.

Jules' Herz klopfte ihr bis zum Hals, Adrenalin pumpte durch ihren Körper. Es dauerte einen Moment, bevor sie verstand, was passiert war. Der Wagen war ungebremst über ein noch lebendes, schwer verletztes Lebewesen gerast, ohne Rücksicht auf Verluste.

Der Fahrer des Touareg steckte seinen Kopf aus dem Wagen und beschimpfte Jules. »Ey! Geht's noch? Was soll'n der Scheiß? Hast du sie noch alle?«

Jules spürte, wie sie kurz davor war, die Kontrolle zu verlieren. Sie stürzte zur Fahrertür. Ihr Blut kochte.

»Du Wichser! Du Scheiß-Wichser!«, brüllte sie. »Warum hast du nicht gebremst?«

»Du hast sie doch nicht mehr alle. Geh scheißen, du …«

Der Fahrer schaffte es nicht mehr, den Satz zu beenden.

* * *

Kurz nach vier Uhr nachmittags parkte sie ihren Wagen vor der Garage ihres Elternhauses. Sie öffnete den Kofferraum und holte die in eine Decke gewickelten sterblichen Überreste der Ente heraus, als ein Audi Q7 neben dem Commodore zum Stehen kam. Birgit Görgen, die Bürgermeisterin von Woltersweiler, stieg aus. Sie wirkte aufgewühlt. Ihre hektischen roten Wangen leuchteten noch eine Spur hektischer und roter als sonst.

»Juliana!«, platzte sie heraus. »Wir müssen reden.«

»Um was geht's?«, sagte Jules eisig und ging die Stufen zum Haus hoch.

»Um deine sogenannten Ermittlungen«, erwiderte Birgit und folgte ihr um das Haus herum in den weitläufigen, von einer hohen Hecke umzäunten Garten. »Das muss aufhören!«

»Aha«, sagte Jules, ging auf den Apfelbaum am Rande des Gartens zu und legte ihr Bündel ab.

»Was ist das?«, fragte Birgit irritiert.

»Nichts von Interesse. Jedenfalls nicht für dich.«

Birgit atmete tief durch. »Was willst du dir damit beweisen, Juliana? Dass alleine du darüber entscheidest, was die Wahrheit ist?«

Jules sah Birgit Görgen an. Ein süffisantes Lächeln umspielte ihre Mundwinkel. »Sieht so aus, als wäre ich auf der richtigen Spur.«

Birgit wirkte irritiert. »Bitte was?«

»Offensichtlich habe ich in ein Wespennest gestochen«, sagte Jules. »Oder warum habt Ihr alle richtig Schiss vor dem, was ich rausfinden könnte?«

Birgit Görgen schwieg.

»Vor was habt Ihr Angst, Biggi? Dass nicht sein kann, was nicht sein darf? Dass die Wahrheit endlich ans Licht kommt? Eine Wahrheit, die keinem von euch gefallen wird?«

»Du hast keine Ahnung, Jules«, murmelte Birgit.

»Jules. Aha. Interessant. Bis eben war ich noch Juliana für dich.«

»Spar dir deine Spitzfindigkeiten!«, zischte Birgit. »Das alles ist eine Nummer zu groß für dich. Zu groß für uns alle.«

Für einen kurzen Moment wirkte sie nachdenklich. Wenn nicht sogar verängstigt.

»Was weißt du, das ich nicht weiß, Biggi?«, hakte Jules nach.

Birgit Görgen sah Jules in die Augen. In ihrem Blick eine Härte, die Jules von ihr so nicht kannte. Für Jules war Birgit damals immer nur *Schmodder-Biggi* gewesen. Eine Witzfigur, ein Clown ohne Selbstbewusstsein. Dieser Blick war definitiv neu. Jedenfalls für Jules.

»Ich befehle dir, mit deinen Ermittlungen aufzuhören!«, zischte sie. »Ansonsten …«

Sie brach ab. Jules schwankte zwischen Belustigung und Überraschung. Die Belustigung siegte, und sie begann zu lachen.

»Ansonsten was? Engagierst du einen Auftragskiller?«

»Du hast nichts, Jules. Gar nichts! Und du wirst niemals etwas haben. Denn es gibt nichts. Kein Geheimnis, keine alternative Wahrheit. Du machst alles kaputt. Alles. Lass es einfach.«

»Niemand sagt mir, was ich zu tun und zu lassen habe«, erwiderte Jules sachlich. »Niemand.«

»Du machst dich lächerlich, Jules«, erwiderte Birgit. »Keiner nimmt dich ernst im Dorf. Alle denken, du bist völlig durchgeknallt. Genau wie dein Vater gegen Ende. Lass die Vergangenheit ruhen! Es gibt keinen Fall. Es gab nie einen. Dein verrückter Mongobruder war der Mörder. Ende der Geschichte!«

In Jules kochte es. Unbewusst ballte sie ihre Hand zur Faust. Erst jetzt realisierte Birgit, dass die Knöchel von Jules' rechter Hand aufgerissen und blutverschmiert waren. Sie starrte Jules fassungslos an. Jules entspannte ihre Hand, wischte ihre Knöchel an der Hose ab, atmete tief durch und sagte: »Dein Sohn, Chris …«

»Was ist mit ihm?«, fragte Biggi irritiert.

»Er ist ja echt ein Süßer, eine richtige Sahneschnitte. Hat er eine Freundin?«

Birgit Görgen reagierte fassungslos. »Spinnst du? Was soll die Frage?«

»Hat er eine oder nicht?«, fragte Jules sachlich.

»Du bist … krank, Jules«, stammelte Birgit. »Total krank. Immer noch. Genau wie damals.«

Sie wandte sich ab und stampfte weg.

Jules zeigte ihr den Mittelfinger, auch wenn die Bürgermeisterin von Woltersweiler das nicht mehr mitbekam.

* * *

Als sie die Ente – oder das, was von ihr übrig war – neben dem Apfelbaum beerdigte, spürte Jules Blicke in ihrem Rücken. Langsam drehte sie den Kopf.

Momo.

Sie saß auf der hüfthohen Mauer, die einen Teil des Gartens gegen das Nachbargrundstück abgrenzte.

»Hey, Momo«, murmelte Jules. »Was geht? Alles gut?«

Momo legt ihr Köpfchen schief und musterte Jules, sah ihr direkt in die Augen. Jules interpretierte ihren Blick als skeptisch bis misstrauisch. Sie zwinkerte, was in der Katzensprache bedeutet, dass man wohlgesinnt ist.

Momo zwinkerte nicht, beobachte einfach nur Jules und das, was sie tat.

Als Jules die letzte Schaufel Erde auf das Entengrab warf, war Momo verschwunden. Danach cremte sich Jules im Bad die wunden Knöchel ihrer rechten Hand mit Bepanthen ein, betrank sich mit Grappa, stolperte im Suff bei dem Versuch, die Küche zu finden, frontal gegen deren Türrahmen und zog sich eine heftig blutende Platzwunde an der Stirn zu. Gegen drei Uhr kotzte sie neben den Couchtisch und träumte später von der Nacht im Bahnhofsviertel, die sie ihren Job gekostet hatte.

Als sie sechs Stunden später wach wurde, realisierte sie, dass sowohl ihre Klamotten als auch die Bettdecke blutverschmiert waren und sie neben den Couchtisch gekotzt hatte. Sie tastete ihre schmerzende Stirn ab, wusste weder, wo sie war, noch wer sie war.

Ein Phantom, dachte sie. *Ich bin ein fucking Phantom.*

* * *

Der BMW stand genau an der Stelle, an der Jules ihn das erste Mal gesehen hatte.

In ihrer Straße.

In Sichtweite ihres Elternhauses.

Sie kam gerade vom Einkaufen und schleppte zwei Tüten zum Eingang, als sie ihn bemerkte. Zwei oder drei Tage war er nicht zu sehen gewesen. Oder er hatte so geparkt, dass er für Jules nicht zu sehen gewesen war. Dass der Wagen ihretwegen dort parkte, daran zweifelte sie inzwischen nicht mehr. Aber wer war der Fahrer? Was wollte er? Sie einschüchtern? Aufgrund ihrer Ermittlungen, die letztlich keine waren? In wessen Auftrag war der Fahrer – oder die Fahrerin – unterwegs? Oder gab es gar keinen Auftraggeber?

Ohne lange nachzudenken, stellte sie die Einkaufstüten neben dem Opel ab und ging auf den geparkten BMW zu. Die Scheibe der Fahrertür war oben. Sie klopfte dagegen. Wie in Zeitlupe senkte sie sich. Der Fahrer, ein muskulöser, wild tätowierter – *Knasttattoos*, dachte Jules – Glatzkopf mit Vollbart, den Jules auf Mitte 50 schätzte, sah sie gelangweilt an. »Ja?«

»Wer sind Sie? Was wollen Sie von mir?«, fragte Jules bemüht sachlich.

»Von Ihnen? Gar nichts«, antworte der Mann sichtlich erheitert. »Was sollte ich von Ihnen wollen?«

»Für wen arbeiten Sie?«, blieb Jules hartnäckig und sah dabei unauffällig in den Wagen. Auf dem Beifahrersitz lagen eine offene Tüte Chips, eine Flasche Wasser, ein Päckchen Papiertaschentücher, die BILD. Im Fußraum des Beifahrersitzes leere McDo-Verpackungen, leere Zigarettenpäckchen, leere Bierdosen. Auf dem Rücksitz eine Sporttasche, eine Lederjacke.

Und ein Schlafsack.

»Machen Sie sich nicht lächerlich«, sagte Glatze ohne zu lächeln und ließ die Scheibe der Fahrertür wieder nach oben gleiten. Jules klopfte erneut gegen die Scheibe. Dieses Mal mit der rechten Hand, sodass Glatze ihre inzwischen halb verschorften Knöchel sehen konnte. Sie hoffte, er würde die richtigen Schlüsse daraus ziehen. Und zwar, dass mit ihr nicht zu spaßen war.

Die Scheibe glitt erneut nach unten. Glatzes Gesichtsausdruck wechselte von gelangweilt zu gereizt. »Was?«, blaffte er.

»Der Schlafsack …«, sagte Jules und nickte in Richtung der Rückbank.

»Was ist damit?«

»Das wissen Sie besser als ich«, erwiderte Jules sachlich, tippte sich mit dem Zeigefinger an die Stirn, wandte sich ab und ging zurück zum Commodore, als Glatze ihr hinterherrief.

»Ey, Lady?«

Jules blieb stehen und sah zu ihm.

»Dünnes Eis. Sehr dünnes Eis. Ich an Ihrer Stelle wäre vorsichtig.« Er grinste, startete den Wagen, ließ die 6-Zylinder des BMW aufröhren, wendete und fuhr mit quietschenden Reifen davon.

»Fick dich, du Wichser«, murmelte Jules und griff sich die Einkaufstüten.

* * *

Es dämmerte bereits, als sich Jules zu Fuß auf den Weg zum »Ochsen« machte. In ihrem Kopf noch immer die Bilder der überfahrenen Ente. Seit dem *incident* waren zwei Tage vergangen. Zwei Tage, geprägt von Albträumen, Grappa, Wein, wenig Schlaf, wenig Essen. Zwei Tage mit Musik von Bands wie Paradise Lost, Arch Enemy, Slayer und Kreator. Zwei Tage, in denen die Akte des Mordfalls unbeachtet auf dem Wohnzimmertisch gelegen hatte. Zwei Tage, in denen sie nicht bezüglich des mysteriösen Mannes namens Olaf Schmidt recherchiert hatte. Des Mannes, der damals offensichtlich die Autopsie von Nikki mithilfe von Manfred Haags Vater manipuliert hatte. Zwei verlorene Tage. Nicht die ersten in ihrem Leben.

Die Knöchel ihrer rechten Hand schmerzten immer noch. Genauso wie ihre Gedanken an das, was sie in Frankfurt erwarten würde. Sie war jetzt über einen Monat in Woltersweiler und hatte zunehmend das Gefühl, dass alles, was sie tat, sinnlos war. Dass ihr Leben sinnlos war. Hatte sie irgendetwas erreicht?

Nein.

War sie auch nur einen Schritt weiter als zu Beginn ihrer Ermittlungen?

Nein.

Glaubte sie noch daran, dass sie den wahren Mörder von Nicola finden würde?

Sie hatte das Gefühl, dass egal, was sie tat oder nicht tat, es keinen Unterschied machte. Auch Frankfurt würde keinen Unterschied machen. Sie hatte es verbockt. Nicht zum ersten Mal. Und ganz sicher nicht zum letzten Mal.

Sie steckte sich eine Zigarette an, schirmte die Flamme ihres Zippos gegen den Wind ab. Es nieselte. Die Straße war menschenleer. Sie inhalierte, als sie ein Auto in ihrem Rücken hörte. Ein Auto, das nicht an ihr vorbeifuhr, sondern in Schrittgeschwindigkeit hinter ihr blieb.

Jeder Muskel, jede Faser in ihrem Körper verspannte sich. Alles in ihr schrie »Gefahr«. Unbewusst griff sie nach ihrer Waffe im Schulterholster.

Aber da war kein Schulterholster.

Und schon gar keine Waffe.

Sie nahm einen langen Zug von ihrer Zigarette, wartete darauf, dass der Wagen an ihr vorbeifuhr.

Doch er fuhr nicht vorbei.

Im Gegenteil. Er wurde langsamer und sie konnte hören, wie er auf den Bürgersteig fuhr.

Adrenalin pumpte durch ihre Venen, ihr Herz klopfte bis zum Hals und sie bereitete sich innerlich darauf vor, im nächsten Moment mit Glatze aus dem 3er BMW konfrontiert zu werden.

Der Motor des Autos verstummte. Sie hörte, wie sich eine Tür des Wagens öffnete und dann ins Schloss fiel.

Schritte auf dem nassen Asphalt des Bürgersteigs.

Sie fuhr herum. Als sie den Fahrer erkannte, setzte ihr Herz einen Schlag aus. Oder zwei.

»Hast du sie noch alle, du bescheuertes Arschloch!«, blaffte sie nach Luft japsend. »Ich habe mich zu Tode erschreckt!«

»Ich freue mich auch sehr, dich zu sehen, Jules«, sagte der Fahrer, ein großer schlanker Mann Anfang 40 mit Drei-Tage-Bart, schulterlangen Haaren und stylischer schwarzer

Brille. Dabei grinste er ein dermaßen freches und gleichzeitig charmantes Grinsen, auf das selbst Ewan McGregor neidisch gewesen wäre.

Woltersweiler, Saarland

Kaisersaal
Samstag, 23:06 Uhr

Mein Mund ist komplett trocken, ich kann kaum schlucken, geschweige denn weiterlesen. Drei Kapitel am Stück waren vielleicht doch ein bisschen zu viel des Guten.

Ich checke mein Handy: 23:06 Uhr. Viel zu spät. Mein Zeitplan ist komplett zerschossen. Und meine Konzentration lässt zunehmend nach. Ich muss mich beeilen, muss weiterlesen. Die Story ist längst nicht zu Ende erzählt. Aber ich darf nichts überspringen, kann nicht spontan kürzen. Alles hängt mit allem zusammen. Der Weg ist das Ziel. Die Details sind wichtig. Extrem wichtig. Und das muss ich meinem Publikum vermitteln. Sie müssen verstehen, warum passiert ist, was damals passiert ist. Und warum alle glauben sollten, dass Jakob der Mörder …

Ich sehe ins Publikum, und mein Gedanke bricht ab.

Irgendwas stimmt nicht.

Irgendwas stimmt ganz und gar nicht.

Aber ich komme nicht drauf. Ich weiß nur, dass sich etwas falsch anfühlt. Extrem falsch. Mein Blick schweift übers Publikum. Es scheint alles normal zu sein.

Dann realisiere ich, was nicht stimmt, und mir läuft ein eiskalter Schauer über den Rücken.

Adi.

Er steht nicht mehr an der Stelle, an der er seit Beginn der Lesung stand. Er ist weg, verschwunden. Wie vom Erdboden verschluckt.

Ich drehe mich zu Klemens um. »Hol mir Herry. Jetzt!«, krächze ich. Klemens nickt und eilt zur Treppe, die zum Backstage-Raum führt.

»Herry? Frau Krämer will Sie sprechen.«

Herry taucht auf. »Was jibt's?«

»Adi. Er ist weg.«

»Wech? Wie wech?«

»Weg. Verschwunden. Er stand die ganze Zeit da hinten an der Ecke.« Ich deute in die Richtung.

»Er kann nich wech sein«, sagt Herry. »Wie soll'n dit jehen? Vielleicht isser uff Toilette.«

»Sucht ihn. Jetzt.«

Herry zögert kurz, dann nickt er, springt von der Bühne und eilt zu seinen Jungs an der Eingangstür, wo er sie auf Stand bringt. Mike, Lusche und Tier wirken verwundert. Dann schwärmen sie aus. Einzig Mike bleibt bei der Tür.

Ich spüre, wie das Publikum unruhig wird. Niemand weiß, was abgeht und warum es schon wieder eine Unterbrechung gibt.

Plötzlich taucht Ralf an der Bühne auf. »Und? Noch ein weiteres Problem?«, sagt er schnippisch. »Irgendwie scheint der Abend ja nicht wirklich so wie geplant abzulaufen. Wobei ich mich frage, ob du überhaupt irgendetwas geplant hast. Außer uns alle hier als Geiseln zu nehmen.«

»Setz dich wieder, Ralf«, sage ich und versuche, selbstbewusst zu klingen. »Ich habe alles unter Kontrolle.«

Ralf lacht auf. »Nee, Frau Krämer, hast du nicht. Ganz und gar nicht. Hattest du übrigens noch nie.« Er grinst mich an. »Ich schlage vor, du beendest das Ganze. Jetzt. Danach rufen wir einen Krankenwagen für Soboletzki und du …«

»Setz dich, Ralf«, unterbreche ich scharf. »Es geht gleich weiter.«

Ich überlege kurz, ihn auf Adi und dessen Verschwinden anzusprechen, lasse es dann aber; das würde nichts bringen. Ralf würde alles tun, um mir Knüppel zwischen die Beine zu werfen und den Abend zu sabotieren. Vielleicht steckt er sogar mit Adi unter einer Decke.

»Wie du vielleicht mitbekommen hast, sind wir alle doch recht erschöpft und durch den Wind. Vielleicht könntest du einfach ein bisschen abkürzen und …«

»Setz dich!«, unterbreche ich erneut, wende mich ab und gehe zurück zum Tisch. Sehe zu Klemens, der sich an seinem Bier festhält. Ich schenke ihm ein aufmunterndes Lächeln, auch wenn es mir schwerfällt, denn meine Gedanken kreisen nur um eine Frage: Wo zum Teufel ist Adi? Er kann nicht weg sein, das ist unmöglich. Ich habe die Baupläne des Saales studiert, es gibt keine geheimen Gänge, Tunnel, Kammern oder sonstige Fluchtmöglichkeiten. Oder es gibt sie, und sie sind nur nicht in den Plänen verzeichnet. Und Adi weiß davon? Aber selbst wenn er hätte abhauen können: Welche Gefahr kann er darstellen? Hat er vor, die Polizei zu informieren? Jemand wie Adi, für den Polizisten Bullenschweine sind, die ihm nur Stress machen? Ganz sicher nicht. Nein, die größere Gefahr wäre, wenn er …

»Hanna?«

Katarina reißt mich aus meinen Gedanken. Sie ist zum Rand der Bühne gekommen.

»Was ist?«

»Wir hängen. Im Zeitplan. Und zwar massiv«, sagt sie.

»Ich weiß«, sage ich. »Ich kann's leider nicht ändern. Wir müssen es durchziehen, so oder so.«

Katarina zieht eine Augenbraue hoch. »Müssen wir das?«

»Was meinst du?«

»Vielleicht wäre es wirklich besser, wenn du …«

»Nein, auf keinen Fall«, unterbreche ich. »Ich habe nur die eine Chance. Hier und heute Abend. Ansonsten war alles umsonst. Alles. Wir ziehen das durch.«

»Okayyyyy«, murmelt sie. »Du wirst schon wissen, was du tust.«

Wie oft habe ich diesen Satz heute schon gehört?

Du wirst schon wissen, was du tust.

Ich bin immer noch nicht sicher, ob ich das wirklich weiß. Wahrscheinlich werde ich es erst wissen, wenn es zu Ende ist. Und es wird zu Ende sein. Hier und heute.

Katarina wendet sich ab.

»Katarina?«

Sie hält inne und sieht über die Schulter zu mir.

»Ich brauch 'nen Espresso. Doppelt. Dringend.«

»Bring ich dir«, sagt sie und geht zu Erbse.

Ich sehe ins Publikum. Unruhe und Nervosität sind mit Händen greifbar. Ralf hat recht. Alle wirken erschöpft, mitgenommen, gestresst. Mich eingeschlossen. Aber das darf keine Entschuldigung dafür sein, jetzt nachlässig und unkonzentriert zu werden. Ich muss weiterlesen. Ohne Jules' Hilfe wird es mir heute Abend nicht gelingen, den wahren Mörder von Nikki zu outen.

Katarina kommt zurück und bringt mir einen Espresso. »Bitte schön.«

»Danke. Könntest du mir bitte Willi Stenger herholen?«

Ohne ihr Tablet wirkt sie verloren und überfordert. »Willi wer?«

»Willi Stenger. Unser Ansprechpartner für den Kaisersaal.«

»Ah, der«, murmelt sie. »Klar. Warte …«

Sie geht zielstrebig auf eine Sitzreihe zu, während ich einen Schluck Espresso nehme, wobei ich mir fast die Lippen verbrenne. Katarina kommt mit Stenger, einem kleinen dicklichen Mann mit Hornbrille, der den Eindruck macht, als könne ihn nichts und niemand aus der Fassung bringen, zu mir und verschwindet dann wieder im Backstage-Raum.

»Frau Krämer. Wie kann ich Ihnen helfen?«, fragt Stenger sachlich.

»Die Pläne des Saals – wie alt sind die?«

Stenger wirkt kurz irritiert. »Aus den 60ern, nach der Renovierung. Wieso fragen Sie?«

»Wie lange gibt es den Saal schon?«

»Seit 1882.«

»Aus der Zeit gibt es keine Pläne?«

»Nein, soweit ich weiß nicht.«

»Gibt es so was wie geheime Ein- und Ausgänge? Tunnel? Verstecke?«

Stenger sieht mich an, als habe ich den Verstand verloren.

»Nein, ich glaube nicht«, murmelt er. »Wieso wollen Sie das wissen? Ist das irgendwie wichtig?«

»Wissen Sie es oder glauben Sie es?«

»Ich weiß es nicht«, erwidert er. »Denke aber eher nicht.«

»Okay, danke trotzdem.«

Stenger nickt knapp und geht wieder zu seinem Platz. Ich will gerade zurück zu meinem Tisch und das Publikum informieren, dass es weitergeht, als Herry zur Bühne gerannt kommt.

»Nix.«

»Was?«

»Der Scheißkerl ist wech. Wie vom Erdboden verschluckt. Wir ham allet durchsucht. Ooch die Toiletten. Nüscht. Ick kapier dit nich.«

Mir zieht es die Kehle zusammen.

»Und nu?«, fragt Herry.

»Ich mache weiter«, sage ich mit brüchiger Stimme. »Und ihr haltet weiter die Augen nach ihm auf.«

»Sowieso«, sagt Herry. »Soll ick wieder zu Soboletzki?«

»Nein, nicht nötig«, erwidere ich. »Katarina kommt klar.«

»Denn is ja jut«, sagt Herry. »Hau rin.«

Er geht zurück zu seinen Jungs an der Eingangstür.

Ich atme tief durch. Setze mich wieder an den Tisch, kippe den Espresso und ziehe das Mikro zu mir ran.

»Entschuldigt bitte die Unterbrechung«, sage ich und hoffe, man merkt mir nicht meine Anspannung und Nervosität wegen Adis Verschwinden an. »Es geht jetzt weiter mit dem dritten Teil und Kapitel 9.«

Ich versuche, nicht an Adi zu denken, blättere um und beginne zu lesen.

TEIL 3:
I REMEMBER NOW

9

Ciro wirkte amüsiert. »Neunkirchen. Aha«, sagte er. »Hab auf dem Weg hierher nicht eine gesehen.«

»Das ist wie mit Zweibrücken«, erwiderte Jules. »Fake News. Sie lauern überall.«

Ciro lachte.

Sie saßen an einem Tisch im hinteren Teil der Pizzeria »Taormina« in Neunkirchen. Beide hatten Pizza bestellt. Ciro trank Bier, Jules Rotwein.

»Warum hier, warum nicht in deinem Heimatort?«, fragte er. »Bin ich dir peinlich, oder was?«

Jules bemerkte, dass er auf ihre lädierten Fingerknöchel der rechten Hand spähte, aber nichts sagte.

»Darum geht's nicht«, erwiderte Jules. »Woltersweiler ist ein Kaff, da glaubt jeder, alles von jedem zu wissen. Ich muss denen nicht auch noch zusätzlich Gesprächsstoff liefern.«

»Zusätzlich zu was?«

»Wie hast du mich überhaupt gefunden?«

»Hallo?«, grinste Ciro sein entwaffnendes Lausbubengrinsen und strich sich mit beiden Händen die langen Haare über die Ohren. »Ich bin Bulle. Recherche heißt das Zauberwort.«

»Geht's vielleicht 'n bisschen konkreter?«

»Nein«, erwiderte Ciro lächelnd. »Nur so viel: Woltersweiler. Ich wusste, dass da deine Wurzeln sind, haste mir mal erzählt. Wobei ich nicht sicher bin, ob eine Jules Wunderlich überhaupt so was wie Wurzeln hat.«

Jules verdrehte die Augen.

»Anyway«, fuhr Ciro fort. »Hab die Lokalzeitungen gecheckt. Bin dann über die Todesanzeige eines gewissen Werner Wunderlich gestolpert. Als du nach über vier Wochen immer noch nicht zurück warst, auf meine WhatsApp-Nachrichten nicht reagiert hast und auch nicht ans Handy gegangen bist, dachte ich mir: Scheiß drauf, einen Versuch ist es wert. Et voilà. Hier bin ich.«

»Das ist nicht zu übersehen«, murmelte Jules. »Die Frage ist: Was willst du hier?«

»Was willst *du* hier, Jules? Die Beerdigung deines Vaters war vor über einem Monat.«

»Hast du eine Vorstellung, wie lange es dauert, einen Überblick über den ganzen Schriftkram zu bekommen, das Haus zu verkaufen, mir ein Bild von der finanziellen Situation zu machen?«, sagte Jules.

»Weiß ich«, sagte Ciro. »Aber dafür bist du nicht der Typ. Das war noch nie dein Ding, das langweilt dich doch schon nach einem Tag.«

»Dinge ändern sich«, sagte Jules.

»Dinge vielleicht, aber nicht Jules Wunderlich.« Er nahm einen Schluck von seinem Bier, wirkte plötzlich für seine Verhältnisse auffallend ernst. »Du bist an was dran, richtig?«

»Was meinst du?«

»An irgendeinem Fall.«

»Wie kommst du darauf?«

»Ist nur so ein Gefühl. Möchtest du mir davon erzählen?«, fragte er. »Hab übrigens zwei Wochen Urlaub. Ich meine nur, falls du Hilfe brauchst.« Er lehnte sich zurück und rülpste. »Ups.« Dann lachte er.

»Ich darf an nichts *dran* sein, Ciro«, sagte sie dann. »Wie du dich vielleicht erinnerst, bin ich bis auf Weiteres suspendiert.«

»Als hätte das eine Juliana Wunderlich je davon abgehalten, zu ermitteln.«

»Ich ermittele nicht«, sagte sie.

»Jaja, okay, du *recherchierst.* Besser?« Er grinste sie an.

»Wesentlich besser«, erwiderte Jules und lächelte.

Sie mochte diesen verrückten Kerl mit dem schrägen Humor und dem großen Herzen, auch wenn er manchmal die Manieren eines Bauerntrampels hatte. Was sie nicht mochte und was ihrer Affäre – oder was auch immer es gewesen war –, unter anderem, das Genick gebrochen hatte: Dass er sie – nicht zum ersten Mal – durchschaut hatte und in ihr wie in einem offenen Buch lesen konnte.

»Lass uns zahlen und noch irgendwo einen trinken«, sagte Jules. »Dann erzähl ich dir alles.«

»Guter Plan«, sagte Ciro grinsend.

* * *

Es war weit nach Mitternacht, als Jules mit Ciro im Schlepptau die Tür ihres Elternhauses aufschloss. Ciro hatte seine Sporttasche geschultert und war mindestens genauso angetrunken wie Jules. Dennoch hatte er sich geweigert, ein Taxi zu nehmen.

»Ich kann immer Auto fahren«, hatte er gesagt, als er den CLK aufschloss. »Alles unter Kontrolle.«

Jules lachte. »Du verwechselst da was. *Ich* habe immer alles unter Kontrolle.«

Ciro sah sie mit einem süffisanten Grinsen an. »Ah ja? Und wie passt diese Aussage mit deiner Suspendierung zusammen?«

»Fick dich, Arschloch«, grummelte Jules und kletterte auf den Beifahrersitz. Sie hatte ihn über kleine Landstraßen in Richtung Woltersweiler gelotst, von denen sie wusste, dass dort eher selten Kollegen Streife fuhren oder Kontrollen durchführten. In den 80er-Jahren des vergangenen Jahrhunderts jedenfalls. Nach der Pizzeria hatten sie noch zweimal die Lokalität gewechselt und waren am Ende in einer Neunkirchner Kneipe namens »Bierkrug« gelandet, die es schon in den Achtzigern gegeben hatte und die keine fünfzig Meter vom ehemaligen »Poison«, damals die Stamm-Metal-Kneipe von Jules und ihrer Clique, entfernt war. Das »Poison« gab es schon lange nicht mehr. Den »Bierkrug« hingegen schon. Metal war irgendwann Anfang der Neunziger außer Mode gekommen. Saufen nicht. Bei Grappa, Wein und Espresso hatte sie Ciro erzählt, was sie in den letzten vier Wochen in Woltersweiler getan, welche Theorien sie bezüglich des Mordes von damals hatte, in welchem Verhältnis sie zu Ralf, Susanne, Manfred, Anita, Soboletzki, Birgit und den anderen alten Schulkameraden stand und dass sie glaubte, es seien damals absichtlich Fakten manipuliert worden. Mit dem einen Ziel, ihren Bruder Jakob als Sündenbock abzustempeln.

Ciro hatte sie nicht unterbrochen, keine Fragen gestellt, sondern einfach nur zugehört. Eine Charaktereigenschaft, die Jules an ihm nicht wirklich kannte. Ciro war berüchtigt dafür, immer und überall seinen Senf dazuzugeben. Ob Politik, Musik, Filme, Fernsehen, Essen, Polizeiarbeit. Und: Er duldete selten bis gar nicht Widerspruch. Er hatte immer eine Lösung, immer einen Plan, immer eine Alternative, immer einen guten Tipp. Aber nicht heute Abend im »Bierkrug«. Er hörte einfach nur zu, nickte ab und zu und ermunterte Jules, weiter zu erzählen. Nicht mehr und nicht weniger. Und Jules erzählte. Alles. Danach schwieg Ciro immer noch.

»Und? Was denkst du?«, hakte Jules nach.

»Tja«, murmelte Ciro.

»Was tja?«

»Komplizierte Scheiße.«

»Kann man so sagen. Irgendeine Idee?«

»Ich denke, der Schlüssel in dem Fall sind die ehemaligen Mitarbeiter der Soko.«

»Ist mir auch klar. Leider weigern die sich, mit mir zu sprechen.«

»Weil du dich nicht als Kommissarin ausweisen kannst.« Er lächelte. »Ich schon.«

»Du kannst dich als Kommissarin ausweisen? Interessant.«

Beide lachten. Dann wurde Ciro ernst. »Problem könnte die Zuständigkeit sein. Ich habe hier leider keine Befugnisse.«

»Brauchst du auch nicht«, sagte Jules. »Weil: Offiziell gibt es keine Ermittlungen.«

»Und trotzdem ermittelst du.«

»Nein. Wie du so schön formuliert hast: Ich recherchiere.«

»Dann lass uns zusammen recherchieren. Ich liebe es«, sagte Ciro und lachte.

Als sie das Wohnzimmer in Jules' Elternhaus betraten, stutzte Ciro. Dass Jules auf dem Sofa schlief, hatte er offensichtlich nicht erwartet.

»Gibt es kein Schlafzimmer?«, fragte er.

»Klar. Das meiner Eltern. Aber das ist tabu. Du schläfst im ehemaligen Büro meines Vaters auf der Schlafcouch.«

Ciro wirkte kurz enttäuscht, was Jules registrierte, aber nicht ändern konnte. Für sie war das Thema »Sex« mit ihm abgehakt. Auch wenn sie im Bett ein super Team gewesen waren. Sie hatten den gleichen Rhythmus, die gleichen Vorlieben, es gab keine Tabus, keine Hemmungen, keine sexuellen Traumata. Es war perfekt. Wären da nicht Jules' Langeweile, Unzufriedenheit und ihre Sehnsucht gewesen. Ihre Sehnsucht nach Abwechslung, nach Neuem, nach Abenteuer, nach … Leben. Sex mit Ciro war irgendwann zur Routine geworden. Er hatte sein Programm durchgezogen, von dem er wusste, dass es bei ihr ankam. Doch es war irgendwann nicht mehr bei ihr angekommen. Sie hatte es beendet, da sie das Gefühl gehabt hatte, dass es keinen *Wendepunkt* mehr geben würde, keine Veränderung. Dass alles so bleiben würde, wie es war. Aber das war keine Option gewesen.

»Okay«, murmelte Ciro. »Kein Ding.«

Kurz darauf saßen sie auf der Terrasse und tranken Espresso. Beide hatten ihre Lederjacken an. Eine Kerze brannte auf dem Tisch, auf dem eine halb volle Flasche Grappa, Wasser, eine Flasche Rotwein und ein Bier standen. Es war inzwischen kurz nach ein Uhr. Momos Futternäpfe waren leer gewesen, Jules hatte sie wieder gefüllt.

»Deine Knöchel …«, sagte Ciro und nickte in Richtung von Jules' rechter Hand. »Was ist passiert?«

»Was denkst du, was passiert ist?«

»Eine Frage mit einer Gegenfrage kontern. Gute Verhörtaktik. Zwischen Freunden und Partnern eher nicht so prickelnd«, erwiderte Ciro.

»Beantworte einfach die Frage, Arschgeige.«

»Du hast jemandem aufs Maul gehauen.«

»Korrekt.«

»Wem?«

»Einem Touareg-Fahrer. Er hat es verdient.«

»Touareg-Fahrer haben es immer verdient.«

Die beiden lachten und stießen mit ihren Espressotassen an.

»Darf ich was fragen?«

»Klar«, sagte Jules.

»Was ist in der Nacht im Bahnhofsviertel passiert?«

Jules stöhnte. »Deswegen bist du hier? Um mich *das* zu fragen?«

»Nein« sagte Ciro ernst. »Nicht nur. Ich habe mir Sorgen um dich gemacht.«

»Musst du nicht. Ich bin ein großes Mädchen, Papa«, lachte Jules auf.

»Ich meine das ernst, Jules. Du warst suspendiert und dann irgendwann verschwunden, bist nicht mehr an dein Handy gegangen. Klar, dass man sich da Sorgen macht.«

»Wer ist *man*?«

»Ich. Okay?« Er legte den Kopf in den Nacken, sah in den bewölkten Nachthimmel. »Keine Sterne«, sagte er. »Auch wenn ich weiß, dass sie da sind. Aber macht das einen Unterschied? Sie sind nicht zu sehen, also sind sie im Moment nicht da. Istzustand. Und du warst auch nicht da. Auch ein Istzustand. Auch wenn ich wusste, dass du, tja, da warst. Irgendwo.«

»*Ciro goes philosophy*«, sagte Jules. »Interessant.«

Ciro steckte sich zwei Zigaretten an und gab eine davon Jules.

»Merci«, sagte sie und inhalierte.

»Was ist in der Nacht im Bahnhofsviertel passiert, Jules?«

Jules schloss kurz die Augen.

»Wie du dich vielleicht erinnerst, bin ich erst dazu gekommen, als alles vorbei war«, sagte Ciro.

Jules atmete tief durch. »Ich hatte keine Kippen mehr. Und keinen Wein. Wollte noch mal kurz raus, zum Späti.«

»Mit deiner Knarre im Schulterholster.«

»Ja, klar«, sagte Jules. »Ich fühle mich nackt ohne, weißt du doch.«

»Ja, weiß ich«, murmelte Ciro.

»Auf dem Weg zum Späti hörte ich Schreie. Die Schreie einer Frau. Aus einem Hinterhof. Und die Stimme eines Mannes, der die Frau anbrüllte. Oder schlug, keine Ahnung. Vielleicht beides. Erst dachte ich *fuck it*, was geht mich das an. Irgendein Beziehungsstreit zwischen Junkies. Kennt man ja. Aber dann sah ich, dass der Mann die Frau wirklich schlug. In die Nieren. Immer und immer wieder. Sie krümmte sich vor Schmerzen, war auf den Knien. Und der Scheißkerl hörte nicht auf, sie zu schlagen.«

»Und dann hast du ihn erkannt?«

»Da noch nicht. Erst als ich näherkam.«

Jules inhalierte, behielt den Rauch länger als nötig in der Lunge. Hustete kurz. Nahm einen Schluck Wein und danach einen Schluck Grappa.

»Ivica Stankovic«, sagte Ciro.

»Genau der«, bestätigte Jules knapp.

»Zuhälter, Drogendealer, Puffbesitzer, Inhaber mehrere Table-Dance-Clubs. Mehrfach vorbestraft wegen schweren Raubes, Körperverletzung, räuberischer Erpressung, Menschenhandels. Und der Mann, gegen den wir knapp ein Jahr zuvor wegen versuchten Mordes an einem seiner Konkurrenten ermittelt hatten.«

Jules nickte.

»Der Mann, den du beim ersten Verhör so dermaßen mit seiner serbischen Herkunft provoziert hast, dass er dir fast eine reingehauen hätte.«

»Ich habe nur versucht, ihn aus der Reserve zu locken.«

»Der Mann, den du nach seinem Freispruch in einem seiner Table-Dance-Clubs aufgesucht und dem du mitgeteilt hast, dass du ihn kriegen würdest.«

»Gerüchte, nichts weiter«, murmelte Jules.

»Im Milieu hab ich was Anderes gehört.«

Jules zuckte mit den Schultern.

»Oh, Mann, Jules«, stöhnte Ciro.

»Das, was passiert ist, wäre auch passiert, wenn es nicht Stankovic gewesen wäre«, erwiderte Jules sachlich.

»Was genau ist passiert?«

»Das weißt du doch.«

»Nein, weiß ich nicht. Ich kenne das Endergebnis, aber nicht den Weg dorthin«, sagte Ciro.

»Deine Buddys von der Internen haben dich nicht informiert?«

»Das sind nicht meine Buddys, Jules. Außerdem hab ich nicht nachgehakt.«

»Hättest du vielleicht mal. Dann könnten wir jetzt über die wirklich wichtigen Dinge sprechen.«

»Mann, Jules, hör auf mit den Spielchen. Erzähl einfach, was passiert ist!«

Jules schüttete ihren Grappa in den Espresso und kippte die Mischung auf ex. »Ich habe dem Scheißkerl die Ansage gemacht, er solle die Frau in Ruhe lassen«, murmelte sie. »Was er nicht getan hat. Im Gegenteil. Er hat ihr noch mal brutal in die Nieren getreten. Und dann zu mir gesagt, ich soll mich ficken und mich um meinen eigenen Scheiß kümmern.«

»Hat Stankovic dich da schon erkannt?«

»Nein. Erst als ich meine Waffe gezogen habe.«

»Und dann?«

»Hat er einen Knicks angedeutet. Und mich lachend als ›stinkende Kripo-Fotze‹ beschimpft. Ich wollte, dass er seine

Hände hochnimmt und von der Frau weggeht. Die lag inzwischen außer Gefecht auf dem Boden. Sah nicht gut aus, echt nicht.«

Sie nahm einen Schluck Wein. Starrte gedankenverloren in den wolkenverhangenen sternlosen Himmel. Ciro ließ ihr alle Zeit der Welt, drängte sie nicht, wartete einfach ab, ob sie weitererzählen würde. Was sie irgendwann auch tat.

»Aber der Scheißkerl ging nicht weg von ihr. Stellte sich breitbeinig hin, hob die Arme zur Seite, sodass ich seine Knarre im Hosenbund sehen konnte. Und er hörte nicht auf zu grinsen. Hörte einfach nicht auf zu grinsen.«

»Dann griff er zu seiner Knarre?«

Jules nickte.

»Und du hast geschossen. Ohne Vorwarnung?«

»Nein, natürlich nicht. Ich habe ihm gesagt, er solle das lassen und seine Hände hochnehmen, sonst würd ich schießen. Ich habe alles richtig gemacht.«

»Aber ihm war das egal, und er hat trotzdem seine Knarre gezogen.«

»Hat er.«

»Aber nicht geschossen.«

»Dazu kam er nicht mehr.«

Ciro nahm einen Schluck von seinem Bier, sah in den Himmel. »Warum in den Kopf, Jules?«, fragte er dann.

Sie zuckte mit den Schultern. »Hab wohl zu hoch angesetzt, war nicht so geplant. Wollte ihm eigentlich ins Bein schießen.«

»Hör auf, mich zu verarschen. Du bist die beste Schützin, die ich kenne. Wenn du auf sein Bein gezielt hättest, hättest du das auch getroffen.«

Jules schwieg. Drückte ihre Zigarette aus.

»Ist doch so, oder?«, hakte Ciro nach.

Jules schwieg.

»Willst du meine Theorie hören?«, fragte Ciro.

»Nein«, sagte Jules.

»Ich erzähl sie dir trotzdem. Weil: Das ist sehr wahrscheinlich auch die Theorie der Staatsanwaltschaft.«

Jules sah ihn an. Wirkte kurz verunsichert.

»Du hast ihn mit voller Absicht erschossen«, sagte Ciro. »Und warum? Weil es Ivica Stankovic war. Der Mann, der dir keine drei Wochen nach seinem Freispruch mit einem Baseballschläger beide Kniescheiben zertrümmert hat.«

»Ich weiß nicht, wer damals der Angreifer war, Ciro«, murmelte Jules.

»Doch, das weißt du, Jules. Du hast es nur nie zugegeben. Es war Stankovic. Und das ist wie gesagt nicht nur meine Theorie. Gerüchten zufolge ist die Staatsanwaltschaft an dieser Spur dran. Und dann wäre Notwehr vom Tisch, dann ginge es um Totschlag. Zumal die Frau – eine von Stankovic' Huren –, die du gerettet hast und die mit schweren inneren Verletzungen überlebt hat, inzwischen ausgesagt hat, du hättest ohne Vorwarnung geschossen und ...«

»Sie lügt«, unterbrach Jules. »Sie kann nichts mitbekommen haben, sie war außer Gefecht.«

»Jules ...«

»Sie lügt. Punkt.« Sie trank ihren Wein und sah an Ciro vorbei in den dunklen Garten.

»Hast du ihn mit voller Absicht erschossen, Jules? Aus Rache?«

Jules sah Ciro an. In ihrem Blick eine Leere, die Ciro nicht zum ersten Mal einen eiskalten Schauer über den Rücken jagte.

»Du glaubst, ich bin eine eiskalte Mörderin?«

»Ich habe lediglich eine Frage gestellt.«

»Ich wollte ihn nicht erschießen. Das alles ging so schnell. Ich war aufgeregt, die Situation stand auf der Kippe, dazu mein Adrenalin.«

»Und dein Alkoholkonsum.«

Jules schwieg.

»Ich weiß nicht mehr, was ich glauben soll, Jules. Irgendwie würde alles zusammenpassen.«

Jules lachte kurz auf. »Auf welcher Seite stehst du eigentlich, *Partner*?«

»Auf deiner. Immer.«

Jules sah ihn an. »Ich stelle dir jetzt eine Frage, Ciro, und ich will eine ehrliche Antwort, keinen Bullshit, okay?«

Ciro machte eine abwehrende Geste. »Kein Bullshit.«

»Bist du in Bauers Auftrag unterwegs? Sollst du dafür sorgen, dass ich die Füße stillhalte?«

»Was?« Ciro schien ehrlich überrascht. »Nein, Schwachsinn. Bauer hat damit nichts zu tun. Wie kommst du da drauf?«

Jules erzählte ihm, dass ihr gemeinsamer Boss Bauer und Ralf Weber sich kannten und Ralf offensichtlich Erkundungen über sie eingezogen hatte, weil sie Nachforschungen bezüglich des Mordes von damals anstellte. Und dass Bauer Ralf offensichtlich gesteckt hatte, dass sie suspendiert war. Ciro wirkte überrascht.

»Gibt genügend Schnittmengen zwischen Politik und Bullen. War das irgendwie Thema auf dem Revier?«, hakte Jules nach. »Also meine *Ermittlungen* hier?«

Ciro zögerte.

»Komm schon. No Bullshit.«

»Ja, war ein Thema«, erwiderte Ciro leise. »Bauer hat mich drauf angesprochen. Nebenbei. In der Kantine. Hat sich sogar zu mir an den Tisch gesetzt, was er sonst eher selten tut, wie du weißt.«

»Weiß ich.«

»Er fragte, ob ich wissen würde, wo du zurzeit wärst und was du treibst«, fuhr Ciro fort. »Wusste ich zu dem Zeitpunkt noch nicht. Habe ich ihm auch genauso gesagt. Er hat mir nicht geglaubt. Meinte, ich würde dich doch schon so lange kennen, da würde man sich doch austauschen und Kontakt halten. Als ich wissen wollte, warum das so wichtig sei, erwiderte er nur, er habe läuten gehört, dass du trotz Suspendierung in einem alten Mordfall ermitteln würdest. Und dass ich dir, falls ich mit dir sprechen würde, sagen solle, dass das nicht erwünscht sei. Ganz und gar nicht.«

Jules trank ihren Espresso-Grappa-Mix aus.

»Na ja, danach habe ich zu recherchieren angefangen. Wollte rausfinden, wo du bist und ob die Gerüchte stimmten.«

»Jetzt weißt du es«, sagte Jules knapp, drückte ihre halb gerauchte Zigarette im Aschenbecher aus, nahm ihr leeres Weinglas und stand auf. »Bis Morgen. Und lass die Terrassentür offen. Falls Momo rein will.«

Ciro nickte. Jules torkelte ins Wohnzimmer und direkt weiter in die Küche. Ciro konnte sehen, wie sie eine weitere Flasche Rotwein öffnete und sich ein Glas eingoss. Dann schien sie sich an etwas zu erinnern und ging zurück ins Wohnzimmer. Nahm etwas vom Couchtisch und kam damit zu Ciro auf die Terrasse.

»Wenn du mir wirklich helfen willst, dann lies das.«

Sie legte ihm die Akte des Mordfalls »Nicola« auf den Tisch, wandte sich wortlos ab und ging zurück ins Wohnzimmer. Immer noch torkelnd.

Ciro sah zu den beiden vollen Katzennäpfen auf der Terrasse. Dachte an Aleister und daran, wie sehr sich Jules nach seinem Tod zurückgezogen hatte. Nicht nur räumlich, sondern vor allem emotional. Alles hatte sich seitdem verändert. Jules hatte sich verändert. Sie war definitiv nicht mehr dieselbe wie zuvor. Sie war härter geworden, kälter, distanzierter, unverbindlicher. Nicht nur ihm gegenüber, sondern allem und allen gegenüber.

Er warf einen verstohlenen Blick ins Wohnzimmer. Jules saß im Licht einer Kerze im Schneidersitz auf der Couch, hatte ihren Laptop aufgeklappt, tippte, trank Wein. Es schien sie nicht im Geringsten zu interessieren, dass er da war. Es machte keinen Unterschied, sie zog gnadenlos ihr Ding durch. Tat das, was sie auch tun würde, wenn sie alleine wäre.

Ciro war sich bewusst, dass er genau zwei Möglichkeiten hatte: Zu akzeptieren, dass es so war, wie es jetzt seit knapp zwei Jahren, seit dem Tod von Aleister war oder zu gehen und sie dadurch zu verlieren.

Er zog die Akte zu sich heran und begann zu lesen.

10

Ciro saß kaffeetrinkend am Esstisch und blätterte durch eins der Fotoalben von Jules' Eltern, als Jules auf der Couch wach wurde. Es war kurz nach neun Uhr morgens. Sie wirkte desorientiert, schien vergessen zu haben, dass sie nicht alleine war.

»Morgen«, sagte Ciro. »Kaffee?«

»Super«, murmelte Jules, setzte sich auf dem Sofa auf und rieb sich die Augen. Ciro ging in die Küche. Kam kurz darauf mit einer dampfenden Tasse zurück und reichte sie Jules.

»Vorsicht, heiß. Frisch aus der Thermoskanne.«

Wortlos nahm Jules die Tasse in beide Hände und nippte an dem Kaffee.

»Mit zwei Löffeln Traubenzucker. Wie immer.«

Jules bemühte sich erst gar nicht zu lächeln, da sie wusste, dass es ihr um diese Uhrzeit eh nicht gelingen würde.

Ciro setzte sich zurück an den Esstisch. »Du und dein Vater – ihr seht euch echt krass ähnlich.«

Jules starrte ihn an. »Bitte was?«

»Na, hier.« Er deutete auf das Fotoalbum. Jules kam zu ihm, sah ihm über die Schulter.

Ciro deutet auf ein Foto von Jules' Onkel Stefan Wunderlich.

»Gib mir eine halbe Stunde, dann können wir los«, sagte Jules knapp und klappte das Album zu.

»Los? Wohin?«
»Du weißt wohin.«

* * *

Dass sie in seinem CLK unterwegs waren, war ihre Idee gewesen.

»Benz ist im Gegensatz zu einem Opel seriös. Immer. Auch wenn es sich um einen CLK handelt«, sagte sie. Womit sie wahrscheinlich recht hatte. Ciro hatte Jules' Opel immer assi gefunden und nie verstanden, dass sie ihm über all die Jahre die Treue gehalten hatte. Auch wenn es inzwischen irgendwie cool war, Autos aus den 70ern zu fahren. Ohne Servolenkung, Klimaanlage, Bremskraftverstärker, Sitzheizung, Einparkhilfe und den ganzen Technikkram, der einem das Autofahren so angenehm gestaltete. Ciro fand es weder cool noch in irgendeiner Form reizvoll, solch ein Auto zu fahren. Für ihn waren diesen Karren einfach nur alte Scheißkarren, die auf den Schrottplatz gehörten.

Jules saß auf dem Beifahrersitz, hatte ihren Kopf gegen die Seitenscheibe gelehnt. Sie wirkte nachdenklich und abwesend. Ciro warf ihr einen kurzen Blick zu, sprach sie aber nicht an. Er kannte sie lange genug, um zu wissen, dass man sie in so einer Stimmung besser nicht anquatschen sollte. Wenn er es dennoch tat, würde er verbal abgefertigt werden. Mit Worten, die einer *Dame* nicht wirklich geziemten.

Sie waren auf dem Weg nach Wallerfangen bei Saarlouis. Zu Dieter Müller. Einem ehemaligen Kollegen von Jules' Onkel Stefan bei der Soko, die 1988 den Mordfall »Nicola« bearbeitet hatte. Müller war damals stellvertretender Leiter der Soko. Otmar Groß, der ehemalige Leiter der Soko, stand auch noch auf Jules' Liste, die sie Ciro gezeigt hatte. Inzwischen waren über achtzig Prozent der Namen durchgestrichen. Beiden war bewusst, dass dies ihre vielleicht letzte Chance war, an Informationen zu gelangen, die Jules helfen konnten, doch noch die Unschuld ihres Bruders beweisen zu können.

»Hast du die Akte gelesen?«, fragte Jules, ohne Ciro anzusehen.

»Yes, ma'am«, erwiderte Ciro. »Gestern Nacht.«

»Und?«

»Ich bin deiner Meinung. Es gibt diverse Ungereimtheiten.«

»Massig.«

»Es ist auf jeden Fall sehr schlampig und nachlässig ermittelt worden. Die Frage ist nur, ob absichtlich oder …«

»Absichtlich«, unterbrach Jules. »Weil: Es konnte nicht sein, was nicht sein durfte.«

»Wir werden sehen«, meinte Ciro, folgte den Anweisungen seines Navis und bog in die Straße ab, in der Dieter Müller wohnte.

»Nummer 24. Da vorne. Hoffe, er ist zu Hause«, sagte er und parkte gegenüber dem kleinen Einfamilienhaus auf dem Bürgersteig.

»Er ist Rentner«, sagte Jules. »Unverheiratet. Wo sollte er schon sein? Auf Kreuzfahrt? Im Puff? Bei der lächerlichen Pension eines Polizeibeamten?«

Die beiden stiegen aus und gingen auf das Haus zu.

»Gibt es einen Plan?«, fragte Ciro dabei. »Irgendeine Taktik?«

»Du bist Ciro Stein. Kripo Saarbrücken. Zeige ihm wenn nötig deinen Dienstausweis.«

»Mit dem Daumen auf ›Frankfurt/Main‹, nehme ich an.«

»Yes, ma'am«, sagte Jules. »Wäre ja nicht das erste Mal.«

»No, ma'am«, erwiderte Ciro und grinste, während Jules die Klingel des Hauses mit der Nummer 24 drückte.

Als Dieter Müller, ein hagerer Mann in weißem Unterhemd und Jogginghose, mit Halbglatze, Schnurrbart und dicker Brille die Haustür öffnete, zeigte Ciro kurz – sehr kurz – seinen Dienstausweis, wobei er die Ortsangabe Frankfurt/Main mit dem Daumen verdeckte. »Herr Müller? Ciro Stein, Kripo Saarbrücken. Das ist meine Kollegin, Frau Schäfer. Hallo. Haben Sie kurz Zeit? Wir hätten ein paar Fragen.«

Dieter Müller musterte Ciro wortlos von oben bis unten und sah dann zu Jules, die hinter Ciro stand.

»Frau Schäfer, echt? Netter Versuch«, grummelte er. Ciro sah über die Schulter zu Jules, die versuchte, entspannt zu bleiben.

»Ich weiß, wer Sie sind«, sagte Müller zu Jules. »Sie sind der weibliche Don Quijote von Woltersweiler. Und die Nichte von Stefan, meinem alten Kollegen. Und ich weiß, was Sie wollen, meine Ex-Kollegen haben mich bereits vorgewarnt.«

Jules schloss kurz die Augen.

»Lass uns abhauen, Ciro«, sagte sie. »Das bringt nichts.«

Sie drehte sich um und ging auf Ciros Wagen zu.

»Warten Sie!«, rief ihr Dieter Müller hinterher.

Jules blieb stehen und drehte sich zu ihm um.

»Ich habe auf Sie gewartet. Warum hat es so lange gedauert?«, sagte Müller und lachte.

* * *

Müller saß in seinem ranzigen Ohrensessel im Wohnzimmer, trank ein Bier und rauchte eine Zigarre. Jules und Ciro hatten ihm gegenüber auf dem ebenfalls ziemlich ranzigen Sofa Platz genommen und tranken Kaffee. Im Fernsehen lief ein Werbesender ohne Ton. Das Wohnzimmer war düster und dunkel, die Rollläden bis auf wenige Schlitze unten. Es roch nach altem Bratenfett, kaltem Rauch und Tod.

Jules hatte Müller alles erzählt, was sie seit ihrer Rückkehr nach Woltersweiler herausgefunden hatte. Oder glaubte, herausgefunden zu haben. Müller hatte zugehört, ohne ein Wort zu sagen. Als sie ihre Zusammenfassung mit dem mysteriösen Mann namens Olaf Schmidt beendete, der damals Manfreds Vater bezüglich der Obduktion von Nikki unter Druck gesetzt hatte, schwieg Müller immer noch, während er sich aus der Küche ein neues Bier holte. Dann setzte er sich wieder Jules und Ciro gegenüber und öffnete die Flasche mit seinem Feuerzeug.

»Interessant«, murmelte er.

Ciro und Jules tauschten einen Blick. Beide hatten den gleichen Gedanken: Der Kerl verarscht uns.

»Und weiter?«, hakte Jules nach.

Müller nahm einen Schluck aus der Bierflasche und sah dann Jules an. »Im Gegensatz zu meinen ehemaligen Kollegen habe ich nichts zu verlieren. Ich war nie verheiratet, habe keine Kinder, keine Verwandtschaft und vor allem keine Ex, die mir auf die Eier geht und mich finanziell ausnimmt. Eigentlich habe ich nur auf diesen Moment gewartet. All die Jahre. Mir ist es scheißegal, welche Konsequenzen es hat, wenn ich mit ihnen spreche. Und ob es überhaupt irgendwelche Konsequenzen hat. Meine Ex-Kollegen befürchten, dass es Konsequenzen haben könnte.« Er lachte auf. »Schisser. Alle.«

»Also bin ich auf der richtigen Spur?«, hakte Jules nach.

»Sind Sie«, bestätigte Müller. »Stellen Sie Ihre Fragen.«

Jules' Gedanken fuhren Achterbahn. Sie war sich bewusst, dass sie jetzt dranbleiben musste, hatte aber nicht die geringste Ahnung, welche Frage sie zuerst stellen sollte.

Ciro offensichtlich schon. »Wurden damals absichtlich und vorsätzlich Fakten vertuscht und Indizien gefälscht?«, fragte er.

Müller lachte auf. »Alles andere wäre jetzt doch ziemlich überraschend, oder?«

Ciro sah zu Jules, die jetzt wusste, welche Frage sie stellen musste. »Wer war dafür verantwortlich? Eventuell ein gewisser Olaf Schmidt?«

Müller zog eine Augenbraue hoch. »Wer?«

»Der Name sagt Ihnen nichts?«

»Nie gehört«, erwiderte Müller.

»Warum wurden Fakten vertuscht und Indizien gefälscht?«, fragte Ciro.

»Sagen Sie es mir«, erwiderte Müller und nahm einen Schluck Bier.

»Weil jemand ein Interesse daran hatte, den wahren Mörder aus der Schusslinie zu nehmen«, erwiderte Jules.

»Kluges Mädchen«, sagte Müller und rülpste.

»Wer?«

»Weiß ich nicht. Ich habe nur meinen Job gemacht.«

»Und wie der gemacht werden sollte, hat Ihnen der Leiter der Soko gesagt?«, hakte Ciro nach.

Müller sah ihn an, als habe Ciro ihn gefragt, ob die Erde eine Kugel oder eine Scheibe sei. »Es ging damals um meine Karriere. Ich bin doch nicht bescheuert und widerspreche meinem Boss.«

»Also war Groß die treibende Kraft dahinter?«, hakte Ciro nach.

»Wer sonst?«

»In wessen Auftrag?«, fragte Jules.

»Keine Ahnung.«

»Er handelte in eigenem Interesse?«

»Davon geh ich aus«, erwiderte Müller. »Groß war schon immer ein korruptes, karrieregeiles Dreckschwein. Klüngelte mit Politikern und Wirtschaftsbossen rum. Und tut es immer noch. Damals hätte er alles dafür getan, dahin zu kommen, wo er jetzt ist. Gesellschaftlich und finanziell.«

»Wo ist er denn jetzt?«, fragte Ciro.

»Im Aufsichtsrat eines überregionalen Chemiekonzerns«, sagte Jules.

»Sie haben ihre Hausaufgaben gemacht«, sagte Müller. »Respekt.«

»Das ist mein Job«, erwiderte Jules sachlich.

»Seine Leute, das Team, der Mordfall – das alles hat ihn einen Scheißdreck interessiert«, fuhr Müller fort. »Alles, was er wollte, war ein schneller Erfolg. Und dazu brauchte man nun mal einen Mordverdächtigen. Tja, der wurde ihm ja geliefert. Quasi auf dem Silbertablett.« Er rülpste. »Tschuldigung«, brummte er. »Ich würde einiges dafür geben, dass dieses arrogante Stück Scheiße richtigen Ärger kriegt. Auch nach so langer Zeit.«

»Sie haben meinem Onkel die Kopie der Akte geschickt«, sagte Jules.

»Das ist korrekt«, erwiderte Müller sachlich.

* * *

»Nein, Ciro, das bringt nichts«, sagte Jules, als Ciro die Adresse von Otmar Groß, dem ehemaligen Leiter der Soko in sein Navi eingab. Ciro hielt inne und sah Jules an.

»Dein Vorteil ist keiner, Ciro. Alle wissen Bescheid.«

»Einen Versuch ist es wert.«

»Nein. Nicht heute. Und vor allem nicht zusammen.«

Ciro seufzte und gab die Adresse von Jules in Woltersweiler ein.

»Musst du nicht, ich kenne den Weg«, sagte Jules. »Vorne an der Ecke links, übernächste rechts und dann immer dem Autobahnschild nach.«

Ciro schaltete das Navi aus.

»Geht klar, Boss«, erwiderte er ironisch, startete den Benz und fuhr los.

* * *

Der muskulöse Mann mit den Knasttattoos, dem Vollbart und der Glatze, den Jules auf Anfang 50 geschätzt hatte, der in Wirklichkeit aber erst Anfang 40 war, lehnte an seinem 3er BMW mit Saarbrücker Kennzeichen und telefonierte mit seinem Handy. Der BMW stand auf einem Autobahnparkplatz der A8 in Richtung Neunkirchen.

»Dieter Müller, genau.« Er nahm einen Schluck aus seiner Coladose. »Nicht lange. Knapp 'ne halbe Stunde. – Und dann? Sind beide zurück nach Woltersweiler. Denk ich mal. – Nein, weiß ich nicht sicher. Ich bin ihnen nicht nachgefahren. Wozu auch? Die rennen ja nicht weg.«

Er trank seine Dose aus und warf sie ins Gebüsch. Er überlegte kurz, zu erwähnen, dass er von Jules vor deren Haus angesprochen worden war, entschied sich dann aber dagegen. Das hatte seinen Auftraggeber nicht zu interessieren.

»Ich soll was?« Er wirkte kurz irritiert. »In welcher Form?« Er lauschte in sein Handy. »Aha. Okay, verstehe. Ich melde mich.«

Er beendete die Verbindung und steckte sein Handy ein.

»Eine Warnung, die sie versteht …«, murmelte er. »Das ist doch mal 'ne eindeutige Ansage.«

Er grinste.

* * *

Jules saß am Esstisch vor ihrem Laptop. Ciro kam aus der Küche mit zwei Latte Macchiato dazu, stellte einen davon Jules hin und setzte sich ihr gegenüber.

»Erzähl mir von Jakob«, sagte er. Jules sah ihn überrascht an.

»Ich meine, es geht letztlich doch um ihn, oder?«

»Und um Nikki.«

»Aber auch um ihn.«

Jules seufzte.

»Was genau war seine Behinderung? War er Autist?«

»Nein. Er war geistig zurückgeblieben, nicht mehr und nicht weniger«, erwiderte Jules. »Eine offizielle Diagnose gab es nicht.«

»Warum nicht?«

»Es waren die 70er, Ciro. Und Woltersweiler. Da hat es gereicht, zu wissen, dass jemand einen an der Klatsche hatte. Was genau der Grund dafür war und wie man das nannte und vor allem behandelte: geschenkt. Sonderschule und dann ab in die Behindertenwerkstätten mit dem *Ausschuss.*«

Ciro sah sie skeptisch an.

»War so« meinte Jules. »Keine Ahnung, wie es zu der Zeit in einer Großstadt wie Frankfurt ablief, aber hier ging das genau so ab.«

»Es gab in unserem Viertel einen Typ, der war auch irgendwie *debil«,* sagte Ciro. »Hat uns beim Fußballspielen immer mit Steinen beworfen und als schwule Lutscher beschimpft. Wir waren damals zehn, hatten keine Ahnung, was er damit meinte. Irgendwann war er verschwunden. Später haben wir erfahren, dass er einen 8-jährigen Jungen umgebracht hat. Erwürgt. Und dann hat er ihn ...«

»Warum erzählst du mir das, Ciro?«, unterbrach Jules gereizt. »Was soll der Scheiß? Willst du mir damit sagen, dass alle geistig zurückgebliebenen Menschen Mörder und Vergewaltiger sind, oder was? Dass Jakob Nikki umgebracht hat? Weil er nicht anders konnte? Weil es in seiner Natur lag und quasi genetisch bedingt war?«

»Was? Nein, Quatsch, natürlich nicht«, erwiderte Ciro abwehrend. »War nur 'ne Geschichte.«

»Eine Scheiß-Geschichte, wenn du mich fragst.«

Jules nahm einen Schluck von ihrem Latte Macchiato und widmete sich wieder ihrem Laptop. Beide schwiegen. Dann klappte Jules ihren Laptop zu, wirkte gereizt und genervt. Ging in die Küche und checkte den Kühlschrank.

»Lass uns essen gehen, Kühlschrank ist leer.«

»Ich kann einkaufen, wenn du möchtest.«

»Lass uns essen gehen.«

»Dieses Mal in Woltersweiler?«

»Ja«, erwiderte Jules. »Im ›Ochsen‹.«

»Und das Gerede im Dorf?«

»Fick das Dorf«, erwiderte Jules. »Die können mich alle am Arsch lecken.«

»Da hat jemand aber richtig gute Laune.«

»Hättest du auch, wenn du so lange wie ich hier wärst.«

»Zwingt dich ja niemand«, sagte Ciro sachlich.

»Und du kannst dich auch ficken, wenn du weiter so saublöde Sprüche bringst!«

Sie nahm ihre Lederjacke, die über einem Stuhl des Esstisches hing, und stampfte in Richtung Ausgang. Ciro seufzte und sah zur Terrasse. Eine schwarze Katze saß vor der halb offenen Schiebetür und beäugte ihn mit schief gelegtem Kopf.

»Aleister?«, murmelte Ciro baff. »Heilige Scheiße ...«

* * *

Als sie den Ochsen betraten, entdeckte Jules ihn sofort.

Er saß alleine am Ende des Tresens, vor sich ein Weizenbier.

Als er Jules sah, grinste er und prostete ihr zu.

Jules ignorierte ihn und ging direkt auf »ihren« Tisch in der Ecke zu, der zum Glück frei war. Ciro hatte den Mann natürlich auch bemerkt und hakte nach.

»Egon Soboletzki«, erklärte Jules. »Freund, Bodyguard und Mädchen für alles von Ralf Weber, dem zukünftigen Ministerpräsidenten des Saarlands. Wir waren zusammen auf der Schule.«

Ciro warf Soboletzki einen kurzen Blick über die Schulter zu und setzte sich Jules gegenüber. »Sieht nicht gerade vertrauenserweckend und seriös aus.«

»Ist er auch nicht. War er noch nie. Aber Ralf und er sind wie ein Kopp und ein Arsch.«

»Wobei klar ist, wer der Kopp ist«, sagte Ciro.

»So sieht's aus.«

Nachdem sie gegessen und sich eine Flasche Rotwein geteilt hatten, sprach Ciro die schwarze Katze an, die er auf der Terrasse gesehen hatte.

»Im ersten Moment dachte ich, Alei wäre zurück«, sagte er stockend. Jules hatte einen Kloß im Hals. Dann räusperte sie sich. »Das ist Momo, die Katze meines Vaters. Sie schleicht seit meiner Ankunft ums Haus. Ich füttere sie jeden Tag. Aber rein getraut hat sie sich bis jetzt noch nicht.«

»Verstehe«, murmelte Ciro. »Ich dachte nur kurz. Die Ähnlichkeit … Das war echt krass.«

»Ich weiß«, sagte Jules knapp. Aus den Augenwinkeln sah sie, wie Soboletzki am Tresen aufstand, sein Weizenglas in die Hand nahm und auf sie und Ciro zuging. Wobei *wanken* es eher traf.

»Scheiße«, murmelte Jules.

Ciro drehte sich um. Soboletzki stand direkt vor ihm.

»Und du bist wer genau?«, fragte Soboletzki grinsend. Ohne eine Antwort abzuwarten, griff er sich den Stuhl neben Ciro, setzte sich rittlings darauf und fragte Jules: »Willst du mir deinen Begleiter nicht vorstellen?«

»Wenn ich das vorgehabt hätte, hätte ich es schon längst getan, oder?«, erwiderte Jules.

»Ciro Stein. Angenehm«, sagte Ciro und hielt Soboletzki die Hand hin, die dieser ignorierte.

»Ciro«, wiederholte Soboletzki abfällig. »Itaker, oder was?«

»Mein Vater ist Italiener, meine Mutter Hessin«, erklärte Ciro sachlich und ruhig.

»Und auch Bulle, oder was?«, hakte Soboletzki nach. Ciro zog beiläufig seine Jacke ein Stück zur Seite und ließ Soboletzki einen kurzen Blick auf seine Pistole im Schulterholster werfen.

»Aha«, brummelte Soboletzki. »Seelische und vor allem körperliche Unterstützung für unsere Frau Kommissarin nehme ich an.« Er lachte, rülpste und sah dann zu Jules.

»Was willst du, Soboletzki? Ärger machen? Mach woanders«, sagte sie.

»Ärger? Ich? Ich mach doch keinen Ärger! Niemals!« Er lachte dreckig, wirkte schon recht angetrunken.

»Geh jemand anderem auf die Eier, Alter«, sagte Jules scharf. »Wir haben keinen Bock auf deine Gesellschaft.«

»Na, dann geh ich mal wieder, was?« Er ergriff sein Glas, stand auf und machte einen Schritt weg vom Tisch. Dann hielt er inne und drehte sich zu Jules und Ciro um. Grinste. »Hab mich umentschieden.« Er setzte sich wieder rittlings auf den Stuhl, knallte sein Weizenbier auf den Tisch und musterte Ciro abfällig von oben bis unten. »Du fickst also die Kommissarin. Wie issen die so im Bett? Arschfick drin? Schlucken? Sandwich? Gang-Bang?«

Ciros Ellbogen erwischte Soboletzki so hart und unvorbereitet seitlich im Gesicht, dass der wie ein nasser Sack von seinem Stuhl kippte. Alle Gespräche im »Ochsen« verstummten schlagartig, die Gäste starrten fassungslos zu Ciro und Soboletzki, der angeknockt auf dem Rücken lag und aus der Nase blutete. Er stützte sich mit einem Arm ab, versuchte, wieder auf die Beine zu kommen. Ciro trank seelenruhig von seinem Wein.

»Du Wichser, du Scheiß-Wichser! Ich mach dich fertig!«, brabbelte Soboletzki.

»Wirst du nicht. Und weißt du, warum nicht?«, erwiderte Ciro sachlich, ohne Soboletzki anzusehen. »Weil du heute Nacht in der Notaufnahme landest, wenn du versuchst, mich anzugreifen.«

Christine kam dazu geeilt. »Nicht hier! Klärt das vor der Tür!«, zischte sie und half Soboletzki auf die Beine.

»Nix passiert, alles gut«, erklärte Ciro. »Er ist gestolpert. Nicht wahr, Herr Soboletzki?« Er grinste Soboletzki an, der sich mit einer Hand das Blut von der Nase wischte.

»Das wirst du bereuen, du dumme Sau!«, zischte Soboletzki.

»Komm jetzt«, sagte Christine zu Soboletzki. »Ich geb dir Verbandsmaterial.« Sie zog ihn vom Tisch weg in Richtung Küche. Dabei warf Soboletzki Ciro über die Schulter einen hasserfüllten Blick zu. »Das wirst du bereuen …«

Ciro ignorierte ihn.

»Spinnst du?«, zischte Jules. »Was sollte das?«

»Der Kerl hat 'ne Lektion verdient«, sagte Ciro. »Er hat ja quasi darum gebettelt.«

»Er war betrunken.«

»Er hat dich beleidigt.«

»Wenn ich mich beleidigt gefühlt hätte, hätte ich schon selbst reagiert. Davon abgesehen: So jemand wie Soboletzki kann mich nicht beleidigen.« Sie nahm einen Schluck Wein. »Ich muss raus hier.« Sie kramte einen Zwanziger aus ihrer Tasche und legte ihn auf den Tisch.

»Lass stecken«, erwiderte Ciro. »Geht auf mich.«

»Auch gut«, murmelte Jules, nahm den Zwanziger wieder an sich, stand auf und ging nach draußen. Ciro trank sein Weinglas aus und seufzte.

11

»Müller hat mir die Akte zukommen lassen?«

»Um eurem ehemaligen Chef an den Karren zu fahren«, bestätigte Jules. »Klingt das plausibel?«

Stefan Wunderlich saß neben Jules auf dem Beifahrersitz des Commodore. Sie waren auf der L268 in Richtung Norden unterwegs.

»Ja, irgendwie schon«, erwiderte er. »Müller und Groß – zwischen den beiden gab es damals ständig Stress. Müller hielt Groß für einen Amateur, ohne Herz, ohne Leidenschaft für den Beruf des Polizisten. Für ihn war er nichts weiter als ein arroganter Schnösel, ein Aufsteiger, der keine Ahnung von Polizeiarbeit hatte und nur auf seinen eigenen Vorteil aus war.«

»So ähnlich hat es Müller auch formuliert.«

»Hat Müller wirklich was gegen Groß in der Hand? Oder hoffte er nur, dass ich ihm die Arbeit abnehme?«

»Er schien dir auf jeden Fall zugetraut zu haben, das alles aufzudecken. Dass die Akte letztlich bei meinem Vater landete … tja.«

Stefan Wunderlich sah nachdenklich aus dem Fenster.

»Ich verstehe das nicht. Müller wusste, dass ich mit dem Ganzen nichts mehr zu tun haben wollte. Nachdem ich von dem Fall wegen Befangenheit abgezogen worden war.«

»Von wem wusste er das? Von Groß?«

»Klar von Groß.«

»Hatte Groß damals eine Wahl? Ich meine, du warst der Onkel des Hauptverdächtigten.«

»Man hat immer eine Wahl«, murmelte Stefan Wunderlich.

»Traust du Groß zu, dass er die treibende Kraft hinter der Manipulation der Akte war?«

»Groß traue ich so ziemlich alles zu«, erwiderte ihr Onkel. »Der ging damals über Leichen und tut es wahrscheinlich heute immer noch. Anders hätte er es auch nie so weit geschafft, wie er es geschafft hat. Für die eigene Karriere opfern solche Menschen alles. Und alle.«

»Ich kenne solche Leute«, murmelte Jules. Ihr Onkel sah sie von der Seite aus an. »Hat dich so jemand auch über die Klinge springen lassen?«, fragte er. »Bei deiner Suspendierung?«

»Nein«, erwiderte Jules. »Dafür war ich alleine verantwortlich.«

»Details?«

»Nein.«

»Tabuthema. Verstehe«, sagte ihr Onkel.

»Kein Tabuthema«, sagte Jules. »Ich will einfach nicht darüber sprechen.«

»Aber dieser Ciro weiß Bescheid, denke ich mal.«

Jules warf ihrem Onkel einen kurzen Seitenblick zu.

»Was willst du damit andeuten? Dass ich dir nicht vertraue? Schon mal darüber nachgedacht, dass ich dich vielleicht damit schützen will?«

»Inwiefern?«

»Je mehr du darüber weißt, desto mehr machst du dir Gedanken. Aber das ändert nicht das Geringste. Außer dass es dir Sorgen und schlaflose Nächte bereitet. Und das muss nicht sein. Du hast nichts damit zu tun.«

»Macht es *dir* schlaflose Nächte?«

Jules schwieg kurz. Dann sah sie ihren Onkel an.

»Euer Urlaub damals ...«

Ihr Onkel sah sie fragend an.

»Toskana 1968. Da war Jakob fünf, richtig?«

»Ja, stimmt. Wieso fragst du?«

»Er ist auf keinem der Fotos drauf. War er trotzdem dabei?«

»Du hast die alten Fotoalben ...?«

»War er damals dabei?«, unterbrach Jules.

»Nein«, erwiderte ihr Onkel knapp und sah wieder aus dem Fenster.

»Wieso nicht?«

»Weiß ich nicht. War eine Entscheidung deiner Eltern.«

»Mit welcher Begründung?«

»Wie gesagt, weiß ich nicht mehr.«

»Du lügst.«

»Ich weiß es wirklich nicht, Juliana«, murmelte ihr Onkel. »Deine Eltern haben nie mit uns darüber gesprochen.«

»Zwei Brüder heiraten zwei Schwestern. Und keiner hat je darüber gesprochen, warum der einzige Sohn des einen Ehepaars nicht mit in den Urlaub kommt?«

Stefan Wunderlich sah Jules von der Seite an. »Auch wenn du dir das nicht vorstellen kannst, aber es gab Dinge, über die sprach man damals nicht.«

»Tabuthemen ...«

Ihr Onkel schwieg.

Jules hatte den Impuls, ihn auf die nicht zu leugnende frappierende Ähnlichkeit zwischen ihr und ihm anzusprechen und zu fragen, ob das auch ein Tabuthema war, aber sie gab dem Impuls nicht nach. Zumal ihr Onkel wahrscheinlich eh alles abgestritten und geleugnet hätte.

»Dieser Ciro …«, murmelte ihr Onkel. »Er ist was genau? Dein Freund?«

»*Ein* Freund«, korrigierte Jules. »Aber vor allem mein Partner bei der Kripo.«

»Aha«, murmelte ihr Onkel. »Und was will er hier, wenn er nur ein Freund ist?«

»Mir helfen.«

»Bei den Ermittlungen?«

»Den Recherchen«, korrigierte Jules.

»Und wie genau?«

»Wir werden sehen.«

»Und er schläft im Schlafzimmer deiner Eltern, sagst du?«

»Nein. Aber das hat dich nicht zu interessieren.«

»So wie Burgunda und mich damals nicht zu interessieren hatte, warum deine Eltern Jakob nicht mit in den Urlaub genommen haben?«, fragte ihr Onkel.

Jules schwieg.

Sie fuhren am Ortsschild von Losheim am See vorbei. Jules setzte den Blinker und bog die erste Straße rechts ab.

»Wo fahren wir eigentlich hin?«, fragte Stefan Wunderlich.

»Trierer Straße. Losheim am See.«

»Und was ist da?«

»Da wohnt dein ehemaliger Chef, Otmar Groß.«

Stefan Wunderlich starrte Jules fassungslos an. »Ich soll … mit Groß reden? Über den Fall von damals?«

»Korrekt. Die Chance, dass er mit dir spricht, ist ziemlich hoch.«

»Er hat mich damals von dem Fall abgezogen!«

»Einen Versuch ist es wert.«

»Ich will damit nichts mehr zu tun haben, Juliana.«

»Ah ja? Und deshalb schickst du mich die ganze Zeit vor?

Mach du dir doch zur Abwechslung auch mal ein bisschen die Finger schmutzig.«

Stefan Wunderlich schwieg.

Jules parkte eine Eckstraße vor dem riesigen Einfamilienhaus von Groß entfernt.

Ihr Onkel wirkte angespannt. »Das ist sinnlos, Juliana. Ich kenne Groß. Er wird weder mir noch sonst wem etwas erzählen. Warum auch? Er wäre ja schön blöd. Also falls er damals wirklich Mist gebaut haben sollte.«

»Groß ist der Schlüssel. Tu es einfach«, sagte Jules. »Deinem Bruder und deinem Neffen zuliebe.«

Stefan zögerte. »Und was soll ich ihn fragen? Ich meine, was haben wir denn? Gar nichts. Nur Spekulationen und Indizien, keine Fakten.«

»Improvisiere«, erwiderte Jules. »Bluffe, übertreibe, lock ihn aus der Reserve, mach ihn nervös, egal wie. Mach ihm einfach Angst. Und dann beobachte seine Reaktion. Du weißt doch, wie das läuft.«

Ihr Onkel zögerte.

»Du weißt, wie das läuft, Stefan. So etwas vergisst man nicht. Einmal Bulle, immer Bulle.«

»Tut mir leid, Juliana, aber ich bin zu alt für den Scheiß«, murmelte ihr Onkel. »Ich kann niemanden mehr unter Druck setzen und ihm schon gar nicht Angst einjagen. Niemand nimmt einen Ex-Kommissar ernst. Und erst recht nicht einen Ex-Kommissar im Rollstuhl.«

Er sah zum Haus seines ehemaligen Chefs.

»Das ist ein Job für dich. Aber nicht hier, nicht heute.« Er sah Jules an. »Ich weiß, wo du Groß treffen kannst. In einer Situation, in der er ohne Deckung ist. Und in der das Überraschungsmoment auf deiner Seite sein wird.«

* * *

Als Jules mit ihrem Onkel das Ortsschild von Woltersweiler passierte, fragte sie ihn, ob er noch mitkommen und Ciro kennenlernen wollte.

Er zögerte. »Besser nicht. Also nicht jetzt«, sagte er. »Aber wir können gerne mal alle zusammen essen gehen. Heute Abend vielleicht? Im ›Ochsen‹?«

»Burgunda wäre auch dabei?«

»Ich hoffe. Würde ihr guttun, mal wieder ein bisschen unter Leute zu kommen.«

»Wie geht's ihr?«

»Na ja. Sie ist immer noch mitten in der Trauerphase.« Ihr Onkel sah nachdenklich aus dem Fenster.

»Bisschen übertrieben, oder?«, sagte Jules. »Ich meine, es ist ja nicht ihr Mann gestorben, sondern *nur* ihr Schwager«, sagte Jules sachlich.

Im Blick ihres Onkels lag eine unendliche Traurigkeit.

»Du kennst offensichtlich keine Trauer, Juliana. Du weißt nicht, wie sich das anfühlt«, sagte er leise. »Also erlaube dir auch bitte keine Meinung darüber.«

Jules wollte widersprechen, entschied sich dann aber dagegen und fuhr ihren Onkel nach Hause, wo er von Burgunda, die im Vorgarten Unkraut zupfte, in Empfang genommen wurde. Stefan fragte seine Frau, ob sie heute Abend mit Jules und ihrem Freund essen gehen wolle. Burgunda zuckte mit den Schultern und schob dann ihren Mann zum Eingang des Hauses. Stefan sah noch einmal kurz über die Schulter zu seiner Nichte. Jules konnte seinen Blick nicht deuten, hatte aber das Gefühl, er ging in Richtung Besorgnis.

* * *

»Schmitt mit Doppel-t: Malermeister aus Illingen. Lehrer aus Neunkirchen. Angestellter einer Krankenkasse aus Homburg. Kfz-Meister aus Merchweiler. Angestellter von Bosch aus Saarbrücken.« Ciro sah Jules an, die ihm am Tisch auf der Terrasse gegenübersaß. »Noch Fragen?«

»Was ist mit -dt?«

»Im Prinzip das Gleiche«, erwiderte er. »Angestellte, Arbeiter, Inhaber von Kleinbetrieben, Mittelständler. Nichts, was auf einen Mann mit Macht und Einfluss hindeuten würde, auf jemanden, der einen Arzt und dessen Obduktion in einem Mordfall beeinflussen könnte. Und schon gar nicht den Leiter einer Soko.«

»Also Sackgasse«, murmelte Jules.

»So sieht's aus.« Ciro klappte seinen Laptop zu. »Butter bei die Fische ...«

Jules sah ihn an.

»Hast du einen – halbwegs realistischen – Verdacht, wer der Mörder von Nicola Lehberger sein könnte? Falls ja, würde ich nämlich vorschlagen, das Pferd von hinten aufzuzäumen. Querverbindungen zwischen deinem Hauptverdächtigen und etwaigen einflussreichen Strippenziehern an den Schalthebeln der Macht zu finden. Auf diese Weise könnten wir versuchen zu beweisen, dass der Täter damals von jemandem geschützt wurde.«

»Ich habe keinen«, murmelte Jules gereizt.

»Nein?«

»Nein.«

»Nicht ansatzweise?«

»Nein.«

»Nicola hatte keine offensichtlichen Feinde? Niemand, der in irgendeiner Weise einen Vorteil aus ihrem Tod gezogen hätte?«

»Nein.«

»Scheiße.« Ciro stand auf. »Ich weiß nicht, wie es dir geht, aber ich könnte jetzt 'nen Drink vertragen.«

Jules nickte abwesend, ohne ihn anzusehen.

* * *

»Gibt es noch irgendwas, das ich wissen sollte«, fragte Ciro, nachdem er mit Jules einen Grappa gekippt hatte. »Also bezüglich des Opfers von damals und eurer Clique?«

Jules sah nachdenklich zu den beiden halb vollen Futternäpfen auf der Terrasse neben der Schiebetür zum Wohnzimmer.

»Jules?«

»Was?«

»Ich habe dich was gefragt.«

»Es sind meine Recherchen, Ciro, nicht deine. Du kanntest weder Jakob noch meine beste Freundin.«

Ciro stutzte. »Nicola war deine beste Freundin?«

»Ja, war sie. Und? Macht keinen Unterschied. Jedenfalls für dich nicht.«

»Ich muss nicht emotional beteiligt sein, um einen Mordfall aufzuklären«, erwiderte Ciro sachlich. »Es ist immer besser, objektiv zu bleiben und einen Blick von außen auf die Ereignisse zu werfen. Zumal wenn es sich um eine Tat von 1988 handelt.«

»In diesem Fall nicht«, sagte Jules. »Ohne meinen Bezug zu den Ereignissen von damals hätte ich nichts Neues erfahren, nichts. Außer mir hat niemand ein Interesse an dem Fall. Niemand hat eine emotionale Verbindung dazu. Außer mir.«

Ciro lächelte sein typisches spöttisches Ciro-Lächeln.

»Du? Eine emotionale Verbindung? Zu deiner Kindheit?

Zu deinem Bruder? Zu einer alten Freundin? Zum Saarland?« Er lachte kurz auf. »Erzähl mir keinen Scheiß, Jules. Ich kenne dich lange genug, um zu wissen …«

»Erzähl mir nicht, was ich fühle«, unterbrach sie ihn scharf.

»Jules …«

»Wir haben knapp ein Jahr zusammen gevögelt, zusammen gesoffen, gefeiert. Ein fucking Jahr, Ciro! Du hast meine Wohnung kennengelernt, meine Toilette, meine Küche, mein Schlafzimmer, meine Bücher, meine Platten. Und Aleister. Aber das alles war nur Oberfläche. Nur fucking Oberfläche. Und das ist jetzt fast drei Jahre her!«

Ciro trank schweigend von seinem Bier.

»Du weißt nichts über mich, gar nichts«, fuhr Jules fort. »Du kennst mich nicht, das tut niemand. Also hör auf, mich in irgendwelche Schubladen zu stecken.«

Ciro machte eine abwehrende Geste, schwieg weiterhin. Jules nahm einen Schluck von ihrem Rotwein.

Dann ergriff Ciro das Wort. Sein Tonfall: Versöhnlich. Beschwichtigend. »Erzähl mir von Nikki. Was hat dich mit ihr verbunden?«

Jule stellte ihr Weinglas zurück auf den Tisch und sah Ciro an. »Wir haben in einer halben Stunde einen Termin zum Essen mit meinem Onkel und meiner Tante. Im ›Ochsen‹. Danach möchte ich, dass du deine Sachen packst und morgen weg bist.«

Ciro starrte sie fassungslos an. »Was?«

»Du hast mich verstanden«, sagte Jules eisig und kramte ihren Schlüsselbund aus ihrer Tasche. Fummelte ihren Briefkasten- und Wohnungsschlüssel ab und legte beide Ciro hin. »Wäre super, wenn du bei Gelegenheit mal meinen Briefkasten leeren könntest. Pflanzen gießen und durchlüften wäre auch ziemlich cool. Schlüssel kannst du behalten, ich hab Ersatz. Kannst du mir irgendwann schicken. Danke vielmals.«

Sie trank ihren Wein aus, stand auf und ging in Richtung Küche. Ciro starrte ihr sprachlos hinterher.

* * *

Das Abendessen mit Stefan und Burgunda im »Ochsen« verlief genauso, wie Jules es erwartet hatte. Sie und ihr Onkel übten sich in Small Talk und vermieden tunlichst das Thema Ermittlungen, während Burgunda permanent am Meckern und Jammern war. Ciro hielt sich so weit wie möglich aus den Gesprächen raus und versuchte immer wieder, ein unverfängliches Thema anzuschneiden. Erfolglos. Burgunda ignorierte ihn, und Stefan versuchte nur halbherzig, ihn in die Konversation einzubinden.

Jules hatte schon im Vorfeld geahnt, dass es eine Scheiß-Idee war, zu versuchen, Frankfurt und Woltersweiler zu vereinigen. Es gab zwischen diesen beiden Leben keine Schnittmenge. Würde es nie geben. Woltersweiler war Vergangenheit. Selbst wenn das Dorf ihrer Kindheit temporär ihre Gegenwart bestimmte: Es würde nie ihre Zukunft sein. Dennoch hatte sie sich auf das Abendessen eingelassen. Vermutlich allein aufgrund der Tatsache, dass ihr bewusst war, dass es sich um ein Abschiedsessen handelte. Nur für Ciro? Oder auf eine Art auch für sie? Hatte sie unbewusst damit abgeschlossen, den Mordfall doch noch aufklären zu können? Hatte sie kapituliert? Vor der Zeit, die vergangen war, vor den Widerständen, denen sie sich ausgesetzt sah? Vor den Windmühlen? Der weibliche Don Quijote von Woltersweiler, wie es Dieter Müller und ihr Onkel auf den Punkt gebracht hatten. Wenn man sie direkt gefragt hätte, hätte sie das vehement verneint, aber tief in ihr gab es eine Stimme, die nicht aufhörte, genau das zu behaupten.

Du bist gescheitert, Baby. Mal wieder. Du hast es verkackt. Du Scheiß-Amateur. Du beherrschst deinen Job nicht. Und ohne deinen Job bist du wertlos.

Auf dem Rückweg zu Jules' Elternhaus, bei dem Jules den CLK fuhr, da sich Ciro alkoholtechnisch komplett mit Bier, Rotwein, Weißwein und Ouzo abgeschossen hatte, drückte sich Ciro unangeschnallt in den Beifahrersitz, machte dabei den Eindruck eines zutiefst enttäuschten und verletzten Kindes.

»Alles klar bei dir?«, fragte Jules.

»Gar nichts ist klar«, murmelte Ciro.

»Möchtest du darüber reden?«, fragte Jules spitz.

»Geh scheißen, Wunderlich«, brabbelte Ciro und lehnte seine Stirn gegen die Seitenscheibe. »Auch wenn du es nicht hören willst«, murmelte er. »Du und dein Onkel …«

»Was?«

»Diese Ähnlichkeit. Das kann kein Zufall sein.«

»Worauf willst du hinaus?«

»Dass er dein leiblicher Vater ist«, sagte Ciro und rülpste.

* * *

Als sie am nächsten Morgen gegen zehn Uhr wach wurde, war Ciro verschwunden.

Ohne Abschied, ohne eine Nachricht.

Als wäre er nie da gewesen.

Nichts weiter als ein Phantom.

12

Jules stand mit ihrem Einkaufswagen vor einer Tiefkühltruhe. Pizzen. In einer drei Meter langen Tiefkühltruhe nichts außer Tiefkühlpizzen. Sie hasste den Fraß, war sich aber bewusst, dass sie in Woltersweiler wohl nicht mehr die Muße zum Kochen finden würde. In Frankfurt hatte sie es geliebt, zu kochen. Ob für sich alleine oder für sie und Ciro. Seit sie in Woltersweiler war, hatte sie nicht einmal selbst gekocht. Stattdessen aß sie jeden zweiten Abend im »Ochsen«. Oder ernährte sich von Fast Food. Wie damals in den 80er-Jahren.

Sie dachte an Ciro. Fühlte sich zerrissen. Sie hatte ihn vertrieben, rausgeworfen, ausgeschlossen. Aus ihrem Leben, aus ihren Ermittlungen. Ohne wirklichen Grund, nur aus einem Gefühl heraus. Dem Gefühl, dass er sie nicht verstand. Oder dass er sie *zu gut* verstand. Aber offensichtlich hatte das für sie als Grund gereicht. Wie üblich, wenn sie sich angreifbar, verletzlich, dünnhäutig fühlte. Wenn sie zweifelte, haderte, nicht wusste, wie es weitergehen sollte. Wie oft hatte sie sich in solchen Situationen jemanden gewünscht, der bedingungslos hinter ihr stand, der keine Fragen stellte, keine Kritik äußerte, sondern sie einfach nur so nahm, wie sie sich fühlte: hilflos. Der ihr die Kraft gab, weiterzumachen, auch wenn alles darauf hinauslief, dass sie wie üblich gegen Windmühlen kämpfte. Hatte sie wirklich gehofft, dass Ciro ihre Ansage, zu gehen, ignorierte und einfach geblieben wäre?

Ja, hatte sie.

Aber so lief das nicht im Leben. Und jetzt war es zu spät, er war weg. Und würde auch nicht wiederkommen. Sie kannte ihn lange genug, um zu wissen, dass er niemals betteln würde. Nicht um ihre Zuneigung, nicht um ihr Verständnis. Und schon gar nicht um eine zweite Chance. Was auch einer der Gründe war, warum sie ihn so mochte: Er war wie sie.

Irgendwie.

Sie griff sich drei Tiefkühlpizzen und warf sie in ihren Einkaufswagen, als sie von hinten angesprochen wurde.

»Juliana?«

Jules drehte sich um. Maren Müller-Kaufmann. Aka PITA. Der *pain in the ass.* In ihrem Einkaufswagen Tütensuppen, Schokolade, Billigshampoo, Chipstüten, Fertiggerichte.

»Hey«, erwiderte Jules knapp.

»Wie geht's dir?«, fragte Maren verhalten. »Du bist ja schon 'ne Zeit lang hier, aber irgendwie sind wir uns ja nie über den Weg gelaufen.«

Zum Glück, dachte Jules. Sie erinnerte sich daran, dass Maren damals einfach nur genervt hatte. Mit ihrer affektierten Art, ihrer Scheiß-Frisur, ihrem Scheiß-Musikgeschmack – Charts, Pop, Deutsch Rock –, ihrem sinnlosen Geplapper und vor allem ihrer unfassbaren Dummheit und Einfältigkeit.

»Ganz gut«, erwiderte Jules kurz angebunden und hoffte, Maren würde sie nicht weiter belästigen, was aber nicht der Fall war.

»Stimmt es, was man sich erzählt?«, fragte Maren.

»Keine Ahnung, was man sich so erzählt«, sagte Jules, obwohl sie natürlich genau wusste, was man sich so erzählte.

»Dass du dabei bist, den Mord an Nicola neu aufzurollen«, sagte Maren.

»Man rollt einen Mordfall nicht auf«, erwiderte Jules schnippisch. »Man ermittelt in einem Mordfall.«

»Aha«, murmelte Maren. »Okay. Na, denn …« Sie räusperte sich. »Und? Ermittelst du in dem Fall?«

»Sorry, Maren«, sagte Jules, »Aber ich habe echt grad überhaupt gar keine Zeit. Bis dann.«

Sie wendete ihren Wagen und schob ihn an Maren vorbei.

»Nur kurz, Juliana«, sagte Maren. »Dauert echt nicht lange. Aber ich denke, es ist wichtig.«

Für dich vielleicht, dachte Jules. *Aber ganz sicher nicht für mich.*

»Es geht um den Mord an Nicola«, sagte Maren, wobei sie Jules nicht ansah, sondern auf ihre pinkfarbenen Turnschuhe starrte. »Ich weiß, wer sie umgebracht hat. Und es war nicht dein Bruder …«

Jules sah sie fassungslos an, versuchte krampfhaft, ein in ihr aufsteigendes Lachen zu unterdrücken.

* * *

Sie tranken ihren Kaffee an einem der Stehtische vor dem Supermarkt. Maren wirkte nervös, auch wenn Jules nicht wirklich verstehen konnte, warum. Denn dass gleich eine typische, komplett erfundene Maren-Märchen-Story folgen würde, war Jules nur allzu bewusst. Sie hätte nicht sagen können, warum sie sich dennoch auf das Gespräch eingelassen hatte. Vielleicht wollte sie einfach ein bisschen unterhalten werden. Und sich amüsieren. Facebook in *real life* quasi.

»Ich hab das damals niemandem erzählt. Weil …«

Maren brach ab und legte eine theatralische Kunstpause ein.

»... weil du Schiss hattest, dass dir niemand glauben würde?«, ergänzte Jules, wobei sie versuchte, so ernst und empathisch wie möglich zu wirken.

Maren nahm die Steilvorlage dankbar an. »Ja, genau! Niemand hätte mir geglaubt. Und davon abgesehen: Es hat mich ja auch niemand gefragt.« Sie nahm einen Schluck von ihrem Kaffee, den sie gefühlt mit einem Kilo Zucker gesüßt hatte, machte aber keine Anstalten, weiter zu erzählen.

»Okay«, murmelte Jules und steckte sich eine Zigarette an. »Und weiter?«

Maren sah an Jules vorbei, auf den Parkplatz des Supermarkts, wirkte ganz weit weg. »Ich war im Wald. Am Tag des Mordes. Spazieren.«

»Spazieren«, sagte Jules. »Aha.«

»Ja, hab ich damals öfter gemacht«, erwiderte Maren. »Alleine. Hatte ja keine Clique wie du.«

Jules erinnerte sich, dass Maren wirklich zu keiner Zeit Teil ihrer oder einer anderen Clique gewesen war. Sie war ein Freak, eine Außenseiterin, mit der niemand etwas zu tun gehabt hatte. Und diese Frau wollte ihr jetzt erzählen, dass sie wusste, wer Nikki wirklich ermordet hatte?

»Wie auch immer«, fuhr Maren fort. »Ich hab Nicola gesehen an dem Tag. Am See. Sie war schwimmen. Nackt.«

»Warum erwähnst du das?«, hakte Jules nach. »Also dass sie nackt im See geschwommen ist. Was ist dabei, nackt zu schwimmen? Bist du noch niemals nackt geschwommen?«

Maren wirkte kurz verunsichert. »Nein ... ich ... äh, nein ...«

»Sie hasste Badeklamotten«, erklärte Jules sachlich. »Falls du das noch nicht wusstest.«

»Aha. Okay«, murmelte Maren, ohne Jules anzusehen. »Wusste ich nicht.«

»Und dann?«

Maren räusperte sich. »Dann ist sie raus aus dem See, hat sich ihr Handtuch genommen und sich abgetrocknet. Und dann ist er aufgetaucht.«

»Wer?«

»Der Doc.«

»Manfred oder was?«

»Manfred Haag, genau«, bestätigte Maren.

Jules lachte auf. »Schwachsinn. Manfred war zu der Zeit auf dem Fußballplatz. Auch wenn er verletzt war und nicht gespielt hat, saß er auf der Ersatzbank.«

»Nein, Juliana«, erwiderte Maren fast schon trotzig. »Er war im Wald!«

»Und weiter?«

»Er hat sie ... vergewaltigt. Und dann erschlagen. Mit einem dicken Ast.«

Jules rieb sich kurz mit zwei Fingern die Augen. »Und du hast das Ganze beobachtet?«

Maren nickte.

»Das ist jetzt Verarsche ...«

»Was? Nein!«, erwiderte Maren empört. »Ich hab es doch mit eigenen Augen gesehen!«

»Du warst Zeugin der Vergewaltigung und des Mordes an Nikki und hast damals keine Aussage bei der Polizei gemacht?« Jules lachte auf. »Sorry, Maren, aber das klingt alles ein bisschen arg drüber.«

»Es ist aber die Wahrheit!«, zischte Maren. »Ich hab damals nur nichts gesagt, weil ...« Sie brach ab, wirkte überfordert, aufgewühlt.

»Weil?«

»Weil ich Manfred keinen Ärger machen wollte«, erwiderte sie leise.

»Du warst in ihn verknallt, oder was?«

Maren zögerte. Dann nickte sie knapp.

»Oh, Mann, Maren«, sagte Jules. »Du hattest doch niemals eine Chance gegen Anita. Niemand von uns Mädels hatte eine Chance gegen Anita.«

Maren schwieg, nahm einen Schluck von ihrem Kaffee.

»Du hast dir das alles ausgedacht, stimmt's? Um Manfred nach all der Zeit einen reinzudrücken. Um jetzt seine Aufmerksamkeit zu bekommen. Weil er dich damals ignoriert hat.«

Maren sah Jules an. In ihrem Blick Fassungslosigkeit. »Das traust du mir zu?«

»Keine Ahnung«, erwiderte Jules sachlich. »Wir kennen uns nicht wirklich.« Sie trank ihren Kaffee aus, ließ die Zigarette zu Boden fallen und trat sie aus. »Sorry, Maren, aber das ist albern. Hab einen schönen Tag.«

Sie griff sich ihre Einkaufstüte und ging in Richtung ihres Wagens.

Maren sah ihr hinterher. Ihre Augen zu Schlitzen verengt.

Woltersweiler, Saarland

Kaisersaal
Samstag, 23:55 Uhr

Ich höre ein Schluchzen und sehe ins Publikum.

Maren.

Zwei Reihen davor Manfred und Anita. Manfred wirkt geschockt. Anita hält seine Hand.

»Maren?«

Sie sieht zu mir. Tränen in ihren Augen.

»Du hast mir gegenüber versucht, Manfred ans Messer zu liefern. Du warst nicht im Wald zur Zeit des Mordes. Und Manfred auch nicht.«

Maren starrt zu Boden, ignoriert mich.

»Du hast versucht, mich zu zwingen, mich mit dir zu beschäftigen«, fahre ich fort. »Du wolltest dich wichtigmachen. Wolltest Aufmerksamkeit, die du in deinem normalen Leben nicht bekommst. Wolltest einmal im Mittelpunkt stehen. Auf Kosten eines Unschuldigen.«

Maren wischt sich die Tränen aus den Augen und sieht zu mir.

In ihrem Blick purer Hass.

»*Du* willst Aufmerksamkeit. Unsere Aufmerksamkeit! Du benutzt uns!«, keift sie. »Du benutzt uns alle, jeden Einzelnen von uns! Und wofür? Nur für deine erfundene Scheiß-Geschichte! Dazu hast du kein Recht!«

»Nichts ist erfunden, Maren. Das Wort stellt die Wirklichkeit nicht dar. Das Wort ist die Wirklichkeit«, erwidere ich.

Aus den Augenwinkeln sehe ich zur Ministerpräsidentin, die staatsmännisch und stoisch alles erträgt, ohne mit der Wimper zu zucken. Im Gegensatz zu Biggi, die aufgewühlt wirkt und sich mit ihrem Mann austauscht. Ralf hat die Arme vor der Brust verschränkt und gibt vor, eingeschlafen zu sein. Susanne ist keine Reaktion anzumerken.

Dann eine weibliche Stimme aus dem Zuschauerraum.

»Der Herr Doktor war übrigens am Tag des Mordes *nicht* beim Spiel.«

Christine Allenstein, die Besitzerin des »Ochsen«.

Alle Köpfe drehen sich zu ihr um. Ihr Mann Thomas starrt sie fassungslos an.

»Tut doch nicht so. Das wisst ihr doch alle!«, sagt Christine. »Also alle, die an dem Tag beim Spiel waren. Manfred saß weder auf der Ersatzbank, noch war er auf dem Platz. Und Anita war übrigens auch nicht da.«

Atemlose Stille. Keiner traut sich, etwas zu sagen. Keiner weiß, was er sagen soll.

Ich auch nicht.

Dann vereinzelte gemurmelte Zustimmung. Mehrere Besucher bestätigen, Manfred an dem Tag nicht auf dem Sportplatz gesehen zu haben.

Manfred wirkt aufgewühlt, dreht sich zu Christine um. »Spinnst du? Natürlich war ich da. Wir haben uns sogar begrüßt.«

»Haben wir nicht«, erwidert Christine sachlich.

»Was wird das hier?«, zischt Manfred. »Ein Tribunal, oder was? Ich war beim Spiel an dem Tag! Und Anita auch!«

Anita flüstert ihrem Mann ins Ohr. Manfred wirkt irritiert. Dann steht Anita auf und sagt leise, aber dennoch für alle hörbar: »Christine hat recht. Wir waren nicht beim Spiel.«

Das Gemurmel im Publikum schwillt an.

»Wir waren in der Grillhütte um die Ecke des Sportheims.«

Sie sieht Manfred an, der kaum merklich den Kopf schüttelt. Anita legt ihm beruhigend eine Hand auf die Schulter und wendet sich dann wieder ans Publikum.

»Wir haben gevögelt. Es war unser erstes Mal. Also in der Konstellation.«

Manfred lächelt gequält.

»Über zwei Stunden lang«, fährt Anita fort. »Was man halt so macht, wenn man 18 und verliebt ist. Und falls ihr das damals nicht erlebt habt: tja, Pech gehabt.« Manfred schließt kurz die Augen. »Danach sind wir wieder zurück zum Sportplatz«, erklärt Anita. »Das Spiel war natürlich längst vorbei. Den Rest des Tages und den Abend haben wir zusammen verbracht. Manfred war nicht im Wald beim See. Und schon gar nicht alleine und zur Tatzeit.«

Sie sieht zu Maren. »Du lügst«, sagt sie sachlich. »Wie immer, wenn du den Mund aufmachst.« Sie setzt sich und nimmt Manfreds Hand.

Maren ist fassungslos, sprachlos. Weiß nicht, wie sie reagieren soll.

Ich räuspere mich, will was sagen, doch Manfred kommt mir zuvor. Er wirkt gestresst. Was nicht gut ist. Nicht nachdem, was er Backstage gesehen hat.

»Das alles hier, die Lesung, die ganze Veranstaltung ... das ist lächerlich«, sagt er aufgewühlt. »Und das weißt du, Hanna.«

Anita versucht, ihn runterzufahren, doch Manfred scheint sie gar nicht wahrzunehmen.

»Es geht nicht um die Aufklärung des Mordes an Nikki. Es geht auch nicht um deinen Bruder! Das, was du Maren vorgeworfen hast, trifft zu hundert Prozent auf dich zu: Es geht allein um dich. Um dein Ego. Deine Geltungssucht. Deinen Wunsch nach Anerkennung und Aufmerksamkeit!«

Ich halte die Luft an, spüre dass ich stottern werden, wenn ich jetzt antworten würde, weshalb ich schweige und Manfred weiterreden lasse. Auch wenn die Gefahr besteht, dass er …

»*Du* willst Aufmerksamkeit, Hanna, nicht Maren«, unterbricht Manfred meine Gedanken. »Deine letzten Romane sind gefloppt. Keine Sau hat sich dafür interessiert. Aber damit konntest du nicht leben. Du brauchst Aufmerksamkeit, ein Publikum, eine Bühne wie die Luft zum Atmen. Du bist nichts ohne diese Aufmerksamkeit. Nichts. Nur eine einsame, verzweifelte, misanthropische Schriftstellerin aus Woltersweiler. Eine Schriftstellerin, die ein ganzes Dorf als Geiseln nimmt, nur um ihr Ego …«

»Sei still!«, zische ich ins Mikro. Ohne zu stottern.

»Maren hat recht!«, fährt Manfred unbeirrt fort. »Du benutzt uns alle. Missbrauchst uns. Für deine Zwecke. Du bist nichts weiter als eine …«

»Das alles können wir gerne unter vier Augen bei einem Glas Wein besprechen, Manfred«, unterbreche ich erneut. Sachlich. Auch wenn es mir schwerfällt. Und ich krampfhaft versuche, nicht daran zu denken, dass ich stottern könnte. »*Nach* der Lesung, aber ganz sicher nicht jetzt!«

Manfred ist anzusehen, dass er antworten will, aber Anita flüstert ihm etwas ins Ohr, woraufhin Manfred schweigt.

Ich atme tief durch, schließe die Augen. Blende das Gemurmel im Saal aus. Versuche, mich zu fokussieren.

Auf das Ende.

Auf die Auflösung.

Auf die Enttarnung des Mörders von Nikki.

Das ist alles, worum es geht. Und alles, worum es von Anfang an ging. Wobei der Wunsch, eine Abkürzung zu nehmen, übermächtig ist. Aber so läuft es nicht. Weder im echten Leben noch in Geschichten. Ich muss den ganzen Weg gehen. Bis zum bitteren Ende. Das hier ist kein 100-Meter-Lauf, das hier ist ein Marathon.

It's a long way to the top if you wanna Rock'n'Roll.

Auch wenn es heute nicht um Rock'n'Roll geht, sondern um …

»Bring es endlich zu Ende, Krämer. Ich will nach Hause. Wir alle wollen nach Hause!«

Ralf.

Ich erspare mir eine Replik, ziehe das Manuskript zu mir ran und blättere um. Kapitel 13. Gefolgt von Teil 4, in dem sich Jules an die Ereignisse im »Metal Heart« erinnern wird.

13

Der unasphaltierte, vom Dauerregen der letzten Tage aufgeweichte, schlammige Feldweg, der zum nördlichen Teil des Golfplatzes führte, war die einzige Möglichkeit, um auf das Gelände zu gelangen. Wenn man wie Jules als Nicht-Clubmitglied vorhatte, kein Aufsehen zu erregen. Laut ihrem Onkel würde sie der Feldweg direkt zum 13. Loch führen. Und dort zu einer Stelle, die nicht durch einen Zaun gesichert war.

Der Golfplatz befand sich keine zehn Kilometer vom Bostalsee, dem Wohnort von Otmar Groß, entfernt und war jeden Mittwoch seit den 80er-Jahren fester Bestandteil von Groß' Freizeitplanung, wie sie von ihrem Onkel erfahren hatte.

Jules hatte Probleme, den Opel in den aufgeweichten Spurrillen zu kontrollieren. Mehr als einmal brach das Heck aus, und sie befürchtete, sich festzufahren, was aber glücklicherweise nicht der Fall war. Als sie schließlich nach gefühlt einer halben Stunde die Stelle erreichte, die ihr Onkel erwähnt hatte, parkte sie den Wagen am Rande eines kleinen Wäldchens. Sie stieg aus.

Kein Zaun, der den Golfplatz begrenzte.

Sie machte sich auf zum 13. Loch. Hoffte, dass Groß heute wirklich spielen würde und ihm nichts dazwischengekommen war. Sie *musste* einfach mit ihm sprechen. Auch wenn realistisch gesehen die Chance eher gering war, dass er sich darauf einlassen würde.

Sie erkannte ihn schon von Weitem. Schwarzes Cap. Weißes langärmliges Poloshirt. Schwarze Nike-Hose. Weiße abgeranzte Golfschuhe, denen man das jahrelange Spielen ansah. Dazu die schulterlangen grauen Haare und die obligatorische Nerd-Brille, die Jules schon von Fotos kannte, die Stefan ihr gemailt hatte.

Der ehemalige Leiter der Soko »Nicola« schien nicht wirklich überrascht zu sein, als Jules über das Grün auf ihn und seinen Golfpartner zukam, einen Schnösel wie aus dem Bilderbuch, den Jules auf Mitte 30 schätzte.

»Frau Wunderlich, nehme ich an«, sagte Groß erheitert, als Jules in Hörweite war. »Hatte schon viel früher mit Ihnen gerechnet. Tja, so kann man sich täuschen.«

»Dann wissen Sie ja offensichtlich, warum ich Sie sprechen will«, erwiderte Jules.

»Selbstverständlich«, erwiderte Groß und wandte sich an seinen Golfpartner. »Zehn Minuten, Marius. Höchstens. Danke.«

Schnösel-Marius griff sich wortlos den Caddy und trollte sich. Groß steckte sich eine Zigarre an, stützte sich auf seinen Golfschläger und musterte Jules abschätzig von oben bis unten. Dann grinste er. »Die Nichte vom Wunderlich. Nicht schlecht. Wobei Ihnen ein paar Pfund mehr auf den Hüften sicher gut stehen würden.«

Jules ihrerseits musterte Groß ebenso von oben bis unten. »Und Ihnen ein paar Pfund weniger.«

Groß lachte. »Ich bin weit über sechzig. Und ein Mann. Ich kann mir das leisten.«

»Sie haben vergessen Macht, Reichtum und Einfluss zu erwähnen.«

Groß lachte erneut. »Das muss man nur erwähnen, wenn man es nicht hat.«

»Wie groß war Ihr Einfluss damals auf die Ermittlungen?«

»Ich war Leiter der Soko, Frau Wunderlich. Ich denke, das sollte als Antwort genügen.«

»Es stimmt also, dass Sie Einfluss genommen haben?«

»Das war mein Job: Einfluss nehmen. Kontrollieren. Dinge zusammenhalten. Fäden in der Hand behalten. Entscheiden. Oder glauben Sie wirklich, die Schafe, die Zuarbeiter, die kleinen Beamten, die nichts weiter wollen, als ihren Job behalten, und sich keine Gedanken um das große Ganze machen müssen, hätten irgendein Interesse daran, den richtigen Mörder zu finden?« Er lachte erneut auf. »Sie als Kommissarin müssten doch eigentlich wissen, wie das läuft.«

»Wie genau lief es damals?«, fragte Jules.

»Wie es immer lief, wenn es gut lief: Tatverdächtiger. Kein Alibi. Ziemlich *gaga*. Mordmotiv. Fall geschlossen.«

»Mein Bruder war nicht *gaga«,* erwiderte Jules sachlich. »Und auch nicht der Mörder.«

Groß blies den Rauch seiner Zigarre in Jules' Richtung aus.

»Ach nein? Wer war es dann?« Er grinste sie herausfordernd an.

»Das versuche ich herauszufinden.«

»Wenn Sie sich dabei Hilfe von mir versprechen, dann sind Sie wirklich extrem naiv und einfältig. Auch wenn Sie mir aktuell einen anderen Eindruck vermitteln.«

»Was haben Sie zu verlieren?«, fragte Jules. »Nichts, genau. Ihr Name wird in keinem Bericht und keiner Akte auftauchen. Ich schütze meine Quellen.«

Groß sah an ihr vorbei in Richtung Wald. »Machen Sie sich nicht lächerlich, Frau Wunderlich. So läuft das nicht.

Ihr Überraschungsbesuch hier wird nichts ändern. Sie kämpfen gegen Windmühlen. Und das wissen Sie. Sollten Sie eigentlich wissen. Die Vergangenheit kann man nicht ändern.«

»Es geht nicht um die Vergangenheit«, erwiderte Jules. »Es geht um die Gegenwart. Und die Zukunft. Der wahre Mörder befindet sich immer noch auf freiem Fuß.«

Groß zuckte mit den Schultern. »Viele Mörder befinden sich immer noch auf freiem Fuß. Und in anderen Teilen der Welt herrscht immer noch Krieg. Kinder verhungern. Oder ertrinken bei der Flucht übers Meer. Frauen werden verschleppt, vergewaltigt, gefoltert, getötet. Kulturstätten im Nahen Osten werden mutwillig von irgendwelchen durchgeknallten muslimischen Kämpfern zerstört. Menschen sterben bei Terroranschlägen. Menschen töten aus religiösen Überzeugungen oder weil ihnen die Frisur, die Nase, Hautfarbe oder das Auto ihres Nachbarn nicht passt. Die Bienen sterben aus. Die Polkappen schmelzen. Diktatoren regieren den größten Teil Europas. Was für einen Scheiß Unterschied macht es da, ob ein Mörder aus dem Jahr 1988 immer noch frei rumläuft?«

»Es stimmt also? Mein Bruder war unschuldig.«

»Niemand ist unschuldig.« Groß zog an seiner Zigarre und blies erneut den Rauch in Jules' Richtung, was Jules ignorierte. Dann grinste Groß. »Ihre Zeit ist jetzt leider um. Wünsche noch einen angenehmen Tag, Frau Wunderlich. Und Grüße an Ihren Onkel. Musste ihn damals ja leider von dem Fall abziehen. Wegen Befangenheit. Aber bis dahin: guter Mann. Sehr guter Mann. Auch wenn er bisweilen unbequeme Fragen stellte. Und widersprach. Kam nicht so gut an.«

»Schon klar«, sagte Jules. »Schafe haben keine Fragen zu

stellen. Und schon gar nicht zu widersprechen. Schafe sollten einfach das tun, was man ihnen sagt.«

»Das ist korrekt«, sagte Groß lächelnd, wandte sich ab und ging in Richtung seines Assistenten. Oder was auch immer Schnösel-Marius darstellte.

* * *

Der Weg über den matschigen Feldweg zurück zur Bundesstraße war genau so anstrengend wie der Hinweg.

Jules hörte Slayer. South of heaven.

Sie fühlte sich ausgebrannt. Leer. Sinnlos. Es gab keine Erlösung. Und Ciro, der einzige Mensch, der ihr ansatzweise so etwas wie eine Hilfe hätte sein können, hatte sie zurück nach Frankfurt geschickt. Sie ärgerte sich über sich selbst. Und über ihn. Dass er so schnell aufgegeben hatte, dass er nicht gekämpft und mit ihr diskutiert hatte. Dass er sich so leicht hatte abschrecken lassen.

Dass er den Schwanz eingezogen hatte.

Sie scrollte per Autoradio zu einer ihrer iPod-Playlists. Slayer stresste sie. Sie brauchte etwas Beruhigendes, etwas, das sie wieder runterbrachte, und nicht noch mehr aufputschte. Gerade als sie eine passende Playlist gefunden und gestartet hatte – Tori Amos und Aimee Mann –, stieg sie in die Eisen. Direkt vor ihr stand ein Traktor mit riesigen Reifen und Anhänger auf dem Feldweg, der ihr den Weg versperrte.

Sie hupte. Keine Reaktion. Es war nicht zu erkennen, ob es überhaupt einen Fahrer gab.

Sie fluchte und stieg aus. Ging auf den Traktor zu. Als sie auf Höhe der Fahrerkabine ankam, spürte sie unvermittelt einen stechenden Schmerz in ihrer Hüfte.

Sie sackte zu Boden, und ihre Welt wurde schwarz.

TEIL 4:
METAL HEART

It's secret
Mysterious

Ich träume.
Von diesem Samstagabend im Mai 1988.
Von diesem Samstagabend eine Woche vor dem Mord an Nikki.
Von dieser Nacht im »Metal Heart«.
Dunkle Geheimnisse und wilde Gerüchte ranken sich seit fast zwei Jahren um den Schuppen, einen in der saarländischen Metalszene fast schon mystischen Ort. Strikte Geheimhaltung und Mund-zu-Mund-Propaganda gehören offensichtlich zum Konzept des Ladens, denn es gibt keine Werbung, es werden keine Plakate aufgehängt und auch keine Flyer verteilt. Dass der Club überhaupt existiert, ist offensichtlich nur Szene-Insidern und VIPs bekannt. Jeder, der angeblich schon mal da war, spricht nur kryptisch darüber und gibt die Adresse auch nicht weiter. Jedenfalls nicht ans *Fußvolk*.
Vielleicht ist es wirklich nichts weiter als ein *urban myth*, oder in diesem Fall ein *local myth*. Gerüchten zufolge befindet sich der Laden schwer erreichbar mitten im Nirgendwo, in einem Wald zwischen Elversberg und St. Ingbert. Und es ist definitiv keine normale Metal-Disse. Irgendetwas Einzigartiges, Verbotenes, Geheimnisvolles scheint dort abzugehen. Und wenn man den Gerüchten Glauben schenken darf, kommt auch nicht jeder rein, selbst wenn man die Loca-

tion gefunden hat. Die Türsteher – angeblich Mitglieder der Hells Angels – treffen eine harte Auswahl. Es wird gemunkelt, Herman Rarebell, der aus dem Saarland stammende Drummer der Scorpions, habe als Geschäftsführer seine Finger im Spiel. Zusammen mit Wolf Hoffmann, dem Gitarristen von Accept. Was die Gerüchte erklären würde, dass schon Bands wie UFO, W. A. S. P., Dokken und sogar Bon Jovi nach Gigs in der Saarlandhalle in Saarbrücken dem »Metal Heart« einen Besuch abgestattet haben.

Nikki, Susanne, Ralf, Anita, Manfred, Soboletzki und ich haben schon mehrfach versucht, diesen heiligen Gral des Metal zu finden, waren aber jedes Mal grandios gescheitert. Der Grund: Der Wald zwischen Elversberg und St. Ingbert ist verdammt groß. Einmal waren wir mit Manfreds Audi 80 im Schlamm stecken geblieben und konnten im Morgengrauen nur mithilfe eines Bauers und seines Traktors befreit werden. Die anderen Male hatten wir uns verfahren und mussten notgedrungen die Nacht mit reichlich Alk im Auto verbringen und auf den Sonnenaufgang warten, um die Orientierung wieder zu gewinnen. Eigentlich hatten wir alle schon abgehakt, jemals das mysteriöse »Metal Heart« zu Gesicht zu bekommen.

Bis zu diesem Samstagabend.

Wir haben uns wie üblich im »Poison«, unserer Stamm-Metalkneipe in Neunkirchen, verabredet. Alle im standesgemäßen Ausgeh-Outfit. *Dressed to kill.* Wir Mädels haben Kajal aufgetragen, uns die Lippen blutrot geschminkt, tragen Pumps, knappe nietenbesetzte Lederröcke, schwarze Strümpfe und ärmellose weite Shirts – auf Nikkis Shirt steht *Enjoy Cocaine* – mit U-Boot-Ausschnitt. Natürlich ohne BH, damit eine nackte Schulter rausblitzen kann. Die Jungs in knallengen schwarzen Lederhosen, Cowboystiefeln, Shirts und Lederjacken. Nur Soboletzki hat wie immer seine aus-

gewaschenen, stinkenden, löchrigen Jeans, seine zerfetzten Adidas-Treter und seine Jeanskutte mit dem riesigen Motörhead-Aufnäher auf dem Rücken an.
Ralf, der neben mir am Tresen steht, trägt seine langen blonden Haare offen, sieht aus wie der kleine Bruder von Vince Neil, dem Sänger von Mötley Crüe, und ordert gerade bei Roland, dem Chef des »Poison«, Whiskey-Cola für uns, als Roland ihn auf das »Metal Heart« anspricht.
»Sagt dir der Name was?«
»Klar«, erwidert Ralf cool. »Album von Accept. Scheiß-Album by the way.«
Roland lacht. »Du weißt, was ich meine.«
»Diesen Club im Wald?«, mische ich mich ein. »Gibt's den überhaupt? Oder sind das alles nur Gerüchte?«
»Den gibt's«, erwidert Roland lächelnd. »Aber so was von gibt's den.«
»Ah ja? Und du warst da schon mal, oder was?«, hakt Ralf nach.
»Logen. Und nicht nur einmal. Ihr offensichtlich noch nicht.«
»Salz in unsere Wunden«, seufze ich theatralisch. »Nur zu, wir haben ein dickes Fell. Also ich. Bei Ralf bin ich mir da nicht so sicher.«
Ralf boxt mir gegen den Oberarm. Roland lacht, während er die Whiskey-Cola klar macht. »Dann wird's aber echt mal Zeit, dass ihr das erlebt. Live und in Farbe.« Er greift sich einen Zettel, kritzelt etwas darauf und schiebt ihn mir dann über den Tresen zu. »Anfahrtsskizze«, erklärt er. Ralf greift sich den Zettel, starrt fassungslos darauf.
»Grüßt Tom und Jerry, die Türsteher von mir«, sagt Roland. »Und wenn ihr drin seid: nicht wundern. Über gar nichts. Auch nicht über den, äh, Begrüßungsschnaps.« Roland lacht erneut und stößt mit Ralf und mir an.

Zurück an unserem Tisch kann keiner von uns die Anfahrtsskizze entschlüsseln. Und bei Roland deswegen nachzufragen wäre nicht nur peinlich, sondern regelrecht demütigend.
»Das ist doch Verarsche«, knurrt Ralf. »Anfahrtsskizze. Am Arsch die Räuber. Das ist einfach nur Gekritzel. Das nützt uns gar nichts.«
»Nachttanke«, sagt Manfred sachlich.
»Und dann?«, fragt Ralf.
»Karte der Gegend. Großer Maßstab. Den Rest fummel ich raus.«
»Du meinst kleiner Maßstab«, sagt Ralf.
»Nein, ich meine großer Maßstab. Sonst sieht man ja die Details nicht. Feldwege und so.«
»Das ist kleiner Maßstab«, beharrt Ralf.
»Schwachsinn.«
»Im Maßstab von 1:500000 siehst du keine Details mehr. Also kleiner Maßstab.«
»Du laberst Scheiße, Alter«, zischt Manfred.
»Du laberst Scheiße, Alter!«
Die Stimmung zwischen Ralf und Manfred ist schon seit Wochen angespannt und gereizt, wobei keiner von uns sagen könnte, was der Grund dafür ist. Ich vermute, es hat was mit Susanne und Anita zu tun. Es ist ziemlich offensichtlich, dass Ralf auf Susanne steht. Aber Susanne nicht so wirklich auf Ralf. Und Anita? Tja, die hat irgendwann mal sowohl mit Ralf als auch mit Manfred rumgeknutscht. Und Manfred offensichtlich damit Hoffnungen gemacht. Es ist aber auch ein offenes Geheimnis, dass Manfred auf Susanne steht. Und dass alle auf Nikki stehen. Auch Anita und Susanne. Doch das würden die beiden nie zugegeben. Und niemand aus der Clique weiß, dass Nikki und ich was am Laufen haben. Was auch immer das ist.

Komplizierte Scheiße das alles.
»Ist doch egal, welcher Maßstab«, mischt sich Susanne genervt ein. »Hauptsache, wir finden den Weg. Und die Idee mit der Karte ist klasse.«
»Die Idee ist für'n Arsch«, meint Ralf.
»Die Idee ist klasse, Ralf«, sagt Susanne, keinen Widerspruch duldend. »*Live with it*. Es kann nicht immer nur die Sonne scheinen. Auch nicht für den Vince Neil des Saarlands.« Sie verpasst ihm ein Ding mit der flachen Hand gegen den Hinterkopf. Alle lachen. Ralf kocht innerlich, reißt sich aber zusammen. Susanne drückt ihm ein Küsschen auf die Wange. »Lach doch mal, Rockstar. Nur für mich. Bitte.« Sie geht vor ihm auf die Knie und faltet betend ihre Hände. Ralf muss lächeln. »Du hast echt 'ne Klatsche.«
»Du zum Glück gar nicht«, erwidert Susanne lachend. Die beiden geben sich high five.
Irgendwie gehören die beiden zusammen, sind ein super Team, denke ich. *Auch wenn sie es noch nicht wissen. Oder es sich noch nicht eingestehen können.*
»Okay, dann los«, drängt Anita zum Aufbruch. »Wo ist die nächste Nachttanke?«
»In der Nähe der Rombach«, murmelt Soboletzki, der wie üblich schon krass angeschlagen ist und seinen Cola-Whiskey auf ex kippt. Dann erhebt er sich schwankend. »Wer fährt? Ich ganz sicher nicht.«
Alle Blicke richten sich auf Manfred, der die Augen verdreht. »Ah, Scheiße, fickt euch.«
»Immer wieder gerne«, erwidert Nikki grinsend. »Wer will noch mal, wer hat noch nicht?«
Alle wollen. Aber keiner traut sich, was zu sagen.

* * *

Es ist kurz nach Mitternacht. Manfreds Audi 80 steht auf dem Gelände der Nachttankstelle in der Parkbucht, an der man Wasser auffüllen und den Reifendruck messen kann. Manfred hat eine Radwanderkarte der Gegend zwischen Elversberg und St. Ingbert im Maßstab von 1:50 000 auf der Motorhaube ausgebreitet. Daneben liegt die Skizze von Roland. Bei ihm Ralf. Nikki, Susanne und Anita hängen biertrinkend und quatschend in der Nähe der Waschanlage ab, während sich Soboletzki um die Ecke erleichtert. Ich stehe an der Beifahrertür des Audis und fülle den Inhalt einer Flasche Jack Daniel's in drei Colaflaschen, die wir in der Tanke besorgt haben und die auf dem Dach des Wagens stehen. Mein spezieller Whiskey-Cola-Mix, den alle lieben.
»1:50000. Kleiner Maßstab. Sag ich doch.« Ralf grinst Manfred triumphierend an.
»Geh scheißen, Arschloch«, knurrt Manfred.
»Warum so aggro, Nummer 9?«, provoziert Ralf weiter. »Hab ich dir irgendwas getan?«
»Fick dich einfach, Weber. Du gehst mir auf die Eier«, murmelt Manfred und widmet sich wieder der Anfahrtsskizze und der Karte. Mit einem Kugelschreiber markiert er den Weg.
»Kommst du klar? Oder willst du dich nur mal wieder wichtigmachen?«, stänkert Ralf. Ohne Ralf zu beachten. ruft Manfred in Richtung Waschanlage: »Kann mir mal jemand bitte den Mongo hier vom Leib halten? Anita vielleicht? Susanne? Nikki?«
Nikki kommt dazu, lächelt Ralf zuckersüß an und küsst ihn auf den Mund. »Komm mit, Sahneschnittchen«, haucht sie. »Der Boss muss sich konzentrieren.«
»Boss. Hahaha, ja klar«, lacht Ralf. Nikki hakt sich lächelnd bei Ralf unter und zieht ihn von Manfred weg.

»Danke, Baby!«, ruft ihr Manfred hinterher und widmet sich wieder der Karte. Ich verschließe die Colaflaschen und den JackDaniel's und verstaue alles im Fußraum des Beifahrersitzes. Bemerke dabei, wie Susanne misstrauisch beäugt, dass Nikki einen Arm um Ralfs Hüfte geschlungen hat und Ralfs Arm über ihrer Schulter liegt.
»Ich hab's«, sagt Manfred zu mir. Wir gehen zu den anderen, wobei ich eine der Whiskey-Cola-Flaschen mitnehme. »Sind knapp fünfzehn Kilometer«, erklärt er. »Zuerst in Richtung Elversberg. Dann Feldwege. Waren letztes Mal gar nicht so weit weg davon!«
»Bist du sicher?«, hakt Ralf nach. Ich halte ihm die Whiskey-Cola-Flasche hin. Er nimmt einen Schluck. Reicht sie dann an die anderen weiter.
»Ja, bin ich«, sagt Manfred. »Abflug!«
Soboletzki klettert mit seiner Flasche Bier wie üblich in den Kofferraum, Nikki, Susanne und ich zwängen uns auf die Rückbank. Anita sitzt auf Ralfs Schoß auf dem Beifahrersitz. Manfred klemmt sich hinters Steuer.
»Und du kannst echt noch fahren?«, fragt Anita und nimmt einen Schluck aus einer der Whiskey-Cola-Flaschen.
»Scheißt der Bär im Wald?«, erwidert Manfred. »Hatte ja nur fünf Cola-Whiskey und diverse Kurze.«
Alle lachen. Aus den Boxen des Audi dröhnt »Balls to the wall« von Accept, als wir von der Landstraße bei Elversberg auf einen asphaltierten Feldweg abbiegen, der direkt in den Wald führt, und ein von Susanne gedrehter Joint die Runde macht.
»Ach, übrigens ...«, meint Nikki, fummelt eine Kassette aus ihrer Handtasche und reicht sie nach vorne zu Anita. »Schieb mal rein.«
Anita liest überrascht die Beschriftung. »Queensrÿche? Die Neue?«

»›Operation Mindcrime‹«, bestätigt Nikki. »Kommt offiziell erst in zwei Wochen raus. Vorabexemplar. Hab sie mir im Laden überspielt. Was natürlich höchst verboten ist.«
Wir lachen, während Nikki kurz unbemerkt von den anderen meine Hand drückt und mich anlächelt.
»Lass doch Accept durchlaufen«, grummelt Ralf gereizt. »Die Prog-Scheiße braucht kein Mensch.«
»Mach rein, Anita«, sagt Nikki. »Ihr werdet es lieben.«
»Ganz bestimmt«, meint Ralf ironisch. »›Rage for order‹ war ja auch richtig Metal.«
»Vergiss ›Rage for oder‹«, erwidert Nikki. »Das ist die neue. Und die ist richtig geil!«
Anita wirft Accept aus und schiebt das Queensrÿche-Tape in den Player.
Krankenhausgeräusche. Die Stimme einer Krankenschwester. Schritte von Stöckelschuhen. Eine Tür die sich öffnet und schließt. Im Hintergrund die Stimme eines Nachrichtensprechers.
»Was soll'n der Scheiß? Hörspiel, oder was?«, meckert Ralf.
»Wart doch einfach mal ab«, erwidert Nikki sachlich.
Die Stimme einer Krankenschwester Man hört, wie sie zur Tür geht und sie öffnet. Dann eine männliche Stimme, die erzählt, dass sie sich jetzt erinnert. »I remember now …«
Und dass er nur das getan hat, was *sie* ihm befohlen haben …
»Lauter jetzt! Und schnallt euch an«, lacht Nikki übermütig, als »Anarchy X«, gefolgt von »Revolution calling« durch die Boxen des Audi knallt. Alle sind geflasht.
»Konzeptalbum«, erklärt Nikki. »Scheint um Politik und Religion zu gehen, Drogen, Auftragsmord, Verschwörung und so.«
»Leck mich fett«, sagt Ralf, während die Whiskey-Cola-

Flasche die Runde macht. »Ist gekauft. Biste Montag im Laden?«
»Sure. Aber wie gesagt, die kommt erst in zwei Wochen raus.«
»Dann leg eine für mich weg, wenn sie da ist.«
»Sehr gerne.«
»Könnte der Herr Weber, wenn er zu Ende geturtelt hat, mir bitte ansagen, wo wir hinmüssen?«, mischt sich Manfred am Steuer ein. Der Wald wird immer dichter, auch wenn die Straße noch asphaltiert ist. Die Scheinwerfer des Wagens erhellen nur knapp zwanzig Meter des Weges. Rechts und links des Autos herrscht tiefste Dunkelheit. Ralf fummelt sich die Straßenkarte zurecht, wobei Anita auf seinem Schoß ihm zu helfen versucht, aber grandios scheitert. Manfred steigt in die Eisen, bringt den Wagen zum Stehen und schaltet den Motor aus. Queensrÿche werden abrupt abgewürgt.
»Ihr seid solche Vollidioten«, zischt er, greift sich die Straßenkarte und steigt aus. Er breitet die Karte auf der Motorhaube aus und leuchtet mit seiner Taschenlampe darauf. Macht ein angestrengtes Gesicht.
»Gleich geht ihm einer ab, wetten?«, lacht Nikki. Wir Mädchen kichern. Ralf gähnt demonstrativ. Soboletzki klopft von innen gegen den Deckel des Kofferraums. »Ey, ihr Fotzen! Was geht? Sind wir da? Lasst mich raus!«
»Dauert noch«, ruft Ralf nach hinten. »Nummer 9 Fußballgott hat sich vergurkt.«
»Was?«
»Dauert noch!«, ruft Ralf lauter. »Kipp dein Bier, hol dir einen runter, schalt dein Hirn aus und entspann dich!«
»Hirn ist aus«, kommt es aus dem Kofferraum zurück.
»Wie immer«, flüstert Nikki mir ins Ohr. Ich muss grinsen.
»Prost, ihr Pissköpfe«, hören wir Soboletzki aus dem Kofferraum.

»Prost zurück, Pisskopf«, ruft Ralf, als Manfred sich wieder hinters Steuer klemmt. »Hab mir den Weg jetzt gemerkt. Alles hier drin.« Er tippt sich an die Schläfe und wirft die zusammengefaltete Karte zu uns nach hinten.

»Nie im Leben«, sagt Ralf.

»Wart's ab, Poser«, sagt Manfred und startet den Audi. Wir sind alle skeptisch, aber Manfred scheint den richtigen Weg jetzt wirklich im Kopf zu haben. Es geht teilweise steil bergauf, dann wieder bergab. Bei Regen, Schlamm und Matsch wäre der Weg, größtenteils nicht mehr als eine Schneise im Wald, nicht zu bewältigen gewesen, doch jetzt ist es Frühling und es hat seit Wochen nicht mehr geregnet.

Nachdem wir die »Operation Mindcrime« durchgehört und eine Pinkelpause für alle eingelegt haben, erreichen wir gegen 1 Uhr nachts eine Lichtung. Die Scheinwerfer des Audis erhellen parkende Autos. Mindestens fünfzig, wenn nicht noch mehr. Mit Kennzeichen aus Saarbrücken, Saarlouis, Neunkirchen, Homburg, Kaiserslautern, Trier. Selbst Karlsruhe, Mannheim, Stuttgart und Frankfurt sowie Wagen mit französischen und belgischen Kennzeichen sind vertreten. Auf den Motorhauben sitzen langhaarige aufgestylte Männer und Frauen in Lederhosen, hautengen Stretchjeans, Cowboystiefeln, Lederjacken, Jeansjacken, Band-Shirts. Sie trinken Cocktails, Bier, Wein, Whisky. Joints machen die Runde. Sie lachen, feiern, haben sichtlich Spaß.

»Laut Karte müsste es hier sein«, meint Manfred grinsend.

»Alter, what the fuck?« Nicht nur Ralf ist ziemlich geplättet.

»Such 'nen Parkplatz!«, sagt Susanne aufgeregt. Doch es gibt keine freien Plätze mehr. Jedenfalls nicht auf der Lichtung. Schließlich findet Manfred eine Lücke zwischen zwei Bäumen, direkt im Wald. Wir müssen geschlossen über die Fahrertür aussteigen, da kein Platz mehr ist, um die anderen

Türen zu öffnen. Ich befreie Soboletzki aus dem Kofferraum. Er steigt aus und rülpst. »Sind wir da?«
»Aber so was von«, erwidere ich grinsend.
»Na, endlich. Bier ist nämlich alle.« Er trinkt seine Flasche aus und pfeffert sie in den Wald. »Dann lasst uns den Laden mal rocken!«
»Erst mal müssen wir ihn suchen«, erwidere ich. Wir fragen einen langhaarigen Schönling, der eine Flasche Jack Daniel's in der Hand und eine aufregende Blondine im Arm hat und uns aus der Dunkelheit entgegentorkelt, nach dem Weg. Der Schönling macht eine unbestimmte Handbewegung in Richtung Wald und brabbelt irgendwas von »die Richtung, nicht zu verfehlen« und torkelt dann mit seiner Schönheit weiter in Richtung Parkplatz.
Nach knapp 300 Metern entdecken wir den Laden. Ein unbeleuchtetes, baufällig wirkendes, wie aus der Zeit gefallenes Haus. Mich erinnerte es an eine alte Villa. Es wirkt riesig. Zwei Stockwerke. Plus Dachboden. Aber mitten im Wald? Was war das früher mal? Es gibt kein Schild mit dem Namen des Ladens über dem Eingang, nur eine matte Glühbirne. Eine kleine Treppe, die zur Eingangstür führt. Keine Klingel. Keine beleuchtete Getränkekarte neben dem Eingang – nichts. Wir alle sind mehr als nur ein bisschen erstaunt. Irgendwie haben wir uns den Laden, tja, glamouröser vorgestellt.
»Das soll das ›Metal Heart‹ sein?«, grunzt Soboletzki. »Wollt ihr mich verarschen?« Er rotzt in die Pampa.
»Was soll'n das sonst sein?«, erwidert Manfred. »Ein geheimer exklusiver Puff?«
»Lasst es uns rausfinden«, sagt Ralf, geht entschlossen die Stufen, auf denen weitere Gäste herumlungern, empor und öffnet die schwere Eingangstür. Wir folgen ihm. Wummernde Bässe, kreischende Gitarren. Ich glaube, »Still of the

night« von Whitesnake zu erkennen. Im Eingangsbereich, der von einer einsamen blauen Neonröhre erhellt wird, ein Stehtisch. Dahinter ein schmaler, kaum beleuchteter Flur, dessen Ende im Dunkeln liegt. Am Stehtisch zwei breitschultrige, tätowierte Typen mit Shirts von Slayer und Anthrax. Offensichtlich die Türsteher.

»Hey«, sagt Ralf so cool wie möglich zu den beiden. »Schöne Grüße von Roland. Ihr seid Tom und Jerry, richtig?«

Einer der beiden Typen, dessen Unterarm ein tätowierter Rabe ziert, mustert Ralf abschätzig von oben bis unten. »Roland? Kenn ich nicht. Wer soll das das sein?«, grummelt er.

»Na, der Chef vom ›Poison‹. Metalkneipe in Neunkirchen«, erwidert Ralf. Er wirkt jetzt nicht mehr ganz so cool.

»Sagt mir nichts«, murmelt der Raben-Mann, während er auf Nikkis riesige Titten starrt, die sich – inklusive Nippeln – deutlich unter ihrem hautengen Shirt abzeichnen. Genau wie sein Kollege. Ich stupse Nikki an, die ohne Zögern ihr T-Shirt hochzieht und grinsend ihre Möpse wackeln lässt. Der Raben-Mann greift mit beiden Händen zu und knetet kurz Nikkis Titten. Unsere Jungs sind sprachlos. Nicht über die Aktion des Türstehers, sondern über Nikkis Brüste. Nur Soboletzki bekommt mal wieder nichts mit, da er sich gerade eine Zigarette dreht, was ihn offensichtlich komplett in Anspruch nimmt. Kein Wunder, nach allem, was er heute Abend schon gesoffen hat.

»Amtliche Hupen«, murmelt der Raben-Mann beeindruckt. Nikki packt ihre Titten wieder weg. »Ich weiß. Aber nicht für dich, Baby«, erwidert sie kokett lächelnd. »Können wir jetzt rein?«, flötet sie. Ich muss kichern, die Situation ist komplett absurd. Raben-Mann sieht zögernd zu seinem Kollegen. Der sieht zu mir, Anita und Susanne und sagt: »Lasst erst mal mal sehen, was ihr so habt.«

Susanne, Anita und ich tauschen einen Blick. Dann grinsen wir und ziehen blank. Selbst Soboletzki bekommt jetzt mit, was abgeht, und er lässt vor Überraschung die halb fertig gedrehte Kippe zu Boden fallen.

Der Kollege des Raben-Mannes grinst. »Okay, Ihr könnt rein. Ich bring euch zur Bar. Da gibt's 'n Freigetränk für jeden, der zum ersten Mal hier ist.«

Wir packen unsere Titten wieder ein, während Raben-Mann von jedem 10 Mark kassiert und uns allen einen Stempel aufs Handgelenk drückt. Dann folgen wir seinem Kollegen den düsteren Flur hoch. Es riecht nach ... tja, gute Frage. Bier, klar. Aber auch nach Gras. Und nach etwas, das ich nicht näher definieren kann.

Die Musik wird lauter. Whitesnake werden von Dokken abgelöst. »Just got lucky«. Der Türsteher hält uns am Ende des Flurs einen schweren roten Vorhang auf, und wir schlüpfen durch. »Unten ist der Metal-Floor«, erklärt er. »Das hier ist der Hard-Rock- und Hair-Metal-Floor. Und unterm Dach ...« Er bricht ab. »Na ja, werdet ihr schon selbst rausfinden. Wenn ihr Bock auf was Spezielles habt.« Er grinst und führt uns durch die feiernde Masse zu einem Tresen in U-Form, der die Tanzfläche umschließt und hinter dem an die fünf Bedienungen – sexy Mädels nur in Pumps, Strapsen und BH – arbeiten. Der Raum ist riesig. Es ist laut, stickig, heiß und unfassbar voll. Der Türsteher stellt sich ans Ende des Tresens und ruft nach einer der Bedienungen. »Neue«, erklärt er ihr. »Mach ihnen Begrüßungsschnäpse.« Die Bedienung nickt, holt eine durchsichtige Flasche ohne Etikett aus dem Regal und gießt jedem von uns ein. »Viel Spaß. Und nicht wundern. Über gar nichts«, sagt der Türsteher und ist im nächsten Moment verschwunden. Ich stutze. Hat Roland nicht die gleiche Formulierung benutzt? Ich denke nicht weiter darüber nach, denn wir alle sind völlig aufgedreht, euphorisiert, fühlen uns wie im Metal-Wunderland, bekommen das Grinsen nicht mehr aus den Schnäuzchen und geben uns alle high-five. Dann stellt uns die sexy Bedienung die Schnäpse hin.

»Prost«, sagt sie ohne zu lächeln. Wir stoßen an und kippen unsere Gläser auf ex. Ich verziehe das Gesicht. Der Nachgeschmack ist merkwürdig. Sehr merkwürdig. Den anderen geht es offensichtlich genauso.

»Alter, was ist das denn für ein Gesöff?«, sagt Manfred.

»Scheißegal«, meint Ralf. »Lasst uns runter. Metal-Floor.«

»Ich bleib erst mal hier«, sagt Nikki.

»Ich auch«, meint Susanne. Anita und ich stimmen zu.

»Okay, bis später«, sagt Manfred und zieht mit Ralf und Soboletzki ab. Wir geben bei der Bedienung unsere Bestellung durch, wobei mir Nikki unbemerkt von den Mädels kurz meinen Arsch betatscht und mich angrinst. Dann stellt uns die Bedienung vier Whisky-Cola hin. Natürlich Jack Daniel's. Das Getränk unserer Helden. Susanne zahlt für alle. Aus den Boxen dröhnt »Lil' Devil« von The Cult, einer von Nikkis Lieblingssongs. Nicht zuletzt, weil sie sich selbst als einen *Little Devil* sieht. Sie zieht mich auf die Tanzfläche, und wir lassen unsere langen Haare kreisen. Es ist brechend voll, was wir nicht wirklich nachvollziehen können. Woher wissen all diese Freaks von der Existenz des »Metal Heart«? Und warum hat es so lange gedauert, bis wir endlich ein Teil davon sein dürfen? Scheißegal, jetzt sind wir hier, das allein zählt. Und dass Nikki mich nach dem Song in eine dunkle Ecke am Rande der Tanzfläche zieht, mir die Zunge in den Hals steckt und ihre Hände über meinen Körper wandern lässt.

»Falls du es noch nicht mitbekommen hast«, flüstert sie mir ins Ohr. »Ich bin eine komplett durchgeknallte Scheißhausratte«.

Ich lache. »Mir scheißegal. Küss mich noch mal.«

Sie küsst mich noch mal.

Nicht aufhören, Baby, denke ich. *Bitte nicht aufhören.*

Sie löst sich von mir und sieht mich an. Grinst.

»Du geile Sau«, sagt sie.

»Dito«, erwidere ich. Wir lachen. Dann zieht sie mich an der Hand zu Susanne und Anita, die am Tresen stehen und inzwischen eine zweite Runde Whisky-Cola bestellt haben. Susanne registriert, dass Nikki meine Hand hält, was auch Nikki bemerkt. Daraufhin lässt sie eilig meine Hand los. Wir stoßen alle an. Irgendwie fühle ich mich leicht schummrig und neben der Spur. Und das liegt ganz sicher nicht am Whisky-Cola, den bin ich gewöhnt. Auch die Musik klingt jetzt anders, viel fetter, basslastiger, härter, irgendwie intensiver. Die Farben der Spots über der Tanzfläche wirken auf mich wie Farben aus einer anderen, weit entfernten Galaxie. Alles scheint vertraut und ist gleichzeitig völlig fremd.

Fucking scary.

Ich überlege kurz, Susanne, Anita und Nikki zu fragen, ob es ihnen ähnlich geht, traue mich aber nicht. Was, wenn nur ich es so empfinde? Ist vielleicht der Begrüßungs-Schnaps dafür verantwortlich? Nur ein kleiner Schnaps?

Dann tauchen die Jungs auf und kippen sich erst mal Whisky-Cola hinter die Binde, während auf der Tanzfläche alle zu »Foolin'« von Def Leppard headbangen. Die Jungs sind nur am Grinsen. »Der Himmel auf Erden«, meint Ralf. »So geil!« Soboletzki rülpst zustimmend.

»Lass uns hochgehen«, schlägt Manfred vor. »Mal gucken, was es da noch gibt.«

»Gibt's da noch was?«, hakt Susanne nach.

»Der Türsteher meinte doch, unterm Dach wäre noch was. Was Spezielles.«

»Hat sich aber nicht näher zu geäußert.«

»*No risk no fun.*« Manfred küsst Susanne kurz auf die Wange. »Oder haste Schiss?«
»Niemals. Vor nichts«, erwidert Susanne, ohne zu lächeln. Nikki lacht und gibt ihr einen Klaps auf den Po. »Dann los, Superwoman.«
Doch keiner der Gäste scheint von einer weiteren Etage zu wissen, egal wen wir ansprechen.
»Der Typ hat uns verarscht«, meint Ralf.
»So sieht's aus«, stimmt Manfred zu. »Lasst uns wieder runter in den Keller.«
»Hey, wartet!«, ruft Anita, als wir schon wieder auf dem Weg in Richtung Treppe nach unten sind. Wir kommen zurück. Anita steht vor einem dicken blutroten Wandteppich, keine zwei Meter vom Treppenaufgang entfernt.
»Ein Teppich«, mosert Ralf. »Und weiter?«
Anita zieht den schweren Teppich ein Stück zur Seite. Dahinter ist aber nicht wie erwartet eine Wand, sondern eine enge, dunkle und steile Wendeltreppe, die nach oben führt.
»Leck mich fett!«, sagt Ralf. »Das isses!«
Er geht voran, wir folgen. Es ist stockdunkel. Ralf und Susanne zücken ihre Feuerzeuge. Die Wendeltreppe scheint kein Ende zu nehmen. Ich habe zunehmend das Gefühl, neben mir zu stehen. Das alles fühlt sich irreal an, wie in einem Traum. Als wäre ich einem Paralleluniversum, einer Zwischenwelt gefangen. Alles, von dem ich glaube, dass es passiert, passiert in Wirklichkeit vielleicht gar nicht.
A dream within a dream.
Ich weiß nicht, wie es den anderen geht, ob sie das alles ähnlich empfinden, aber es macht keinen Unterschied. Es ist, wie es ist. Und es ist irgendwie *ungut.*
»Alter«, stöhnt Manfred. »Wenn das mal keine Scheiß-Idee war.«

»An was erinnert man sich irgendwann mal?«, fragt Nikki und schiebt die Antwort gleich hinterher. »An die Scheiß-Ideen, genau.« Sie lacht.

»Ich muss pissen«, grummelt Soboletzki, der sich mehr kriechend als gehend als Letzter die Wendeltreppe hoch quält.

»Nur keine Hemmungen«, erwiderte Ralf, als er realisiert, dass wir am Ende der Treppe angekommen sind. Eine weiß gestrichene Holztür, von der an einigen Stellen der Lack abblättert, versperrt uns den Weg.

»Na, denn«, sagt Ralf und drückt die Klinke der Tür, die nicht verschlossen ist. Wir folgen ihm in einen von Kerzen erhellten riesigen Dachboden. Die alten Dielen knirschen unter unseren Füßen. Teilweise ist der Boden mit Perserteppichen ausgelegt. Es riecht nach Räucherstäbchen, altem Holz und … irgendetwas, das ich nicht einordnen kann.

Mein erster Gedanke ist: Tod.

Ich kann hören, wie sich Soboletzki hinter uns an einem der Dachbalken erleichtert.

Dann entdecken wir den alten Indianer.

Er sitzt am entgegengesetzten Ende des Dachbodens im Schneidersitz auf dem Boden. Neben ihm zwei Kerzen. Und eine Flasche Rotwein. Kein Glas. Seine langen schwarzen Haare hat er mit einem Stirnband gebändigt. Er ist barfuß, trägt enge schwarze Lederhosen und ein ärmelloses Shirt, auf dem »2112« steht. Er sieht nicht auf, als wir näherkommen, so als sei es völlig normal, dass er und wir hier sind, so als habe er uns erwartet. Er nimmt einen Schluck aus der Weinflasche. Sein Gesicht ist von tiefen Falten durchzogen, seine Haut wirkt durchsichtig, ledern, wie gegerbt.

Ein alter Indianer, der Rotwein trinkt.

Auf dem Dachboden eines Metalklubs mitten im saarländischen Wald.

Ich reibe mir mit zwei Fingern die Augen. Das kann nicht real sein, das ist ein Traum, definitiv. Nichts weiter als ein Traum. Das *muss* ein Traum sein.
Doch die anderen sehen ihn auch.
»Was macht denn die Rothaut hier?«, raunt Ralf. »Ist das so was wie 'ne Show? Nur für uns?«
»Ich frag ihn mal«, meint Soboletzki lapidar, rülpst und geht auf den Indianer zu. Wir warten in einigem Abstand.
»Hey, Rothaut«, sagt er, als dem alten Mann gegenübersteht. »Was geht'n ab?«
Der Indianer sieht hoch. Sein Blick weder überrascht, noch angespannt. Er wirkt einfach nur gelangweilt. Er nimmt einen weiteren Schluck aus der Rotweinpulle, bevor er etwas erwidert.
»Was ist dein größter Wunsch?«
Seine Stimme ist tief und heiser, und er spricht ohne erkennbaren Dialekt.
»Hä?«
»Du hast die Frage verstanden«, erwidert der Indianer sachlich. »Möchtest du antworten?«
Soboletzki sieht kurz über die Schulter zu uns. Für seine Verhältnisse wirkt er ziemlich, tja, neben der Spur. Dann wendet er sich wieder dem Indianer zu. »Und was krieg ich dann dafür?«
Der Indianer sieht über seine Schulter. Erst jetzt realisieren wir die Tür hinter ihm. Eine Tür wie aus einer anderen Zeit, einer anderen Welt, aus einem anderen Universum. Schweres Holz, reich verziert mit Totenköpfen, Schwertern, Drachen, Raben, Wölfen, Rittern.
Und mit Phallus-Symbolen, Vaginas und Brüsten.
»Alter«, murmelt Soboletzki. »Was ist dahinter?«
»Beantworte die Frage und finde es heraus. Aber die Tür wird sich nur öffnen, wenn du die Wahrheit sagst.«

»Okay«, erwidert Soboletzki und grinst. »Wie war die Frage noch mal?«
»Was ist dein größter Wunsch?«, wiederholt der Indianer stoisch.
»Äh, keine Ahnung«. Offenbar hat sich Soboletzki diese Frage selbst noch nie gestellt. »Hab keinen besonderen Wunsch. Außer vielleicht alles zu ficken, was nicht bei drei auf den Bäumen ist und Party zu machen.«
»Und deine größte Angst?«
»Da müsste ich jetzt länger drüber nachdenken«, murmelt Soboletzki. »Vielleicht *nicht* alles zu ficken?«
»Falsche Antwort«, sagt der Indianer knapp. Soboletzki wirkt verunsichert.
»Was ist deine größte Angst?«, wiederholt der Indianer. Soboletzki rülpst. Dann sagt er: »Dass ich keinen hochkriege. Also im Suff.«
Wie von Geisterhand öffnet sich langsam die Tür im Rücken des Indianers, der eine Geste macht, dass Soboletzki eintreten darf. Soboletzki sieht grinsend über die Schulter zu uns. »Bis gleich. Ich hoffe, da drin gibt's was zu saufen. Und was zu ficken.« Er lacht kehlig und klopft dem Indianer auf die Schulter. »Danke, Meister.« Dann verschwindet er durch die Tür, die sich lautlos hinter ihm schließt.
Ich sehe zu Nikki, die lächelt. Ebenso wie die anderen. Keine Spur von Besorgnis, Zweifel oder Angst. Außer bei Manfred, dem das Ganze auch nicht ganz geheuer zu sein scheint.
Dann geht Nikki auf den Indianer zu. »Größter Wunsch: unsterblich zu sein. Größte Angst: nicht unsterblich zu sein.«
Erneut öffnet sich die Tür im Rücken des Indianers, und Nikki betritt den dahinterliegenden Raum, woraufhin sich die Tür erneut schließt. Als Nächstes ist Susanne dran, die auf die Frage nach ihrem größten Wunsch antwortet: »Alles und

jetzt. Und die zweite Frage: Ich hab keine Angst. Vor nichts und niemandem.«

Die Tür öffnet sich, und Susanne betritt den Raum hinter der Tür. Dann ist Ralf an der Reihe, der es auch offensichtlich nicht erwarten kann, seine Antworten loszuwerden. »Gott. Ich will Gott sein! Falls das nicht geht, dann wenigstens der König von Deutschland.« Er lacht. »Angst? Keine.«

Die Tür bleibt verschlossen.

Ralf wirkt verunsichert.

»Deine größte Angst?«, hakt der Indianer nach. Ralf zögert. Dann beugt er sich zu dem Indianer und flüstert ihm etwas ins Ohr. Die Tür öffnet sich. Ralf atmet erleichtert auf und betritt den Raum.

Anita ist die nächste. »Mein größter Wunsch?« Sie überlegt kurz, was seltsam wirkt, denn sie hätte ja die ganze Zeit schon darüber nachdenken können. Dann schien es ihr einzufallen: »Dass es keine Kriege mehr gibt und alle Menschen Freunde werden. Angst? Vor einem Atomkrieg.«

Manfred sieht mich an. »Sie lügt«, flüstert er. »Ihre größte Angst ist es, nicht geliebt zu werden.«

Die Tür bleibt für Anita geschlossen.

»Das ist nicht deine wahre Angst«, sagt der Indianer leise. »Was ist deine größte Angst?«

Anita sieht über die Schulter zu uns. Lächelt bemüht. Dann schließt sie kurz die Augen, bevor sie sich wieder an den Indianer wendet. »Dass ich nicht …« Sie bricht ab. »Dass mich niemand mag«, murmelt sie.

Die Tür öffnet sich. Anita verschwindet dahinter.

»Was ist deine größte Angst?«, frage ich Manfred. Er zuckt mit den Schultern. »Zu versagen, schätze ich. Und nicht mehr Fußball spielen zu können.«

Der Indianer sieht fragend zu uns.

»Scheiß drauf«, sagt Manfred. Er geht auf den Indianer zu und beantwortet die beiden Fragen. Dann ist er hinter der Tür verschwunden, und nur noch ich bin übrig.
Ich zögere. Das Gefühl, in einem Traum gefangen zu sein und nicht aufwachen zu können, ist immer noch extrem stark. Aber es macht keinen Unterschied. Natürlich will ich durch die Tür gehen. Meine Freunde sind dort und warten auf mich.
Ich atme tief durch und gehe auf den Indianer zu, der mich überrascht mustert.
»Ich kenne dich«, sagt er.
»Äh, eher nicht«, erwidere ich.
»Doch. Du warst schon einmal hier.«
»Was? Nee, no way. Heute zum ersten Mal.«
»Du warst schon einmal *hier*«, wiederholt er. »Vor langer Zeit. Ewig langer Zeit.« Er wirkt kurz in sich versunken, bevor er mich wieder ansieht. »Du kannst rein. Ich kenne deine Antworten auf die Fragen. Und ich glaube nicht, dass sie sich geändert haben.«
»Ah ja?«, hake ich irritiert nach. »Und zwar?«
»Deine größte Angst: Dass du nicht gut genug bist. Dass die nie gut genug sein wirst«, sagt er. »Dass du *falsch* bist. Und dass du niemals etwas *fühlen* wirst. Echtes, wahres, tiefes Fühlen.«
Ich muss kurz schlucken. »Und mein größter Wunsch?«
Er sieht mich an. In seinem Blick eine unendliche Traurigkeit. »Ankommen. Und nie wieder Abschied nehmen zu müssen«, sagt er. »Und dass du dich irgendwann *richtig* fühlst.«
»Versteh ich nicht, sorry«, murmele ich. »Ist nicht wirklich mein Thema.«
Der alte Indianer zuckt mit den Schultern. »Das war *damals* dein Thema«, meint er. »Und es wird dein Thema sein, wenn

wir uns das nächste Mal sehen. Es sei denn …« Er sieht mich an. Sieht mir direkt in die Augen und sieht gleichzeitig durch mich hindurch. »Es sei denn, du schaffst es irgendwann zu vertrauen.«
»Wem?«
»Dir.«
Mein Herz rast. Mir ist kotzübel. Das alles muss einfach ein Traum sein. Jede andere Erklärung wäre … ungut.
Ich zähle innerlich bis zehn, dann öffne ich die Augen.
Der Indianer sitzt immer noch im Schneidersitz vor mir und nimmt einen weiteren Schluck aus der Rotweinflasche.
»Bist du bereit?«, fragt er.
Nein, bin ich nicht, denke ich.
»Was erwartet mich hinter der Tür?«, frage ich.
»Ein Jahrmarkt aus der Hölle. Oder dem Himmel. Die Grenzen sind da meistens fließend«, erwidert der Indianer und lacht. Dann wird er wieder ernst. »Das, was immer du glaubst, dass dich dort erwartet, wird dich erwarten.«
»Ich glaube gar nichts.«
»Du glaubst«, sagt der Indianer. »Du weißt es nur noch nicht.«
»Wer bist du?«, frage ich. Der Indianer sieht mich an. Lächelt. Dann verändern sich wie in Zeitlupe sein Gesicht, seine Haut, seine Haare, die Haarfarbe, die Frisur, seine Wangen, die Nase, der Mund, die Augen. Alles. Und ich sehe plötzlich in das Gesicht einer Frau, die ich auf Mitte 40 schätze. Blonde kurze Haare. Prägnante Wangenknochen. Große blaue Augen, die mich liebevoll ansehen. »Ich bin du, und du bist ich«, sagt die Frau mit einer Stimme, die meine sein könnte. »Nur früher. Beziehungsweise später. Irgendwann.« Sie lächelt mich an. »*Ask me yesterday.*«
Ich schließe die Augen. Als ich sie wieder öffne, ist der India-

ner zurück. Ich atme tief durch. Mir ist gleichzeitig heiß und kalt.

»Was hat Ralf geantwortet?«, frage ich. »Bezüglich seiner größten Angst.«

Der Indianer lacht auf. »Ich denke, das weißt du.«

»Nee, sonst würde ich ja nicht fragen.«

Der Indianer mustert mich spöttisch. »Auf der anderen Seite werden alle deine Fragen beantwortet. Oder auch nicht.« Er macht eine kaum wahrnehmbare Handbewegung, und die Tür öffnet sich, während er einen Schluck aus der Rotweinflasche nimmt. Ich zögere kurz, gehe dann an dem Indianer vorbei auf die Tür zu. Kann seine Blicke in meinem Rücken spüren.

Ich trete durch die Tür, die sich hinter mir schließt.

Es ist stockdunkel.

Und totenstill.

Wie in einer Gruft.

Und es riecht auch nach Gruft, nach Verwesung, Tod, Zerfall. Auf einen Schlag wird es hell. Als hätte jemand Tausende Scheinwerfer gleichzeitig angeschaltet. Instinktiv halte ich mir die Hand vor die Augen. Es dauert einen Moment, bis ich mich an die gleißende Helligkeit gewöhnt habe und realisiere, dass ich mich nicht mehr auf dem Dachboden eines Metalclubs im Saarland befinde, sondern an einem Strand. Und dass ich nackt bin. In einiger Entfernung das Meer. Tiefblau. Wie der Himmel. Ich fühle die Wärme der Sonne auf meiner Haut und eine leichte Brise, die mir meine langen schwarz gefärbten Haare ins Gesicht weht. Ich streiche mir die Haarsträhnen hinter die Ohren und gehe auf das Meer zu, dessen Wellen sanft gegen den Strand rollen.

Beim Näherkommen erkenne ich Manfred, Susanne, Soboletzki, Anita, die sich an den Händen halten und einen Kreis

bilden. Auch sie sind nackt. Die Wellen umspülen ihre Füße. Sie wirken in sich versunken, abwesend. Starren zu Boden. Nehmen mich nicht wahr, als ich dazukomme.
Dann entdecke ich Nikki und Ralf. Sie befinden sich inmitten des Kreises, den die anderen bilden. Ralf liegt auf Nikki. Nikki schreit, wehrt sich, versucht, Ralf von sich wegzustoßen, was ihr aber nicht gelingt, denn Ralf hält ihre Handgelenke wie in einem Schraubstock gegen den Sand gedrückt. »Genieß es einfach, Baby«, keucht er. »Das ist doch, was du die ganze Zeit wolltest. Von mir gefickt werden!«
Als mir klar wird, dass keiner meiner Freunde dazwischengehen und eingreifen wird, durchbreche ich den Kreis und will Nikki helfen. Doch dazu komme ich nicht, denn ich werde an den Haaren nach hinten weggerissen und brutal in den Sand gezerrt.
»Halt dich da raus, du Fotze!«, brüllt Soboletzki. »Das geht dich einen Scheißdreck an! Das ist allein eine Sache zwischen den beiden!«
Erst jetzt bemerke ich, dass Soboletzki einen Ständer hat.
»So sieht's aus, Jules«, sagt Anita emotionslos. »*Live with it.*«
»Anita hat recht«, sagt Susanne eisig.
Ich sehe zu Manfred, der meinem Blick ausweicht.
Nikki schreit. »Jules! Hilf mir! Bitte!«
Ich rappele mich hoch, stürze auf Nikki und Ralf zu, als ich an der Schulter herumgerissen werde. Das Letzte, was ich wahrnehme, bevor ich das Bewusstsein verliere, ist Soboletzkis Faust, die auf mein Gesicht zuschießt.

* * *

Ich werde von Bruce Dickinson und Iron Maiden geweckt.
»Can I play with madness?«
Mein Kopf fühlt sich an, als hätte ich eine Woche am Stück

durchgesoffen. In meinem Mund der Geschmack nach totem Hund. Mein Kiefer schmerzt, genauso wie meine geschwollenen Lippen.
Dann erinnere ich mich.
Die Vergewaltigung von Nikki durch Ralf.
Soboletzki.
Seine Faust in meinem Gesicht.
Am Strand.
In dieser … anderen Welt.
»Wasser …«, röchele ich. Ralf, mit Susanne auf dem Schoß auf dem Beifahrersitz von Manfreds Audi, reicht mir eine halb volle Wasserflasche nach hinten. Ich nehme gierig einen Schluck. Huste.
»Hey, Jules«, sagt Nikki neben mir auf dem Rücksitz. »*Good to have you back*. Wie geht's dir? Alles gut? Alles im Lack?«
»Geht so«, murmele ich und sehe aus dem Fenster. Es ist schon hell. Wir sind im Wald. Und offensichtlich auf dem Rückweg nach Woltersweiler.
»Wie viel Uhr ist es?«
»Kurz nach acht«, erwidert Manfred am Steuer.
»Welcher Tag?«
»Sonntag«, erwidert Anita spöttisch, die neben Nikki und mir auf der Rückbank sitzt. »Was dachtest du denn?«
Ich nehme einen weiteren Schluck aus der Wasserflasche.
»Wo ist Soboletzki?« Ich verkneife mir den Zusatz *der Wichser.*
»Im Kofferraum«, erwidert Manfred. »Wie immer.«
»Du warst ganz schön besoffen«, sagt Susanne. »Bist volle Kanne gegen einen der Pfeiler auf der unteren Tanzfläche gerannt.«
»Was? Nee, nie im Leben!«, erwidere ich. »Ich war … wir waren auf dem Dachboden. Der Indianer. Wir mussten Fragen beantworten und …«

Ralf lacht. »Immer noch besoffen, oder was?«
»Und du, Alter«, zische ich in Richtung Ralf, »du hast …«
Nikkis Hand auf meinem Unterarm unterbricht mich. Ich sehe sie an. Sie schüttelt kaum merklich den Kopf.
Ich schließe die Augen.
»Hat jemand 'ne Kippe?«
Nikki steckt sich eine an und gibt sie mir.
Ich inhaliere tief und lehne meinen Kopf gegen das Fenster des Audi. Die Bäume rauschen an mir vorbei. Ich habe das Gefühl, immer noch zu träumen. Bin ich die Einzige? Ist das alleine mein Traum gewesen? Oder verarschen mich die anderen und haben sich abgesprochen, kein Wort über die Ereignisse auf dem Dachboden zu verlieren?
Ich weiß es nicht.
Und werde es wohl nie erfahren.

Woltersweiler, Saarland

Kaisersaal
Sonntag, 00:30 Uhr

»Es gab keinen Indianer, du Fotze!«

Ich sehe hoch.

Ralf.

»Wir werden doch jetzt nicht die *contenance* verlieren, Herr Weber«, erwidere ich so sachlich, wie es mir angesichts der Uhrzeit, des Verschwindens von Adi und der Situation möglich ist.

»Fick dich und deine verdammte *contenance*!«, blafft Ralf. »Es gab keine Scheiß fucking Rothaut. Und das weißt du. Du lügst! Das alles hat nur in deiner Fantasie stattgefunden. Du drehst dir alles so zurecht, wie es für dich passt. Aber es ist nicht die Scheiß-Wahrheit! Du bist damals im Vollsuff gegen einer der Pfeiler der Tanzfläche geknallt und warst *out of order*. Deshalb haben wir die Party beendet. Ende der Geschichte.«

Ich räuspere mich. »Da täuschst du dich, Ralf. Ab dem Punkt geht die Geschichte erst richtig los. Und weißt du, warum?«

»Interessiert mich einen Scheißdreck!«, brüllt er. »Es ist nur eine Geschichte, nichts weiter! Fake News. Du bist Pippi Langstrumpf und machst dir die Welt, wie sie dir gefällt.

Aber wenn es hilft, dass du damit einen Bestseller landest …«

»Das Wort stellt die Wirklichkeit nicht dar. Das Wort ist die Wirklichkeit«, zitiere ich erneut Philip K. Dick.

»Der Spruch wird auch nicht besser, wenn du ihn wiederholst,« erwidert Ralf. Er wirkt jetzt extrem erheitert. »*Das Wort.* Ich lach mich tot. Das Wort ist nur das Wort, nichts weiter. Mit Worten kannst du nichts ändern, nur mit Taten.«

»Das sehe ich anders, Herr Weber«, antworte ich.

»Das kannst du sehen, wie du willst, ehemalige Bestseller-Autorin. Es ändert nichts. Die ganze Veranstaltung hier ist eine Farce.«

»Was hast du dem Indianer geantwortet, Ralf«, will ich wissen. »Auf die Frage nach deiner größten Angst?«

Ralf lacht auf. »Noch mal zum Mitschreiben, Frau Krämer: Es. Gab. Keinen. Fucking. Scheiß. Indianer.«

»Das stimmt nicht, Ralf.«

Alle Köpfe drehen sich zu der Stimme um.

Anita.

»Es war genau so, wie Hanna es geschildert hat«, sagt sie mit fester Stimme.

Ralf lacht auf. »Die Sachen, die ihr geraucht habt, hätte ich auch gerne.«

»Es war so, Ralf«, fährt Anita unbeirrt fort. Dann sieht sie zu Manfred neben ihr, der angespannt wirkt. »Oder, Manfred?«

Manfred reißt sich bemüht zusammen. »Hanna hat recht, Ralf«, sagt er kaum hörbar. »Es gab den Indianer.«

»Genauso wie die Vergewaltigung am Strand«, fügt Anita hinzu.

Sie sieht zu Ralf, der für einen kurzen Moment verunsichert und angreifbar wirkt.

»Soweit ich mich erinnere, waren wir alle ziemlich besoffen«, mischt sich Susanne ein. »Und ganz ehrlich: Ich erinnere mich an so gut wie nichts mehr, was an dem Abend passiert ist. Dass ihr das offensichtlich tut, nach all den Jahren, nehme ich euch nicht ab, sorry. Ich sehe das wie Ralf: Das alles hier dient nur einem Zweck: Promotion für Hannas neuen Roman.«

Bevor ich dazu komme, auf Susannes Einwand zu antworten, wird es auf einen Schlag stockdunkel. Die einzigen Lichtquellen sind jetzt nur noch die Beleuchtungen über den Notausgängen.

»Ist das wieder einer deiner Taschenspielertricks?«, ruft Ralf.

Das Gefühl, dass der Stromausfall kein Zufall ist und dass etwas ganz und gar nicht stimmt, schnürt mir die Kehle zu. Ich ziehe das Mikrofon zu mir ran, will etwas sagen. Realisiere, dass das Mikro nicht funktioniert. Natürlich nicht. Höre Klemens Stimme hinter mir. »Da ist 'ne Sicherung durchgeknallt. Wahrscheinlich die Hauptsicherung. Haben Sie ein Smartphone? Mit Taschenlampe?«

Ich taste nach meinem Handy auf dem Tisch. Finde es nicht. Das Gemurmel im Publikum wird lauter. Ich muss etwas sagen, muss die Leute beruhigen. Schaffe es nicht, denn ich spüre, wie Panik meine Kehle hochkriecht.

»Frau Krämer?«

Ich reiße mich zusammen. »Ja, ha-ha-hab ich«, stottere ich. »Mo-Mo-Moment.« Ich taste erneut nach dem Handy. Finde es endlich. Klemens ist inzwischen neben mir aufgetaucht. Ich gebe ihm das Handy. »Wo ist der Hauptschalter?«

»Unter der Bühne«, erwidert er.

»Unter … der B-B-Bühne?«, stammele ich.

»Jap«, erwidert Klemens. »Da ist die komplette Technik verstaut. Auch die Sicherungen für den ganzen Saal.«

Ein Hohlraum.

Unter der Bühne.

»Wie viele … Zu-Zu-Zugänge gibt es da-da-für?«

»Einer gleich vorne links an der Bühne, der andere da hinten.« Er deutet in Richtung des Mischpults.

Das würde erklären, wo sich Adi aufhält.

Und es würde den Stromausfall erklären.

Das beunruhigt und irgendwie bestürzt klingende Raunen im Saal wird lauter.

Mir wird schlecht. Tausend Gedanken jagen durch meinen Kopf.

Klemens will gerade die Taschenlampe meines Handys aktivieren, als wir ein Poltern hören. Es kommt aus Richtung des hinteren Teils der Bühne. Klemens drückt und wischt hektisch auf meinem Handy herum, scheint aber nicht zu wissen, wie er die Taschenlampe einschalten kann. Ich reiße ihm das Handy aus der Hand und wische nach oben, als wir beide zu Boden gehen. Ich knalle mit dem Hinterkopf gegen den Tisch, der umkippt. Mir wird kurz schwarz vor Augen. Ich registriere wie in Trance spitze, panische Schreie im Publikum. Wie durch einen Schleier nehme ich einen riesigen Schatten war, der Klemens mit einem Schlag ins Gesicht außer Gefecht setzt und dann zu mir sieht.

Adi.

Sein Gesicht wird von der Beleuchtung des Notausgangs beschienen: eine von Hass verzerrte Fratze. In seiner Hand ein Elektrokabel.

Ich versuche zu schreien, aber kein Laut dringt über meine Lippen. Adi wickelt sich ein Ende des Kabels um seine linke Faust, das andere um seine rechte. Ich versuche wegzukriechen, aber die Befehle meines Gehirns an meine Beine kommen nicht an. Im nächsten Moment ist Adi bei mir. Packt in meine langen Haare und reißt meinen Kopf nach hinten. Alles läuft ab wie im Film. Zeitraffer und gleichzeitig Zeitlupe. Ich spüre nichts mehr. Außer dem Druck des Kabels auf meiner Kehle. Ich versuche, mich zu wehren, nach ihm zu schlagen, zu treten. Erfolglos. Der Druck auf meinen Hals wird immer stärker. Ich japse nach Luft, keuche, röchele. Mir wird erneut schwarz vor Augen. Ich habe das Gefühl, jeden Moment ohnmächtig zu werden, als der Druck plötzlich abrupt aufhört. Dafür ein anderer Schmerz. Etwas Spitzes, Scharfkantiges. In meinem Gesicht. Ich kippe zur Seite. Huste, japse, schnappe nach Luft. Der metallische Geschmack von Blut in meinem Mund. Ich drehe meinen Kopf zur Seite. Alles läuft wie in Zeitlupe ab. Klemens steht über Adi, der regungslos auf den Brettern der Bühne liegt. In Klemens Hand eine zerbrochene Bierflasche. Er sieht zu mir. Lässt die Flasche fallen. Zittert am ganzen Körper. Dann sind Lusche, Herry und Mike bei mir. Mit Taschenlampen.

»Scheiße, scheiße, scheiße!«, schreit Herry. »Was war das denn?«

»Adi …«, keuche ich. »Bringt ihn b-b-backstage. Kümmert euch um seine W-w-wunden. Und f-f-fesselt ihn.«

Mike hilft mir auf die Beine, während Lusche Adi, der immer noch weggetreten ist, mit einem Kabelbinder die Hände auf dem Rücken fixiert. Ich sehe aus den Augenwinkeln, wie Klemens in sich zusammensinkt und sich die Hände vors Gesicht hält. Er wirkt, als wäre er kurz davor zu heulen.

»Du bist verletzt«, meint Herry sachlich. »Glassplitter.« Er zieht Splitter der Bierflasche aus meinem Gesicht und meinen Haaren.

»Geht schon«, murmele ich – ohne zu stottern – und nehme gierig einen Schluck aus der Wasserflasche, die neben mir auf dem Boden liegt. Sehe zu Klemens.

»Klemens?«

Er sieht zu mir.

»Danke.«

Er nickt stumm.

»Bist du okay?«

Er betastet seine blutenden Lippen. »Denk schon.«

»Kannst du dich um den Strom kümmern?«

Er nickt ohne Zögern, erhebt sich und geht in Richtung des hinteren Teils der Bühne, wo er über die offene Bodenklappe, durch die Adi rausgekommen war, unter die Bühne steigt.

Lusche wirft sich stöhnend Adi über die Schulter.

»Und knebelt ihn. Mit Gaffatape!«, rufe ich ihm hinterher.

»Logen«, erwidert Lusche und verschwindet im Backstage. Ich betaste mein Gesicht. Blut.

»Sieht schlimmer aus, als et is«, meint Herry und leuchtet mir mit seiner Taschenlampe direkt ins Gesicht.

»Mach die Scheiße aus!«, blaffe ich. Meine Nerven liegen blank.

Herry schaltet die Taschenlampe aus. »Tschuljung«, murmelt er und drückt mir ein Papiertaschentuch in die Hand, mit dem ich das Blut in meinem Gesicht wegwische.

»Was war am Eingang los?«, will ich wissen.

»Die Hölle«, erwidert Mike. »Alle wollten raus.«

»Komplette Panik«, ergänzt Tier.

»Geht zurück zum Eingang, ich komme klar.«

»Du willst weitermachen?«, fragt Mike skeptisch. »Ick meene, dit Janze hier jerät langsam 'n bisschen außer Kontrolle, wa?«

»Was wäre die Alternative?«, sage ich. »So kurz vor dem Ende abbrechen?«

Mike schweigt.

»Keine Alternative«, sage ich. Mike sieht zu Tier, der mit den Schultern zuckt. Dann eilen beide zurück zum Eingang.

Katarina taucht am Bühnenrand auf. »Hanna! Was ist passiert? Was macht dieser … Assi im Backstage?«

»Kümmert euch um ihn.«

»Kümmern?«

»Passt einfach auf, dass er sich nicht befreien kann.«

»Das stand so aber nicht auf der …«

»Manchmal muss man eben improvisieren«, unterbreche ich. »Sobald der Strom wieder da ist, geht's weiter.«

Sie zögert, wirkt kurz irritiert, soweit ich das bei den Lichtverhältnissen beurteilen kann.

»Es hat sich nichts geändert, Katarina«, murmele ich. »Das Ende ist nah.«

»Okayyyy«, murmelt sie und verschwindet wieder im Backstage-Raum.

Dann ist der Strom zurück, und das Licht geht wieder an. Ein erleichtertes kollektives Stöhnen ist aus dem Zuschauerraum zu hören. Ich sehe ins Publikum. Es stehen noch jede Menge Besucher am Eingang und diskutieren mit Tier und Mike. Die meisten Plätze sind verwaist, es herrscht komplettes Chaos. Nur Ralf und Susanne sitzen stoisch auf ihren Plätzen. Beide mit verschränkten Armen. Als Ralf mitbekommt, dass ich zu ihm sehe, zeigt er mir den Mittelfinger.

Ich sehe mich nach Alkohol um. Die Whiskyflasche liegt am Rand der Bühne. Ich greife sie und nehme einen langen Schluck.

»Bist du sicher?« fragt Herry. »Ich meene, wir können doch ooch …«

»Ich bin sicher, Herry«, unterbreche ich. »Wir ziehen das durch. Hilf im Backstage Lusche und Katarina. Und schick Lusche dann wieder zu Mike und Tier an den Eingang.«

»Jeht klar. Du bist die Chefin«, murmelt Herry und ist verschwunden. Ich sehe über die Schulter zu Klemens, der wieder an seinem Mischpult sitzt und vor sich hinstarrt. Ich gehe zu ihm, reiche ihm die Whiskyflasche. Er sieht überrascht hoch, nuschelt »danke …« und setzt sich die Flasche an den Hals.

»Das alles. Heute Abend«, murmelt er. »Ich meine … alles.« Er schluckt, räuspert sich und gibt mir die Flasche zurück. »Ergibt das einen Sinn? Also Sinn im Sinn von *wirklich* Sinn. Glauben Sie echt, dass Sie den Mörder von damals …?« Er sieht mich an, bricht ab. »Na ja, Sie werden schon wissen, was Sie tun«, murmelt er.

Manchmal mehr, manchmal weniger, denke ich. »Können wir weitermachen?«

»Jap«, erwidert Klemens und widmet sich dem Mischpult. Ich gehe zu meinem Tisch, der auf der Seite liegt und richte ihn auf. Stelle das Mikrofon, die Leselampe und den Aschenbecher drauf und sammle mein Manuskript ein, das über den Boden der Bühne verteilt ist. Ordne die Blätter. Suche und finde Kapitel 5. Dabei ein beängstigender Gedanke in meinem Kopf: *Ich hätte draufgehen können. Hier. Heute Abend. Bei meiner eigenen Lesung.*

Ein eiskalter Schauer läuft mir über den Rücken.

»Komm endlich zum Ende, Hanna! Ich ertrag die Scheiße nicht mehr.«

Ralf.

Das werde ich, Ralf. *Jetzt erst recht*, denke ich.

Ich rücke meinen Stuhl zurecht, setze mich an den Tisch und sehe ins Publikum. Schließe kurz die Augen. Ziehe dann das Mikrofon zu mir ran. Hoffe, dass es funktioniert und Klemens wieder alles im Griff hat.

Was ich auch von mir hoffe.

Zieh das Ding durch, Hanna. Du bist kurz vor dem Ziel. Lass dir nichts anmerken, bleib professionell und lass dich nicht aus der Fassung bringen. Nicht durch Adi und schon gar nicht durch Ralf.

Ich sehe ins Publikum. Es stehen immer noch vereinzelt Besucher beim Eingang, doch Mike und Tier, mit ihren Schlagstöcken in den Händen, scheuchen sie wieder zurück auf ihre Plätze. Ich kann nicht warten, bis alle wieder sitzen, mir läuft die Zeit davon.

Ich räuspere mich und beginne zu lesen.

TEIL 5:
LIL' DEVIL

14

»Bist du sicher, dass es eine gute Idee war, dich selbst zu entlassen?«

Jules hatte die Schläfe gegen die Scheibe der Beifahrertür gelehnt. Ihr Unterleib: ein Flammenmeer. Trotz Schmerzmitteln. Die Landschaft rauschte an ihr vorbei. Zum größten Teil Wald.

»Juliana?«, hakte ihr Onkel nach.

Sie drehte wie in Zeitlupe den Kopf, sah ihn an. In seinem Blick Besorgnis. Und so etwas wie Angst.

»Keine Ahnung«, murmelte sie. »Es gab keine Alternative.« Sie wandte den Blick ab und sah wieder aus der Seitenscheibe. Ihr Onkel schwieg. Sie ebenfalls. Ihr war nicht nach reden zumute. Dass sie demnächst würde reden müssen, war ihr bewusst. Aber nicht jetzt. Nicht hier im behindertengerecht umgebauten Wagen ihres Onkels, den er komplett mit den Händen steuern, beschleunigen und bremsen konnte; trotzdem fuhr er dieses Auto aber äußerst ungern, wie sie wusste. Quasi nur in Notfällen.

Sie waren auf dem Rückweg von der Uniklinik in Homburg nach Woltersweiler. Zurück in ihr normales Leben. Wobei ihr normales Leben ja in Frankfurt stattfand. Oder stattgefunden hatte. Sie konnte sich nicht mehr erinnern. Es fühlte sich wie ein anderes Leben an. Ein Leben, das ihr fremd geworden war. Ein Leben, das sie sich nicht mehr vorstellen konnte. Sie wusste nicht mehr, was normal und was Ausnahmezustand war, wie es weitergehen würde, wo sie hingehörte und was genau *ihr Leben* war.

Sie atmete tief durch und stellte die Frage, die ihr schon seit Tagen durch den Kopf spukte: »Alles okay mit Momo?«

»Alles gut«, erwiderte ihr Onkel. »Burgunda war jeden Tag vor Ort und hat sie gefüttert.«

»Und Momo war da?«

»Jeden Tag«, erwiderte ihr Onkel. »Wo sollte sie sonst sein? Es ist ihr Zuhause.«

Jules wurde bewusst, dass es so etwas wie ein Zuhause für sie nie geben würde. Doch diese Erkenntnis bewirkte nichts, setzte keine Emotionen frei. Keine Traurigkeit, kein Gefühl der Leere. Nichts. Das Einzige, das sie spürte, waren die Schmerzen in ihrem Unterleib. Die Schmerzen, die sie jede Sekunde daran erinnerten, dass etwas Schreckliches passiert war. Etwas Schreckliches, das sie nicht hatte verhindern können. Etwas Schreckliches, für das sie sich die Schuld gab. Denn ihr war klar, dass *das Schreckliche* eine direkte Konsequenz ihrer Ermittlungen war.

* * *

Manfred saß hinter seinem Schreibtisch und las Jules' Krankenakte. Hatte die Stirn in Falten gelegt.

Jules räusperte sich. Manfred sah sie an. Sein Blick: besorgt.

»Was?«, fragte Jules ungeduldig.

»Ich weiß nicht, ob dir die Ärzte in Homburg gesagt haben, dass du …«

»… dass ich keine Kinder mehr bekommen kann?« Jules lachte auf. »Zum Glück habe ich keine anderen Probleme.«

Manfred schwieg, wobei er angespannt am Kragen seines Arztkittels herumnestelte.

»Erzähl mir was Neues«, sagte Jules. »Zum Beispiel, wie lange es dauert, bis ich keine Schmerzen mehr habe werde und alles verheilt sein wird.«

Manfred räusperte sich. »Bei solch schweren Verletzungen sowohl im Vaginalbereich als auch im Bereich der Gebärmutter und der …«

»Wie lange, Manfred?«, unterbrach Jules gereizt.

»Ziemlich lange«, murmelte er, wobei er ihrem Blick auswich. »Hast du noch Schmerztabletten?«

»Ich könnte eine Apotheke damit aufmachen«, erwiderte Jules, ohne zu lächeln.

»Bitte nicht mit Alkohol mischen. Das könnte negative …«

»Fäden ziehen: wann?«, unterbrach Jules.

»Nächste Woche«, erwiderte Manfred sachlich. »Wenn alles gut läuft.«

»Davon gehe ich aus.«

Manfred legte die Akte zur Seite. »Jules, ich …« Er brach überfordert ab.

»Was willst du mir sagen, Manfred?«, sagte Jules eisig. »Dass es dir leidtut, was mir passiert ist? Dass dir klar ist, dass das alles im Zusammenhang mit meinen *Recherchen* steht? Dass du nicht geglaubt hast, dass ich auf der richtigen Spur war?«

Manfred schwieg. Nestelte erneut fahrig am Kragen seines Kittels herum.

»Tja, you were wrong, motherfucker«, sagte Jules. »Wie alle anderen auch. Das wäre nie passiert, wenn ich dem Mörder von Nikki nicht zu dicht auf die Pelle gerückt wäre.«

Manfred atmete tief durch und sah Jules an. »Wer war es, Jules?«

»Einer von euch«, erwiderte Jules knapp.

»Einer aus unserer damaligen Clique?« Manfred wirkte entsetzt. »Woher …? Ich meine …« Er brach überfordert ab.

»Wie oft muss ich wegen den Nachuntersuchungen kommen?«

»Bitte?« Manfred machte den Eindruck, komplett aus der Bahn geworfen zu sein.

»Einfache Frage, einfache Antwort, oder?«, sagte Jules.

Manfred riss sich bemüht zusammen. »Einmal die Woche.«

»Alles klar.« Jules erhob sich – wobei sie versuchte, sich nicht anmerken zu lassen, welche Schmerzen in ihrem Unterleib tobten – und ging auf den Ausgang zu.

»Jules?«

Sie drehte sich zu Manfred um.

»Es tut mir wirklich leid, was passiert ist.« Seine Stimme klang brüchig. »Sehr …«

Jules wandte sich ab und verließ wortlos das Sprechzimmer.

Manfred rieb sich mitgenommen mit zwei Fingern die Augen.

* * *

Kommissar Dirk Langer von der Kripo aus Saarbrücken saß Jules auf der Terrasse ihres Elternhauses am Tisch gegenüber. Vor sich seinen aufgeklappten Laptop, der aussah wie ein Relikt aus den 90er-Jahren des letzten Jahrhunderts. Genau wie Langer selbst: Chris Norman von Smokie im Körper von Arnold Schwarzenegger, mit einer Reval im Mundwinkel. Jules schätzte ihn auf Mitte 50, aber wahrscheinlich war er gerade mal Anfang 40. Er machte den Eindruck, keinen Spaß zu verstehen. Jules kannte solche Kollegen zur Genüge. Und hatte sie noch nie leiden können.

»Okay, Frau Wunderlich …«, begann Langer.

»Juliana«, unterbrach Jules.

Langer sah sie an. In seinem Blick: Unverständnis. Und etwas, das Jules als angewidert interpretierte. »Ich duze nicht, wenn ich im Dienst bin«, erwiderte Langer sachlich. »Auch nicht Kollegen.«

»Kann ich mit leben«, erwiderte Jules knapp. Dass sie nicht nach Saarbrücken aufs Präsidium hatte kommen müssen, lag daran, dass man einem Opfer nicht auch noch das Gefühl geben wollte, es habe etwas falsch gemacht und sei möglicherweise sogar mitschuldig an den Ereignissen. Und das wäre der Fall, hätte man das Opfer vorgeladen und in einem der trostlosen Verhörräume befragt, die in jedem Polizeirevier der Republik gleich aussahen.

»Was ist das Letzte, an das Sie sich erinnern können an dem Tag, Frau Wunderlich?«, fragte Langer, wobei er etwas auf seinem Uralt-Laptop tippte. Jules fragte sich, ob diese Dinosaurier damals schon WLAN eingebaut hatten, was sie aber bezweifelte.

»Dass ich aus meinem Wagen ausgestiegen und auf den Traktor zugegangen bin, der mir den Weg versperrte«, sagte sie, nippte dann an ihrem Milchkaffee und steckte sich eine Zigarette an. »Danach: Dunkelheit. Schmerzen. Albträume. Bis zu meinem Erwachen in einem Zimmer in der Homburger Uniklinik. Nach einer Not-Operation und drei Tagen auf der Intensivstation im künstlichen Koma.«

Langer machte sich Notizen auf seinem Laptop und wirkte dabei sehr ernst und konzentriert.

»Warum wurden Sie … attackiert, was glauben Sie?«, fragte er.

»Das weiß ich nicht.«

»Sie waren ein Zufallsopfer? Nicht mehr, nicht weniger?«

Jules zuckte mit den Schultern. Langer tippte wortlos weiter auf seinem Laptop. Jules sah zu Momos Fressnapf, den sie direkt nach ihrer Rückkehr aufgefüllt hatte, aber Momo hatte sich heute noch nicht blicken lassen. Die geschlossene graue Wolkendecke über Woltersweiler, der unangenehme beißend kalte Herbstwind und der Besuch von Langer trugen nicht gerade dazu bei, Jules' Laune zu verbessern. Und die Schmerzen in ihrem Unterleib zu vergessen. Sitzen fiel ihr schwer, Stehen und Laufen ebenso. Nur im Liegen war das Brennen in ihrem *Vaginalbereich*, wie es Manfred genannt hatte, halbwegs erträglich.

»Den Täter ...«, fuhr Langer fort. »Haben Sie ihn erkannt? Es kam ein Elektroschocker zum Einsatz, was wir aufgrund der Verletzungen an Ihrer Hüfte wissen. Leider konnte er am Tatort nicht gefunden werden. Des Weiteren konnten Rückstände von GHB in Ihrem Blut entdeckt werden.«

K. O.-Tropfen, dachte Jules aufgewühlt, versuchte aber, sich keine Reaktion anmerken zu lassen. Das würde natürlich erklären, warum sie sich an Nichts mehr erinnern konnte.

»Nein«, sagte sie. »Ich habe den Täter nicht erkannt.«

»Haben Sie einen Verdacht?«

»Nein.«

Was natürlich nicht stimmte. Aber das hatte Kriminalhauptkommissar Langer aus Saarbrücken nicht zu interessieren, das war alleine ihr Problem.

»Sicher?«, hakte Langer nach, wobei er Jules musterte, als wäre er der Staatsanwalt und sie die Zeugin in einem Kreuzverhör.

»Was wurde sonst noch am Tatort gefunden?«, fragte Jules, ohne auf die Nachfrage von Langer einzugehen.

»Nur der Ast, mit dem Sie ...« Er brach ab. Dann klappte er seinen Laptop zu und sah Jules an. Mit einem typischen

Bullenblick, den Jules wenn nötig ebenfalls draufhatte, weshalb sie nicht wirklich beeindruckt war.

»Butter bei die Fische«, sagte Langer. »Und natürlich alles *off the record.*«

Jules musterte ihn abwartend, während Langer seine Reval im Aschenbecher ausdrückte und sich sofort die nächste ansteckte.

»Wollen Sie meine Theorie hören?«

»Nicht wirklich«, antwortete Jules. »Aber Sie werden sie mir trotzdem erzählen, schätze ich.«

»Das ist korrekt«, erwiderte Langer sachlich. »Meiner Meinung nach ging es nicht um Gewalt gegen Frauen und auch nicht um den sexuellen Missbrauch einer widerstandsunfähigen Person, wie es im Beamtendeutsch heißt. Sex hat damit so gut wie nie etwas zu tun. Es geht ausschließlich um Macht und Demütigung. Und den damit einhergehenden Rausch. Machtrausch. Die Demütigung des Opfers ist das, was dem Täter einen Kick beschert, nicht der sexuelle Akt.«

»Ist mir bewusst«, erwiderte Jules knapp, legte den Kopf in den Nacken und blies den Rauch aus. »Gab es irgendwelche Spuren?«

»Kein Sperma, keine fremde DNA, nichts.«

Jules schwieg. Langer musterte sie eingehend, was Jules bemerkte, aber sie reagierte nicht darauf.

»Ich habe mich umgehört«, sagte Langer dann. »In Woltersweiler. Ohne das Wissen meiner Vorgesetzten.«

»Ah ja? Und weiter?«

»Sie scheinen nicht nur privat hier gewesen zu sein.«

»Sondern?«, fragte Jules betont gelangweilt.

»Ich kann mich aufgrund der Gerüchte im Dorf nicht des Eindrucks erwehren, dass Sie in einem Mordfall von 1988 recherchiert haben. Im Mordfall Nicola Lehberger.«

Jules schwieg.

»Es gibt meiner Meinung nach extrem auffällige Parallelen zu dem, was Ihnen zugestoßen ist«, sagte Langer sachlich. Sachlicher, als Jules es jemals hinbekommen hätte. »Nicola Lehberger und Sie wurden beide mit einem faustdicken Ast penetriert.«

»Mit dem feinen Unterscheid, dass Nicola danach erschlagen wurde. Mit ebenjenem Ast.«

»Und Sie wären fast verblutet. Außer Gefecht gesetzt mit GHB-Tropfen«, sagte Langer. »Eine widerstandsunfähige Person. Hätte der Motocrossfahrer Sie nicht rechtzeitig gefunden, weil Ihr Wagen ihm den Weg versperrte und die Fahrertür offenstand.«

Jules schwieg.

»Wenn Sie mich fragen, war das ein Mordanschlag, Frau Wunderlich. Dass Sie überlebt haben, war nichts weiter als purer Zufall oder Glück.«

»Was ist mit dem Traktor?«, fragte Jules.

»Unauffindbar. Nur Reifenspuren, die noch nicht zugeordnet werden konnten. Offiziell war zu der Zeit an dem Tag aber kein Bauer auf seinen Feldern unterwegs. Zumal die Erntezeit ja auch vorbei ist.«

Jules schwieg.

»Warum, Frau Wunderlich?«, fragte Langer.

»Warum was?«

»Warum wurde Ihnen das angetan?«, sagte Langer. »Ich glaube nicht, dass Sie ein Zufallsopfer waren. Meiner Meinung nach hat der Täter Sie observiert, abgepasst und Ihnen dann eine Warnung zukommen lassen, die nicht misszuverstehen war: Finger weg von dem alten Fall.«

»Falls es wirklich so war: Welche Rückschlüsse ziehen Sie daraus?«

»Dass der Täter von damals – Ihr Bruder – nicht der Mörder war. Und dass Sie dem wahren Mörder zu nahegekommen sind. Und dadurch eine Bedrohung für ihn wurden.«

»Ziemlich gewagte Spekulationen, wenn Sie mich fragen.«

Langer zuckte mit den Schultern. »Spekulationen gehören zu unserem Job, das müssten Sie doch wissen.«

Jules schwieg. Langer musterte sie nachdenklich. »Was haben Sie herausgefunden, Frau Wunderlich? Bezüglich des Mordfalls von 1988?«

»Nichts«, erwiderte Jules. Langer schien ihr nicht zu glauben, hakte aber nicht weiter nach. »Möchten Sie Anzeige erstatten? Gegen Unbekannt? Würde uns weiterhelfen, denn nur dann können wir offiziell …«

»Nein«, unterbrach Jules.

»In Ordnung. Ihre Entscheidung.« Langer holte ein Smartphone aus seiner Aktentasche und legte es auf den Tisch. »Das haben wir in Ihrem Wagen gefunden. Das ist Ihres, schätze ich.«

»Ist es. Danke.«

Er gab Jules seine Visitenkarte. »Falls Ich Ihnen irgendwie helfen kann, lassen Sie es mich wissen. Ich bin auf Ihrer Seite, Frau Wunderlich.«

Jules drehte die Visitenkarte um: eine handgeschriebene Adresse in Neunkirchen.

»Das ist die Adresse, wo Sie Ihren Wagen abholen können«, erklärte Langer, stand auf, stopfte den Laptop in seine Aktentasche, die genauso oldschool aussah wie sein Laptop, und klemmte sich diese unter den Arm. »Wiedersehen.«

Er ging.

Jules schloss die Augen. Die Schmerzen in ihrem Unterleib waren unerträglich.

* * *

Der muskulöse Mann mit Vollbart, Glatze und den auffälligen Knasttattoos lehnte an der Motorhaube des 3er BMWs und telefonierte mit seinem Handy. Der Wagen stand auf dem Parkdeck einer Shoppingmall in Neunkirchen. Er wirkte gereizt.

»Was soll der Scheiß? Ich hab ihr eine Warnung zukommen lassen, genau wie von Ihnen gewünscht. Und zwar eine, die sie echt nicht missverstehen konnte.«

Er steckte sich eine Zigarette an, während er seinem Gesprächspartner zuhörte.

»Der Stock? Keine Ahnung, das war eine spontane Idee. Damals wurde die Alte doch auch ...«

Er wurde unterbrochen.

»Was? Schwachsinn. Niemand stellt da einen Zusammenhang her.«

Er inhalierte tief, wirkte zunehmend genervt.

»Jaja, ist ja gut jetzt, hab's kapiert. Ist aber nicht mehr zu ändern. Die Frage ist jetzt: Wie geht's weiter?«

Er hörte seinem Gesprächspartner zu, wirkte nicht begeistert.

»Das war's? Wollen Sie mich verarschen? Ich hab doch nicht mal richtig ...« Er wurde erneut unterbrochen. Er ließ seine halbgerauchte Zigarette zu Boden fallen und trat sie mit dem Absatz seiner Cowboystiefel aus.

»Okay, Sie sind der Boss. Ich erwarte die letzte Rate dann spätestens Ende der Woche. Treffpunkt wie immer.«, sagte er eisig. »Bis dann.«

Er beendete das Gespräch.

»Fuck«, fluchte er, als ein Paar in den Siebzigern mit einem Einkaufswagen an ihm vorbeikam. Beide starrten ihn unverhohlen an. Dann tuschelten sie.

»Geht sterben, ihr Fotzen!«, blaffte sie der muskulöse

Mann mit den auffälligen Knasttattoos an. Das Paar eilte weiter in Richtung seines Wagens.

* * *

Jules saß im Schneidersitz auf dem Sofa im Wohnzimmer. Im Fernseher lief irgendeine belanglose Talkshow ohne Ton. Sie hörte Slayer. Vor ihr auf dem Couchtisch eine offene Flasche Rotwein, ein Glas Wasser und eine Packung Schmerztabletten. Es war nach zweiundzwanzig Uhr. Nachdem Langer gegangen war, war sie auf dem Sofa eingeschlafen. Hatte über fünf Stunden gepennt. Jetzt war sie hellwach. Checkte ihr Phone. Zum ersten Mal, seit sie es von Langer wiederbekommen hatte. Massig Anrufe und Nachrichten. Von Ralf. Susanne. Manfred. Anita. Birgit. Thomas und Christine. Ihrem Onkel.

Aber kein Anruf und keine Nachricht von Ciro.

Sie legte das Handy beiseite. Was hatte sie erwartet? Er konnte nicht wissen, was passiert war.

Sie fummelte vier Schmerztabletten aus der Verpackung, warf sie nacheinander ein und spülte mit Rotwein nach, als sie aus den Augenwinkeln realisierte, dass Momo auf der Terrasse saß und sie durch die offene Tür anstarrte.

»Hey, Momo«, krächzte Jules heiser. »Schön, dass du da bist. Alles gut bei dir?«

Momo legte den Kopf schief und scannte Jules. Mit einem Blick, der die dunkelsten Winkel von Jules' Herzen und ihrer Seele ausleuchtete. Jules wurde bewusst, dass Momo wusste. Und verstand. Alles. Über sie. Ihren Vater. Ihre Vergangenheit, ihre Gegenwart, ihre Zukunft. Ihre Ängste, Träume, Albträume, Schmerzen – alles.

Jules lief ein Schauer über den Rücken.

Momo blinzelte kurz. Dann maunzte sie einmal kurz in

ihre Richtung und war im nächsten Augenblick verschwunden.

Jules' Herz raste. Sie griff nach der Rotweinflasche und nahm hektisch einen weiteren Schluck. Atmete tief durch. Legte sich auf den Rücken auf die Couch und starrte gegen die Decke, während Tom Araya von Blut erzählte, das aus einem aufreißenden Himmel regnete.

Doch es regnete kein Blut.

Nur Tränen.

Zum ersten Mal seit Aleister sie verlassen hatte.

* * *

Es war kurz nach vier Uhr morgens. Draußen war es noch dunkel. Jules saß mit angezogenen Knien auf dem Sofa. Hellwach. Und gleichzeitig todmüde. Trotzdem fand sie keinen Schlaf, starrte seit Stunden ins Nichts. Momos Napf war leer gewesen, als sie gegen Mitternacht auf der Terrasse nachgesehen hatte. Sie hatte ihn aufgefüllt. Durch die Schmerztabletten und den Rotwein fühlte sie sich angenehm betäubt, gleichzeitig aber auch aufgeputscht. Ihre Gedanken fuhren Achterbahn.

Sie war kein Zufallsopfer, das war ihr bewusst. Das war ein gezielter Angriff auf sie gewesen, ein Mordversuch. Genauso wie Langer spekuliert hatte. Es war eine Warnung gewesen, den alten Fall ruhen zu lassen und nicht tiefer zu graben. Jede andere Interpretation war keine Option. Aber wer steckte dahinter? Der Mörder von damals? Jemand, der in seinem Auftrag handelte? Wie zum Beispiel Glatze mit den Knasttattoos im 3er BMW mit dem Saarbrücker Kennzeichen? Wie weit würden diese Leute gehen? Bis hin zu Mord?

Ja, das würden sie. Langer hatte recht. Es war purer Zufall

und riesiges Glück, dass sie dort draußen im Nirgendwo gefunden worden war. Ansonsten wäre sie jetzt tot. Verblutet.

Manfred gegenüber hatte sie geblufft. Sie wusste noch nicht, wer Nikkis Mörder war. Dennoch war seine Reaktion eindeutig gewesen: Panik. Hatte sie mit ihrer Theorie vielleicht wirklich recht, dass einer ihrer damaligen Clique der Mörder war? Ging es damals um Liebe? Die dunkle Seite der Liebe. Eifersucht. Neid. Verletzte Gefühle. Die sich am Tag des Mordes in einem Ausbruch von Hass und roher Gewalt entladen hatten? Adi schloss sie als Täter aus. Ebenso Thomas und Christine, die Besitzer des »Ochsen«. Auch *pain in the ass*-Maren. Sie alle waren Nikki niemals wirklich nahe gewesen.

Im Gegensatz zu ihr und dem Rest der Clique.

Sie versuchte, die Gedanken an den Mord und an das, was ihr passiert war, zu verdrängen. Um das alles würde sie sich später kümmern. Irgendwann. Erst einmal musste sie wieder zu Kräften kommen. Auch wenn das dauern würde.

Sie griff nach der Rotweinflasche auf dem Couchtisch. Sie war so gut wie leer, nur ein kleiner Schluck noch. Sie warf sich zwei weitere Schmerztabletten ein und spülte mit dem Rest des Weins nach. Versuchte, sich zu erinnern, wie viele Tabletten sie heute Abend schon genommen und wie viele Flaschen Rotwein sie schon vernichtet hatte.

Erinnerte sich nicht. Was nicht das Schlechteste war.

15

Jules' Kopf fühlte sich an, als wäre sie frontal von einem Laster gerammt worden. Oder einem Panzer. Schon vor dem ersten Kaffee hatte sie zwei Kopfschmerztabletten geschluckt, die aber bis jetzt noch keine Wirkung zeigten. Sie saß auf der Terrasse und nippte an ihrem Milchkaffee, als es klingelte. Sie vermutete, dass es sich um ihren Onkel handelte, und schleppte sich zur Haustür. Auf dem Weg fiel ihr ein, dass ihr Onkel ja im Besitz eines Hausschlüssels war.

Sie öffnete die Tür. Davor stand Ciro. Mit einem Rucksack über der Schulter.

»Hey, Jules«, murmelte er. »Wie geht's dir?«

Jules war baff. »Was? Woher …?«

»Dein Onkel hat mich angerufen«, sagte Ciro. »Wir haben vor meiner Rückfahrt Nummern getauscht. Es war seine Idee. Nur für alle Fälle, meinte er.«

Er musterte Jules. Jules hatte das Gefühl, Ciro war geschockt von dem, was er sah.

»Was hat er dir erzählt?«

»Dass du einen Unfall hattest«, murmelte Ciro. »Und dass du deswegen fast zwei Wochen im Krankenhaus warst. Und dass du dich gestern selbst entlassen hast. Und da dachte ich …« Er brach ab. »Na ja, dass du vielleicht ein bisschen Unterstützung gebrauchen könntest. Irgendwie …«

Jules schloss kurz die Augen. »Ich hatte keinen Unfall,

Ciro«, sagte sie so sachlich, wie es ihr angesichts der Situation möglich war.

»Was? Nein?« Ciro wirkte angespannt. »Was ist denn passiert?«

»Komm rein. Kaffee?«

»Gerne«, sagte Ciro knapp. Seine Stimme klang belegt. Ohne sie nochmals anzusehen, ging er an ihr vorbei ins Haus.

Kurz darauf saßen sie auf der Terrasse, auch wenn es kein Terrassenwetter war. Deprimierend dunkelgraue Wolken hatten den Himmel in Besitz genommen.

Jules hatte Ciro alles erzählt. Ciro wirkte geschockt. Rang nach Worten.

»Wer war es, Jules?«

»Ich weiß es nicht«, erwiderte sie.

»Erzähl mir keinen Scheiß, du weißt es!«

Jules schwieg.

»Gib mir einen Namen, und ich mach den Wichser fertig!«

Jules atmete tief durch. »Ich habe nur die Nummer seines Wagens.«

»Reicht mir«, erwiderte Ciro.

»Ich weiß nicht, ob er es war, Ciro. Und warum. Falls meine Recherchen der Grund dafür waren, dann war er nur ein Handlanger.«

»Handlanger mein Arsch! Gib mir die Nummer seines Wagens, ich kümmere mich darum.«

»Nein, Ciro.«

»Warum, Jules? Der Kerl hätte dich fast umgebracht und läuft immer noch frei rum! Das können wir nicht zulassen. Wir müssen etwas tun!«

Jules legte den Kopf in den Nacken und sah in den Himmel. *Die Existenz einer Sonne ist nichts weiter als Fake News. Genauso wie die Existenz eines gerechten, gnädigen Gottes,* dachte sie. Sie war unendlich müde und erschöpft. Hatte das Gefühl, komplett aus der Zeit gefallen zu sein.

»Nein, Ciro. Es ist vorbei«, sagte sie dann entschieden. »Das war's. Ich kann nicht mehr. Und ich will nicht mehr.«

»Was? Spinnst du?« Ciro war fassungslos. »Ich meine, ist doch klar, dass du auf der richtigen Spur warst und …«

»Das weiß ich nicht, Ciro«, unterbrach Jules. »Ich weiß nur, dass ich die scheiß Büchse der Pandora geöffnet habe. Und das, was drin war, hat sich gegen mich gewandt. Mir reicht es. *I've had enough.*«

»Und es bringt nichts, dich überzeugen zu wollen? Dass du weitermachst. Mit meiner Hilfe.«

»Nein, bringt nichts«, erwiderte Jules tonlos. »Ist das irgendwie nachvollziehbar? Nach allem, was passiert ist?«

Ciro zögerte, dann nickte er kaum merklich, nippte an seinem Kaffee. Schwieg. Griff in seinen Rucksack und packte einen Stapel Briefe vor ihr auf den Tisch. »Post aus Frankfurt«, sagte er.

»Was von der Staatsanwaltschaft?«

»Nein«, erwiderte Ciro.

Jules sah die Briefe durch. Einer war aus Saarbrücken. Vom Polizeipräsidenten. Sie stöhnte, öffnete den Brief.

»Schlechte Nachrichten?«, hakte Ciro nach.

»Eine Anzeige. Wegen Körperverletzung«, murmelte Jules.

»Der Fahrer des Touareg?«

»Genau der«, erwiderte Jules und packte den Brief zur Seite. »Nicht wirklich überraschend.«

Ciro griff erneut in seinen Rucksack und brachte eine Pistole zum Vorschein, die er ebenfalls auf den Tisch legte. Eine Walther PPK.

Jules starrte fassungslos auf die Waffe.

»Meine Walther?«

»Deine Walther«, bestätigte Ciro.

»Du wusstest, wo ich die gebunkert hatte?«

»Yes, ma'am. In einem Aktenordner. Rentenbelege.«

Jules war sprachlos.

»Ich habe halt einen Blick für Details«, sagte Ciro. »Hatte ich schon immer.« Er lächelte Jules an.

Jules schnappte nach Luft. Es war die Walther, die sie vor ein paar Jahren bei einer Durchsuchung hatte mitgehen lassen. Bei irgendeinem Zuhälter im Bahnhofsviertel. Die Pistole war nicht registriert. Offiziell gab es sie nicht.

»Ich weiß doch, wie, äh, nackt du dich ohne Knarre fühlst«, sagte Ciro.

»Das kannst du laut sagen«, murmelte Jules. Sie hatte den Impuls, aufzuspringen, Ciro um dem Hals zu fallen und ihn einfach nur festzuhalten. So lange wie es nötig war, um ihm klarzumachen, was er ihr bedeutete.

Sie unterdrückte den Impuls. Die Gefahr, dass er diese Geste der Dankbarkeit missverstehen könnte, war zu groß. Stattdessen warf sie ihm lächelnd eine Kusshand zu, die man selbst beim besten Willen nicht missverstehen konnte.

»Danke, Mann.«

»Nicht dafür.« Ciro zog lächelnd eine Schachtel Munition für die Walther aus der Tasche und legte sie auf den Tisch.

* * *

Sie hatte ihm wieder die Schlafcouch im ehemaligen Büro ihres Vaters hergerichtet. Ciro hatte sich nach dem vom Lieferservice gebrachten Essen, das sie schweigend zusammen auf der Terrasse verzehrt hatten, mit einer Flasche Whiskey in sein Domizil zurückgezogen. Jules saß immer noch auf der der Terrasse, eingemummelt in eine Decke. Immer noch keine Sterne. Immer noch keine Momo. Und immer noch keine Hoffnung. Es war vorbei. Endgültig. Es gab für sie nichts mehr zu tun. Der Mörder von Nikki hatte gewonnen – und sie verloren.

Es war von Anfang an ein Himmelfahrtskommando gewesen mit wenig bis gar keiner Aussicht auf Erfolg. Warum hatte sie sich trotzdem darauf eingelassen? War es ihr wirklich um ihren Bruder gegangen und darum, ihn posthum zu rehabilitieren? Oder war der Hauptgrund gewesen, dass sie das Gefühl gehabt hatte, etwas tun zu müssen. Irgendetwas. Um nicht durchzudrehen.

Was auch immer ihre Beweggründe gewesen sein mochten: Es spielte jetzt keine Rolle mehr. Es war scheißegal. Sie würde morgen packen, ein letztes Mal Momos Napf füllen, ihrem Onkel und ihrer Tante den Verkauf des Hauses überlassen, sich von den beiden verabschieden, mit Ciro zusammen ihren Wagen abholen und dann zurück nach Frankfurt fahren. Ohne einen Blick zurück. In Frankfurt würde sie ihre Wunden lecken und hoffen, dass die Staatsanwaltschaft keine Anklage gegen sie erheben würde. Ihre Entscheidung war unumstößlich und nicht verhandelbar. Niemandem gegenüber.

Sie warf sich zwei Schmerztabletten ein und spülte mit Wasser und Rotwein nach. Sie fühlte sich angenehm sediert. Mental und körperlich. Dennoch war ihr immer noch nach Heulen zumute.

Zeitgleich saß Ciro auf der Schlafcouch im Büro von Jules' Vater. In seinen Händen ein Brief an Jules, den er ihr vorenthalten hatte. Er nahm einen Schluck direkt aus der Whiskeyflasche und fragte sich, ob er gerade das Richtige tat. Fand keine Antwort. Nahm einen weiteren Schluck und packte den Brief zurück in seinen Rucksack.

* * *

Jules stand in der Küche. Hatte bereits mehrere Aspirin geschluckt und wartete darauf, dass der Kaffee durchlief und sie danach die Milch aufschäumen konnte. Die Sonne schien, die Wolken hatten sich verzogen, der Himmel war strahlend blau.

Sie hatte von Nikki geträumt. Dem *Lil' devil.* Die kleine Süße mit dem sonnenbesprossten Stupsnäschen und den riesigen Möpsen, die damals allen den Kopf verdreht und jeden um den Finger gewickelt hatte. Die kleine Süße mit den riesigen Möpsen, die allen gegenüber zutraulich und vertrauensselig wie ein Welpe gewesen war und immer nur hatte spielen wollen. Die kleine Süße mit den riesigen Möpsen, die damals alle hatten besitzen wollten. Die kleine Süße mit den riesigen Möpsen, die keiner bekommen hatte.

Außer ihrem Mörder.

In Jules' Traum befanden sie und Nikki sich wieder in Jules' Zimmer im Haus ihrer Eltern. Es war der Abend, an dem sie sich geküsst und die Schweinefotos gemacht hatten. Nur mit dem kleinen Unterschied, dass Nikkis Gesicht eine blutige zerklüftete Ruine war, ein Schlachtfeld, ein Klumpen Fleisch ohne Nase, Augen, Mund. Dennoch konnte sie seltsamerweise sprechen.

»Ach, Jules«, seufzte sie, wobei sie Jules im Schneidersitz auf dem Bett gegenübersaß. »So viel Leid. So viel Trauer. So viel Blut und Tränen. So sinnlos.«

»Was genau?«, hakte Jules nach.

»Du. Ich. Alle. Alles. Außer meinem Tod.«

»Was meinst du?«

»Du bist zurückgekommen. Du hast deinem Leben durch meinen Tod einen Sinn gegeben. Jedenfalls kurzfristig. Du hast alles richtig gemacht. Und gleichzeitig alles falsch.« Sie lachte. Ein Teil ihres blutverschmierten Unterkiefers löste sich von ihrem Oberkiefer und fiel wie in Zeitlupe aufs Bett.

Dann war Jules wach geworden. Auf dem Sofa im Wohnzimmer. Desorientiert. Einsam. Verloren.

Sie sah zur Terrasse. Ciro saß vor einem Milchkaffee am Tisch und checkte sein Phone. Momos Napf war leer. Dann war der Kaffee durchgelaufen. Sie griff nach der Milch, als sie aus dem Küchenfenster sah, wie ein schwarzer Porsche Panamera mit WND-Kennzeichen auf die Einfahrt des Hauses fuhr und vor der Garage parkte. Aus dem Wagen stieg ein Mann in einem weißen, perfekt sitzenden Anzug. Die schulterlangen grauen Haare hatte er zu einem Zopf gebunden.

Otmar Groß, der ehemalige Leiter der »Soko Nicola«.

Er sah sich um, suchte offensichtlich den Eingang, der sich an der Seite des Hauses befand und nicht sofort zu erkennen war. Jules' Hände zitterten, als sie die Milchpackung zur Seite stellte.

Kurz darauf klingelte es. Sie öffnete. Otmar Groß räusperte sich.

»Frau Wunderlich«, begann er, um sofort wieder abzubrechen.

»Ja?«

»Ich ...« Er räusperte sich erneut. »Haben Sie kurz Zeit?«

Jules nickte und deutete in Richtung Terrasse. Groß durchquerte mit Jules das Wohnzimmer. Als er Ciro am Tisch auf der Terrasse wahrnahm, wirkte er angespannt.

»Das ist Kriminalhauptkommissar Ciro Stein, Kripo Frankfurt«, erklärte Jules. »Wir sind Partner.«

»Bei der Kripo«, ergänzte Ciro sachlich.

Groß wandte sich an Jules. »Ich hätte Sie lieber unter vier Augen gesprochen.«

»Wir haben keine Geheimnisse voreinander«, erwiderte Jules und sah zu Ciro.

»Keine Geheimnisse«, bestätigte er. Jules deutete auf einen Stuhl am Tisch. Groß zögerte, dann setzte er sich. Jules ebenfalls. Groß sah sich um.

»Schön haben Sie es hier.«

Jules ging nicht darauf ein. »Weshalb sind Sie hier?«

»Bevor ich etwas sage, muss ich sichergehen, dass alles – alles! –, was hier besprochen wird, unter uns bleibt. Können Sie mir das versichern? Und ja, mir genügt Ihr Wort. Ich schätze Sie als integer und ehrlich ein. Auch wenn Sie meiner Meinung nach, *pardon my french*, irgendwie ziemlich einen an der Klatsche haben.« Er lachte.

Jules nicht. »Ich versichere Ihnen, dass alles, was Sie mir sagen, unter uns bleibt«, erwiderte sie.

»Gut.« Groß räusperte sich. »Ich … es tut mir leid. Wenn ich geahnt hätte, dass …« Er brach ab. »Ich habe das alles nicht ernst genommen. Ich habe *Sie* nicht ernst genommen. Nach dem, was passiert ist, muss ich mir eingestehen, dass das ein Fehler gewesen war.«

»Worauf wollen Sie hinaus, Herr Groß?«

Groß fischte eine Zigarre aus der Innentasche seines Jacketts. Ciro gab ihm Feuer.

»Danke.«

Er lehnte sich in seinem Stuhl zurück, zog an der Zigarre und sah in den Himmel. »Das, was Ihnen passiert ist, wäre nicht passiert, wenn Sie auf der falschen Spur gewesen wären. Oder andersrum: Sie waren auf der *richtigen* Spur. Ich weiß nicht, wer damals der Mörder von Nicola Lehberger war, aber Ihr Bruder war es definitiv nicht.«

Jules sah zu Ciro, der überrascht wirkte. Genauso wie sie selbst. »Und jetzt? Was ändert das?«, hakte Jules nach.

»Ich gebe Ihnen die Chance, die Vergangenheit richtigzustellen«, sagte Groß, holte einen Notizzettel aus seiner Jackentasche und legte ihn auf den Tisch. »Das ist die Adresse von Frank Delarber. Er war damals Teil unseres Ermittlungsteams. Er hat die Antworten auf alle Ihre Fragen.«

Jules las den handgeschriebenen Zettel. Frank Delarber war einer derjenigen gewesen, den sie zu Beginn ihrer Ermittlungen per Telefon kontaktiert hatte und der keinen Kontakt zu ihr gewollt hatte.

»Ich habe ihn gebrieft und ihm klargemacht, dass er mit ihnen sprechen soll. Und er hat eingewilligt. Stellen Sie ihm Ihre Fragen, er kann Ihnen alle Antworten liefern. Na ja, jedenfalls die meisten.« Er drückte seine nicht einmal zur Hälfte gerauchte Zigarre im Aschenbecher aus und stand auf. »Alles Gute, Frau Wunderlich.« Er schüttelte Jules' Hand, nickte Ciro knapp zu und ging.

»What the fuck?«, murmelte Ciro.

Jules betrachtete den Zettel mit Delarbers Adresse.

In ihrem Hirn tobte ein Sturm, der drohte, alles was sie war und jemals sein würde, zu vernichten.

* * *

»Das ändert alles, Jules«, sagte Ciro.

»Das ändert einen Scheißdreck«, erwiderte Jules sachlich.

Sie saßen nebeneinander auf einer Bank mit Blick auf den Losheimer Stausee, direkt neben dem »Hochwälder Wohlfühlhotel«. Zwischen sich eine Flasche Rotwein und ein Mineralwasser. Es war kurz vor Sonnenuntergang, und der Himmel im Westen brannte. Das Ganze war Ciros Idee gewesen. Um den Kopf freizukriegen, wie er es ausgedrückt hatte. Jules war sich nicht sicher, ob es irgendetwas gegeben hätte, mit dem sie ihren Kopf hätte freibekommen kommen.

Doch, das gab es.

Sex.

In einem anderen Leben.

Aktuell erinnerte sie alleine der Gedanke an Sex an das Flammenmeer in ihrem Unterleib. Sex würde in nächster Zeit definitiv kein Thema für sie sein.

»Ich meine, was haben wir zu verlieren?«, sagte Ciro.

»Wir?«

»Ja, wir. So schnell wirst du mich jetzt nicht wieder los. Das alles wäre nicht passiert, wenn wir an dem Tag zu zweit zu Groß auf den Golfplatz gefahren wären.«

Jules schwieg, schloss die Augen und ließ die letzten Strahlen der untergehenden Sonne ihr Gesicht wärmen.

»Schlaf doch einfach noch eine Nacht drüber.«

»Muss ich ja wohl. Heute fahre ich ganz sicher nicht mehr nach Frankfurt«, erwiderte Jules.

Ciro sah auf seine Uhr. »In einer halben Stunde gibt's Essen.«

Jules musterte ihn fragend.

»Ich habe uns einen Tisch auf der Terrasse im Restaurant des Hotels reserviert.«

»Könnte bisschen kühl werden.«

»Die haben Decken und Heizpilze«, erwiderte er.

»Irgendwie bist du ja süß«, sagte sie lächelnd.

»Ich bin vieles«, murmelte Ciro. »Aber ausgerechnet süß?« Er verzog das Gesicht zu einer angeekelten Grimasse.

Jules beugte sich zu ihm und küsste ihn auf den Mund. »So wie ich dich kenne, hast du auch gleich ein Zimmer hier gebucht. Mit Balkon und Blick auf den See, richtig?«

Ciro fühlte sich ertappt. »Nur für alle Fälle«, erwiderte er kleinlaut. »Falls keiner von uns mehr Lust auf Autofahren hätte.«

»Habe ich nicht. Lass uns hierbleiben und uns betrinken. Irgendwie ist mir heute so danach.«

»Alkohol und Schmerztabletten?«

»Beste Mischung ever, glaub mir«, sagte Jules. »Prost.«

Sie nahm einen Schluck direkt aus der Rotweinflasche.

* * *

Sie saß alleine auf einem Stuhl auf dem Balkon, hatte die Knie angezogen und sich dick in eine Decke eingewickelt. Es war kurz nach Mitternacht und empfindlich kühl. Ciro schlief auf der linken Seite des riesigen Doppelbetts und schnarchte wie ein Bär. Er hatte sich komplett die Lichter ausgeschossen. Das war auch Jules' Plan gewesen, aber sie war gescheitert. Obwohl sie sich alle Mühe gegeben und mindestens genau so viel wie Ciro getrunken hatte. Wohl eher mehr.

Das Essen im hoteleigenen Restaurant war grandios gewesen. Sie hatte alle drei Gänge in sich reingestopft, als würde es kein Morgen gegeben. Was nicht wirklich überraschend war, da sie seit Tagen nie mehr als ein Brötchen zum Frühstück gegessen hatte. Sie hatte einfach keinen Appetit gehabt. Bis heute. Zum ersten Mal seit ihrer Entlassung aus dem Krankenhaus fühlte sie sich lebendig.

Fucking alive.

Auch wenn die Wirkung der Tabletten langsam nachließ. Inzwischen war sie den ganzen Tag über auf Tabletten. Ohne hätte sie die Schmerzen nicht ausgehalten. Auch wenn die Nebenwirkungen heftig waren: Durchfall, der sich mit Verstopfung abwechselte. Bauchkrämpfe. Kopfschmerzen. Übelkeit. Gliederschmerzen. Albträume.

Was natürlich auch an der Wechselwirkung mit Alkohol liegen konnte.

Scheiß drauf, dachte sie, warf noch zwei Tabletten ein und spülte mit Rotwein nach. Nur um sicherzustellen, dass sie durchschlafen würde. Und bei der Mischung würde sie das. Hoffentlich ohne Albträume.

Nach einer letzten Zigarette schlüpfte sie zu Ciro unter die Decke.

»Juliana …«, brabbelte er im Halbschlaf, was wie *Dschüljäna* klang, drehte sich zu ihr und umschlag sie mit beiden Armen.

»Mag dich. Sehr«, murmelte er. »Auch wenn besoffen grad …«

Jules' erster Impuls war, ihn sanft von sich wegzuschieben.

»Nur kuscheln«, brummelte Ciro. »Haut. Oberfläche. Nichts weiter.«

»Tröstend«, murmelte Jules.

»Ja«, bestätigte Ciro.

»Ein bisschen«, flüsterte Jules und ließ zu, dass Ciro sie umarmt hielt, während sie ihren Kopf gegen seine Schulter lehnte.

Dann traf sie spontan eine Entscheidung. Ihr war bewusst, dass diese Entscheidung weitreichende Konsequenzen haben würde. Aber die würde sie in Kauf nehmen. Sie wollte endlich frei sein. Frei von der Vergangenheit. Frei von Jakob. Frei von Nikki. Frei von ihrer alten Clique. Frei von dem, was damals passiert war.

Ciro nuschelbrabbelte etwas, das sich wie »Hab dich lieb« anhörte, dann fing er wieder an zu schnarchen.

»Ich dich auch«, flüsterte Jules, wobei sie wusste, dass Ciro sie nicht mehr hören würde. »Irgendwie …«

Sie küsste ihn sanft auf die Stirn. Dann befreite sie sich

vorsichtig aus seiner Umarmung und drehte sich auf die Seite. Lächelte. Sie wusste, dass sie heute Nacht keine Albträume haben würde. Weder von Nikki noch von sonst wem.

Beim üppigen Frühstück am nächsten Morgen, das Ciro aufs Zimmer bestellt hatte, gab ihm Jules grünes Licht für seine Ermittlungen bezüglich Glatze im 3er BMW mit Saarbrücker Kennzeichen.

16

Frank Delarber wohnte auf einem Bauernhof in der Eifel. Am Ortsrand von Binsfeld, einem kleinen Dorf in direkter Nähe zur Air Base Spangdahlem. Dieser Luftwaffenstützpunkt der Amerikaner war immer noch in Betrieb, genau wie die Ramstein Air Base in der Pfalz.

Nach dem Auschecken aus dem Hotel am Losheimer Stausee – wobei Ciro es sich nicht nehmen ließ, alles zu bezahlen – hatte er sie zu ihrem Opel gefahren, der auf einem abgesicherten Polizeigelände in der Nähe von Neunkirchen stand. Ihr Ausweis hatte genügt, um den Wagen zurückzubekommen. Die beiden hatten sich verabschiedet, wobei ihm Jules den Ersatzschlüssel ihres Elternhauses gegeben hatte. Jules hatte die Adresse von Delarber in das Navi ihres Smartphones eingegeben. Über 100 Kilometer. Sie hatte fast eineinhalb Stunden für die Strecke gebraucht.

Sie parkte direkt vor dem heruntergekommenen und renovierungsbedürftigen Hauptgebäude, neben einem Traktor und einem rostigen Jeep aus den 80er-Jahren. Als sie ausstieg, kam ein übergewichtiger Beagle auf sie zu gewatschelt, blieb direkt vor ihr stehen, sah sie bettelnd an und wuffte. Wollte offensichtlich checken, ob etwas für ihn abfiel. In Form von Fressen natürlich. Jules kniete sich zu ihm und streichelte ihn.

»Na? Wer bist du denn?«

»Carlos Santana«, antwortete eine männliche Stimme.

Jules sah zum Eingang des Hauptgebäudes. Ein Mann, den sie auf Anfang 60 schätzte, stand im Türrahmen. Er hatte einen zerfledderten Strohhut auf und die Hände tief in den Seitentaschen seines speckigen blauen Overalls vergraben.

»Er wurde letzten Monat fünfzehn. Er ist bei mir, seit er ein Welpe war. In letzter Zeit schwächelt er aber zunehmend. Das Alter. Was will man machen?«

»Kann man nichts machen«, sagte Jules.

»Nein, kann man nichts machen«, stimmte der Mann im Overall zu.

»Juliana Wunderlich«, stellte sich Jules vor.

»Ich weiß«, erwiderte Frank Delarber. »Otmar hat schon angekündigt, dass Sie mich besuchen kommen würden. Und dass Sie Fragen haben. Viele Fragen.«

»Habe ich.«

»Kommen Sie rein.«

Kurz darauf saßen sie auf der Terrasse auf der Rückseite des Hauptgebäudes. Jules auf einer ranzigen Plastikbank ohne Sitzkissen, Frank Delarber ihr gegenüber auf einem weißen Campingstuhl, der auch schon bessere Zeiten gesehen hatte. Er nippte an einer Cola. Jules an einem Kaffee, der nach nichts schmeckte. Zu ihren Füßen lag der dösende Carlos Santana.

»Meine Frau meinte immer, man müsste hier mal richtig klar Schiff machen«, sagte Frank Delarber. »Aber wer hätte eine Renovierung bezahlen sollen? Ich ganz bestimmt nicht. Sie wissen ja, wie viel Rente man als ehemaliger Polizeibeamter im mittleren Dienst kriegt.«

»Weiß ich«, erwiderte Jules und nippte an ihrem Kaffee.

Sie ließ Delarber einfach reden, da sie das Gefühl hatte, es gab nicht allzu oft jemanden, mit dem er sprechen konnte.

»Eigentlich wollte sie das Gehöft schon immer verkaufen und wegziehen«, fuhr Delarber fort. »So richtig glücklich war sie hier nie. Sie war ja auch nicht aus der Gegend. Stammte aus Trier. Kennengelernt haben wir uns auf einem Weinfest in …« Er brach ab, starrte vor sich hin. Räusperte sich dann. »Ein Verkauf kam für mich aber nie infrage. Das ist das Gehöft meiner Eltern, ich bin hier aufgewachsen. Und ich werde hier sterben. Wie Carlos Santana.« Er kraulte den Beagle, der kurz fiepte und dann weiter döste. »Genug von diesen unleidlichen Themen. Stellen Sie Ihre Fragen.«

»Warum sind Sie jetzt bereit, über alles zu sprechen? Ich meine, ich hatte Sie ja schon einmal kontaktiert. Aber Sie haben wortlos aufgelegt.«

»Weil mein ehemaliger Boss mir erzählt hat, was passiert ist. Also Ihnen passiert ist. Und mich darum gebeten hat, Ihnen alles zu erzählen. Und wenn mich mein ehemaliger Boss um etwas bittet, kann ich natürlich nicht Nein sagen. Zumal ich ja jetzt auch nichts mehr zu verlieren habe. Damals hätte ich alles verloren. Meinen Job. Meine Rentenansprüche. Mein Leben. Und ja, meine Arbeit war mein Leben. Aber ich habe keine Arbeit mehr. Und keine Eltern. Keine Kinder. Und keine Frau. Sie starb vor drei Jahren. Lungenkrebs. Dabei hatte sie nie geraucht. Was für eine Ironie des Schicksals.« Er lachte bitter auf.

Eine Militärmaschine der US Air Force startete dröhnend von der Air Base Spangdahlem, keinen Kilometer entfernt. Jules zuckte bei dem Lärm kurz zusammen.

»Gewöhnt man sich dran«, meinte Delarber schulterzuckend. »Starten und landen auch nicht mehr so oft wie in den 80ern.«

»Erzählen Sie mir von 1988 und dem Mord an Nicola Lehberger.«

Delarber nahm einen Schluck Cola und begann dann zu erzählen.

* * *

Als Jules knapp eineinhalb Stunden später das Gehöft verließ, hatte sie einen kleinen Karton dabei. Darin: Achtundvierzig Negative der Fotos, die ihr Bruder Jakob am Tag des Mordes an Nikki geschossen hatte.

Im Wald.

In der Nähe des Tatorts.

Ihr Herz klopfte ihr bis zum Hals, sie fühlte sich euphorisch. Die Schmerzen in ihrem Unterleib waren vergessen. Der Grund dafür war, dass sie die Negative bereits gesichtet hatte und wusste, dass sie den Mörder von Nikki damit überführen konnte.

Auf dem Rückweg nach Woltersweiler hielt sie in Illingen, im Elektroladen von Heinrich Frank. Den Laden hatte es schon damals gegeben. Es war der *Stammladen* von ihr und ihrer Clique gewesen, wenn es darum ging, Filme entwickeln zu lassen. Frank Heinrich, ein alter Schulfreund ihres Onkels, erinnerte sich an sie und war mehr als nur ein bisschen überrascht, sie zu sehen.

»Du bist … Sie sind Stefans Nichte, richtig?«

»Bin ich.«

»Unfassbar …«

»Was jetzt genau?«

»Die Ähnlichkeit mit Ihrem Onkel. Damals noch nicht so sehr. Aber inzwischen …«

»Ich weiß«, erwiderte Jules knapp. Heinrich Frank nahm die Negative entgegen, packte sie in eine Papiertüte und beschriftete diese.

»Dias, sagen Sie?«
»Genau«, erwiderte Jules.

* * *

Es regnete in Strömen. Seit Stunden. Ab und zu krachte und donnerte es und Blitze zuckten über den nachtschwarzen Woltersweiler Himmel.

Sie saß eingemummelt in eine Decke auf der Terrasse. Geschützt vor dem Regen durch die Pergola. Vor sich auf dem Tisch eine halbe kalte Pizza im Karton, eine Flasche Rotwein, ein Glas Wasser, ihre Schmerztabletten, Zigaretten und ein Aschenbecher. Und natürlich ihr Bose-Lautsprecher. Sie hörte die *Electric* von *The Cult*.

»Lil' Devil«.

Dachte an Nikki.

Keine Spur von Momo. Jules hatte den ganzen Abend die Terrassentür offen gelassen, da sie glaubte, Momo hätte bei dem Wetter das Bedürfnis reinzukommen. Hatte sie offensichtlich nicht. Jules war im strömenden Regen mehrmals in den Garten gegangen, hatte nach Momo gerufen, hatte versucht, sie zu locken. Erfolglos. Da waren sich Jules und Momo sehr ähnlich: Niemand konnte sie locken. Wenn sie kamen, dann freiwillig.

Sie hörte, wie die Haustür aufgeschlossen wurde. Sah Ciro, der reinkam.

»Hey! Bin gleich bei dir«, sagte er und ging in Richtung Küche. Kam mit einem Bier zu ihr, setzte sich ihr gegenüber und stieß mit ihr an. Jules stoppte die Musik.

»Und?«, fragte sie.

»Bingo«, antwortete Ciro.

»Du weißt, wer Glatze ist?« Jules war überrascht. Ciro zog einen zusammengefalteten Zettel aus seiner Hosentasche und legte ihn Jules hin.

»Mark Laser. 41. Türsteher. Kampfsportler. Angestellter in einem Fitnessstudio in Merchweiler. Meldeadresse ist in Homburg. Vorbestraft wegen schweren Raubes und diverser anderer Vergehen. Saß zwei Jahre im Knast wegen Körperverletzung mit Todesfolge. Ein richtiger *bad boy*. Konnte in der Kürze der Zeit leider keine Verbindung zu einem unserer Verdächtigen finden. Ich bleibe aber dran.« Er nahm ein Stück der kalten Pizza und biss hinein. »Kalt.«

»Klar kalt. Liegt ja hier schon seit Stunden. Kannst sie ja aufwärmen«, sagte Jules, während sie nachdenklich den Zettel mit den Daten von Laser betrachtete.

»Schon okay«, erwiderte Ciro mit vollem Mund und nahm einen Schluck von seinem Bier.

»Danke, Ciro«, sagte Jules. »Super Arbeit.«

»Ich weiß«, erwiderte er knapp. »Wie geht's dir?«

Jules zuckte mit den Schulten. »Okay, denke ich.«

»Wie war's bei Delarber?«

»Interessant«, erwiderte Jules. »Sehr interessant.«

»Erzähl.«

»Er hat mir Negative überlassen. Von Jakobs Filmen, die er am Tag des Mordes geschossen hat. Insgesamt zwei. Der letzte Film befand sich noch in seiner Kamera. Die Fotos wurden unter Verschluss gehalten und sind niemals in der Akte des Mordfalls aufgetaucht. Aber wenn sie damals in der Akte aufgetaucht wären, würde Jakob heute noch leben. Sie zeigen nämlich, was mit Nikki wirklich passiert ist an dem Nachmittag. Und Jakob hatte nichts damit zu tun.«

»Alter …«, murmelte Ciro. »Ich glaub, ich brauch jetzt 'nen Schnaps.«

»Ich auch«, sagte Jules.

Als sie zwei Grappa gekippt hatten, erzählte Jules weiter.

»Einen Tag nach dem Mord meldete sich ein Zeuge bei

den Kollegen, der behauptete, dass er Jakob kurz nach der mutmaßlichen Tatzeit aus dem Wald in der Nähe des Tatorts habe kommen sehen. Am nächsten Tag wurde dann sein Zimmer hier durchsucht. Ohne Durchsuchungsbeschluss, klar. Sie haben alles mitgenommen, was nicht niet- und nagelfest war. Unter anderem natürlich auch seine Fotos, die er in Pappboxen aufbewahrt hatte – wie für Jakob typisch akribisch beschriftet. Ein weiterer Film mit Fotos, die er am Tag des Mordes gemacht hatte, befand sich in seiner Kameratasche. Die Filmdose war ebenfalls sorgfältig mit Datum und Uhrzeit beschriftet. Er hat manchmal einen kompletten Film innerhalb von zwanzig Minuten geschossen. Und es befand sich noch ein unentwickelter Film in seiner Kamera, die von den Kollegen ebenfalls konfisziert wurde. Auch die dazugehörige Filmdose hatte er schon beschriftet. Mit Uhrzeit. Die Fotos hat er knapp eine halbe Stunde vor dem Mord gemacht.«

»Krass …«, murmelte Ciro.

»Die beiden Filme landeten dann auf Delarbers Schreibtisch, er war damals für die Sichtung von Beweismitteln zuständig. Er ließ alle Filme entwickeln. Und was er auf dem Film sah, der sich noch in der Kamera befunden hatte, war so schockierend, dass er seinen Chef einschaltete.«

»Groß«.

»Genau. Und laut Delarber hat Groß dann mit jemandem Rücksprache gehalten.«

»Olaf Schmidt?«

»Keine Ahnung. Vielleicht war auch noch eine Instanz dazwischengeschaltet, Delarber konnte nichts Näheres dazu sagen. Und Groß wird sich dazu nicht äußern. Er hat sich für uns schon weit genug aus dem Fenster gelehnt.«

»Definitiv«, sagte Ciro.

»Anyway«, fuhr Jules fort. »Es gab danach eine klare Ansage von Groß: Die Fotos gibt es nicht. Hat es nie gegeben. Delarber solle sie verschwinden lassen.«

»Was Delarber aber nicht getan hat.«

»Korrekt. Er hat die Negative heimlich behalten. Für alle Fälle, wie er meinte.« Jules sah an Ciro vorbei in den Garten. Es regnete immer noch. Und immer noch keine Spur von Momo.

»Vergiss diesen Laser«, sagte sie zu ihm. »Vorerst. Wichtiger ist jetzt, eine Verbindung zwischen Olaf Schmidt und einem unserer Verdächtigen zu finden.«

»Du glaubst, er stand in einem persönlichen oder familiären Verhältnis zu einem der Verdächtigen? Und hat ihn deshalb geschützt?«

»Davon gehe ich aus.«

»Wen?«

Jules sagte es ihm.

Ciro stöhnte. »Okay, ich kümmere mich darum. Morgen. Heute will ich einfach nur noch ein, zwei Bier und diverse Schnäpse trinken, dem Plätschern des Regens zuhören und dann todmüde ins Bett fallen. Falls das für die Chefin okay ist.« Er lächelte Jules an.

»Ist total okay für die Chefin«, erwiderte Jules grinsend.

»Na, dann ist ja alles gut.«

Die beiden stießen mit ihren Schnäpsen an. Dann musterte Ciro Jules ernst.

»Was?«, hakte Jules nach.

»Habe ich dich gestern Nacht im Hotel irgendwie …«, er räusperte sich, »… belästigt?«

Jules lachte auf.

»Heißt das ja?« Ciro wirkte verunsichert.

»Du kannst dich echt nicht mehr erinnern, ne?«

»Nein«, murmelte Ciro.
»Nein, hast du nicht, alles gut«, sagte Jules.
»Okay«, meinte Ciro. »Schade eigentlich.«
Beide lachten.

* * *

Am nächsten Morgen erwachte Jules auf dem Sofa mit dem Duft von frischem Kaffee in der Nase. Und Sonnenstrahlen auf ihrem Gesicht. Vor ihr auf dem Couchtisch ein Milchkaffee. Sie rieb sich die Augen und setzte sich auf. Die erste Nacht ohne größere Unterleibsschmerzen.

Sie hatte kurz das Gefühl, so was wie glücklich zu sein.

»Guten Morgen, Boss«, sagte Ciro, der am Esszimmertisch saß. Vor sich seinen Laptop. »Milchkaffee habe ich grad gemacht. Hatte das Gefühl, als würdest du gleich aufwachen.«

»Perfektes Timing«, murmelte Jules und nahm einen Schluck. »Kommst du voran?«, fragte sie.

»Mühsam ernährt sich das Eichhörnchen«, sagte er. »Ich befürchte, im Netz allein werde ich nicht fündig. Ich muss wohl mit ein paar Leuten sprechen.«

»Nur keine Hemmungen.«

»Niemals.«

Die beiden lächelten sich an. Wirkten vertrauter, als es sich Jules jemals eingestanden hätte.

Sie frühstückten auf der Terrasse unter einem strahlend blauen Himmel und bei Temperaturen um die fünfzehn Grad. Momos Napf war leer gewesen, und Jules hatte ihn mit einem Lächeln wieder aufgefüllt, auch wenn sie nicht wirklich sicher sein konnte, dass Momo diesen geleert hatte. In direkter Nachbarschaft gab es jede Menge Katzen, die nachts draußen waren. Aber sie wusste intuitiv, dass es

Momo gewesen war. Eine Art von spiritueller Verbundenheit. Die sie mit ihrem Vater nie gehabt hatte. Vielleicht war Momo so was wie ein Vermittler zwischen ihr und ihm. Eine Wandlerin zwischen der Welt der Toten und der Lebenden. Wie sie selbst auch.

Ihr Handy klingelte. Sie sah aufs Display. Ihr Onkel. Sie nahm ab.

»Hey, Stefan.«

»Hallo, Juliana. Störe ich?«, sagte Stefan Wunderlich.

»Nein, alles gut. Was gibt's?«

»Es geht um Burgunda. Sie wollte heute in den Baumarkt, aber ich kann sie nicht fahren. Mir geht's irgendwie nicht so gut. Könntest du vielleicht …?«

»Wann denn?«

»Demnächst«, erwiderte ihr Onkel.

»Ja, kann ich machen. Halbe Stunde?«

»Perfekt. Danke, Juliana.«

»Kein Ding. Bis gleich.« Sie legte auf und wandte sich an Ciro. »Ich bin gleich weg. Muss meine Tante zum Baumarkt fahren.«

»Ich komm klar«, sagte Ciro und biss in sein Croissant.

»Davon gehe ich aus«, sagte Jules. »Bist ja 'n großer Junge.«

»Manchmal mehr, manchmal weniger«, sagte Ciro und grinste dieses freche Lausbubengrinsen, das Jules so liebte.

Auch wenn sie ihm das nie gesagt hätte.

Und auch nicht vorhatte, das jemals zu tun.

* * *

Burgunda schob ihren Einkaufswagen durch den Baumarkt in Neunkirchen. In ihrer Hand ein Einkaufszettel. Jules trottete neben ihr her. Versuchte erst gar nicht, Konversation zu machen. Das war schon bei der Fahrt komplett in die Hose gegangen.

»Wie geht's dir? Alles gut?«, hatte Jules gefragt.

»Geht so.«

»Heißt?«

»Heißt, es geht so. Was soll es sonst heißen?«, grummelte Burgunda. Den Rest des Weges war Schweigen angesagt gewesen. Jetzt arbeitete Burgunda akribisch und konzentriert ihre Liste ab. Ohne Jules darüber zu informieren, was genau sie suchte, weshalb Jules ihr auch nicht behilflich sein konnte. Auch wenn Jules klar war, dass Burgunda sie abfertigen würde, hakte sie nach. »Was genau suchst du eigentlich? Kann ich irgendwie behilflich sein?«

»Nein, kannst du nicht«, erwiderte Burgunda mürrisch und starrte auf ihren Einkaufszettel.

»Wieso bist du mir gegenüber eigentlich immer so abweisend? Habe ich dir irgendwas getan?«

»Was? Unsinn. Ich bin nicht abweisend«, murmelte Burgunda und schob stur ihren Einkaufswagen weiter. Jules war sich bewusst, dass sie jetzt genau zwei Möglichkeiten hatte: zu schweigen, für immer. Oder ein weiteres Mal die Büchse der Pandora zu öffnen.

Sie entschied sich für die zweite Möglichkeit. Mit allen Konsequenzen. Die Zeit des Schweigens und der Tabus war vorbei. Jetzt war die Zeit für Antworten.

»Doch, du bist abweisend mir gegenüber«, meinte Jules sachlich. »Du hasst mich. Und ich sage dir auch warum: Weil dein Mann mein leiblicher Vater ist.«

Burgunda starrte Jules fassungslos an. Und sprachlos. Sie wirkte komplett überfordert. Dann atmete sie tief durch, versuchte, sich zu fassen, was ihr nicht wirklich gelang.

»Was redest du da, Juliana?«, blaffte sie, wobei ihre

Stimme zitterte und ins Hysterische zu kippen drohte. »Das ist doch völliger …« Sie brach ab. Wandte sich ab und schob den Einkaufswagen weiter, weg von Jules.

Jules folgte ihr, schloss zu ihr auf. »Willst du meine Theorie hören?«

»Nein, will ich nicht!«, zischte Burgunda. »Die bist doch nicht ganz klar im Kopf!«

Jules ignorierte Burgundas Bemerkung. »Die Brüder und die Schwestern. Damals in den 60ern. Italienurlaub. Ich habe die Fotos gesehen. Du mit Werner im Arm, Stefan mit meiner Mutter. Ist euch allen während des Urlaubs klar geworden, dass ihr mit dem falschen Partner zusammen wart? Oder wusstet ihr das schon vorher?«

Burgunda sah Jules an. Mit einem Blick, in dem so viel Hass lag, dass Jules kurz geschockt war. Dann starrte ihre Tante demonstrativ in die andere Richtung, versuchte, Jules zu ignorieren. Jules wusste, dass es jetzt kein Zurück mehr gab, dafür war es zu spät. Sie musste und würde das durchziehen.

»Nach eurer Rückkehr aus Italien habt ihr weiter den Schein gewahrt. Aber hinter verschlossenen Türen war klar, wer zu wem gehört«, sagte sie. »Habe ich recht, Burgunda?«

»Halt die Klappe, du Göre! Du weißt nichts! Gar nichts!«, zischte Burgunda.

»Dann erklär es mir.«

»Einen Scheißdreck werde ich!«, blaffte sie und schob den Einkaufswagen weiter. Jules schloss zu ihr auf. »Was ich mich frage: Wieso haben dein Mann und meine Mutter mich gezeugt, aber du und mein Vater kein weiteres Kind?«, fragte sie provozierend.

Burgunda blieb stehen. Sah Jules an. Ihre Hände um den Griff des Einkaufswagens verkrampft. Sie zitterte am ganzen Körper. Der Hass in ihrem Blick wich einer Traurigkeit, die Jules überraschte. Burgunda war schon immer eine Macherin gewesen, eine Frau der Nachkriegsjahre, die immer nur funktioniert, aber nie wirklich gelebt hatte. Eine Frau, die Verantwortung hatte übernehmen müssen. Ob sie das damals gewollt hatte oder nicht. Sie hatte keine Wahl gehabt. Es gab in ihrem Leben keinen Platz für Tränen. Dennoch hatte sie welche bei der Beerdigung von Jules' Vater vergossen.

Plötzlich verstand Jules alles.

Burgunda und Werner Wunderlich hatten sich geliebt. Wirklich geliebt. Aber die beiden hatten nie eine Chance gehabt, ihre Liebe auch zu leben. Und sie, Jules, war das Produkt von Burgundas Mann Stefan und Burgundas Schwester Maria, Jules' Mutter. Aber Burgunda hatte das nie akzeptieren können. Wahrscheinlich nicht mal tolerieren. Warum? Es hätte ihr doch egal sein können, es hätte sie kalt lassen können. Was aber nicht der Fall gewesen war. Es ging um das Frauenbild, das Burgunda von sich hatte. Sie fühlte sich minderwertig. Weil sie nie einem Kind das Leben geschenkt hatte. Und damals definierte man sich als Frau einzig und allein darüber, ob man Mutter war oder nicht. Und Burgunda war niemals Mutter geworden. Im Gegensatz zu ihrer Schwester, die Jules, und Jakob zur Welt gebracht hatte. Und alleine die Existenz von Jules erinnerte ihre Tante jedes Mal daran, dass sie selbst *versagt* hatte, dass sie es nicht geschafft hatte, Mutter zu sein. Dass sie nicht lebenswert war. Und in ihrem Weltbild dadurch auch nicht liebenswert. Doch warum hatten Burgunda und ihr Vater keine weiteren Kinder gezeugt? War Burgunda unfruchtbar?

Jules wiederholte ihre Frage. Gnadenlos. »Wieso haben Werner und du kein weiteres Kind gezeugt, Burgunda? Ich meine, hey, wo war das Problem? Wenn dein Mann und meine Mutter ...«

»Hör auf,«, unterbrach Burgunda matt. »Bitte ...« In ihrem Blick immer noch diese unendliche Traurigkeit, für die es keine Heilung, keine Therapie und schon gar keine Tabletten gab. Eine Traurigkeit, die sie mit ins Grab nehmen würde.

Jules fühlte sich plötzlich unendlich müde. Und unendlich traurig. Denn sie wusste, was die Antwort auf ihre Frage sein würde. Und diese Antwort war deprimierend.

»Werner wollte keine Kinder mehr«, sagte Jules, wobei sie Mühe hatte, ihre Stimme unter Kontrolle zu halten. »Nicht nach Jakob, dem *Mongo*. Er hatte Angst, ein weiteres Kind zu zeugen, das *falsch* war. Behindert. Lebensunfähig. *Defekt.*«

Burgunda schwieg, wich ihrem Blick aus.

»Es stimmt also ...«, sagte Jules mehr zu sich selbst, ohne eine Bestätigung von Burgunda zu erwarten. Sie wusste, dass es so gewesen war. Es bedurfte keiner weiteren Worte mehr.

Sie nahm ihrer Tante den Einkaufszettel aus der immer noch zitternden Hand und las ihn. »Übernächster Gang«, sagte sie, griff sich den Einkaufswagen und schob ihn in die Richtung. Spürte Burgundas Blicke in ihrem Rücken. Spürte ihre Trauer und ihre Tränen. Ignorierte beides und begann, Burgundas Einkaufsliste abzuarbeiten. Der Rest war Schweigen. Es war alles gesagt. Und gleichzeitig nichts.

Keine vierzig Minuten später setzte Jules Burgunda zu Hause ab. Burgunda sah Jules nicht an, bedankte sich nicht fürs Abholen und Zurückbringen und schlurfte schweigend und mit hängenden Schultern auf den Eingang ihres Hauses zu.

Jules fühlte sich beschissen und falsch. Fragte sich, ob es

nicht besser war, dass gewisse Geheimnisse einfach Geheimnisse blieben.

Für immer.

* * *

Jules saß mit Ciro an einem Tisch im »Ochsen«, der wie immer gut gefüllt war. Als sie mit Ciro das Restaurant betrat, hatte sie das Gefühl, dass alle sie anstarren würden. Weil alle Bescheid wussten, was ihr *passiert* war. Was natürlich Quatsch war. Vielleicht aber auch nicht. In einem Dorf wie Woltersweiler verbreiteten sich Gerüchte in Höchstgeschwindigkeit.

Christine Allenstein brachte die Getränke. Bier für Ciro, Rotwein für Jules. Jules bedankte sich. »Ihr habt Montag Ruhetag, ne?«

»Ja. Wieso fragst du?«

»Ich würde gerne den ›Ochsen‹ mieten für den Abend. Nächste Woche. Geschlossene Gesellschaft.«

»Gibt's was zu feiern?«

»Eventuell ja, aber das weiß ich erst nach der Veranstaltung.«

»Veranstaltung? Was für eine Veranstaltung?«

»Erklär ich dir später, wenn du bisschen Zeit hast. Wir sind ja noch länger hier.«

»Okay«, murmelte Christine irritiert und ging zurück in Richtung Tresen.

Ciro sah Jules an. »Mir könntest du es ja jetzt schon erklären.«

Jules erklärte es ihm.

Ciro rieb sich mit zwei Fingern die Augen. »Wollen wir nicht lieber den Kollegen in Saarbrücken die Fotos übergeben und …«

»Keine Option«, unterbrach Jules. »Wir machen es auf meine Art oder gar nicht.«

Ciro seufzte. »Die Jules-Wunderlich-Art, klar. Die schon mehr als einmal nach hinten losgegangen ist, wie du dich vielleicht erinnerst.«

»Ich vergesse ziemlich schnell«, erwiderte Jules, ohne zu lächeln. »Bist du dabei oder nicht?«

»Habe ich eine Wahl?«

»Man hat immer eine Wahl.«

»In diesem Fall wohl eher nicht.«

»Man hat immer eine Wahl, Ciro.«

»Oh, Mann«, stöhnte Ciro und nahm einen Schluck von seinem Bier. »Ja, Scheiße, Mann. Ich bin dabei. Klar, bin ich dabei.«

Jules lächelte kurz, beugte sich über den Tisch und drückte Ciro einen Kuss auf den Mund. »Danke, Mann.«

»Wenn das schiefgeht, schieb ich alles auf dich, nur damit das klar ist«, erwiderte Ciro.

»Es wird nicht schiefgehen, vertrau mir. Ich weiß, was ich tue.«

»... sagte Napoleon, bevor er sich mit der Grande Armée auf den Weg nach Russland machte.«

»Bin echt froh, dass du nicht Hitler ins Spiel gebracht hast«, sagte Jules.

»Würde ich nie«, sagte Ciro. »Außer in Notfällen.«

Beide lachten.

Nach dem Ende von Christine und Thomas' Schicht saßen die vier am Tisch zusammen. Jules hatte den beiden alles erklärt. Christine war anzusehen, was sie davon hielt, den »Ochsen« für eine Veranstaltung, wie sie Jules vorschwebte, zur Verfügung zu stellen. Zumal es noch ein kleines Büffet mit belegten Brötchen, Fingerfood sowie

Getränke geben sollte. Für Thomas und Christine würde das bedeuten, dass ihr freier Montag gestrichen war. Doch Jules gelang es, die beiden zu überzeugen. Mit dem Hauptargument, dass Jules alle Kosten übernehmen und die Bezahlung in bar erfolgen würde. Ohne lästige Quittungen und ohne Kenntnis des Finanzamts.

Thomas zuckte mit den Schultern. »Dann machen wir das halt, oder?« Er sah Christine an, die nicht begeistert wirkte. »Wenn es Jules wichtig ist …«, fügte Thomas hinzu.

Christine stimmte zögerlich zu. »Auch wenn wir immer noch nicht wissen, um was für eine Veranstaltung es sich genau handelt.«

»Eine Art Informationsveranstaltung«, erwiderte Jules und lächelte.

* * *

»Wir brauchen einen Diaprojektor«, sagte Jules, während sie in der Küche einen Espresso machte. Es war kurz nach ein Uhr nachts. Ciro lehnte mit verschränkten Armen gegen die Küchenzeile, eine noch nicht angezündete Zigarette in seinem Mundwinkel.

»Für die *Informationsveranstaltung?*«, hakte er nach.

»Jap.«

»Irgendwie wären ein paar mehr Details wirklich hilfreich.«

»Kannst du einen besorgen?«, fragte Jules.

»Scheißt der Bär im Wald?«

»Wo sonst?«

»Ja, ich besorg einen, kein Ding«, sagte Ciro.

Jules drückte ihm die Espressotasse in die Hand. »Gute Nacht. Bis Morgen.«

»Bis Morgen.«

Er sah ihr hinterher. Auf dem Weg zum Bad zog sie sich das Shirt über den Kopf aus und ließ es achtlos fallen. Sie trug wie üblich keinen BH.

Ciro schloss die Augen. Er hätte getötet, um sie wieder ins Bett zu bekommen. Aber das war gerade nicht das Thema. Nicht nach allem, was passiert war. Das Thema war: Jules und ihre Obsession – denn das war es inzwischen in seinen Augen –, den Mordfall von 1988 aufzuklären. Was blieb ihm anderes übrig, als ihr dabei zu helfen, wollte er sie nicht verlieren?

Er trank seinen Espresso aus, ging ins Wohnzimmer, griff sich seinen Laptop und eine Flasche Wein und setzte sich auf die Terrasse, um zu recherchieren. Bezüglich Schmidt Olaf. Und um sich auf die Suche nach einem Diaprojektor zu machen.

17

Das Neubaugebiet am östlichen Rand von Woltersweiler existierte erst seit gerade mal fünf Jahren. Die Straßen trugen Namen wie »Flurstraße«, »Zum Wäldchen« und »Fichtenstraße«. In den 80er-Jahren hatte es dort nur Felder und Wiesen gegeben. Die Besitzer dieser Felder und Wiesen – zum größten Teil Bauern – hatten sich durch den Verkauf der Grundstücke zur Ruhe setzen können. Jules hatte das Gefühl, nicht mehr in Woltersweiler zu sein, sondern in irgendeiner austauschbaren Siedlung irgendeiner Kleinstadt. Alles sah gleich aus. Die fetten SUVs, Cabrios und Sportwagen in den Carports, die Farben der Einfamilienhäuser, die Vorgärten, die breiten Garagen. Konfektioniert. Steril. Austauschbar. Blutleer. Langweilig. Tot.

Sie parkte vor dem Bungalow mit der Nummer 26 in der Flurstraße. Ein Architektenbungalow. Feldrandlage. Stylish. Luxuriös. Riesig. Teuer. Sehr teuer. Das Grundstück war nicht nur durch einen blickdichten anthrazitfarbenen Metallzaun, sondern auch noch mit mehreren Kameras gesichert. An der Gegensprechanlage stand kein Name, auch wenn Jules wusste, wer hier lebte: die Webers. Ralf, der große Zampano. Der kommende Ministerpräsident des Saarlands. Der Macher. Der *Master of puppets*. Für sie aber war er immer noch Vince Neil für Arme. Ein Poser vor dem Herrn. Ein Fake. Heiße Luft ohne Substanz. Und offenbar über die Jahre so paranoid geworden, dass er sich so dermaßen abschottete.

Ralf und Susanne waren die Letzten auf ihrer Liste. Sie hatte mit allen gesprochen, die sie auf ihrer Informationsveranstaltung sehen wollte. Manfred und Anita. Maren. Birgit. Günther und Emma Lehberger, die Eltern von Nikki. Alle, die Nikki gekannt und damals mit ihr in Verbindung gestanden hatten. Und alle hatten zugesagt, nächsten Montag in den »Ochsen« zu kommen. Auch Kommissar Dirk Langer aus Saarbrücken, der die Ansage gemacht hatte, ihr helfen zu wollen. Und seine Hilfe würde sie brauchen. Wenn auch nur als Chronist und Zeuge dessen, was nächsten Montag im »Ochsen« passieren würde.

Falls ihr Plan aufging.

Dabei hatte sie keinen richtigen Plan, nur eine vage Idee. Nicht mehr, nicht weniger. Sie hatte nicht die geringste Ahnung, ob das reichen würde, den Mörder zu überführen. Aber inzwischen spielte das alles auch keine Rolle mehr. Worum es jetzt in erster Linie ging: Angst und Panik unter ihren alten Weggefährten zu schüren. Und zu hoffen, dass der Mörder einen Fehler machte. Aber alles stand und fiel mit den Webers. Ansonsten würde der Abend ein Schuss in den Ofen werden. Und sie hätte es wieder einmal verkackt. Doch dieses Mal durfte sie es nicht verkacken. Es ging inzwischen um mehr als nur um Jakob und Nikki. Es ging um alles. Sie hatte lange überlegt, ob sie Günther und Emma Lehberger zu dem Termin einladen sollte. Ciro hatte letztlich den Ausschlag gegeben. Er meinte, dass die beiden es verdient hätten, die Wahrheit über den Tod ihrer Tochter zu erfahren. Dass es bei der Informationsveranstaltung aber nicht um die Wahrheit gehen würde, wusste Ciro nicht. Zumal er ja noch nicht Jakobs Fotos gesehen hatte.

Sie drückte die Klingel. Die Kamera über ihr bewegte sich in ihre Richtung. Jules machte mit der rechten Hand eine Pommesgabel in Richtung Kamera und zog dabei eine Grimasse.

»Juliana?« Susannes Stimme über die Gegensprechanlage. Eisig. »Was willst du denn?«

»Charmant wie immer, die liebe Susanne«, erwiderte Jules.

»Was willst du?«

»Mit euch beiden sprechen. Dauert nicht lang. Wäre aber wichtig.«

»Wichtig. Aha. Für dich oder für uns?«

»Für mich und für euch.«

Pause. Dann ertönte der Toröffner. Jules betrat das Anwesen der Webers. Susanne nahm sie am Eingang des Bungalows in Empfang. Ihre Körperhaltung ließ keinen Zweifel daran, dass sie nicht gewillt war, Jules reinzulassen.

»Mach es kurz«, sagte sie sachlich. »Wir haben nicht viel Zeit.«

»Wir?«, hakte Jules nach. »Du und Susanne?«

»Lustig«, erwiderte Susanne humorlos. »Super lustig, echt.«

Ralf tauchte neben ihr in der Tür auf. »Was gibt's, Kommissarin. Zeit ist Geld.«

Jules erklärte ihnen, was sie vorhatte.

»Informationsveranstaltung?« Ralf lachte auf. »Was bitte schön soll das sein?«

»Es geht um Nikki.«

»Geht's noch unkonkreter?«, fragte Susanne spitz.

»Alles Weitere dann an dem Abend«, erwiderte Jules sachlich. Ralf und Susanne tauschten einen Blick. Susanne wirkte genervt, Ralf eher erheitert.

»Ihr habt an diesem Abend keine Wahlkampfveranstaltung und auch sonst keine Termine, wie ich herausgefunden habe«, sagte Jules. Was nicht ganz stimmte, denn das hatte Ciro recherchiert. »Also bewegt eure Ärsche nächsten Montag in den ›Ochsen‹. Und danach seid ihr mich los. *Forever.* Versprochen.«

»Das ist doch mal 'ne Ansage«, antwortete Ralf und lachte auf. »Kann aber echt nicht versprechen, ob wir auf so eine Art von Veranstaltung Bock haben.«

Jules ging nicht darauf ein. »Wir sehen uns nächsten Montag. Und sagt Soboletzki Bescheid.«

Sie wandte sich ab und ging zurück zum Tor. Spürte Ralfs und Susannes Blicke im Rücken. Wusste, dass die beiden heute noch eine Menge zu besprechen haben würden.

* * *

Nach dem Besuch bei den Webers holte Jules die entwickelten Dias in Illingen im Elektroladen von Heinrich Frank ab. Sie bat ihn darum, die originalen Negative bis auf Weiteres sicher aufzubewahren und drückte ihm einen 50-Euro-Schein in die Hand. Heinrich Frank versicherte ihr, dass er das tun würde, und richtete Grüße an Jules' Onkel aus. Jules war kurz davor, ihn zu korrigieren – »Sie meinen wohl meinen leiblichen Vater?« –, verkniff es sich dann aber.

Als sie das Haus ihrer Eltern betrat, saß Ciro am Esszimmertisch vor seinem Laptop. Neben sich einen Kaffee und einen noch nicht ausgepackten Diaprojektor.

»Cool. Wo hast du den her?«

»Gebraucht. Kleinanzeige.«

»Funktioniert er?«

»Werden wir später rausfinden.« Er klappte seinen Laptop zu und sah Jules ernst an. »Ich weiß jetzt, wer Schmidt Olaf ist.«

Jules war überrascht. »Wer?«

Bevor Ciro antworten konnte, klopfte es an der Tür. Wütend. Vehement.

»Dein Onkel?«, fragte Ciro.

»Nein. Der hat einen Schlüssel«, murmelte Jules und ging in Richtung Flur. Das Klopfen wurde heftiger, lauter. Sie öffnete die Tür. Davor ihr Onkel/Vater in seinem Rollstuhl.

»Hey. Du hast doch einen Schlüssel«, sagte Jules.

Stefan Wunderlich wirkte aufgewühlt. »Zu Hause vergessen«, murmelte er.

»Okay ... Was gibt's?«

»Bist du völlig verrückt geworden?«, blaffte er. »Du kannst doch nicht Burgunda ...«

»Entspann dich, alles gut«, unterbrach ihn Jules. »Komm erst mal rein.«

»Nichts ist gut, verdammt!« Er wirkte außer sich, stinksauer. »Es hatte schon seinen Grund, warum wir damals nicht ...« Er brach aufgewühlt und überfordert ab.

»Komm rein, Stefan«, sagte Jules. »Dann sprechen wir in Ruhe.« Stefan Wunderlich zögerte. »Es ist noch Rotwein da«, sagte Jules.

»Und dein Freund.«

»Er ist nicht mein Freund. Komm rein jetzt.«

Kurz darauf saßen die beiden am Tisch auf der Terrasse. Ciro hatte sich dezent in *sein* Zimmer zurückgezogen. Jules und Stefan Wunderlich stießen mit Rotwein an. Stefan wirkte immer noch aufgewühlt und mitgenommen. Jules bot ihm eine Zigarette an, die er mit zitternden Fingern entgegennahm. Jules gab ihm Feuer. Stefan inhalierte tief. Hustete. Räusperte sich. Jules ließ ihm alle Zeit der Welt. Falls er erzählen wollte, gut. Falls nicht, auch gut. Sie würde das Thema jedenfalls nicht ansprechen. Stefan starrte auf das

Weinglas in seiner Hand. Nahm erneut einen Zug von der Zigarette. Ohne zu husten.

»Wir hatten uns damals alle geschworen, niemals darüber zu sprechen. Niemals«, sagte er stockend, ohne Jules anzusehen. Seine Stimme klang belegt. Jules hatte das Gefühl, als müsste er um jedes Wort ringen. »Weil nicht sein konnte, was nicht sein durfte. Und wir alle haben uns daran gehalten«, fuhr er fort. »Aber durch den Tod meines Bruders, deine Rückkehr und deine Ermittlungen …« Er brach ab, nahm einen Schluck Wein. Starrte in den bewölkten, trüben Himmel.

»… kam alles wieder hoch«, ergänzte Jules.

Stefan nickte kaum merklich.

»Ihr hattet eure Gründe, das damals alles zu verheimlichen«, sagte Jules. »Klar. Es waren die 60er. Aber niemand macht euch einen Vorwurf. Und ich schon gar nicht. Ich wollte einfach nur Gewissheit haben. Aber abgesehen davon hat mich Burgunda so genervt, dass ich keine Wahl hatte.« Sie lächelte.

»Oh ja, nerven kann sie«, murmelte Stefan Wunderlich.

»Du und dein Bruder, der Mann, bei dem ich aufgewachsen bin – ihr habt einfach die falsche Frau geheiratet«, fuhr Jules fort. »Egal. Es macht keinen Unterschied.«

»Ich finde schon, dass es einen Unterscheid macht«, erwiderte Stefan Wunderlich.

»Es hat all die Jahre keinen Unterschied gemacht, warum sollte es das jetzt? Du bist mein leiblicher Vater, aber aufgewachsen bin ich mit Werner. Und mit der Frau, die du geliebt hast. Aber das wusste ich damals nicht.«

Ihr Vater schwieg.

»Wir können die Vergangenheit nicht ändern, Stefan.«

»Sagt die Frau, die versucht, ihren Halbbruder nachträglich zu rehabilitieren.«

Jules schwieg.

»Ja, wir können die Vergangenheit nicht ändern«, murmelte Stefan Wunderlich. »Aber vielleicht die Zukunft.« Er sah seine Tochter an. In seinem Blick Traurigkeit. »Ich habe deine Mutter geliebt. Wirklich geliebt«, sagte er stockend. »Und als sie starb ...« Er brach ab, kämpfte mit seinen Tränen. »Es kam so plötzlich, so unvorbereitet. Es war ein Schock. Den ich bis heute noch nicht verdaut habe ...«

Jules erinnerte sich an den Anruf des Mannes, von dem sie damals noch geglaubt hatte, er wäre ihr Vater. Der Mann, der ihr sachlich und in knappen Sätzen mitgeteilt hatte, dass ihre Mutter Maria gestern Nacht im Schlaf an einem Herzinfarkt verstorben war. Dann hatte er sie an seinen Bruder Stefan verwiesen, verbunden mit dem Hinweis, dass »der sich um alles Weitere kümmern werde«, und hatte aufgelegt.

Der Mann, ihr vermeintlicher Vater, der sich nie für sie interessiert hatte, der immer einen distanzierten, sachlichen Umgang mit ihr gepflegt hatte.

Der Mann, der sie immer so behandelt hatte, als wäre sie ein Fremdkörper, als wäre sie *falsch*.

Zu groß, zu dünn, zu blond, zu klug, zu aufmüpfig. Zu ... anders.

Und niemals gut genug.

Für ihr Leben, ihre Freunde, ihren Job, ihre Eltern. Für alle und alles. Und irgendwann hatte Jules begonnen, sich auch genauso zu fühlen.

Falsch.

Und niemals gut genug.

Doch sie war nie falsch gewesen. Falsch war es gewesen, dass die beiden Brüder die falschen Frauen geheiratet hatten. Aber das war alleine das Thema der damals Beteiligten, nicht ihres. Auch wenn sie sich immer noch nicht *richtig* fühlte und immer noch das Gefühl hatte, nicht gut genug zu sein;

sie fühlte sich auf jeden Fall nicht mehr ganz so falsch wie damals. Und phasenweise sogar *close to good enough*. Mehr konnte man nicht erwarten.

Stefan Wunderlich nahm einen Schluck von seinem Wein und legte dann den Kopf in den Nacken.

»Ich vermisse sie so sehr«, murmelte er, wobei er versuchte, das Zittern in seiner Stimme zu unterdrücken, was ihm nicht wirklich gelang. »Jeden Tag. Seit sie weg ist. Sie war meine Frau. Wir gehörten zusammen. Sie war der Grund, warum ich leben wollte. Sie war alles, was ich mir jemals von einem Menschen gewünscht habe. Ich vermisse sie so schrecklich. So schrecklich ...« Dann kamen die Tränen. »Es tut mir so leid, Juliana«, schluchzte er. »Niemand von uns wollte das, es war nicht unsere Schuld. Es ist einfach ... passiert.«

Jules schloss kurz die Augen. Dann stand sie auf, kniete sich zu ihm und umarmte ihn wortlos. Stefan Wunderlich ließ es zu. Nicht mehr und nicht weniger.

»Alles gut, Stefan. Ich meine, Papa.« Sie lächelte ihn an. Stefan musste auch lächeln. Ein trauriges, einsames Lächeln. »Es hat sich nichts geändert zwischen uns«, sagte Jules und streichelte ihm kurz über die Wange. »Wird sich auch nie etwas ändern. Versprochen.«

Stefan Wunderlich nickte und wischte sich dabei mit dem Ärmel seiner Jacke die Tränen aus den Augen.

* * *

Nachdem Stefan Wunderlich gegangen war, weckte Jules Ciro, der im alten Büro ihres vermeintlichen Vaters eingeschlafen war.

»Wer ist Schmidt Olaf?«

Ciro setzte sich desorientiert auf der Schlafcouch auf, rieb sich die Augen. »Darf ich erst mal wach werden?«

»Nein«, sagte Jules. »Beantworte einfach die Scheiß-Frage.«

Beide lachten.

»Besorg mir ’n kaltes Bier, dann erzähl ich es dir.«

Jules brachte ihm ein Bier aus dem Kühlschrank und setzte sich neben ihn auf die Schlafcouch.

Ciro erzählte.

Danach fielen alle Puzzleteile an ihren Platz.

Plötzlich ergab alles einen Sinn.

Jules wirkte sowohl erleichtert als auch überfordert.

»Puh«, stöhnte sie. »Krasse Scheiße.«

»Sehe ich genauso«, sagte Ciro. »Die Frage ist: Was machen wir jetzt draus?«

»Wir ziehen es durch.«

»Jede andere Antwort hätte mich jetzt auch gewundert«, sagte Ciro grinsend und gab Jules high five.

Nach dem Abendessen vom Lieferservice hatte Ciro den Diaprojektor angeschlossen. Als Leinwand diente die Wohnzimmerwand, von der Jules noch Fotos abhängen musste. Bilder der *glücklichen* Familie Wunderlich aus den 70er-Jahren. Am Strand von Lido di Jesolo. Jakobs Einschulung. Jules’ Einschulung. Zusammen auf der Terrasse beim 60. Geburtstag von Jules’ Mutter. Auf keinem der Fotos gab es Körperkontakt zwischen ihrem Vater und dem Rest der Familie.

Dann zeigte sie Ciro die Dias, die Jakob am Tag des Mordes an Nikki geschossen hatte.

»Ach du Scheiße«, murmelte Ciro danach mitgenommen. »Und die hat echt dein Bruder gemacht?«

»Ohne Zweifel«, erwiderte Jules. »Und er hat das, was passiert ist, nur dokumentiert. Er war Beobachter, nicht aktiv beteiligt.«

»Aber ziemlich nah dran …«

»Er hatte ein Teleobjektiv. War ein Geschenk unserer Mutter zu seinem Geburtstag.«

Ciro musste das Gesehene erst mal sacken lassen, was Jules bemerkte.

»Schnaps?«

»Aber so was von«, erwiderte Ciro.

Nach den Schnäpsen stand Ciro auf der Terrasse. In seiner Hand eine Flasche Bier. Er sah in den sternenlosen, bewölkten Himmel. Wirkte immer noch mitgenommen. Jules füllte Momos Napf auf und hoffte, dass die kleine schwarze Teufelin noch auftauchen würde.

Ciro räusperte sich. »Und diese Fotos willst du Montag im ›Ochsen‹ zeigen?«

»Yes, Sir. Wir ziehen das durch.«

»Und dann? Ich meine, nachdem du sie gezeigt hast?«

»Improvisieren. Und Schmidt Olaf ins Spiel bringen«, sagte Jules schulterzuckend, griff sich Ciros Bierflasche und nahm einen Schluck. »Und dann die Reaktionen der Anwesenden abwarten. Alles Weitere wird sich ergeben.«

»Das ist der Plan? Improvisieren?«

»Genau.«

»Improvisieren ist kein Plan, Jules. Das ist Wahnsinn. Und das weißt du.«

»Genauso Wahnsinn, wie die Tatsache, dass mein Halbbruder als vermeintlicher Mörder im Knast landete und sich dort umgebracht hat«, erwiderte Jules und sah Ciro von der Seite an.

»Touché«, murmelte Ciro, nahm Jules seine Bierflasche aus der Hand und kippte sie auf Ex.

18

Showdown, dachte Jules, als sie sich neben Ciro an den Tisch setzte, den sie direkt neben der kleinen Leinwand platziert hatten. Ciro hatte die Fernbedienung für den Diaprojektor in der Hand und ihr versichert, dass die Technik funktionieren würde.

Schon gegen Nachmittag hatten Christine und Thomas mehrere Tische und Stühle aus dem Gastraum des »Ochsen« ins Hinterzimmer geräumt und danach das Buffet aufgebaut. Ciro hatte sich um den Aufbau der Leinwand und den Anschluss des Diaprojektors gekümmert, während Jules Christine und Thomas zur Hand ging. Als Letztes hatten sie drei Tische und die dazugehörigen Stühle so arrangiert, dass man von jedem Platz freie Sicht auf die Leinwand hatte. Ein Mikrofon war im »Ochsen« nicht nötig, jeder der Anwesenden würde Jules hören können.

Alle, die Jules persönlich eingeladen hatte, waren gekommen, saßen inzwischen auf ihren Plätzen, tranken und bedienten sich vom Buffet. Manfred und Anita. Maren. Birgit. Günther und Emma Lehberger, die Eltern von Nikki. Jules hatte jeden Einzelnen persönlich am Eingang begrüßt und versucht, die mit Händen greifbare, angespannte Stimmung ein wenig aufzulockern, indem sie als Erstes Proseccos verteilt hatte. Alle hatten das Angebot dankbar angenommen, denn alle wussten, um was es ging. Um den Mord an Nikki. Um was sollte es auch sonst gehen?

Nur einer hatte den Prosecco abgelehnt. Kommissar Langer aus Saarbrücken. »Danke, Frau Wunderlich, aber ich bin beruflich hier«, erklärte er sachlich. »Nach der Veranstaltung gerne.« Er zückte einen Notizblock und nahm seinen Platz am Tisch von Birgit und Maren ein. Alle wirkten angespannt und nervös. Genau wie Jules. Doch bei ihr hatte es einen anderen Grund, denn es fehlten immer noch drei Gäste.

Jules sah zu Thomas und Christine hinterm Tresen, die sie fragend musterten: *Wann geht's los?*

Jules ging zu den beiden. »Zehn Minuten«, erklärte sie. »Es fehlt noch jemand.«

»Wer?«, wollte Christine wissen.

»Die Webers und Soboletzki«, erwiderte Jules.

»Okay«, meinte Thomas. »Kein Problem.« Er sah zu Christine, die gereizt wirkte. »Je früher wir hier rauskommen, desto besser«, grummelte sie. »Ist schließlich unser freier Tag.«

Jules sah zu Thomas, der mit den Schultern zuckte, als plötzlich Manfred neben ihr am Tresen auftauchte. »Will ja nicht nerven, aber wann geht es endlich los? Wir haben unsere freie Zeit auch nicht gestohlen.«

»Meine Rede«, stimmte Christine zu. Jules ignorierte sie und wandte sich an Manfred. »Nimm dir noch ein Bier, bring Anita einen Prosecco mit und entspannt euch. Dauert nicht mehr lange«, erwiderte sie und wandte sich an Thomas. »Ich nehme noch einen Rotwein und ein kleines Wasser. Und für Ciro noch ein Bier.«

Thomas nickte. »Bring ich euch.«

Ohne Manfred weiter zu beachten, ging Jules zurück zu Ciro und setzte sich neben ihn.

»Zehn Minuten«, sagte sie. »Wenn die drei dann nicht aufgetaucht sind, fangen wir ohne sie an.«

»Sicher?«

»Hauptsache, Langer ist da. Er ist unser Back-up. Falls die Webers nicht auftauchen.«

»Clever«, murmelte Ciro. »Echt clever.«

»Kennst mich doch«, erwiderte Jules.

»Kenn ich dich?«

»Fick dich.«

»Fick *du* mich.«

»Träum weiter.«

Die beiden grinsten sich an. Thomas brachte ihnen die Getränke, als sich die Tür des Ochsen öffnete und Ralf und Susanne Weber hereinkamen. Hinter ihnen Soboletzki. Die Köpfe der Anwesenden wandten sich in die Richtung. Ein Raunen ging durch die Gäste. Ralf nickte allen knapp zu. Jules hatte das Gefühl, dass sich seine Gesichtszüge kurz verhärteten, als er Langer entdeckte, wobei Jules sich nicht vorstellen konnte, woher die beiden sich kennen sollten.

So locker wie möglich wandte sich Jules an die Neuankömmlinge, auch wenn gerade Adrenalin in heftigen Stößen durch ihren Körper flutete.

»Familie Weber. Und der Herr Soboletzki. Schön, dass ihr es geschafft habt. Dann sind wir ja jetzt vollzählig. Nehmt euch Schnittchen vom Buffet, Getränke gibt's am Tresen. Am Tisch von Manfred und Anita ist noch Platz.«

Sie deutete auf den Tisch. Ralf und Susanne nahmen Platz, wobei sie Manfred und Anita kurz zunickten, während sich Soboletzki am Buffet bediente und bei Thomas ein Weizenbier bestellte. Nachdem auch er endlich Platz genommen hatte, was Jules wie eine Ewigkeit vorkam, schloss sie kurz die Augen und atmete tief durch. Ciro drückt unter dem Tisch ihre Hand. Sie lächelte ihn betont zuversichtlich an und wandte sich dann an die Anwesenden.

»Erst einmal danke, dass ihr alle gekommen seid. War ja nicht unbedingt zu erwarten gewesen.«

Stille. Nicht einmal ein Räuspern war zu vernehmen. Selbst Soboletzki verkniff es sich, zu rülpsen, zu furzen und/oder lautstark von seinem Weizenbier zu schlotzen.

»Heute Abend geht es um Nikki, den *'lil devil*, wie sie sich selbst nannte«, fuhr Jules fort. »Wir alle hatten damals etwas mit ihr zu tun, wir alle hatten eine Beziehung zu ihr. Manche von uns intensiver, manche oberflächlicher. Aber sie war ein Teil unser aller Leben. Und ja, sie war manchmal nicht einfach. Was noch untertrieben ist. Teilweise war sie extrem schwierig und schwer zu ertragen. Sprunghaft. Drüber. *Over the top*. Flatterhaft. Ein Schmetterling. Und ja, sie hat auch Spielchen gespielt. Mit so ziemlich allen, die Teil ihres Lebens gewesen waren. Trotz allem hatte sie auch eine Gabe, die nur wenige besitzen. Sie hat es geschafft, jedem von uns das Gefühl zu geben, etwas Besonderes zu sein. Einzigartig. *Special*. Aber warum musste sie sterben? Nur weil sie zufällig am Tag ihres Todes auf meinen …«, sie zögerte kurz, ihr lag die Formulierung *Halbbruder* auf der Zunge, aber das war hier und jetzt nicht das Thema, »… Bruder getroffen ist? Der sie angeblich vergewaltigt und danach erschlagen hat? Nein, so einfach ist es nicht. Auch wenn die Kripo damals genau das vermitteln wollte: dass es einfach gewesen sei. Dass der Mörder nur einer sein konnte: Jakob Wunderlich.«

Sie sah in die Gesichter der Anwesenden, versuchte abzuschätzen, wie diese reagierten.

Keiner zeigte eine Reaktion.

»Meine Recherchen haben jedoch etwas anderes ergeben«,

sagte sie dann. »Der Mörder hatte jemanden, der ihn damals gedeckt und geschützt hat. Einen Gönner, einen Mentor, einen, wenn man so will, Schutzengel. Jemand, der damals so große Macht und so großen Einfluss besessen hatte, dass es ihm möglich gewesen war, die Fotos, die ihr gleich sehen werdet und die mein Bruder kurz vor dem Mord gemacht hat, verschwinden zu lassen. Die Fotos, die beweisen, wer wirklich für die Vergewaltigung und für Nikkis Tod verantwortlich war. Und ebenjenem Schutzengel hat es der Mörder zu verdanken, dass er niemals in den Fokus der Ermittlungen geriet, niemals angeklagt wurde und sich noch heute auf freiem Fuß befindet.«

Sie ließ eine kurze Pause.

»Aber nicht mehr lange. Denn ich werde dafür sorgen, dass der Fall neu aufgerollt und Nikkis Mörder für das, was er getan hat, zur Verantwortung gezogen wird.«

Sie bemerkte, dass Langer konzentriert in sein Notizbuch schrieb, während alle anderen Gäste einen angespannten und irritierten Eindruck machten.

»Und falls es noch nicht deutlich wurde: Der Mörder ist heute Abend anwesend.«

Sie nickte Ciro zu, der mit der Fernbedienung die Diashow startete.

Woltersweiler, Saarland

Kaisersaal
Sonntag, 01:15 Uhr

Showdown, denke ich, als ich mein Manuskript umblättere.

Die folgende Seite ist leer.

Wie die folgenden knapp zwanzig Seiten auch.

Es gibt kein letztes Kapitel für Jules.

Noch nicht.

Das wird erst heute Nacht geschrieben. Und zwar genau ab jetzt. Ich habe nicht die geringste Ahnung, was passieren, wie es weitergehen und wie alles enden wird, aber *dass* es heute Nacht hier im Kaisersaal enden wird, ist Fakt.

Ich lege das Manuskript zur Seite und wende mich ans Publikum.

»Die Fotos, die Jakob damals kurz vor dem Mord gemacht hat, gibt es wirklich.«

Totenstille im Publikum.

Ich drehe mich zu Klemens um, der zu mir kommt und die Fernbedienung des Diaprojektors auf den Tisch legt, wobei er sich ein Papiertaschentuch auf die immer noch blutenden Lippen drückt. »Sollte alles funzen«, sagt er.

»Danke, Klemens. Nicht nur dafür.«

Er wirkt kurz unangenehm berührt, dann geht er zurück und setzt sich hinter sein Mischpult.

Ich nehme die Fernbedienung des Diaprojektors in die Hand.

Zögere.

Schließe die Augen.

Denke an Jakob. Meinen Onkel, der mein Vater ist. An den Indianer im »Metal Heart«. An Nikki, Ralf, Susanne, Soboletzki, Manfred, Anita. An Jules und Ciro. An Momo. An Aleister.

Sobald ich die Diavorführung starte, gibt es kein Zurück mehr. Dann muss ich es durchziehen, dann geht es nur noch um Sieg oder Niederlage, um alles oder nichts.

Jede Geschichte braucht ihr Ende.

Ich öffne die Augen und starte die Diashow.

Das erste Dia: Der Wald in der Nähe des späteren Tatorts.

Das zweite Dia: Der Wald in der Nähe des späteren Tatorts. Dieses Mal sieht man den See.

Das dritte Dia: In einiger Entfernung die Umrisse von zwei Personen, noch zu weit entfernt, um zu erkennen, um wen es sich handelt. Nur so viel ist deutlich: Die beiden liegen aufeinander am Boden in der Nähe des Seeufers.

Das nächste Dia: Zoom auf die beiden. Ein Mann und eine Frau. Die Frau ist nackt. Der Mann hat lange blonde Haare und liegt auf der Frau. Er hat die Hosen auf den Knöcheln und drückt die Handgelenke der Frau zu Boden.

Unruhe macht sich im Saal breit, denn einige der Anwesende scheinen zu ahnen, um wen es sich bei der Frau und dem Mann handelt.

Ich sehe kurz hoch ins Publikum. Bestürzung und Beunruhigung in den Gesichtern der Anwesenden.

Ich drücke die Fernbedienung. Das nächste Dia erscheint auf der Leinwand neben mir: Der Mann und die Frau sind jetzt dank Jakobs Zoomobjektiv deutlich zu erkennen.

Das Raunen im Publikum nimmt an Lautstärke zu.

Ich zeige das nächste Dia. Jakob hat so nahe an die beiden Personen herangezoomt, dass es spätestens jetzt absolut keine Zweifel mehr geben kann, um wen es sich handelt.

»Bevor jetzt Zwischenrufe kommen, woher ich weiß, wann diese Fotos gemacht wurden: Es ist alles genau so, wie ich es im Roman beschrieben habe: Jakob hatte jeden seiner Filme beschriftet. Beziehungsweise die Filmdosen. Die Dias, die ihr gerade gesehen habt, stammen vom 28. Mai 1988. Dem Tag des Mordes an Nicola Lehberger. Uhrzeit: Knapp eine halbe Stunde vor dem Mord. Und wie ihr ebenfalls bereits von Jules wisst, tauchten die Fotos niemals in der Akte des Mordfalls auf. Weil der Mörder – wie gesagt – einen *Schutzengel* gehabt hat.«

Ich sehe zu Ralf. Er wirkt entsetzt, fassungslos, völlig aus der Bahn geworfen.

Dranbleiben, denke ich. *Daumenschrauben anziehen!*

»Ja, das bist du auf den Fotos, Ralf«, sage ich ins Mikro. »Du und Nikki. Und ja, das ist eine Vergewaltigung.«

Die Fassungslosigkeit und Bestürzung im Publikum sind mit Händen greifbar. Susanne beugt sich zu ihrem Mann, flüstert ihm etwas ins Ohr. Sehr wahrscheinlich den guten Ratschlag, jetzt nicht auszuflippen. Doch genau das tut Ralf. Er springt auf, brüllt in meine Richtung, wirkt völlig außer sich.

»Du Fotze! Du stinkende Scheiß-Lügen-Fotze! Das ist alles ein abgekartetes Spiel! Die Fotos sind *Fake!* Du willst mich fertigmachen, bloßstellen und …«

»Dein Mentor, dein Retter, deine gute Fee«, unterbreche ich Ralf eisig und mit lauter Stimme. »Er hieß Olaf Schmidt und hat dafür gesorgt, dass diese Fotos nie in der Akte auftauchten. Und auch alle anderen Manipulationen bezüglich des Mordfalls gingen auf sein Konto. Sagt dir der Name etwas? Mir hat er ziemlich lange nichts gesagt. Bis ich recherchiert habe. Und irgendwann eine Verbindung zwischen ihm und dir herstellen konnte. Was nicht einfach war. Denn Olaf Schmidt war im Netz nicht wirklich *existent*, wenn du verstehst, was ich meine. Er war immer *unter dem Radar* unterwegs. Der große Strippenzieher im Hintergrund, der keinerlei Interesse an Öffentlichkeit gehabt hatte.«

Ich lasse eine Pause, in der mich Ralf weiter beschimpft.

»Fick dich, du Drecks-Fotze! Du weißt nichts, gar nichts!«

Ich lächele. Weil: Er verliert die *contenance*. Beste Voraussetzung für die Wahrheit.

Ich warte genüsslich ab, bis er sich ausgebrüllt hat, und sage dann sachlich: »Olaf Schmidt war der Cousin von Karin Weber. Geborene Schmidt. Und Karin Schmidt ist wer?«

Ralf starrt mich fassungslos mit halb offenem Mund an, wirkt wie ein Boxer kurz vor dem K. O.

»Deine Mutter, genau«, sage ich.

Ein Raunen geht durchs Publikum.

»Olaf Schmidt war zu der Zeit, tja, wie soll ich sagen: *Lobbyist* trifft es wohl am besten«, fahre ich fort. »Mit besten Kontakten zur Wirtschaft und in die höchsten Kreise der saarländischen Politik. Wilhelm Eckert, ein alter Schulfreund von ihm war 1988 Landtagsabgeordneter. Staatssekretär im Justizministerium. Und Eckert kannte auch dich, Ralf. Und er hat dann seinem alten *buddy* Olaf gesteckt, dass Fotos von dir, die dich im Mordfall Nicola Lehberger schwer belasten würden, aufgetaucht waren. Olaf Schmidt war klar, was auf dem Spiel stand und handelte. Leider können wir deinen *Schutzengel* zu alldem nicht mehr befragen, da er 1998 an Krebs verstorben ist.«

Susanne versucht erneut, Ralf zurück auf seinen Platz zu ziehen, aber Ralf schlägt ihre Hand weg. Brüllt erneut in meine Richtung.

»Ich mach dich fertig! Du Stück Scheiße! Du bist tot! Du bist erledigt! Ich werde dich …«

»Du hast Nikki ermordet!«, brülle ich ins Mikro und unterbreche damit Ralfs Hasstirade. »Jakob war unschuldig! Er war nur der Chronist, der Beobachter. Wie immer. Er musste für dich über die Klinge springen. *Du* hast Nikki vergewaltigt und danach erschlagen! Weil sie gedroht hat, dich wegen Vergewaltigung anzuzeigen. Aber das konntest du nicht zulassen. Und dann lag da dieser Ast in der Nähe. Dieser Ast, der dick genug war, um sie zum Schweigen zu bringen. Für immer. Dieser Ast, der dich magisch angezogen hat. Der dir quasi eingeflüstert hat ›Bring die Schlampe zum Schweigen!‹. Was du dann ja auch getan hast. Und anschließend hast du Nikki noch mal vergewaltigt. Mit ebenjenem Ast. Als sie schon tot war. Warum? Um deine Spuren zu verwischen? Oder aus blankem Hass? Weil Nikki es gewagt hatte, dir zu drohen? Oder einfach nur, weil es dich scharf gemacht hat? Dieses Machtgefühl. Dieses Gefühl, alles tun zu können, ohne irgendwelche Konsequenzen befürchten zu müssen …«

Ralf starrt mich an. Er ist bewegungslos. Wie erstarrt.

Susanne versucht erneut, Ralf am Arm zurück auf seinen Platz zu ziehen, was ihr dieses Mal auch gelingt. Ralf lässt sich in seinen Stuhl fallen, sackt in sich zusammen, wirkt wie ein Luftballon, dem man die Luft abgelassen hat.

»Möchtest du dich dazu äußern, Ralf?«, hake ich nach.

Ralf sieht wie in Trance zu mir. Dann atmet er tief durch. »Das war keine Vergewaltigung«, erwidert er matt und tonlos. »Es war einvernehmlich. Sie wollte es, ich wollte es. Ich habe sie nicht ermordet …«

Ich lasse dem Publikum Zeit, das eben Gehörte sacken zu lassen.

Lächle innerlich.

Weiß, dass ich auf dem richtigen Weg bin.

Dass ich kurz vor dem Ziel bin.

»Du und Nikki, ihr hattet was am Laufen? Ohne dass es jemand mitbekommen hat?«, hake ich nach.

»Ja«, murmelt Ralf.

Ich warte auf Zwischenrufe der alten Weggefährten, die auch prompt kommen.

»Schwachsinn, Ralf.«

Anita.

Auf sie hatte ich gehofft. Und sie enttäuscht mich nicht.

»Du und Nikki – da lief nichts. Das hätten wir mitbekommen. Dass du scharf auf sie warst, okay, das war uns allen klar. Aber du hattest nichts mit ihr. Niemals.«

Ralf sieht kurz zu Anita. In seinem Blick eine Leere, die mich schaudern lässt. Der *master of puppets* hat die Kontrolle über das Geschehen verloren, hält die Fäden nicht mehr in der Hand, wirkt komplett hilflos und *lost.*

»Anita hat recht, Ralf«, bestätigt nun auch Biggi Görgen mit eisiger Stimme. »Du warst ein Poser. Ein Fake. Nichts als heiße Luft. Damals wie heute. Nikki war nicht deine Liga. Sie hätte sich nie auf dich eingelassen.«

»Meine Rede«, stimmt Anita zu.

Ich sehe zu Günther und Emma Lehberger, den Eltern von Nikki. Günther Lehberger, der den ganzen Abend über abwesend und in sich versunken wirkte, macht jetzt den Eindruck, hellwach und *ganz da* zu sein.

Bevor ich dazu komme, bei Ralf die Daumenschrauben noch weiter anzuziehen, mischt sich Christine Allenstein ein, die Besitzerin des »Ochsen«.

»Du hast dir das genommen, von dem du geglaubt hast, dass es dir zusteht«, ruft sie in Richtung Ralf. »Wundert mich nicht wirklich, ehrlich gesagt. So warst du doch schon immer.«

Gemurmel im Publikum. Zustimmendes Gemurmel.

Alles läuft aus dem Ruder.

Für Ralf.

Er ist *on the edge.*

Genau da, wo ich ihn haben will.

Endlich.

Komm schon, Mann, denke ich. *Tu es. Jetzt! Gestehe den Mord!*

Doch er gesteht nicht. Stattdessen zischt Susanne ihm etwas ins Ohr. Sie wirkt wütend, stinksauer. Ich kann nicht hören, was sie zu ihm sagt, aber ich denke, sie versucht ihm klarzumachen, dass er jetzt einfach die Klappe halten und nicht länger auf meine Fragen und Provokationen eingehen, und das alles einfach nur aussitzen soll. So wie Politiker das nun mal tun.

Ralf wirkt gestresst, macht den Eindruck, dass er sich äußern und verteidigen will. Susanne bemerkt das und boxt ihm mit voller Wucht gegen den Oberarm. Ralf zuckt zusammen, starrt Susanne an.

Dann wendet sich Susanne an mich. Mit fester Stimme, die keinen Widerspruch duldet.

»Das alles ist eine Farce! Eine Show! Und die dient wie gesagt nur einem Zweck: Promotion für dein neues Buch!«

Ich schiebe das Mikro ein Stück von mir weg. Keiner soll mein Räuspern hören. Und meine Verunsicherung spüren. Mir ist bewusst, dass es jetzt und hier enden könnte.

Ohne Ergebnis.

Ohne das Ende, das ich mir erhofft habe.

Ohne *irgendein* Ende.

Oder noch schlimmer: mit einem Ende, das keinen Sinn ergibt.

Weil: Es gibt keine Fotos des Mordes und somit auch keine Beweise, dass Ralf der Mörder war. Jakob hat sich wohl direkt nach dem letzten Foto, das er von Ralf und Nikki gemacht hat, vom späteren Tatort weggeschlichen.

Ich muss dranbleiben. Auch ohne Beweise. Sonst werde ich alles verlieren.

Ich habe nur noch ein Ass im Ärmel. Und das muss ich ausspielen.

Jetzt.

A shot in the dark. Mehr bleibt mir nicht.

Ich reibe mir mit zwei Fingern die Augen und ziehe das Mikro zu mir ran. »Angenommen, Ralf sagt die Wahrheit, und es war wirklich keine Vergewaltigung, sondern einvernehmlicher Sex. Und weiter angenommen, er und du, Susanne, wart schon damals ein Paar. Irgendwie. Und es war wie üblich in unserem damaligem Alter Eifersucht im Spiel. Und Besitzansprüche. Aber von deiner Seite aus nicht nur Ralf gegenüber, sondern auch gegenüber Nikki. Vor allem gegenüber Nikki. Wie siehst du das, Susanne? Als Nikkis damalige Geliebte …«

Totenstille im Saal.

Susanne starrt mich fassungslos an.

»Erzähl uns, was an dem Nachmittag des 28. Mai 1988 zwischen Nikki und dir passiert ist«, sage ich ins Mikro. »Hattet ihr Streit? Und Nikki hatte wie üblich keine Lust, sich für das, was sie tat, zu rechtfertigen, und hat sich ohne Erklärung verdrückt, um eine Runde schwimmen zu gehen? Was sie liebte, wie wir alle wissen. Und an dem Nachmittag war es perfekt, sie hatte den See für sich alleine, denn alle waren ja beim Fußballspiel. Das heißt, fast alle.«

Ich wende mich an Ralf.

»Du und Nikki – hattet ihr euch da verabredet oder war es ein Zufallstreffen?«

Ralf starrt mich an. Er macht den Eindruck, als wolle er etwas sagen. Susanne bemerkt das und boxt ihm erneut gegen den Oberarm.

»Halt einfach die Fresse, du Idiot!«, zischt sie für alle hörbar.

Ralf sieht von Susanne zu mir. In seinem Blick nichts als Leere. Er wirkt müde, ausgebrannt. Am Ende. So als habe er genug. Von all den Jahren, in denen er gelogen, betrogen, manipuliert und getrickst hat. All die Jahre, in denen er versucht hat, die Fassade aufrechtzuerhalten, seine Macht zu sichern und den Schein zu wahren.

All die Jahre, in denen er eine Lüge gelebt hat.

Dann sagt er tonlos, aber dennoch für alle hörbar: »Susanne und Nikki hatten Stress an dem Nachmittag, Nikki hat es mir erzählt. Weswegen weiß ich nicht. Nikki ist daraufhin allein zum See. Was Susanne wusste. Ich habe Nikki da zufällig getroffen. Ich wollte meine Ruhe, hatte keine Lust auf das Scheiß-Fußballspiel und die ganzen besoffenen Volldeppen …«

Er senkt den Blick.

»Das alles war nicht geplant. Nikki und ich – wir hatten vor dem Tag nichts am Laufen, es war das erste Mal. Es war Nikkis Idee. Sie wollte Susanne wohl einen reindrücken. Und ich habe mich drauf eingelassen. Klar habe ich mich darauf eingelassen. Wer hätte das nicht?«

Totenstille im Saal. Nicht mal vereinzeltes Räuspern ist zu vernehmen.

»Als Susanne uns entdeckt hat, ist sie komplett ausgerastet, war wie von Sinnen, hat uns beschimpft, verflucht, beleidigt, angebrüllt …«, erzählt Ralf weiter, wobei er abwesend auf seine Hände sieht.

Susanne starrt ihren Mann wie paralysiert an, kann nicht begreifen, was gerade passiert.

»Und dann lag da dieser Ast …«, fährt Ralf fort. »Das alles passierte so schnell, ich hab gar nicht kapiert, was abging … Und im nächsten Moment war es zu spät … Ich hatte keine Chance, einzugreifen …«

Er sieht zu mir.

»Du hast den Falschen, Juliana …«

Er sieht Susanne an, die auf einen Schlag aus ihrer Trance erwacht und plötzlich zu realisieren scheint, dass ihr Mann sie gerade ans Messer geliefert hat.

Dann eskaliert alles innerhalb von Sekunden.

Susanne springt von ihrem Platz auf, schlägt mit beiden Fäusten auf Ralf ein, versucht, dessen Gesicht zu treffen, erwischt aber nur seinen Oberarm. Ralf schubst sie von sich weg. Susanne gerät ins Torkeln, stolpert über einen Stuhl, versucht, sich an ihrem Sitznachbarn festzuhalten, und geht dabei zu Boden, wobei sie den Sitznachbarn mitreißt.

Die Besucher sind geschockt, schreien, springen von ihren Plätzen auf und rennen in Richtung Ausgang. Die Vorstufe zum kompletten Chaos. Ich sehe Lusche, der zu Susanne und Ralf rennt und dabei seine Pistole zieht. Susanne kommt wieder auf die Beine und attackiert erneut Ralf, brüllt, beschimpft ihren Mann aufs Übelste, tritt nach ihm. Ralf versucht, sie abzuwehren. Halbherzig. Er wirkt apathisch, teilnahmslos. Ganz weit weg. So als würde ihn das alles nichts mehr angehen, so als sei er *raus.* Lusche geht dazwischen und zerrt Susanne von Ralf weg. Susanne schlägt weiter wie eine Furie um sich und erwischt dabei Lusche mit ihrem Ellbogen im Gesicht. Lusches Pistole fällt zu Boden. Er hält sich die blutende Nase, wirkt desorientiert, während Susanne weiter versucht, nach Ralf zu schlagen und zu treten. Manfred Haag und Thomas Allenstein zerren Susanne gemeinsam weg von Ralf, der sich von Mike, der inzwischen auch nach vorne gekommen ist, ohne Gegenwehr zur Seite des Saals ziehen lässt. Tier ist jetzt alleine am Eingang und sieht sich dem Ansturm eines großen Teils des Publikums ausgesetzt. Auch er wirkt überfordert.

Wie ich.

Wie alle.

Dann setzt mein Herz einen Schlag aus.

Ich sehe, wie sich Günther Lehberger nach etwas bückt, das direkt vor seinen Füßen liegt: Lusches Pistole.

Er hebt sie auf. Sieht zu Susanne. Seine Frau wirkt aufgewühlt, sagt etwas zu ihm, was Günther Lehberger ignoriert und auf Susanne zugeht.

Nein, er geht nicht, er *schlurft.* Mit hängenden Schultern und einem Gesichtsausdruck, der nichts Gutes erahnen lässt.

Ich springe auf, brülle dabei: »Mike! Lehberger hat Lusches Waffe!«

Mike, der mit Ralf am Rande des Saals steht, scheint nicht zu verstehen. Susanne versucht immer noch, sich den Griffen von Thomas und Manfred zu entwinden. Dabei brüllt, kreischt, tobt, wütet sie wie eine Furie. Versucht, nach den beiden zu treten und sie zu beißen. Manfred verpasst ihr eine Ohrfeige, was sie aber auch nicht runterbringt. Sie ist komplett außer Kontrolle.

Herry kommt aus dem Backstage-Raum gestürmt, versucht, sich einen Überblick zu verschaffen.

»Lehberger!«, rufe ich ihm zu. »Er hat Lusches Pistole!«

Herry kapiert nicht, weiß nicht, wer Lehberger ist und was er vorhat.

Ich springe von der Bühne und renne in Lehbergers Richtung, der inzwischen keinen Meter mehr von Susanne entfernt ist. Bevor ich auch nur ansatzweise in der Nähe bin, zielt Günther Lehberger mit der Pistole auf Susannes Hinterkopf.

Thomas und Manfred, die das mitbekommen, lassen Susanne los, die dennoch weiter um sich schlägt und wütet.

Bis sie Günther Lehbergers Stimme in ihrem Rücken hört.

»Dafür wirst du bezahlen, du … Mörderin!«

Susanne fährt herum, starrt in den Lauf der Pistole.

»Du hast sie umgebracht. Unsere einzige Tochter. Sie war alles, was wir hatten!«

Susanne starrt Lehberger an.

Dann lacht sie.

Laut und schallend.

Ich sehe, dass Lusche und Herry sich Lehberger nähern und offensichtlich vorhaben, ihn zu überwältigen. Ich gebe ihnen gestisch zu verstehen, dass sie sich nicht einmischen sollen.

Im Saal ist es jetzt totenstill. Alle bekommen mit, was gerade abgeht.

Susanne hört abrupt auf zu lachen. Sieht Günther Lehberger an. In ihrem Blick eine Eiseskälte, die mir das Blut in den Adern gefrieren lässt.

»Drück ab, mach schon!«, zischt Susanne. »Ist mir scheißegal. Und falls du es genau wissen willst: Ich bereue nichts. Ich würde es immer wieder tun! Die Schlampe hat es verdient! Sie gehörte mir! Aber sie hat mich betrogen und verraten!«

Alle halten den Atem an.

Günther Lehberger kämpft sichtlich gegen seine Tränen, schließt für eine Millisekunde die Augen.

Im gleichen Moment, als er sie wieder öffnet, drückt er ab.

Ein unfassbar lauter Knall.

Schreie.

Panik.

Susanne starrt Günther Lehberger an.

Lehberger scheint nicht zu verstehen, dass Susanne nicht tot ist, dass außer dem lauten Knallen der Pistole nichts passiert ist.

Er drückt noch mal ab.

Und noch mal.

Und noch mal.

Wirkt bei jedem Schuss hilfloser und verzweifelter.

Susanne lacht.

Ihr dreckiges, lautes, obszönes Lachen, für das wir sie damals geliebt haben.

Und für das sie jetzt alle hassen.

Herry kommt dazu und reißt Lehberger, der fassungslos ist, die Pistole aus der Hand.

»Platzpatronen«, murmelt Susanne. Dann lacht sie erneut. Von einer Sekunde auf die andere zerfasert ihr Grinsen und fällt vollständig in sich zusammen. Ihre Mundwinkel sinken nach unten, und ihr Blick wird leer.

Denn sie versteht.

Weiß, dass es jetzt und hier vorbei ist.

Weiß, dass sie verloren hat.

»Das alles …« Sie bricht ab. Ihre Stimme zittert. »Das alles war inszeniert. Von Anfang an.« Sie sieht zu mir. Ihre Gesichtszüge drohen ihr zu entgleisen.

»Das ist richtig, Susanne«, erwidere ich sachlich und sehe zu Günther Lehberger, der weint, und von seiner Frau umarmt wird. Dann rufe ich über die Schulter nach Soboletzki, der aus dem Backstage-Raum zu mir und Susanne kommt. In seiner Hand eine Flasche Bier. Er ist unverletzt.

Natürlich.

Soboletzki grinst Susanne an, die ihn anstarrt, als sei er ein Geist.

Eine Erscheinung.

Ein Phantom.

»Du Scheiß-Verräter!«, brüllt sie.

»Ich?« Soboletzki lacht auf. »Nee, Madame, für die Rolle war heute dein Mann zuständig.« Er sieht zu Ralf, der immer noch mit Mike am Rand des Saals steht und den Eindruck macht, als sei er sediert, auf irgendwelchen Drogen, als würde ihn das alles nichts angehen, als wäre er nur ein Zuschauer, kein Beteiligter.

Susanne dreht wie in Zeitlupe den Kopf und sieht ebenfalls zu Ralf, der ihren Blick nicht erwidert.

»Lass die Gäste raus«, sage ich zu Herry. »Bis auf Ralf und Susanne. Und ruf die Bullen. Und einen Krankenwagen für Adi.«

»Jeht klar«, erwidert Herry und eilt in Richtung Ausgang, wobei er auf dem Weg Lusche, der sich ein Taschentuch auf seine – vermutlich nicht zum ersten Mal – gebrochene Nase drückt und Mike instruiert, sich um Ralf und Susanne zu kümmern.

Ich wende mich ans Publikum. Ohne Mikro. Von dort, wo ich stehe. Vor der Bühne.

»Die Lesung ist beendet. Ihr könnt nach Hause. Eure Handys bekommt ihr am Ausgang wieder. Danke, dass ihr da wart.«

Kein Gemurmel. Keine Zwischenrufe. Kein Applaus. Nichts. Alle sind mitgenommen, erschöpft, am Ende. Und erleichtert, dass es endlich vorbei ist. Sie gehen mehr oder weniger geordnet in Richtung Ausgang.

Ich sehe, wie sich Lusche an Susanne wendet und sie bittet, mit ihm zu kommen. Susanne ignoriert ihn. Sieht stattdessen zu mir. »Damit kommst du nicht durch«, zischt sie. »Niemals!«

Werde ich damit durchkommen? Ich weiß es nicht. Es spielt keine Rolle. Alles, was ich tun konnte, war, die Story zu erzählen.

Bis zum bitteren Ende.

Und das habe ich getan.

Nicht mehr und nicht weniger.

Ich wende mich ab. Schließe die Augen. Es ist vorbei. Es ist wirklich vorbei. Jakob ist rehabilitiert. Und ich habe mein Ende und damit das Ende für Jules.

Ich sehe zu Manfred und Anita, die kurz in meine Richtung blicken und dann Hand in Hand zum Ausgang gehen. Thomas steht bei Christine. Die beiden halten sich umarmt. Dann streicht er seiner Frau zärtlich über den Kopf, und sie gehen ebenfalls in Richtung Ausgang. Ebenso wie Günther Lehberger, der dabei von seiner Frau gestützt wird. Mein Onkel/Vater sieht zu mir. Lächelt bemüht. Ich auch. Burgunda ignoriert mich und schiebt ihren Mann weg.

Katarina kommt zu mir. Ohne Tablet. Sie legt mir kurz eine Hand auf die Schulter, macht den Eindruck, als wolle sie etwas sagen, überlegt es sich dann aber anders. Stattdessen nickt sie nur kurz und geht wortlos zurück in den Backstage-Raum.

»Hat Spaß gemacht, Stotter-Fotze«, sagt Soboletzki, der immer noch neben mir steht. »Geile Show. Ohne Scheiß. Fast wie in alten Zeiten.« Er lacht und trinkt dann sein Bier aus.

»Wenigstens einer, der Spaß hatte«, murmele ich.

»Mach dich locker«, sagt Soboletzki und klopft mir auf die Schulter. »Alles ist gut.« Dann geht er zurück in den Backstage-Raum. Vermutlich, um sich ein weiteres Bier aufzumachen.

Ich drehe mich über die Schulter zu Klemens um, der am Rand der Bühne steht und mitgenommen wirkt. »Letzter Song«, sage ich.

Klemens braucht einen Moment, um zu verstehen. Dann nickt er, wendet sich ab und geht zurück zum Mischpult. Kurz darauf ertönen die ersten Akkorde von »The End« von den Doors aus den Boxen der Anlage des Kaisersaals.

Ich sehe zur Ministerpräsidentin, die mich anlächelt.

Ich lächele zurück, auch wenn ich am ganzen Körper zittere.

TEIL 6:
ASK ME YESTERDAY

So ask me yesterday, when my heart was wild
I through it to the wind with a reckless smile
And I had all the moves, I knew just what to say
So ask me anything at all, but ask me yesterday

Tom Keifer: Ask me yesterday

DREI WOCHEN SPÄTER

19

Jules, einen Blumenstrauß in der Hand, stand am Grab des Mannes, von dem sie all die Jahre geglaubt hatte, dass er ihr Vater sei. Auf dem Grab noch immer das schmucklose und deprimierende Holzkreuz.

Ohne Geburtsdatum, ohne Todesdatum, nur der Name.

Werner Wunderlich.

Der bestellte Grabstein würde erst in knapp zwei Monaten das Holzkreuz ersetzen. Und da würde sie schon längst wieder in Frankfurt sein.

Würde sie den Grabstein jemals sehen?

Machte es einen Unterschied, ob sie ihn jemals sehen würde?

Sie warf einen Blick zu den Gräbern links vom Grab ihres »Vaters«.

Maria Wunderlich.

Jakob Wunderlich.

Halbbruder tot, Mutter tot, »Vater« tot. Auch wenn ihr leiblicher Vater noch am Leben war: Sie war jetzt alleine und auf sich gestellt.

Gefühlt war sie das aber nicht erst seit heute.

Jemand – vermutlich Burgunda – hatte frische Blumen

auf das Grab gelegt. Und Erde aufgeschüttet. Blumenerde. Jules legte den mitgebrachten Blumenstrauß neben Burgundas Blumen. Sie hatte nicht wieder mit ihr gesprochen. Dafür mit ihrem Vater/Ex-Onkel. Sie hatte ihm eine Vollmacht ausgestellt, damit er sich um den Verkauf des Hauses kümmern konnte. Er hatte ihr versprochen, finanziell das Beste für sie rauszuholen.

Jules schloss kurz die Augen. Dann wandte sie sich an ihren *Ex-Vater.*

»Hey, Fremder«, murmelte sie. »Wobei: So ganz fremd bist du mir ja inzwischen nicht mehr …«

Sie räusperte sich.

»Warum ich hier bin: Ich will eigentlich nur, dass du weißt, dass ich weiß, dass du …«

Sie brach ab. Lachte kurz auf.

»Entschuldige, das war nicht wirklich elegant formuliert. Okay, zweiter Versuch … Es tut mir leid, wie alles gelaufen ist. Das mit uns. Alles. *Unrund* trifft es wahrscheinlich am besten …«

Sie schloss kurz die Augen. Atmete ein paarmal tief durch.

»Ich wollte wie jedes kleine Mädchen einfach nur geliebt werden, aber du wolltest durch mich nicht daran erinnert werden, dass dein Bruder mein Erzeuger war. Tja … ist leider nicht mehr zu ändern. Es ist, wie es ist. Und es war, wie es war. Aber jetzt ist alles geklärt. Dein Bruder und ich haben es geklärt. Du hast es leider nicht geschafft, mir das alles zu erzählen. Kein Vorwurf, Werner. Du hast nur das getan, was du tun konntest, mehr war nicht drin. Wie ich. Aber manchmal reicht das eben nur so, tja, halb. Von daher sind wir uns vielleicht viel ähnlicher, als wir beide gedacht haben …«

Sie schloss kurz die Augen.

»Ich würde dich um einen Gefallen bitten. Einen letzten Gefallen. Kannst du auf etwas aufpassen? Es ist sehr wichtig, das darf nicht in die falschen Hände geraten. Sonst bin ich am Arsch. Entschuldige: Sonst bin ich erledigt. Auf allen Ebenen. Geht das klar?«

Sie sah sich um. Sie war alleine auf dem Friedhof.

»Ich werte dein Schweigen mal als Zustimmung, okay?«

Sie ging in die Knie und begann, mit den Händen – direkt neben Burgundas und ihren Blumen – ein Loch auszuheben. Als sie das Gefühl hatte, das Loch sei tief genug, zog sie die Walther PPK, die ihr Ciro aus ihrer Wohnung in Frankfurt mitgebracht hatte, aus der Innentasche ihrer Jacke. Die Pistole war in ein Tuch eingewickelt, das sich in einer Plastiktüte befand. Sie legte die Waffe in das Loch. Schüttete das Loch wieder mit Erde zu. Drückte die Erde platt. Stand auf und betrachtete das Grab.

»Hab es gut, Werner«, sagte sie. »Wir sehen uns auf der anderen Seite. Irgendwann … Pass auf dich auf.«

Sie sah zu den Gräbern von Jakob und Maria.

»Gilt natürlich auch für euch beide. Bis dann.«

Sie wandte sich ab. Dann hielt sie inne und drehte sich noch einmal um.

»Eine Sache noch: Momo. Es geht ihr gut. Aber sie vermisst dich, das weiß ich. Was ich leider nicht weiß: ob sie sich in diesem Leben noch einmal auf einen anderen Menschen einlassen kann. Ich würde es mir wünschen. Aber dafür gibt es keine Garantie. Die gibt es nie. Falls sich Momo für mich entscheidet: Sie wäre bei mir in guten Händen. Ich hoffe, das weißt du. Aber letztlich ist es alleine ihre Entscheidung, nicht deine und auch nicht meine … Mach's gut, Werner. Bis dann.«

Sie ging zur Wasserstelle, an der man Gießkannen befüllen konnte, wusch sich die Hände und verließ den Friedhof.

* * *

Jules stand am Esstisch und stopfte ihren Laptop in den Rucksack. Neben dem Tisch ihr gepackter Koffer. Seit ihrer *Infoveranstaltung* im »Ochsen« war nichts mehr wie zuvor gewesen. Kommissar Langer aus Saarbrücken war von seinem Vorgesetzten beauftragt worden, als Leiter einer neugegründeten Soko namens »1988« den Mordfall Nicola Lehberger wieder aufzurollen. Jules' *Rechercheergebnisse* – das Wort *Ermittlungen* wurde aufgrund von Jules' Suspendierung bewusst nicht gewählt, was Kommissar Langers Idee gewesen war. Zitat: »Man sollte gewisse Dingen nicht unnötig verkomplizieren« – wurden offiziell in die Akte aufgenommen. Dass es nachträglich Ermittlungen und Anklagen gegen die Beamten der »Soko Nicola« und deren Leiter Otmar Groß wegen vorsätzlicher Unterschlagung von Beweismitteln geben würde, bezweifelte Kommissar Langer. Aktuell ging es ausschließlich darum, den wahren Mörder von Nicola Lehberger vor Gericht zu bringen.

Ob Susanne Weber wegen Mordes angeklagt werden würde – und Ralf der Mitwisserschaft und somit der Mittäterschaft –, konnte Langer noch nicht sagen. Trotz der Tatsache, dass sich Ralf offiziell von seiner Frau distanziert und die Scheidung eingereicht hatte, war er aufgrund des öffentlichen Drucks für seine Partei nicht mehr zu halten gewesen. Verständlich, denn der Verdacht stand im Raum, dass er eine mutmaßliche Mörderin gedeckt hatte. Seit 1988. Er und Susanne waren durch dieses Geheimnis seit über 30 Jahren aneinander gekettet und sich gegenseitig auf Gedeih und Verderb ausgeliefert gewesen.

Bis zu dem Abend der *Infoveranstaltung* im »Ochsen«.

Ralf hatte keine andere Wahl gehabt, als von all seinen Ämtern zurückzutreten. Das Thema »Ministerpräsident« hatte sich damit natürlich auch erledigt. Seine Karriere in der Politik war definitiv vorbei. Vorerst. Aber so wie Jules Ralf einschätzte, würde er recht schnell wieder einen Job finden. Sehr wahrscheinlich in der Wirtschaft. Oder er würde in ein paar Jahren, wenn Gras über *die Sache* gewachsen war, ein grandioses Comeback als Politiker feiern. Was Jules für wahrscheinlicher hielt als einen Job in der Wirtschaft.

Susanne war aus dem gemeinsamen Haus ausgezogen und untergetaucht. Sie hatte sich bis jetzt nicht öffentlich zu den Vorwürfen geäußert. Auch nicht über ihren Anwalt.

Ein *Phantom*.

Spürte Jules so etwas wie Genugtuung? Ein Gefühl des Triumphs? Irgendeine Art von Befriedigung? Darüber, dass sie es geschafft hatte, ihren Bruder – Halbbruder – Jakob nachträglich zu rehabilitieren?

Nein. Sie fühlte … nichts. Sie wollte nur noch zurück nach Frankfurt und Woltersweiler hinter sich lassen. Und wieder gesund werden. Auch wenn laut Manfred alles so weit gut verheilt war und die Fäden gezogen worden waren – sie spürte den Schmerz in ihrem Unterleib immer noch. Und würde ihn wohl immer spüren.

Ein Phantomschmerz.

Der Schmerz eines Phantoms.

Ciro war gestern nach dem Frühstück abgereist. Zuvor hatte er ihr noch einen Brief gegeben, den er seit seiner Rückkehr aus Frankfurt dabeigehabt hatte.

»Hab lange überlegt, ob ich ihn dir geben soll«, sagte er, den Rucksack über der Schulter. »War irgendwie nie der richtige Zeitpunkt. Ich denke aber, jetzt ist der richtige Zeitpunkt. Bringt ja nichts, den Sand in den Kopf zu stecken.«

Er lächelte gequält über seinen Flachwitz.

Jules lächelte nicht, denn der Absender des Briefes war die Staatsanwaltschaft Frankfurt. Irgendwie hatte sie damit gerechnet, irgendwie aber auch nicht. Bauer, ihr Boss in Frankfurt, hatte die letzten Tage mehrfach versucht, sie telefonisch zu erreichen; sie war aber nicht rangegangen.

Sie stopfte den ungeöffneten Brief in ihren Rucksack. Sie würde sich den *bad news* in Frankfurt stellen, aber nicht hier in Woltersweiler, kurz vor ihrer Abfahrt. Sie schloss ihren Rucksack und sah auf die Ausgabe der Tageszeitung von vor zweieinhalb Wochen, die aufgeschlagen auf dem Esstisch lag. Der Lokalteil. Ein Artikel, in dem es darum ging, dass ein Mann namens »Mark L.« am Steuer seines Wagens, eines 3er BMWs, *kaltblütig* erschossen worden war. In einem Industriegebiet außerhalb von Neunkirchen. Keine Spur von dem oder den Tätern. Laut des Artikels vermutete die Kripo ein Verbrechen im Türsteher- und Drogenmilieu, denn das Opfer war vorbestraft und ein polizeibekannter Krimineller.

Jules zerknüllte die Zeitung und entsorgte sie im Mülleimer in der Küche.

Dann war sie *ready to go.*

Wobei eine Sache noch offen war.

Sie sah zur Terrasse. Die Schiebetür war geöffnet. Keinen Meter von der Tür entfernt stand ein Katzenkorb aus Weide im Wohnzimmer. Das Gitter war ausgehängt. Im Korb: Katzen-Leckerlis. Momos Fressnapf auf der Terrasse war unberührt.

Jules ging zum Katzenkorb, kniete sich daneben. Rief nach Momo. Versuchte, sie zu locken. Zwei Minuten. Fünf Minuten. Zehn Minuten.

Dann tauchte die schwarze Teufelin auf. Setzte sich entspannt direkt vor die Schwelle der Schiebetür zum Wohnzimmer.

Musterte Jules. Legte den Kopf schief, sah zum Katzenkorb und wieder zurück zu Jules.

Jules lächelte. »Tja, Baby, jetzt musst du dich entscheiden. Woltersweiler oder Frankfurt. Vergangenheit oder Zukunft. *What's it gonna be, Momo? Yes? Or no?*«

Im Gegensatz zu Jules wusste Momo die Antwort schon.

Lange bevor Jules die Frage überhaupt gestellt hatte.

Lange bevor Jules überhaupt gewusst hatte, dass sie diese Frage stellen würde.

Ask me yesterday, dachte Momo und blinzelte Jules an.

Jules blinzelte zurück.

OUTRO

Strange kind of woman

Sie trug ein leichtes Sommerkleid, das kurz unterhalb der Knie endete. Es entsprach nicht wirklich ihrem Stil, passte aber. Und sie hatte eine neue Frisur. Schwarz gefärbte schulterlange Haare, alle auf einer Länge.

Sie sah wundervoll aus.

Ich trug wie üblich meine Jeans und ein T-Shirt. Dem Anlass entsprechend das YPS-Shirt meines Halbbruders.

Wir hatten in einem Restaurant um die Ecke zu Abend gegessen. Und getrunken. Sie Rotwein und Grappa, ich Weißweinschorle und Whisky. Wir hatten geplaudert. Über dies und das. Hatten uns – ohne Absprache – die wichtigen Themen für später aufgespart.

»Na denn, Kommissarin«, sagte ich. »Stell deine Fragen. Ich bin bereit. Oder soll ich sagen *zukünftige Ex-Kommissarin?*«

»Nicht lustig, Schriftstellerin«, knurrte sie.

Dann lachten wir und stießen mit unseren Getränken an. Wir saßen auf der Terrasse meines Bungalows in Berlin-Lichtenrade. Es war kurz nach 21 Uhr. Die Temperatur lag immer noch bei 25 Grad. Der heißeste Juli in Berlin seit fünfzehn Jahren. Seit Wochen kein Tropfen Regen, keine Abkühlung. Subtropische Nächte, tropische Tage.

»Okay«, sagte Jules. »Die wichtigsten Fragen zuerst. Also für mich. Wie ging es weiter? Was ist mit dem Brief der Staatsanwaltschaft? Was ist mit Momo? Und: Wer hat diesen Laser ermordet?«

»Das alles wirst du im 6. Jules-Wunderlich-Roman erfahren«, erwiderte ich.

»Na, klasse«, grummelte Jules. »Gibt es schon einen Titel?«

»Yes, ma'am«, sagte ich. »*Warrior.*«

»Warrior? Ich?«

»Bist du doch: eine Kriegerin.«

»Aha. Wenn du das sagst …« Sie nahm eine Zigarette aus ihrem Päckchen. Ich gab ihr Feuer. »Okay, nächste Frage: War der Abend im Kaisersaal wirklich komplett geplant?«

»War er«, erwiderte ich. »Der Plan war, die Anwesenden – inklusive des Mörders – so lange wie möglich zu stressen, zu nerven, unter Druck zu setzen, sie an ihre psychischen und physischen Grenzen zu bringen, sodass der Mörder gegen Ende keine Kraft mehr haben würde, zu lügen. Alleine durch die Länge der Lesung und die Umstände.«

»Wer war alles eingeweiht?«

»Katarina, Soboletzki, die Ministerpräsidentin und die ›Demons‹«, erwiderte ich.

»Wie bist du auf die Idee für das Buch gekommen? Und auf die Lesung?«, fragte Jules.

»Durch die Fotos, die Jakob am Tag des Mordes gemacht hat. Die Fotos von Ralf und Nikki am See. Sie waren der Anstoß, mich ernsthaft mit dem 5. Jules-Wunderlich-Roman zu beschäftigen. Aber zu der Zeit hatte ich außer dem Titel nichts. Null. Nada. Keinen Plot, keine Figuren, keinen Wendepunkt, keinen großen Bogen. Erst durch die Fotos kam alles in Gang.«

»Wie bist du überhaupt an die Fotos gekommen? Nach so langer Zeit? Wohl kaum wie ich im Roman über einen Kontakt innerhalb der Polizei.«

»Nein«, erwiderte ich und nahm einen Schluck von meiner Weinschorle. »Sie wurden mir … zugespielt.«

»Von wem?«

»Was glaubst du von wem?«

»Hör auf, Hanna. Das ist Bullenscheiße: Fragen mit Gegenfragen kontern. Du bist kein Bulle, nur eine weltfremde, isolierte – und vermutlich ziemlich ungefickte – Autorin. Also beantworte einfach die Scheiß-Frage.«

Ich kicherte.

»Kichern macht es auch nicht besser«, sagte Jules ernst und lachte dann. »Los, sag schon!«

»Ich habe die Fotos vom persönlichen Assistenten der Ministerpräsidentin des Saarlands bekommen«, erklärte ich. »Er meinte, wenn ich wissen wollte, wann und von wem die Fotos gemacht wurden, sollte ich mich melden, dann gebe es ein Treffen mit der Ministerpräsidentin.«

»Und? Fand das statt?«

»Glaubst du wirklich, das hätte ich mir entgehen lassen?«

»Schon wieder auf eine Frage mit einer Gegenfrage geantwortet.« Jules verdrehte die Augen. »Nein, das hättest du dir wohl kaum entgehen lassen. Und dann?«

»Die Ministerpräsidentin meinte, sie hätte mitbekommen, dass ich zurück in Woltersweiler sei und Gerüchten zufolge in einem alten Mordfall recherchieren würde«, sagte ich. »Was aber zu der Zeit nicht der Fall war. Ich hatte keinen Plan, ich habe nur so getan, als würde ich bezüglich eines neuen Romans recherchieren. Ein bisschen die Gerüchteküche anzuheizen ist nie verkehrt.«

»Wie kam die Ministerpräsidentin an die Fotos?«

»Ralf als Gegenkandidat war eine reale Gefahr für sie«, erklärte ich. »Klar, dass sie da Erkundigungen einholen ließ. Über ihn, seine Vergangenheit. Irgendwelche Leichen im Keller, du weißt schon. Tja, und dann stießen ihre Leute wirklich auf etwas, das sich niemand erklären konnte.«

»Die Fotos, die dein Halbbruder Jakob ...«

»*Unser* Halbbruder«, korrigierte ich.

»Natürlich«, murmelte Jules. »Die Fotos, die Jakob 1988 gemacht hatte. Am Tag des Mordes an Nikki. Und die nie in der Akte des Mordfalls aufgetaucht waren.«

»Genau. Aber die Ministerpräsidentin und ihre Leute wussten nichts damit anzufangen, wussten nicht, wie sie diese Fotos als Waffe gegen Ralf einsetzen konnten. Bis ich ins Spiel kam. Eine *Win-win-situation* für beide Parteien: Ich liefere Ralf ans Messer und bekomme dafür dich und den neuen Roman.«

Jules wirkte erstaunt. »Das war der Plan? Ralf als Kandidat für das Amt des Ministerpräsidenten zu diskreditieren?«

»Na ja, das war der Plan der Ministerpräsidentin. Mein Plan war, eine Geschichte zu bekommen. Mit einem befriedigenden Ende.«

»Du wusstest aber nicht, ob Ralf damals wirklich der Mörder gewesen ist.«

»Nein, wusste ich nicht«, sagte ich. »Es gab ja nur die Fotos *vor* dem Mord. Alles andere musste ich mir an dem Abend im Kaisersaal zusammenreinem. Dass Susanne die Mörderin war ... das war nichts weiter als eine Theorie von mir. Eine von vielen. Dass ich damit recht hatte: *Just got lucky*.«

»Du hattest nie wirklich vor, unseren Bruder – Halbbruder – zu rehabilitieren. Es ging immer nur um dich, dein Ego und den neuen Roman, richtig?«

»Sagen wir mal so: zwei Fliegen – mindestens – mit einer Klappe«, erwiderte ich. »Die Ministerpräsidentin bekam den Kopf von Ralf, und ich meinen neuen Roman. Das eine wäre ohne das andere nicht möglich gewesen.«

»Wie viel hat dir die Ministerpräsidentin dafür gezahlt?«, fragte Jules.

»Bitte was?« Ich lachte auf. »Nichts. Natürlich nichts. Eigentlich hätte ich ihr was überweisen müssen. Ich meine, ohne die Fotos hätte es *Phantom* nicht gegeben. Und somit ein Wiedersehen mit dir nach all den Jahren, in denen ich dich aufs Abstellgleis geschoben habe. Das ist unbezahlbar.«

Jules nippte nachdenklich an ihrem Wein.

»Noch weitere Fragen?«

»Soboletzki«, erwiderte Jules. »Wie hast du es geschafft, ihn im Vorfeld *umzudrehen*?«

»Ein Gespräch unter vier Augen«, erwiderte ich. »Bei Bier und Whisky in einer Kneipe in Neunkirchen. Ich habe ihm alles erzählt und in meinen Plan eingeweiht. War ein Risiko, klar. Er hätte danach ja auch alles Ralf und Susanne erzählen können, und die beiden wären dann sicher nicht im Kaisersaal aufgetaucht – was ziemlich Scheiße gewesen wäre. Er hat aber nichts erzählt. Soboletzki ist nicht gerade die hellste Kerze auf dem Kuchen, war er noch nie, aber er ist *bauernschlau*. Und er wusste schon immer, wann es Zeit ist, die Seiten zu wechseln. Später an dem Abend gab es noch ein konspiratives Treffen mit der Ministerpräsidentin, die in ihrem Wagen in der Nähe der Kneipe gewartet hatte. Sie hat Soboletzki dann ein Angebot gemacht, das der nicht ausschlagen konnte: Persönlicher Bodyguard und Assistent. Ein festes Einkommen, das Soboletzkis Gehalt bei den Webers weit übersteigen würde. Aber Soboletzki hatte sich meiner Meinung nach eh schon davor entschieden. Er ahnte, dass

Ralf und Susanne aus der Nummer nicht mehr rauskommen und danach erledigt sein würden. Zumal er sich von den beiden eh nie wirklich gewürdigt gefühlt hatte. Für die Webers war er immer nur der Mann fürs Grobe. Dabei hat er mehr drauf. Wesentlich mehr. Und das hat die Ministerpräsidentin ihm auch deutlich zu verstehen gegeben: dass sie ihn schätzt und würdigt. Sie und Soboletzki haben dann alles per Handschlag besiegelt. Und Soboletzki war auf unserer Seite.«

»Und seine Provokationen im Kaisersaal?«, hakte Jules nach. »Auch alles geplant?«

Ich nickte. »Die Absprache war, dass er mich provozieren sollte. Um alles *echt* wirken zu lassen. Wobei er natürlich wie üblich völlig übertrieben hat. Die Sache mit dem Flachmann zum Beispiel. Und dass er mich am Eingang zum Stottern gebracht hat. Das hat mich echt umgehauen. Davon wusste ich nichts. Das stand auch so nicht im *Drehbuch* des Abends.«

»Krass«, murmelte Jules.

»Ja, krass«, stimmte ich zu. »Aber wie heißt es so schön: Der Zweck heiligt die Mittel.«

»Auch wenn du zum größten Teil verbrannte Erde hinterlassen hast. Ein Denkmal werden sie dir in Woltersweiler sicher nicht errichten.«

»Scheiß auf Denkmäler. Und scheiß auf Woltersweiler«, sagte ich.

»Wie viel Anzeigen hagelte es nach dem Abend im Kaisersaal gegen dich?«

»Nur eine. Von *PITA*.«

Wir lachten.

»Wie geht es jetzt weiter? Wird der Roman wirklich veröffentlicht?«

»Wird er«, erwiderte ich. »Bei einem neuen Verlag. Und ich gehe Ende des Jahres damit auf Lesereise.«

Jules wirkte überrascht. »Nicht wirklich …?«

»Nein, natürlich nicht wirklich«, erwiderte ich lächelnd. »Es bleibt bei der einzigen Lesung im Kaisersaal. Bei den anstehenden Lesungen werde ich nicht anwesend sein. Konzept ist: Jede Lesung wird die Ereignisse aus dem Kaisersaal nachstellen. Mit Schauspielern im Publikum und einer Schauspielerin, die mich darstellen wird. *Phantom* wird dabei als Film gezeigt und nicht gelesen. Die Dreharbeiten haben schon im April begonnen. Das Ganze wird ein Riesen-Event. Alles komplett durchinszeniert und bis ins kleinste Detail geplant. Quasi drei in einem: Theaterstück, Film und Lesung.«

»Oh, wow. Cool!«, sagte Jules. »Wer wird mich denn spielen in dem Film? Ich hoffe, nicht Veronica Ferres.«

»Ganz bestimmt nicht.«

»Jetzt sag schon!«

»Sei nicht so neugierig.«

»Bin ich aber.«

»Geduld, ma'am. Du wirst es früh genug erfahren.«

»Geduld … pfff.«

Ich lächelte. Jules nippte an ihrem Wein. »Schreibst du auch über uns und den heutigen Abend?«

»Selbstverständlich. Das ist mein Job«, sagte ich. »Der heutige Abend wird der Epilog. Beziehungsweise das *Outro*, wie ich es nenne. *Strange kind of woman*.«

»Wer soll das sein? Ich?«

»Natürlich du.«

»So *strange* find ich mich gar nicht.«

»Biste aber, glaub's mir.«

»Okay, du musst es ja wissen«, sagte Jules. »Du kennst mich ja besser als ich mich selbst.«

Wir kicherten.

»Trotzdem könnte das die Leser ein bisschen überfordern, oder?«, gab Jules zu bedenken. »Also diese Vermischung der Realitätsebenen, meine ich.«

»Leser müssen gefordert werden«, erwiderte ich schulterzuckend.

»Spinnerin«, sagte Jules und trank ihren Rotwein aus. »Letzte Frage … Gab es das ›Metal Heart‹ wirklich?«

»Yes, ma'am«, erwiderte ich.

»Und das, was in der Nacht dort passiert ist – ist das wirklich passiert?«

»Yes, ma'am.«

»Krasse Scheiße, Mann«, murmelte sie. »Okay, noch einen Grappa, dann verschwinde ich wieder aus deinem Leben. Wirst du mich vermissen?«

»Ich vermisse dich jetzt schon …«, murmelte ich.

Jules grinste. »Du bist süß, Schriftstellerin.« Sie korrigierte sich. »Ich meine, *Chefin*.«

Sie goss sich einen Grappa ein, kippte ihn auf Ex, stand auf, beugte sich zu mir und küsste mich auf den Mund. »Mach's gut, Hanna-Baby. Bis bald.«

»Bis zum nächsten Buch, Jules«, sagte ich.

»Bis zum nächsten Buch, genau«, erwiderte Jules. »Halt dich ran, wenn du mich wiedersehen willst.«

»Und ob ich dich wiedersehen will. Du bist noch lange nicht *auserzählt*.«

Jules lächelte, warf mir eine Kusshand zu und war verschwunden.

Ich atmete tief durch, zog meinen Laptop zu mir ran, klappte ihn auf und schrieb den ersten Satz des sechsten Jules-Wunderlich-Romans.

Parental Advisory: Explicit content!

Dieses Buch könnte Kraftausdrücke, Gewalt, Liebe, schwarze Katzen, eine Lesung, Sex, eine Geiselnahme, ein *Metal Heart*, eine Vergewaltigung, einen rotweintrinkenden Indianer, Grappa und Whisky, eine tote Ente, Milchkaffee, einen *little devil*, mehrere Morde, einen Opel Commodore B Coupé GS/E, einen *Mongo*, ein Familiengeheimnis sowie Heavy Metal der 80er-Jahre enthalten.

Lesen bitte nur auf eigene Gefahr!

Falls diese Warnung durch seltsame, nicht nachvollziehbare Umstände, erst am Ende des Romans auftauchen sollte: Tja …

Written at home and on the road between Summer 2018 and October 2019.

Produced by Mathias Aicher, Eliane Wurzer, Elke Hittinger (PIPER) and Franz Leipold (Lektorat).

Mixed by Mathias Aicher.

Engineered by Literarische Agentur Kossack, Hamburg.

Cover Art and graphics by Traumstoff.

Honourable mentions:

Heike, Lucy & Schroeder/Lucia und Günther Aicher/Michaela und Christopher Sweetin/Kimberly und Matt Swift/Lars Kossack und das Team der Literarischen Agentur Kossack

Special thanks to (*no specific order*):

Markus Eissler/Manuela Likos (Autorenfotos) & Wolf-Dieter Kuntze (Shubashi Records Berlin)/Markus Stach/Mira Stankovic und Peppers (aka Bad Hot Chilli Peppers/Don Peppone/Peppi/Pepperonius Peppernuss)/Roland Görgen und das *›Poison‹* in Neunkirchen/Die *›Handsome Dogs‹* (Peter Potens, Michael Lehberger, Jürgen Klein, Porty Portner, Jens Münster)/Das *›Crazy‹* in Zweibrücken/Roberta Bartoli (*for showing me the ›Metal Heart‹*)/Atze Ludwig/Lori und Camillo Hermann (Marshmillo's Tattoo/Wise Choice Naturals)/Andy Hume (Tattooing & Illustrations)/Jason R. Schröder/Lutz Subke/Uwe Albrecht/Uwe und Conny Neu (Buchhandlung »Der bunte Hund« in Weilerbach)/Buchhandlung Oesterlin (Bonlanden)/Florian Strebin und Catrin Kauffmann (Network Movie)/Familie Schönberger/Das Syndikat e. V. und die *Criminale*/Sarah Mainka/Second Hand Records (Stuttgart)/›Die heilige Wurst‹ (Michael, Karin und Volker)/Das ›Schützenhaus‹ (Grötzingen)/Meine Berliner Freunde, meine Pfälzer Freunde, meine BW-Freunde, meine Facebook-Freunde und alle, die mich in den letzten Jahren unterstützt, supported, gefördert und an mich geglaubt haben.

Love you all.

Long live Rock 'n' Roll!!!

In memoriam Werner Aicher (1935–2020) und Neil Peart (1952–2020)

Web:

www.facebook.com/mathias.aicher.autor

Le vicomte de Tournebroche
et autres histoires

Christian Oster

Le vicomte de Tournebroche

et autres histoires

Illustrations de Willi Glasauer

l'école des loisirs
11, rue de Sèvres, Paris 6[e]

Du même auteur à *l'école des loisirs*

Dans la collection *Neuf*

Le Colonel des petits pois
Le prince qui cherchait l'amour

Dans la collection *Mouche*

L'abominable histoire de la poule
Le lapin magique

Loi n° 49.956 du 16 juillet 1949 sur les publications destinées à la jeunesse : mars 2000
Dépôt légal : mars 2003
Imprimé en France par Jean Lamour à Maxéville

Sommaire

Le vicomte de Tournebroche

Il y avait une fois, dans sa salle de bains, une reine très coquette qui se préparait pour le grand bal qu'elle devait donner l'après-midi même en son château.

Pour n'être qu'un bal d'après-midi, ce devait tout de même être une très grande fête. C'était une très grande reine aussi, et elle ne trouvait plus ses boucles d'oreilles.

C'étaient de très grandes boucles d'oreilles, également.

Des anneaux, en fait.

Cette reine avait deux filles jumelles, Suzette et Lison, qui s'entendaient à merveille, mais qui n'étaient pas parfaitement heureuses.

D'abord, leur mère leur criait tout le temps après.

Ensuite, les deux fillettes n'aimaient pas leurs prénoms.

Suzette aurait voulu s'appeler Suzon.

Lison aurait voulu s'appeler Lisette.

Or leur mère acceptait tout juste que, de temps en temps, Suzette se fît appeler Lisette, mais non Suzon, et Lison Suzon, mais non Lisette.

Bref, elle ne voulait pas que les fillettes touchassent à leur dernière syllabe.

Mais à la première, oui, à la rigueur.

On ne sait pas pourquoi.

C'était comme ça.

Mais le pire, donc, c'est qu'elle leur criait tout le temps après.

Par exemple, tandis que les deux enfants se préparaient près d'elle dans la salle de bains, la reine, qui ne trouvait toujours pas ses boucles d'oreilles, leur criait :

– Ah, vous avez encore joué avec mes

boucles, petites chipies ! Aidez-moi à les chercher, au lieu de faire des grimaces devant la glace !

– Mais on ne fait pas de grimaces, mère, protesta Suzette, on se maquille pour la fête de cet après-midi.

– Vous aurez bien le temps de vous maquiller quand vous aurez trouvé mes boucles ! cria la reine. Et d'abord, vous n'avez pas besoin de vous maquiller !

– Mais vous venez de dire, mère, commença Lison, qu'on aura le temps…

– Ça suffit ! tonna la reine. Cherchez mes boucles !

Et les deux fillettes se mirent aussitôt à quatre pattes.

En fait, elles aimaient bien se mettre à quatre pattes, même sans chercher de boucles d'oreilles.

Et d'ailleurs elles ne les cherchaient pas.

La vérité, c'est que, dès qu'elles furent à quatre pattes, elles se mirent à jouer.

Or, de même qu'il existe des rois très distraits – Dagobert, pour ne citer que lui –, de même il existe des reines très attentives.

Et la reine était de ces reines-là, et le petit jeu des fillettes ne lui échappa pas.

– Mais vous jouez, garnementes ! s'écria-t-elle. Allez-vous chercher !

Et elle donna, vers les fesses de Suzette ou de Lison, – car bien qu'elle fût attentive, la reine confondait souvent les jumelles, même de dos –, un coup de pied qui manqua son but et qui lui fit perdre l'équilibre.

La reine chuta de tout son long, et elle se releva avec sa coiffure de travers, et sa robe de fête affreusement froissée. Elle entra dans une rage folle.

– Vous avez cinq minutes pour trouver mes boucles, brailla-t-elle, ou vous serez privées de fête ! Et je vous mettrai au pain sec pendant trois jours ! Ah mais, c'est que je ne suis pas comme mes boucles, moi ! Quand on me cherche, on me trouve !

Et elle ajouta :

– Je ne suis pas si gentille que j'en ai l'air, vous savez !

Mais ce n'était qu'une formule, et pas magique du tout, car la reine n'avait jamais l'air gentil. Les petites, terrorisées, toujours à

quatre pattes, se mirent à courir partout dans la salle de bains, qui était très grande. À un moment, comme elles se trouvaient chacune à un bout de la pièce, peut-être dissimulées par le vaste panier de linge sale tressé de fils d'or, ou par l'immense baignoire aux pieds d'argent, elles ne se virent plus, et elles se mirent à se chercher, puis à s'appeler. Mais la reine, au comble de l'impatience, ne les entendit même pas. Elle pestait, seule devant sa glace, à remettre en place ses mèches et son bandeau serti de diamants, et à repasser sa robe du plat de la main, mais sa robe restait froissée, et sa coiffure était à refaire, et ses boucles d'oreilles ne réapparaissaient toujours pas. Quand, soudain, elle poussa un cri, et, ce qui était très étonnant, ce cri était un cri de joie.

– Mes boucles ! Où avais-je la tête ? Je ne me rappelais pourtant pas les avoir mises ! Elles sont là, pendues à mes oreilles ! Vous entendez, les petites ? Cessez de chercher, voyons ! Et arrêtez de vous traîner à quatre pattes ! J'ai retrouvé mes boucles, vous dis-je !

Mais les fillettes ne répondaient pas.

– Où êtes-vous encore passées ? se fâcha la reine. Vous jouez à cache-cache, maintenant ?

Et votre maquillage ? Sors de derrière la baignoire, Lison ! Et toi, du panier de linge sale, Suzette ! Ou bien je vais me fâcher !

C'était déjà fait, bien sûr, mais elle ne s'en rendait pas compte. Car, pour se rendre compte qu'on est en colère, il faut qu'avant on ne le soit pas. En plus, il ne faut plus l'être après. Je veux dire qu'il faut redevenir calme. Or la reine était toujours en colère. C'était sa façon à elle d'être calme, et elle n'eût pas compris qu'on lui en fît la remarque. Mais personne, naturellement, ne lui en faisait jamais la remarque, excepté le roi, qui pour l'instant n'était pas là. En attendant, les fillettes ne répondaient toujours pas.

– Allez-vous me répondre, à la fin ! tonna de nouveau la reine.

Et, à bout de nerfs, elle se précipita vers la baignoire, puis souleva le couvercle du panier de linge sale : personne.

– Je suis là ! entendit-elle alors.

C'était la voix de Suzon – ou de Lisette –,

qui lui parvenait comme si Suzon – ou Lisette – avait été tout près d'elle. Mais la reine ne la voyait pas.

– Je suis là ! entendit-elle encore.

C'était la voix de Lisette – ou de Suzon –, qui lui parvenait comme si Lisette – ou Suzon – avait été tout près d'elle. Mais la reine ne la voyait pas.

– Mais où êtes-vous donc ? s'écria-t-elle.

– Retournez donc vous regarder dans la glace, entendit cette fois la reine, ce qui la mit tout à fait hors d'elle, car elle avait compris : « Puisque vous n'êtes bonne qu'à ça. »

– Petites insolentes ! tonna la reine. Vous mériteriez… Vous mériteriez…

Elle cherchait une punition plus dure que le pain dur, plus sèche que le pain sec, mais elle n'en trouvait pas. Heureusement pour les fillettes, elle n'avait pas beaucoup d'imagination.

– Eh bien, après tout, grogna-t-elle, j'y retourne, devant ma glace. Je ne vais pas me fatiguer à vous chercher, j'ai bien mieux à faire. Je dois réordonner ma coiffure.

Et elle retourna devant la glace.

– Vous nous voyez, mère, maintenant? entendit-elle.

Alors, enfin, la reine aperçut ses deux filles. Elles étaient devenues toutes petites sous l'effet de la frayeur. Et, maintenant, assises chacune sur un anneau de la reine, elles s'y balançaient comme sur une escarpolette, avec l'air de s'amuser comme deux petites folles.

– Allez-vous descendre de mes boucles! s'écria la reine. Vous allez me déchirer les lobes! Et je n'aime pas qu'on prenne mes royales oreilles pour un portique! Descendez de là!

– *On ne peut pa-as!* chantonnèrent les deux fillettes.

– Nous avons découvert vos boucles, sous le lavabo, ajouta l'une, mais nous étions déjà très petites, à ce moment-là, et, quand nous les avons touchées, nous nous sommes trouvées transportées dans les airs, et nous voilà suspendues à vos lobes.

– C'est très amusant ! reprit l'autre. Mais, pour en descendre, pas question ! Nous sommes comme aimantées !

– Comme aimantées, comme aimantées ! ronchonna la reine. Où as-tu appris ce mot-là ?

– Je ne sais pas, répondit la fillette. C'est le mot qui me semble convenir, voilà tout.

– Je m'appelle Lisette, ajouta Suzette, à moins que ce ne fût Lison.

– Et moi Suzon, dit Lison, à moins que ce ne fût Suzette.

– Ah, vous m'agacez avec vos histoires, dit la reine. Et a-t-on jamais vu deux fillettes bien élevées suspendues aux oreilles de leur mère ? De toute façon, je vais changer de boucles, ça vous apprendra !

– Ça ne nous apprendra pas à grandir, en tout cas, dit Suzon, ou Lisette, car je vous rappelle, mère, que par votre faute nous sommes devenues toutes petites. C'est à force de nous faire peur, aussi. Quand vous nous grondez, tout ce que nous souhaitons, c'est entrer dans un trou de souris. Et voilà le résultat.

– C'est bien vrai, renchérit Lisette, ou Suzon. Mais de toute façon, mère, nous resterons petites, parce que vous vous fichez bien que nous grandissions. Et nous aussi, au fond, nous nous moquons de grandir, et nous sommes bien contentes de rester sur vos boucles. Nous nous y plaisons. Et d'ailleurs vous ne les retirerez pas, parce que ce sont les plus belles. Et vous voulez être belle cet après-midi pour le bal, ou bien je me trompe ?

– Ah, les chipies, grommela la reine, elles ont pourtant raison ! Ce sont mes plus belles boucles. Eh bien soit, ajouta-t-elle d'un ton adouci, je les garde. Après tout, j'aurai les boucles d'oreilles les plus originales qu'on ait jamais vues. Merci, les filles ! Et continuez donc de vous balancer, la lumière joue dans vos beaux cheveux blonds, et mes oreilles n'en ont que plus d'éclat. Vous remarquerez qu'ainsi tout le monde est content, et que je suis une bonne mère.

– Ça, c'est moins sûr, dit Lisette.

– C'est que vous êtes un peu forcée, là, dit Suzon.

– Tut-tut, répondit la reine, je ne suis pas si mauvaise. Je vous aime bien, au fond. Et puis vous m'allez très bien, ajouta-t-elle en s'admirant dans la glace.

– C'est vous qui ne nous allez pas, dirent les fillettes d'une même voix.

– Encore un mot et je vous écrabouille ! menaça la reine, en approchant de ses anneaux ses deux mains, pouces levés, prêts à s'abaisser sur les index recourbés.

– Attention, cria Lisette, ou Suzon, vous allez abîmer vos boucles !

Et la reine interrompit son geste.

– Quand je pense, remarqua l'autre fillette, sachant désormais que sa mère n'oserait rien contre elle, que vous ne vous êtes même pas étonnée de notre changement de taille! On dirait que ça ne vous fait rien, de nous savoir minuscules.

La reine haussa les épaules.

– Tu me prends vraiment pour une idiote, dit-elle. C'est parce que vous vous balanciez sur mes boucles, alors ça m'a énervée. Mais j'ai bien vu que ça n'était pas normal.

– Mais, reprit Lisette, ou Suzon, ça vous est égal de savoir que nous pouvons servir de becquée aux oiseaux, maintenant.

– Près de moi, vous ne craignez rien, répondit la reine. À présent, fichez-moi un peu la paix, je dois finir de me préparer.

Et les fillettes se turent, car elles voyaient bien qu'il était inutile de discuter. En plus, elles en avaient assez. Et, en attendant l'heure de la fête, elles continuèrent de se balancer pendant que la reine achevait de parfaire sa toilette. C'était agréable, au reste, de se balancer dans ces conditions, parce que les deux fillettes se voyaient dans la glace. En outre, chacune voyait l'autre, de l'autre côté de la tête de la reine. Sans glace, en effet, elles n'eussent pu s'apercevoir. Cependant, quand la reine détournait le visage de son miroir, les fillettes ne se voyaient plus, mais elles arrivaient à se parler, en se dressant chacune sur son anneau pour atteindre le creux de l'oreille de leur mère. Et, en tendant l'oreille dans celle de leur mère, elles parvenaient chacune à entendre ce que disait l'autre. Le seul problème, c'est que la reine les entendait aussi, et les fillettes ne pouvaient pas dire n'importe quoi. Mais enfin, ça leur permettait de garder le contact.

Quand arriva l'heure de la fête, la reine descendit le grand escalier qui donnait accès à la salle de cérémonie, au bras de son mari le roi. Or, si la reine était du genre attentif, le roi, lui, était du genre distrait. Et il n'avait pas remarqué que ses filles se balançaient sur les anneaux de sa femme. La reine, bien sûr, ne lui en avait rien dit, pour qu'il ne se fâchât pas contre elle et qu'elle pût passer l'après-midi tranquille, à se faire admirer. Quant aux fillettes, elles continuaient de s'amuser et n'entendaient pas demander du secours à leur père

avant de s'être balancées tout leur soûl. Aussi Suzon, qui se trouvait tout près de son père, ne l'appelait-elle pas, alors qu'elle se trouvait presque au niveau de son oreille gauche.

Cependant, vers le bas de l'escalier, elle eut quand même envie de l'appeler, pour voir sa réaction. Elle ne fut pas déçue.

– Pardon ? fit le roi à l'adresse de la reine. M'avez-vous parlé, ou bien est-ce la voix de Suzon que j'ai entendue ?

– Quelle drôle d'idée, répondit la reine, nos filles ne sont pas là, et je ne vous aurais pas appelé « père », mon cher mari.

La reine, évidemment, avait entendu Suzon appeler son père, et elle tâchait de garder bonne contenance.

– Mais où sont nos filles, au juste ? s'inquiéta le roi.

– Elles n'ont pas fini de se préparer, répondit la reine, vous savez comme elles sont lentes.

– C'est faux ! s'écria Suzon, vexée.

– Pardon ? fit le roi. Comment se fait-il que je ne cesse d'entendre la voix de Suzon ?

– C'est dans votre tête, répondit la reine. Vous pensez trop à elles.

– Non, c'est juste à côté de votre tête, père, intervint Suzon.

Mais, comme elle ne voulait pas que son père la découvrît tout de suite, elle attrapa le haut de l'anneau, s'y hissa par les bras puis, ayant fait le cochon pendu, s'y rétablit en s'accrochant au lobe de sa mère, derrière lequel elle se cacha, les jambes bien repliées sous le haut de l'anneau.

– Aïe! fit la reine.

Le roi, guidé par la voix de sa fille, intrigué par le cri de la reine, qui de surcroît n'avait pu s'empêcher de porter la main à son oreille, fixa donc l'oreille de sa femme.

– Ah, dit-il, vous avez mis les beaux anneaux que je vous ai offerts pour notre dixième anniversaire de mariage. Ils vous vont à merveille. Mais je ne comprends toujours pas pourquoi j'entends la voix de Suzon si près de mon oreille. Ne l'entendez-vous pas vous-même?

– Ma foi, non, dit la reine.

Suzon, cependant, préférait se taire, maintenant, car elle craignait d'être découverte. Cramponnée au lobe de sa mère, elle attendit que le roi oubliât cet incident.

– M'entends-tu, Suzon ? appela cependant le roi.

– Cessez, mon cher, lui chuchota la reine, d'appeler ainsi dans le vide. Épargnez-nous ce ridicule, je vous en prie.

Suzon, de son côté, ne répondit rien.

– Bah, dit le roi, vous avez raison, j'ai dû rêver.

Et il n'insista plus.

Au bas de l'escalier, le couple royal fut accueilli avec force révérences, puis des musiciens à perruque se mirent à jouer, et le roi ouvrit le bal. Les deux fillettes se taisaient, cachées chacune derrière un lobe de leur mère, afin que leur père ne les vît pas, mais, de temps en temps, elles pointaient le nez à l'extérieur pour apercevoir leur père, à seule fin de se faire plaisir.

Car elles aimaient beaucoup leur père.

Parce que c'est une histoire comme ça, avec une mère mauvaise et un père bon.

Un jour, j'en écrirai une avec une mère bonne et un père mauvais.

Un autre jour, avec des parents mauvais tous les deux.

Patience, patience.

Après que le bal eut été ouvert, les cavaliers changèrent de cavalière. Or un beau vicomte, quand il eut quitté la sienne, se dirigea vers la reine.

– Je me présente, majesté: vicomte de Roche-Tenbour. Voulez-vous m'accorder cette danse?

La reine accepta, pas seulement parce que le vicomte était beau. C'est que ça ne se fait pas, quand on est reine, de refuser une danse à un vicomte. On passerait pour fière, et les reines ont à cœur de paraître modestes. Bref, le vicomte entraîna la reine dans une valse qui était elle-même entraînante, ce qui fait que la reine, réellement, se trouva entraînée. Elle en fut tout étourdie.

– Ah, vicomte, dit-elle, vous me faites tourner la tête.

– Voulez-vous prendre un peu de repos, majesté ? s'inquiéta le vicomte.

– Du tout, du tout, protesta la reine. Faites-moi danser encore.

Et, comme la musique recommençait, elle tendit les bras vers son cavalier.

– Elle est amoureuse, ou quoi ? souffla Suzon à Lisette, en se hissant jusqu'à l'oreille de sa mère.

– On dirait bien, chuchota Lisette.

Elles espéraient toutes deux que leur mère ne les entendait pas, à cause de la musique, et elles n'avaient pas tort, mais ce n'était pas à cause de la musique : c'était à cause de sa tête, tournée en effet par le vicomte. La reine n'était peut-être pas amoureuse, mais elle était séduite.

Puis le vicomte l'entraîna dans une troisième danse, et la reine, cette fois, n'en pouvant plus, demanda grâce. Elle se fit raccompagner jusqu'au fauteuil le plus proche et, là, elle souffla.

Le roi, qui venait de faire danser une comtesse, la quitta pour s'approcher de sa femme.

– Qu'avez-vous ma mie ? Vous semblez lasse.

– Je le suis, mon ami, répondit la reine, je le suis. Ce vicomte de Roche-Tenbour m'a tuée. Quel danseur !

– Roche-Tenbour ? s'étonna le roi. Je n'ai jamais entendu ce nom-là.

– Je ne l'avais jamais entendu moi-même jusqu'à ce soir, avoua la reine. Mon Dieu ! s'exclama-t-elle.

– Qu'y a-t-il ?

– Mes anneaux ! s'écria la reine. Malheur, je ne les ai plus !

Et, en effet, nul anneau ne pendait aux oreilles de la reine.

– Ce n'est pas grave, voulut la rassurer le roi. Vous les avez sûrement perdus en dansant. Nous les retrouverons. Et, si nous ne les retrouvons pas, je vous en offrirai d'autres.

– C'est que…, commença la reine.

– Je comprends, lui dit le roi, vous y teniez. Mais ce ne sont que des boucles d'oreilles, ma douce. Et nous aurons un onzième anniversaire de mariage. Je vous promets que les prochains seront beaucoup plus beaux. En attendant, ajouta le roi, qui était généreux, mais qui avait le sens de l'économie, nous allons rechercher ceux que je vous ai déjà offerts.

Et le roi fit signe d'arrêter la musique. Les figeurs se dansèrent, ou le contraire, plutôt, et le roi ordonna à toute la cour de rechercher les anneaux de la reine. Alors, chacun se mit à quatre pattes, et la reine s'écria :

– Attention, ils sont fragiles ! Ne les écrasez pas !

Et, pour la première fois depuis longtemps, elle pensa à ses filles comme à quelque chose de précieux, et qu'elle risquait de perdre. Difficile de savoir, néanmoins, si c'était à ses filles seulement qu'elle songeait, ou bien surtout à ses anneaux. Mais enfin elle était émue, et ce n'était déjà pas si mal. Cependant, on ne retrouvait pas les boucles, et la soirée menaçait d'être gâchée si tout le monde la passait le nez au ras du sol. Le roi demanda donc qu'on interrompît les recherches, afin que la fête pût reprendre. Et la fête reprit. Mais la reine attira le roi à l'écart et, d'une voix tremblante, lui confia :

– Je ne vous ai pas tout dit, mon ami. Ces anneaux…

De son côté, le vicomte de Roche-Tenbour avait quitté discrètement le château et, ayant enfourché son cheval, il gagnait vivement la forêt proche. Quand il fut arrivé en vue d'un gros chêne creux, il descendit de cheval et disparut à l'intérieur du tronc. Il en ressortit, chaussé de très grandes bottes, et, abandonnant son cheval, puis prenant son élan, il s'éleva par-dessus les arbres. En une seule enjambée, il parcourut sept lieues et demie, car ses bottes étaient d'un tout nouveau modèle, aux semelles surcompensées et munies d'un aileron frontal qui améliorait leur coefficient de pénétration dans l'air, et, en quelques pas, il parvint à son repaire, tout au fond de la forêt.

Là, il sortit les boucles de sa poche et les enferma dans un coffret. Ensuite, il se rendit dans sa bibliothèque, qui était composée essentiellement d'ouvrages culinaires, et y chercha le manuel intitulé *Les mille et une façons d'accommoder les petites filles*. L'ayant trouvé, il l'ouvrit à un chapitre spécial intitulé «La préparation des toutes petites filles» et se mit à le lire. Ne trouvant pas ce qu'il cherchait, il se reporta au sous-chapitre intitulé «La préparation des toutes petites filles qui se trouvent aimantées à des boucles d'oreilles». Mais ce sous-chapitre ne comportait qu'une ligne, qui disait: «Se reporter à l'ouvrage du même auteur, *Les mille et une façons d'accommoder les sauterelles unijambistes de Patagonie.*» Alors le vicomte, exaspéré, jeta le livre à travers la pièce et s'efforça de réfléchir. C'était, du reste, ce qu'il avait de mieux à faire.

Pendant ce temps, le roi et la reine divorçaient. La reine ayant expliqué au roi ce qu'il était advenu de ses filles, aimantées aux boucles d'oreilles de leur mère, le roi était entré dans une grande colère, et il avait décidé qu'il n'aimait plus sa femme. En même temps, il s'était aperçu qu'il ne l'aimait plus depuis bien longtemps, et qu'il ne l'avait gardée pour femme que par habitude, et parce qu'elle lui avait fait de beaux enfants. La fête fut interrompue, on fit venir le maire de la ville, et l'on procéda au divorce en grande pompe, devant toute la cour. La reine, humiliée, se vit retirer son bandeau serti d'argent, qui lui servait de couronne ce soir-là, mais elle ne fut point bannie, car le roi entendait bien qu'elle participât avec lui aux recherches. On avait, en effet, après avoir consulté les fichiers royaux, découvert la véritable identité du vicomte de Roche-Tenbour, et compris pourquoi il avait, une fois qu'il eut ôté avec habileté les boucles des oreilles de sa cavalière à la faveur de la danse, emporté avec lui les fillettes. Le vicomte de Roche-Tenbour s'appelait en réalité vicomte de Tournebroche, et il fréquentait les milieux royaux à seule fin de se procurer de jeunes et beaux enfants pour les faire cuire. Car, réputé pour son estomac délicat, il ne supportait que la chair des enfants royaux, qui est rose et fondante. On avait signalé sa présence, dans plusieurs cours royales, sous diverses identités d'emprunt.

Le roi rassembla ses invités et, sans plus tarder, les fit monter à cheval afin que toutes les énergies fussent consacrées à retrouver le vicomte de Tournebroche. Et les recherches commencèrent.

Le vicomte, quant à lui, réfléchissait en son repaire à la meilleure façon d'engraisser les fillettes. En effet, telles quelles, elles n'eussent comblé qu'une de ses dents creuses. Tout en salivant – ce qui découvrait, dans son beau visage, d'affreuses dents pointues –, il consulta donc un autre livre de recettes, assez ordinaire celui-là, intitulé *Les bonnes recettes de tante Lucie*, et qui contenait d'excellentes recettes propres à nourrir les petites filles. Toutefois, il le referma vite, calculant qu'il était bien plus intelligent, et surtout bien plus rapide, de rendre aux fillettes leur taille d'origine en recourant aux services d'une fée.

Le vicomte connaissait bien une fée, dans la forêt, mais il ne s'entendait guère avec elle. C'était en effet une bonne fée, qui ne supportait qu'à contrecœur le voisinage d'un mauvais vicomte. Et le vicomte de Tournebroche était, en réalité, le pire des mauvais vicomtes. Et la seule façon dont le vicomte pouvait bénéficier de sa magie était encore de l'enlever puis de la forcer à rendre leur taille aux fillettes. Or, pour ce qui était d'enlever les gens, le vicomte était à son affaire.

Évidemment, la fée était une fée, et, pour l'enlever, le vicomte devrait lutter contre sa magie. Il avait bien quelques pouvoirs, mais enfin ça n'allait pas bien loin. Il savait cirer ses bottes sans se baisser, en prononçant une formule magique, et transformer en pommes de terre des épluchures de pommes de terre, mais c'était à peu près tout. En magie, il était plutôt nul, et, en définitive, avec cette fée, il avait du pain sur la planche. Cependant, il était très motivé, et il comptait bien employer la ruse.

Le roi et ses nobles sujets, en compagnie de la reine, également, passaient pendant ce temps la forêt au peigne fin. On explorait chaque arbre creux, chaque rocher suspect, on pénétrait violemment dans chaque cabane, délogeant tantôt un bûcheron hébété, tantôt un loup habillé en grand-mère, qui s'enfuyait en chemise de nuit, tantôt encore un ogre de second ordre qui, surpris que toute une armée fût levée contre lui, lâchait précipitamment son *Manuel à l'usage des ogres sans envergure* et dressait fièrement la tête pour accueillir la troupe en s'efforçant de prendre un air féroce. Évidemment, personne n'était dupe, d'autant qu'il ne chaussait qu'un petit quarante-deux, ce dont témoignaient de simples bottines en poil de castor soigneusement rangées au pied de son lit. Et, réellement, le roi commençait de désespérer de jamais retrouver ses filles.

Le vicomte de Tournebroche, cependant, arrivait chez la fée. Elle vivait au pied d'un frêne, dans le terrier qu'un vieux lapin lui avait laissé en héritage pour services rendus. Elle mesurait environ vingt-cinq centimètres de haut sur cinq de large et sa robe était une feuille de platane, qu'elle avait imperméabilisée à l'aide d'un produit en bombe et qu'elle portait à la romaine, avec un pan passé pardessus l'épaule. Au reste, c'était une jolie petite brune, qui passait le plus clair de son temps dehors, perchée sur une fleur, à bavarder avec les papillons.

La fée n'étant pas chez elle, le vicomte de Tournebroche alla la chercher dehors, l'aperçut juchée sur une jonquille et, son arrivée ayant chassé le papillon avec qui elle papotait, il la salua poliment.

– Je te trouve bien aimable, vicomte, aujourd'hui, lui répondit la fée. Tu n'aurais pas besoin de quelque chose ? En tout cas, j'espère que tu ne comptes pas sur moi.

– Oh, je n'ai besoin de rien, rétorqua le vicomte. J'ai simplement recueilli chez moi deux petites filles qui, elles, auraient grand besoin de ton aide. Les malheureuses ont rapetissé à la suite de je ne sais quel mauvais sort, et elles font si peine à voir que mon chagrin m'a conduit jusqu'à toi.

– Te moques-tu de moi, vicomte ? se fâcha la fée. Depuis quand les petites filles te donnent-elles du chagrin ? Et depuis quand les recueilles-tu ? Ne les aurais-tu pas cueillies, plutôt, comme on cueille des cerises, à l'Arbre-aux-petites-filles ?

– Que veux-tu dire ? s'étonna le vicomte, troublé. Je ne connais pas cet arbre. Et je sais que tu ne me l'indiqueras pas, mais je peux t'affirmer que ces petites filles ne poussaient sur aucun arbre. D'ailleurs, elles ne poussent pas du tout. C'est bien le problème. Il faudrait que leur croissance reprenne.

– Eh bien, suggéra la fée, tu n'as qu'à les nourrir.

– C'est que, les ayant trouvées abandonnées dans la forêt, perchées sur la fronde d'une fougère, je voudrais les rendre à leurs parents au plus vite, mentit effrontément le vicomte. Ils doivent être fous d'inquiétude. Et, en attendant, les fillettes pleurent, et cela me déchire le cœur.

– Décidément, observa la fée, tes mensonges sont de plus en plus grossiers, vicomte. Sais-tu que ça en devient vexant, pour moi ?

– Bon, bon, concéda le vicomte en découvrant ses affreuses dents pointues. D'accord. Bien sûr, Paula, que j'ai l'intention de manger ces deux petites filles. Tu me connais bien assez pour ça. Mais je te ferai remarquer que ça ne change pas grand-chose au problème.

– Comment ça ?

– Eh bien, les fillettes doivent tout de même retrouver leur taille normale. Et cela relève bien de ta compétence. Je te propose donc de m'accompagner jusqu'à elles pour que tu leur rendes leur taille. Ensuite, ou je les mange toutes crues – je suppose que tu ne me laisseras pas le loisir de les cuisiner –, ou tu m'en empêches. Nous verrons bien alors qui de nous deux sera le plus vif. Ou le plus malin.

– Je dois dire que pour une fois, concéda la fée, ton marché me paraît honnête. C'est un combat singulier que tu me proposes, vicomte. Soit, je relève le défi. Allons-y.

Et le vicomte conduisit la fée à son repaire, bien caché tout au fond de la forêt. Quand ils arrivèrent dans la grande pièce où, sur sa table de travail, le vicomte avait enfermé les deux petites dans le coffret, la fée demanda où se trouvaient les fillettes. Le vicomte hésita un peu à le lui dire, car il craignait les pouvoirs de la fée, mais enfin il se décida. Il désigna le coffret, puis l'ouvrit.

Les fillettes parurent, chacune endormie à l'intérieur de sa boucle, tel un Pierrot sur son croissant de lune, chaque boucle reposant à la verticale dans les fentes peu profondes d'un écrin garni de feutre. Car elles n'avaient pu, épuisées par la peur, que trouver refuge dans le sommeil. Puis, sous l'effet de la lumière, elles clignèrent des yeux et reconnurent le vicomte. Alors, la terreur les étreignit de nouveau. Et, de toutes leurs forces, elles se cramponnèrent chacune à sa boucle, ce qui était inutile, bien sûr, puisque chacune s'y trouvait aimantée.

– Pitié ! implorèrent-elles. Nous n'avons pas mérité de mourir ! Nous ne sommes pas méchantes !

– La question n'est pas là, expliqua calmement le vicomte. Peu importe qu'un enfant soit bon ou méchant, pourvu qu'il flatte agréablement mon palais. Mais, en attendant de vous déguster, je vous ai apporté une petite amie, mes belles.

Et le vicomte, d'un geste large, désigna la fée, qui se tenait un peu en retrait, perchée sur le dossier d'un fauteuil.

– Oh, une fée ! s'écrièrent immédiatement les fillettes.

– Et une bonne fée, on dirait! ajouta Suzette.

– Qui va sûrement nous aider! renchérit Lison.

– Hélas, répondit la fée, je vais bien essayer de vous aider. Mais je ne peux, pour cela, que vous rendre votre taille normale, afin que vous puissiez vous enfuir. Cependant, dès que vous serez redevenues grandes – je me comprends –, le vicomte risque de vous attraper et de vous croquer toutes vives.

Je ne peux rien de plus pour vous, malheureusement. Et vous devrez faire preuve d'une grande rapidité, ainsi que de malice.

– Ça ira, Paula, assez de discours, intervint le vicomte. Venons-en au fait.

– Je suis prête, dit la fée.

– Moi aussi, dit le vicomte.

Et tous deux se tenaient à proximité des fillettes, l'une prête à les sauver, l'autre à les dévorer.

– Tenez, les enfants, dit la fée.

– Hé, qu'est-ce que c'est que ça ? protesta le vicomte.

– Je mène ma magie comme je l'entends, répondit la fée en continuant de tendre aux fillettes un petit objet qu'elle tenait en main. C'est une minuscule boîte à musique, et elle leur servira à mieux t'échapper quand elles auront retrouvé leur taille. Tu y vois une objection ?

– Heu, non, concéda le vicomte. Tu choisis tes armes, après tout. Mais ta boîte à musique ne me fait pas peur. Elles n'auront d'ailleurs pas le temps de s'en servir.

Et le vicomte se mit en position, prêt à bondir sur ses proies. La fée remit alors la boîte à musique entre les mains de Suzette. Aussitôt, les deux fillettes disparurent. Seules, dans l'écrin, restèrent les deux boucles.

– Mais tu ne les as pas fait grandir ! tonna le vicomte. Et où sont-elles ?

– Tu ne crois quand même pas que je vais te le dire, rétorqua la fée. Cherche-les donc. Mais, ajouta-t-elle, pour te dédommager, je t'offre à toi aussi une boîte à musique.

Et elle lui tendit une boîte à musique exactement semblable à celle qu'elle avait donnée aux fillettes, et qu'elles avaient emportée avec elles. Le vicomte, naturellement, ignora ce dérisoire cadeau, le posant négligemment près du coffret. Et, tantôt sur la pointe des pieds, tantôt à quatre pattes, il se mit à chercher fébrilement les deux fillettes, maudissant la fée, explorant chaque recoin de son repaire.

– Petites comme elles sont, ragea-t-il, elles ne pourront de toute façon pas aller bien loin. Ah, elles ne perdent rien pour attendre ! Et toi non plus, Paula ! ajouta-t-il à l'adresse de la fée.

Mais la fée avait disparu aussi.

– Va donc au diable, après tout ! maugréa le vicomte. Je n'ai que faire de toi et de tes cadeaux de malheur ! Tu ne m'as jamais intéressé. De toute façon, si j'ai bien compris, tu n'es plus là pour m'entendre.

Et, tandis que le vicomte recherchait les fillettes, le roi et sa cour, eux, recherchaient le vicomte. Et les fillettes, naturellement, auxquelles le vicomte devait les conduire. Mais son repaire demeurait introuvable. Le roi, désespéré, avait interrogé en chemin tout le personnel de la forêt : loups, chasseurs, sorcières, princes transformés en monstres, belles endormies dans leur cercueil de verre, sorties de leur sommeil à grands coups de baisers de princes – il n'en manquait pas à la cour du roi, qui avait également six grands fils –, il avait même éveillé un vénérable hibou, mais personne n'avait la moindre idée de l'endroit où gîtait le vicomte. La troupe était exténuée ; le roi avait ordonné une halte dans une clairière, car il ne servait à rien d'user la force des hommes pour une marche sans but. Et, tandis que ses sujets s'offraient un petit somme réparateur, qui au pied d'un chêne, qui au pied d'un bouleau, le roi, se refusant à dormir, s'était mis à réfléchir, assis au pied d'un hêtre, le dos tourné à sa femme, installée de l'autre côté de l'arbre.

Puis il céda lui aussi à la fatigue. Alors, mille cauchemars peuplèrent sa sieste, et, comme il luttait avec son épée contre un dragon qui n'était autre qu'une des cent cinquante formes possibles du vicomte, dardant vers lui ses quinze langues de feu, il s'éveilla, en sueur, se dressa sur ses pieds et, brandissant son épée, levant encore la tête pour faire face au dragon de son rêve, arrêta son regard sur les branches de l'arbre au pied duquel il avait dormi. Et cet arbre, au beau milieu de la clairière, était le seul qui fût chargé de fleurs, comme si le printemps venait d'arriver rien que pour lui. Et ces fleurs étaient blanches, et elles commençaient seulement de s'ouvrir. Et alors elles s'ouvrirent complètement, et dans le cœur de chaque fleur s'éveilla à son tour une toute petite fille, et il y en avait tant qu'on ne pouvait les compter. Cependant, pour deux des petites filles, il sembla que ce fût soudain l'automne, et, leurs pétales s'étant grands ouverts, les deux filles du roi tombèrent, les bras écartés, en tournoyant jusqu'au sol.

– Mes filles ! s'écria le roi en les ramassant. Comme vous m'avez manqué !

Et il les serra contre son cœur.

– Mes boucles ! s'écria la reine, qui arrivait de l'autre côté du tronc. Qu'avez-vous fait de mes boucles ?

Mais le roi ne lui prêta pas attention. Tout au bonheur de retrouver ses filles, il laissa la reine tourner autour de l'arbre, le nez baissé, à rechercher ses boucles dans le tapis de feuilles mortes.

Cependant, les autres petites filles, tout juste écloses, réclamaient du haut de leurs branches qu'on les cueillît sans plus tarder. Le roi, ayant pitié d'elles, tendit alors la main vers la branche la plus basse, qui ployait sous le poids de toutes ces fleurs, et voulut en cueillir une entre pouce et index ; mais la tige résista si fort qu'il craignit de blesser, en l'arrachant, la fillette lovée au cœur des pétales. Un corbeau, perché sur la plus haute branche de l'arbre, la quitta alors pour se poser sur la plus basse et dit au roi :

– N'insistez pas, sire. Seuls les parents de ces fillettes ont le droit de les cueillir, et elles devront attendre, pour tomber, qu'on ait retrouvé leur trace. Mais n'ayez point d'inquiétude pour elles. En attendant, elles sont en sécurité, ici. Et, d'ailleurs, leur délivrance est proche, car elles sont déjà toutes en fleur.

Tandis qu'il parlait, des gens de la cour, à l'autre bout de la clairière, s'étaient groupés au pied d'un érable, et le roi ainsi que les deux fillettes s'approchèrent, intrigués.

– C'est sans doute l'Arbre-aux-petits-garçons ! commentait un baron, le doigt levé vers les branches.

En effet, au cœur des fleurs en bouton, on distinguait de jeunes enfants qui n'avaient pas l'air de filles, mais, pour le savoir avec certitude, il eût fallu en cueillir un. Et de même qu'on ne pouvait cueillir ici une petite fille qu'on n'avait point faite, de même on ne pouvait cueillir un petit garçon qui ne fût pas à soi. Toutefois, une fleur, une seule, s'épanouit puis se détacha d'elle-même de sa branche et chuta en tournoyant jusqu'au sol. L'enfant, qui était bien un garçon, en sortit sans façon et, comme il expliquait à l'assemblée qu'il était orphelin de père et de mère, le baron qui avait levé le doigt vers l'arbre, et qui avait pour épouse une excellente femme, proposa de l'adopter, avec l'assentiment du roi.

– Comment t'appelles-tu, au fait, mon petit ? demanda le roi à l'enfant.

– Matthieu, répondit l'enfant.

– Et peux-tu me dire, Matthieu, comment tu es arrivé jusqu'ici ?

– Oh, c'est tout simple ! répondit l'enfant. C'est une fée qui m'a fait rapetisser pour m'arracher aux griffes d'une sorcière myope. Après cela, avec une vieille pièce en fer-blanc qui traînait au fond de ma poche, j'ai loué les services d'une pie. Elle m'a amené au-dessus de l'arbre, m'a lâché, et je suis tombé droit sur un bourgeon qui, à mon arrivée, s'est entrouvert pour me recueillir.

– Ah bon ! acquiesça le roi. Je comprends, je comprends !

En vérité, il ne comprenait pas grand-chose, mais ce n'était pas grave. L'essentiel, c'est que l'enfant eût été sauvé.

– À propos, demanda alors le roi au corbeau qui venait de rejoindre l'assemblée d'un coup d'aile, n'existe-t-il pas d'arbre mixte, ici ?

– Non, sire, répondit le corbeau. Cette forêt est une institution sérieuse, et nous tenons beaucoup à ne pas mêler les sexes. Mais, ajouta-t-il, il y a d'autres forêts. Si le cœur vous en dit…

– Non, répondit le roi. Mes compagnons sont fourbus, et il est temps de rentrer, car la nuit va tomber. Quant au vicomte, nous le pourchasserons un autre jour, afin de le punir pour ses forfaits. Il nous reste tout de même à rendre leur taille normale à nos enfants, et, pour cela, à trouver une personne spécialisée. La journée n'est pas finie.

Mais, tandis qu'il parlait, les jumelles et l'orphelin avaient tiré de leur poche une minuscule boîte à musique – il n'y en avait toutefois qu'une pour les jumelles, mais cela se révéla suffisant –, et, comme ils tournaient chacun la manivelle de leur petite boîte, une agréable musique s'en éleva. Ils commencèrent alors à grandir et, quand la musique, qui était la même pour les deux boîtes, eut égrené sa dernière note, ils avaient retrouvé leur taille normale.

Chacun se félicita, le roi en tête, mais, comme toute la cour avait reconnu dans la musique un des airs qu'on avait fait jouer à la fête royale, tous demandèrent qu'on remît en marche les boîtes, pour le plaisir, afin que l'on dansât pour fêter l'événement.

Les enfants s'exécutèrent et, par chance, quand ils eurent tourné les manivelles, ils ne redevinrent pas petits, comme on pouvait s'y attendre. Et toute la cour, enfants compris, dansa au milieu de la clairière. Sauf la reine, toutefois, qui cherchait toujours ses boucles.

Alors, quand la musique une seconde fois cessa, la cour se mit gaiement en route pour rentrer au château. Sauf la reine, bien sûr, qui cherchait toujours ses boucles. Et, quand le roi, sa cour et les enfants se furent éloignés, elle resta seule dans la clairière, bien décidée à retrouver ses boucles. Ne les trouvant pas, elle finit par songer qu'elles étaient demeurées en la possession du vicomte. Et, pour retrouver ses anneaux, elle décida de chercher seule le repaire du vicomte, et elle se mit en route.

Or la nuit tombait, et, dans l'obscurité de

la forêt, la reine craignit cent fois de se perdre. De fait, elle se perdit. Et, comme sa robe s'était accrochée aux ronces, elle était en lambeaux, et la reine ne ressemblait plus guère à une reine. Mais, enragée par sa recherche, elle persistait à avancer, sans savoir dans quelle direction elle allait, bien décidée à trouver le repaire du vicomte. Elle était épuisée, toutefois, et s'arrêta un instant pour s'asseoir sur une souche. Puis, ayant repris son souffle, elle se releva et repartit de plus belle. La forêt, par ici, s'obscurcissait ; les branches des arbres se resserraient, et on eût dit que c'était pour elle, la reine, qu'elles se conduisaient ainsi, afin de l'immobiliser. Et lorsque, au bout d'un chemin étroit et sombre comme un tunnel, il lui sembla que les arbres allaient la prendre et l'étouffer, elle buta contre une pierre à demi enfoncée dans le sol. Et, la pierre ayant tourné sur elle-même, une trappe s'ouvrit sous les pieds de la reine.

Devant elle, dans une faible lumière jaune,

elle distingua un escalier. Elle s'y engagea, courageusement, car, pour être mauvaise, elle ne manquait pas de courage. Elle descendit ainsi l'équivalent de deux étages, puis elle se trouva face à une porte. C'était une lourde porte, fermée à double tour, sur laquelle elle pesa de tout son poids, en vain. Elle y cogna, également en vain, puis y tambourina, toujours en vain, jusqu'à s'écorcher les phalanges. Alors, à bout de forces, la reine s'assit au bas de la porte et se prépara à mourir ; il lui semblait en effet qu'elle venait d'arriver au bout du chemin, et que ce chemin, dur, inhospitalier et obscur, était celui de sa vie. Elle n'avait pas peur de la mort, car la vie ne lui souriait plus guère. C'est sans doute pour cette raison que, lorsque la porte s'ouvrit dans son dos, elle ne s'évanouit pas de frayeur.

Le vicomte de Tournebroche se pencha sur elle et la releva galamment, quoiqu'il eût un sourire cruel. Il lui dit qu'il l'attendait. Comme la reine s'en étonnait, il lui répondit qu'il était naturel qu'elle eût cherché à récupérer ses boucles. Il ajouta que, de son côté, il avait cherché ses deux filles, afin de s'en saisir et de les manger, mais qu'il avait échoué, apparemment, et qu'il voulait se montrer beau joueur. Mais que la reine, elle, avait de la chance, puisqu'il lui avait conservé ses boucles. Il la conduisit alors dans la pièce où se trouvait le coffret, dont le couvercle était resté ouvert. Les boucles, bien droites dans leur écrin, luisaient de tout leur éclat.

– Mes boucles! s'écria la reine. Mes chères boucles!

Pourtant, une note de tristesse et d'inquiétude assombrissait sa voix. Et, s'approchant du coffret, la mauvaise reine hésitait, comme si elle eût couru le plus grand des dangers. Alors, en apercevant la petite boîte à musique, que le vicomte avait laissée près du coffret, elle en approcha la main, comme d'un objet bénéfique, délaissant un instant les boucles. Toutefois, elle interrogea du regard le vicomte, pour savoir s'il l'autorisait à en tourner la manivelle.

– Je vous en prie, lui dit le vicomte. C'est une insolente petite fée de mes amies – enfin, c'est une façon de parler – qui me l'a offerte pour se moquer de moi, et je n'y ai même pas touché. Je suis curieux de savoir, maintenant, quelle sorte de musique elle joue.

La reine, d'un geste un peu hésitant, tourna la manivelle et une musique s'éleva de la boîte, identique à celle sur laquelle toute la cour avait dansé dans la clairière. Mais, alors, la reine n'y avait pas prêté attention, et c'est seulement maintenant qu'elle reconnaissait l'air sur lequel elle avait dansé avec le vicomte au cours de la fête royale.

– Ah, s'exclama-t-elle, cette valse ! Elle me fait tourner la tête !

Et le vicomte lui tendit les bras. Il l'entraîna, sur la musique, dans une danse endiablée dont la reine sortit de nouveau exténuée, mais ravie, comme si un charme agissait sur elle en dépit de la fatigue. La musique s'étant achevée, le vicomte l'invita à reprendre ses boucles, puisque, insista-t-il, elle était venue pour les reprendre. La reine, à la fois soucieuse et heureuse d'obéir au vicomte, quoique se sentant extrêmement faible, s'approcha du coffret et prit en main la première boucle. Mais elle ne put récupérer la seconde ; dès qu'elle eut touché la première, elle s'y trouva aimantée, réduite à la taille d'un minuscule bibelot.

– Vous m'avez tendu un piège, vicomte ! s'écria la reine d'une voix rauque, qu'on eût dit d'un mainate enroué, et qui se frayait difficilement son chemin jusqu'à l'oreille de son hôte.

– Ces boucles vous appartiennent, lui répondit le vicomte, qui avait tendu l'oreille pour l'entendre. Je n'y suis pour rien, croyez-le bien. En revanche, vous me donnez une idée, ajouta-t-il.

Et il s'approcha de la mauvaise petite reine, souleva la boucle et, l'ayant examinée à la lumière, l'emporta dans une autre pièce. C'était une vaste salle de bains, qui n'avait rien à envier à celle de la reine, et qu'ornait un immense miroir cerclé d'or. Le vicomte s'installa face au miroir et s'y considéra, la boucle à hauteur de son oreille droite.

– Ma foi, dit-il, vous m'allez fort bien, madame. Je crois que je vais vous adopter.

Et il accrocha la boucle à son oreille, tandis que la reine se débattait comme elle pouvait, se balançant tout de travers.

– Ah, calmez-vous, ou je vous écrase ! gronda le vicomte.

La reine cessa de se balancer, mais elle continua de protester, criant dans l'oreille du vicomte.

– Lâchez-moi, ou j'appelle mes gardes !

– Je ne vous tiens pas, madame, rétorqua le vicomte, et je ne vois pas ici que vos gardes vous aient suivie. Taisez-vous, maintenant, vous me cassez l'oreille ! ajouta-t-il, en approchant de son oreille son pouce et son index.

La reine se tut.

– Ah, vous voilà devenue raisonnable, dit le vicomte. Et j'espère que dorénavant vous allez vous comporter comme une obéissante petite boucle d'oreille. Décidément, se félicita-t-il en se contemplant dans le miroir, cette unique boucle pendue à mon oreille droite, avec cette petite figurine à l'intérieur, sied merveilleusement au bel homme que je suis. Je revendrai l'autre, quand j'en aurai le temps !

C'est ainsi que la reine orna longtemps l'oreille droite du vicomte de Tournebroche, et qu'elle l'accompagna dans ses sinistres aventures. Et, quand le vicomte attrapait des enfants de roi, et qu'il les faisait rôtir, sur les broches qu'il avait installées dans une pièce à part, la reine fermait les yeux pour se dérober à cette affreuse vision, car elle croyait avoir, en tant que reine, un fond de délicatesse. Mais, peu à peu, elle s'habitua à voir le vicomte de Tournebroche dévorer des enfants, et il lui sembla bientôt que, dans ces occasions, l'eau lui venait à la bouche. Alors elle découvrit qu'elle avait, depuis toujours, raté sa vocation d'ogresse. Un jour, particulièrement alléchée, elle demanda au vicomte s'il n'y avait pas moyen qu'elle retrouvât sa taille normale, et qu'elle partageât ses repas avec lui, mais le vicomte, qui aimait être cruel aussi avec les grandes personnes, refusa de recourir aux services d'une quelconque mauvaise fée pour agréer la reine.

C'est à la même époque que le roi, ayant organisé une grande battue dans la forêt,

trouva le repaire du vicomte, parce qu'un de ses hommes avait buté, enfin, sur la pierre qui commandait l'ouverture de la trappe. Quand le vicomte fut pris, et comme dans le royaume on avait aboli depuis longtemps la peine de mort, il fut exilé sur une île déserte, où il attendit en vain, le restant de ses jours, qu'un naufrage lui apportât, parmi les passagers d'un bateau, quelque petit enfant à rôtir sur une branche. Mais aucun bateau ne s'échoua jamais sur l'île, et le vicomte, qui ne hantait plus les fêtes royales, ne put jamais se réjouir de l'effet que rendait, à son oreille droite, sa merveilleuse boucle d'oreille ornée d'une reine. Alors, dépité, il décida de jeter la boucle dans la mer, avec la reine. Puis il se ravisa, car il s'aperçut que, s'il se séparait de la reine, il finirait ses jours seul sur son île, et, que, maintenant qu'il n'avait plus d'enfants à manger, sa vie solitaire n'avait plus de sens. Il garda donc la boucle, avec la reine, en espérant qu'un jour une fée passerait, qui pourrait rendre à la reine sa taille normale, afin d'en faire une compagne digne de ce nom. Mais aucune fée ne passa jamais, et le vicomte de Tournebroche acheva sa vie en compagnie de sa seule boucle d'oreille, à manger des bananes, et, le soir, au coin du feu, à l'orée de sa grotte, il bavardait mélancoliquement avec la reine, pendue à son oreille, en regardant le soleil se coucher loin sur la mer. Et un jour, leur tristesse, à tous les deux, devint si grande qu'ils finirent par s'aimer. Mais il était trop tard, car la mort s'avançait vers eux. Et c'est comme une délivrance qu'ils l'accueillirent:

couché sur son lit de palmes séchées, le vicomte ôta alors sa boucle d'oreille, il la porta à ses lèvres et donna à la reine un baiser, et dans ce baiser il y avait tout l'amour que ni lui ni la reine n'avaient jamais donné, et encore tout l'amour qu'ils n'avaient jamais reçu. Puis tous deux sombrèrent dans le néant.

La bergère enfermée

Un mauvais géant, il y a longtemps de cela, cherchait une épouse, et, comme il était mauvais, il avait décidé de ne pas demander son avis à la jeune femme qu'il choisirait. Un jour, il se mit en route afin de la trouver et de l'emporter, comme prévu, sous son bras pour l'enfermer dans son château. Car il possédait un château, qu'il avait fait entièrement construire, pierre à pierre, par les enfants qu'un ogre de ses amis lui prêtait en attendant de les manger, pour qu'ils travaillassent à son profit.

Ce mauvais géant, par ailleurs, était myope. En outre, il lui arrivait d'être distrait, et il avait cassé ses lunettes, une semaine plus tôt, en s'asseyant dessus. Enfin, il avait si mauvais caractère qu'il s'était fâché avec tous les opticiens du pays, qui refusaient désormais de lui fabriquer des lunettes à sa taille.

Or, quand il partit chercher une épouse, sa myopie le desservit. En apercevant une bergère qui gardait ses moutons sur un alpage, il crut que c'était une princesse qui promenait ses lévriers dans la montagne, et il l'emporta aussitôt sous son bras. Il était content que ce fût une princesse ; en effet, en tant que géant, il avait une haute idée de lui-même, et il pensait que c'était très chic d'avoir une princesse prisonnière dans son château, surtout belle comme celle-là, avec sa robe de dentelle et ses bottines en nubuck. En réalité, la bergère ne portait que des haillons et des sabots, mais, pour être belle, elle était belle, bien que le mauvais géant ne s'en fût rendu compte qu'à moitié à cause de sa myopie. En fait, elle était deux fois plus belle qu'il ne le croyait, c'est-à-dire très belle, beaucoup plus belle qu'il n'aurait pu l'espérer. Mais il n'en sut jamais rien, car, tant qu'il la garda, aucun opticien ne voulut lui remplacer ses lunettes.

Ce mauvais géant, en outre, ne brillait pas par l'intelligence : quand il avait emmené la bergère, qu'il avait prise pour une princesse, ses moutons, qu'il avait pris pour des lévriers, eussent dû aboyer. Or ils bêlèrent, mais pas spécialement parce que le mauvais géant emportait la bergère. Ils bêlaient déjà avant, et le mauvais géant, qui était myope, mais qui n'était pas sourd, les avait bien entendus. Cependant, il s'était dit : « Tiens, des lévriers qui bêlent, c'est bizarre », et il n'y avait pas prêté davantage attention.

Une fois rentré dans son château avec la bergère, il l'installa comme une princesse dans une pièce magnifiquement aménagée en haut d'une tour. En réalité, cette pièce était un cachot, avec des barreaux à l'unique fenêtre par où il prenait jour. Puis le géant essaya d'embrasser la bergère, qu'il confondait toujours avec une princesse. Mais elle lui dit que ce n'était pas malin de sa part, de l'avoir enfermée d'abord, pour essayer de l'embrasser ensuite, et qu'il aurait dû d'abord lui faire sa cour.

– Bon, d'accord, lui dit le géant, on n'a qu'à recommencer depuis le début, je vous ferai la cour et je ne vous enfermerai pas.

– Ah non, répondit la bergère, c'est trop tard, maintenant, je préfère rester enfermée, et d'ailleurs vous ne me plaisez pas.

Alors le mauvais géant voulut se fâcher, mais il avait un peu honte de lui, et surtout il ne savait que répondre. Il dit seulement à la bergère que, dans ces conditions, elle resterait enfermée et que sa détention serait très dure. Ainsi, elle serait nourrie au pain sec et à l'eau, avec quelques grillons grillés mais uniquement le dimanche, jusqu'à ce qu'elle veuille bien se laisser embrasser. Après quoi, bien sûr, elle aurait droit aux mets les plus délicats.

– De toute façon, lui dit la bergère, ça m'étonnerait qu'un mauvais géant comme toi sache faire de la bonne cuisine.

Et elle mit elle-même le géant dehors, et elle referma la porte de son cachot.

Plusieurs jours passèrent, pendant lesquels le mauvais géant, à l'heure des repas, entrait dans le luxueux cachot de la bergère pour lui porter des plats amoureusement préparés ; et il les présentait à la bergère en lui demandant d'abord un baiser. La bergère refusait. Alors, le mauvais géant remportait le plat et lui faisait porter, par un serviteur auquel il avait pris soin de bander les yeux avec du sparadrap afin qu'il ne vît pas la beauté de sa prisonnière, un morceau de pain sec et un verre d'eau. La bergère, qui n'était pas difficile, parce qu'elle menait d'ordinaire une vie rude, s'en accommoda. Et elle ne se fût guère plainte de son sort si elle n'avait, à l'enfermement, préféré nettement la liberté. Aussi, dès le premier jour, avait-elle tenté de trouver du secours.

Évidemment, elle ne connaissait pas grand monde qui pût la sauver, d'autant que, depuis l'âge de treize ans, elle était orpheline. Par chance, elle avait ses moutons, qui lui obéissaient au doigt et à l'œil. Comme elle avait l'habitude, surtout, de les siffler, elle se mit à la fenêtre du cachot et les siffla, en glissant entre ses lèvres l'index et l'annulaire tendus et réunis par le bout, avec le majeur replié vers le bas, comme font parfois les garçons. Ses moutons, qui étaient rentrés à la bergerie en ne la voyant plus, le jour où elle avait été enlevée par le géant, en se disant que passé dix heures du soir il était inutile de l'attendre, étaient donc très loin d'elle. Pourtant ils l'entendirent, parce qu'elle sifflait très fort. Guidés par l'appel de la bergère, ils trouvèrent le chemin du château et se groupèrent au pied de la tour. Et ils bêlèrent pour l'appeler.

La bergère se précipita à la fenêtre du cachot. Mais, à cause des barreaux et de l'épaisseur des murs, elle ne pouvait pas se pencher pour voir ses moutons. Tout de même, elle les entendit bêler de plus belle, et ça lui fit chaud au cœur. Cependant, ça ne l'aidait pas beaucoup, car les moutons ne pouvaient pas escalader la tour. Quant au géant, alerté également par le bruit, il se précipita dans le cachot et, ignorant la bergère, se dirigea vers la fenêtre. Toutefois, pas plus qu'elle, il ne put voir les moutons, à cause de l'épaisseur des murs et des barreaux, bien sûr, mais aussi parce que, même sans les barreaux et les murs, il était myope, et que la fenêtre du cachot était très haute. Or, en entendant les moutons, il reconnut le bizarre cri de ces lévriers qui accompagnaient la princesse, le jour où il l'avait enlevée.

– Vos lévriers bêlent vraiment, lui déclara-t-il, je ne m'étais pas trompé, la première fois, mais je n'y avais pas prêté attention. Pauvre princesse, poursuivit-il. Entourée de chiens qui bêlent ! Que voulez-vous qu'ils fassent pour vous ? Vous n'avez vraiment pas de chance !

La bergère le trouva tellement bête, ce jour-là, qu'elle ne prit même pas la peine de lui répondre. Pourtant, elle le trouvait aussi très méchant, et cette méchanceté, elle, aurait mérité une réponse. Mais elle préféra se taire, car, lui semblait-il, il était encore plus bête que méchant. Et le mauvais géant la quitta ce jour-là sans même lui avoir demandé un baiser. « Il est tellement méchant et bête, se dit la bergère, que cette fois-ci il en a même oublié de m'aimer. Mais m'aime-t-il vraiment? J'en doute. Et d'ailleurs je n'en ai rien à faire.»

Cependant, le mauvais géant, durant ces trois jours, avait été si vexé que sa prisonnière lui refusât un baiser qu'il s'était vanté dans tout le pays, pour se consoler, de retenir prisonnière en son château, afin qu'elle devînt sa femme, la plus belle des princesses qu'on eût jamais vue. Or un prince, qui n'était pas laid non plus, et qui ne manquait pas de courage, et qui cherchait à se marier, avait eu vent de la nouvelle. Sans tarder, il s'était mis en route vers le château du géant. Et, le lendemain à l'aube, il arriva au pied de la tour. Il s'étonna un peu d'y trouver un troupeau de moutons, tous endormis, et chercha des yeux la bergère qui les gardait, mais ne vit aucune bergère. Il se fraya un chemin avec son cheval parmi les moutons et, sans mettre pied à terre, de sa voix forte et bien timbrée, il appela la princesse.

Aussitôt, éveillés par l'appel du prince, les moutons se mirent à bêler. Comme la princesse n'avait point paru encore à la fenêtre du cachot, le prince l'appela de nouveau, mais plus fort, parce qu'il devait lutter de toute sa voix contre les bêlements. Enfin, la bergère s'approcha des barreaux, mais elle ne put paraître à la fenêtre, à cause des barreaux et de l'épaisseur des murs.

– Oui, je vous entends, cria-t-elle cependant, mais je ne puis vous voir ! Êtes-vous venu me délivrer ? Un mauvais géant me retient prisonnière dans cette tour, et j'aimerais bien en sortir !

– Pas de problème de ce côté-là, répondit le prince, en hurlant pour essayer de couvrir les bêlements des moutons, je suis au courant de votre situation et je suis venu pour ça. Mais on ne s'entend plus, ici, permettez-moi de chasser ces moutons afin que nous puissions parler un peu.

– Ah non, s'écria la bergère, je vous

l'interdis ! Ce sont mes moutons et ils sont venus me porter assistance.

Le prince, surpris d'apprendre qu'une princesse avait pour animaux de compagnie de vulgaires moutons, ne sut d'abord que répondre. Puis il se dit que la princesse qui était enfermée dans cette tour était une originale, et, au fond, cela ne lui déplut pas, car il aimait bien les femmes qui sortent de l'ordinaire. Cependant, les moutons bêlaient toujours et il eût bien aimer les chasser pour s'entretenir avec la princesse. De sorte que, haussant la voix, il lui proposa de conduire ses moutons un peu plus loin, dans quelque pré où il resterait de l'herbe à brouter ; en effet, au pied de la tour, il n'y en avait plus : les moutons, depuis la veille, avaient tout tondu, et ils devaient avoir faim.

Ce dernier argument toucha la bergère, et elle accepta que l'homme venu à son secours accompagnât plus loin ses moutons afin qu'ils broutassent et qu'elle-même pût s'entretenir en silence avec son futur sauveur. Mais, comme le prince restait à cheval pour guider les bêtes, il s'aperçut que le troupeau ne bougeait pas et il dut mettre pied à terre. Quelques moutons, alors, acceptèrent de se lever, car ils avaient l'habitude d'être conduits à pied, mais on était encore loin du compte. « Pourtant, se dit le prince, s'ils ont accoutumé d'emboîter le pas à une princesse, ils devraient bien pouvoir suivre un prince. » Mais le gros des moutons ne bougea pas, et le prince décida de ramasser une branche morte pour s'en faire un bâton. Ainsi, il ressemblait davantage à un berger. Cependant, certains moutons refusaient toujours de se lever. « Ce sont mes vêtements, pensa le prince, qui sont tout cousus de fils d'or, et qui doivent les gêner. Bien sûr, ils connaissent les riches atours de leur princesse, mais rien ne dit qu'ils soient prêts à suivre un prince luxueusement vêtu. Ce sont tout de même des moutons, et, en dehors de leur maîtresse, ils doivent préférer la saleté. » Alors le prince ramassa un peu de terre, la frotta contre ses vêtements afin de les salir, et les derniers moutons se levèrent.

Quand il eut conduit les moutons dans un pré, le prince revint au pied de la tour.

– Maintenant, nous pouvons parler, cria-t-il, vos moutons broutent non loin d'ici dans un pré bien gras et leurs bêlements ne nous gêneront plus.

– Sans doute, lui répondit la bergère, mais est-il bien utile, en définitive, que nous parlions ? Ne vous faudrait-il pas plutôt agir afin de me délivrer, mon cher sauveur ?

– Assurément, lui répondit le prince, je vous sauverai, ma douce, mais, auparavant, il me semblait plus gracieux de vous faire un peu ma cour, car je vous aime.

– Vous m'aimez ? s'étonna la bergère. Mais vous ne m'avez jamais vue !

– C'est qu'on va disant par tout le pays que vous êtes si belle, répondit le prince, que, au fond de sa poitrine, nul homme en vous voyant ne saurait contenir son cœur. Et, bien que je ne vous aie point vue encore, mon cœur bat déjà pour vous à l'idée de votre beauté.

– Attendez tout de même de m'avoir vue, rétorqua la bergère, mais, pour me voir, délivrez-moi d'abord. Je vous rappelle qu'à la fenêtre de ce cachot nul ne peut me distinguer, tant la tour est haute et tant les murs sont épais. Cependant, il me plairait que vous puissiez me délivrer même si j'étais laide, ce serait plus sympathique de votre part.

– Ne vous faites aucun souci, ma belle, répondit le prince, je vous délivrerais même si vous étiez laide. Mais je sais que vous ne l'êtes pas et cela, je dois vous l'avouer, m'encourage un peu. Après tout, je ne suis qu'un homme, et j'ai mes faiblesses.

– Bon, bon, dit la bergère, laissez cette question, si vous le voulez bien, et tâchez d'imaginer un plan pour me sauver. En attendant, pour que vous ne soyez point déçu quand vous me délivrerez, je vais me remettre un peu de rouge à lèvres.

– Eh bien, tout cela me semble parfait, répondit le prince, et je vais me mettre de ce pas à réfléchir.

Le prince, cessant alors de converser avec la prisonnière, s'assit dans l'herbe pour réfléchir, le menton posé sur le dos de sa main, le coude appuyé sur la cuisse, dans sa tenue souillée par la terre, avec son bâton près de lui. Et, de loin, on eût dit un berger qui, en effet, réfléchissait, en comptant ses moutons dans sa tête, par exemple. Évidemment, il ne comptait aucun mouton. Mais, de surcroît, il ne réfléchissait même pas à un plan pour sauver la jeune femme. Il avait seulement des doutes, à présent, sur la beauté de la prisonnière, et il se demandait si cela valait bien la peine de la sauver.

Une fée, qui heureusement passait par là, fut scandalisée par son attitude. Elle lut tout de suite dans les pensées du prince, et, découvrant son apparence de berger, eut l'idée de le punir de façon originale. D'un coup de baguette, donc, elle le transforma en berger *dans sa tête*, car, pour ce qui était de l'aspect extérieur, il n'y avait plus grand-chose à faire. Et le prince, immédiatement, dans sa tête, se mit à compter ses moutons. Quant à la fée, ayant fait son travail, elle poursuivit son chemin.

– Alors, demanda soudain la bergère du haut de sa tour. Avez-vous réfléchi ?

– Pardon, répondit le prince (qui était devenu berger), qui me parle ?

– C'est moi, répondit simplement la bergère, m'avez-vous déjà oubliée ?

– Mais qui êtes-vous ? insista le berger. Et d'ailleurs qui suis-je, et que fais-je donc ici ?

« Oh la la, se dit la bergère, mon futur sauveur ne se porte pas très bien. Il ne doit pas avoir l'habitude de réfléchir, et ça lui a détraqué le cerveau. Qu'est-ce que je vais devenir ? »

Cependant, l'ancien prince, devenu berger, reprenait ses esprits. Il se demandait seulement où étaient passés ses moutons. Enfin, il aperçut au loin leur troupeau et, rassuré à leur sujet, s'inquiéta de savoir qui était cette dame qui l'appelait du haut de sa tour.

– Qui êtes-vous, lui demanda-t-il de nouveau, et puis-je faire quelque chose pour vous ?

Car le berger en lequel la fée l'avait transformé était un bon berger, très serviable, et toujours prêt à secourir les gens.

Il m'a déjà posé ces questions tout à l'heure, se dit la bergère, et je crois bien qu'il radote un peu, maintenant, mais je ne veux pas contrarier sa bonne volonté. Et, de nouveau, elle lui expliqua qu'elle était prisonnière du mauvais géant. Toutefois le berger, lui, ne faisait que l'apprendre : jusqu'ici, en tant que berger, il n'en savait rien. Et il lui répondit que la seule chose à faire, étant donné la hauteur de la tour, les barreaux à la fenêtre et l'épaisseur des murs, était qu'il aille tuer le géant pour lui prendre la clé du cachot.

– J'y vais de ce pas, ajouta-t-il, et il empoigna son bâton.

Il gagna l'entrée du château et, courageusement, frappa le portail à l'aide du heurtoir de plomb sculpté à l'effigie du géant. Avec ce heurtoir, au moins, les visiteurs étaient prévenus, et ils savaient à qui ils avaient affaire. Le géant y était représenté très fidèlement, avec sa mâchoire énorme et ses yeux injectés de sang. « Brrr… », songea le berger, mais il attendit de pied ferme qu'on vînt lui ouvrir.

Toutefois ce ne fut pas le géant qui vint lui ouvrir. Ce fut son serviteur, à qui le géant, distrait comme il lui arrivait souvent, avait oublié de retirer le sparadrap qu'il lui collait sur les yeux pour que, à l'heure des repas, il ne vît pas la beauté de la prisonnière. Le serviteur était donc obligé de se déplacer avec une canne, pour toucher les obstacles qui se présentaient au-devant de lui.

– Bonjour, lui dit le berger, je suis bien chez le mauvais géant ? Mais que faites-vous, mon pauvre ami, avec ce sparadrap sur les yeux ?

Le serviteur lui répondit qu'en effet on était bien, ici, chez le mauvais géant, et que, quant au sparadrap sur les yeux, c'était pour qu'il ne vît pas la beauté de la princesse que le géant gardait prisonnière, quand il lui portait ses repas. Le serviteur ajouta qu'au demeurant il lui était plus facile de garder son sparadrap sur les yeux quand il ne portait pas ses repas à la prisonnière. En effet, quand il les lui portait, il était encombré d'un plateau, et cela le gênait davantage pour gravir les marches de la tour.

– Bon, lui dit le berger, c'est pas tout ça, on cause, on cause, mais il faudrait voir, mon ami, à me présenter votre maître, que j'ai bien l'intention de tuer afin de délivrer la prisonnière. Pouvez-vous me conduire à lui ?

– Suivez-moi, répondit simplement le serviteur.

Le berger suivit donc le serviteur, pour commencer, mais bien vite il dut le précéder. En effet, le serviteur, avec son sparadrap sur les yeux, n'arrêtait pas de louper des marches, et le berger, pour se diriger dans le château, devait se contenter d'écouter ses indications: «à gauche», «à droite», «devant», etc. Et, comme ça n'était pas très pratique, le berger lui proposa, au bout d'un moment, de lui retirer son sparadrap.

– Si vous faites ça, le mauvais géant va me tuer! s'écria le serviteur.

– Mais non, lui répondit le berger, puisque ce sparadrap n'est destiné qu'à vous empêcher de voir la prisonnière. Il vous le remettra quand vous irez lui porter son repas. Et d'ailleurs tout cela n'a aucune importance, puisque je dois tuer ce géant.

Le berger ôta donc son sparadrap au serviteur, et tous deux parvinrent dans une grande pièce très sombre où, près d'une cheminée ornée de têtes grimaçantes, les pieds dans des chaussons à l'effrayante pointure, le mauvais géant se reposait.

– Qui me dérange à cette heure ? fit-il de sa grosse voix.

– Je viens délivrer la prisonnière, répondit le berger, mais je vais d'abord vous tuer, c'est plus sûr.

Et il leva son bâton. Sans bouger de son siège, en tendant simplement un bras, le géant le lui arracha d'une pichenette. Puis il saisit le berger par le cou, le maintint en l'air et, le laissant se débattre au bout de son bras comme un pantin, comme s'il l'avait déjà oublié, dit à son serviteur :

– Ah, décidément, tu as les yeux très brillants, serviteur, je les vois briller dans l'ombre. Mais tu as bien fait de retirer ton sparadrap, j'avais oublié de te l'ôter. Et, quand tu ne portes pas ses repas à la princesse, je préfère que tu y voies clair. À propos, peux-tu me dire quelle sorte d'homme je maintiens dans ma main ? Avec cette fichue myopie, je n'arrive pas à voir exactement qui j'étrangle. On dirait un berger, non ?

– C'est en effet un berger, maître, répondit le serviteur. Mais je crois qu'il est déjà mort, là. Il ne bouge plus.

– Ah, en effet, remarqua le géant, il est tellement léger que je ne m'en étais pas rendu compte.

Et il lâcha le berger, qui tomba sur le sol.

– Bon, dit le géant en regardant son énorme montre, je crois qu'il est l'heure que je passe en cuisine. Je dois préparer son osso-buco à la princesse. J'espère que cette fois elle me donnera un baiser. Tiens-toi prêt, toutefois, à lui apporter son pain sec. On ne sait jamais.

Et le géant s'en alla en cuisine. Le serviteur, penché sur le corps du berger, se lamentait.

– Mon Dieu, s'exclamait-il, qui donc nous délivrera enfin de ce mauvais géant ? Quelle situation désespérante !

– Ne t'inquiète pas, fit une voix. Je vais essayer d'arranger ça.

C'était la fée, qui venait d'apparaître dans un coin de la pièce.

– Que je t'explique, dit-elle au serviteur. Ce berger que tu vois là était auparavant un prince pas très sympathique, et j'ai voulu le punir en le transformant. Et, pour ce qui est d'être puni, le voilà bien puni : le mauvais géant l'a tué. Mais je m'en veux un peu, car c'est un berger qui est mort, en définitive, dans cette histoire, en plus du prince que je voulais punir. Pour dire la vérité, j'ai mal calculé mon coup, et ça m'arrive de plus en plus souvent. En fait, la magie n'est pas une science facile, et il y faut beaucoup de réflexion. Mais je suis une vraie tête de linotte.

– Et que comptez-vous faire ? demanda le serviteur.

– Je vais ressusciter ce berger, répondit la fée. Et lui donner un peu plus de malice.

Pour la force, je ne pourrai jamais lui en donner autant qu'au géant, et encore moins plus.

– Moins plus ? dit le serviteur.

– Oui, enfin, je me comprends, dit la fée, et, de sa baguette magique, elle toucha le berger.

Le serviteur, fasciné, observait le berger, mais rien ne se passait.

– Il n'a pas l'air de réagir, dit-il.

– Il faut attendre un peu, dit la fée.

Ils attendirent un peu, mais le berger ne réagissait toujours pas. Puis ils attendirent beaucoup, et le berger ne réagit pas davantage. La fée, alors, lui redonna un coup de baguette, mais aucun résultat ne s'ensuivit.

– J'ai l'impression que ça ne marche pas, remarqua le serviteur.

– Moi aussi, dit la fée. La dernière fois que j'ai ressuscité quelqu'un, c'était il y a une vingtaine d'années. J'ai dû perdre la main.

– Une vingtaine d'années ? s'étonna le serviteur. Mais vous n'avez pas l'air si vieille !

– C'est ma magie, répondit la fée, qui rougit tout de même sous le compliment. Je n'ai aucun mérite.

– Alors, qu'est-ce qu'on fait ? demanda le serviteur.

– On va enterrer ce berger, répondit la fée, et lui donner une sépulture décente. Et, du même coup, ça permettra d'enterrer le prince. Mais on ne va pas les enterrer tout de suite, il y a plus urgent. Regarde-moi.

– Mais je vous regarde, dit le serviteur, je vous regarde même depuis le début. Je ne rencontre pas une fée tous les jours, vous savez.

– Tu as de beaux yeux, dit la fée.

– Vous me gênez, dit le serviteur.

– Oh, je ne parle pas pour moi, dit la fée, je ne suis qu'une fée et je ne m'intéresse pas aux hommes pour mon propre compte. Mais tu pourrais bien plaire à la prisonnière de ce château et devenir son sauveur. Car, s'il n'est pas indispensable que le sauveur soit beau, ça ne peut pas faire de mal. Et puis, quand vous vous marierez, vous formerez un beau couple.

– Moi, je veux bien, répondit le serviteur, mais le mauvais géant est une puissance de la nature, et vous devrez me donner beaucoup de pouvoirs. Et, quant à la prisonnière, je ne sais pas si je l'épouserai. Je ne l'ai jamais vue, en fait : mon maître, quand il m'envoie lui porter son pain sec, me bande les yeux avec du sparadrap. Mais il est vrai qu'elle a une jolie voix.

– Je te sens déjà un peu amoureux, dit la fée.

– Oh, le mot est trop fort, dit le serviteur. J'aime bien sa voix, c'est tout.

– Taratata, dit la fée, il ne t'en faut plus beaucoup pour être tout à fait fou d'elle. D'ailleurs, tu vas bientôt la voir ; en effet, tu vas tuer le mauvais géant et tu ne seras plus obligé de porter du sparadrap sur les yeux. Tu lui plairas, et je suis sûre qu'elle va te plaire.

Et elle lui donna un coup de baguette.

– Allons, s'exclama le serviteur, comme s'il s'éveillait d'un rêve, je dois aller tuer mon maître. Excusez-moi, madame.

Et, de la main, il écarta prestement la fée, qui le gênait un peu pour passer. Il se rendit dans la cuisine du château, où le géant préparait son osso-buco, un tablier noué autour de la taille. Mais, comme son maître lui tournait le dos, le serviteur eut un scrupule : il ne voulait pas l'attaquer par-derrière.

– Maître ! appela-t-il.

– Qu'y a-t-il ? gronda le géant en se retournant. Ah, c'est toi ! Que me veux-tu ? Tu sais bien que je n'aime pas qu'on me dérange quand je travaille à la cuisine.

– Je vais vous tuer, dit le serviteur, parce que vous êtes un mauvais géant, et que vous retenez injustement dans votre château une jeune femme prisonnière.

– Ah, vraiment ? s'esclaffa le géant. Décidément, c'est une épidémie ! Tout le monde cherche à me tuer, en ce moment ! Eh bien, essaie donc !

– C'est-à-dire que je n'ai pas d'arme, lui fit remarquer le serviteur. Si vous pouviez m'envoyer le couteau qui est là, près de vous, et qui sert à désosser les moutons, ça m'aiderait.

– Mais bien sûr ! dit le géant. Tu le demandes si gentiment !

Et, saisissant le couteau à désosser, le géant le lança comme une flèche vers le serviteur. Mais le serviteur baissa la tête, et le couteau alla se ficher en vibrant dans la porte de la cuisine.

– Manqué ! dit le serviteur.

– Tu ne perds rien pour attendre ! grogna le géant.

Et il s'empara d'un autre couteau, à désosser les veaux, celui-là, et se rua sur le serviteur. Mais le serviteur, très vif, repassa la porte de la cuisine et s'enfuit dans un couloir du château. Le géant se lança à sa suite et, comme il allait le rejoindre d'une seule enjambée, le serviteur lui cria :

– Maître, si vous ne surveillez pas le feu, votre osso-buco va attacher !

– Tu as raison ! grommela le géant. Je m'occuperai de toi plus tard !

Et il retourna à la cuisine.

Le serviteur, cependant, le suivit à distance, discrètement, jusqu'à la cuisine. Quand il eut refermé la porte, silencieusement, tandis que le géant était de nouveau penché sur son osso-buco, il tira sur le couteau que son maître avait planté. Mais le couteau était trop profondément enfoncé dans le bois de la porte, et le serviteur eut beau tirer, il ne parvint pas à l'arracher. « Décidément, se dit-il, la fée m'a donné un mauvais conseil. Je n'arriverai jamais à tuer mon maître, il est beaucoup trop fort. Mais je peux peut-être lui voler ses clés. » Et, comme le géant surveillait attentivement la cuisson de l'osso-buco, le serviteur poussa une porte qui donnait dans l'arrière-cuisine. Il y trouva l'escabeau qu'il cherchait et, ayant porté l'escabeau dans la cuisine, l'installa, le plus discrètement possible, dans le dos du géant. Il monta sur l'escabeau et, quand il fut parvenu tout en haut, au niveau de la taille du géant, il se mit à fouiller ses poches. Par chance, il trouva vite les clés du cachot et les retira, le plus discrètement possible. Après quoi, il sortit de la cuisine et grimpa les marches de la tour, jusqu'en haut, pour ouvrir le cachot de la prisonnière.

La bergère, qui n'avait plus de nouvelles de son sauveur, s'impatientait un peu et, pour se distraire, recomptait ses moutons dans sa tête pour la cinquantième fois quand le serviteur entra.

– Tiens, lui dit-elle, vous m'apportez déjà mon pain sec ? Mais votre maître n'est pas encore venu me proposer de sa cuisine.

– Il va venir, lui répondit le serviteur. Nous n'avons pas beaucoup de temps devant nous.

– Attendez un peu, dit la bergère. Vous voulez dire que vous êtes venu me délivrer ?

– En effet, répondit le serviteur.

– Mais c'est quelqu'un d'autre, qui devait venir, s'étonna la bergère. Un homme qui m'a appelée ce matin du pied de la tour. Vous n'avez pas de ses nouvelles ?

– Le géant l'a tué, dit le serviteur.

– Quelle tristesse ! se plaignit la bergère. J'aurais tant voulu le connaître ! Tout de même, il avait l'air un peu bizarre, ajouta-t-elle d'un air songeur.

– Pardonnez-moi, madame, la pressa le serviteur, mais nous ne devons pas bavarder comme ça. Il nous faut nous dépêcher.

– Une petite seconde, quand même, protesta la bergère. Regardez-moi.

– Mais je vous regarde, dit le serviteur, un peu gêné, je vous regarde même depuis que je suis entré et, pour ne rien vous cacher, vous me plaisez beaucoup.

– Vous aussi, vous me plaisez, répondit la bergère. Je ne vous avais jamais vu sans sparadrap. Et vous avez de si beaux yeux !

– Mais vous aussi, vous aussi, dit le serviteur, mais arrêtons de nous complimenter et dépêchons-nous, que diable !

Et le serviteur entraîna la bergère dans l'escalier.

– Vite, vite ! s'exclamait-il, le géant va monter vous porter son osso-buco et nous risquons de le croiser !

Quand ils eurent descendu les cent premières marches, ils entendirent une voix.

– Chut, dit le serviteur. Ne bougez pas.

– Le son est très faible, murmura la bergère. On dirait quelqu'un qui chantonne.

– Écoutez, ça se rapproche, murmura le serviteur.

– *Ah qu'il est bon, qu'il est beau, mon osso-buco !* entendirent-ils alors distinctement. *Ah qu'il est bon, qu'il est chaud !*

– Le géant ! s'exclama le serviteur. Il a l'air gai, ça m'inquiète. Restez bien derrière moi.

Et, comme le serviteur, au risque de sa vie, se tenait prêt à bondir sur le géant, quelqu'un apparut au tournant de l'escalier.

C'était un nain. Il chantonnait, en effet, et portait, de ses deux bras tendus, un énorme plateau où fumait un osso-buco. Quand il aperçut le serviteur, il le salua gaiement et lui jeta :

– Je m'occuperai de toi plus tard. Pour l'instant, je vais voir ma princesse. *Quoi qu'est bon, quoi qu'est chaud ? C'est mon osso-buco !*

Puis il poursuivit son ascension de l'escalier et, dépassant le serviteur, ne put faire autrement que de découvrir la bergère, cachée dans son dos.

– Ah, félon, s'exclama-t-il à l'attention du serviteur, tu m'as trompé ! Tu m'as volé mes clés pour délivrer ma princesse ! Mais tu vas me le payer !

Et le nain, qui avait tout à fait cessé de chanter, déposa son plateau sur une marche de l'escalier et se rua sur le serviteur. Le serviteur, d'une seule main, le saisit au cou et, l'élevant au-dessus de lui, lui demanda s'il préférait se calmer tout de suite ou mourir

étranglé, ou encore être brutalement jeté au sol. À moins qu'il ne préférât tout simplement un bon coup de poing dans la figure.

– Pitié ! le supplia le nain. Je vais me calmer, je vais me calmer. Tu es trop fort pour moi, maintenant, serviteur.

Le serviteur déposa le nain au sol, délicatement, et, au même moment, la fée apparut dans l'escalier.

– Ah, je te cherchais, dit-elle au serviteur,

pour te dire quelque chose. Voilà : tu ne m'as pas écoutée, et tu as bien fait. Ce n'était pas une bonne idée, de tuer ce géant. Tu n'y serais jamais arrivé. Et je me suis dit que le plus simple, pour t'aider, était encore de le transformer. En nain, bien sûr, car il est plus facile de transformer quelqu'un en son contraire. Ça marche toujours mieux.

– Mais alors, dit le serviteur, troublé, si je comprends bien, je n'ai aucun mérite, à avoir délivré cette jeune femme.

– Non, bien sûr, répondit la fée, mais il n'y a pas que le mérite qui compte, dans la vie, je suis bien placée pour le savoir. Et puis tu t'es montré courageux, face à ce géant. Cependant, l'essentiel, c'est que vous vous plaisiez, la bergère et toi. Vous vous plaisez, non ?

– Si, dit le serviteur, c'est même le moins qu'on puisse dire.

– Le moins, oui, dit la bergère.

– Pardon ? lui demanda le serviteur.

– Elle dit la même chose que vous, intervint la fée, ne vous tracassez pas. Vous devriez l'épouser, au lieu de vous tourmenter.

– Qu'en pensez-vous ? demanda le serviteur à la bergère.

– Ma foi, lui répondit la bergère, pourquoi pas ? Puisque, c'est le moins qu'on puisse dire, nous nous plaisons.

Elle avait l'air de s'en fiche un peu, au fond, mais il était clair que c'était pour se donner une contenance. Le regard qu'elle lança au serviteur ne pouvait tromper personne : elle l'aimait déjà, en fait, et lui aussi, d'ailleurs, et chacun d'eux dansait d'un pied sur l'autre, pour cacher son émotion, et on voyait bien que ces deux-là avaient fort envie de s'embrasser, mais qu'ils préféraient pour cela qu'on procédât d'abord à leur mariage. C'était leur petit côté conventionnel.

– Excusez-moi, intervint le nain, qui jusque-là s'était tenu pudiquement à l'écart, mais mon osso-buco va refroidir. Comme de toute façon je ne peux plus vous épouser, chère princesse, autant que vous en profitiez. Mais je ne comprends pas pourquoi la fée vous a appelée « bergère ».

– Et je ne comprends pas, moi, dit la bergère, pourquoi vous m'appelez « princesse ». Car, en vérité, je suis une bergère, et non une princesse.

– Ainsi, j'aurais enlevé une bergère ? s'exclama le nain.

– Apparemment, oui, répondit la bergère.

– Ah, c'est bien de moi ! se lamenta le nain. Je n'en manque pas une. Si seulement j'avais eu mes lunettes ! Mais ces lévriers qui bêlaient auraient dû me mettre la puce à l'oreille.

– Vous me fatiguez, à force, avec vos lévriers, se plaignit la bergère. Quand je pense que vous n'êtes pas capable de reconnaître un mouton !

– Oh, oubliez donc tout ça, lui dit le serviteur. C'est son histoire à lui, et la nôtre commence. Mais n'oublions pas, en revanche, que nous avons un berger à enterrer.

– Un berger ? s'étonna la bergère.

– L'homme qui voulait vous sauver, dit le serviteur.

– Le prince, dit la fée.

– Je n'y comprends rien, dit la bergère.

– Ce n'est pas grave, dit la fée, goûtons plutôt à cet osso-buco, qui m'a l'air succulent, avant d'aller enterrer ce pauvre homme.

Et, comme l'osso-buco refroidissait, on décida que le plus court, pour manger chaud, était de se rendre au cachot, qui était plus proche que la salle à manger du géant. Du nain, pardon.

On déjeuna, pas trop gaiement, parce qu'on était un peu triste aussi à cause de l'enterrement, et l'on décida que le nain, logiquement, deviendrait le serviteur du serviteur et de la bergère. Et que le couple, au lieu d'aller habiter en ville dans un taudis ou sur un alpage, dans une masure, resterait au château, qui était plus spacieux. Mais, quand on eut achevé l'osso-buco – assez tard, d'ailleurs, car le nain, du temps où il était géant, avait prévu deux parts, une pour la prisonnière et une pour lui, qui était maintenant bien trop grosse, bien sûr, mais aussi pour les autres –, on entendit cogner à la porte.

– Qui est-ce ? demanda le serviteur.

En effet, à présent, c'était un peu lui le chef. Mais, comme il n'y avait plus rien à craindre, il n'attendit même pas la réponse et alla ouvrir.

– Le berger ! s'exclama-t-il. Qu'est-ce que vous faites là ?

– Hourrah ! s'écria la fée. Ma magie fonctionne encore !

– Je viens tuer le géant, dit le berger d'une voix sinistre.

Et tout le monde éclata de rire, y compris le nain, car il n'y avait plus personne à enterrer, et c'était tout de même plus gai. Cependant, on ne savait pas, désormais, ce qu'on allait faire du berger. Or, à cet instant, on entendit, par la fenêtre du cachot, les moutons bêler et réclamer la bergère. Alors, la bergère, qui ne comprenait pas grand-chose à ce qui se passait, depuis quelques instants, mais qui était heureuse, maintenant, avec ce beau serviteur qu'elle aimait, dans ce grand château, alla à la fenêtre et cria aux moutons :

– Ne vous inquiétez pas, mes agneaux, je vous envoie quelqu'un !

Et elle fit un clin d'œil au berger, en tout bien tout honneur, bien sûr, et elle embrassa le serviteur, et tout alla pour le mieux dans le meilleur des mondes ; c'est que, si l'on se souvient bien, il ne restait qu'un ogre, dans les environs, à semer la terreur. Heureusement, on finit aussi par s'en débarrasser, de celui-là, mais plus tard. Car tout le monde avait besoin de prendre un peu de repos.

Le monstre à six têtes

C'était un monstre à six têtes, une pour chaque jour de la semaine, moins le dimanche.

Le lundi, il sortait sa tête de dragon.

Le mardi, il sortait sa tête de chien.

Le mercredi, il sortait sa tête de fou.

Le jeudi, il sortait sa tête de mort.

Le vendredi, il sortait sa tête d'idiot.

Le samedi, il sortait sa tête de rat.

Le dimanche, il n'avait pas de tête, mais

un cou, seulement, coupé au-dessus d'une chemise à la propreté impeccable. C'est là qu'il faisait le plus peur, et pourtant il ne pouvait pas mordre. En revanche, il sortait ses griffes.

Il avait dévoré tous les chevaliers de la région, mais un jour, qui était un lundi, un chevalier d'une autre région le rencontra au plus profond de la forêt.

Car, pour les chevaliers, la semaine commence le lundi, comme pour tout le monde.

Ce chevalier avait fait le vœu de tuer le monstre à six têtes pour obtenir la main de sa bien-aimée, qui était la première des six filles du roi de Triangleterre.

Quand le chevalier rencontra le monstre, celui-ci, avec sa tête de dragon, mit le feu à son cheval.

Mais le chevalier avait eu le temps de sauter de son cheval, et il avait pris soin d'emporter avec lui son extincteur.

Avec l'extincteur, il éteignit son cheval,

puis il sauta sur le dos du monstre et commença à le chatouiller sous les bras.

Le monstre se mit à rire, tout en crachant du feu, mais dans n'importe quel sens. La forêt flamba. Le chevalier, sur son portable, appela les pompiers. Puis il sortit son épée, cria au monstre : « À demain ! » et lui coupa la tête.

Il rentra chez lui, dans son château, et passa une très bonne nuit.

Le mardi, le monstre sortit sa tête de chien. Ses crocs étaient impressionnants, mais le chevalier avait emporté avec lui de la viande en boîte. Il la donna au monstre, après l'avoir ouverte à l'aide de son ouvre-boîte. Puis il dit au monstre : « À demain ! » et, tandis que celui-ci mangeait sa pâtée, il lui coupa la tête.

Il rentra chez lui et passa une très bonne nuit.

Le mercredi, le monstre sortit sa tête de fou.

Il avait les yeux exorbités, un entonnoir

posé à l'envers sur le haut du crâne, et racontait n'importe quoi. Par exemple, il prétendait qu'il n'était pas fou.

– C'est ce qu'on va voir, lui dit le chevalier.

Et, sur son portable, il appela l'hôpital psychiatrique. Une ambulance arriva, six hommes en blouse blanche en sortirent, qui capturèrent le monstre.

– À demain ! lui cria le chevalier. Excusez-moi, ajouta-t-il à l'intention des infirmiers, en brandissant son épée.

Et il coupa la tête du monstre.

– Ça sera plus simple, pour le soigner, expliqua-t-il aux infirmiers.

Il rentra chez lui et passa une très bonne nuit.

Le jeudi, le monstre, qui s'était échappé de l'asile, sortit sa tête de mort.

– Tu ne me fais pas peur, lui dit le chevalier, car les morts sont morts, et je n'ai même pas à te tuer. À demain !

Il rentra chez lui et passa une très bonne nuit.

Le vendredi, le monstre sortit sa tête d'idiot.

– Idiot, espèce d'idiot! lui cria le chevalier.

Ce fut sa première erreur.

Le monstre, complètement idiot, en effet, ne comprit pas ce que le chevalier lui disait, et, le voyant s'agiter devant lui, il avança vers son adversaire sa grande tête d'idiot et le mordit cruellement à l'oreille.

– Aïe! cria le chevalier, espèce d'idiot, tu m'as mordu!

Mais le monstre, qui ne comprenait toujours pas, lui mordit la seconde oreille.

Puis le nez.

Puis les joues.

Et la tête.

– Alouette! brailla-t-il.

– Bon, à demain, lui dit le chevalier, avant de lui couper la tête.

Mais il était complètement défiguré. Il dormit mal.

Le samedi, le monstre sortit sa tête de rat. Le chevalier avait le visage couvert de bandages.

– Face de rat! cria-t-il au monstre.

– Tu ne t'es pas regardé! répondit le monstre.

Le combat fut rude, cette fois. Le chevalier ne s'était jamais battu contre un rat. Son épée glissait sur le poil lisse. Il dut le tuer à mains nues. Mais le rat lui mordit l'œil gauche.

Cette nuit-là, le chevalier dormit mal.

Le dimanche, il retourna au combat, avec un bandeau sur l'œil en plus de ses bandages.

– Ah, tu n'as plus de tête, aujourd'hui, dit-il au monstre. Eh bien, je vais te tuer le corps.

Le monstre ne répondit rien, bien sûr. Il sortit ses griffes et griffa cruellement le chevalier. Mais le chevalier lui coupa les pattes. Puis il lui dit : « Adieu » et lui perça le ventre. Le monstre s'abattit sur le sol.

Le soir, le chevalier se coucha de bonne heure.

Il dut attendre le samedi suivant pour se présenter au roi. Mais ses plaies n'étaient pas guéries, et il lui restait, en plus de son bandeau sur l'œil, deux gros pansements sur les joues.

– Qu'il est laid ! s'écria la fille du roi.

– J'ai tout de même tué le monstre, protesta le chevalier.

– Vous l'avez tué quand? demanda la fille du roi.

– Toute la semaine dernière, répondit le chevalier.

– Trop long, dit la fille du roi. Une semaine pour tuer un monstre! C'est minable.

– Il avait une tête différente chaque jour, répondit le chevalier. Il ne les sortait jamais en même temps.

– C'est comme mes filles, intervint le roi, très affable, qui cherchait à calmer tout le monde.

Et il expliqua que, tout comme le monstre sortait tour à tour chacune de ses têtes, lui, le roi, sortait tour à tour chacune de ses filles.

Le lundi, il sortait sa sixième fille, pour lui faire visiter des châteaux.

Le mardi, il sortait sa cinquième fille,

pour lui faire prendre l'air, car elle était très pâle.

Le mercredi, il sortait sa quatrième fille, pour sortir avec elle, afin qu'elle ne s'échappe pas pour aller danser avec les garçons.

Le jeudi, il sortait sa troisième fille, parce que c'était son tour.

Le vendredi, il sortait sa deuxième fille, parce que, ce jour-là, c'était son tour à elle.

Le samedi, il sortait sa première fille, parce qu'il voulait la montrer aux chevaliers du pays, pour la marier, mais ils étaient tous morts, alors on se promenait, simplement, puis on rentrait.

Le dimanche, il sortait sa femme, qui était aussi très pâle.

– Mais ça n'a rien à voir, père, déclara la fille du roi, quand celui-ci eut terminé son exposé.

– En attendant, rétorqua le roi, ce chevalier qui est là a tout de même tué le monstre. C'est le premier qui y arrive.

– Mais il ne me plaît pas, répondit la fille du roi. Il n'a pas une belle tête.

– C'est ma tête d'aujourd'hui, lui répondit le chevalier. Attendez que ça cicatrise, et vous verrez. Demain, il fera jour.

– C'est ça, revenez donc demain, proposa le roi. Ou plutôt non, c'est dimanche, je sors ma femme. Revenez samedi prochain, le jour où je sors ma fille. Nous irons faire un tour.

Le chevalier revint le samedi suivant, mais ses plaies s'étaient infectées.

– J'ai une complication, expliqua-t-il. Il faut que j'entre à l'hôpital.

– Je ne veux pas vous épouser, lui dit la fille du roi, mais je veux bien venir vous voir à l'hôpital. J'aime bien m'occuper des blessés.

– Elle est généreuse, dit le roi.

Et le chevalier entra à l'hôpital. La fille du roi vint le voir, le samedi suivant, avec son père, mais le chevalier se mourait.

– Je crois que c'est d'amour, que je

meurs, dit-il à la fille du roi. Car vous ne m'aimez pas.

– Mais si, dit la fille du roi, mais si, je vous aime bien.

– Dites-moi que vous m'aimez tout court, dit le chevalier, et je guérirai. Même si vous ne le pensez pas.

– Bon, dit la fille du roi, d'accord, je vous aime. Mais je ne le pense pas.

– Ne dites pas que vous ne le pensez pas, dit le chevalier.

– Je vous aime, dit la fille du roi.

– Ah, fit soudain le chevalier, je me sens mieux !

Et il se leva de son lit.

– Il est guéri, mais toujours aussi laid, murmura la fille du roi à son père.

– Ce sont ses blessures, dit le roi. Il est peut-être très bien, en dessous.

– Comment le savoir ? demanda sa fille. Et puis il lui manque un œil.

– Sois un peu charitable, ma fille, se fâcha

le roi. On dirait qu'il n'y a que le physique qui t'intéresse.

La fille du roi s'en trouva vexée. Elle se reprit.

– Bon, dit-elle, d'accord. Je l'épouse.

Et on célébra les noces. La fille du roi et le chevalier vécurent ensemble trois semaines, et la fille du roi s'habitua à la tête du chevalier, qui pourtant cicatrisait mal. Ses plaies se rouvraient tout le temps, et il fallait le soigner sans arrêt. La fille du roi en avait assez de passer sa journée dans les bandages et les pansements. Ce qu'elle ne supportait pas, non plus, c'est que le chevalier fût bête. Il n'avait aucune conversation. La seule chose qu'il savait faire, c'était se battre contre des monstres. Mais il n'y avait plus de monstre. Il s'ennuyait. La vie, au château, devenait insupportable. Tout le monde était très tendu. Le roi lui-même, irrité, se fâchait contre ses filles, il se battait comme un chiffonnier avec sa femme, et même les domestiques étaient de mauvaise humeur.

– Bon, ça va bien comme ça, dit un jour le roi au chevalier et à sa fille. Si au moins vous faisiez des enfants ! Mais non, rien. Et puis vous, dit-il au chevalier, vous seriez mieux à l'hôpital. Ce monstre vous a amoché pour de bon. C'était bien la peine de le tuer, vraiment. Quant à toi, ma fille, tu ne fais aucun effort. Regarde comment tu t'habilles ! On dirait une fille de salle. Allez, dehors, tout le monde !

Et tout le monde quitta le château, sauf le roi et les domestiques. Toutes les filles du roi, que le roi ne supportait pas plus que l'aînée, parce que, dans cette ambiance, elles n'arrêtaient pas de se disputer, partirent avec le chevalier et aussi avec la reine, vivre au plus profond de la forêt. Ils se nourrirent de racines, de fruits et de hérisson bouilli, puis se construisirent une cabane. La fille du roi soigna les plaies du chevalier avec des herbes sauvages et elles ne se rouvrirent pas, et la fille du roi finit par aimer le chevalier. Mais, question intimité, c'était loin d'être parfait, car la cabane était petite, et le chevalier était toujours aussi bête, et la fille du roi était toujours aussi exigeante. Elle voulut le rendre intelligent, parce qu'elle l'aimait. Elle n'y parvint pas, et elle ne l'aima plus. Ça redevenait l'enfer, comme au château, et c'était la reine, maintenant, qui piquait des crises. Mais elle ne pouvait mettre personne dehors, parce qu'elle n'était pas chez elle. Enfin, un jour, le monstre réapparut et donna un grand coup de pied dans la cabane. Le chevalier l'avait mal tué. Comme c'était un lundi, le monstre sortit sa tête de dragon et mit le feu à la cabane. Mais le chevalier n'avait plus d'extincteur, et il avait moins de courage qu'avant pour combattre le monstre, car il avait déjà épousé la fille du roi. Alors tous s'enfuirent et durent courir la journée entière pour arriver jusqu'au mardi, où le monstre sortit sa tête de chien. C'était le jour où, d'habitude, le roi sortait sa cinquième fille pour lui faire prendre l'air. La veille, le lundi, pendant qu'ils couraient tous pour échapper au monstre à tête de dragon, sa sixième fille avait sans cesse répété qu'elle préférait encore visiter des châteaux.

Au petit matin du mardi, donc, ils s'arrêtèrent de courir. Car la reine, qui adorait les animaux et en particulier les chiens, voulut caresser le monstre.

– Bon chien, lui dit-elle, viens ici, que je te donne un os.

Mais elle n'avait pas d'os. Elle chercha désespérément autour d'elle et n'en trouva pas. Et tout le monde dut se remettre à courir, jusqu'au mercredi, cette fois, pour faire face au monstre à tête de fou. C'était aussi le jour où le roi, d'habitude, sortait avec sa quatrième fille pour qu'elle n'aille pas danser avec les garçons. Or sa quatrième fille eut soudain envie de danser et, dès l'aube, elle se mit à danser devant le monstre à tête de fou. Le monstre la regarda en pointant son index contre sa tempe. Il fut si surpris et décontenancé de trouver plus fou que lui que la quatrième fille du roi décida de continuer de danser jusqu'au jeudi pour le distraire. À l'aube, elle s'écroula, épuisée, et le monstre sortit sa tête de mort. Comme il ne pouvait tuer personne avec cette tête, on passa une journée tranquille, à attendre le vendredi.

Le monstre sortit alors sa tête d'idiot. Comme tout le monde s'était bien reposé la veille et avait les idées claires, personne n'eut la mauvaise idée de le traiter d'idiot, et le monstre à tête d'idiot ne mordit personne de la journée. Il suivit la petite troupe, simplement, en secouant sa grande tête d'idiot, et on arriva comme ça tranquillement jusqu'au samedi. C'était le jour où le monstre sortait sa tête de rat et où le roi, d'habitude, sortait sa première fille pour la marier. Mais sa fille était déjà mariée et, de toute façon, elle ne s'intéressait plus au mariage. Elle avait beau ne plus aimer le chevalier, elle n'aurait rien fait pour divorcer afin d'en épouser un autre. Et puis, il n'y avait plus de chevaliers dans le secteur. Elle était complètement dégoûtée.

Elle avait l'air si dégoûtée, en vérité, que le monstre à tête de rat, ce jour-là, eut un gros coup de cafard. Il n'avait jamais vu une fille de roi si triste, et ça lui coupa l'appétit. Il ne mordit personne, et ce fut lui qui, la tête basse, un air de profond ennui peint sur sa gueule de rat, mena la petite troupe jusqu'au dimanche. Et, à l'aube, il se présenta sans tête.

C'était donc le jour où le roi, d'habitude, sortait sa femme. Mais la reine, qui était fâchée à mort avec le roi, ne regrettait pas que, ce dimanche-là, le roi ne fût plus là pour la sortir. Elle fit face au monstre et, comme il n'avait pas de tête, elle lui prit le bras et se promena à son côté. Elle pouvait imaginer qu'il avait n'importe quelle tête et ne se priva pas de le faire. Elle imagina que le monstre sans tête avait en vérité la meilleure tête de roi du monde, et qu'il était agréable d'avoir un tel

mari. Le dimanche s'écoula ainsi, paisiblement, sans qu'il fût nécessaire de tuer le monstre, et les semaines suivantes la même chose se répéta.

On rencontrait quelques problèmes, bien sûr, le lundi, quand le monstre sortait sa tête de dragon et qu'il crachait du feu sur tout le monde, mais on décida que le lundi serait une journée sportive, où tout le monde courrait pour se maintenir en forme. Pour le mardi, on finit par s'organiser et par trouver de quoi nourrir le monstre à tête de chien. Le mercredi, le jour du monstre à tête de fou, la quatrième fille en avait un peu assez de danser pour le distraire, alors on s'arrangea pour que tout le monde apprenne un peu à danser, de façon à la relayer. Le chevalier, lui-même, ne se débrouillait pas si mal et finit par devenir un assez bon danseur de tango. Et dès le jeudi, jusqu'au dimanche, c'est-à-dire du jour du monstre à tête de mort jusqu'au jour du monstre sans tête, chacun se reposait. La vie, au fond, n'était pas si désagréable, pour la famille bannie. Le monstre, à force, était devenu sympathique pour tout le monde, et, même le lundi, le jour où il crachait le feu, on courait de bon cœur.

Puis il advint que, le sixième lundi, le monstre ne parut pas. On s'inquiéta, car on avait peur de s'ennuyer, et tout le monde maintenant aimait bien le monstre. Même le chevalier, qui, le mercredi, le regardait parfois danser avec sa femme. Mais le monstre ne paraissait pas, on s'impatientait, et l'on commença à se disputer lorsque, sur son cheval, surgit un superbe chevalier.

– Qui êtes-vous ? l'interrogea la reine.

– J'étais le monstre à six têtes, un pour chaque jour de la semaine, moins le dimanche, répondit le beau chevalier. Mais votre amitié, à tous, m'a enfin délivré du sort que m'a jeté l'épouvantable sorcière des marais, il y a deux ans de cela. Et votre amitié a permis aussi de ressusciter les six plus remarquables chevaliers que j'ai dévorés du temps où j'étais le monstre à six têtes, un pour chaque jour de la semaine, moins le dimanche. Ce qui fait qu'aujourd'hui nous voilà sept chevaliers pour vous complaire.

Le beau chevalier étendit le bras, désignant, au loin, les six autres chevaliers qui s'avançaient sur leur monture. Les six filles du roi, une pour chaque jour de la semaine, moins le dimanche, poussèrent des cris de joie, car, même pour les plus jeunes, qui n'étaient pas en âge de se marier, ces beaux chevaliers constituaient une charmante perspective. La fille aînée, abandonnant son chevalier stupide, se précipita dans les bras du superbe chevalier, en espérant qu'il ne serait pas stupide, celui-là, mais l'histoire ne dit pas s'il l'était ou non. Ses cinq sœurs, elles, sagement, attendirent de grandir. Le chevalier stupide, lui, partit sur son cheval à la recherche de nouvelles aventures et d'une nouvelle femme, mais en se promettant bien qu'il ne se battrait jamais plus contre un monstre à six têtes ni contre aucun autre monstre, et qu'il se mettrait aux études. Quant à la reine, elle ne fut pas déçue. Car le septième chevalier, dont personne n'avait voulu parce qu'il n'avait pas de tête – le monstre la lui avait définitivement coupée –, avait tout de même fière allure et ne risquait pas de la décevoir. La reine lui prit le bras, comme au monstre, et tous deux coulèrent des jours heureux au plus profond de la forêt, en compagnie de leurs filles et belles-filles et des six autres chevaliers, sans jamais se disputer, sauf le dimanche, parfois, en souvenir du bon vieux temps.

Barbara Krause

Das Glück ist eine Insel

HERDER / SPEKTRUM

Band 4525

Das Buch

Entdeckungen im Gegenwind: Eine Frau, jenseits der fünfzig, erfüllt sich eine Lebenssehnsucht. Ihren Mann läßt sie in Berlin zurück, per Rad macht sie sich auf nach Irland und erfährt sich zusammen mit Paul, auf dessen Inserat in der Zeitung sie geantwortet hat, die rauhe und verzauberte irische „Anderswelt". Barbara Krause sucht nach dem Eigentlichen, sie will wissen, wieviel man zum Glücklichsein braucht, will die eingeschliffene Gewohnheit in Frage stellen. Ihre Erkundungen der Grünen Insel öffnen einen neuen Blick auf Irland, seine Menschen, seine Landschaft und seinen Himmel, seine Häuser, Fiddler und Feen. Nicht romantisch verklärt ist ihr Bild, sondern gekennzeichnet von genauer Beobachtung, anschaulicher Beschreibung, literarischer Klarheit. Sie erzählt von kurzen Begegnungen, eindrücklichen Stimmungen, von der Erkundung keltischer Spuren, von der Beziehung zu Paul, dem Begleiter, die voll überraschender Nähe und notwendiger Distanz ist.

Barbara Krause nimmt in diesem Buch mit auf ihre Reise durch Irland – langsam wie Radfahren im Gegenwind, aber dabei voll innerer Leichtigkeit, voller Lust, das Land und sich selbst zu entdecken.

Die Autorin

Barbara Krause, geb. 1939, lebt als freie Schriftstellerin in Berlin. Sie hat zahlreiche Romane geschrieben. Frauenbiographien bei Herder/Spektrum: Camille Claudel – Ein Leben in Stein, Bd. 4111; Diego ist der Name der Liebe. Frida Kahlo – Leidenschaften einer großen Malerin, Bd. 4270; Der verbrannte Schmetterling – Die Fotografin Tina Modotti, Bd. 4382; Gefesselte Rebellin – Brigitte Reimann, Bd. 4445.

Barbara Krause

Das Glück ist eine Insel

Irische Reise

Herder
Freiburg · Basel · Wien

Gedruckt auf umweltfreundlichem,
chlorfrei gebleichtem Papier

Originalausgabe

Satz: Fotosetzerei G. Scheydecker, Freiburg im Breisgau
Herstellung: Freiburger Graphische Betriebe 1996
Umschlaggestaltung: Joseph Pölzelbauer
Umschlagmotiv: © Mauritius
ISBN 3-451-4525-9

Aufbruch

Mir ist, als wüchsen Mauern um mich. Unmerklich. Jeden Tag. Ich wehre mich nach dieser Seite und jener. Die Erleichterungen sind vorübergehend und täuschen, daß die Enge tatsächlich durchbrochen wurde. Manchmal liegt eine dunkle Traurigkeit über mir. Ich bekämpfe den Wunsch, gehen zu wollen.

Dann fasse ich wilde Entschlüsse, nachts. Bei Tageslicht erweisen sie sich als Hirngespinste. Etwas in mir drängt nach Veränderung. Ich brauche Zeit. Zeit für mich, um tief hinabzusteigen und mich neu zu schaffen.

Eines Tages springt ein Wort in meinen Kopf, das einem Tor gleicht, durch das ich gehen müßte. Irland. Mein Verstand kann wenig Gründe liefern, warum gerade Irland. Ich ahne, daß es etwas mit verlorenem Heimatgefühl zu tun hat. Tief versteckter Schmerz. Trauer noch immer.

Schreiben ist Ersatz für Leben.

Enkel Ersatz für Liebe. Mein Leben mit Martin gleitet bei sehr ruhiger See durch den Alltag.

Eines trüben Sonntags im Februar stoße ich auf ein Inserat in der Zeitung. Ein für mich ausgesandtes Signal – so denke ich und schreibe einem Unbekannten:

„Wenn die Sehnsucht nach Leben mich packte, habe ich die gleiche Annonce in Gedanken verfaßt, sie aus Angst vor eigener Courage nie aufgegeben.

Bestürzung, mein eigenes Wollen in der Zeitung zu finden – I r l a n d m i t d e m R a d e r l e b e n.

Ich liebe mein Rad. Es steht nicht für sportlichen Ehrgeiz, sondern kontemplatives Fahren, Natur erleben dort, wo der Mensch mit ihr in Harmonie lebt.

Ich will den Mut haben, meinen Traum zu leben... meinen Anspruch... Ich will für vier Wochen aussteigen aus dem in Plänen eingebundenen Zug von Alltagspflichten und Verhaltensmustern. Das einzige, was ich für mich tun kann, ist, Ihnen zu antworten. Ich wäre bereit. Ich hätte Lust.

Antworten Sie mir!?

Ich weiß nicht, ob es von Bedeutung oder wichtig ist – ich bin verheiratet."

Erst in dem Augenblick, als der Brief in den Kasten fällt, jagt mir der dumpfe Fall und das unwiederbringliche Verschwinden einen heißen Schrecken ein.

Das Bewußtsein einer Freveltat peinigt mich. Das Unwahrscheinliche, eine Antwort zu erhalten, tröstet.

Dann gibt das Geheimnis Befriedigung. Es verschafft die Illusion von Genugtuung.

Doch die Antwort kommt. Wir verabreden uns.

Paul und ich stehen uns am 1. März auf dem sehr windigen Platz der Akademie gegenüber. Als der Fremde auf mich zukommt, denke ich – du bist es nicht! – was immer dieser Gedanke besagen will.

Briefe gehen hin und her. Annäherungen. Plänemachen. Ich erbitte mir eine Frist, zu der ich meine endgültige Zusage geben will. Ich brauche Zeit. Auch Zeit für Martin.

Der Widerspruch klafft zwischen meiner Lebenssehnsucht und meiner Ehe. Bisher hatte wohl niemand Grund, mich egoistisch zu nennen. Ich bin in das Gebrauchtwerden hineingekrochen wie in eine sichere Höhle. Nun denke ich, daß ich aus Rücksicht auf meine Familie nicht auf meinen Anspruch verzichten muß. An diesem Prozeß nimmt Martin mit Verständnis Anteil. Radreisen kommen für uns wegen seiner Arthrose nicht mehr in Frage. Läßt er mich ohne Groll fahren?

Ich leide unter seinem erpresserischen Nachgeben: Einmal – dann nie wieder! In solchen Momenten empfinde ich unsere Ehe als Gefängnis. Ich quäle mich mit der Frage, steht ihm das Recht zu, über mich und mein Leben zu bestimmen? Martin wird mich verlieren, wenn er mir nicht diesen Freiraum läßt.

Ich zitiere ihm den goldenen Satz: „Niemand kann wirklich wissen, was wir brauchen, um ein zufriedenes, erfülltes Leben zu führen. Achten wir auf das, was uns guttut, ebenso wie auf das, was uns nicht guttut, und leben wir danach… Hören wir auf, uns wegen unserer Eigenart zu verteidigen oder zu rechtfertigen. Versuchen wir nicht zu sein, wie ‚man sollte' oder wie ‚man müßte'… Lernen wir uns kennen, so gut es uns möglich ist, damit wir unseren Lebensauftrag und die Hoffnung, die die Schöpfung in uns gesetzt hat, erfüllen können."

Dies will ich tun!

Ich bin sicher, daß der Teil in Martin, der mich liebt, Verständnis und Toleranz aufbringen wird. Die Kränkungen, daß ich mich in Irland ‚bestätigen' wolle, sind unfair.

Ich warne Paul vor mir. Das bin ich ihm schuldig. Die vier Wochen Irland werden nicht einfach Urlaubsprogramm sein. Ich deute das Problem an, Antwort auf die Frage zu finden – wer bin ich? Paul sagt, mein Verständnis hast du. Er zerstreut auch die Bedenken, daß ich in den vier Wochen keine Zeit zum Schreiben finden könnte. Und abends müßte ich lesen... seit drei Jahrzehnten kann ich ohne Buch nicht einschlafen. Paul lacht: Du hast Sorgen!

Der Dichter schrieb mir zornige Verse. Abenteuer „Irrland"! Er fragt: Liegt das, was du suchst nicht in unmittelbarer Nähe, und du bist blind dafür?

Drei Tage vor dem Abflug verkehrt sich alles in sein Gegenteil. Lust verwandelt sich in Unlust, die Vorfreude in Beklemmung, Optimismus in dunkle Bilder, Rebellentum in Kleinherzigkeit. Daß Martin mich in aller Freiwilligkeit und Großzügigkeit fahren läßt, scheint den Sinn der Reise aufgehoben zu haben.

Ich habe Angst vor Einsamkeit, vor der Unvertrautheit mit Paul. Es gibt nichts Gewachsenes, das uns verbindet. Gibt es Erwartungen seinerseits, die mein vages, freundliches Gefühl für ihn übersteigen?

Dann liegt er unter mir, der grüne Flickenteppich Irland, wunderbar gewebt, mit den runden Noppen der Bäume. Das Weideland ist aufgeteilt, oval oder eckig, langgezogen schmal oder willkürlich herausgebissen. Das Strauchwerk der Hecken gleicht kunstvollen Nähten, die die Flicken miteinander verknüpfen. Mit dem dunklen Relief ihrer Schatten betonen sie das bizarre Muster. Von der Morgensonne überstrahlt, liegt sie, diese gestückelte Decke, wie wärmend über der Erde und verheißt Leben.

Airport Shannon. Beide sind wir aufgeregt. Paul mehr als ich, denn er fühlt sich verantwortlich. Er schraubt die Pedale an unsere Räder, dreht den Lenker zurecht und beginnt, die herausgelassene Luft wieder in die Reifen zu pumpen. Er läßt sich nicht helfen. So hat mich Martin nie verwöhnt! In meinem Nichtstun komme ich mir etwas komisch vor. Ich beobachte ein amerikanisches Ehepaar in unserem Alter, das gleich uns mit seinen Fahrrädern beschäftigt ist. In ihrem Dreß wirken sie weitaus sportlicher als wir. Der Frau hängt noch ein Strohhalm im Haar, das unter eine Mütze gestopft ist. Sie besitzen viele Taschen – am Vorderrad, am Hinterrad, am Lenker. Als der Mann schweißtriefend auf der Erde liegt, um mit der Pumpe Luft in das Ventil zu pressen, erbarmt es mich. Ich sage „sorry" und drehe das Rad so, daß das Ventil oben zu stehen kommt. Für beide ist es eine phänomenale Erkenntnis, und ich werde mit großer Dankbarkeit bedacht.

Auf dem Weg nach Ennis – Grafschaft Clare

Paul ist nicht ansprechbar. Er muß sich konzentrieren, uns auf den rechten Weg zu bringen. Sein Aufatmen, als eine Abzweigung den Weg nach Ennis verheißt. Paul entschuldigt sich, daß wir die belebte Straße fahren müssen. Ich versichere ihm: Was wir nicht ändern können, nehme ich ohne Murren in Kauf.

Fergus – das erste Städtchen. Paul hält vor einem strohgedeckten pinkfarbenen Häuschen. Da wir die Uhr zurückstellen mußten, ist noch früher irischer Morgen. Aus dem Haus dringt Fiddler-Musik. Das hübsche Haus erweist sich als Antiquitätengeschäft, und ich versichere Paul, mir eine große Freude mit dem Besuch eines solchen Lädchens gemacht zu haben. Hier wird Erlesenes angeboten, Geschichtsträchtiges, Zeugnisse vergangener Lebenskultur. Paul möchte mir etwas schenken. Ich verstehe diese Geste: ein halbes Jahr redeten wir von Irland und schürten Vorfreude. In dieser Stunde wird der Traum wahr. Ich stehe vor kleinen Dosen, für die ich eine Vorliebe hege. Es ist wie immer – was mir gefällt, ist teuer. Als Paul den Preis erfährt, will er es doch lieber lassen. Ich verstehe das.

In der Klosterruine Quin Abbey machen wir Rast. Keltische Sonne und christliches Kreuz. Grabsteine aus dem 15. Jahrhundert, Zeit großer Freiheit. Laufen auf Grabplatten mit erlöschender Schrift. Kühle im Kreuzgang. Blicke durch metertiefe Fenstern auf den kleinen Hof, in dem der Löwenzahn blüht. Ein Labyrinth von Treppen und Gängen. Wo man glaubt, die Empore erreicht zu haben, eine sonnenüberflutete Wiese. Schwalbengezwitscher statt Orgelmusik.

Die Treppe vor mir führt in die Bläue des Septemberhimmels. Ich ahne: hier beginnt die erste Zeile meines Liedes an den irischen Himmel.

Paul ist mit mir gleich groß. In seiner Wesensart liegt Freundlichkeit. Sein Bart ist fast weiß. Sein Gang lebhaft. Manchmal, wenn er sich von mir beobachtet fühlt, tänzelt er vor Leichtigkeit. Daß er zehn Jahre älter ist als ich, wird man nicht vermuten. Nach vier Tagen erbietet er sich, meine Fahrradtaschen zu übernehmen. Als Frau brauche ich für vier Wochen mehr Dinge als er. Außerdem habe ich drei dicke Bücher einstecken, einen Aquarellblock und den Farbkasten.

Paul ist fürsorglich. Ich bin ihm dankbar.

Für ihn ist es die zweite Irlandreise. So darf er der ‚Bestimmer' sein. Ich habe zuviele Jahre mit meinen Kindern allein gelebt und das Bestimmersein in bitteren Kämpfen und Selbstüberwindungen ausgekostet. Wenn ich Vertrauen schenke, überlasse ich dem anderen lustvoll die Verantwortung.

Noch bin ich nicht wirklich angekommen. Noch hänge ich in dem alten Netz gefangen. Noch finde ich in dem Land, durch das ich fahre, nur Erinnerungen an gelebtes Leben. In der hügeligen Weite der kleine See, das Glitzern der Sonne auf dem Wasser, die Erlen, der Bachlauf, Heuschober – es erinnert an

Chorin, an Brodowin, an Mecklenburg. Bilder meiner Vergangenheit tauchen auf. Nicht immer sind sie erbaulich.

Jedes Städtchen, das wir durchfahren, kennt an diesem Wochenende nur zwei Farben – gelb und blau. Hurling ist das Nationalspiel der Iren, eine Art Hockey. Und am Sonntag findet das Endspiel statt. Jahrelanger Meister im Hurling ist die Grafschaft Clare. Ihre Farben sind Gelb und Blau. Girlanden ziehen sich über die Straßen. Jedes Haus hat sich mit Fähnchen und Wimpelketten geschmückt. In den Fenstern sitzen Teddybären, Schweine aus Plüsch und Elefanten, bekleidet in den Farben gelb und blau, und Hecken sind mit gelb-blauen Girlanden verziert. Männer tragen Krawatten, die aus Kreppapier in den Grafschaftsfarben geflochten sind, wie auch die Bänder am Hut einer alten Dame. Hunde laufen mit gelb-blauen Halsbändern umher. Von den Fernsehantennen einsamer Häuser weht es gelb-blau. An einer Straßenecke in Fergus stehen jugendliche Fans, um mein rotes Rad gelb-blau zu schmücken.

Dann holt uns wieder die Einsamkeit der Koppeln ein.

Radfahren ist für mich Zeit des Nachdenkens.

Wenn man den Großteil seines Lebens in gefügter Gemeinschaft verbrachte, hat man Spielregeln des Miteinanderauskommens geschaffen und verinnerlicht. Ich übertrage meine Erwartungshaltung auf Paul, der die Regeln nicht kennt und nicht zu erfüllen weiß. Paul und ich spielen Rollen in einem fremden Stück, sagen Texte, die für andere geschrieben sind. So müssen wir damit rechnen, daß unser Vierwochenstück durchfällt.

Es ist noch früher Nachmittag, als wir die Stadt Ennis erreichen. Paul weiß eine feine Unterkunft, die er vor zwei Jahren bewohnte. Für 15 Pfund wird sie unsere zweitteuerste. Mit Sicherheit ist sie der Stolz der jungen Frau, die uns empfängt. Sie ist extrem schlank und hat zauberhafte Sommersprossen. Ihr Reihenhaus liegt an der großen Straße, unser Zimmer zu ebener Erde. Luxus ist das Fenster, das eine Front des Zimmers von der Decke bis zum Fußboden einnimmt. Die gedrechselten Betten aus Naturholz, das geschmackvolle Design ihrer Bettwäsche, eine klassische Leuchte mit Plisseeschirm auf dem Nachttisch verbieten geradezu Gardinen vor dem Fenster. So gewährt die junge Frau den Passanten großzügig Einblick in ihr Gästezimmer, das an Laura Ashley erinnert. Es gibt nur ein zierliches Stühlchen, das eine Zimmerecke schmückt, und so lagern wir auf den Betten – öffentlicher Besichtigung preisgegeben. Bei dem ersten Blickkontakt mit Passanten springen wir beide erschrocken auf. Ratlos stehen wir im Zimmer herum. Paul schlägt vor, eine Gebühr für die Zurschaustellung zu erheben und sie zu verdoppeln, wenn wir bei hereinbrechendem Abend Licht einschalten. Wir legen uns wieder auf die Betten und wollen Gelassenheit üben!

Ein grünes Kleeblatt unter dem B&B verheißt in der Regel Rooms en suite – eine dem Zimmer angeschlossene Naßzelle. Paul und ich suchen nacheinander den Toiletten-Dusch-Raum auf, wo aufgedrehter Wasserhahn und laufende Dusche als Geräuschkulisse versagen. Wir beschließen, vor Peinlichkeit betreten, künftig kein Bed & Breakfast mit Rooms en suite zu nehmen.

Paul spricht nicht gern über sich und sein Leben. Er meint, es reiche aus, was im ersten Brief an mich stand. Daß er gelernter Holzbildhauer sei und später in der Lehre gearbeitet habe, wo das bißchen Talent verschlissen wurde, das er besaß. Drei geschiedene Ehen! Die erste sei kinderlos geblieben. Der anderen Frau gehörten bereits zwei Töchter. Die Mädchen befanden sich in der Pubertät. Sie machten dem neuen Vater das Leben zur Hölle. Diese Ehe sei einfach ein Irrtum gewesen. Mit seiner dritten Frau, um zwanzig Jahre jünger als er, habe er einen gemeinsamen Sohn. Paul bekomme ihn einmal im Jahr zu Gesicht. Die Frau hatte ihn wegen eines anderen Mannes verlassen.

Ich sehe ein, daß es keinen Spaß macht, darüber zu reden.

Aber von Charlotte spricht Paul oft. Sie ist zwölf und so alt wie der Sohn. Sie sagt Opa zu ihm. Charlotte ist die Tochter seiner Nachbarn. Wenn Ferien sind, verbringt er viel Zeit mit ihr.

Der Hunger treibt uns in die abendliche Stadt. Die Straßen mit den wunderhübschen Pubs, eines neben dem anderen, sind wie leergefegt. Werden am Samstagabend die Bürgersteige hochgeklappt?

Nein. Es ist Messe.

Wir studieren die Speisekarten der verschiedenen Restaurants, zollen dem mittelalterlichen Zentrum Bewunderung, begutachten kritisch das Denkmal des Daniel O'Connel.

Wenn in einer irischen Stadt ein Denkmal errichtet werden soll, werden zunächst viele Steine zu einem Berg zusammengetragen. An Steinen mangelt es in Irland nicht. Auf diesem Berg wird ein sehr hoher Zementsockel errichtet. Und dort oben hinauf kommt in Lebensgröße der Held, der sich dann klein und verloren in seine Stadt zurücksehnt.

Die Erinnerung an die Stadt Ennis wird geprägt bleiben von zwei alten Schwarzweiß-Photographien, die als Postkarten zu kaufen sind. Ihr Zauber lag in dem anrührenden Widerspruch von Armut und Lebensfreude.

Ein Tag im Herbst. In der Ferne die Umrisse der Berge. Eine anrührende Idylle am Rande eines bäuerlichen Hofes. Ein hochrädiger Karren ist abgestellt. Im Vordergrund die aus Brettern genagelte Bank, von Sonne und Regen ausgelaugt. Hier sitzt ein Junge mit seiner Ziehharmonika. Ein herbes Gesicht, den Hut ins dunkle Haar gedrückt. Im Mittelpunkt des Bildes steht das Mädchen. Barfuß. Auf einer ausgehakten Holztür. Mit Anmut hebt es seine weite Kleiderschürze an, schaut erwartungsvoll auf den Jungen, daß er zu spielen beginne. Sie steht, ganz dem Wunsch hingegeben, in dieser armseligen Abgeschiedenheit für den herrlichen Tanz ihres Lebens zu proben.

In dem körnigen Grau der Vergrößerung stehen auf dem anderen Photo zwei achtjährige Mädchen am Ufer eines Baches. Die Steine haben sich in Marktstände verwandelt. Zum Verkauf ausgestellt sind Scherben chinesischen Porzellans, das die Kinder aus den Abfällen der englischen Earls klaubten. Auf ihren Gesichtern spiegelt sich die Überzeugung, daß ihre Ware erlesen und von außerordentlichem Wert sei. Die Scherben haben sich zurückverwandelt in Vasen und Schüsseln und zierliche Tassen, und auf die kleinen Besitzer fällt der Schimmer von Noblesse und Reichtum.

Wegen dieser beiden Bilder kehrten wir am letzten Septembertag nach Ennis zurück… und fanden sie nicht mehr unter den alten Photographien.

Welch verschüttete Erinnerung beschworen sie herauf an eigene Kindheit, wo Glück noch in schöpferischer Fantasie lag?

Die Grenzen unseres Bewußtseins sind fließend, und ich vermute, wenn Erinnerungen und unverhoffte Eindrücke aufeinander stoßen, streift uns die Ahnung, daß unser genormter Lebensanspruch vielleicht fragwürdig sei.

Endlich haben wir uns für einen Pub entschieden. Er dünkt uns gemütlich und rustikal. Ab neun Uhr soll ein Fiddler spielen.

Wir essen Fisch. Paul bestellt sich ‚Pommes'. Er erhält ein Körbchen voll. Als ich längst meine Mahlzeit beendet habe, ißt Paul noch immer Pommes. Und ich ahne, daß er nicht ein fritiertes Kartoffelstück übriglassen wird. Warum kann ich nicht ausstehen, wenn jemand über seinen Hunger hinaus ißt, nur weil es auf dem Tisch steht?

Ich fühle mich unanständig satt, weil ich nicht gewohnt bin, abends zu speisen.

Aber wir gehen nicht jeden Abend essen, bitte ich Paul.

Anderswelt Irland. Eines der mitgenommenen Bücher nennt sich „Irische Zauberharfe". Es sind Märchen, Sagen und Geschichten. Ich frage Paul, ob er Lust habe, daraus vorzulesen. Er stimmt erfreut zu. Bisher habe er nur Charlotte vorgelesen.

Otherworld – Land hinter den Wellen, Welt der Hoffnung, Land der Frauen, Reich des Versprechens, Insel der ewigen Jugend… – aber nicht Welt des Müßiggangs und der Tagträumerei.

Es gibt ein altes Wort im Keltischen – hiraeth – das sich mit den Begriffen ‚Sehnen' und ‚Heimat' übersetzen läßt. Plötzlich begreife ich die Sinnverwandtschaft dieser Worte.

Und ich weiß, daß sich etwas in mir nach Heimat sehnt und daß ein Verlustgefühl in mir entstanden war. Mit dieser Reise habe ich mich auf die Suche gemacht.

Lieber Dichter, jeden Abend willst du mir ein Gedicht schreiben. Mit zornigen Versen hast du mich vor der Abfahrt attackiert. Die Vorstellung, daß ich mit einem fremden Mann in einem Zimmer schlafen könnte, hat dich wild gemacht. Ich fand deine Fantasie abwegig. Wenn du jetzt hier wärest, könntest du dich von der harmlosen Selbstverständlichkeit überzeugen, mit der jeder in sein Bett marschiert ist. Du könntest ein bißchen zuhören, was Paul vorliest... Ich wußte nicht, daß Vorlesen eine so einschläfernde Wirkung hat...

Auf dem Weg nach Killrush

Als wir Ennis verlassen, kommen wir an dem Flüßchen River Fergus vorbei. Paul weist auf drei große Kalksteinblöcke im kargen Wasser der Ebbe.

Hier saß vor hundertfünfzig Jahren ein unglücklich Liebender auf den Steinen im Fluß und schaute stundenlang zu den Fenstern seiner Angebeteten hinüber.

Dichter, warum sehe ich dich auf diesen Steinen sitzen und melancholische Verse schreiben?

Beim erstenmal dachte ich: jetzt hat sie sich geirrt und mich mit einer Bekannten verwechselt. Ich grüßte zurück. Dann passierte es wieder und wieder. Allmählich öffnet sich die Tür, und Irland mit seiner Freundlichkeit läßt mich ein.

Ob sie im Auto vorbeifahren und zum Gruß die Hand heben, ob sie mir mit den Augen zuzwinkern oder mit dem Kopf nicken, ob sie auf der Landstraße ein Hallo zurufen oder Hey, ob sie ‚lovely day' versichern oder gar mit ‚How do you do' grüßen – es lebt sich anders in dieser Offenheit. Ich fühle mich ihnen verbunden. Und wo Zeit bleibt, in das Gesicht des Grüßenden zu schauen, berührt mich manchmal die Verwandlung, wenn ein Lächeln entsteht. Ich fühle ich beschenkt. Und denke mit Frösteln an die Masken der Unverbindlichkeit auf unseren deutschen Straßen, an Arroganz und geschäftige Hast.

Ich beginne, Irland als das Land hinter den Wellen zu empfinden und es mit seinen Menschen zu lieben.

In Martins Freundeskreis sprach neulich der Pfarrer über seinen Dienst mit Behinderten, die einer Arbeit nachgingen und die man auf der Straße daran erkenne, daß sie Fremde grüßten!

Es ist traurig, wenn der Anspruch auf Freundlichkeit so selbstverständlich aufgegegeben wird.

Diese Reise ist für mich Erfüllung einer tiefen Sehnsucht. An manchen Tagen war sie in mir so groß, daß ich alles in Frage stellte – Ehe, Freunde, Arbeit. Nicht einmal Hannah und Rahel und Franziska mit ihrer ungestümen kindlichen Zärtlichkeit vermochten sie zu stillen.

Und jetzt fließt es mir zu aus Himmel und Sonne und Weite und Wind und füllt mich auf mit jenem so vermißten Glücksempfinden.

Allmählich spüre ich, wie ich loslasse, was mich an Zuhause bindet, spüre ich, wie ich frei werde und wie es ruhig wird in mir.

Radfahren ist eine einsame Sache.

Mit meinem Rad bin ich ein fliegender Punkt auf der Landstraße. Ich bin eins mit Wind und Himmel und Sonne. Ich bin Lerchentriller und die weiße Blüte der Trichterwinde, ich bin die Distel. Ich bin Teil des großen Windes und durchströmt von Sonnenlicht. Die Sehnsucht des Universums hat auch mich gefunden.

Plötzlich sind die Wälle aus runden Steinen neben mir. Sie gibt es also wirklich!

Wenn ich an mir selbst oder der Welt litt, habe ich mir in Gedanken einen Wall aus diesen Steinen geschaffen. Und der Wall bildete einen Kreis. Und er lag irgendwo an einem Strand der Welt, in der Nähe einer steilen Küste. Wie oft ist meine Hand über diese Steine gestrichen und hat ihre Glätte und Rundheit abgefühlt. Ich wußte von den Moosflechten.

Einmal hatte ich Paul in einem Brief davon erzählt, weil er wissen sollte, mit wem er vier Wochen auf Reisen gehen will.

Paul hatte gefragt – du schreibst über Irland und warst noch nicht dort? Paul merkte kritisch an, daß die Steine flach und nicht rund seien.

Jetzt steige ich vom Rad, berühre die sonnedurchwärmten Steine, die Flechten, die goldbraune Kreise bilden.

Ich begnüge mich, sie zu photographieren.

Paul wartet an einer jener kleinen Brücken, vor der jeder Autofahrer mit einem Hinweis gewarnt wird, daß sie alt und brüchig sei und schutzbedürftig.

Ich sage: Es gibt sie doch, die Wälle aus runden Steinen.

Und Paul antwortet: Warum bist zurückgeblieben? Kannst du nicht mehr?

Ich glaube, da stellte Paul zum erstenmal diese Frage. Und ich habe den Zusammenhang in den kommenden vier Wochen nie begriffen. Es war seine unbewußte Abwehr gegen mich, wenn er den Übereinklang gestört glaubte. Er wollte nichts von meinem Zufluchtsort wissen. Er lag außerhalb seines nüchternen Denkens.

Vor der Brücke gibt es einen kleinen Laden, in dem man fast alles kaufen kann. Wir brauchen Äpfel und Käse. Paul sucht sich zwanzig Postkarten aus. Eingehend betrachtet er große runde Kuchen, die mit einem handschriftlichen Zettel versehen sind: selbstgebacken. Paul steht so lange davor, bis ich sage: dann kaufen wir doch einen!

Um die Mittagszeit suchen wir einen geeigneten Ort für unsere Rast. Paul bietet mir den Straßenrand. In der Ferne liegt der Shannon River. Aber kein Weg führt zu ihm. Die Straße ist nach beiden Seiten für die Weiden abgezäunt, endlos. Ich entdecke ein Tor, das mit einem Strick zugehalten wird. Paul vergewissert sich, daß niemand unser Tun beobachtet. Die Fahrräder stellen wir hinter der Hecke ab.

Ach Paul, über wieviele Gitter sind wir geklettert, durch wieviele Hecken gekrochen, über wieviele Gräben gesprungen, bis ich endlich sagte: Hier ist es schön. Wieviel Spaß hatten wir bei dem Gedanken, Verbotenes zu tun!

Immer noch liegt der Shannon in der Ferne. Ungeheuer breit und mächtig. Inseln auf ihm, bewaldet oder zerklüftet, bewohnt oder verlassen. Wir sitzen am Rande eines kleinen Plateaus auf Riedgras, von silbergrünem Stechginster umgeben. Vor uns eine sturmzerzauste Tannenfront. Windflüchter.

Als ich wieder mit meinem Rad auf der Straße stehe, taucht plötzlich der Alte auf. Paul muß noch den Verpflegungsbeutel auf seinem Gepäckständer festschnüren und den Strick am Tor verknoten. Der Alte droht mir mit einem Stock in der Hand. Und Paul wird nicht fertig! Als er endlich durch das Tor kommt, hat uns der Mann erreicht!

Very nice day!

Das war es, was er uns versichern wollte, was er mir mit dem Stock zuwinkte!

Der mit Neugier erwartete abendliche Einblick in eine irische Familie verzögert sich. Kilometer reiht sich an Kilometer. Die Steigung der Berge macht keinen Spaß mehr. Die kleine Ortschaft, in der wir unser B&B suchen wollten, zeigt sich nicht. Daß wir sie längst durchfahren haben, bemerken wir, als sich nach zehn Kilometern Killrush ankündigt, das auf morgiger Etappe liegen sollte. Ich bestehe auf dem ersten B&B.

Es liegt abseits und einsam. An einem Hasenhügel. Als an der Haustür niemand öffnet, gehen wir auf den Hof und klopfen an das Küchenfenster. Eine verhärmte Frau öffnet uns. Ihr Alter läßt sich nicht schätzen. Es kann zwischen dreißig und fünfzig liegen. Sie hat stumpfes, kurzes Haar und dunkle Ränder unter den Augen. In der Küche sitzt in einem hochbeinigen Kinderstuhl ein mongoloides Kind und weint monoton vor sich hin.

Paul folgt der Frau durch die Küche in das Gästezimmer. Ich kann Kinderweinen nicht ertragen und nicht vorbeigehen, ohne es getröstet zu haben. Ich berühre streichelnd die Hände des Kindes, mache leise wunderbare Versprechungen. Endlich schaut es verwundert und abgelenkt, wie ich mit meinen Fingern die Ente schnattern lasse. Paul ruft mich. Später höre ich es wieder weinen. Dann wird es von seiner Mutter abgeholt.

Die Zimmereinrichtung dünkt uns gediegen, wenn auch leicht verstaubt. Vor unserem Fenster machen sich zwei Vierzehnjährige mit Hurlingschlägern zu schaffen. Sie köpfen in wilder Emsigkeit Brennesseln. Ihr eigentliches Anliegen ist, einen Blick auf die deutschen Radfahrer zu werfen. Paul befriedigt ihre Neugier und photographiert schließlich die beiden an der weißgekalkten Steinmauer. Im bathroom betrachte ich unschlüssig die schwarze Spinne in der Wanne. Die Temperatur des Wassers ist so niedrig, daß sich ein Bad erübrigt.

Das Fenster unseres Zimmers ist breit und reicht fast bis zum Fußboden. Die Gardinen haben wir zur Seite gezogen. Wir liegen auf den Betten und schauen über die kleine Wiese mit dem erlenbewachsenen Bachlauf in das langsame Verglühen des Himmels.

Paul sagt: Du willst Irland mit der Seele suchen!? Das Wort Seele habe ich mit 19 Jahren zusammen mit meinem Kirchenaustritt aus meinem Wortschatz verbannt. Es schien mir religiös behaftet. Die Seele kommt in den Himmel!? Ich bin Materialist!

Paul will die Fronten klären. An diesem zweiten Tag. Für die kommenden vier Wochen.

Die Dunkelheit wächst wie eine Mauer zwischen uns herauf. Sie gewährt Schutz und bedeutet Einsamkeit.

Irgendwie verstehe ich Paul. Alles in unserem Leben hat sich vor sechs Jahren jäh und absolut verändert. Da möchte er und ich in unserem Innern einer Utopie die Treue halten, weil wir uns nicht selbst fremd werden wollen in dieser fremdgewordenen Welt. Ob es nun tauglich oder untauglich ist, Paul hält an der materialistischen Dialektik fest. Und wenn ich anders rede oder denke und empfinde, fühlt er sich verraten oder einsam?

Auf dem Weg nach Fuerrera

Zwei Tage schon fahre ich in der Erwartung des Ozeans. Um die Mittagszeit zeigt sich ein grauer Strich am Horizont. Bei Quilty dann – bittere Enttäuschung. Ich hätte mir ein erhabeneres Bild gewünscht, als ihn hinter einem zersiedelten Zeltplatz zu entdecken, an einem von Autos und Karawans belausten Strand.

Von dem Aussichtspunkt der Straße führt eine schmale Steintreppe an den Strand. Mit Kraft und Geschicklichkeit schleppen wir unsere Räder den beschwerlichen Pfad hinunter, schieben sie über Steine und Tang, von dem Wolken kleiner Fliegen aufstieben. Wir wollen alles Störende, was uns von Wasser und Wellen trennt, hinter uns lassen. Dohlen durchwühlen den Strand nach Eßbarem. Gruselige Erinnerung an Hitchcock. Im Windschutz großer Steine machen wir Rast. Unmittelbar vor uns die Weite des Ozeans. Paul befreit unser Blickfeld von zerfetzten Plastiktüten, von Stricken und angeschwemmten Bierbüchsen. Bescherungen der Ebbe.

Ich bücke mich nach einem handgroßen Stein. In der grauen Glätte wie eingraviert der Feenabdruck. Im langen Kleid, mit schwingenden Ärmeln und wehendem Haar die schmale Gestalt. In einer Vollmondnacht wird sie aus dem Stein steigen.

Paul steht mit aufgefalteter Karte und sucht unsere Route. In einer Gefühlsaufwallung von Vorfreude, Erwartung, Dankbarkeit, daß ich tatsächlich an Irlands Westküste stehe und hinter dem Wasser den anderen Kontinent weiß, lehne ich mich an seine Schulter, um mit ihm den künftigen gemeinsamen Weg zu suchen. Da läßt Paul die Karte fallen, um mich zu küssen.

Im ersten Moment ist es schön, wie selbstverständlich. Dann wird Pauls Kuß besitzergreifend, und ich muß mich wehren.

Nach dem Moment großer Nähe – Peinlichkeit. Ich stottere etwas von Überraschtsein. Mit geschäftigem Eifer breiten wir die Schätze unseres Picknicks vor uns aus.

Wenn ich schon einen Ort an der irischen Atlantikküste wie Spanish Point durchfahre, will ich des schicksalhaften Sturmes gedenken, der sich vor mehr als vierhundert Jahren in das Buch der Weltgeschichte einschrieb. Philipp II., König von Spanien, verlor just dort, wo mein Auge jetzt auf der stillen Weite des Ozeans ruht, einen großen Teil seiner ‚unbesiegbaren' Flotte. Ein Teil seiner Armada sank auf den Grund des Meeres, und eine herausgefischte Kabinentür läßt sich noch heute im Museum von Ennis bewundern.

Für Philipp, der auch Habsburger war, bedeutete dies das Ende der Vorherrschaft Spaniens zur See und das Ende seines Traums, England zu unterwerfen. Wie anders wäre die Weltgeschichte verlaufen, hätte damals kein Sturm getobt!

Natürlich habe ich darüber nachgedacht, warum Paul ausgerechnet mit mir nach Irland fahren wollte, wo ich von dem Dutzend Frauen, die auf seine Annonce antworteten, als einzige verheiratet war. Warum ich? Paul zu fragen, getraue ich mich nicht.

So mache ich mir meinen eigenen Reim: Paul lebt bereits viele Jahre allein, so wird er an dem Status seiner Unabhängigkeit nicht viel ändern wollen. Eine verheiratete Frau und das unverbindliche Vergnügen einer gemeinsamen Reise bringt ihn nicht in die zwanghafte Lage, ein Mehr an Gefühl und Verantwortung für eine feste Beziehung investieren zu müssen.

Wir durchfahren Lahinch. Das ist ein breiter Sandstrand und ein paar Häuslein am Hang. Dann folgt ein den Ort alles beherrschender Parkplatz für Badegäste im Sommer. Paul möchte eine Kuchenpause einlegen, und wir flüchten vor dem Anblick der angepriesenen und ausgewiesenen Golfplätze – 18 Loch und Pitch und Patt – auf einen Friedhof. Zum erstenmal erlebe ich Pauls eingestandene große Liebe für Kuchen.

Unser Seelen-Gespräch von gestern abend liegt wie ein Schatten über mir. Auf dem Friedhof kommen wir wieder auf Religion und Glauben zu sprechen. Worte und Begriffe werden einmal mehr die Quelle der Mißverständnisse. Daß auch ich mit 18 Jahren aus der Kirche austrat, und sie für mich eine Institution blieb, die mir manchmal Angst macht – ist das eine.

Aber ich blieb offen, wo das Göttliche zu mir sprach. Und ich stieß mich wie an verschlossenen Türen, daß ich mich nicht zu Erfahrungen bekennen durfte, die sich schwer mit dem Verstand erklären ließen, nicht zu Ahnungen, daß es eine spirituelle Dimension geben könnte. Zuviele Jahre habe ich in den Grenzen einer Weltanschauung gelebt und geriet in Gefahr, mir selbst fremd werden.

Paul stellt nichts in Frage und fühlt sich geschützt.

Um die fünfte Stunde jedes Nachmittags beginnt das Abenteuer, ein B&B unseres Anspruchs zu finden. Wir durchfahren das Städtchen Lisconnor. Beim Verlassen erblicken wir eine ergraute Holztafel an einem Weg, der zum Atlantik führt. In abblätternder Schrift die beiden B's.

Die Häuser werden unansehnlicher, je näher wir dem Wasser kommen. Es riecht nach Stall. Hunde verbellen uns, Fremde nicht gewohnt. Sollte sich mein Wunsch erfüllen, in einem wirklichen Cottage zu übernachten? Nein. Die letzten Häuser liegen hinter uns. Der Weg führt an der schroffen Küste des Atlantik entlang. Noch einmal ein verwitterter Hinweis, der mir Hoffnung macht, obwohl rätselhaft bleibt, wo das Haus liegen könnte. Mir graut, in die Stadt zurückzufahren, denn der Weg fiel steil zum Atlantik herab. Im Schneckengang windet er sich schließlich einen grünen Hügel hinauf, und dann liegt es vor uns – das wunderbarste B&B unserer Tour.

Exponiert auf dem Hügel vor der steinig wilden Küste – das Haus. Der Ozean verwandelt sich im Licht der Abendsonne in flüssiges Silber. Rechts die Klippen von Moher, links die grünen Wellen des Landes. Der Reiz des Hauses liegt in der Großzügigkeit seiner Fensterfront. Fenster – Türen des Lichts. Ich habe kein Haus auf Irland gefunden, das sich der Weite des Ozeans und dem Himmel mehr öffnete als dieses. Als wir vor der Haustür stehen, ist es erfüllt von den brausenden Klängen eines Beethovschen Klavierkonzerts.

Ein älterer Mann öffnet. Er steht vor uns, groß, gebeugt, die Nackenwirbel von Bechterewscher Krankheit verzogen. Auf seinem Gesicht finde ich die große Harmonie, den großen Frieden wieder, den dieses Haus atmet. Selten habe ich ein Ehepaar in Irland als eine solch harmonische Einheit empfunden wie in Fuerrera. Der Mann hatte in der Schweiz als Ingenieur bei einem großen Chemiekonzern gearbeitet. Daß er gutes Geld verdiente, sieht man an dem Haus. Hat ihm die Arbeit in der Fremde die Wirbelsäule krummgezogen, verlieh ihm der Wille zurückzukehren Kraft. Jetzt ist er am Ziel seiner Wünsche. Er erlebt seine Insel vor der Weite des Himmels und des Ozeans, mit Beethoven, Mozart und Brahms. Man fühlt sich tief beschenkt, wenn man in die Gesichter dieser beiden schaut.

Unser Zimmer vereint in sich Großzügigkeit und Schlichtheit. Ausgeleuchtet von der Sonne, paßt nur die Farbe Weiß zu seinen Möbeln. Nur das Weiß gibt Licht zurück. Einen Abend, eine Nacht, einen Morgen will ich in der Illusion leben, daß dies mein Haus sei. Ich denke, dann würde ich eine andere.

Der Blick aus dem Fenster geht zunächst über wildes Gras und zerzaustes Montbretiengesträuch bis hin zu der Steinmauer mit aufgestellten Wehrsteinen, dahinter fällt die Wiese ab zum nächsten Wall aus Steinen, dann die Weite des Ozeans. Eine Bachstelze lauscht vor den gläsernen Wänden der Klaviermusik.

Als ich vom Duschen wieder in das Zimmer komme, bittet mich Paul, mein Haar jeden Abend hochgesteckt zu tragen wie jetzt. Es sei die einzige Frisur, die mir stehe.

Ich wußte, warum ich ein langes Kleid für meine Irlandtour in die Radtaschen stopfte. Für diesen Abend in diesem Haus. Ich setze mich in den weißen Korbstuhl, der vor dem Fenster steht, und Paul photographiert mich.

Pauls Zufriedenheit mit mir ist offensichtlich. Doch ich weiß, daß meine Eitelkeit nur die kleine Schwester meines Ichs ist, die gescholten und zurechtgewiesen wird, wenn es um mich selbst geht. Alle Blumen, die sie einheimst, werden in Stunden der Wahrheit zu leerem Stroh.

Den Nachttisch stellen wir vor das Fenster. Er verwandelt sich in eine Tafel und mein Geschirrtuch in eine weiße Damastdecke. Vor die Tafel rücken wir den weißen Lehnstuhl, die übliche einzige Sitzgelegenheit. Paul muß auf dem Bett Platz nehmen. Das Wasser in unseren Flaschen wird zu Champagner und die Zahnputzgläser zu Sektkelchen.

Paul sagt: wer sich dieses B&B leisten kann, darf auch trokken Brot und Käse essen.

Gehen über den Meeresboden. Wir erleben es nur einmal. An diesem Abend. Wo die Klippen schroff sind, ist auch der Meeresboden zerklüftetes Gestein. Die Ebbe hat ihn entblößt. Wo sie sonst Häßlichkeit hinterläßt, verschenkt sie in Fuerrera ein Märchen. Auf weißen Stein hat der Dichter in schwarzer Muschelschrift seine Verse gesetzt.

Der Zauberer hat Aquarien in den Meeresboden eingelassen. Ihr Wasser ist von durchsichtiger Bläue. Seine Reinheit ist so ungetrübt, daß mich Ehrfurcht überkommt vor der Gnade dieses Geschenks. Bewachsen sind die Aquarien mit Gräsern abgestufter Farben und mit Farnen unterschiedlichster Gattung. Eingearbeiteter Schmuck sind Muschelarabesken. In den verborgenen Höhlen ruhen die Geheimnisse der Zeit.

Später sitzt Paul im weißen Lehnstuhl und liest vor, und ich hocke auf meinem Bett und höre zu. So entgehe ich der Versuchung einzuschlafen.

Die ältesten irischen Manuskripte sind in Latein verfaßt, und das früheste stammt aus dem 6. Jahrhundert. Aufgeschrieben wurde, was seit Jahrhunderten mündlich weitergegeben worden war. Durch diese Schriften erfahren wir von den aufeinanderfolgenden Einwanderungswellen der Kelten.

Den Sagen liegt Geschichte zugrunde.

Die neuen Eroberer drängten die alten in den ‚Untergrund', in die Anderswelt. In dem Erzählten wird die Anderswelt immer praller, immer bunter, immer reicher – immer mehr Paradies.

Und der Feenglaube ist bis heute in einigen Landstrichen erhalten.

Meine Fantasie nimmt die Herausforderung an.

Vollmond über dem Ozean. Es verbietet sich, die Vorhänge vor das Fenster zu ziehen. Dieser Mond verheißt Feennacht. Die Krone des Dichters annehmen! Das weiße Pferd steht auf der silbernen Insel des Mondlichts.

Ach Dichter, unsere Träume! Ich sollte dir jeden Tag eine Karte schreiben. Doch ich muß nachdenken über dich und mich. Ich werde dir ein Märchen erzählen von einer Frau, die ihren Namen verlor und nach Irland fuhr, ihn zu suchen.

Was siehst du in mir? Jeder möchte einmal aus seinem Leben aussteigen. Da denkst und malst du mich jung und schön in deinen Versen, daß mir die Last deiner Erwartung zu schwer wird, und ich mich hinter meinen drei Enkelmädchen verstecke und sage: Ich bin Großmutter, laß mich in Ruh!...

Ich erwache in der Nacht. Sie ist hell. Der volle Mond steht über der Weite des Wassers. Er erregt mich. Etwas passiert. Ich weiß nicht, was. Ich kann nicht erklären, warum mir Tränen über das Gesicht laufen. Es ist die Stunde von Goethes Gedicht ‚An den Mond', das ich schon als Kind zu meinem Lieblingsgedicht erkor... Vollmond über dem Spiegel des Atlantik, silberner Glanz... auch er löst meine Seele...

Diese Stille, diese Einsamkeit und die Nähe des Unsagbaren.

Suchen heißt in Frage stellen.

Es gibt nur eine Wahrheit. Sie ist unabhängig von Zeit, Kultur und Religion.

Das Wissen ist immer da, nur der einzelne muß sich zu ihm hinentwickeln, um es erkennen zu können.

Wer bin ich? Was will ich?

Paul verehrt Strittmatter. Er empfahl mir vor unserer Reise dessen letztes Buch – „Vor der Verwandlung". Nun läßt sich mit Paul nicht darüber reden. Er zieht seine Mauer und sagt: In mein Weltverständnis paßt keine Verwandlung.

Glauben heißt: grundsätzlich für möglich halten. Ohne ein Für-möglich-Halten sind Erfahrungen niemals machbar.

Manchmal habe ich Ehrfurcht vor dem, was ich nicht weiß.

Dann fühle ich mich in Pauls Unverständnis einsam.

Meine Erfahrung mit Martin liegt anders. Manchmal ist auch er überrascht von meiner neuesten Überlegung. Doch er versucht, einen Zugang zu finden, um sich eine Meinung zu bilden. In dieser Nacht wird mir bewußt, daß in dem Suchen nach gedanklicher Übereinstimmung der Reichtum und Wert unserer Beziehung liegt. Martin prüft meinen Gedanken mit Verstand und Gefühl. Meist erhalte ich ihn geschliffener und wärmer zurück.

Unser Breakfast haben wir zu acht Uhr bestellt. In Westport endlich klärt uns eine ältere Dame auf, dies sei für Irland eine unchristliche Zeit.

Auf das typische Frühstück mit dem gebratenen Schinken und den kleinen, vor Fett triefenden Würstchen verzichten wir. Wir bestellen Porridge, ein in Wasser, selten in Milch, gekochter Haferbrei, ungesüßt. Ich veredle ihn mir mit Salz und Butterflocken. Die beiden gekochten Eier kommen in unseren Frühstücksbeutel sowie das Obst, das bei entsprechendem Preis zum Frühstück gehört. Wir essen Toastbrot mit Orangenkonfitüre. Paul besteht auf gegrillten Tomaten. Das Graubrot, oft selbstgebacken, basiert auf ungesäuertem Roggenmehlteig. Wir geben uns Mühe, es als irische Spezialität zu akzeptieren und nicht daran zu ersticken. Das Graubrot also belegen wir mit dicken Käsescheiben. Mit einem Anflug von Scham schlage ich diese Brote in Servietten ein und lege sie unauffällig auf den leeren Stuhlsitz neben mir. Sie wandern ebenfalls in unseren Picknickbeutel, der zur Mittagszeit geöffnet wird.

Paul fragt mich – tust du das aus Sparsamkeit oder grundsätzlich?

Wo sollen wir in der Weite Irlands um die Mittagsstunde essen gehen? Ich will aus der Not keine Tugend machen. Ich sage: Laß uns ausprobieren, ob diese Art zu leben eine innere Schmerzgrenze berührt, ob es unser Glücksgefühl beeinträchtigt, wenn wir nicht jeden Tag ein Restaurant aufsuchen!

Paul ist einverstanden.

Ich bezweifle, daß Martin solche Versuche mittragen würde.

Wieviel braucht man zum Glücklichsein? – das will ich wissen.

Die eingeschliffene Gewohnheit in Frage stellen.

Anfangen, die Welt zu verändern, kann man nur bei sich selbst.

Es reicht nicht, den bewahrenden Schritt vor der Selbstausrottung an politische Macht zu binden.

Auf dem Weg über Doolin zu den Aran-Islands

Unser Weg führt an den Cliffs of Moher vorbei. Wir wollen zur Fähre nach Doolin. Ein Reisebus nach dem anderen überholt uns. Auf dem Parkplatz vor den Klippen zähle ich acht. Ich multipliziere sie mit 30 und weiß somit, daß ein Strom von 240 Menschen zu diesem Zeitpunkt den Blick von den Klippen genießen will, die von Reiseveranstaltern als spektakulärster Küstenabschnitt des irischen Festlands gepriesen werden. Paul verzichtet auf diesen Blick. Ich hatte im vorletzten Sommer die Aussicht auf die Aran-Inseln und Connemara in einer wahren Völkerwanderung „genossen", als wir die Insel im Reisebus durchfuhren. Die einzige Freiheit, die ich mir nahm, war, jenseits der Schutzmauer zu laufen, im wollüstigen Gruseln vor der Anziehung der Brandung zweihundert Meter unter mir.

Wir umfahren den Klippenberg. Auf der endlos scheinenden Straße begegnet uns eine junge Frau. Sie geht zu Fuß und kann nur aus Doolin kommen, das zehn Kilometer entfernt liegt. Mit sich trägt sie ihre Harfe. Sie wird sich auf den Klippen von Moher ins Gras setzen und spielen. Der Wind wird ihre Lieder über das Wasser tragen.

Wir lehnen unsere Räder an ein verschlossenes Viehtor, klettern über das glänzende Alugestänge, laufen einige hundert Meter über taufeuchtes Weideland durch eine äsende Kuhherde und genießen in der noch morgendlichen Kühle und in Einsamkeit die Cliffs of Moher, wo sie nur noch 150 Meter tief sind. Mir gelingt ein bestürzend schönes Photo.

Weltbekannt sind die Musiker aus Doolin. Im Sommer finden allabendlich Folkmusic-Sessions im Pub statt. Die Mittagsstunde ist nicht die Zeit dieses berühmt gewordenen Fischerortes. Bis zur Abfahrt der Fähre verbleiben uns zwei Stunden. In einem Fischerdorf, wenn man es schon zur Mittagszeit erreicht, muß man zumindest Krabben essen. Wir arbeiten uns mehr hungrig, als daß wir satt werden, oder wir wissen mit den kleinen Werkzeugen schlecht umzugehen.

Plötzlich zerreißen Gitarrenklänge die von Stimmengewirr und dem Klappern des Bestecks angefüllte Atmosphäre. Köpfedrehen, Verwunderung, Überraschung, Begeisterung.

Ein Mann zwischen vierzig und fünfzig sitzt mit seiner Gitarre auf einem der Barhocker. Eine kehlige Stimme. Sie füllt den Raum aus, sie vereinigt die einzelnen Gäste zu einer Zuhörerschaft. Der Mann singt von den Fischern und dem Meer und dem Tod. Er beschwört das versunkenes Bild der Mutter herauf; er singt von der Insel, die kein Boot erreicht, zu der nur Träume den Weg finden; er singt von Novembereinsamkeit und befleht den Sohn: Komm wieder! Er singt – Die letzte Rose und Wenn alle Brünnlein fließen… Plötzlich ein lebhafter Rhythmus, so daß die schöne Irin mit dem rot-wirren Zopf das Tablett mit Gläsern und Tellern abstellt. In ihren klobigen Absatzschuhen führt sie einen Steptanz auf, der hinreißend ist. Aus der Küche kommt das Aschenputtel herbei, in befleckter Schürze und struppigem Haar. Es hakt sich bei der Rothaarigen ein, und sie wirbeln wie wilde Kälbchen, und das Aschenputtel tanzt sich schön.

Der Fährhafen von Doolin – ein seltsamer Ort. Man weiß nicht, ob man sich auf einem Schrottplatz befindet, oder ob er Arbeitsplatz der Fischer ist, und warum sich gerade hier, auf diesem steinigen Burrenausläufer, einige Touristen sammeln.

An der Hinterwand einer rostenden Wellblechbaracke vor ausrangierten Motoren, defektem Zementmischer und zerfallenden Eisengittern hängt ein blau verblassendes Christusbild.

Die schlichte, schmucklose Fähre bringt uns nach Inisheer, der kleinsten der Aran-Islands. In der winzigen fensterlosen Kajüte schläft ein Alter seinen Rausch aus. Ich stehe mit Paul an der Reling. Die Faszination der aufbrechenden, zerfallenden Gischt nimmt mich gefangen. Fast eine Stunde stehe ich reglos und schaue hinunter. Empfindungen lassen sich schlecht in Worte umsetzen. Es ist die Klarheit des Wassers, die mich anrührt. Vielleicht dringt zum erstenmal in meine Wahrnehmung, was die Natur für ein lebenserhaltendes Reservoir bereithält. In meinem Hinterkopf stehen die Katastrophenmeldungen von Ölteppichen. Dieses kristallfarbene Sprudeln in der hellgrünen

Färbung, die wie Keuschheit anmutet – nie ist es mir gefährdeter erschienen, nie fühlte ich mich in meiner Dankbarkeit so verletzbar. Wird nicht die Gnade dieses Geschenks von dem Menschen mit gedankenloser Selbstverständlichkeit angenommen?

Dann haben wir auf der kleinsten der Aran-Inseln zwei Stunden Aufenthalt, bevor es mit der nächsten Fähre nach Inishmore geht. Ein Anflug von Unstimmigkeit kommt zwischen Paul und mir auf. Unsere Räder stehen an einem Steinwall. Bezauberung der Steine. Paul treibt es hierhin, mich dorthin. Dann läßt sich Paul auf einem großen Stein nieder, der Platz für zwei bietet. Weit oben. Er winkt mir, zu ihm hinaufzukommen.

Wenn ich zwei Stunden an einem Ort weilen darf – Pause in der fortlaufenden Melodie unserer Radtour – muß dieser Ort zu mir sprechen. Ich bin offen, ich folge einem Ruf, bis ich weiß – hier. Es ist an einer sehr schmalen Bucht.

Das Bestimmer-Prinzip greift nicht. Ich bleibe an der Bucht sitzen und lausche auf die Stetigkeit des Steinkollerns, wenn die Brandung das Wasser mit seinem losen Geröll in die Enge der Felsenbucht hinaufdrückt, und es wieder zurückströmt. Es ist der Atem des Ozeans. Und wenn ich nach den Steinen um mich herum greife, sie betaste in ihrer wunderbaren Glattheit, dann wird mir bewußt, ich berühre die Zeit, denn die Brandung und das Wasser und die Steine brauchten Jahrtausende, bis diese makellose Rundheit entstehen konnte.

Ich höre im Rhythmus des Steinkollerns den Atem der Ewigkeit. Es ist erregend und einmalig, daß mein Bedürfnis wächst, es tief in mir zu verinnerlichen. Ich kann nicht zu Paul an den Steinwall gehen. Ich will nicht in Zwänge gebracht werden, und Paul darf es nicht als Abweisung seiner Person empfinden.

Nach einer halben Stunde kommt er zu mir – stummer Vorwurf. Hier liegt die Gefahr unserer Reise. Die Prämissen waren vor der Radtour nicht klar. Suchte Paul mehr als eine Reisebegleiterin?

Auch die Aran-Islands sind Burrenausläufer. Die Eiszeit hat mit ihren Geröllmassen diese Landschaft glattgeschliffen, der Sturm hat jede Humuskrume davongetragen und Regen sie ausgespült. Eine Landschaft ohne Baum und Strauch.

Steinerne Wüste. Cromwell sagte, als er den Burren erreichte: Hier wächst kein Baum, einen Mann zu erhängen, findet sich kein Wasser, ihn zu ertränken, und keine Erde, ihn zu begraben! Fort! Aber in den Ritzen und Spalten blüht es winzig klein – alpin und mediterran, gelb und lila und grün.

Paul schenkt mir einen grauen Stein, handtellergroß. Wie mit einer Nadel gestochen – ein Baum darauf. Die Sehnsucht der kargen Insel nach Vegetation.

Paul fragt: Und wohin fahren wir im nächsten Jahr?

Ich bin ratlos, weil ich nicht weiß, wann ich das nächste Mal eine solche Reise brauche. Wieviel Selbstverständlichkeit lag in Martins Großmut? Aber das Abenteuer ist wunderschön und macht glücklich, und ich verstehe Pauls Frage, ob unsere Beziehung eine Zukunft habe. So antworte ich: Fahren wir in die Bretagne!

Die zweite Fähre ist groß und imposant. Bemessen ist die Besucherzahl an diesem Septembertag. Um mich vor Sturm und Zugluft zu schützen, verziehe ich mich in eine sonnig verglaste Ecke des Zwischendecks.

Ab und zu sieht Paul nach mir. Einmal setzt er sich mir vis-à-vis und macht ein drolliges Gesicht:

Ich habe eine Überraschung für dich und kann sie nicht länger für mich behalten.

Neugier zählt zu meinen Untugenden. So gelingt es mir, ihm sein behütetes Geheimnis zu entlocken.

Ich habe für uns beide Konzertkarten bestellt. Mittelalterliche irische Gesänge. Am 10. Oktober im Dom.

Wie lange ist es her, daß ich zu einem Konzert eingeladen wurde! Paul spürt meine Freude. Ich umarme ihn spontan. Schade, daß er mich jetzt zu küssen versucht. Ich wehre mich. Ich muß mich ernsthaft wehren.

Die Zeit ist vorbei, daß ich mich in Klischeevorstellungen von Gelegenheit oder Dankbarkeit pressen ließ.

Schade, daß Blick oder Umarmung nicht ausreichte.

Gut, daß Paul solche Versuche nie in unseren Quartieren unternahm.

Was das B&B in Fuerrera an Zauber zu bieten hatte, bot die Unterkunft auf Inishmor an Profanität. Ein Gästehaus mit Hotelcharakter in sterilem Komfort. Die Strafe unserer voreiligen Entscheidung. Nur wenn wir uns seitlich aus dem Fenster hängen, entschädigt uns die märchenhafte Aussicht auf Connemara. Die Twelve Pins stehen wie gutgewachsene Söhne in berührender Eintracht. Zwischen sie drängen sich, verspielt und anschmiegsam, rosagetuffte Wolken wie liebliche Bräute. Und das vor dem Altar der dunklen Tiefe des Wassers.

Daß Paul gewartet hatte, bis wir in Irland waren, um mich unmißverständlich wissen zu lassen, daß ihm die Art meines Denkens und Fühlens fremd sei, hat sich in einer winzigen Enttäuschung niedergeschlagen. Zuhause hatte ich sein Stillschweigen als Toleranz empfunden.

Über manche Dinge läßt sich nicht streiten, nicht einmal diskutieren.

Wenn man offen ist für den anderen, dann sucht man in sich nach ähnlichen Erfahrungen. Was im Empfindungsvermögen eines Menschen liegt, ist auch in dem anderen angelegt. Wenn es verschüttet ist, sollte man den Mut haben, danach zu suchen. Was gibt es zu verlieren?

Ich nehme die Einladung zu den mittelalterlich irischen Gesängen als eine Brücke, auf der ich zu Paul und Paul zu mir gelangen könnte.

Ich sage: den mittelalterlichen Kirchengesängen liegt ein tief religiöses Gefühl zugrunde.

Paul wehrt ab: ich mag an der alten Musik das Überschaubare, die lineare Tonfolge, die strenge kontrapunktische Technik.

Und ich begreife, er will dem Verstand das Primat geben. Ich glaube ihm nicht und denke, tief in seinem Innern verborgen liegt die unbestimmte Sehnsucht nach dem Gefühl, das er in fernster Kindheit in sich aufgenommen hat, und das über die Musik zu ihm spricht. Wird er sich dessen bewußt, gestattet ihm seine Weltanschauung nicht eine solche Erklärung.

Wir haben ein großzügiges Zimmer mit weit auseinanderstehenden Betten. Paul liest aus dem Buch:

„Was ist das – die Anderswelt?

Ist sie nur Hirngespinst, Phantasmagorie, ein Nichts?

Ist sie Chiffre, Metapher und wenn ja, wofür?

Ist die Anderswelt ein Totenreich oder ein Zaubergarten?

Schlaraffenland gegenüber der Monotonie grauen Alltags? Raum der Utopie? Welt, in der das Wünschen noch hilft?

Ist sie verschüttete Erinnerung an eine versunkene Welt, an ein frühgeschichtliches Bewußtsein der Menschheit? Oder was sonst?

Die Antwort treibt in den Bildern der Geschichte wie Goldstaub im Sand der Flüsse."

Der Dichter wartet auf einen Gruß, und ich bin unfähig zu schreiben. Martin schicke ich jeden Tag eine der schönsten Karten, eng beschrieben, in Sehnsucht nach dem Spiegel, der mein Bild zurückwirft.

Manchmal machst du mir Angst, Dichter. Ich spüre deinen Lebenshunger. Du hast keine Kinder und keine Enkel und kennst die köstliche Verwandlung nicht, die dich zurückversetzt in ihre Welt. Alles wird wieder möglich. Verlorene Horizonte tauchen auf. Mit meinen kleinen Töchtern läßt sich das Versäumte nachholen. Alle Fragen sind wieder neu gestellt. Auf ihre unerwarteten Antworten bin ich neugierig und gefaßt. Und sie sind voller Vertrauen in den Engel, der ihnen hilft und sie beschützt.

Du sitzt in der Betulichkeit deiner Ehe vor einem Glas Wein und läßt dich von Kaffeehausmusik umplätschern und hängst deine romantischen Träume an mich. Träume vom großen Aufbruch. Mach die Tür auf und geh hinaus!

Im ersten Schlaf werde ich wach, weil Paul am Riegel des Fensters arbeitet. Der Flügel geht nach außen auf, und Paul muß ihn festhaken. Sturm geht um das Haus und freut sich über das unerwartete Betätigungsfeld. Es klappert unsäglich. Paul entschuldigt sich. Er brauche frische Luft, sonst ersticke er. Bei dem Schlagen und Klirren kann niemand schlafen. Zornig suche ich meinen dicksten Pullover heraus und umwickle den Fensterflügel. Mein Schlaf ist mir heilig.

Der zufällige Blick aus dem Fenster ist ein Geschenk des nächtlichen Irlands an mich. Die aus dem kantigen Karstgestein errichtete Mauer verwandelte sich in eine filigrane Krone, durchstrahlt vom Licht des Mondes. Feennacht.

Jeden Morgen berührt mich ein Hauch der Anderswelt, wenn ich im Licht der Morgensonne auf mein Rad steige. Zeit der Anderswelt, die zwischen zwei Augenblicken irdischer Zeit liegt.

Wir wollen an die Spitze der größten der Aran-Inseln.

Jetzt keine Entzauberung vornehmen und meinen Empfindungen treu bleiben. Ich wünschte mir die Kunst, in feierlichen und erhabenen Worten mein Lied über den Steinwall in strenge Strophen zu fassen.

Sagen, daß es der ärmste und kärgste Landstrich unserer Tour war, aber hinzufügen, daß ich mich immer nach diesen Inseln zurücksehnte.

Voraussetzen, daß jeder von dem unsäglichen Labyrinth der hohen Mauern weiß, die aus aufgelesenen Steinen geschichtet wurden.

Bewußtmachen, daß jeder dieser tausend mal tausend mal tausend mal tausend gefundenen Steine von Menschenhand berührt, gehoben, transportiert und gefügt wurde.

Begreifen, von wieviel Hoffnung und Überlebenswillen diese Wälle künden. Wieviel Schwielen und Schweiß es kostete, damit ein Quadratmeter befreiter Erde sich begrünen konnte, um ein Lämmlein zu nähren.

Und ich denke, die einen fahren nach Griechenland, um die Tempel der Antike zu bewundern, und ich stehe mit gleicher Ehrfurcht vor den Steinwällen Irlands.

Eine Manie beginnt, die mir zuhause bewußt wird, als ich meine Photographien betrachte. Die Vielzahl verfallener, unbewohnter Cottages! Auf meinen Bildern verzerrt sich irische Realität. Die nackten Giebelwände, die kein Dach mehr verbindet, gleichen einem Aufschrei. Verlassenheit. Armut. Aufbruch.

Dennoch glaube ich, diese Cottages auf meinen Bildern gleichen widersinnigerweise einer Aufforderung einzuziehen, sie wieder bewohnbar zu machen und mich in einer ganz anderen als der Wohlstandsdimension glücklich zu fühlen.

Auf den Aran-Islands denke ich viel über den Reichtum der Armen und die Armut der Reichen nach. In der frühen Morgenstunde, in der wir dem westlichsten Punkt der Insel zustreben, begegnen uns die zweirädrigen Pferdekutschen, die sich auf dem Weg zum Hafen befinden. Dort bieten sie den Tagestouristen ihre Dienste an. Meist sind die Kutscher alte Männer oder sehr junge Burschen von fünfzehn oder sechzehn Jahren. Den alten Mann, der sein Pferd striegelt, frage ich, ob ich ein Bild von ihm machen darf. Er stellt sich neben seinen Hengst, die Zügel in der Hand. Nun habe ich seine Freundlichkeit und seine Würde festgehalten und die Falten in seinem Gesicht und die Schäbigkeit seines Aufzugs, um dessen willen ich ihn liebe und achte.

In meinen Ohren klingt hoffentlich noch lange der schmetternde Gesang des Jungen auf dem Kutschbock, der den neuen Morgen begrüßt und so eins mit der Welt sein Tagwerk beginnt. Als er uns bemerkt, hält er in seinem Gesang inne, als wir an ihm vorüber sind, höre ich ihn aus vollem Herzen weitersingen. Wie oft bin ich an singenden Kindern vorbeigefahren! Die deutschen Schulwege sind wohl nicht dazu angetan. Vielmehr werden die Ohren zugestöpselt, um sich vor der Hektik und dem Lärm zu schützen.

Man sagt über die berühmten Aran-Pullover, die in jedem Souvenirladen zum Kauf ausliegen, daß die ertrunkenen Fischer, die geborgen wurden, von ihren Familien an dem Strickmuster ihrer Pullover erkannt wurden. Heute trägt niemand der Fischer von Aran-Islands die kunstvoll Gestrickten aus Schafwolle. Ihnen reicht die unansehnliche, graugrüne Konfektionsware im Billigangebot, mit den ausgeleierten Bündchen.

Wir stellen unser Räder an einer Friedhofsmauer ab.

Grabinschriften – ausschließlich in gälischer Sprache. Hierher kamen die Engländer nicht. Auf Steinen wächst kein Korn.

In verblühtem Klee und verbranntem Schaumkraut stehen auf wuchernden Gräbern Kugelbehälter aus Glas. Sie sind mit

Wasser gefüllt. In ihnen schwebt in blauem Kleid die Jungfrau Maria, rein und unversehrt von Wind und Wetter. Kreuze aus künstlichen Blumen trotzen unter Plastikschutz der Vergänglichkeit. So wehrt sich Armut.

Am letzten Haus machen wir Rast. Es ist unbewohnt, und sein Dach ist noch nicht eingefallen. Neben uns schlafen weiße Kühe in der Mittagssonne. Auf ihren Rücken spazieren Dohlen und picken und tun sich gütlich.

Das Haus reizt meine Fantasie. Also kaufe ich es in Gedanken und ziehe ein und wähne mich glücklich. Wie lange?

Singt der kleine Lerchenvogel am Giebel das ganze Jahr?

Macht es Spaß, sich bei Sturm und Regen die 13 Kilometer auf dem Rad nach Kilronen durchzukämpfen, um Brot zu kaufen. Vielleicht kann ich es selbst backen!

Einen einzigen Kartoffelacker, stubengroß, habe ich auf Inishmore gefunden. Sein welkendes Kraut mutete wie eine Siegesstandarte an. Überleben die Küklein die rauhe, unfreundliche Zeit? Die junge Frau streute ihnen am Morgen mit andächtiger Zärtlichkeit das Futter hin, und ich fühlte mich ihr verbunden.

Kaufe ich mir Schafe, denen ich jeden Tag eimerweise das Wasser hinter die Steinwälle schleppe? Stricke ich an den langen Abenden Pullover, über deren Muster ich verzweifle?

Würdest du, Dichter, hier mit mir wohnen wollen?

Und was tue ich, um meine Sehnsucht nach den Engelmädchen zu lindern?

Ich liebkose das Haus mit meinen Blicken, schlage mein gekochtes Ei auf, esse mein Käsebrot, lasse mich vom Sonnenlicht durchwärmen und weiß um die Kostbarkeit dieses Augenblicks.

Der Schrei des Esels hinter uns klingt wie das vergebliche Schlagen einer rostenden Pumpe. Irgendwo in der Ferne ertönt der Antwortruf.

Wir schwingen uns wieder auf die Räder.

Wie ein Kind sein erstes Haus malt, so sind die Cottages gebaut. Schmucklos, zweckgebunden. Vier gerade Wände, in die Mitte die Tür gesetzt, zwei Fenster, eines rechts, eines links von der Tür. Ein Eternitdach, aus dessen Mitte der Schornstein ragt. Das ist heute billiger, als mit Stroh zu decken. Es gibt sie noch, die Strohdächer. Sie sind mit Netzen rundgezogen. Sind die Häuschen bewohnt, strahlen sie weiß gekalkt. Und wie Luxus und Lebensfreude mutet die rote oder grüne oder blaue Farbe an, mit der die Haustür und die Rahmen der Fenster gestrichen sind.

Wieviele Postkarten mit den weißen Cottages werden in die weite Welt geschickt? Wovon künden sie? Ist sie pittoresk, die Armut?

Plötzlich erhebt sich in der Steinwüste ein moderner Bau, ein Würfel aus Glas und Stahl und Beton. Hinter Computermaschinen sitzen Frauen. Dieser Würfel zerfetzt mein Bild von den Aran-Islands. Ein Reiseunternehmen! Die Illusion ist schmerzhaft gestört. Ich trete heftig in die Pedale und versuche den Anblick zu vergessen. Es gelingt nicht.

Für Minuten setze ich mich an den Platz einer der Frauen. Und ich beginne, mich unsäglich stolz zu fühlen und vom Schicksal bevorzugt. Ich bin nicht mehr die von Armut und Sorgen Ausgegrenzte und stehe nicht mehr in der finanziellen Abhängigkeit meines Ehemannes. In mir ist ein von Generationen erträumtes, köstliches, unfaßbares Selbstbewußtsein gewachsen. Welches Recht hat die Fremde, die mit dem Rad an meinem Arbeitsplatz vorbeifährt, dieses Betonungetüm zu verwünschen?

Erst wenn ihr, Frauen, mit eurem wohlverdienten Geld in die Welt fahrt, um nach euch selbst zu suchen und den Ort nicht mehr findet in der zugebauten und von Autos verstopften Welt – werdet auch ihr euch auf die Frage besinnen – muß nicht nach Alternativen gesucht werden, als dem Wohlstandswahn nachzujagen, den euch das abendliche Bild auf dem Fernseher suggeriert?

Wir suchen das keltische Fort ‚Dun Aengus'.

Solange ein Weg erkennbar bleibt, schieben wir das Rad den Berg hinauf. Wo er sich in Nichts auflöst, kapitulieren wir, stellen die Räder an den Wall. Paul verschließt sie miteinander.

Ich folge meiner Empfindung und halte mich links, Paul rechts. Wir streiten. Ich sehe es an Pauls Augen, daß ich jetzt um jeden Preis nachgeben muß. Mit aufflammender Sehnsucht denke ich an Martins legendären, unfehlbaren Orientierungssinn, an den ich eine Vielzahl meiner mit ihm abgeschlossenen Wetten verlor, so daß eines Tages absolutes Vertrauen entstand. Am Vormittag hatten wir das Fort von der Straße westlich von uns liegen sehen. Jetzt nähern wir uns von hinten, und ich denke, es muß links liegen. Paul reagiert seit gestern überempfindlich. Sein Selbstwertgefühl hat Schaden genommen, weil ich mich gegen seine besitzergreifenden Küsse wehrte. Wenn ich ihm jetzt nicht in die verkehrte Richtung folge, erhält unsere Beziehung einen Knacks.

Paul hatte sich für diese Radtour unter anderem eine freundliche Partnerin gewünscht – so steige ich mit ihm wider besserer Empfindung über diese endlose Steinwüste. Uns drängt keine Pflicht, wir verpassen keinen Zug, wir haben Muße, uns zu irren. Längst weiß ich nicht mehr, wo, weit unter uns, der Wall liegen könnte, an dem unsere Räder lehnen. Mir fällt die Warnung ein, sich auf den wegelosen Bergen nicht im Labyrinth der Steinwälle zu verirren und gebe sie an Paul weiter.

Der fragt: Wie risikofreudig bist du eigentlich?

Ich spüre wieder ein Fünkchen seines Humors und bin erleichtert. Als wir endlich mit der Höhe Aussicht gewinnen, ist auch Paul überzeugt, daß das Fort links liegen muß. Nun lasse ich zu, daß er meinen Beutel trägt. Als Entschädigung.

Es springt ins Bewußtsein, daß wir auf den Ausläufern des Burren laufen. Eine urgewaltige Kraft hat die kolossalen Karstplatten senkrecht geschichtet. Gefährlich sind die Spalten zwischen ihnen. Keine menschliche Behausung. In den Wällen lebt längst kein Schaf mehr. Manchmal türmen sich Hochburgen der Wildkaninchen.

Alle zehn Meter müssen wir über einen der Steinwälle klettern. Nicht immer lassen sie sich mühelos überwinden. Sie sind einfach zu hoch. Oder zu perfekt geschichtet, als daß sie den Schuhen einen Halt böten. Paul reicht mir jedesmal seine Hand, daß ich mich abstützen und springen kann. Es kommt mir vor wie verkehrte Welt. Gewohnt bin ich, daß Martin sich auf meine Hand stützt. Beim erstenmal sage ich verwundert zu Paul: Ich bin doch nicht behindert! Beim zweitenmal sage ich: Eigentlich verletzt es mein Gefühl, gleichberechtigt zu sein! Beim dritten und allen anderen Malen nehme ich seine Ritterlichkeit dankbar an.

Sie sitzt an den Klippen und schaut über das Wasser. Ihr Haar ist rotblond und fällt in wirren Locken über die Schultern. Ist sie eine Sinnestäuschung oder eine Fee?

Paul sagt: die Lorelei.

Ich glaube, sie wiederzuerkennen. Streute sie nicht am Vormittag den Küklein das Futter?

Wenn man sich in absoluter Einsamkeit trifft, sollte man aufeinander zugehen.

Die Frau wird Anfang dreißig sein. Sie legt Heft und Stift aus der Hand und macht eine freundliche Geste, sich zu ihr zu setzen. Ich habe das Gefühl, sie gestört zu haben. Sie lacht.

Sie versuche sich an einem Theaterstück für ihre Schüler. Es sei komplizierter, als sie dachte, und sie freue sich über eine Unterbrechung.

Ich kenne sie. Nein, nicht persönlich. Ich kenne diese leidenschaftlichen, engagierten, jungen Frauen aus jener Zeit, als ich noch nicht freiberuflich war und in der Internationalen Frauenvereinigung arbeitete.

Sie will ein Stück schreiben wider das Vergessen. Sie gehöre zu denen, die den jährlichen Hungermarsch initiiert hätten zum Gedenken der Toten der großen Hungersnot um die Mitte des vorigen Jahrhunderts. Sich erinnern und trauern! Denn daß die Kartoffeln über drei Jahre hinweg von Braunfäule befallen waren und die Hungersnot hervorriefen, sei das eine – aber das Verhungern müssen, das sei etwas Willkürliches und von den Menschen Zugelassenes gewesen.

Die junge Frau mit der feinen geraden Nase und den vielen goldenen Sonnensprenkeln im Gesicht fragt: Ihr wollt nach Mayo? Dann achtet darauf, daß ihr stets einen Kanten Brot mit euch tragt. Wenn ihr aus Versehen über die Grabstelle eines Hungertoten lauft, kann euch Heißhunger überfallen!

Paul zieht den Kuchen aus dem Verpflegungsbeutel und scherzt: Wir müssen auf einem solchen Grab sitzen!

Und sie sagt, als sie sich mit Paul den Kuchen teilt: Noch eines vergeßt nicht, den Stein in eurer Hand, um ihn aufs Grab zu legen und ein Gebet in eurem Herzen!

Und sie zerstört eine Illusion. Die Steinwälle. Nicht alle Steine wurden aufgelesen und geschichtet, damit Land sich begrüne. Arbeiten sollten sie, die Ärmsten, die von ihrem guten Boden Vertriebenen, dann war die englische Regierung bereit, einen Hungerlohn zu zahlen. Sinnlose Arbeit, diese Steinwälle. Auch Straßen wurden gebaut, die nirgendwohin führten. Es trifft mich. Arbeit, die keinen Sinn macht, ist Selbsterniedrigung und würdelos.

Oft auf unserer Tour muß ich an die Lorelei denken.

Sie sagte: heute wie vor 150 Jahren wandern Menschen aus. Die Familien haben sich darauf eingestellt, aber die Auswanderung liegt wie ein Schatten auf der Seele jedes Iren.

Sie saß an der Steilküste und versuchte, die Ungerechtigkeit auf der Welt ins Bewußtsein der Kinder zu rücken.

Das Fort liegt mit seinem Halbrund unmittelbar am Atlantik. Die Küste fällt hundert Meter senkrecht ab. In der Ferne sehe ich eine männliche Gestalt unmittelbar am Klippenrand stehen.

Ist es mein Dichter oder die Vision meines schlechten Gewissens, daß ich noch immer nicht eine Zeile an ihn schrieb?

Dichter, alle Un-Worte werden dich heimsuchen angesichts meiner Sprachlosigkeit.

Ich bin froh, daß die dunkle Gestalt sich landeinwärts wendet.

In Irland gewöhnt man sich daran, auf die Superlative der Eigenschaftswörter zu treffen. Das westlichste… das größte… das best erhaltenste… Fort Aengus ist also der massivste, beeindruckendste Festungsbau Westeuropas aus der frühesten keltischen Besiedlungszeit. Diese Überzeugung müssen wir mit französischen Touristen zweier Reisebusse teilen. Sie führen sich lärmend und selbstherrlich auf.

Wir müssen weit zu unseren Rädern wandern, die sich von der Straße aus besser suchen lassen. Musik lockt uns. Kein Fiddler in the Pub – ein Souvenirlädchen. Der junge Verkäufer läßt ein Tonband laufen. Das letzte Festival irischer Volksmusik. Wir sind die einzigen Kunden. Schlichte Vornehmheit. Was im Angebot ist, dünkt erlesen. In diesen weiß gekalkten Räumen knüpfe ich meine ersten zarten Fäden zu dem Book of Kells. Fasziniert stehe ich vor den Bildern, ob sie mir in Reproduktionen begegnen oder im Alphabet als Lesezeichen. Ich versinke in Betrachtung und möchte alles kaufen, um es in Muße zu verstehen.

Die älteste irische Kunst war rein ornamental. Abstrakt in der Symbolik. Kompliziert und reich – Wirbel, Trompeten, Flechtband, Treppenmuster, Spiralen. Und so verband sie sich mit der christlichen Kunst.

Ich finde ein Zitat von Umberto Eco: „Weshalb nun Joyce – und ich mit ihm – von dem ‚Book of Kells' so fasziniert sein mußte, ist klar. Er fand in diesem Werk das erschütterndste Beispiel jener mittelalterlichen irischen Kunst, die uns heute noch mit ihrer zügellosen Phantasie beeindruckt, mit dem labyrinthischen Sinn fürs Abstrakte, mit ihrer Paradoxie der Erfindung... Hoher ästhetischer Anspruch und metaphysische Schwindelgefühle..."

Dazwischen brodelt wohl mein eigenes Empfindungschaos.

Mir rückt ins Bewußtsein, daß Irland nie zum Römischen Reich gehörte, so daß sich irische Kunst unberührt von griechischer und römischer Nachahmung entwickeln konnte. Das hatte zur Folge, daß sie sich bei der Christianisierung zu Beginn des 5. Jahrhunderts nicht grundlegend veränderte, sondern auf prägende Weise mit dem christlichen Kreuz verschmolz.

Ich möchte mir etwas kaufen, was ich wie einen Talisman mit mir tragen könnte und das einen keltischen Bezug hat. Eine Brosche? Ich suche lange. Sie sollte zu mir sprechen. Endlich entscheide ich mich. Zuhause finde ich sie in meinem Kunstlexikon abgebildet als Tara-Brosche.

Tara war der Sitz des keltischen Hochkönigs. Die vier Unterkönige saßen in Ulster, Leinster, Munster und Connaught.

Paul kauft für Charlotte ein graues Eselchen mit sanften Augen.

Abendliches Vorlesen. Ich lausche Pauls Stimme. Sie ist wie Gleiten in einem Boot auf ruhiger See. Eindringen in keltische Mythologie. Es ist, wie auf dem Weg sein hin zum „Wunderbaren", das nicht in Komfort besteht, sondern in der Gesamtheit aller Erscheinungen. Plötzlich sagt Paul: Jetzt reicht es.

Er legt das Buch zurück, löscht das Licht, und in weniger als zwei Minuten dringt aus seiner Zimmerecke ein sanftes Schnarchen. Nun hocke ich im Dunklen in meinem Bett und weiß, daß ich aus lauter Rücksicht meine Nachtischleuchte nicht anmachen werde. Lautlos krame ich in meinem Gepäck nach Martins Taschenlampe und verziehe mich mit ihr und meinem zweiten Buch unter die Bettdecke. Mein Selbstmitleid ist groß. Vor meinem ersten Erstickungsanfall beschließe ich: Morgen nehmen wir zwei Zimmer!

Es ist der dritte Tag auf den Aran-Islands. Mit der Fünf-Uhr-Fähre am Abend wollen wir nach Connemara.

Der Tag ist sonnig und stürmisch. Wir fahren das schmale Asphaltband an der Ostküste der Insel entlang. Niemand begegnet uns. Plötzlich erblicken wir in der Geröllwüste eine Oase. Wir folgen einem Sandweg, und dann liegt ein Süßwassersee vor uns, schilfbewachsen. Kraniche stehen am Ufer. Schwäne gleiten auf dem Wasser. Kühe haben sich zum Trinken eingefunden. Der Boden besteht aus weißen Steinplatten.

Ein märchenhafter Ort.

Verweilen. Auf den Steinen liegt getrocknetes Sumpfgras. Es ist ganz weiß… und schmeckt.

Hier will ich bleiben und Martin einen Brief schreiben. Paul sagt, daß er ein Motiv für seine Skizzen suchen gehe. Er verschwindet und kehrt nicht mehr zurück. Nach mindestens einer Stunde weiß ich, daß er mit mir grollt und mir das Briefschreiben verübelt.

Ich begreife, was den Wert meines Zusammenlebens mit Martin ausmacht. Die glückliche Mischung von Nähe und

Ferne, von persönlicher Freiheit und gemeinsamer Verbundenheit. Die Selbstverständlichkeit, dem anderen einen gewissen Freiraum zuzugestehen und nicht der Ansicht zu frönen, alles gemeinsam machen zu müssen.

Ich weiß nicht, wo ich Paul suchen soll. Hinter der Oase liegt der Strand. Steine und Muscheln. Weite und Licht um mich.

Es ist der Platz meiner Zuflucht. Der imaginäre Ort. Nur der Steinkreis ist nicht da.

Ich höre das Rauschen des Meeres. Hin und wieder Möwenschreie. Sie wirken wie Kontrapunkte in der Monotonie des Wellenschlags. Die Luft ist frisch. Sie riecht nach Salz und Meer. Ich spüre die Wärme der Sonne auf meiner Haut. Das Licht umfließt mich. Das Licht der Sonne ist an diesem Ort sehr hell. Fast silbern. Ich liege im Gras. Es ist hart und kurz und rauh. Vereinzelt stehen Blumen. Die Blüten sind winzig, aber ihre Farben intensiv. Gelb oder Lila. Aber eigentlich schaue ich in den Himmel. Bin Himmelsbläue. Wolken durchziehen mich. Es wird groß und weit in mir.

Vielleicht liegt in diesem Moment der Sinn meiner Reise.

Es geht mir gut.

Ich bin Harmonie.

Es ist nicht Einsamkeit. Ich bin allein – all-eins.

Im letzten Jahr habe ich dieses Wort gefunden. Es machte mich froh, daß es für meine Empfindung eine begriffliche Entsprechung gibt – all-eins.

Es gibt Augenblicke, wo sich mein Empfinden in eine Erkenntnis umsetzt, wo ich denke und fühle, daß ich jetzt mit dem Universum (oder nenne ich es Schöpfung oder Gott) auf eine geheimnisvolle und vielschichtige Art verbunden bin. Und daß ich in diesem Moment der All-einigkeit so viel mehr bin als das, was Paul in mir sieht. In mir lebt das Universum, und es spricht zu mir, wenn ich, wie jetzt, auf meine innere, spontane Stimme höre. Und ich will lernen, ich selbst zu werden. Es dünkt mich wie die Erfüllung eines höheren Auftrags.

Ich bin Paul dankbar, daß ich diese Stunde für mich haben durfte.

Endlich taucht er in der Ferne als einsamer Punkt auf. Ich winke ihm heftig zu und laufe ihm entgegen. Ich könnte ihn umarmen, daß er mich auf diese Radreise mitnahm. Meine Wiedersehensfreude verhält sich zu der seinen im umgekehrten Verhältnis. Unbeabsichtigt unterlaufe ich, was als Bestrafung gedacht war. Ich ahne, daß Paul noch immer von kleinlichem Ehekrieg geprägt ist.

Es ist eine Futtertränke, an der wir unser Käsebrot verzehren. Sie ist nicht gemauert. Sie wirkt, wie aus einem großen Stein geschlagen. Seidiges Wassermoos verleiht ihr ein grüngoldenes Aussehen. Da ich nicht alle Steine, nach denen ich mich gebückt habe, mitnehmen kann, lege ich alle auf den Brunnenrand, und Paul darf die Auswahl treffen.

Ich schreibe an Martin: Laß mich in die Ferne ziehen, damit ich weiß, wie gut ich bei Dir aufgehoben bin.

Connemara

Wir sind eine Stunde zu früh mit unseren Rädern am Hafen. Hier herrscht lebhaftes Treiben. Mindestens hundert Touristen sammeln sich. Wo haben sie sich versteckt gehalten, daß wir kaum einen von ihnen im Innern der Insel trafen? In den Souvenirläden? Die imposante Fähre nach Rossaveel füllt sich. Jeder hat neben sich eine pralle Plastiktüte stehen. Für die Zuhausegebliebenen die Aran-Pullover, vielleicht schon als Weihnachtsgeschenk gedacht. Am Ort ihres Entstehens sind sie besonders preiswert.

In Rossaveel warten drei Reisebusse, um ihre Ausflügler in die Nachtquartiere zu fahren. Uns erwartet niemand.

Ich bin Erwartung – Connemara.

Da wir nichts Ordentliches eingekauft haben, suchen wir in einem winzigkleinen Ort ein vor sich hingähnendes Restaurant auf, das mit großem Schild auf seinen Garten verweist. Er ist winzigklein und wird von einer imposanten Steintafel beherrscht. Die Schlichtheit des eingemeißelten Verses rührt mich:

The kiss of the sun for pardon
the song of the bird for myrth.
One is nearer God's hearth in a garden
than anywhere else on earth.
The glory of the dawn for glory
the hush of the night for peace.
In a garden at eve says the story
God walks and his smile brings release.

Es ist leichtsinniger Übermut, etwas von dem auf den Aran-Islands verbummelten Kilometersoll am Abend aufholen zu wollen. So verpassen wir die Gunst der Stunde, zu der in den B&Bs noch Gäste erwartet werden. Auf unser Klingeln und Klopfen an diesem und jenem Haus antwortet niemand. Vielleicht sind alle miteinander verschwägert, und der Großvater hat Geburtstag! Schließlich versiegt das Angebot gänzlich. Bei hereinbrechender Dunkelheit erreichen wir Carraroe. Am Ortseingang ist ein anspruchsloses B&B-Schild an einen Baum genagelt.

Ist es wie Aufschlagen eines Geschichtenbuchs aus vergangener Zeit? Windzerzaust und durchgekühlt treten wir in die Wohnküche.

Behagliche Wärme umfängt uns. Ein Wasserkessel summt. Es ist dämmrig im Raum. Noch brennt kein Licht. Am Küchentisch sitzt die Großmutter und füttert ein fast einjähriges Baby mit Grießbrei. Ihr beruhigender Singsang wird bei unserem Erscheinen nur leiser. Auf dem Fußboden kniet ein Sechsjähriger, der mit konzentriertem Gesicht ein Bild malt. Er wird sich die Augen verderben! Der Junge nimmt keine Notiz von uns. In der Zimmerecke hockt hinter einem aufgeklappten Koffer ein achtjähriges Mädchen. Sie spielt mit einer selbstgenähten Puppe und schaut uns, aus der Welt ihres Spiels kommend, verwundert an. Nur ihre Puppe hebt zaghaft den Arm, als ich das Mädchen mit einer kleinen Handbewegung grüße.

Der Vater der Kinder steigt mit uns eine abenteuerliche Stiege hinauf. Der Wohnbereich der Familie liegt unten. Ab der ersten Treppenstufe beginnt ein heilloses Chaos von Schuhen, Leitern, Schürzen, Bettzeug, Trainingsanzügen und Plüschtieren. Ich registriere schnell, daß sich im oberen Geschoß zwei Türen befinden. Als uns der dicke Mann mit den sanften Augen ein Doppelbett anbietet, weigere ich mich strikt. Ich halte an meinem gestrigen Schwur unter der Bettdecke fest. So öffnet er die zweite Tür, und für einen ansehnlichen Preis habe ich ein Zimmer für mich allein.

Die Möbel sind mit Sicherheit aus dem Sperrmüll gesucht. Nichts paßt zueinander. Beim Öffnen des Nachttischs halte ich das Türchen in der Hand. Der Kleiderschrank ist funktionslos – keine Ablagen, keine Bügel. In der Mitte des Zimmers hängt eine kahle Glühbirne an der Decke. Dafür stehen mir drei Betten zur Auswahl. Bei zweien liege ich bis auf den Fußboden durch. Das dritte geht – aber es haben schon Generationen unter dem Bezug geschlafen. Als ich mich auf den einzigen Stuhl setze an eine Art Küchentisch, um den Brief an Martin zu Ende zu schreiben, kracht unter mir das Brett heraus. Ich bin auf Abenteuer eingestellt und freue mich, daß ich wenigstens einen Spiegel habe, wenn auch kein Waschbecken. Dafür leben in diesem Haus drei zauberhafte Kinder und eine gütige, alte Frau!

Der Großvater in Paul und die Großmutter in mir treiben uns noch einmal in die Küche hinunter. Am besten klappte meine Verständigung mit dem Baby, das ich auf den Arm nehmen darf. Ich mag an Paul, daß er Kinder als kleine Persönlichkeiten respektiert und mit seinen Späßen ihr Zutrauen gewinnt.

Er hatte im Garten meine Engelmädchen kennengelernt. Mit Franziska machten wir eine Radtour, sie saß bei mir im Körbchen. Wenn ich mit meinem Rad über Pauls Schatten fuhr, dann jammerte er zu Franziskas größter Freude kilometerweit über den angeblichen Schmerz.

Ich habe an diesem Abend ein Zimmer für mich allein! Nur ist es so ungemütlich, daß ich es nicht richtig genießen kann. Mir fehlt Pauls Art, sich mit Humor über Unwirtlichkeiten hinwegzusetzen. Als ich das Licht meiner Glühbirne löschen will, grüßt mich am Türrahmen eine kleine Jungfrau Maria aus beigefarbenem Plastik.

Dichter, ich werde dir eine Aufgabe stellen – du mußt meinen Namen erraten! Dann werde ich mit Sicherheit deinen Beteuerungen vertrauen. Denke nicht, daß ich wie Rumpelstilzchen um das Feuer tanze und du mich nur belauschen müßtest!

Bin ich doch selbst auf der Suche nach dem Namen, der zu mir gehört und ahne, daß ich mich ihm mal im Fluge, mal im Krebsgang nähere.

Am Morgen dürfen wir an dem Familienküchentisch sitzen. Auf uns herunter schaut, aus einem prächtigen Goldrahmen, Jesus.

Unser etwas fülliger Herbergsvater mit dem feingeschnittenen Gesicht und dem speckigen Nackenhaar bereitet das Frühstück. Er ist Steinmetz. Seine Frau arbeitet Schicht im Hotel der nächsten Stadt. Mit seinem wiederholten, mehr als herzhaften Gähnen rückt er uns auf seine Weise ins Bewußtsein, daß acht Uhr eine unchristliche Zeit für ein Frühstück sei. Um Viertel neun erscheint die Oma mit einem Kopftuch. Der Morgen ist klar und kühl. Ihr kleines Cottage liegt nicht weit entfernt. Paul begrüßt sie mit den Worten: Jetzt kommt der gute Geist des Hauses. Die alte Dame freut sich, daß wir es auch so sehen.

In Erwartung des Schulbusses, der die Kinder abholt, fahre ich ihm entgegen, die achtjährige Marian auf dem Gepäckständer. Wichtig für sie ist, daß alle Kinder sie sehen und mein rotes Rad bewundern.

Paul ist bedrückt. Das letzte Gespräch mit dem Steinmetz belastet ihn. Paul hatte am Morgen in die Sparbüchsen der Kinder je ein Pfund gesteckt, und der Vater fragte Paul, ob er auch Katholik sei. Als Paul antwortete: Nein, Atheist! – sei eine große Enttäuschung über den freundlichen Mann gekommen. Jetzt trage ich mit an Pauls Bedrücktsein und sage zornig: warum mußt du dein Atheist-sein wie eine Fahne vor dir hertragen!?

Was hättest du geantwortet?

Ich überlege lange an einer diplomatischen Antwort.

Wäre ich in Irland geboren, wäre ich mit Sicherheit auch Katholikin, weil mein nationales Selbstbewußtsein darin begründet läge. So hat mich ein anderes Land und eine andere Historie geprägt.

Paul sagt: Meine Mutter war bigott und mein Vater Militarist.

Ich entgegne: Und du bist Materialist. So hat jeder seine Enge.

Paul fragt: Und was bist du?

Ich bin auf der Suche!

Den Aran-Islands möchte ich die Treue halten, aber ich erliege dem Zauber von Connemara... Jemand sagte: Connemara sei keine Landschaft, sondern ein Zustand, in den man sich langsam versenken muß. Langsam. Denn als Gott die Zeit schuf, hat er genug davon gemacht.

Wir halten immer wieder an. Jetzt an einem Bächlein, das über große Steine springt. Schwäne gleiten am Ufer. Paul holt, über Steine und Wasser turnend, eine stolze Schwanenfeder und schenkt sie mir. Alles, was Paul findet, schenkt er mir. Und ich muß zusehen, wo ich aus Ehrfurcht vor dem Geschenkten Platz dafür finde!

Ich vermisse die Steinwälle. Um eine Koppel zu zäunen, ist Maschendraht gezogen. Hier gibt es keine losen Steine. Nur Gestein, rundgebuckelt wie Riesenwale. Erika blüht, dreimal so üppig wie auf märkischem Sand. Stechginster in feierlichem Grün und Fuchsien in tiefroter Üppigkeit halten Hochzeit. Überall. Die Brombeeren sind groß wie Wachteleier. In den Gärten stehen die Hortensienhecken in verblassendem Blau, Erinnerung an die Pracht des Sommers. In scheuem Weiß blüht Myrte hinter Parkmauern.

Lichtmaste wieder, die aus unserem deutschen Straßenbild längst verschwunden sind. Lichtmaste, ihr Holz geblichen von Sonne und Regen, stehen schief und rührend und altvertraut. Wo der einstige Baum, nun zweckgebunden, sich nach der Erde sehnt, wird er von Stahlseilen zurückgehalten.

Der große impressionistische Meister, der die Licht- und Wolkenspiele am Himmel von Connemara entwirft, ist an diesem Tag von begnadeter Inspiration. Dramatik ist angesagt. Dunkle Wolken werden von silbernen Schwertern durchbohrt.

Ach, Dichter, wo ich den Sonnenfleck auf dem gegenüberliegenden Berg sehe, gebündeltes Licht, das durch ein Loch der Wolkendecke fällt, muß ich an dich denken. Suche ich wirklich die Liebesgunst eines Mannes, deren Zauber so vergänglich ist wie jener Sonnenfleck?

Die Berge von Connemara – so sanft, so glatt so rund. Sie sehen aus, als wären sie von Riesenhänden erstreichelt worden. Wo Sonne auf sie fällt, leuchtet der Kalkstein weiß wie Schnee, wo Regen Vertiefungen ausschürfen konnte, wächst kümmerliches Gras. Man sieht die Schafe nicht auf den Bergen. Man hört ab und zu ihr jämmerliches Rufen, wenn eines sich verstiegen hat und nicht weiß, wo die anderen sich aufhalten.

Soviel Seele habe ich nicht, daß sie sich auffaltet für diese Weite und Schönheit. Ich möchte Paul umarmen und ihn küssen im Überschwang meines Glücksgefühls, aber Paul hat sich in einen Unberührbaren verwandelt. Noch immer gekränkt, lehnt er meine freundschaftlichen Gesten ab.

Er hat mir nicht verziehen, daß ich das andere Zimmer wollte.

Ich erkläre Paul, daß auch ein gemeinsamer Urlaub mit Martin seine Probleme bringe, wenn wir ein Zimmer teilen müssen. Ich weiß nicht, ob es Paul tröstet.

Er meint unvermittelt: Martin wird gewußt haben, weshalb er dich mit mir fahren ließ.

Ich sage nichts. Es ist sinnlos. Martin wußte es nicht! Und ich hatte alles in Frage gestellt – auch ihn!

Es gibt eine Treue und Ehrlichkeit sich selbst gegenüber!

Auf dem Rad läßt es sich über die Probleme des Lebens nachdenken. Pauls Verhältnis zu mir. Ich stelle mir die Frage, ob in den gängigen Beziehungen der Geschlechter vielleicht Selbstbestätigung den Vorrang habe? Man wird nie froh werden, wenn man sein ausschließliches Glückgefühl an die Zuwendung eines anderen bindet und an seine Aufmerksamkeit.

Martin ruht in einem gesunden Selbstwertgefühl. So bedarf er nicht meiner ständigen Hinwendung, um sich bestätigt zu fühlen. So verspürt er auch nicht das Bedürfnis, aus eigenem Verletztsein mich verletzen zu wollen. So ist er ein Segen für mich.

Der Bettler von Connemara. Paul erinnert sich an ihn von vor zwei Jahren. Er steht noch immer an der unübersichtlichen Kreuzung, wo Autofahrer und Radfahrer halten müssen, um sich an der Vielzahl der Wegweiser und Ziele zu orientieren. Der alte zahnlose Mann, mit Hut und im schmuddligen Mantel – nein, er ist kein Bettler! Er ist eine selbst ernannte Auskunftsperson. Er sagt Paul, daß wir uns links halten müssen und verlangt dafür ein Pfund. Als Paul bereitwillig sein Portemonnaie zückt, erhöht der Alte auf zwei Pfund. Da macht Paul nicht mit. Aber die Schlitzohrigkeit des Alten amüsiert ihn.

Sie begegnet uns zum zweiten-, aber beileibe nicht zum letztenmal: die Kuh auf der Straße, die den Verkehr aufhält. Es ist immer die eine, die den Anschluß an ihre Herde verpaßt hat. In der Regel treibt die Herde allein über die Straße, vom Stall auf die Koppel oder umgekehrt. Ist der Weg länger, werden die Kühe von einem Menschen oder einem Hund begleitet. Eine der Kühe trödelt immer, und sie liebt die Straßenmitte. Der Verkehr versucht sich an ihr vorbeizufädeln. Die Ungeduld und Hast der einen und die stoische Ruhe der anderen führen schließlich zu einem unsäglichen Chaos. Dann bleibt die Kuh stehen. Wie ein Fels in der Brandung – in unerschütterlicher Geduld und tiefem Vertrauen, daß die anderen es schaffen, ihr den Weg auf der Straßenmitte wieder freizumachen. Ist das geschehen, setzt sie sich ungerührt in Bewegung, ihrem Herdentrieb folgend.

Ich habe Herzschmerzen. Noch nie habe ich physischen Schmerz in dieser Gegend gefühlt. Es paßt nicht. Der Schmerz paßt nicht in meine Hochstimmung. Er paßt nicht in mein Gelöbnis, das ich vor fast dreißig Jahren ablegte, nie wieder krank zu werden. Bisher hatte es funktioniert. Woher rührt der Schmerz?

Ich steige vom Rad. Ich schiebe es bergauf. Ich atme tief durch, fahre ein Stück. Es wird schlimmer. Ich steige wieder ab. Paul wartet auf mich. Stumme Frage in seinen Blick. Ich weiß nicht, wie ich es bagatellisieren soll. In Sekundenschnelle spult es sich ab – die Fahrt abbrechen, Rückflug, Krankheit... Nein! Ich muß allein sein. Paul hat Verständnis dafür. Links führt ein abschüssiger Weg zum Atlantik hinunter. Paul setzt sich auf einen Stein. Ich gehe den Weg hinunter. Über mir die Sonne, vor mir das Meer. Wo ich von der Straße aus nicht mehr zu sehen bin, lege ich mich auf Stein und Gras.

Habe ich gestern nicht die wunderbare Verbindung zwischen mir und dem Universum gespürt? Aus ihr fließt mir Kraft zu, heilende Kraft. Mit meinem Atem hole ich sie in den Körper und beim Ausatmen fließt der Schmerz mit ab. Das Licht der Sonne auf mir. Die gewaltige Kraft, die in Helle und Wärme den Lebensstrom allen Werdens in Gang setzt, durchströmt jetzt auch mich. Ich bin Teil von ihr. Ich bin ganz Sonne, ganz Weite, ganz göttliche Kraft. Alles ist in einer wunderbar guten Ordnung geschaffen, und die Kraft ist den Menschen mitgegeben, die gestörte Ordnung wiederherzustellen. Habe ich eine Viertelstunde gelegen?

Ich stehe auf. Kein Schmerz. Ich fühle mich, als hätte ich eine Weihe empfangen.

Ich pflücke eine Handvoll Brombeeren und schenke sie Paul.

In der Einsamkeit der Berge von Connemara liegt unser nächstes B&B. Krasser läßt sich der Gegensatz zu dem gestrigen nicht vorstellen. Das Zimmer mutet an, als würde ein königliches Paar zur Hochzeitsnacht erwartet. Paul und ich schauen uns an. Dieses Mal müssen wir die häßlichen Radtaschen in den Schränken verschwinden lassen. Das ist unpraktisch, aber wir sind es dem Zimmer schuldig. Wo ich mich gestern zitternd in eine Ecke der Duschkabine preßte und vor dem kalten Wasser kapitulierte, liege ich heute in viel Wasser, das duftet und richtig heiß ist. Und wo uns gestern familiäre Geborgenheit berührte, frieren wir heute unter den Augen der Hausfrau, deren Blick erloschen ist und um deren Mund Bitterkeit liegt.

Da besitzt sie ein so feines Haus, in dem es von Chrom und Messing blitzt, und alles ist vom Feinsten und Teuersten – und sie kann sich nicht freuen. Wir müssen um ein Evening Meal bitten. Ihrem schönen Haus zuliebe ziehe ich mein langes Kleid an. Da schaut sie mich an, wie nur eine Frau eine andere ins Visier nehmen kann, und ich erkenne ihren Lebenshunger.

Als Paul ihre Kochkünste lobt, lächelt sie schwach.

Um sich glücklich zu fühlen, müssen die richtigen Verzweiflungen hinter uns liegen. Auf dem Chrom und Messing vermag die Frau den Schatten des Kreuzes nicht wahrzunehmen.

Dann sehe ich sie am Fenster stehen und hinausschauen. Ich ahne, daß sie oft am Fenster steht. Und immer sieht sie nur die Berge vor sich. Viel zu selten kommt jemand vorbei. Plötzlich entsteht ein Lächeln auf ihrem Gesicht. Ich hätte raten sollen, was oder wen sie erblickt, als selbst einen schnellen Blick nach draußen zu werfen. Ich hätte es erraten müssen! Mit dieser versonnenen Zärtlichkeit kann nur eine Mutter lächeln. Der siebzehnjährige Sohn verabschiedet sich von seinem Schulfreund. Er schiebt sein Rad den Weg hinauf und winkt der Mutter zu, die hastig ihre Zigarette ausdrückt.

Es ist das Haus hinter den elf Bergen… Wenigstens auf einen wollen wir steigen, auf den, der vor unserem Fenster ruft. Die Sonne verspricht einen prächtigen Untergang.

Wir lösen den verknoteten Strick am fremden Tor und besänftigen das ungute Gefühl. Wir rücken uns ins Bewußtsein: man darf. Die Abzäunungen gelten nicht dem Wanderer. Sie dienen der Schafhaltung.

Anmutig sind sie, mit ihren schwarzen Köpfen und den zierlich schwarzen Beinen. Und scheu. Sie bringen sich in eine gesicherte Distanz und betrachten uns dann mit Verwunderung. Wenn sie das leise Surren meines Photoapparats erreicht, geraten sie in Panik. Ich sammle auf, was sie zu verschenken haben. Weiße Wolle. Binnen kurzem habe ich soviel aufgelesen, daß es für drei Puppenköpfe reicht, die ich Franziska zu Weihnachten als Handspielpuppen schenken werde – mit dem dazugehörigen Märchen.

Es wird sich jeden Tag wiederholen. Es wird jeden Tag neu sein und erhebend. Und die Worte gehen mir aus, das Fest zu beschreiben, zu dem ich geladen bin. Ich sehe nur goldenes Licht auf den sanften Bergen, den kleinen See gleich einer Schale flüssigen Silbers unterhalb eines Gipfels. Ich sehe nicht die Armut, denke nicht an die bitteren Worte der Lorelei.

Connemara – wer will dort wohnen? Achtet auf die Hügelbeete, diese seltsam langgezogenen Schwellen, wo man auf kahles Gestein ein bißchen Torf, ein bißchen Sand schüttete und mit Tang vermischte, Tang als Dünger und dorthinein die Kartoffel steckte. Die Engländer verhöhnten dies als „faule Beete".

Feennacht über den Bergen von Connemara. Weißer Mond über der Einsamkeit der Bergwelt. Das Otherland öffnet sich den Menschen.

Paul liest: „Es war einmal zu einer Zeit, und eine gute Zeit war es, aber es war nicht meine Zeit, noch deine Zeit, noch irgend jemandes Zeit."

Die Märchen und Sagen und Legenden, die in den aus Steinen geschichteten Cottages erzählt wurden, wo Mensch und Tier gemeinsam hausten, erzählt wurden an den Torffeuern und hinter den Schwarzdornhecken, sie wurden prall und prächtig und die Sehnsucht nach dem anderen Leben tobte sich aus.

Es ist ein verborgener Wunsch im Menschen, sich der Uhrzeigerzeit zu entziehen, die exakten Nachweis für unser Tun fordert und wo der Verstand ein Erlebnis analytisch abspeichert. Wir sollten den Urwunsch in uns nach der Anderszeit nicht überhören, wo die Uhr keine Zeiger hat und nur die Seele den Schlag verspürt.

Dichter, auch wenn ich wie ein Igel alle Stacheln gegen dich stelle... mir gefallen die Verse, die du mir schreibst, und dein Zorn und deine bange Hoffnung.

Auf dem Weg nach Louisbourgh über Leenane

Wir ahnten, daß dieser Sonnenuntergang, für dessen Beschreibung die Worte fehlten, Regen verhieß.

Gefürchtet hatte ich mich bereits in Berlin vor einem solchen Morgen, der in trostlosem Grau versinkt und die Fensterscheiben blind werden von herabrinnenden Regen.

Wir nutzen zum Aufbruch eine hellgetönte Wolke. Paul kann sein mir abgerungenes Versprechen halten, nicht aufzubrechen, wenn es regnet. Wir steigen vorsichtshalber in unsere Regenkluft. Nach einer Viertelstunde gießt es heftig aus tiefem, einheitlichen Grau. Wir amüsieren uns über die gegenseitige Verkleidung und vergessen, uns in ihr zu photographieren. Paul trägt eine kleine Taucherbrille, die ihn bei windgepeitschtem Regen vor einer Bindehautentzündung schützen soll. Er erinnert an den Froschmann von Wallace. Ich präsentiere mich, anders entstellt, mit großer runder Sonnenbrille, Martins Schirmmütze aus Leder und der darübergezogenen Regenkapuze. Alle Eitelkeiten sind abgelegt. Unter der Regenhaut fühle ich etwas wie Geborgenheit. Ich kann der Naturgewalt trotzen.

Mich entzückt die Kuh am Straßenrand, die in mütterlicher Fürsorge ihren Schwanz um den Hals ihres Kälbchens gelegt hat und uns verwundert nachschaut.

Wappnen muß ich mich gegen das Mitleid. Dann und wann begegnet uns ein Auto. Beschlagene Scheiben, Winken. Ich erinnere mich des eigenen Mitgefühls, als mein Bus an einem Regentag Radfahrer überholte, die wie wir ihr Hab und Gut in den Satteltaschen mit sich trugen. Damals hätte ich um keinen Preis mit ihnen tauschen wollen. Und heute will ich um keinen Preis in einem Auto sitzen. Und ich will kein Mitleid. Der Regentag mit seinen grauen Schleiern verzaubert auf ganz neue Weise die Welt.

Connemaras Lieblichkeit muß man unmittelbar erleben.

Wir fahren am See Lough Inagh entlang. Graue Gestalten gehen über das Wasser. Wald nimmt uns auf. Tannen, Lärchen, Birken. Ein Bächlein, so vertraut, daß der nicht verwundene Heimatverlust brennt. Hier wohnt niemand. Hin und wieder liegt verborgen und umfunktioniert eine Villa als Herberge für Jäger und Fischer. Was Paul und mich eint, ist die Trauer um unsere verlorene Heimat. Wir haben uns vorgenommen, darüber nachzudenken, was denn Heimat für uns war.

Vor unserer Reise hat Paul gesagt: Du wirst sehen, manchmal wird dich Irland an unsere arme DDR erinnern.

Es ist nicht Trauer um die alte DDR, es ist Trauer um den Verlust der Illusion, eine Utopie in unseren Tagen doch noch verwirklichen zu können. Heimat hat etwas mit Geborgenheit zu tun. Sicher fühlt man sich dort, wo nichts Fremdes angst macht. In der Heimat beherrscht man souverän die Dialektik von Kennen und Erkennen, von Dulden und Verändernmüssen, von Vertrauen und Verantwortung.

Obwohl es königliche Betten waren, habe ich schlecht geschlafen – wegen des abendlichen Streits mit Paul.

Ihm mißfällt meine Fahrweise. Ich trödle zu sehr.

Ich bin über diesen Vorwurf erschrocken. Paul hatte unsere Route aufgeschlüsselt und für jeden Tag den Zielort festgelegt. Wir haben unser geplantes Kilometersoll mühelos eingehalten oder überboten. Ich empfinde Pauls Vorwurf als ungerecht.

Unserer Harmonie droht ein Schatten.

Manchmal fragte ich mich, was Paul so denken mag auf dem Rad? Jetzt mutmaße ich ergrimmt – er überlegt, wie er mich kränken kann, ohne sich offensichtlich ins Unrecht zu setzen, denn wird er nicht müde, mich mit mitleidsvollen Fragen zu provozieren: Kannst du noch? Fahre ich dir zu schnell? Schaffst du's? Daß er mich kränken will, macht mich traurig.

Ach, ich begriff lange nicht, was hinter seinen Fragen stand!

Vor der Reise hatte Paul mich bedrängt, ein neues Rad zu kaufen. Für mein ‚Küchenrad' hegte er nur stumme Verachtung. Und ich denke naiv, daß mich Martin beim Kauf meines roten Rades beriet, wird der verborgene Grund sein, mich und mein Rad schlecht zu machen. Paul sagt: Ich habe 21 Gänge, du nur sieben – wie willst du mithalten! Er erzählt mir von Fahrten, wo er einhundertachtzig Kilometer am Tag schaffte! Ich erinnere ihn mahnend an meinen ersten Brief! Auch Paul will das Land auf dem Rad erleben, trotzdem meinte er, mit einem besseren Rad ginge es schneller. So gleichen seine Vorwürfe schwarzen Strichen auf dem Spiegel meiner Seele, in dem das Land und der Himmel und die Berge aufleuchten.

Nach zwei Stunden haben wir die enge Bergwelt hinter uns

gelassen. Über ihr liegt noch immer der dunkle Regenhimmel. Vor uns ziehen bereits weiß getuffte Wolken, die ein übermütiger Wind mit grauen Schleierbändern einfangen will.

Mich beginnt das Geheimnis der Frauenschuhe am Straßenrand zu beunruhigen. Es ist der fünfte, an dem ich vorbeiradle. Stabiler Schuh aus braunem Leder mit klobigem Absatz. Vorher ein schwarzer Wildlederpumps. Ein andermal eine Riemchensandalette, ein Mokassin, einmal sogar ein Hausschuh. Stets nur einer und immer der einer Frau.

In der Einsamkeit der Berge steht plötzlich eine Kirche. Groß, mit übersichtlichem, betonierten Parkplatz. Ein moderner Bau. Verschlossene Pforten. Ich muß an den König denken, der bei Nacht ein Kloster erreichte und am Morgen die Kirche gezeigt haben möchte. Da führt der Abt ihn zum nahen Hügel und zeigt ihm das weite Land und das Meer.

Am Fjord von Leenane spüre ich Mißmut in mir. Es ist der einzige Fjord, den es in Irland gibt. Und er deckt sich nicht mit der romantischen Vorstellung, die ich mir von Fjorden machte.

Vielleicht kann man nur auf dem Fahrrad ermessen, wie weit, wie tief er sich in das Land hineinfrißt, wenn man ihn in seiner ganzen Länge diesseits und jenseits umfahren muß. Ihn bei Ebbe zu erleben, macht den Fjord nicht reizvoller.

In Leenane steigen wir aus unserer Regenkluft. Ich mache die Erfahrung, daß sie mich zwar äußerlich vor dem Naß schützte, daß aber ein erheblich Maß an Kondensflüssigkeit meine Sachen von innen durchfeuchtet hat. In Zukunft habe ich zu entscheiden, ob ich von innen naß werden möchte oder von außen. Ich wähle das letztere und verabschiede mich für immer von meiner Regenhose.

Die fünf, sieben bunten Häuschen, die Leenane ausmachen – wir wählen uns eines, wo man uns Irish-Coffee zelebriert. Paul hat es beschlossen – zum Aufwärmen, zum Betrocknen der klammen Sachen und um mir eine Freude zu machen. Letztendlich ist auch Paul um unsere Harmonie bemüht. Mit seinen Vorwürfen erreichte er nur, daß ich mich noch weiter zurückfallen ließ.

Dann steht der rothaarige Mann mit seinem Rollwagen an unserem Tisch, bereit zur Vorführung seiner Kunst. Man sieht es ihm an, er fühlt sich als Entertainer. Über der Spiritusflamme wärmt er die Gläser vor. Die heitere Freundlichkeit seines Blickes ruht auf uns. Der in den schmalen Bechern portionierte Whisky wird zur Hälfte in die großen Gläser gefüllt und ein Teelöffel braunen Zuckers hinzugegeben. Mit kreisenden Bewegungen setzt der Mann die Flüssigkeit in unseren beiden Gläser behutsam in Schwingungen, damit der Zucker sich auflöse. Eine Zeremonie. Auch andere Gäste schauen zu. Der restliche Whisky wird hinzugegossen und wieder geschwenkt. Der Mann verfügt über alle Zeit der Welt. Nur darin kann sich sein Tun entfalten und die Bewunderung der anderen. Aus der durchsichtigen Kanne, die auf einem Stövchen steht, wird nun der starke Kaffee in die Gläser gefüllt. Jetzt setzt der Mann mit den liebenswerten Sommersprossen die Gläser ab, um mittels eines Stäbchens in jeder Hand die entstehende Köstlichkeit neu zu verrühren. Gewissenhaft. Er genießt und vergewissert sich immer wieder unserer Aufmerksamkeit. Dann läßt er über einen Teelöffel die halbflüssige Schlagsahne auf den Coffee fließen. Sie bleibt wie eine Schneedecke liegen. Wir applaudieren dem Meister. Er verneigt sich würdevoll. So köstlich wie in Leenane hat Irish Coffee nie wieder geschmeckt!

Nur in den Informationszentren, die Irland in seinem Handwerk, seiner Geschichte und Tradition präsentieren, komme ich mit keltischer Kunst in Berührung. Ich bin Paul dankbar, daß er mir die Muße gönnt. Ich lese in den Büchern, blättere in Kalendern und frage Paul, ob auf unserem Weg jener Steinkreis liegen wird und das Megalith tombe. Bevor ich mich in das Studium des keltischen Baumkalenders vertiefe, beschließe ich das Buch zu kaufen und ernte Pauls kopfschüttelnde Resignation. Ich berühre die seltsamen Steine. Es sind für den Tourismus nachgearbeitete Funde fremden kultischen Glaubens. Nachempfunden und sprechend für den, der bereit ist, Botschaften zu empfangen?

Auf dem Fahrrad erinnere ich mich, was ich in Martins uraltem Lexikon über die Kelten gelesen habe. Das Werk war um die Jahrhundertwende erschienen und billigte den Kelten zu, geistig bildsam und in der Dichtung begabt gewesen zu sein. Die Druiden wurden als herrschsüchtige Priesterkaste verurteilt. Als ungerechtfertigte Sucht wurde gegeißelt, überall keltische Geschichtsspuren zu wittern. Keltomanie als Schimpfwort! Vielleicht gelingt es mir auf dieser Reise, eine winzige Tür zu dem spirituellen Mysterium, dem keltischen Rätsel, zu öffnen.

Ich entdecke in mir eine grimme Wollust, die klassischen Werte, die mit meiner Bildung in mein Wissen gepflanzt wurden, aufzugeben und die keltischen Barbaren zu bewundern.

Und ich entdecke in meinem eigenen Namen eine geheime Beziehung zu ihnen, die mich auf seltsam zwingende Art verpflichtet.

Die Suche nach den zeitlosen Werten der Kelten beginnt. Beginnt mit Einfühlen – dem Draußenlassen des Verstandes, der nur sein einseitiges Kalkül kennt. Der Verstand, der sich der inneren Vollendung des Menschen entgegenstellt und darüber hinaus heute alles Leben auf der Erde bedroht.

Was hat es mit dem scheinbaren Schweigen der Kelten auf sich, die sich nicht im Aufgeschriebenen manifestieren wollten?

Am Ende des Fjordes steht in herbstlich lodernder Schönheit ein Kastanienbaum. Zum erstenmal auf dieser Reise dringt die Jahreszeit ins Bewußtsein. Zum erstenmal streift mich ein Hauch Wehmut.

Ich lehne das Rad an den Stamm und suche nach den aufgesprungenen Früchten. Ich finde eine geschlossene und öffne sie. Im keuschen Glanz, der mich jedes Jahr neu bewegt, liegt die Erfahrung, daß mit der Berührung des ersten Sonnenstrahls bereits das Erlöschen beginnt.

Ich stecke die Kastanie in meine Tasche und weiß, daß am Abend ihr Zauber verflogen sein wird.

Um Pauls Warten auf mich zu besänftigen, suche ich nach einer nicht aufgesprungenen. Ich drücke sie ihm mit den Worten in die Hand: Alles, was wir zu wissen glauben, ist nur Vermutung! Und ich bin nicht die mit dem schlechteren Fahrrad!

Als Paul wieder einmal auf mich wartet, beklagt er den Verlust all seiner mitgenommenen Taschentücher.

Konnte ich wissen, daß alle sehr sauberen, fast unbenutzten Herrentaschentücher, an denen ich vorüberfuhr, ihm gehörten?

An der Spitze des Fjordes verlassen wir mit einer Radumdrehung die Grafschaft Galway und rollen in die Grafschaft Mayo. Und im Hinterkopf verbindet sich der bei Böll gefundene Satz:

Mayo – God help us!

Die Kastanie, die kein rauhes Klima duldet und guten tiefen Boden braucht, verriet, daß dies noch nicht jenes Mayo sein kann, bei dem sich der Ire, der in reicherer Gegend wohnt, bekreuzigt.

Das ist noch einmal Eintauchen in Schönheit, in Reichtum, in Verschwendung, in Lieblichkeit der Landschaft, die ich niemals auf dieser Tour erwartet hätte, niemals in Irland. Ich hatte mich insgeheim gefürchtet, daß meine Seele kranken würde nach Bäumen, da ich gelesen habe – Irland sei abgeholzt und seines letzten Reichtums, den seiner Wälder, beraubt.

Und hier verschwendete sich plötzlich die Natur. Neben Platanen und Erlen stehen Lorbeerbäume. Sie bewundern und lieben neben sich den runden weiblichen Rhododendron. Lärchen und Kiefern und Hainbuchen und Kastanien in einem paradiesischen Miteinander, geschützt von grünbemoosten Steinmauern. Und dazwischen die Wildheit eines Flüßchens, das über Steine springt.

Paul muß jeden Esel, dem er begegnet, zu einem Schwätzchen ermuntern. Er bringt Zeit und Ausdauer auf, das Zutrauen des Tieres zu gewinnen. Dann liebkost er es. Paul belehrt mich, daß Esel mehr Charakter besäßen als Pferde, mehr Würde, was in ihrer Eigenwilligkeit zum Ausdruck käme. Manchmal werden es stürmische Unterhaltungen. Der Esel vom Ben Gorm interessiert sich lebhaft für den Inhalt meiner Radtaschen auf Pauls Gepäckträger. Offensichtlich sind ihm Worte zu wenig.

Glück dort suchen und finden, wo andere es nicht vermuten würden... Glück ist nicht im Vorbeifahren zu erhaschen. Dazu bedarf es ein Verweilen, ein mit allen Sinnen Aufnehmen und in sich Versenken.

Immer liegen 500 bis 1000 Meter zwischen Pauls schwarzen und meinem roten Fahrrad. Für ein Rufen reicht die Stimme nicht aus. Ich sende Paul meine stumme Bitte nach: Halte an! Hier ist es so schön! Halte bitte an!

Ich traue meinen Augen nicht – Paul steigt vom Rad, lehnt es an die Brombeerhecke und geht zu dem wilden Flüßchen hinunter. Wir setzen uns auf die Steine, die in seinem Wasser liegen.

Ich betrachte Paul, der die Wärme der Sonne auf seinem Rücken genießt, der die Stille und den Frieden um uns atmet, der glücklich auflacht und sagt: Ist es nicht schön hier?

Ein Moment der Einsicht und des Glücks – und er wird auf eigenartige Weise in unserer Erinnerung haften bleiben und nur über den Verstand nicht zu begreifen sein.

Warum ignorieren wir, was vielleicht die größte Offenbarung unseres Lebens sein könnte?

An diesem idyllischen Flecken der Paßstraße steht, wo das Flüßchen in einem Wasserfall über die Steine schäumt, ein verlassenes Cottage. Das Dach seit einem Jahrhundert verrottet. Ich will prüfen, ob die Mauern für den Rest meiner Lebensjahre noch halten werden. Aus den Fenstern lehnt sich üppig der Efeu.

Ich sage Ja zu diesem Ort. Genügte es nicht, das Lebensnotwendige zu organisieren und im übrigen sich des Lebens zu erfreuen?

Das Haus ist bewohnt, das Erschrecken beidseitig groß. Da ich der Maueröffnung, wo einst die Tür hing, näher bin als die fünf Schafe, trete ich den Rückzug an, bevor sie mich in ihrer Kopflosigkeit umstoßen.

An jedem Berg habe ich die große Chance, Paul zu überholen. Vielleicht sitzt doch verborgen ein Funken Ehrgeiz in mir, oder ich habe mehr Kraft in den Beinen, oder es ist einfach meine Art, Unangenehmes schnell hinter mich zu bringen.

Irgendwann bemerke ich, daß es Paul verdrießt. Wie kann ein Rad mit 21 Gängen am Berg überholt werden? Nicht immer will ich mich beweisen, dann steige ich vom Rad, wenn ich Paul erreicht habe, um schiebend hinter ihm herzutraben. Es passiert das gleiche... ich schaue hierhin und dorthin, lausche auf den Wind, verliere mich in Gedanken, und der Abstand zwischen Paul und mir wächst sich wieder beträchtlich aus.

Endlos dünkt die Steigung, die die Paßstraße überwinden muß. Trotzdem wird mit jedem Schritt die Erwartung größer, was hinter dem Berg liegt. Die Erwartung schlägt in maßlose Enttäuschung um, als sich Üppigkeit der Vegetation, das Aneinanderdrängen der Berge, die Lieblichkeit des Flusses und das Geheimnis des Sees in die Weite einer Moorlandschaft verwandelt, die ohne Wälle und ohne Steine ist und entsetzlich übersichtlich bis an einen fernen Horizont reicht.

Schafe lagern auf der Straße. Sie bleiben käuend liegen, wenn ein Auto an ihnen vorbeirast. Sie gebärden sich erschreckt, verfolgt, gejagt, wenn wir in aller Gemütlichkeit an ihnen vorbeiradeln.

An diesem späten Nachmittag möchte ich Paul eine Freude machen. Sein Kilometerzähler verrät, daß noch zehn Kilometer Tagessoll bis Louisbourgh vor uns liegen. Da sich die Landschaft bei jedem Kilometer gleichbleiben wird, gehe ich in Führung und lege es darauf an, Paul abzuhängen. Er gönnt mir nicht den Spaß. Wenn ich denke, jetzt ist es mir gelungen, taucht er wieder an meinem Hinterrad auf. Ich beschwere mich unernst.

Es geht gar nicht um die äußerliche, die sichtbare Gemeinsamkeit beim Radfahren!

Die Suche nach einem geeigneten B&B wird plötzlich kompliziert. Es ist Sonnabend. Die einzige Unterkunft im Stadtzentrum ist belegt. Denen mit den rooms en suite schenken wir sträflicherweise keine Beachtung. Die Hinweise werden spärlicher, die angezeigten Entfernungen größer.

Sonnabends werden die Haustüren von den Familienoberhäuptern geöffnet. Mit Sicherheit ist der Samstagabend ein heiliger Abend und der nächste Morgen ein heiliger Morgen, wo man nicht Fremde im Haus haben möchte. Lügen ist nicht Sache der Iren. Wenn sie zu Notlügen greifen, steht ihnen das Unbehagen in den Augen geschrieben.

Es gäbe kein warmes Wasser im Haus.

Nach dem Zehn-Kilometer-Spurt und den gefahrenen 75 Kilometern habe ich mich innerlich darauf eingerichtet, am Ziel zu sein. Ich akzeptiere also kaltes Wasser. Nun stottert der junge, gutaussehende Mann, es gäbe nicht nur kein warmes Wasser, es gäbe überhaupt kein Wasser im Haus.

An einem Baum finden wir den auf Brettern genagelter Hinweis: 1 Kilometer gen Westen – das B & B ‚Zur Arche'. Natürlich ist es nicht ein Kilometer, es sind drei. Ein idyllischer, sehr schmaler Weg führt in einer unaufhörlichen Steigung, die man nur, das Rad schiebend, bezwingen kann, höher und höher. Ein großartiges Panorama bei tiefstehender Sonne. Unter uns das flache Land, das bis zum Atlantik reicht. Hier und da eine Bauminsel, verloren in der unbeschreiblichen lilagrauen Weite. Manchmal kann man in der fernen Bauminsel ein Häuschen erkennen, das sich wie in ein grünes Nest kuschelt. Ich schiebe unverdrossen bergauf. Paul habe ich längst wieder aus den Augen verloren. Plötzlich steht er vor mir, bereit, mein Rad zu übernehmen. Im Verständnis meiner Gleichberechtigung widerstrebt es mir, mein Rad von ihm schieben zu lassen. Um ihn nicht zu kränken, trete ich meinen Lenker ab.

In seinem Führungsanspruch trägt Paul schwer an der Verantwortung, bisher kein Dach für uns gefunden zu haben. Er hat einen Hundeblick in Erwartung böser Worte. Ich versichere ihm, daß solche Ungewißheiten den Abenteuerreiz unserer Tour erhöhen und daß in mir nicht die Spur eines Vorwurfs sei. Seine Erfahrungen mit Frauen müssen anderes besagen.

Einmal ist auch die Arche erreicht.

Die den Iren nachgesagte Gastfreundschaft hat sich in Gesten auch dort noch erhalten, wo diese bereits kommerzialisiert ist. Man bittet uns ins Wohnzimmer, bietet uns Kaffee und Tee an und braunen Rosinenkuchen. Wir sitzen auf dem wuchtigen Polstermöbel, das wie in jedem Haus, wo man nach Katalog kauft, vor der Fensterfront steht. Eine Kaminimitation mit elektrisch glühenden Kohlen unterstreicht die gewollte Vornehmheit. Ihm gegenüber steht das geöffnete Klavier mit aufgeschlagenen Noten, als habe sich die Tochter der Hauses gerade vom Spiel erhoben. Es ist die Nichte des Hauses, die uns bewirtet. Ich frage, ob sie es ist, die Klavier spielt. Sie schaut mich verwundert an, verneint – niemand im Haus könne Klavier spielen.

Ich begreife, das Klavier ist Statussymbol.

Paul und ich sitzen in der kalten Pracht und fühlen uns ziemlich verloren.

Natürlich gibt es in der „Arche" nur Rooms en suite, was den hohen Preis rechtfertigen soll. Da wir auf zwei Betten bestehen, führt uns ein unübersichtlicher Weg durch dunkle Korridore, den lichtarmen Dining-Room, über eine schmale Treppe ins Obergeschoß. Der Blick durch das kleine Fenster geht auf den unmittelbaren Berghang und auf ein scheußlich schwarzes Rohr, das im zwanzigminütigen Abstand wie eine Schiffssirene tutet.

Freundlicherweise hielt es von 22 bis 6 Uhr Nachtruhe. Dafür gluckerte die ganze Nacht über Wasser geheimnisvoll in unseren Wänden.

Ein letztes Mal frühstücken wir zu unchristlicher Zeit – um acht Uhr. So gehört der Dining-Room uns allein, und ich kann mich ungeniert umschauen. Neben den zahlreichen Familienphotos gibt es ein sehr schönes Christusbild im Goldrahmen und ein großes gerahmtes Bild vom Papst. Über der Tür hängt ein Madonnenbild und in der Vitrine steht eine aus Gips gegossene Bischofsfigur.

Westport

Sonntag. Sonne. Nur die Bläue des Himmels erinnert an September. Was wir am Abend zuvor mit letzter Kraft erklommen haben, saust sich nun morgenfrisch und viel zu schnell wieder abwärts. Die klare Luft ist erfüllt von Vogelsang. Die Zeit läuft verkehrt herum. In mir ist Beginn, Frühling. Die Vögel tanzen im Flug. Ihr Lied ist Verheißung. Ich bewundere die kleine Wolke, die gläsern zerbrechlich über dem Wasser steht.

Paul folgt dem Schild, das auf den Strand verweist. In morgendlicher Einsamkeit breitet er sich vor uns aus. In feuchtem Sand die Möwenschrift. Paul fragt, ob wir baden wollen? Ich weiß nicht, womit und wie ich meine Badelust motivieren könnte. Der Wind trägt noch die Kühle der Nacht. Mein Anorak ist bis zum Hals zugezogen. Meine Hände halte ich in den Taschen vergraben. Der Fahrtwind hat mich ausgekühlt. Pauls Vorschlag zuliebe entledige ich mich meiner Schuhe und Strümpfe, um die Wassertemperatur zu prüfen und empfinde sie als mörderisch.

Paul ist nicht davon abzubringen, sich in die Fluten des Atlantik zu stürzen. Mannhafte Selbstverleugnung. Danach fühlt er sich „erfrischt".

Bevor wir wieder die große Straße erreichen, nehmen wir unser zweites Frühstück zu uns – Brombeeren. Wir machen diese Rast, wenn sie unwiderstehlich locken, schwarz und groß, und so üppig, daß es aus ihren Hecken geradezu ruft: Pflückt uns! Eßt uns! Wir sind reif! Vielleicht geht es uns wie in dem Märchen von Frau Holle. Da wir auf den Ruf der Brombeeren achten, werden wir belohnt, und wir werden fast immer mit Sonnenlicht überschüttet.

Heute glänzen die Beeren noch im Tau der Nacht.

Jeden Tag beschämt mich Paul von neuem, daß er mir die erste Handvoll Beeren schenkt, während ich lustvoll die Früchte in mich selbst hineinstopfe.

Nun läßt sich das Ritual der Brombeerrast nicht mehr umkehren. Ich nehme also sein Geschenk an und bedanke mich. Ich will mich nicht mehr beschämt fühlen und empfinde Pauls Geste als Ausdruck seiner Aufmerksamkeit.

Bald sehen wir ihn in seiner Größe und Erhabenheit, den Croagh Patrick. Da ich Pauls atheistische Haltung kenne, wage ich nicht zu fragen, ob er mit mir auf den „heiligen" Berg steigen würde. Ich kann es kaum glauben, als er es selbst vorschlägt. Wir wollen zwei Tage in Westport bleiben.

Jetzt, wo wir am Berg vorbeifahren, liegt eine zarte Wolke auf seinem Gipfel, die das Licht der Sonne gefächert und in Strahlenform über den Berg wirft. So wurde im Mittelalter die Ausschüttung des Heiligen Geistes gemalt.

Wir durchfahren einen kleinen Ort. Als die Straße eine Biegung macht, erblicke ich etwas in Irland noch nie Wahrgenommenes – eine riesige Menschenschlange, die offensichtlich nach etwas ansteht. Jung und alt, Männer und Frauen, Halbwüchsige, Mütter mit Kindern auf dem Arm. Assoziationen greifen in meinem Kopf, als die gewendete Zeit mit ihrem neuen Geld über uns kam – ähnlich endlose Kolonnen geduldigen Wartens standen vor den Sparkassen und Geldinstituten. Hohe Bäume verdecken zunächst, wonach die Iren an diesem Sonntagvormittag anstehen.

Keine Sparkasse, kein Geldinstitut, kein Billigmarkt – die Kirche ist überfüllt.

Geschädigt von dem letzten Room en suite suchen wir in Westport nach einem einfachen B&B. In einem kleinen Reihenhaus wollen wir fragen. Es liegt an der Straße, bevor sie das Zentrum des Städtchens erreicht.

Eine ältere Frau öffnet. Sie kann ihre Freude über den unerwarteten Zuverdienst schlecht verbergen. Als sie hört, daß wir zwei Nächte bleiben wollen, lacht es zufrieden aus ihr heraus.

Paul, der bisher jedem Haus einen Namen gegeben hat, nennt diese Unterkunft das ‚Haus mit dem schönsten Bad-Blick'. Der Croagh Patrick präsentiert sich hier majestätisch in seiner klaren Kegelform vor der sanften Landschaft von Murrisk.

Etwas Außergewöhnliches passiert an diesem Tag. Wir befinden uns um die Mittagsstunde nicht in der Einsamkeit der Berge oder der Unendlichkeit der Koppeln. Es gibt so viele gastronomische Einrichtungen, daß wir wählen können. The Clock Tavern. Wir essen richtig zu Mittag und essen Irish Stew. Als die Teller vor uns stehen und der Geruch des Lammkoteletts sich mit dem der Zwiebeln und Pastinaken mischt, würzig und deftig, lachen auch wir beide glücklich auf. Und ich erinnere mich der Zeit meiner Kindheit, wo es ebenfalls nur sonntags eine Fleischmahlzeit gab und das Essen zum Fest wurde.

Auf abenteuerlichen Wegen, mit Überklettern eines schwer verschlossenen Tores, gelangen wir, ohne es zu wissen und gewollt zu haben, vor das Westport-House. Das Schloß der Marquess' of Sligo ist zur öffentlichen Besichtigung freigegeben – bis auf wenige Zimmer, die der Besitzer privat nutzt. Wir schließen uns einer Führung durch das Schloß an. Eine sicherliche stolze, aber langweilende Ahnengalerie, in der sich auch der Kapitän der Bounty befindet, und ein sehr vorsintflutliches, einst exklusiv empfundenes Badezimmer mit einer beeindruckenden Galerie formschöner und origineller Nachttöpfe sind in meinem Gedächtnis haften geblieben. Da das Geld aus den Schloßbesichtigungen noch immer nicht ausreichte, es zu erhalten, ist ein Teil des Schloßparks, im Stile der englischen Landschaftsgärten angelegt, zu einem Holliday Center umfunktioniert. Mit Camping, Pitch & Patt, Slippery dip, Horse caravans, Childrens pony riding, Tennis usw., usw...

Wir machen einen großen Bogen darum.

Wir suchen uns einen Platz im Park, wo er Ruhe und Würde ist. Sitzen auf dem Rasen – unter der Buche. Jahrhundertbaum. Reden. Über Gott und die Welt.

Ich bin gottlos, sagt Paul. Und er lauscht diesem Wort nach, das eindeutig pejorativ besetzt ist und seinem gemeinten Atheismus eine ethische Wertung gibt.

Paul spricht von seiner letzten Arbeit. Ein Denkmal. Der Auftrag einer Kirchengemeinde. Einen Denk-Ort schaffen, wo braune Barbarei ein Kloster mißbrauchte als Durchgangsort in den Tod. Behinderte zuerst, dann Juden – gesammelt für den Transport in die Gaskammern von Auschwitz und Theresienstadt. Und Paul spricht von der Chance einer persönlicher Wiedergutmachung. Er saß mit Geistlichen an einen Tisch. Es ging um die Worte, die auf den Stein gemeißelt werden sollte. Einer der Pastoren wandte sich gegen die Überschrift ‚Unseren Brüdern und Schwestern zum Gedenken', weil er Juden nicht als solche anerkennen wollte.

Paul erzählt von seiner Absicht, eine Granitplatte zu spalten, wobei der Text die beiden Teile wieder einen soll.

Er kämpfte für das Erinnern an die ‚Brüder und Schwestern'. Er setzte sich durch. So steht es heute auf dem Stein.

Schlendern dann durch Westport bei frischem Wind. Zunächst allein. Paul holt seinen Anorak. Ich komme an das Flüßchen, wo die kleine irische Stadt an Amsterdam erinnert. Auf den Steinstufen eines Treppchens, das zum Wasser führt, habe ich im vorletzten Sommer Martin photographiert. Ich setze mich auf eine Bank und habe Heimweh. Ich sehne mich nach dem Gefühl von Vertrautheit. Pauls Nähe an einem Tag wie diesen, wo wir bummeln, schlendern, reden, zum Anfassen nah und nicht die üblichen 500 Meter Entfernung zwischen unseren Rädern, bringt auch die Fremdheit zutage, die zwischen uns herrscht. Paul wollte mich küssen und mir zärtlich nah sein, aber was unter der grünen Schale der Kastanie steckt, will er nicht wissen. Morgen auf dem Rad werde ich mich weniger einsam fühlen.

Zu einem Höhepunkt des Tages gestaltet sich der Aufenthalt in einer Buchhandlung. Wir vertun viel Zeit darin. Tapfer durchstehe ich Pauls mißbilligenden Blick, mein Gepäck mit drei weiteren Büchern zu belasten. Zwei Bändchen Gedichte. Eines von Seamus Heanay, der im nächsten Monat Nobelpreisträger werden wird! Und ein Buch über Keltentum. Paul fragt, was nützt dir Wissen aus einer Zeit, wo die Menschheit noch in den Kinderschuhen steckte? Für mich sind solche Dinge nicht von Interesse!

Unüberwindlicher kann er die Mauer nicht ziehen!

In dem Häuschen mit dem schönsten Bad-Blick hat jeder von uns ein Kämmerchen für sich. Jeder kann am Abend die Tür hinter sich schließen und alle Verstellungen ablegen. Ich freue mich wie ein Kind auf diese Stunden und weiß, daß Paul es anders empfinden wird und darunter leidet.

In meiner ersten Liebe wollte ich unbedingte Aufmerksamkeit in jeder Minute des Zusammenseins mit meinem Freund. Ich war tief gekränkt, beleidigt und voller Vorwürfe, wenn er um seinen Freiraum kämpfte. Ich warf ihm Lieblosigkeit vor und war unglücklich. Um mich aus meinem Unglück zu befreien, habe ich zu schreiben begonnen und mich selbst gefunden und weiß nun, daß das Glück nicht von der ausschließlichen Zuwendung des Partners abhängt. Abhängigkeit macht immer unglücklich.

Ich las eine Weisheit der Druiden: Der Mensch findet die Hälfte, die ihm fehlt, nicht draußen im Leben. Er wird ganz durch die Vervollkommnung seiner selbst. Und Humor ist dabei ein weit offener Weg.

Paul entschließt sich resigniert zum Kartenschreiben. Seinem Gesichtsausdruck sehe ich an, daß er sich verstoßen fühlt.

Gedichte vermögen eine seltsame Anziehung auf mich auszuüben, als läge in ihnen eine Zauberkraft. Ich murmle das eine halblaut vor mich hin, das Paul an einem der ersten Abende vorgelesen hat. Amergins Lied.

Hannah lernt in der Waldorfschule viele Gedichte. Zuspruch. Weisheit. Ich finde sie stets auf meiner Schreibmaschine abgespeichert, wenn sie bei mir zu Besuch war. Ich wünsche, daß ihr gelingt, durch Spaß am Wiederholen, aus den Gedichten jene verborgene Kraft zu ziehen, die in ihnen steckt, wenn sie ihrer bedarf.

Ich liege auf meinem Bett, alle Bücher um mich verteilt. Ich kann die Muße nicht genießen. Es dringt durch die dünne Rabitzwand, es kommt von allen Seiten auf mich zugekrochen, wie Paul leidet. So stehe ich auf, klopfe an seine Zimmertür und frage: Wie ist es, wenn ich dich einlade und zur Abwechslung dir etwas vorlese. Gedichte.

Es wird kein Kunstgenuß mit dem winzigkleinen Wörterbuch.

Es wird Spaß. Pardon, Mister Heaney!

Als Paul gegen zehn Uhr mein Zimmer verläßt, herrscht kein Mißklang zwischen uns.

Die Kelten erlegten den Menschen kein göttliches Gesetz auf, schrieben ihnen keine Riten und keine Opfer vor.

Sie lehnten die Personalisierung eines Gottes ab und zweifelten nicht an der Existenz einer kosmischen Schöpferkraft.

Sie standen verwundert und lachend vor den griechischen Göttern, die nach dem Ebenbild der Menschen geschaffen waren.

Wurde je erforscht, was sich an keltischem Gedankengut in europäischer Seele und Geist unausrottbar hielt und noch immer wirkt? Wurde je untersucht, inwieweit die Römer ‚keltisiert' wurden? Wußten die Kelten um ewig menschliche Wahrheiten, und sind es nicht die gleichen Erlebnismuster, die unsere Seele heute noch berühren und nähren wie zu ihrer Zeit?

Unsere Wirtin, deren Alter ich nicht schätzen kann, die sich altjüngferlich anzieht, eine dauergewellte Standardfrisur im erblassenden Haar trägt, weigert sich strikt, uns das Frühstück zu acht Uhr zu bereiten. Sie bestimmt: Um neun!

Paul und mir graut bei der Vorstellung, solange im Bett auszuharren. Paul feilscht.

Bei fünf nach halb neun gibt sich die Frau geschlagen.

Sehr laute Schlagermusik aus der Küche tut uns am nächsten Morgen kund, daß die Frau ihr Tagwerk mit unserer Frühstücksvorbereitung begonnen hat. Da Paul von mir als seiner Freundin sprach, und die Frau an meiner rechten Hand den Ehering entdeckte, kam es zu einem gestörten Verhältnis zwischen ihr und uns. Es wird offensichtlich, daß sie uns meidet und kein persönliches Wort mit uns wechseln möchte. Um der Höflichkeit des Gastgebers gerecht zu werden, schaltet sie uns zu der Radiomusik auch noch die Werbung im Fernsehen ein. Vielleicht vermag sie in der Tatsache, daß eine verheiratete Frau mit einem Fremden auf eine vierwöchige Radreise geht, nur Verwerfliches zu entdecken. Vielleicht tue ich ihr Unrecht – und sie war einfach verklemmt oder fand Pauls Charme unwiderstehlich.

Das gerahmte Photo eines sanften jungen Mannes auf dem Vertiko weckt meine Neugier. Wider innerer Überzeugung frage ich, ob dies ihr Sohn sei. Die Frau wehrt erschrocken ab. Es sei der Neffe. Und er werde Priester. Sie sagt etwas Unverständliches von Schuld und Sühne.

Meinem offenkundigen Interesse kann die Frau dann doch nicht widerstehen. Sie dreht die Radiomusik leiser. Es sei der Sohn der jüngeren Schwester. Diese habe viel zu früh geheiratet und sei von zarter Gesundheit gewesen. Als der Junge geboren wurde, hätte der Arzt von weiteren Schwangerschaften abgeraten.

Er fürchtete um das Leben der jungen Mutter. Aber der Schwager – in den Augen der Frau verwandelt er sich in diesem Moment in ein haltloses Tier – hätte sie zum zweitenmal geschwängert. Dann wäre er verzweifelt gewesen und hatte erwogen, einen Arzt zur Unterbrechung zu suchen. Zum Glück sei die Schwester standhaft geblieben. Mutter und Kind seien bei der Geburt gestorben. Ihre Familie habe dafür gesorgt, daß der halbverwaiste Junge in einem Heim aufwüchse. Als zusätzliche Rechtfertigung erwähnt sie, das Untier lebe jetzt in wilder Ehe mit einer Frau zusammen, die ihm nur standesamtlich angetraut sei.

Ich bereue zutiefst meine Fragen.

Es friert mich.

Ich versichere dem jungen Mann auf dem Bild, daß kein Schatten von Schuld, die gesühnt werden müßte, über seinen Eltern liegen würde.

Croagh Patrick

Dem September sagt man das schönste Wetter des Jahres nach. Er überbietet sich. So erleben wir jeden Tag untypisches Irlandwetter. Nicht die kleinste Wolke sitzt auf dem Croagh Patrick.

Als wir ihn an diesem Morgen das erstemal von der Straße aus erblicken, flammt leichter Zweifel auf, ob unser Vorhaben nicht vermessen sei. Seine Höhe von 765 Meter ist keineswegs erschütternd. Doch sie beginnt bei Null, und der Berg kennt keinen Weg, keine Treppe, kein Geländer – nur Geröllsteine, und der Berg besitzt eine beeindruckende Kegelform. Alte und neue Photographien fallen mir ein, wo sich Menschen am letzten Sonntag des Juli zu Tausenden als Pilger auf den Weg machen. Einige von ihnen – barfuß.

Ich empfinde meine Sorge als lächerlich.

Als wir vor zwei Jahren im Reisebus an dem heiligen Berg vorbeifuhren, erzählte man uns, daß es hin und wieder Hochzeitspaare gäbe, die sich in der kleinen Kapelle trauen ließen.

Ich kenne Martins Vorliebe für Berggipfel, Türme, Plateaus, von denen man das Land weit überschauen kann. Ich denke nicht an die Arthrose in seinen Kniegelenken, die ihm heute solche Aufstiege verbietet, als ich fragte: Hätten wir uns ebenfalls dort oben trauen lassen?

Und er antwortete: Wenn ich dich anders nicht zur Frau bekommen hätte…

In mir ist eine seltsame Mischung von Vorfreude und Aufregung oder innerer Spannung, als wir unsere Räder auf dem Parkplatz unter den Bäumen anschließen.

Wer Gott auf dem heiligen Berg sucht, wird ihn finden, wer eine schöne Aussicht genießen will, muß auf gutes Wetter hoffen – sagt ein Spruch.

Schon Jahrtausende vor der Christianisierung war der Croagh Patrick ein heiliger Berg. Die megalithischen Vorfahren verehrten hier God Lugh. Helden, die zu Göttern wurden. Sein Name steht für den Monat August, und das Fest Lugnasad fand auf dem heiligen Berg statt, wenn in einer Nacht des Steineichenmondes der Monat August begann, der Trennpunkt von Sommer und Herbst. Das Fest der ersten Früchte und der Ernte.

Der heilige Berg, der widerstandsfähiges Quarzit ist aus der Zeit des Silur, überragte mit seiner Kuppe die Gletscher der letzten Eiszeit, so daß sie von den Seewinden zerrissen und zerfetzt wurde in ewiges Geröll.

„Der beste Platz auf Erden ist eine ferne Insel, die in den alten Büchern Scotia genannt wird. Ein Land, reich an Gold, Silber und Edelsteinen… Die herrliche Insel fließt über von Honig und Milch", schrieb Bischof Donatus von Fiesole im 9. Jahrhundert über Irland.

Nun ist das Land ausgeraubt und leergeplündert.

Nur der heilige Berg, der in seinem Innern mächtige Goldadern umschließen soll, darf seiner Heiligkeit wegen das Gold bewahren.

Zum erstenmal in meinem Leben befinde ich mich an einem Wallfahrtsort.

Ich bin hier, weil mein Weg mich an diesem Berg vorbeiführte.

Ich bin gesund und zufrieden. Doch ich kann und will mich nicht der geheimnisvollen Aura, die diesen Aufstieg umgibt, entziehen.

Ich gehe diesen Weg für meinen neunzigjährigen Vater, daß ihm der Schritt über die Schwelle leicht werde.

Ich gehe diesen Weg für meine Tochter, daß ihr aus dem tiefen Grundvertrauen immer wieder die Kraft zuwachse, die Probleme des Lebens glücklich zu meistern.

Ich gehe diesen Weg in Gedanken mit dir, Martin.

Ein Knabe wird von irischen Piraten aus Britannien geraubt. Sie nehmen ihn mit nach Irland, wo er ihre Schafe hüten muß. Er wächst heran und nimmt das Land mit seinem Himmel, seiner Weite, seinen Menschen als Heimat an. Als ihm die Flucht gelingt, weiß er nicht, daß er die Sehnsucht und die Liebe zu dieser Insel mit sich trägt. Auf dem Kontinent verliert sich seine Spur.

Er vertieft sein christliches Wissen. Im Jahr 431 wird er von Rom zum Bischof ernannt. Und eines Nachts träumt ihm von den Stimmen da im Wald von Foclut, nahe der westlichen See, die ihn riefen: „Wir bitten dich, Junge, komm und lebe wieder mit uns zusammen."

Er kehrte als Mönch auf seine grüne Insel zurück, fastete vierzig Tage und Nächte auf dem Berg, der heute seinen Namen trägt und einst heidnischen Göttern geweiht war.

Paul hat bei der abendlichen Lektüre der Märchen und Sagen von einer goldhaarigen Königin gelesen, die Oisin in ihr Reich der Anderswelt holte, wo er viele Zeit mit ihr glücklich lebte. Doch als er der irdischen Welt und seinem Vater Finn einen Besuch abstatten wollte, war Irland bereits christianisiert und Finn tot. Patrick empfängt Oisin und will seine Geschichte erfahren, und er sagt: „Erzähle, wilder Mann. Ich will dich besänftigen, ich will dich freundlich behandeln, wie ich auch Finn freundlich behandelt habe. Der Klang deiner Stimme ist mir angenehm."

Solche Worte des heiligen Patrick in den irischen Sagen und Geschichten zeugen von der Behutsamkeit, mit der die Christianisierung vorgenommen wurde. Die neue Religion wurde den keltischen Iren nicht aufgezwungen, ihre alten Götter zunächst nicht verketzert oder tabuisiert.

„Patrick und seine Missionare verstanden sich ausdrücklich als Beschützer der alten geheiligten Plätze. Die Göttinnen Irlands wurden aus dem Schlaf erweckt und mit Christus, Gottes Sohn, vermählt."

Wenn ich heute an diesen Aufstieg zurückdenke, existiert keine Erinnerung an Mühsal, Schweiß oder Verdrossenheit. Es war ein ungeheuer leichtes Gehen – wie Schweben. Dabei mußte jeder Schritt gesucht und ausbalanciert sein. Manchmal dünkte es mich, als wären die Steine in der Geröllwüste bewußt haltgebend gelegt. Man atmet und bewegt sich in der Aura des Glaubens, des Hoffens und des Erlöstwerdens, die über dem heiligen Berg liegt. Unzählig viele Menschen haben seit Jahrhunderten an dieser Aura gewebt.

Als wir den Paß erreicht haben und mit ihm die Hälfte der Steigung, wird auch der Blick frei auf die Berge von Connemara, die jenseits liegen im sonnendurchstrahlten Nebel. In den Torfstichen sammelt sich das Wasser. Es glänzt silbern.

Auf der anderen Seite die Clew Bay vor Westport. Als ich die vielen goldenen Inseln sehe, die wie Sternentaler ausgeschüttet vor dem Land liegen, begreife ich, daß es des Fadens der Ariadne bedarf, um von dem großen Wasser durch die Bucht den Zugang zum Festland zu finden.

Martin, jetzt stehst du neben mir und schaust, und deine Seele wird weit.

Auf den spärlich begrünten Berghängen, die vom Paßweg zu überschauen sind, stehen in großzügiger Schrift, die sich aus Steinen zusammenfügt, Namen. Mary, David, Hans, Claude…

Buchstaben von ein oder gar zwei Meter Größe.

Mir gefällt der Sinn, sich mit seinem eigenen Namen auf dem Pilgerweg zum heiligen Berg verankert zu haben.

Bevor die Geröllwüste des Croagh Patrick beginnt, verstecke ich Pauls Beutel mit unserem Proviant und den Trinkflaschen unter einem großen Stein. Wir brauchen für den Aufstieg freie Hände und Arme zum Ausbalancieren unserer Schritte.

Wo absolute Stille herrscht, man nur den eigenen Schritt und dann und wann einen Stein kollern hört, wo kein Halm wächst und keine Blüte duftet, keine Biene summt und kein Falter schwebt, wo die nächste menschliche Behausung nur als Tupfer in der Ferne zu erkennen ist, nimmt uns plötzlich ein Hund in Empfang. Schwarz, mittelgroß, fürsorglich. Er wartet in der unübersichtlichen wegelosen Wüste und zeigt Paul die günstigste Spur. Dann und wann schaut er sich nach Paul um, um sich zu vergewissern, daß dieser ihm folgt. Paul tut es. Dann kommt der Schwarze zu mir, geleitet mich zu Paul, läuft wieder Paul voran, um zurückzukehren und mich zu holen. Als er meint, jetzt müßten wir ohne seine Hilfe den Weg finden, läuft er den nächsten Wanderern entgegen.

Für die Pilger sind drei Stationen der Besinnung eingerichtet. Auf einem aus Steinen zusammengetragenen Hügel stehen, in eine Platte graviert, die Hinweise. Der Hügel auf dem Gipfel sei fünfzehnmal zu umwandern und eben so oft das Vaterunser zu sprechen, fünfzehnmal eine Danksagung an den Papst, fünfzehn Gebete der Heiligen Maria zur Ehre und fünfzehnmal die eigene Bitte.

Und Jesus sprach: Wer sucht, der soll nicht aufhören zu suchen, bis daß er findet. Und wenn er gefunden hat, wird er verwirrt sein. Und wenn er verwirrt ist, wird er verwundert sein und über das Universum herrschen.

Dann ist es wie immer, wenn das Ziel erreicht ist:

Der Weg war das Eigentliche.

Die Kapelle ist klein. Wohltuend schmucklos. Sie wird gerade weiß gekalkt. So ist sie nicht einladend. Sie soll es auch nicht sein. An den Wänden stehen sechs verstaubte Holzstühle mit Armlehnen und zehn Plastikstühlchen.

Heute sind mehr Touristen als Pilger auf dem Gipfel des Croagh Patrick. Kameras klicken und surren. Die innere Verbundenheit mit der Aura ist gestört. Ich suche nach einem Stein, den ich Martin vom Gipfel des heiligen Berges mitbringen will.

Eine Vielzahl von Bier- und Coladosen und Plastikflaschen liegt hier oben herum.

Einen Platz der Besinnung suchen. Eine Hülle von Ruhe und Andacht schaffen. Den Ort mit der Seele aufnehmen, das Göttliche, das uns aus Himmel und Wasser und Erde zuströmt.

Grüngolden schimmert die Bucht im Sonnenlicht. Friede geht auf mich über. Zuversicht, die sich aus der großen Harmonie des Werdens und Entstehens und Wandelns bildet.

Gott ist für mich an diesem Ort die höhere, absolut positive, liebende Macht. Sie ließ ihre Energie ausströmen und schuf so die Welt.

Und ich denke, den Menschen wurde auf diesem wunderbaren Planeten ein freier Wille mitgegeben, damit sie lernen können, mit ihren Gefühlen zu leben. Dieser freie Wille kann nur dann zum Wohl des Menschen führen, wenn er im Einklang mit den Gefühlen steht, die in der Seele wurzeln.

Kostbare Minuten.

Ich fühle mich wundersam beschenkt und gestärkt.

Ich bin das Unsagbare.

Du brauchst dir kein Gottesbild zu schaffen.

Du bist ein Teil von mir.

(So hatte Martin den Anfang der zehn Gebote umformuliert.)

Als wir uns kennenlernten, hatte ich gedacht, ob es gut gehen wird – er mit seinem christlichen Glauben und ich mit meinem atheistischen Weltbild.

Auf dem Paß holt Paul den Beutel mit unserem Proviant aus dem Versteck. Neben uns liegen Steine, die ein Mosaik aufweisen aus farblich miteinander abgestimmten Flechten. Gold-, Braun- und Rottöne. Jedes Mosaikteil – fingernagelgroß. Fünfeckig, siebeneckig und harmonisch aneinandergefügt. Nachempfunden treffen wir das Mosaik an den Giebelwänden neugebauter Häuser wieder. Natürlich möchte ich auch einen solchen Stein mitnehmen. Er ist einen halben Quadratmeter groß. Unter noch so großen Mühen gelingt es Paul nicht, mir ein Stück davon abzuschlagen.

Wir reden über das Phänomen, daß Europa von Irland aus christianisiert wurde. Vielleicht lag dem Missionsdrang des irischen Christentums die Neigung der Kelten zugrunde zu wandern, immer auf dem Weg zu sein. Sie gründeten in England, Frankreich, Italien, Süddeutschland Klöster. Iren lehrten auch am Hofe Karls des Großen. Sie verließen ihre wie eine Bienenwabe geschichteten Mönchszellen in Irland, um als Missionare in die Welt zu ziehen, wenn sie glaubten, Unrecht getan zu haben und sich eine Buße auferlegen zu müssen.

Das Bewegendste an diesem Croagh-Patrick-Tag begegnet mir, als ich zwei Drittel des Berges bereits wieder hinabgestiegen bin.

Es ist ein junger Mann, mit blassem ernsten Gesicht und dunklem Bart. Er geht barfuß. Ich kenne die Länge des Weges und den steinigen Aufstieg. Seine Füße sind noch sehr sauber und sehen ungeheuer verletzbar aus. Er geht diesen Wallfahrtweg für sich unter der Glocke seiner Andacht, seiner Einsamkeit und der inneren Verbundenheit mit seinem Gott; gewappnet gegen die Neugier und das Mitleid der Vorbeikommenden.

Erst tief in der Nacht höre ich auf, an seine blutenden Füße zu denken. In seinem beseelten dunklen Blick lag der Glaube, mit dieser Wallfahrt seinen inneren Frieden zu finden. Wieviel Pein muß in seinem Herzen gehaust haben, daß die schmerzenden Füße Erlösung verhießen.

Auf den alten Schwarz-Weiß-Photographien von den Wallfahrten, die im Pub hängen, mache ich die Beobachtung, daß die Gesichter derer, die barfuß gehen, am heitersten sind.

Als wir uns wieder auf die Räder schwingen, fliege ich über die Wege, nehme die Steigungen als künftige Herausforderungen des Lebens und spüre – ich bin ihnen gewachsen. Ich fühle mich von wunderbarer Kraft durchströmt und bedaure, daß ich sie nicht würdiger umsetzen kann.

Wir sind am Strand der Clew-Bay, zu Füßen des Croagh Patrick. Eine schmale kilometerlange Landzunge. Wie eine Perlenkette liegen die Steine, die das Meer in übermütigen, liebestollen Nächten dem Land zu Füßen legte.

Immer wieder erliege ich der Faszination ‚Stein'. Ich vergesse Zeit und Ort und Paul. Ab und zu ruft mir Paul etwas zu. Ich verstehe nur sein Mahnen und Drängen. Es paßt mir nicht. Immer wieder bücke ich mich, begutachte, verwerfe, lausche auf die Stimme der Steine. Ein handgroßer hellgrüner Quarz, fast durchscheinend. Ich bin bezaubert. Ich kann ihn nicht wieder zurückgeben. Ich presse ihn an meine Wange, lasse mich von ihm liebkosen.

Formen, Farben, Muster, makellose Glattheit, Einschlüsse.

Botschaften.

Die Frage nach dem Sinn. Der Stein als Bindeglied.

Nur dem einzelnen wird sich die Wahrheit in diesen seltenen Minuten offenbaren.

Und ich denke, der Unterschied zwischen Mensch und Mensch ist manchmal größer als der Unterschied zwischen Mensch und Stein. Ich wünsche mir einen Tag voller Muße an einem solchen Steinstrand. Die Qual der Wahl. Ich muß mit den Steinen noch drei Wochen bergauf und bergab durch Irland fahren. Paul, der sogar auf den Halteständer an seinem Rad verzichtete, um es so leicht wie möglich zu halten, wird kein Verständnis für meine Steinlasten aufbringen.

Paul steht jetzt vor mir. Personifizierter Vorwurf. Stumm weist er in den Himmel.

Über uns steht dräuend eine Gewitterwolke.

Noch ehe wir unsere Fahrräder erreicht haben, prasselt es auf uns nieder. Ein heftiger Guß bei strahlendem Sonnenschein. Sekunden. Dann ist es vorbei. Und über der Bucht der Regenbogen, der auf den Postkarten so kitschig anmutet.

Paul schenkt mir seine letzten drei Briefmarken. Er tut damit kund, daß er sein Schreibsoll an Kartengrüßen absolviert hat. Wieder lade ich ihn in mein Zimmer ein – es ist größer. Mein Bett ist breiter. Und in dieser Unterkunft gibt es nicht einen einzigen Stuhl. Paul liegt bäuchlings in Vorleseposition, ich hocke mit angezogenen Beinen am Kopfende und höre zu.

Ich betrachte Paul. Nicht jeder kann gut vorlesen. Er kann es. Außerdem liegt in seiner Stimme eine gewisse erotische Anziehung, denke ich kühn. Seine Aufmerksamkeit ist von mir abgezogen, so daß ich mich sicher fühle und Abwehr aufgebe. Ich denke – jetzt könnte ich Paul küssen. Nur so. Um ihm kundzutun, daß ich mich im Moment in seiner Gegenwart sehr wohl fühle. Ich muß diesen Gedanken ernsthaft beiseite schieben… und konzentriere mich aufs Zuhören.

Vielleicht ahnen nur die Iren, was es mit ihrer Anderswelt auf sich hat, über die sich Dichter, Märchensammler, Philosophen aus aller Welt den Kopf zerbrechen und die eigenen Ansichten und Lehren mit der Anderswelt unterlegen.

Sicher wird die Armut und der Mangel den Menschen in ihrer Sehnsucht nach einem besseren Leben fantastische Flügel verliehen haben. In der Einsamkeit der Berge, in den kargen und steinigen Weiten, den Mooren, nach den Jahren der Hungersnot, wollten sie das Land, in dem Milch und Honig floß, ganz unmittelbar vor ihrer Haustür haben.

Als Paul mein Zimmer verlassen hat, denke ich vor dem Einschlafen an den Dichter und die vielen Verse, die er mir schenkte. Er gab mir viele schöne Namen, wie sie wohl nur einem Dichterherzen einfielen. Einmal war ein magisches Wort darunter. Und ich dachte, der Panzer aus Blindheit müßte zerspringen, der mich umgab und ihn.

Es war der Zufall, der ihn das Wort finden ließ.

Auf dem Weg nach Achill-Island

Komm, flieg mit mir! Ich folge dem Ruf des Morgenwindes. Er spielt auf der Harfe unserer Räder.

Ziel ist Achill-Island. Zwischen Aufbruch und Ankunft werden 63 Kilometer liegen. Zunächst umfahren wir die Clew Bay. Hätten wir sie nicht bei Ebbe durchlaufen können?

Ich muß an den Satz denken: Landschaft trägt man mit sich. Sie taucht auf im fremden Land, wo niemand ihren Namen kennt. Chorin. Ich stehe im Hof und hänge die Wäsche auf. Die Wind schleudert beflissen die Nässe heraus. Was tropfnaß hing, flattert nach zehn Minuten bereits septemberfrisch. In

Chorin war ich dem Glück so nah und habe es nicht begriffen. Ich bin in die Welt gerannt und habe Phantomen nachgejagt.

In dem kleinen Gemüsegarten ernte ich Petersilie und Zwiebeln. Sie stehen gut und sind groß wie Boskopäpfel.

Im ersten Quartier hatte man uns darauf hingewiesen, daß die Farbe der Postämter und die der Briefkästen grün sei. Während der Radtour bedurfte es einiges Trainings, in den kleinen Gemeinden das winzige Lädchen mit der grünen Tür zu entdecken.

Der eigenartige Zauber irischer Briefkästen ist auf Postkarten festgehalten.

In einsamer Weite stehen sie an einer Wegkreuzung als einziges Zeugnis, daß hinter den Mooren, hinter den Bergen, jenseits der Weiden eine Menschenseele wohnt, die des schmalen grünen Kasten bedarf, um ein Lebenszeichen in die Welt zu senden: mich gibt es noch!

Der grüne Kasten hängt an einem schiefem wind- und wettergepeitschtem Holzpfahl, und so weit das Auge blicken kann – keine menschliche Behausung. Und wo Sand und Moor nicht ausreicht, einen Pfahl in die Erde zu schlagen, ist die grüne Briefkastentür in Felsgestein montiert, oder ein Türmchen ist gemauert, einzig für den grünen Mittler menschlicher Kommunikation. Der Einfallsreichtum ist groß. Mein Mißtrauen, den verloren wirkenden Kästen meine geschriebenen Karten anzuvertrauen – ebenfalls. Paul versichert mir, daß bisher all seine Post angekommen wäre.

Wieder stehen wir an den Brombeerhecken. Wir verlassen die Straße, turnen an dem Bachlauf entlang. Pauls zerkratzte und aufgerissene Waden zeugen von seinem Eifer und seiner Einsatzbereitschaft.

Ein einsamer Wanderer nähert sich uns. Ein alter Mann mit Wanderstock. Sein Ziel ist erkennbar. Ein Gehöft, das in der Ferne unter zwei großen Bäumen liegt. Woher kommt der Alte? Hinter der Linie von Himmel und Erde. Ich habe Ehrfurcht vor dem Weg, auf den er sich gemacht hat, um mit seinem Bruder oder Sohn ein paar Worte zu wechseln. Ein ernstes, faltiges

Gesicht, seltsam erstarrt und ausdruckslos geworden unter der Anspannung, mit seinen Kräften zu haushalten.

Ich grüße zuerst. Und der alte Mann beschenkt mich mit einem Lächeln, das wie ein Schlaglicht den Menschen in ihm zeigt und seine Lebensart erhellt. Der Mann grüßt die Frau. In seinen Augen flackert die Erinnerung an eine Zeit, wo er in den besten Mannesjahren stand und sich der Bewunderung der Frau sicher war. Jede seiner Falten spricht plötzlich von gelebtem Leben, von seinem Humor und von seiner Art, mit den Widrigkeiten fertig zu werden, von Güte und Verantwortung.

Wir durchfahren die Halbinsel Corraun. Das sind die Mühen der Ebene, wenn sich das Land kilometerweit gleichbleibt, eine sehr helle, erbarmungslose Sonne uns ständig ins Gesicht scheint, sich der Abstand zu Paul immer mehr vergrößert, und ich nichts anderes denken kann, als daß die Landschaft öde ist. Kein Haus, kein Wall, kein Schaf. Hin und wieder verschwendet sich mannshohes Fuchsiengesträuch, tiefrot-lila blühend. Beherrscht wird die Landschaft von den Lichtmasten, die sich in endlosen Ketten über die Weite ziehen und manchmal Kreuze in den Himmel setzen. Gespenstisch diese kahlen Maste, die wie Baumersatz die Landschaft prägen. Ihre Schatten bilden geometrische Winkel auf der Geraden des Asphaltbandes.

Ich schenke den Wolken und ihren dunklen Schatten, die sie über das lila-bräunliche Land werfen, meine Aufmerksamkeit. So traben denn Kamele über die trostlose Weite, erscheinen Drachenköpfe mit aufgesperrten Rachen, feixen Teufel, um sich blitzschnell in harmlose Schäfchen zu verwandeln.

Endlich nähern wir uns dem Sund, fahren über die Brücke, die die Insel mit der Halbinsel verbindet. Der häßliche Anblick bei Ebbe hebt meine Stimmung nicht. Offensichtlich habe ich einen Durchhänger. Paul, der stets meiner Befindlichkeit nachspürt, lädt mich zu einer Tasse Kaffee ein. Ich nehme dankbar an. Erst als ich im kühlen Pub sitze, merke ich, daß mir Sonne und Wind zu schaffen machten.

Abends werde ich vor dem Spiegel stehen und feststellen, daß ich mich jeden Tag mehr in eine irische Hexe verwandle.

Ungewohnte Bräune im Gesicht, die Augen so hellgrün wie die der Dohlen, das dunkle Haar immer blonder, was mir nicht steht, und immer wirrer, weil der Wind es aus allen Kämmen oder Bändern oder dem Zopf herauszerrt.

Habe ich erwähnt, daß wir bisher ausschließlich bei Gegenwind fuhren? Auf der Insel steigert er sich, wirft sich uns in aller Heftigkeit entgegen, und an freien Stellen zwingt er uns, Schrittempo zu fahren. Ich liebe Paul, wenn er mir in solchen Momenten zuruft:

Herrlich der Wind, nicht wahr? Er trifft so ungehindert auf uns! Ach, wenn es nur der Wind wäre! Es geht stetig und unaufhörlich bergan. Ich probiere alle Gänge. Bei keinem macht das Radfahren mehr Spaß. Mich überholt ein zehnjähriges Mädchen auf dem simpelsten Kinderfahrrad. Ihr Schulranzen hängt schief am Träger. Ihr Triumpf, mich überholt zu haben, ist offensichtlich und beschämt mich. Ich gebe mir Mühe, an ihrem Hinterrad zu bleiben. Als sie mir leid tut und ich denke, daß der Sieg ihr langsam schwerfällt, liegt darin die einzige Motivation, mich nicht weiter gehen zu lassen. Ich überhole sie. Unernst. Wir spielen eine Weile dieses Spiel. Ich bedaure unendlich, als sie in einen Seitenweg abbiegt.

Verlassen steht ein Häuschen. Fenster und Türen sind vernagelt. Die Bretter bereits verwittert. Der Schornstein eingesackt. Aber im Vorgarten verschwenden sich noch immer in rosa und blau zwei riesige Hortensienbüsche, als habe man vergessen, ihnen Bescheid zu geben, daß die Besitzer längst ausgewandert seien.

Wir wollen nach Dugort. Vielleicht empfängt uns heute Abend Herr Böll. Bei einer Flasche Sekt werden wir über unsere gemeinsame Liebe Irland plaudern.

Die verlassenen Häuser regen die Phantasie an. Dieses Mal ist es ein zweigeschossiges Haus. Es fügt sich nicht in die Landschaft. Umweht wird es vom Hauch einstigen Anspruchs. Seine Arroganz hat sich überlebt. Der Giebel ist rosa entblättert. Hinter dem unansehnlich gewordenen Fensterholz und den blinden Scheiben hängt tief ergraut der Store. Plötzlich begreift man – das Haus ist bewohnt. Die Dame des Hauses lugt in Erwartung der Gäste hinter dem schmutzigen Tüll hervor. Der Herr gibt sich die Ehre. Er lagert vor der verwitterten Tür. Majestätisch erhaben, von imponierender Größe. Sein schwarzes-weißes Fell verschmutzt, gezeichnet von Kämpfen. Dann entdeckt man die Gäste, die sich unter Huflattich und Rhododendron für das Dinner putzen. Katzenball ist angesagt. Heute Nacht in diesem Haus!

Dugort

Endlich der Hinweis auf die Abzweigung nach Dugort. Fort von der großen Verkehrsstraße, die sich mit Tankstellen, Lagerhallen und Gewerbeflächen besäumt hat. Noch einmal die Quälerei einen Paß hinauf. Dann endlich wieder Landschaft, bei deren Anblick sich meine Seele auffaltet. Und die lang erhoffte Abfahrt. In der Ferne rechterhand der Ozean. Links die hohen Berge. Vereinzelt auf ihnen weiße Haustupfer, die auf einem besonders grünem Teppich liegen – beschwerlich herangeschaffte Humuserde, die auf dem steinigen Untergrund verteilt wurde.

Es ist Verzauberung, wenn ein Sonnenstrahl durch ein Wolkenloch auf ein weißes Cottage fällt, und es aufleuchtet und lebt und auserwählt dünkt in der großen grauen Fläche von Alltag und Gewohnheit… Und man sich sehnsüchtig an diesen Ort wünscht, über dem sichtbar die Gunst des Himmels liegt. Mit der nächsten Wolke stopft der Wind das Loch zu, und der Zauber erlischt, und alles ist wie sonst. Ist so nicht das Glück – an der Nahtstelle zweier Augenblicke?

Dugort ist ein armes Dorf. Für den Tourismus scheint es unattraktiv. Es gibt ein einziges Standard-B&B in einem Restaurant an der einzigen Wegkreuzung. Als Notlösung wird es für uns in Frage kommen.

Der Hinweis auf ein Hostel! Angebracht an einem beeindruckenden Tor. Ihm schließt sich eine ebenso beeindruckend lange Mauer an, wie sie nur einem Schloß zusteht. Die Mauer zeigt sich im frisch geweißten Kalkputz. (Trügerische Verheißung!) Dahinter liegt ein üppiger Rhododendronwald, der nichts von dem Hostel preisgibt.

Paul ist skeptisch. Er hat keine guten Erfahrungen mit Herbergen. Meine Neugier ist unbezähmbar. Am letzten Haus holen wir die Auskunft ein, es gibt kein weiteres B&B in Dugort. Also das Hostel!

Mit jeder Radumdrehung steigt die Spannung. Der Weg durch das Privatgelände ist weit, verschlungen und unübersichtlich. Endlich machen wir eine sehr hohe, dunkle Baumgruppe aus. Das Anwesen bleibt bis zum letzten Moment verborgen. Hier ist die Zeit stehen geblieben. Das ist der erste Eindruck. Ein Schloß? Eine heruntergekommene weiße Fassade. Streng, abweisend. Mit hohen Fenstern. Verwahrlost.

Noch bin ich entschlossen, hier zu übernachten. Ich will die Illusion auskosten, Herrin des Hauses zu sein, hier gelebt zu haben. Der Hof mit den Stallungen ist verwinkelt und unübersichtlich angelegt. Durchblicke sind von Bögen und Mauern verwehrt. Gerümpel der Jahrhunderte liegt rostend, verwitternd, zerfallend – überall.

Paul geht rufend durch das offene Portal. Ich folge ihm auf dem Fuß. Alte Pracht unter dem Staub des Jahrhunderts. Die Motive der Bilder, die an den Wänden hängen, sind nicht mehr zu erkennen, die einstigen Goldrahmen von der schmierigen Patina des Wrasens überzogen. Aus der herrschaftlichen Küche kommt ein Mann. Er mag Anfang sechzig sein, vielleicht jünger, vielleicht älter. Volles graues Haar, strähnig. Er ist unrasiert, und die Sachen, die er auf dem Leibe trägt, sind alt und schmutzig. Der Mann ist unwirsch und nicht auf Konversation eingestellt. Er mag sich wie ein in seiner Höhle aufgestöberter Wolf fühlen. Unserer Frage nach der Unterkunft setzt er Abwehr und Skepsis entgegen, die Paul sofort übernimmt. Der Preis beträgt fünf Pfund.

Der Mann weist nach oben. Ich tue kund, daß ich entschlossen bin, seiner Unfreundlichkeit zu trotzen. Ich stehe auf der zweiten oder dritten Stufe der geschwungenen Treppe, die ein kunstvolles Geländer besitzt. Ich stehe auf dem ausgelegten Teppich, dessen Farben und Muster verdreckt und abgewetzt sind. Ich blicke auf den Mann, ob ich seine Aufforderung, nach oben zu gehen, richtig verstanden habe. Der steht noch immer in der Tür zur Küche, die sich in einer heillosen Unordnung befindet. Er fixiert mich – wortlos lange. Eine seltsame Zeit. Erst bin ich verunsichert. Wen sieht er in mir? Seine Frau, die längst gestorben ist? Tauchte die Erinnerung an eine ferne Liebe auf, mit der er dieses Haus bewohnen wollte, und sie war einem anderen angetraut? Bin ich eine verwischte Erinnerung an irgend jemand?

Auf mich springt plötzlich über, was der Mann denkt. Er zwingt mich in dieses Haus. Paul existiert nicht. Für ihn wird sich eine Falltür finden. Ich stehe im Licht, das die Abendsonne durch das hohe Fenster auf die Treppe wirft. Der Mann zwingt mich, in diesem Haus zu leben. Mit ihm. In unsäglicher Einsamkeit und Abgeschiedenheit. Er gibt mich nicht frei. Er hofft, eines Tages Ordnung und Sauberkeit und Lachen oder ein Lied in dieses alte Gemäuer zu holen und seine Murrigkeit aufgeben zu können, wenn seine Sehnsucht nach freundlichem Umgang gestillt ist.

Der Mann lebt dieses Leben in diesen Sekunden. Er lähmt mich mit der Suggestivkraft seiner Gedanken. Eine unheimliche Dimension liegt in seinem unverwandten Blick. Sein Selbst liegt hinter einer dicken Kruste von Einsamkeit, Bitternis und Schroffheit.

Ich fliehe die Treppe hinauf. Eine halboffene Flügeltür. Sie ist nicht verschließbar. Dahinter liegt ein großer Saal mit sechs oder acht Doppelstockbetten. Die Decken darauf sehen zerwühlt und schmuddlig aus. Es sind nicht die Decken, nicht der tropfende Wasserhahn an einem uraltem Leitungsbecken aus angeschlagener Emaille, nicht das fehlende WC mit Dusche, es ist auch nicht die Aussicht, möglicherweise den Raum nächtens mit anderen Logiergästen zu teilen... In dem Blick des Mannes liegt noch immer das Gedankenspiel, mich in dieses Haus zu sperren, hier mit mir zu leben. Es gewaltsam zu tun und mir nicht zur Freude.

Ich schüttle heftig den Kopf, trete die Flucht nach unten an, stolpere die Stufen hinunter, fege durch das Vestibül. Mein Rad – die Rettung. Auf und davon. Ich werde heute Nacht im Dünengras schlafen.

Dugort besitzt einen Campingplatz, auf dem man sich einen Karawan mieten kann. Paul und ich, wir schauen uns an – zwei Seelen ein Gedanke – wir mieten einen Karawan!

Der Karawan kostet pro Nacht 18 Pfund. Das ist die billigste Unterkunft, die wir je hatten. Dafür besitzt er statt des einen prunkvoll-geizigen Zimmers mit dem üblichen einen Stuhl und dem einen Nachttisch zwei getrennte Schlafräume, eine Art Wohnküche mit richtigem Tisch und zwei Sitzbänken und einem Kühlschrank und einem Kochherd, dazu einen weiteren Raum, der wie ein Tanzsaal anmutet mit einer Rundumsitzbank. Diese können wir je nach der Wolkendramatik, die der Himmel uns anzeigt, nach allen Richtungen absitzen. In diesem Raumteil gibt es einen zweiten Tisch und eine Gas-Heizung. In ihr verbrennt das Gas in der Illusion eines flackernden Feuers. Zudem verfügt der Karawan über eine Toilette und eine Dusche, auch wenn nur lauwarmes Wasser aus dem Boiler kommt.

Paul und ich fühlen uns wie die Könige, was den Zeltwart rühren mag. Daß wir zwei Nächte bleiben wollen, nimmt er höchst persönlich. Er schleppt bei hereinbrechender Nacht noch eine neue Gasflasche heran, damit es uns an nichts ermangelt.

Die Strapazen der Tour sind vergessen. Die Aussicht auf einen freien Tag ist verlockend schön. In meiner Vorstellung verlängert er sich um das doppelte und dreifache. Ich habe meinen Aquarellblock und die Farben vielleicht doch nicht umsonst mitgenommen. Es ist der Wunsch der Dilettantin in mir, malen zu müssen, wenn ich mich im Urlaub wohlfühle. Malen setzt Muße voraus. Paul hielt sich nicht für kompetent, mir Unterricht im Malen zu geben, dennoch hatte er in Berlin entgegen meinen Zweifeln darauf gedrängt, daß ich die Malsachen einstecke. Morgen also werde ich malen. Außerdem werde ich

Martin statt der ständigen Kartengrüße wieder einen Brief schreiben, und ich werde am Strand sitzen und mit der ersten Seite meines neuen Buches beginnen.

Erst einmal stehe ich am Herd und koche. Paul und ich finden uns plötzlich in ungewohnter Häuslichkeit wieder. Der Zeltwart verfügte über ein spärliches Angebot von Suppen und Konserven und Kuchen. Ein gekaufter Pudding erweist sich als Blutwurst. Ich stehe mit einiger Verwunderung vor dem Topf und decke mit gleichgroßer Verwunderung den Tisch. Paul schaut zu. Er drängte mich mit der Selbstverständlichkeit des Mannes in das Rollenklischee, aus dem mich Martin befreit hat. Tief in meinem Innern grollt etwas, als ich nach dem Essen abwasche. In mir ist zuviel Freude und Vorfreude und Dankbarkeit, überhaupt hier zu sein, daß ich mich stillschweigend der Pflichten entledige und Martin eine meiner Liebeserklärungen sehnsuchtsvoll auf die nächste Karte kritzle.

Ich habe es immer zu schätzen gewußt und als persönliche Belohnung des Himmels empfunden, einen Ehemann zu haben, der leidenschaftlich gerne kocht. Zudem herrscht eine selbstverständliche, unausgesprochene Übereinkunft bei der Teilung von Alltagspflichten zwischen uns, fernab vom gängigen Rollenverständnis.

Paul und ich machen uns dann den Spaß und setzen uns auf alle Plätze, die uns zur Verfügung stehen. Wir sitzen uns gegenüber im nahen vis-à-vis. Oder auf Distanz. Mal auf der rechten Bank, mal auf der linken. Oder wir knien vor dem Fenster und betrachten das gewaltige Schauspiel, mit dem sich die Sonne an diesem Abend verabschiedet.

Als wir Licht anschalten müssen, sitzt Paul mir wieder gegenüber, so nah, daß ich das intensive Blau seiner Augen wahrnehme, und mir die Eigenwilligkeit seiner gebogenen Nase ins Bewußtsein rückt, und ich beschließe:

Ich werde dich jetzt malen!

Hinter seinen beiden Worten: Wozu denn? – steht die auch für mich schmerzhafte Weite von Resignation.

Er weicht meinem Blick aus.

Ich sage beschwörend: Paul!

Da steht er auf und geht hinaus.

Ich weiß nicht, ob ich ihm nachgehen, ihn suchen soll, zurückholen.

Als er nach zwanzig Minuten wiederkommt, sagt er: Die Toiletten in den Waschräumen sind in einwandfreiem Zustand.

Ich habe die 42. Auflage des „Irischen Tagebuchs" von Heinrich Böll gelesen (Paperback), das er vor vierzig Jahren zu Papier brachte.

„Es gibt dieses Irland:
wer aber hinfährt und es nicht findet,
hat keine Ersatzansprüche
an den Autor."

Ich hatte das Buch auf meiner Busreise gelesen, mit Wehmut und mit Hingabe.

Jetzt auf der Radtour streift mich dann und wann ein Hauch – es gibt es noch, das Irland von Heinrich Böll, das nicht allen Realitäten gerecht wurde, das aber unsere Sehnsucht verkörpert nach Andersleben.

Das möchte ich ihm sagen.

Dazu müssen wir erst einmal sein Haus finden.

Nach mehrmaligem Fragen entdecken wir schließlich die kleine Hinweistafel an der Pforte.

Die beiden Cottages, so sehr am Rande von Dugort, in so unauffällig anspruchsloser Lage, so weit ab vom Meer, im Schatten des großen Berges – sie versinken hinter gewaltigen Fuchsienhecken, machen sich so unsichtbar, daß ich dem Dichter meine Versicherung nur über die lilarote Pracht hinübersenden kann.

Obwohl der Kaffee, den wir in der Regel zum Frühstück bestellten, nur den Namen mit unserem gemein hat, fehlt er mir heute. Bei unserem Karawanfrühstück schlürften wir genußvoll heiße Milch mit Honig, aber nach einer Stunde auf dem Rad begannen mir die Augen zu tränen – die typische Entzugserscheinung, wenn ich auf die morgendliche Tasse Kaffee verzichte. Ich beginne also wieder mein hypnotisches Spiel und sende Paul meinen sehnlichen Wunsch nach. Mit Erfolg.

Weit hinter Dugort, auf dem Weg nach Keel, liegt ein B&B mit Sicht auf die sonnenüberstrahlten Klippen und den Atlantik. Es hat eine öffentliche Kaffeestube, und Pauls Rad lehnt wartend davor!

Nach der Kaffeepause umfahren wir den Slievemoore in weitem Bogen. Wir versichern uns gegenseitig, daß wir nicht auf den Sechshundertfünfziger steigen müssen. Irgendwo auf ihm soll ein Megalith Tombe liegen. Paul kennt meine Vorliebe für keltische Kultplätze. Wir stellen unsere Räder in eine Brombeerhecke und beginnen die Suche. Am zweiten Wall gibt Paul auf und läßt mich allein kraxeln. Er gibt sich der Sonne hin.

Fast bin ich versucht, mich für das untypische Irlandwetter zu entschuldigen. Die Sonne verschwendet sich wieder einmal an einem sehr blauen, sehr windigen, von weißen Wolkenschiffen durchzogenen Himmel.

Nach einem Drittel des Aufstiegs entdecke ich das Grab.

Auf senkrecht stehenden Steinen liegt ein Deckstein, der einige Tonnen wiegen mag. Nicht hier, in Newgrange, wirft die Sonne am 21. Dezember, wenn sie aufgeht, ihre Strahlen genau in die Mitte des Grabes. Diesem Tag folgt die Sonnwendnacht. Verheißung soll sie den Gestorbenen bedeuten und Gleichnis sein, daß allem Vergehen wieder ein Entstehen folgt.

Ich sitze auf einem Stein dieses etwas eingesunkenen Grabes, die Arme um meine Knie geschlungen, und empfinde den Ort. Die Stille, die Weite, die Wärme der Sonne, und ich gehe Jahrtausende zurück, als die Steine zusammengetragen wurden… Ich bin ganz offen und lasse mich durchströmen.

So haben wohl auch die Kelten gefühlt, daß die Essenz des Lebens und des Göttlichen über die Seele zu ihnen spricht.

Das Sagengut der Inselkelten wurde von Mönchen aufgeschrieben, als sie noch von Ehrfurcht erfüllt waren von dem großen Wissen und erfüllt von Liebe zu einer großen Vergangenheit.

Ich möchte gern mit Paul meine Empfindung teilen. Sie wühlt mich auf und verlangt nach Worten. Ich fühle etwas, das stark und gut ist. Ich fühle mich wohl wie seit langem nicht auf unserer Welt, wo die Jagd nach dem Geld bestimmend und bedrohend wird.

Vielleicht brauchen wir Gott mehr als den Wohlstand.

Ich winke Paul. Ich möchte ihm das Großsteingrab zeigen. Er folgt widerwillig meinem Ruf. Das Grab dünkt ihn nicht photogen.

Seine Augen sind ein blinder Spiegel, in dem ich mich nicht erkenne. Es ist seltsam, immer beginne ich zu stottern, wenn ich nicht die Bereitschaft des anderen spüre, mir zuzuhören und mich verstehen zu wollen.

Paul sagt, der Wohlstand werde sich immer höher schrauben, da sich nach dem gesellschaftlichen Gesetz die Produktivkräfte unablässig weiterentwickeln müssen.

Eng ist es, wenn Menschen glauben, bereits alles zu wissen und keine Fragen offen bleiben, und die Wahrheit vielleicht ganz wo anders liegt.

Mit Paul ist der Zauber des Ortes verflogen.

Wir gehen zu den Rädern zurück.

Es muß das gleiche ‚desert village' sein, das Böll in seinem Tagebuch beschreibt. Ich teile seine Betroffenheit. Das Skelett des verlassenen Dorfes am Hang vom Slievemoor.

„Alles, was nicht Stein war, weggenagt von Sonne, Regen und Wind... und der Zeit,... Säure, die so unmerklich alles zerfrißt wie Resignation."

Die große Hungersnot 1845/46, als die Kartoffeln unter der Erde verfaulten, von einer Pilzkrankheit befallen. Und die Menschen verhungerten, und das Vieh starb, und Krankheiten grassierten – da verließen die Iren ihr Land. Und sie wanderten stetig aus und wandern noch heute aus. Die Bevölkerungszahl halbierte sich.

Und mein Land wollte niemand auswandern lassen und zog eine Mauer um sich und schoß auf die, die es in die Ferne zog, anstatt warten zu können, bis ihre Kinder und Kindeskinder zurückkehrten, weil man immer einen Traum in der Heimat läßt, den man nirgendwoanders wiederfindet.

Und wir hatten einen Traum.

Ich muß noch die Schafe an der Friedhofsmauer photographieren, die schattensuchend in malerischer Anordnung wiederkäuen. Wieder und wieder ruht mein Blick auf dem einen Haus des verlassenen Dorfes. Ich stelle mir vor, daß ich als letzte und einzige dort wohne, weil ich mich weigerte, mit auf die große Reise zu gehen. Nun taumle ich zwischen Reue und Standhaftbleiben und leide an dem Widerspruch von Verwurzelt- und Entwurzeltsein. Die Kinder und Kindeskinder sind fort... und ich lebe mit ein paar Hühnern... oder ist das letzte Huhn geschlachtet worden, damit das spindeldürre Körperchen des jüngsten Enkels die weite Fahrt überstehe...

Paul hat sich wieder einmal mit seinem olivfarbenen Seidenhemd in den goldenen Punkt auf der Landstraße verwandelt. Nach soviel gedachtem Hunger gebe ich ihm also, ermutigt durch meine Erfolge, telepathisch meinen dringlichen Wunsch durch – heute wieder einmal vernünftig zu Mittag zu speisen.

Da Paul nach angemessener Kilometerzahl getreulich auf mich wartet, empfängt er mich jetzt mit den Worten: Hast du auch das untrügliche Gefühl, daß im nächsten Restaurant ein Tisch für uns gedeckt ist?

In solchen Momenten innerlicher Übereinstimmung liebe ich ihn!

Die weiße Silhouette der Ortschaft, die aus der Ferne so eigenartig anmutet, die schon von Megalith Tombe zu sehen war und von der Kirche des verlassenen Dorfes... sie kommt mir bekannt vor, fast vertraut, als hätt ich mich schon einmal in einer so weißen Stadt aufgehalten. Jedes Haus ist weiß gekalkt. Jedes ähnelt dem anderen. Gemeinsam ist allen, daß sie zwei sehr hohe Schornsteine an den beiden Giebelwänden besitzen. So erhält der Ort ein sehr geometrisches Aussehen. Und kein Baum durchbricht mit seinem Grün oder der Rundheit seiner Krone die weiße Rechteckigkeit von Keel.

Ich will mich nicht wiederholen. Das Mittagessen war ein Fest. Und ich denke, welchen Verlust bedeutet es, wenn ich mir alles, überall und zu jeder Zeit leisten kann,... und so – jedes seinen Wert verliert. Gehört das Wissen um das rechte Maß nicht zu den Weisheiten des Lebens?

Neben unserem Tisch steht ein großes Aquarium. In ihm leben einige Dutzend Austern und ein Hummer, darauf wartend, daß ein Gast nach ihnen verlange. Der Hummer, der auf ebenem Grund zu liegen wünscht, schafft unermüdlich die immer wieder herunterrutschenden Austern auf den von ihm angelegten Berg. Er nimmt sie zwischen seine Zangen und trägt sie hinauf. Als er endlich seinen Liegeplatz geschaffen glaubt und sich genußvoll räkelt, zerstört eine menschliche Hand wieder seine Ordnung, klaubt einige Austern heraus, der Hummer kommt wieder auf den Muscheln zu liegen, und seine Arbeit beginnt von neuem.

Aufgefallen war mir längst, daß uns auf der Einsamkeit der Straßen, die sich zu schmalen Asphaltbändern ausdünnen und die vereinzelt liegenden Häuser und Gehöfte miteinander verbinden – immer nur Männer begegnen. Zu Fuß. Mehr ältere als jüngere. Aber nie treffen wir eine Frau auf der Straße, im Auto ausgenommen. Frauen sehen wir nur in Hausnähe. Und ältere Frauen sitzen hinter Fensterscheiben mit blassem, kranken Gesicht.

Wir fahren an einem Schild vorüber – Art oceanic. Es lehnt mit großen ungelenken Buchstaben vor einer Haustür. Da treffe ich unerwartet auf den ausgedachten Helden meines letzten Buches, der ausgewandert war aus seinem Land, weil seine Träume verraten wurden, von denen, die die Macht gehabt hatten und vorgaben, den Menschheitstraum zu verwirklichen: Brot und Arbeit und ein Dach über dem Kopf für jeden, die aber, aus Angst um ihre Machtposition, die höchste der Forderungen: Freiheit für alle! nicht erfüllen wollten und bankrott gingen. Die neue Zeit brachte meinem Helden die Möglichkeit, den freien Willen zu benutzen und zu gehen. Und er wanderte aus. Er wanderte aus nach Irland und kaufte ein winziges Cottage an den Klippen und malte.

Ich stehe jetzt in dem als Ausstellung genutzten Raum, der größte, den das Häuschen besitzt. In der Art, seine Ölfarben aufzutragen, ist er mit Sicherheit nicht Meister, denn er war gelernter Schreiner und Bürgermeister eines Dorfes. Demütig geworden rückt er nun die vergessenen Dinge ins Bewußtsein, die nicht für Geld zu kaufen sind und nicht auf Fahnen geschrieben werden. Mondnacht auf den Klippen – und ich höre seinen Schrei – was ist geblieben von meinem Tun und Wollen – Glück für alle?!

Es wird nichts mit den Mußestunden am Nachmittag. Paul kann und will sich nicht mehr an die schönen Versprechen vor Antritt der Reise erinnern. Auch die großartige Aussicht, sein Skizzenbuch mitzunehmen, um Orte festzuhalten, die ihn besonders reizvoll dünken – erschöpft sich nun in der Absicht, es sich vorgenommen zu haben. Ein geschossenes Photo tut es auch.

Das Gefühl innerer Verbundenheit hat sich nicht eingestellt. Seine Enttäuschung kleidet Paul jetzt in den Vorwurf, daß ich keinen Sinn für Gemeinsamkeit besitze. Das kenne ich aus erster Ehe und bin nur im Wissen um die begrenzte Zeit der Radreise bereit, äußerlich zu demonstrieren, was innerlich fehlt. Aber es jault in meinem Innern. Zu sehr hatte ich mich verkrümmt und verbogen und mich verleugnet um des lieben Friedens willen zu zweit – bis es nicht mehr ging. Ich glaubte, nur noch der Schattenriß meiner selbst zu sein.

Ich male also nicht, ich denke auch nicht über die Konzeption meines neuen Buches nach, ich schreibe auch Martin keinen Brief. Aber ich kaufe mir eine Telephoncard, um ihn morgen anzurufen! … und widme mich Paul.

Wir sind in Irland außerhalb der Zeit. Wir hören keine Nachrichten, wir sehen keine Tagesschau, wir finden und suchen nie die Gelegenheit, eine Zeitung zu kaufen. Eigentlich wissen wir nicht, was in der Welt passiert. So wissen wir auch nie das Datum des Tages. Doch ich kritzle jeden Abend eine winzig kleine Zahl in mein Notizbuch. Sie gleicht Robinsons Strichen an der Wand. So wunderbar unsere Reise ist – ich will auf keinen Fall den Abflug unserer Chartermaschine verpassen.

Paul besitzt einen kleinen Computer am Rad, der die Kilometer zählt. Durch häufiges Anfragen während der Tour habe ich meine Fähigkeit trainiert, das gefahrene Quantum selbst zu schätzen… und ich ahne nicht, daß meine Fragerei eines Tages als bitterer Vorwurf auf mich zurückkommen wird.

Jeden Abend schreibe ich auch die gefahrene Kilometerzahl in einer immer länger werdenden Spalte untereinander.

Eine Karte schreibe ich an diesem Abend – an den Dichter und seine Frau. Sehr konventionell. Schreibe, daß Irland jeden Tag ein herrliches Fest sei und daß ich in manchen Augenblicken wie berauscht bin. Und was der Dichter hinter diesen Worten lesen kann, wird ihn traurig machen.

Vereinbart hatte ich mit Martin, daß ich mich nur bei einer „Katastrophe" telephonisch melde. Ich male mir auf dem Rad aus, wie er allein am Frühstückstisch sitzt, und das Telefon läutet. Erst einmal habe ich Mühe, mit dem irischen Kartentelefon klarzukommen. Auch Paul weiß mir nicht zu helfen. Weit und breit findet sich keine Menschenseele, die man fragen könnte. Endlich habe ich den entscheidenden Knopf gedrückt. Ich höre Martins vertraute Stimme. Vielleicht ist die meine vor Aufregung oder Rührung verzerrt, als ich hastig die Versicherung abgebe, daß nichts Schlimmes passiert sei. Es kommt die ernüchternde Frage durch den Draht – Wer spricht denn da?

Dann seine Überraschung. Dann seine Freude. Dann sein letzter Satz: Ich liebe dich.

Zeit meines Lebens wollte ich nie den gleichen Weg, den ich gekommen bin, wieder als Rückweg zu nehmen. Auf Achill-Island läßt es sich nicht vermeiden. Der einzige Trost – manchmal ist die Strecke abschüssig, und wir haben einen kleinen, faulen Rückenwind. Der Himmel ist grau und eintönig. Die Schafe blöken jämmerlich.

Meine Begeisterung hat sich auf der Hinfahrt aufgebraucht. Um meine Stimmungsabhängigkeit vom Wetter aufzuheben, mache ich mir bewußt – ich bin in Irland! Ich bin frei! Es gibt keine Verpflichtungen, keine Sorgen. Ich habe Ferien vom Alltag! Und ich spüre, sie ist doch wieder da, die Sehnsucht nach den Engelmädchen. Und ich öffne zum erstenmal die Schatztruhe der Erinnerungen, und es fällt Rahels Satz heraus ‚Wenn ich noch einmal geboren werde, suche ich mir deinen Bauch aus!'

Einen Tag vor meiner Abreise feierten wir ihren fünften Geburtstag. Ihr Kummer war groß, daß wir uns vier Wochen nicht sehen sollten. Ich konnte ihn nur mit dem Versprechen lindern, daß ich eines Tages mit ihr eine ähnliche Reise machen werde. So lasse ich sie jetzt in Gedanken vor mir herfahren, und der Vormittag hat Glitzerpunkte. Als wir nach 25 Kilometern Mulrany erreicht haben, beginnt wieder Neuland!

Auf dem Weg nach Belmullet

Wir befinden uns noch immer in der Grafschaft Mayo – God help us. Die Worte der schönen Irin auf den Klippen fallen mir ein: In Mayo hatten die Menschen ihren Lebensanspruch auf Kartoffeln und Torf reduziert. Sie hatten etwas zu essen, und sie hatten es warm. Niemand, der in einer gefälligeren Gegend Irlands wohnt, würde freiwillig nach Mayo ziehen.

Die hier leben, haben sich eingerichtet oder sind geflohen. Die Reusen, die Fischerboote, die im Nebel auf dem Wasser schaukeln, sind Zeichen des Überlebenskampfes. Das Gehöft am Weiher, unter verkrumpelten, bemoosten Baumriesen, liegt verlassen, das Geheimnis seiner Vergangenheit hütend. Und irgendwo in der Welt, in Australien oder Amerika, wird es vielleicht schon in überlieferter Erinnerung als Sehnsuchtsort brennen.

Paul spricht häufig von dem Städtchen Belmullet. Er war schon einmal dort. Er nennt es arm und reizvoll – einen Fischerort. Wenn wir es heute noch erreichen wollen, müßten wir bei Ebbe über die Tullaghan Bucht fahren. Paul hat von solch einer Möglichkeit gehört. Mir graust bei dieser Vorstellung. Meine Fantasie überschlägt sich. Ich sehe uns, die Räder über den Schlick schiebend oder den geheimen Pfad benutzend, der seit ferner Urzeit existiert, und ich höre, wie die Flut näherkommt, und das Land immer noch als dunkler Strich am Horizont erscheint. Erst umspielt das Wasser glucksend unsere Speichen, dann schlagen die Wogen über uns zusammen.

Oder einen Umweg von vielen, vielen Kilometern!

Ich hoffe, daß Paul mich nicht wieder nach meiner Risikobereitschaft fragt.

Bei uns nennt man es einen Tante-Emma-Laden. Er liegt in der Moorlandschaft. Die Berge stehen schwarz und abweisend am Horizont. Man sieht da und dort ein Haus. Aber höchstens fünf. Für unser mittägliches Picknick in der Verlassenheit der Nephin Beg Range müssen wir uns mit Proviant versorgen. Niemand ist im Laden. Wir nehmen uns ein Körbchen und steigen in dem Halbdunkel suchend und wägend über Kisten und Pappkartons. Wir reden laut, damit uns jemand hört. Ungehindert könnten wir den Laden ausplündern und uns aus dem Staub machen. Wir dringen bis in das kleine Kabuff vor, das für Obst und Gemüse vorgesehen ist und versorgen uns mit Äpfeln. Wir rufen. Niemand zeigt sich. Eigentlich haben wir Zeit, warten zu können,... wenn wir den Weg über die Bucht nehmen. Vor der Kasse setzen wir uns auf eine Kiste und beginnen, Äpfel zu essen, die wir noch nicht bezahlt haben. Endlich erscheint die Besitzerin. Kunden wie wir sind etwas höchst Seltenes. Sie lacht. Paul fragt nach dem Weg über die Bucht bei Ebbe. Hinter Pauls Rücken schüttle ich verneinend den Kopf.

Die Frau rät uns ab. Belmullet werden wir also heute nicht erreichen. Unser Ziel wird Bangor sein.

Was wir auf Achill-Island als übellaunigen Rückenwind empfanden, zeigt sich nun wieder als ein recht kräftiger und eifriger Gegenwind. Neben uns breiten sich Rhododendronwälder aus, die wahre Höhlen bilden, verzweigte weitläufige, unterirdische Gänge. Sie bieten sich uns als Windschutz an.

Als Paul hinter einer Kurve verschwindet, muß ich in das Labyrinth hinuntersteigen. Wer hat diese Gänge geschaffen? Wer hält sich hier auf? Ich habe von den Heckenschulen der Kelten gelesen, in denen die Druiden ihr Wissen weitergaben, als sie dann doch von der katholischen Kirche verfolgt wurden.

Denn eines Tages fürchtete die katholische Kirche um ihre

festgefügte Macht und sah eine Gefahr in dem Wissen der Kelten. So wurden ihre geistigen Führer verketzert und verfolgt. In allen Kapiteln der Menschheitsgeschichte wiederholt sich dieses Muster. Bis hinein in die Gegenwart.

Ich suche in dem Labyrinth nach Schafsmist oder Losung.

In den Heckenschulen also lehrten Druiden und Barden. Die Kelten glaubten, daß das Aufschreiben dem Sinn der Worte die Kraft entzöge. Alles Wissen wurde mündlich überliefert, wiederholt in verschiedenen Varianten, um es im Gedächtnis zu verankern, in Bildern und Symbolen. Dazu bedurfte es der Barden, die die Rezitationskunst beherrschten. Was sie vortrugen, war sprachgewaltig und suggestiv. Vielleicht lag in der unmittelbaren Wahrnehmung, die über alle Sinne erfolgte, der Grund für das tiefere Verstehen? Die modernen audiovisuellen Methoden sind nur eine verblassende Variante davon.

Die labyrinthischen Gänge führen gefällig um die großen Steine herum. Das Dunkel schmiegt sich um Wurzel und Fels. Grüne Stille. Ich kann sie nicht länger aushalten und finde, ich sollte Paul nicht beunruhigen und mich wieder auf der Landstraße zeigen.

Es ist eine Torf- und Moorlandschaft, die sich bis an den Horizont ausweitet, von Nebelschleiern durchzogen. Kleine Seen. Braunes Riedgras. Dräuender Himmel. In der Ferne die schwarzen Berge. Keine Schafskoppel, keine Kuh. Kein Haus. Kein Auto. Melancholie.

Ich muß an Moorleichen denken.

Ein Gedicht von Heaney fällt mir ein:

Bestrafung:
Ich kann den Ruck des Stricks an ihrem Nacken
spüren, den Wind auf ihrer bloßen Stirn.
Er bläst ihre Brustwarzen zu Bernsteinperlen,
schüttelt das zerbrechliche Gerüst ihrer Rippen.
Ich sehe ihren ertrunkenen Körper im Moor,
den beschwerenden Stein, das treibende Geäst,
darunter sie zunächst ein geschälter Schoß war,
nun ausgegraben: Eichenbein, Hirnfäßchen.

Ihr rasierter Schädel ein schwarzes Stoppelfeld,
ihre Augenbinde ein Schmutzverband, die Schlinge ein Ring,
zu fassen die Erinnerungen der Liebe.
Kleine Ehebrecherin, bevor sie dich bestraften,
warst du flachshaarig, unterernährt, und dein
Teergesicht war schön. Meine arme Sünderin,
fast liebe ich dich, hätte aber doch, das weiß ich,
die Steine des Schweigens geworfen. Ich bin der lüsterne Zeuge
der entblößten, gedunkelten Waben deines Hirns,
des Geflechts deiner Muskeln und deiner numerierten Knochen:
ich, der stumm dabeistand, als deine Schwestern,
teerbenetzt am Gatter weinten,
der ich stillschweigend duldete in zivilisiertem Zorn
und sie dennoch verstand: die strenge intime Rache des Stamms.

Da ist es das Irland, das ich nicht aufnehmen kann in mein Herz, das mir Angst macht, das ich nicht gesucht habe.

Es ist vierzehn Uhr. Wir haben noch keine Mittagsrast gemacht. Wo uns verstecken in dieser Öde vor dem Toben des Windes? Wir entdecken ein Hügelchen, bewachsen mit Stechginster und Brombeerhecken. Das soll uns Schutz gewähren. Dieses Mal verzichte ich auf Aussicht.

Ein feierlicher Moment, wenn ich unsere Schätze vor uns ausbreite. Knäckebrot und die gesalzene irische Butter und der Käse, der sich jeden Tag gleichbleibt. Und unser Wasser mit der Vitamin-Magnesiumtablette. Und Äpfel und Rosinen, die wir uns in Pfundpackungen kaufen. Wenn Paul zum siebzehntenmal in die Rosinentüte greift, muß ich mahnend die Hand darauflegen, und er lacht einsichtig. Jeder schenkt dem anderen dann und wann seine Lieblingsschokolade. In der kleinsten Ausführung. Nicht aus Geiz, sondern im Wissen um unsere lasterhafte Naschsucht und in Angst vor Verstopfung.

Paul weiß nicht, ob wir die richtige Abzweigung genommen haben. Finde in dieser Einsamkeit einen Menschen, der dir Auskunft gibt! Es naht ein dunkler Punkt. Ein Alter auf dem Rad. Das Rad ist älter als er selbst. Paul fragt.

Und der Alte beginnt zu reden. Wir verstehen kein Wort. Wir schauen gebannt auf seinen Mund mit den braunen Zahnstummeln. Der Alte spricht gälisch, diese eigenartige Sprache, die kein Ja und kein Nein kennt. Ich begreife – er breitet sein Leben vor uns aus. Vielleicht hat er Pauls Frage nach dem Weg verstanden als Anteilnahme, wie er so lebe, wenn man schon mal das Glück hat, einen Menschen auf der Straße zu treffen.

Paul läßt ihn reden. Dann kommt er noch einmal auf seine Frage zurück. Der Alte sagt zum Abschluß einen bewegenden Satz, dann streckt er uns seine geöffnete Hand entgegen.

Diese Geste ist verständlich und zwingend.

Hier, in dieser lilabraunen Moorlandschaft, mit den fernen Bergen, schwarz und dicht gedrängt, mit der gewaltigen Himmelskulisse vor uns, die in schnellem Wechsel von Silber- bis Dunkelgrau ständig mit einem Regenguß droht, wo der Sturm mit Herrscherallüren tobt, in dieser absolut dünkenden Einsamkeit, wo man das Land nur zu Rad oder zu Fuß allmählich begreift in seiner Erhabenheit und Schwermut, hier, wo es in sich selbst zu ruhen scheint, suche ich nach einer depressiven Stimmung in mir und finde keine.

Sturm und Weite sind Herausforderung.

In der Niederung, unter Bäumen, ein Gehöft. Zum erstenmal überkommt mich der Eindruck vom nahenden Winter. Die Scheunen mit dem rundgebogenen roten oder grünen Wellblechdächern – sie sind bis oben hin vollgestopft mit Heu und Stroh. Und der aus Stein geschichtete Bunker mit dem Grasdach ist ebenso vollgepackt mit gekrümmten braunschwarzen Torfriegeln. Unter Plastikfolie in leuchtendem Blau, beschwert mit Autoreifen, liegt der Reserveberg für den Kamin, um Gemütlichkeit und Wärme in das Häuschen zu holen, wenn die Unwirtlichkeit der dunklen Jahreszeit beginnt.

Ich wollte nicht ertrinken in der Flut, also muß ich mich jetzt auf jeder neu erkämpften Bergkuppe zufriedengeben mit dem Anblick einer sich endlos über die Moore dahinziehenden Straße, die sich über den nächsten fernen Berg windet, hinter dem der nächste liegt und dahinter der übernächste und der überübernächste.

Paul ist beeindruckt von der Melancholie der Landschaft.

Er befürchtet, sie könne sich mir auf das Gemüt legen, und er müsse mich vor ihr schützen. In beredten Worten hebt er ihre Einmaligkeit und Entrücktheit hervor.

Er sagt: Von allem, was wir bisher erlebt haben, berührt mich diese Landschaft am stärksten.

Das Kuriose ist, daß er damals diese Straße mit dem Auto durchrast hatte auf dem Weg nach Belmullet. Er ist fassungslos, keinen Eindruck bewahrt zu haben.

Und plötzlich liegen, mal rechts, mal links neben uns, üppige, umfangreiche Kiefernschonungen. Große, kaum übersehbare Flächen. Die Kiefern sind bereits drei Meter hoch gewachsen.

Die einstigen Kolonialherren hatten Irlands Wälder systematisch abgeholzt zum Bau ihrer Kriegs- und Handelsflotte und für ihre Bergwerke.

Heute vergibt die irische Regierung Prämien für neu gepflanzte Bäume.

Bangor ist ein kleines Städtchen, ganz im Westen. Nicht zu verwechseln mit der drittgrößten Stadt im Osten des Landes.

Als erstes sehen wir den riesigen Steinbruch, dieses aus der Regelmäßigkeit des Bergkegels herausgefressene Loch. Dann hören wir das martialische Rattern und Knattern, mit dem das Gestein zu Straßenschotter zerkleinert wird.

Es ist ein sehr übersichtliches, graues, Städtchen voller Langweile und ohne Charme und Geschichte.

Ich weiß nicht, wie ich zu der Ehre komme, daß Paul mich an diesem Tag für meine Fahrweise lobt und mich zur Belohnung zu einem Dinner einlädt. Das war einfacher gesagt als getan. Wir finden kein Restaurant, dafür ein B&B mit öffentlichem Mittagstisch. Nachdem die Frau ihren halbwüchsigen Sohn, der vor dem Fernseher lümmelte, aus dem Salon warf und uns dort mit Kaffee und Tee bewirtete, lädt sie uns in den dahinterliegenden Speiseraum, um uns ein Menü von Zuckermelone, Steak, Broccoli und zwei herrlich großen, mehligen Pellkartoffeln vorzusetzen. Danach gibt es rote Grütze mit Kompott.

Sie strahlt. Sie ist hochrot vor Eifer. Sie ruht in sich im Wissen um ihre Kochkunst, in der sie sich verwirklicht.

Fünfmal um- und durchwandern wir das Städtchen, weil wir uns unanständig satt fühlen. Dreimal grüßt uns der Mann, der an seinem Zaun jätet. Beim vierten- und fünftenmal heben wir nur noch winkend die Hand.

Paul fragt mit Abwehr in der Stimme – wenn du von deiner Seele redest, was meinst du damit? Ich antworte spontan: mich selbst. Und hege Zweifel, daß Paul mit dieser Antwort etwas anzufangen weiß.

Ich warte darauf, daß er sich jetzt bezichtigt, in seinem Verständnis ein seelenloser Mensch zu sein.

Wir beide haben in einem Land gelebt, in dem es verpönt war, dieses Wort zu gebrauchen. Es war ein verräterisches Wort und entsprach nicht der vorgegebenen Weltanschauung.

Paul kann sich nicht zu seiner Seele bekennen, und ich stehe bei ihm in einem fragwürdigen Licht.

Da ich an meinem Vorhaben festhalte, Paul zu seiner Seele zu verhelfen, einigen wir uns für das erste auf ein neutrales Wort: Empfinden. Das Wort stand bereits in einem seiner ersten Briefe an mich. ‚Deine Zuschrift hat mich angesprochen – ich bin meiner Empfindung gefolgt!'

Und ich begreife, darin lag der Grund, mich für die gemeinsame Reise auszuwählen.

In Gedanken tue ich Paul Abbitte. Warum nur in Gedanken? Mir fehlt die Souveränität. Noch hüte ich meine Erfahrungen wie kostbare Geschenke und habe Angst, daß sie beschädigt würden, wenn ein anderer sie mit dem Skalpell des Verstandes zergliederte.

Wir gehen durch das graue Städtchen, über das sich ebenso grau und farblos der Abend legt. Die Bürgersteige sind schmal. Wir gehen dicht nebeneinander. Jeder eine Welt für sich. Jeder sucht die Brücke zu dem anderen. Ich erinnere mich äußerster innerer Anspannung und Wachsamkeit.

Dichter, mich plagen Gewissensbisse. Ich schreibe in mein Märchen: ... da sollte der Dichter an den Kieselsteinfluß gehen, der die verlorenen Namen sammelte. Vielleicht fand er das Wort, das zu der namenlosen Frau gehörte, wenn er es mit seinem Herzen suchte.

Doch Hoffnung fiel in Traurigkeit. Der Stein, den er erwählte, trug einen fremden Namen.

Der nächste Tag schenkt uns einen unbeschreiblichen Morgen. Es ist kühl. Unser Atem gleicht einer dünnen Rauchfahne. Die Sonne bricht sich tausendfach in dem Tau der Gräser. Montbretien und Heidekraut stehen silbern beperlt. Die Umrisse von Achill-Island liegen im Dunst. Der Berg, über dem die Sonne aufgeht, hält seinen Steinbruch unter einem dichten Nebelschleier verborgen. Es gibt nichts Schöneres, als an einem solchen Morgen aufzubrechen und dem Tag so erwartungsvoll entgegenzufahren. Es gibt nichts Schöneres.

Wieder fahren wir an einer Schule vorbei.

Jeden zweiten Tag liegt eine auf unserem Weg. Jedesmal empfinden wir sie wie ein kleines Geschenk. Die Schulen stehen in exponiert freier Lage. Keine gleicht der anderen. Gemeinsam ist allen die Durchsichtigkeit. Kleine Paläste aus Glas. Palast nicht als Prunkbau, sondern Ort, dem man sein Wertvollstes anvertraut. Palast auch nicht als Größendimension, sie sind klein und eingeschossig, aber sie stehen gepflegt in dem Anspruch, daß ihr Äußeres dem Schatz angemessen sei, den sie umschließen.

Daß in Irland noch immer ausgewandert wird, hat einen Grund in der auserlesenen Bildung, die diese Schulen vermitteln. Der Schulbesuch ist lang. Die Jugendlichen sind überqualifiziert. Wir empfinden die Stille der Klassenzimmer, wenn sich die Köpfe schreibend über die Hefte beugen und die Aufmerksamkeit, wenn die Finger in die Luft schnellen. Wir genießen den köstlichen, sich wohl in der ganzen Welt gleichbleibenden Lärm einer Hofpause.

Dann fahre ich ganz langsam, und ich suche ein Mädchen, das Hannah sein könnte, und ich ergötze mich, wie eifrig sie mit ihrer Freundin Mutter und Kind spielt oder daß sie auf der Mauer hockt und liest.

Mach dir kein Bild von Belmullet! Je ärmer und anspruchsloser dir die alte Hafenstadt beschrieben wird, umso romantischer verformt sie deine Fantasie. Es wird maßlose Enttäuschung, wie arm und anspruchslos sie wirklich ist. Und häßlich. Mit hingesetzten Lagerhallen, deren Tore rosten und dem Hochhaus, dessen Fenster blind und deren Rahmen schwarz sind. Und der trostlose Anblick vernagelter Häuser. Doch es scheint die Sonne, und es ist Freitag, vormittags. Freitag ist Markttag. Und wo Belmullet sein kleines Zentrum hat, herrscht reges Treiben. Frauen suchen Blumenpflanzen und Ziersträucher. Männer, viele Männer prüfen mit ernsten Gesichtern in dem übergroßen Angebot von Auto-Ersatzteilen, was sie gebrauchen könnten. Eigenartigen Charme gewinnt das Markttreiben dort, wo die Männer mit ihren Viehtransportern stehen. Auch wir schauen interessiert durch die Ritzen der Holzverschläge und begutachten Schafe und Kühe. Wir steigen nicht hinter das Geheimnis, wer warum seine Kuh verkauft. Oder will man tauschen? Und alte Männer, zahnlos, manchmal gehen sie am Stock, immer mit Hut oder Schirmmütze, sie haben sich ebenfalls eingefunden, sie begutachten, sie geben Ratschläge, sie leben die Illusion, noch einmal dazuzugehören, teilzuhaben, worin einst ihr Lebenssinn bestand. Mit zitternder Hand versuchen sie, die geschenkte Zigarette anzustecken.

Ich habe Martins Ledermütze im Schrank des letzten B&B vergessen. Ich will mir auf dem Markt einen Ersatz kaufen. Wichtig ist nur der Schirm, der meine Augen vor Windregen schützen soll. Sie steht mir oberhäßlich. Paul tut mir leid, daß er den Anblick ertragen müßte, wenn wir doch noch in das typische Irlandwetter geraten sollten. Paul vertritt seine Devise, Zweckmäßigkeit geht vor Schönheit. Man hört, daß wir Deutsche sind. Noch immer schlägt die alte Sympathie der Iren durch für die Deutschen, weil sie im zweiten Weltkrieg gegen ihren „Todfeind" England kämpften.

In Polen und in der Sowjetunion schämte ich mich meiner

Nationalität, und jetzt habe ich ähnliche Mühe wie Böll, die unerwartete Sympathie zu verstehen. Es gibt also ein Land in Europa, das keinen versteckten Groll gegen uns hegt, ein Volk, an dem wir uns nicht schuldig gemacht haben.

Der grauhaarige Mann in dem unbeschreiblichen Aufzug seiner zerbeulten Hosen, seiner ausgetretenen Schuhe und dem verblichenen, gestopften Pullover, spricht uns an, vergewissert sich, daß wir wirklich aus Deutschland kommen und möchte erklärt haben, wie es uns in sein kleines Städtchen verschlagen hat. Wir sagen ihm, daß wir sein Land vier Wochen mit dem Rad durchwandern und daß wir es liebenswert finden und uns sehr wohlfühlen.

Und der Mann bedankt sich mit Würde.

Wir sind auf der Suche nach einem B&B. Es gibt nur zwei. In dem einen sind wir nicht willkommen. Die Frau ist sehr erregt. Ohne Erklärung schlägt sie uns wieder die Tür vor der Nase zu. Es wird ihr Geheimnis bleiben, warum. Hatte sie Streit mit dem Mann, der ihren Zuverdienst einforderte? Auf den kleinen Visitenkarten der B&Bs steht fast immer der Name der Frau. Es ist ihre Arbeit, ihre Mühe, folglich auch ihr Geld.

Das andere B&B liegt bei den drei Wassertürmen. Rooms en suite und vor dem Fenster ein Golfplatz. Zwei Elstern vergnügen sich auf dem Rasen.

Wir legen unsere Fahrradtaschen ab, schnappen uns den Verpflegungsbeutel und wollen auf die Halbinsel.

Als ich mich mit Paul zum erstenmal in Berlin zu einer Proberadtour traf, schenkte er mir einen flachen grauen Stein mit hellen Einschlüssen. Sie sahen aus wie eingefrorene Vergißmeinnicht oder Schneekristalle. Christobalit? Diesen Stein hatte Paul am Strand der Halbinsel Mullet gefunden.

Stare fliegen im Schwarm. Wenn sie auf einer Lichtleitung sitzen, schauen alle in die gleiche Richtung. Einer sitzt verkehrt herum! Kleiner Individualist! Ich zolle ihm Hochachtung.

Ab und zu lassen die Koppeln einen Weg frei, der zum Atlantik führt. Wir schieben die Räder durch Dünensand. Dann liegt vor uns der Strand. Breit, menschenleer. Wo das Gras beginnt, die Dünen zu bewachsen, liegen die Steine. Möwengroße

Vögel mit starkem, gekrümmten Schnabel. Eine schäumende Brandung. Meterhohe Wellen, die Lust machen. Dazu eine gleißende Sonne.

Wir beschließen, baden zu gehen.

Etwas ist passiert zwischen Paul und mir. Die unbefangene Selbstverständlichkeit, die unserem kameradschaftlichen Umgang zugrunde lag, ist gestört.

Ich deponiere mein Häuflein Sachen in zweihundert Meter Entfernung von Pauls Häuflein. Jeder gibt sich allein dem Vergnügen des Wellenspringens hin.

Die Faszination Stein ist in diesem Text abgearbeitet.

Ich beschwere in Heimlichkeit meinen Beutel um zwei weitere ‚Klamotten'. Ich kann nicht anders. Jetzt liegen sie vor mir auf der Fensterbank und erfreuen mich ungemindert.

Paul hat mir einen Steinkreis auf dem südlichsten Punkt der Halbinsel versprochen. Grund, Steigung und Wind und erbarmungslose Sonne im Gesicht in Kauf zu nehmen.

Auf meine ständige Frage, wie weit es noch sei, antwortet Paul verunsichert und immer mit dem einen Wort: gleich, das mich langsam erzürnt. Dann fällt mir ein, daß Paul diese Strecke Irlands mit dem Auto bereist hatte und ihm so das Gespür für Entfernungen verloren gegangen war.

Ich hatte vor, gleich Böll, nur die ‚unbeschreiblichen Hunde' auf Irland zu erwähnen. Und den einen, der tot auf der Straßenmitte lag, einem Herzschlag erlegen. Voll Mitgefühl wollte ich ihn an die Mauer ziehen. Da blinzelte er mich mit einem Auge vorwurfsvoll an und gähnte herzzerreißend. Das nächste Auto umfuhr ihn in verständnisvollem Bogen. Die Iren kennen ihre Hunde. Jetzt treffen wir auf einen (insgesamt waren es zwei von den mindestens hundert), der nichts mit der unbeschreiblichen Sanftmut, Zutraulichkeit und Lethargie der anderen gemein hat. Nicht an Fremde und nicht an Radfahrer gewöhnt, wird er, als Paul an dem offenen Gehöft vorbeifährt, auf das unvertraute Erscheinungsbild aufmerksam, um sich dann mir voll rasender Angriffslust in den Weg zu stellen und nach meinem Fuß zu schnappen. In höchster Not bleibe ich stehen und schreie ihn an, er soll mich in Frieden lassen und sich fortscheren – eingedenk der Erfahrung, daß der Fliehende immer in den Geruch von Unrecht kommt.

Der Schwarze läßt von mir ab.

Nie habe ich ein Tier so angeschrien. Ich fühle mich elend.

Der Steinkreis steht an einem auserwählten Ort. Am Ende der Halbinsel, auf der Höhe des ansteigenden Landes. Ich kann ihn von weitem erkennen. Ihm zu Füßen liegt ein sehr großer, neu angelegter Parkplatz, asphaltiert. Eine Mauer aus Industriebausteinen umschließt ihn. Entquickender läßt sich die einstige Kultstätte der Kelten als geplante Touristenattraktion nicht vorstellen! Unsere Räder verlieren sich auf dem leeren Platz.

Wir begeben uns zur nächsten Überraschung.

Die drei Meter hohen Quader bilden keinen vollkommenen Kreis, sondern öffnen sich zu einem Schneckengang. Einige von ihnen muten befremdlich weiß an. Ich starre auf die verbliebenen Bohrlöcher, die Abschürfungen, die beim Transport entstanden sind, die rostigen Stellen, wo die Eisenkeile zu lange im Stein ruhten. Die Verletzungen sind kaum ein Jahr alt, von Regen und Wind noch nicht geheilt.

Ich denke zornig, hier war man bereit, dem Tourismus seine Seele zu verkaufen.

Wir setzen uns neben den Steinkreis. Seine Lage ist auserwählt. Wir schauen nach Achill-Island hinüber, das sich im Licht der abendlichen Sonne in ein Märchen verwandelt. Die Nebelschleier, die die menschlichen Behausungen am Fuße der Berge verschwinden lassen, die helle Durchsichtigkeit des Wassers in Strandnähe, der dunkle Ernst des Slievemoor. Die Weite des Ozeans und die sanfte Röte des Himmels.

Wir sitzen lange auf der Höhe.

Mich macht ein innerer Widerspruch betroffen. An den Häuschen sahen wir, wie arm es sich auf diesem fernen Flecken Erde lebt. Mit welchen Hoffnungen wurde dieser Parkplatz angelegt, welche Gelder wurden unter welchen Opfern aufgebracht, um den versunkenen Steinkreis aus der Vergessenheit zu holen. Die Vermarktung der Kultstätte ging nicht auf.

Mir tut sie dennoch weh, diese nicht erfüllte Hoffnung.

Paul schenkt mir das letzte Wasser aus seiner Flasche. Der Frieden und die Erhabenheit dieses Ortes gehen auf uns über. Wir müssen nicht reden. So sind wir uns nah.

Noch immer Mayo – God help us!

Was auf dieser Insel ein florierendes Handwerk scheint, ist die Autoreparatur. Scheunen wurden umfunktioniert in Werkstattsprovisorien und Hebebühnen in einstigen Kuhställen installiert! Davor breitet sich ein riesiger Wagenpark aus und hinter der Scheune ein das Auge verletzender Autofriedhof. Aber zu jeder Tageszeit laufen hilfe- und ersatzteilsuchende Kunden herum.

Da sehen wir ihn aus der Kneipe torkeln. Die frische Luft tut das ihre. In der Hand klimpert das Schlüsselbund. Der Alte, ungewohnt fein gemacht, mit hellem Hemd und ungewohnt heller Hose schießt auf den Trecker zu, mit dem er ein großes Heizölfaß transportieren will. Wir erreichen den Mann, als er in die Fahrerkabine klettert und versucht, den Schlüssel in das Zündschloß zu stecken.

Wir fahren um unser Leben!

Der Abstecher nach Portacloy

Die Straßenkehrer von Belmullet sind noch am Werk, als wir das Städtchen am nächsten Morgen verlassen. Sie säubern das kleine Zentrum von den Spuren des Markttreibens.

Auch die Schafe um Belmullet scheinen Langschläfer zu sein. Eng aneinandergedrängt liegen sie im Gras, obwohl bereits die Sonne scheint. Ihr innerer Wecker hat noch nicht geläutet. Die Unmittelbarkeit eines so frühen Morgen auf dem Rad kann ich in Berlin nicht erleben. Ich muß mindestens eine Stunde mit der S-Bahn oder dem Vorortzug fahren, bis ich Stille und Natur um mich habe.

Das heiße Wasser der verpönten Rooms en suite hatte uns dazu verleitet, Wäsche zu waschen. Am Morgen standen wir vor dem Dilemma, daß sie über Nacht nicht getrocknet war.

Als uns Weite und Einsamkeit des Landes wieder aufnimmt, dekorieren Paul und ich unter sehr viel Spaß unsere Räder mit halbfeuchten Socken und Slips und Unterhemden. Wir überlegen, ob eine Leine günstiger wäre, die von Pauls Gepäckständer an meinen Lenker reicht, verwerfen aber die Idee.

Ein Ortsschild steht für drei Häuser, die sich sonst in der Weite der Torfmoore verlieren würden. Wenn die Kinder in die Welt ziehen, müssen ihre Briefe an die Eltern zugestellt werden können.

Man saust nie ungestraft die Abfahrten hinunter. Wenn sich die Räder ausgerollt haben, wirft sich das vom Nachtregen feuchte Chausseeband in einem schier Endlosbogen erneut in den Himmel. Und so geht es fort und fort.

Wir machen einen Abstecher nach Portacloy. Paul hat mir ein außerordentliches Naturerlebnis versprochen. Erst einmal radeln wir durch eine liebliche Landschaft. Ich denke an Thüringen, Paul an Kanada. Ein Flüßchen durchzieht im Mäanderlauf die Wiese. Dunkler Wald säumt sie ein. Hinter dem Wald liegt, was wie deutsches Mittelgebirge anmutet.

Ich liebe Kuhherden, wenn sie wie eine Reiterarmee die gesamte Straßenbreite einnehmen! Und sie mir so unaufhaltsam stetig, so unerschütterlich geschlossen in ihrer Einheit entgegentraben. Und Paul so wohltuend weit entfernt ist! Und ich verzweifelt eine Nische in der Hecke suche, in die ich mich pressen kann.

Als wir das Hufeisen der Bucht von Portacloy erreichen, steht eine sehr große, sehr weiße, getuffte Wolke darüber.

Mittagsrast am Strand. Niemand sonst ist hier.

Dies, denke ich, könnte der Ort meines Auftritts werden.

Siehst du das Schiff sich nähern? frage ich Paul. Es ist Amergin, einer der Söhne des Gael.

Ich hoffe, daß ich jetzt das Gedicht vor Paul vollständig zu rezitieren weiß und daß mein Pathos der Barden würdig ist. Alle Beschwörungen sind zusammengefaßt, die Symbole der früheren Kulte aufgezählt, ihr göttlicher Ursprung aufgedeckt und die Macht des Weisheit verkündet.

Der erste Kelte setzte seinen Fuß auf den Boden der Insel und sprach:

Ich bin der Sturm auf der See;
Ich bin eine Woge des Ozean;
Ich bin der Stier der sieben Schlachten;
Ich bin der Adler auf dem Fels;
Ich bin ein Strahl der Sonne;
Ich bin die schönste der Blumen;
Ich bin der Eber der Tapferkeit;
Ich bin der Lachs im Wasser;
Ich bin ein See in der Ebene;
Ich bin ein Wort Weisheit;
Ich bin die Ruhepause in der Schlacht;
Ich bin ein Gott, der Feuer entzündet in den Köpfen...

Paul schaut mich zweifelnd an.

In meinem Kopf entsteht ein verblüffender Gedanke, daß sich durch die heiligen Schriften der verschiedensten Völker der Erde, aufgeschrieben zu den verschiedensten Zeiten, ein gemeinsamer Gedanke zieht, und daß er jedem Menschen zu jedem Zeitpunkt zugänglich ist.

Obwohl ich solche Themen meiden wollte, nutze ich die Gunst der Stunde, ehe Paul sich verschließt und frage, ob nicht hinter Amergins Rede der gleiche Gedanke stünde, den Jesus in seine Worte faßte: Wenn eure Führer euch sagen, seht, die Herrschaft ist im Himmel, so werden euch die Vögel des Himmels zuvorkommen. Und wenn sie zu euch sagen: Sie ist im Meer!, so werden euch die Fische zuvorkommen. Nein, die Herrschaft ist in euch und außer euch. Wenn ihr euch selbst erkennt, dann werdet ihr erkannt werden. Wenn ihr euch aber nicht erkennt, so seid ihr in Armut, und ihr selbst seid die Armut.

Und Paul sagt einen verblüffenden Satz: So ist Gott im Menschen... wenn man denn glaubt!

Die Druiden als Philosophen und Priester der Kelten empfanden sich nie als erhabene Vermittler zwischen der unsichtbaren und der sichtbaren Welt. Der Natur selbst kam diese Aufgabe zu.

Ich bin überzeugt, sie sprach in diesen Augenblicken auch zu uns, und wir waren dafür offen, und der eigene Geist schickte uns eine Belehrung. Ich denke, an der Bucht von Portacloy vermochten wir, uns mit den Augen des großen Innerlichen zu sehen. Eine solche Eingebung kann man hüten oder verwerfen.

Jetzt wollen wir die Steilküste linkerhand erklimmen, um an den äußersten Punkt des Hufeisens zu gelangen.

Wir entdecken zwei Angler am klüftigen Gestein. An einem Felsvorsprung sitzt auf einem Klappstühlchen ein Maler mit seinem Skizzenblock. Bis hierher konnte man mit dem Auto fahren. Wir müssen über das Gatter klettern und ein Bächlein überspringen, über Steine turnen, bis sich Pfade zeigen, die an den Hängen der Bucht entlang nach oben führen.

Paul folgt seinem Stern, ich dem meinen.

Unsere Wege führen auseinander.

Schade, ich kann Paul nicht folgen. Es zieht mich woandershin. Ich bin erregt von unserem Gespräch. Jahrelang scheint das innere, heimliche Wachstum zu stocken, und plötzlich begreife ich mich in einer neuen, in einer anderen Dimension.

Versonnenheit.

Im klaren Wasser liegen schlafende Ungeheuer. Steinformationen. Auf der gegenüberliegenden Seite der Bucht werden Höhleneingänge sichtbar, die die Phantasie reizen.

Nach knapp tausend Metern bin ich ganz oben und an der Spitze der Bucht.

Auf der Irlandharfe spielt heute für mich die Brandung, der Wind und die Möwen.

Ich schaue über die Weite des Ozeans. Dieses Bild will ich tief in mich versenken. Ich stehe lange und glaube am Horizont wahrzunehmen, wie aus Wasserdunst Nebelschleier werden, aus denen sich in bestimmter Höhe die Wolke löst, und der Kreislauf des Wassers beginnt.

Felsinseln liegen vor der Küste. Spitze Kegel. Die Steinschichten laufen schräg nach oben. Geröll sammelte sich, wo es Halt fand. Die dem Sturm und dem Meer abgewandte Seite ist spärlich begrünt. Dorthin bringen im Frühjahr die Bauern auf ihrem Motorboot die Schafe.

Es ist erregend schön, auf der sehr schmalen Klippe zu stehen. Zwischen Himmel und Wasser. Die Tiefe übt eine magische Anziehung aus. Ich gehe dahin zurück, wo der Fels wieder breiter ist. Im Gras liegen Steine. Erst denke ich, sie gehören zu einem Fundament. Dann lese ich in riesigen Lettern: Ire. Die Kelten nannten diese Insel in ihrer Sprache – Erin.

Hier lasse ich mich nieder.

Einer der kostbarsten Augenblicke unserer Tour.

Jetzt löst sich meine innere Erschütterung. Tränen laufen mir über das Gesicht, und ich weiß, ich habe meinen Namen gefunden.

Paul ist ein ferner Punkt in der zerklüfteten Bergwelt. Sein steiler Weg hat ihn nicht an das Wasser geführt. Sein Klettern sieht gefährlich aus.

Er erwidert mein Winken nicht.

Als ich ihn später frage – bist du verstimmt – zuckt er resigniert mit den Schultern.

Ich leide unter Pauls stummer Verbiesterung und dem unausgesprochenen Vorwurf, ihm nicht gefolgt zu sein. Ich bin der Vogel, der in die verkehrte Richtung schaut. Schon immer. Schon bei Schulausflügen und Betriebsfesten!

Eine halbe Stunde überschütte ich Paul tapfer mit heiterem Geplauder und tue so, als nehme ich seine schlechte Laune nicht wahr.

Wenn ich genügend Geduld bewiesen habe, ist die kleine Brücke wieder da, auf der er zu seiner Freundlichkeit zurückfindet.

Paul hatte mir ein außergewöhnliches Naturereignis versprochen.

Sein Versprechen ist eingelöst.

Es ist in sich aufzunehmen, bedarf wohl immer des Alleinseins oder großer Seelennähe.

Dichter, ich werde dir im Märchen einen Hinweis geben: … Da fielen aus den Schnäbeln der vorbeiziehenden Vögel in roter Ebereschenschrift die Worte: Warte auf den Birkenmond und den des Holunder und laß' die Monde zweimal sich vollenden. Dazwischen lege dreimal die Silbertannennacht. Dann weißt du mein Wort.

Nirgendwo

Paul sucht einen stillen Ort. Er stellt Ansprüche – der Ort muß sehr sehr still sein. Ein zurückliegendes Cottage, halb eingesunken, von der Hecke zugewachsen, unter zwei großen Eschen. Hier soll es sein. Paul verschwindet.

Ich fahre langsam voraus. Irgendwann wird Paul mich wieder einholen. Ungewohnt ist, daß der unfehlbare Weg sich plötzlich in drei Richtungen aufgabelt. Ich warte. Warte eine geraume Weile. Die Landschaft ist übersichtlich. Ich rolle auf den Weg, der mir am wahrscheinlichsten dünkt. Hin und wieder schaue ich mich um. Solange ich die Kreuzung sehe, muß auch ich für Paul sichtbar sein. Als mein Weg hinter einer Mauer zu verschwinden droht, kehre ich zur Gabelung zurück. Warte. Nehme den nächsten Weg, kehre zurück, wo er jäh abwärts führt.

Beunruhigt fahre ich zu dem eingefallenen Häuschen zurück. Pauls Rad ist fort.

Meine Radtaschen mit Ausweis und Geld hängen über Pauls Gepäckständer. Ich habe unseren Verpflegungsbeutel und Pauls Taschen. Alle wichtigen Dokumente, einschließlich der Flugtickets, trägt Paul bei sich.

Es ist lächerlich, sich Gedanken zu machen.

Ich probiere den dritten Weg, kann aber keinen goldenen Punkt auf der Straße ausmachen und warte wieder an der Gabelung. Ich weiß den Ort nicht mehr, wo wir übernachten wollten, weil ich manchmal nur flüchtig zuhöre. Ich weiß die Richtung – Norden. Wenn der Himmel zugezogen ist – wo ist Norden?

Ich müßte auf eine Karte schauen, dann würde mir der Ort wieder einfallen, der unser Ziel sein sollte. Zu dem ersten Weg hege ich das größte Vertrauen.

Ich überhole ihn auf der Straße. Eine große, athletische Figur. Er wird zwischen dreißig und vierzig sein. Wirres, rotes Haar, das bis auf die Schulter reicht. Ein rotblonder Vollbart. Sanfte blaue Augen und eine Gutmütigkeit im Gesicht, die wehrlos macht. Es könnte ein Lodenmantel sein, den er trägt. Er reicht bis zu den Schuhen herunter und ist mit der Hand genäht. Das sieht man. Der Mann trägt einen jungen Hund im Arm.

Im Vertrauen, daß er mein Problem begreift, auf eine Landkarte schauen zu müssen, nehme ich seine Aufforderung an, mit ihm zu gehen. Unsere sprachliche Verständigung ist miserabel. Unsere Zeichensprache funktioniert besser.

Die Traveller sind keine Zigeuner. Sie sind rein irischer Abstammung. Bei ihnen ist der Drang des Umherziehens noch lebensbestimmend. Der Urgroßvater des Rotbärtigen zog vielleicht als Kupfer- und Blechschmied über das Land. Im Pferdewagen.

Die Traveller haben ihre Geschichte. Und in ihrem Verlauf waren sie Schmiede und Schuhmacher, Schornsteinfeger, Musiker, Dachdecker und Erntearbeiter. Die Frauen sagten wahr. Sie sammelten Märchen und gaben sie weiter.

Die Traveller haben ihre eigene schriftlose Sprache. Sie mutet wie ein Geheimjargon an. Sie besitzen ihren eigenen Sittenkodex und ihre in der Tradition verwurzelte Vorstellung, sich zu kleiden.

Die Traveller erhalten eine bescheidene Wohlfahrtshilfe.

Schließlich sitze ich in dem ersten der drei Karawane. Es ist nicht anzunehmen, daß ich alles richtig verstehe. Sie erwarten den Truck, der sie zum nächsten Stadtrand bringt, wo die anderen bereits stehen. Mit Sicherheit ist es der schmuckste Wagen, in den man mich gebeten hat. Rosa Raffgardinen hängen vor den kleinen Fenstern. Bestickte Seidenkissen, ebenfalls in rosa und blau, liegen dekorativ auf den Bänken. Auf dem Tisch steht eine Vase mit künstlichen Rosen. Es blitzt vor Imitationen von Messing und Chrom. Der kleine Hund ist auf meinem Schoß gelandet. Ich begreife nicht, ob man mir den Hund schenken oder verkaufen will. Auf alle Fälle hält man mich für würdig, seine Besitzerin zu werden.

In einem der Wagen hat sich tatsächlich eine Landkarte gefunden.

Jetzt weiß ich, daß wir nach Bel Derg wollten und daß mein Orientierungssinn das miserabelste ist, was ich besitze.

Ich verschenke Pauls Rosinenkuchen, der noch nicht angeschnitten war. Ich verschenke den graugestrickten Esel, den Paul für Charlotte gekauft hat, an ein bildhübsches Kind, das in Pampers und Schnuller im Mund herumkrabbelt und sich mit zwei anderen Welpen in einem leeren, sehr schönem Uhrenkasten amüsiert. Die kleinen Hunde finden sichtlichen Gefallen an dem Eselchen.

Der Abend steht im tiefen Grau, als ich noch einmal zu dem sehr stillen Ort am eingesunkenen Cottage fahre.

Mit meinen Kindern hatte ich einst vereinbart, wenn wir uns verlieren sollten, immer dorthin zurückzukehren, wo wir uns das letze Mal sahen.

Ich erkenne die zwei hohen Eschen. Pauls Rad ist nicht zu sehen. Eine innere Stimme rät mir, bis vor das Haus zu fahren, das eingerückt von der Straße steht. Dort hockt Paul auf der Regenschutzkleidung, die er über die zerfallende Türschwelle ausgebreitet hat. Sein Rad lehnt an Innenrand der Hecke.

Wir starren uns an. Ich bin maßlos erleichtert und möchte Paul um den Hals fallen.

Er tut nicht dergleichen, so bin ich sicher, daß er jetzt drei Tage nicht mit mir sprechen wird.

Mein Wunsch wäre, ihn sagen zu hören: Irgendwann mußte dir ja einfallen, daß wir zu zweit unterwegs waren!

Oder etwas ähnlich Ironisch-Versöhnliches.

Paul erhebt sich wortlos.

Daß er seinen Humor verlor, muß an mir liegen.

An dem ersten Häuslein, in dem Licht brennt, klopfen wir.

Ein steinaltes Mütterchen öffnet uns.

Paul fragt nach einem B&B in näherer Umgebung.

Sie schüttelt ratlos den Kopf.

Paul fragt, ob bei ihr eine Übernachtung möglich sei.

Sie winkt ihn stumm ins Häuschen.

Ich stehe vor der geschlossenen Tür und warte. Zeit vergeht.

Die Tür wird geöffnet. Ein steinaltes Väterchen mustert mich eingehend, nickt und schließt wieder die Tür.

Ich warte.

Paul kommt und sagt: Für deinen abenteuerlichen Geschmack ist es vielleicht das Richtige.

Man läßt mich ein.

Das Häuschen ist aus Holz gebaut. Die Treppe ächzt und knarrt bei jedem Schritt. Oben, auf dem winzig kleinen Podest, von dem zwei Türen abgehen, kann man durch die Ritzen des Hauses die Sterne sehen.

Es passiert eben, daß sich Tapete von den Wänden löst!

Zum Frühstück tut uns das steinalte Mütterchen sogar einen Löffel süßen Rahm auf unseren Porridge.

Ihr Brombeergelee ist unbezahlbar.

Belderg

Sonne im Gesicht und Steigung. Ich ziehe alles aus, was sich vertreten läßt. Ich erflehe eine mitleidige Wolke.

Kein Baum, kein Strauch, kein Schatten, kein Schaf.

Lichtmaste mit durchhängenden Leitungen sind die einzige Abwechslung.

Ein Traktor überholt uns. Im Viehanhänger singen und jauchzen fünf Kinder. Sie winken uns stürmisch zu. Zwei Hunde jagen ebenso ausgelassen über das Torfmoor. Holt man die von der Sonne getrocknete Feuerung in Hausnähe?

Ich hätte den kleinen Hund gestern nicht streicheln sollen. Oder ihn doch mitnehmen!

Seine Hingabe, das Abverlangen meiner Zärtlichkeit hat die Hülle aufgeritzt, die um mich gewachsen war in Pauls betont hervorgekehrter Distanziertheit, die manchmal Kälte ist.

Daß er sich gestern unter meiner Wiedersehensfreude in einen Stockfisch verwandelte, traf mich.

Als ich ihm von dem Traveller erzählte, sagte er:
Hauptsache, du hattest deinen Spaß!

Jetzt weiß ich, wohin das Schottergestein von Bangor gelangt ist – auf die Straße nach Bel Derg.

Wir müssen das Rad schieben. Kilometerweit.

Ich habe Hunger.

Bei dem steinalten Mütterchen gab es nur Toast und kein Käsebrot für die Vesper. Immer habe ich Cremetorte verpönt. Jetzt träume ich von einer Schwarzwälder Kirschtorte mit ganz viel Schlagsahne und einer richtigen Tasse Kaffee.

Paul fragt mich etwas.

Ich bitte ihn, mich nicht in meinen Kuchenträumen zu stören. Dann breite ich sie vor ihm aus und lausche seinem beredten Schwärmen von einem Rieseneisbecher, den er sich einmal im Palasthotel bestellt hatte. Wir beschließen – die nächste gastronomische Einrichtung gehört uns!

Mit diesem Ziel vor Augen quälen wir uns weiter über das zertrümmerte Gestein!

Am Wegesrand steht das Haus aus dem Märchen. Ein feines Haus, fast neu – keine alte Scheune! Es ist bis zum Dachboden mit Stroh gefüllt, und nachts soll die verzweifelte Müllerstochter das Stroh zu Gold spinnen. Ein kleines Männlein, das mit dem geheimnisvollen Namen, wird ihr helfen.

Es braucht Stunden, bis wir das Ziel unserer Träume erreicht haben. Ein winzig kleiner Ort. An einem rosa Giebel entdecken wir die Reklame für Guiness.

Wir öffnen eine Tür.

Wir treten ein.

Wir befinden uns in dem Halbdunkel einer Theaterbühne mit der Kulisse aus dem vergangenen Jahrhundert.

Es ist ein Pub. Über der Theke brennt eine Funzel. Die hinteren Fenster lassen kein Licht herein, weil ein Stall direkt davor gebaut wurde.

Die Komparsen haben bereits ihre Plätze eingenommen und proben lautlos.

Der Pub gehört drei jungen Frauen.

Die jüngste, gertenschlank, trägt unentwegt Kisten mit leeren Flaschen in den Keller, dann schleppt sie Kisten mit vollen Flaschen in den Verschlag hinter der Theke. In Erwartung des abendlichen Ansturms zum Wochenende?

Die älteste und mütterlich Aussehende nimmt die im Hintergrund des Pubs getrocknete Wäsche von der Leine und legt sie zusammen. Die dritte schließlich, mit sehr blondem Bubikopf, sitzt hinter der Theke im ausgewaschenen schwarzen T-Shirt auf einem Barhocker, das rechte Bein über das linke Knie gezogen im murmelnden Gespräch mit den drei Gästen auf den Hockern davor. Sie verschenkt ihre Aufmerksamkeit gerecht.

Eine stämmige Gestalt sitzt in der finstersten Ecke, den anderen den Rücken zugewandt. Lautlos gießt er seinen Whisky ins Wasserglas. Er trinkt aus Liebeskummer.

Die Blonde bietet uns an, in ihrem kleinen Kaufmannsladen, der sich im Nebenraum befindet, Umschau zu halten. Statt der Cremetorte begnügen wir uns mit den sechs Hefeküchlein, die in einer Folie eingeschweißt sind. Sie schmecken uns nicht minder köstlich.

Uns ist nicht klar, welche Rolle wir in diesem lautlosen Stück spielen. Wir flüstern. Wir empfinden, daß wir in unserem Aufzug recht gut in das Stück passen. Wir verrühren ausdauernd den einen Teelöffel Nescafé mit der Milch in dem heißen Wasser.

Irgendwann wird das Stück beginnen, und die Hauptakteure werden auftreten.

Oder es springt der Verzweifelte auf und raubt eine der Schwestern? Und die drei Männer von der Theke, jeder aus einer anderen Generation, nehmen die Verfolgung auf?

Der jüngste hat einen kahl rasierten Schädel, was mich zunächst verschreckte. Doch er schaut ab und zu so lieb und neugierig zu mir herüber, daß ich glauben will, er ist seinem krankhaften Haarausfall mutig entgegengegangen.

Belderg ist ein Moorwort. Beinahe hätten wir den Ort wieder durchfahren. Sein alter Name verbindet sich mit Torf und dem im Sumpf blühenden weißen Wollgras.

Das Hinweisschild auf ein B&B führt in Berg- und Strandnähe.

Wir fahren einen schmalen Weg, auf dem sich wie in loser Kette Einfamilienhäuschen fädeln. Als wir vor der Tür stehen, wagen wir nicht zu klingeln. Im Haus wird heftiger Ehestreit ausgetragen. Es poltert und scheppert. Wenn das nächste B&B nicht so weit wäre, würde ich mich davonmachen.

Ich habe verknurrte, böse Gesichter erwartet und bin vom Charme des dreißigjährigen Mannes beeindruckt, der unsere Räder in seine Scheune schiebt.

Die Frau, hochrot im Gesicht, hat die ungeweinten Tränen noch im Gesicht.

Während wir im Dining-Room den angebotenen Tee genießen, richtet uns die Frau das Kinderzimmer her, weil das Gästezimmer ein Doppelbett hat.

Das Sympathischste in ihrem Wohnzimmer ist die Vertiko-Ecke mit den Bildern der Eltern und den drei Kinderphotos. Das im Goldrahmen stehende Hochzeitsbild hat zwei gewaltige Sprünge, und es fehlt der spitze Dolch einer herausgefallenen Scherbe.

Heute frage ich mich, ob die junge Frau wohl zu denen zählte, die Ende des Jahres für das Recht auf Scheidung stimmten? Oder gehört dieser leidenschaftliche Streit einfach zur Choreographie des Lebens? Und ist Zeichen, daß es noch pulsiert?

Das eilig für uns hergerichtete Kinderzimmer trägt noch die Spuren vollen Lebens. Hinter den Gardinen liegt versteckt Bonbonpapier. Als ich mich nach meinem heruntergefallenen Stift bücke, entdecke ich die eilig unter die Betten geschleuderten Strümpfe und die sehr schmutzig gewordene Trainingshose. Hinter meinem Nachttisch stapeln sich Comic-Hefte.

An der Tür hängt ein Holzbrett mit einem ungelenk eingebrannten Sprüchlein:

Grandmather
It means a lot all year through
to have a grandmather just like you.
You're really grand in every way
much more than words could ever say.

Einmal wollen wir abends in den Pub gehen. Daß ich mit Paul Guiness trinken möchte, macht ihn geradezu glücklich.

Als wir gegen 21 Uhr im Pub eintreffen, beginnt er sich zu füllen. Männer. Männer. Männer. Am Tisch in unmittelbarer Nähe von uns – die Fiddler. Zwei mit ergrautem Haar. Der jüngere Mann spielt Harmonika. Er hat ein Mikrofon vor sich und singt mit harter, metallischer Stimme.

Es ist anders als in Doolin. Man singt nicht für die Gäste, und die Gäste fügen sich nicht in eine Zuhörerschaft.

Für die drei ist der Pub an diesem Abend der Ort zu musizieren. Applaus scheint sie zu irritieren und zu verunsichern. Sie nehmen ihn mit unbewegtem Gesicht entgegen, als gelte er nicht ihnen und erfreue sie nicht.

Es kommt dann doch noch eine Frau in den Pub. Allein. Unnatürliches Rot im Haar, geschminkt wie eine Diva, im Benehmen laut und auffällig. Eine Amerikanerin. Sie nimmt in der Nähe der Tür Platz und gibt für den ganzen Pub eine Runde.

In dem kleinen irischen Städtchen sucht sie nach ihren Wurzeln, und alle Männer in ihrer Nähe geben sich als die Zurückgebliebenen ihrer Vorfahren aus.

In der Nacht, als Paul die Toilette aufsucht, kein Licht macht, weil der Lichtschein aus dem Flur in unser Kinderzimmer fällt, stolpert er über den Hausherrn, der über der Brille kniet und sich erbricht.

Co. Sligo

Es gibt Tage, da erscheint die Sonne erst um elf Uhr am Himmel. Ein grauer Morgen also. Und ein heftiger Wind. Und blau eingefärbte Schafe in den Koppeln. Müllschweine haben Plastikabfälle und ausgediente Küchengeräte in den Torfgraben geworfen. Und ein steiler Berg nach dem anderen will genommen werden.

Wenn es nicht diese Durststrecken der Eintönigkeit und die Mühen der Berge und den mülligen Alltag gäbe, wie könnte man das Besondere genießen, das ebenfalls auf unserem Weg liegt?

Im Leben ist es nicht anders.

Hinter jedem nächsten Hügel verspricht mir Paul die Ebene. Und es gibt den nächsten Berg und wieder einen und wieder einen.

Dann kontrolliert mich Paul mit mißtrauischen Blicken. Er sucht nach Mißmut oder Übellaunigkeit auf meinem Gesicht. Er möchte Steine des Vorwurfs gegen mich sammeln. Ich soll mich ins Unrecht setzen.

Meine innere Freude in diesen Tagen und Wochen ist unzerstörbar.

Solche Blicke von Paul verletzen.

Ich mache eine Beobachtung auf der Landstraße: der Herdentrieb ist bei den Schafen stärker ausgeprägt als der Selbsterhaltungstrieb. Flüchtet die Herde vor der unsäglichen Gefahr unserer Räder, und alle bis auf das letzte schaffen es, die andere Straßenseite zu gewinnen, dann stirbt das letzte lieber den Heldentod, als allein auf der einen Seite zu warten.

Wir durchfahren das Städtchen Ballina an dem südlichsten Zipfel der Killala Bay. Es geht so rasant bergab, daß nur ein bunter, lebendiger Eindruck von der Flußmündung bleibt, auf der viele Boote schaukeln. Angler zumeist. Und Häuschen, die unter ihrer üppigen Blumenpracht fast versinken.

In dieser Gegend lerne ich eine andere Art des Grüßens kennen. Ich nenne sie „Köpfchen-schief". Es ist ein kurzer Ruck des Kopfes nach links, so als werfe man eine Haarsträhne zurück. Man sieht diese etwas verlegen wirkende Geste manchmal bei Jugendlichen. Aber hier grüßen Männer aller Altersstufen mit diesem kurzen, schiefen, sehr schüchtern wirkenden Kopfruck, und ich schmelze bei jedem Gruß dahin.

Lange Zeit fahren wir wieder dicht am Ozean entlang. In der Ferne liegt etwas Weißes, das sich nicht enträtseln läßt. Erst denke ich an einen großen Friedhof. Es sind weiße Steine, dicht umeinander gestellt. Kein Baum, kein Strauch. Dann vermute ich ein Marmorlager, wo riesige Quader für riesige Monumente abholbereit liegen.

Es ist ein ausgewiesener Badeort, wo ein weißes Hotel neben dem anderen steht. Mondän, soweit es die Zweigeschossigkeit zuläßt. Durch das weiße ‚Marmorlager' donnert der Verkehr. Im Zentrum die Kirche. Weiß, mit dem sehr hohen Glockenstuhl, der wie ein steiler Zahn in den Himmel ragt. Hinweise wieder auf Pitch und Patt und 18 Holes. Die Damen auf der Hauptstraße tragen lang. Auf den Terrassen genießen in weißen Liegestühlen die Erholungssuchenden den Verkehrslärm und die sengende Sonne. Sie müssen für den Wochenbeginn Pigmente sammeln, soll man ihnen den erholsamen Strandurlaub glauben. In dem vier Quadratmeter großen Vorgärtlein einer Pension sitzt eine englische Lady mit riesengroßem Sonnenhut. Sie genießt das Urlaubertreiben des kleinen Ortes. Sehen und gesehen werden. Ich könnte ihr mühelos im Vorbeifahren den Kaffee in ihr Täßchen nachgießen.

Obwohl mir der Ort nicht gefällt, halte ich an und kaufe Paul und mir eine große Eistüte. Wiedergutmachung. Ich hatte Pauls Schokolade aufgegessen. Stück für Stück, bis ich erschrocken nur noch im leeren Papier tastete.

Es gibt einsame Friedhöfe, zu denen längst kein Ort mehr gehört. Eisenketten, schwer und rostig, halten die Torflügel zusammen und verwehren den Zugang. Mir fällt eine lebensgroße Statue auf, wo sich der Wind in den ausgeblühten Gräsern des Sommers wiegt. Ein Mann im Frack, die Hände über der Brust gekreuzt. Sorgfältig aus dem Stein herausgeschlagen. Und dann… gesichtslos. Die Züge nicht von Regen und Wind und Zeit abgeschliffen, sondern gewollt formlos gelassen. Mit einer Dimension des Gespenstischen.

Paul photographiert selten. Ich öfter. Er besitzt fünf Alben von seiner letzten Reise. Auf dieser Tour wollte er sich auf Gesichter konzentrieren. Ich photographiere einen abgestorbenen Eichenstamm, der Krone längst beraubt, die Rinde längst vermodert. Bleich geworden und ausgehöhlt, wachsen ihm aus der Mitte heraus üppig rankende Blumensterne im leuchtenden Gelb.

Ach Martin, ich bin stolz auf dich, daß du mich hast ohne Groll fahren lassen. Es ist – wie die Liebe wiederfinden. Mit dieser Reise hast du mir viel geschenkt. Du hältst mir die Tür zur Welt auf. Ich konnte hinaus und werde wieder zurückkehren. Eingeschlossen wäre ich verkümmert.

Am siebenten Tag der Woche kann man die Beobachtung machen, daß sich die Frau des Hauses am Nachmittag Muße gönnt. Im Schatten des Giebels steht ihr Liegestuhl. Sie liest. Nur sonntags. Hier gilt – du sollst den Feiertag heiligen.

Wir durchfahren ein unheimliches Städtchen. Nenne ich es beim Namen?

Öde und Unbehaustheit.

Wovor ist man geflohen aus den Häusern, die noch einen frischen Anstrich tragen? Ist es die Kulissenstadt für einen Film, der in der Zeit der Pest spielt?

Wieviel aufgegebene Hoffnung!

Haus an Haus mit vernagelten Fenstern und die Türen zugemauert. Hin und wieder ein verlassenes Haus – das läßt sich verkraften. Aber nicht ein ganzer Straßenzug. Der bei den Schafen leicht verspottete Herdentrieb greift auch bei mir. Flucht.

Wir durchfahren die Grafschaft Sligo. Paul setzt stets das Wort ‚Yeatsland' hinzu. William Butler Yeats nannte Sligo „The Land of Heart's Desire".

Und ich denke – hier sieht es aus wie Urlaub. Mir wird bewußt, daß ich nicht in den Urlaub fahren wollte. Hinter Steinmauern liegen die einstigen Schlösser englischer Earls, in Parks mit hohem, ehrwürdigen Baumbestand. Dazwischen Wiesen und Weiden, grünes Milchkuhland. Die Schroffheit der Berge ist aufgehoben. Sie sind lieblich begrünt und mit dem gezackten Dunkelgrün der Baumwipfel besäumt. Keine Steine, keine Wälle. Manchmal wurden die Trennwege der Koppeln mit Bäumen bepflanzt, die sich im Lauf der Jahrzehnte zu beeindrukkenden Alleen auswuchsen.

Die Küstenstraße ist ein sehr schmales Asphaltband, an den Rändern ausgefranst und von Autos wenig frequentiert. Linkerhand verliert sich der Blick auf der dunklen Weite des Ozeans. Nördlich ragt der Tafelberg von Sligo, auf dem die Pyramide mit einem Königinnengrab stehen soll. Ich bedaure, daß wir an der Stadt vorbeifahren werden. Vor der Fahrt hatte ich Paul kundgetan, daß Städte nicht Ziel meiner Träume wären.

Sligo, hier wurde Yeats geboren. Hier liegt er begraben. Ich hätte gern eine Blume auf sein Grab gelegt, das er mit seinem eigenen Vers als Inschrift unsterblich machte:

Cast a cold Eye
on Life, on Death,
Horseman, pass by!

Als ich mich literaturgeschichtlich bilden will, nehme ich mit einiger Bestürzung zur Kenntnis, daß sich William Butler Yeats nach der Phase des ‚Celtic Twilight' vom keltischen Mystizismus löste. Und gerade in der ‚keltischen Melancholie und der pastoralen Einfachheit' lag etwas vom Reiz meiner Reise. Im Nachdenken darüber komme ich zu dem Schluß, daß diese Haltung W. B. Yeats als Iren zu nationaler Ehre gereicht. In seinem Grabspruch liegt dennoch wieder die Annäherung an keltisches Denken.

Ging es mir nicht wie Yeats, und liegt es nicht in der Natur des Menschen, daß er in seiner Jugend die Ungewißheit seiner Existenz überwinden will und Klarheit braucht? In dieser Klarheit will er sich beweisen und beginnt nach Macht zu streben. Bis die Welt vor ihm zittert. Und dann erkennt er, daß auch Macht ein Feind ist. Dann kann sein, daß wir zum Anfang zurückkehren, weil wir hinter dem, was uns einst mystisch und befremdlich dünkte, ein großes Wissen ahnen.

The trees are in their autumn beauty
the woodland paths are dry,
Under the october twilights
the water mirrors a still sky;
Upon the brimming water among the stones
are nine-and-fifty swans.
(Yeats)

Es sind nicht 59 Schwäne, es sind Gänse, vielleicht neunzehn, von ebenso leuchtendem Weiß, verzauberte Brüder, die gerade das Flüßchen verlassen und auf den mit Binsen umsäumten See gleiten.

Wenn die Spannung leise knistert zwischen Paul und mir und die Möglichkeit existiert, in einem B&B zwei Zimmer zu nehmen, ist es ratsam, es zu tun. Vielleicht muß man sehr jung sein oder sehr verliebt, um die Nähe des anderen süß, beglückend und aufregend zu empfinden, daß das Bedürfnis nach Alleinsein nicht übergreifend wird.

Nur wenn es Stunden gibt, in denen ich ganz bei mir war, habe ich die Lust und die Kraft, auf den anderen wieder mit Freude zuzugehen.

Dichter, ich habe eine Karte gefunden. Die werde ich dir schikken. In der Weite des Atlantik liegt eine steinige Insel. Auf ihr steht ein Häuschen, und ein Regenbogen berührt seine Tür.

Dort werde ich auf dich warten!

Auf dem Weg nach Manorhamilton

Elf Uhr. Die Sonne tritt auf. In den Sträuchern lodern die Hagebutten. Die Silage stinkt in runden, wohlgeformten schwarzen Plastikfolien. Wo es so stinkt, gedeiht die Landwirtschaft gut.

Eigentlich war Manorhamilton nicht unser Ziel. In der Nähe von Ballintogher sollte unweit vom Logh Gill ein romantisches B&B liegen, auf das Paul vor zwei Jahren zufällig gestoßen war. Dieses B&B ruht noch immer in dem von Paul vermittelten romantischen Entwurf, unberührt von eigener Erfahrung. Ein efeubewachsenes Landhaus unter hohen Bäumen, vergangenheitsumwoben und geheimnisvoll. Und erst die Fahrt mit dem Ruderboot auf dem dunklen See, wenn bei hereinbrechendem

Abend Sturm aufkommt und sich „Gillie", das Ungetüm des Sees, zeigen könnte!

Damals hatte sich Paul verfahren und war auf dieses Landhaus getroffen. Wir haben den Weg nicht verfehlt und es nicht gefunden!

Paul fragt viele Male. Jedesmal folgen wir zuversichtlich dem neuen Hinweis. Als es wieder aussichtslos wird, klingelt Paul an einer Haustür. Es ist früher Nachmittag. Die Frau ist überglücklich, daß tatsächlich Wunder geschehen und jemand sie aus ihrer Sprachlosigkeit erlöst. Mit Sicherheit hat sie noch nie auf eine Landkarte geschaut. Sie tut es mit großem Interesse und auskunftswillig. Paul bemüht sich, den Standort zu erklären und unser Ziel. Beide sind sich sympathisch, irgendwie auch ähnlich, von gleicher Größe und gleichvielen Sonnensprenkelchen. Es folgt ein ungehemmter Redeschwall von seiten der Frau, dem Paul ergeben lauscht. Ich sehe ihm an, er versteht die Hälfte. Ich will das zarte tête-à-tête nicht stören und ziehe meine Kreise, die immer größer werden. Paul ermahnt mich. Um ihn nicht nervös zu machen, gebe ich meine Runden auf, steige vom Rad und widme mich dem Hund, der auf seine Art ebenso auf Erlösung harrt. Die Frau hat jetzt Stift und Papier geholt und will eine Zeichnung anfertigen. Es werden fünf Entwürfe. Den endgültigen, der es dann sein soll, hebt sich Paul als Erinnerung auf. Die Frau möchte Paul noch so viel erklären! Letztendlich half auch die Skizze nicht.

Hätte Paul mich nicht erst am Abend auf die Karte schauen lassen, vielleicht hätten wir das B&B in Seenähe gefunden.

Irgendwann geben wir die Suche auf und wählen Manorhamilton als Ziel. Das bedeutet ein zusätzliches Radfahrsoll von 15 Kilometern. Die Hälfte davon auf einer großen Verkehrsstraße.

Auch die Dohle ist ein Sperlingsvogel. Manchmal schreien sie wie Krähen. Dann zieht in mir die Erinnerung an Herbst auf. Ein andermal tun sie, als wollten sie mit mir plaudern, leise und vertraulich. Seit ich der einen tief in ihr hellgrünes Auge geschaut habe, mag ich sie, wenn sie sturmzerzaust auf den

Lichtleitungen sitzen und sich gegenseitig den Schwanz zudrehen oder wenn sie zierlich, im schwarzglänzenden Federkleid, auf den Wiesen mit den Saatkrähen schwatzen.

Als wir an einem Gehöft vorbeifahren, entdecke ich ein Schaf, wie es seinen Kopf lauschend an die Hauswand preßt und gebannt in dieser Pose verharrt. Habe ich es ertappt? Wen hat es belauscht?

Kaffeepause.

Wir binden ein Viehtor auf und hinter uns wieder zu. Wir fahren einen lieblichen Weg durch einen Auenwald. Wir stoßen auf ein verlassenes Anwesen, von dem nur noch im roten Backstein der Stall steht. Vor der sonnenüberstrahlten Giebelruine, efeuberankt, lassen wir uns auf erwärmten Steinen nieder. Die Kramerei nach dem trockenen Rosinenhefekuchen beginnt und die gerechte Aufteilung unserer Wasserreserven, wobei sich Paul wieder als Kavalier erweist. Dafür darf er den mir zustehenden Kuchen essen.

Plötzlich das Gefühl – wir werden beobachtet.

Aus den offenen Fenstern des Stalls schauen sehnsüchtig, voll stummen Verlangens nach Freiheit, dichtgedrängt vier Paar Kuhaugen.

Einmal und dies jetzt – einen Grabstein setzen für die Opfer der Landstraße. In der Häufigkeit sind es Ratten und Igel. Bisher lagen drei tote Dachse am Straßenrand, ein Hund und eine Katze. Und Vögel. Der Anblick grämt mich so, daß ich beschließe, bei dem nächsten dunklen Fleck auf dem Asphalt in den Himmel zu schauen oder nach dem goldenen Punkt zu suchen.

Ich will es nicht mehr genau wissen.

Das Land neben uns trägt Heidecharakter. So licht und schön kenne ich Heide und bin sie oft durchfahren. Plötzlich ein Ort, an dem Buchen einen Kreis bilden. Ein feierliches Rund. Es sind alte Bäume. Ihre Stämme wirken wie Säulen, ihr Mantel ist makellos silbern. Ihre Kronen bilden die Kuppel.

Seelenort. Keltischer Baumkreis, gepflanzt von jenen, in denen das ferne Gedankengut noch lebte.

Bedeutet Kreis nicht immer auch Schutz? Ich begreife, warum ich mich stets in einen Kreis begeben habe.

Und ich mutmaße, irgendwo in meinem Inneren gibt es einen Zugang zu dieser vergangenen Erfahrung.

Wenn man denn unausweichlich auf einer ausgewiesenen Verkehrsstraße erster Ordnung fahren muß, stülpt man eine unsichtbare Glocke über sich, durch die das Getöse nicht dringt. Die Augen hält man seitlich gerichtet, so daß die Autos und Laster nicht in das Blickfeld geraten. Man erfreut sich der Landschaft, die wie liebliches Riesengebirge anmutet. Wenn es dann bei Gegenwind bergauf geht, hilft nur noch, sich den glücklichsten Moment seines Lebens heraufzubeschwören – bis ins winzigste Detail. Und schon hat man sein Ziel erreicht – Manorhamilton.

Wo die pittoreske Armut aufgehört, wo das Land die Unmittelbarkeit und Nähe des Ozeans eingebüßt hat, gibt es nur noch selten B&Bs. Paul stellt mich mit den beiden Rädern vor der schmucken ‚Garda' ab. In der Regel erstrahlen die Polizeireviere aller Städtchen im frischen Weiß. Da die Polizisten in Irland ‚Friedenshüter' genannt werden, besitzt der Ort ihrer Bestimmung eine freundliche Ausstrahlung, flößt ihr gepflegtes, würdiges Aussehen Vertrauen ein.

Paul also begibt sich auf die Suche nach einer Unterkunft. Er findet keine. Nur ein unaufdringliches Schild an einem Hotelrestaurant. Da es bereits sieben Uhr abends ist, bleibt keine Wahl. Es ist unser teuerstes B&B. Paul leidet sichtlich unter dem Preis, der sich um einige Pfund reduzierte, wenn wir nicht zwei Zimmer nehmen würden. Es gibt nur Doppelbetten. Das ist unzumutbar.

Aus Pauls teurem Raum, der als Abstellkammer fungierte, schleppt er nun mit der Dame vom Empfang ein auseinandergenommenes Kinderbett und zwei Aufbettungen mit diversen Matratzen in den Korridor. Mein Zimmer verfügt über einen Fernseher. Schade, daß ich auf der Irlandtour beschlossen habe, künftig meinen Fernsehkonsum noch weiter einzuschränken. Und es gibt ein Telefon! Einmal Franziskas Stimme zu hören!

Welche Zahlen ich auch drücke und in welcher Reihenfolge – bei jeder erklingt die gleiche sanfte Melodie. Meine Dusche funktioniert ebenfalls nicht. Mehr als einen dünnen kalten Wasserstrahl gibt sie nicht her. Toilettenpapier muß ich mir von Paul holen. Und der Fußboden hat seit einem Jahr keinen Staubsauger gespürt. Dafür liegt unterhalb unserer Fenster das Dach eines langgezogenen Schuppens. Dieses Dach wird von Gästen, die offensichtlich keinen Zimmerschlüssel besitzen, als Wandelgang benutzt, um durch die Fenster in ihre Betten zu gelangen. Aus Angst, daß einer sich beim Einstieg irren könnte, halte ich die Nacht über mein Fenster streng verriegelt.

Nach den Strapazen dieses Tages gehen wir aus. Paul bestellt sich Lammkotelett, ich eine Schäferpastete. Wir schlemmen – Paul mit einem ‚Geheimnis', das sich als Caramelpudding erweist, ich mit einem Mozart-Eis. Nach dem Essen ist Paul gut gelaunt. Wir tauschen unsere Zimmereindrücke aus und finden, daß sich für den Preis, den wir zahlen müssen, allerhand Bemerkenswertes aufzählen läßt.

Wir freuen uns für den Wirt, daß die langbeinige graue Unterhose, die über dem Kaminsims hängt, morgen früh bestimmt trocken ist und er nicht frieren muß. Uns gefällt die Selbstverständlichkeit, mit der wir in die notwendigen Dinge seines Alltags miteinbezogen werden.

Obwohl das Hotelzimmer jeglicher Gemütlichkeit entbehrt, verschafft es die Illusion von Freiraum. Auf dieser Reise bin ich auf Pauls Freundlichkeit angewiesen. Er auf meine. Unsere Beziehung hat keine andere Basis als unser gegenseitiges Bemühen um Harmonie. Das bedeutet, sich selbst zurückzunehmen. Jetzt gebe ich mich ungestört meinen Gedanken hin und erfahre im fernen Manorhamilton, daß in Martins Liebe zu mir der Respekt und die Achtung meines persönlichen Anspruchs miteingeschlossen ist. Und ich denke an den Dichter und seinen Vers:

‚Bist du Ziel meines Strebens,
all meines Liebens und all meines Hassens
in dem kümmerlichen Tal des Lebens?'

Ach, Dichter, ich fürchte, eines Tages gibst du es auf, nach meinem Namen zu suchen. Sie wird dir zu anstrengend, die Liebe zu mir. Zornig wirst du dich verabschieden, zum Verzicht bereit.

Unser Frühstück haben wir zu 8 Uhr 30 bestellt. Als wir uns durch das Labyrinth von Gängen und Treppen endlich nach unten hindurchgefunden haben, erleben wir eine neue Überraschung, die im Preis miteinbegriffen ist. Wir finden das Hotel verschlossen, zur Straße hin und zum Hof. Auch der Dining-Room ist zugesperrt.

Im tiefen Dunkel liegt die Rezeption. Das Hotel scheint nur von uns beiden bewohnt. Wir sitzen frühstückshungrig in der Mausefalle. Wir könnten den Weg durch unsere Fenster über die Schuppen gehen… Aber unsere Räder!?

So warten wir geduldig, aber doch belustigt, auf den rotschmuddligen Plüschstühlen, die wir bei der Notbeleuchtung ertastet haben.

Nach einer halben Stunde endlich ein männliches Husten auf der Treppe. Ist es der Wirt oder der Kellner… er erscheint mit glasigen Augen und schließt uns den Dining-Room auf. Soweit es seine verkaterte Müdigkeit zuläßt, ist er von großer Freundlichkeit. Verwirrt, daß wir nicht das üblich irische Frühstück bestellen, die gebratenen Würstchen und Schinken mit Eiern, gibt er sich mit dem Käse große Mühe. Wir bekommen ihn wunderbar gewürfelt serviert und haben unsererseits Mühe, die Würfel auf unserem Vesperbrot unterzubringen.

Jetzt flutet Morgenlicht durch die geöffnete Hoteltür, und es stehen drei Liter Milch im Tetrapack auf der Schwelle.

Paul besteht auf seinem Führungsanspruch. Ich soll die schweren Fahrradtaschen über alle Hinterhöfe bis zur letzten Schuppentür schleppen, wo unsere Fahrräder eingeschlossen sind. Ich weigere mich. Ich will mit meinem Fahrrad, wenn es denn aus dem Schuppen befreit ist, vor den Hoteleingang fahren und dort aufladen.

Martins langjährige Erfahrung mit mir besagt, daß er trotz seines großen, profunden, umfangreichen Wissens gutfährt, wenn er mich in seine Pläne einweiht, weil ich in alltäglichen Dingen schneller, intuitiver und praktischer bin.

Ich kann mich der von Paul erwarteten Willfährigkeit nicht beugen. So weit reicht mein Verständnis von Freundlichkeit nicht. Meine (bzw. seine) Taschen stehen abholbereit neben der Milch. Paul schleppt sie mit der Miene eines Märtyrers fort – über die engen dunklen Höfe.

Innerer Groll staut sich. In Paul und in mir.

Beim ersten Tritt auf die Pedale habe ich meinen Groll vergessen. Paul spätestens bei der fünften Radumdrehung.

Auf dem Weg nach Donegal

Wir wollen keinen Umweg fahren – so wird uns der Weg durch einen Zipfel von Nordirland führen. An der Erhöhung dieses Reizes hat Paul seit Berlin gearbeitet. Jetzt wird er nicht müde, mir in anschaulichen Bildern eine Nacht in nordirischer Gefängniszelle bei Wasser und Brot auszumalen, weil wir unerlaubtes Gebiet passieren. Genau weiß ich nicht, wo bei ihm Spaß aufhört und Ernst beginnt. Vor zwei Jahren gab es noch ausgewiesene Grenzübergänge. Ein solcher liegt nicht auf unserem Weg. Aber in unserem Kopf existiert wohl noch immer das schwarze Bild, wie ein Staat mit Mauer und Soldaten über die Unpassierbarkeit der Grenze wachte. Hier liegen zwei Länder der EU nebeneinander, die seit Maastricht visafreien Verkehr pflegen.

Wo das ‚Unerlaubte' geschah, wird mir nicht bewußt. Kein Schild, kein Posten, kein Grenzstein, keine Mauer kennzeichnet den Übergang von der Republik zum Vereinigten Königreich. Die Landschaft bleibt sich gleich. Auffällig nur – statt der grünen gibt es plötzlich rote Briefkästen.

Und ein vertrautes Bild – der Apfelbaum meines Gartens. Er trägt rote Früchte. Wie hat er es geschafft? Der Apfelbaum braucht tiefen Schlaf im frostigen Winter. Die Wintermonate auf der Insel am Golfstrom sind unfreundlich und regenfeucht, aber nicht kalt. Eine silbergraue Moosflechte läßt den Apfelbaum krank aussehen. Sie überzieht den Stamm und die Äste bis hin zu den Fruchtzweiglein.

Bei den Kelten zählte der Apfelbaum zu den sieben heiligen Bäumen. Für sie war es der Baum der Liebe und der Unsterblichkeit. Die Missionare der Bibel machten ihn zum Baum der Erbsünde.

Ein Apfelbaum war meine Zuflucht, als ich Kind war. Das Versteck in seiner Krone bedeutete nicht nur Schutz und Sicherheit, der Baum war Mittler zwischen Himmel und Erde.

Noch heute staune ich über das Kind, das ich war, wie intuitiv und sicher es sich seine Zuflucht wählte.

Immer wieder hole ich mir ins Bewußtsein – dieser sonnige Tag mit dem azurblauen Himmel und dem ungewohnt frühlingshaften Lerchentriller – das ist das Geschenk, das ich mir selbst bringe. Es ist das Außergewöhnliche. In zehn Tagen umbraust mich Berlin, lebe ich im Alltag, ist alles wie sonst. Und doch ganz anders.

Seltsame Bäume, so hoch und schlank, so astlos, so dunkelgrün. Oben die wippenden Strahlen einer grünen Sonne.

Efeuberankte Lichtmaste.

Efeu – Lust oder Last. Begegnen die Iren dem immergrünen Gewächs mit Frust oder Freude?

Efeu berankt alles, was sich beranken läßt. Er gibt den zerfallenden Steinmauern Halt und verhindert ihren Einsturz. Der abgestorbenen Esche verleiht er grünes Leben, den eingesunkenen Cottages romantisches Flair.

Wo man ihn gewaltsam von Mauerwerk trennte, werden Narben sichtbar, weil man nicht trennt, was in einem Jahrhundert inniglich miteinander verschmolz.

Wieder eine Schule.

Das Schild „Caution school ahead" ist eine wunderhübsche Vignette. Zwei Kinder halten sich, vergnügt hopsend, an der Hand, ihre Schultasche in der anderen schwenkend.

Es ist Mittagspause. Mir fällt die einheitlich weinrote Schulkleidung auf. Hannah führt gerade ihren Hund aus. Ein Klassenkamerad apportiert mit dem Mund einen grünen Plastikkoffer und läuft auf allen vieren neben ihr her.

Meine ferne, sanfte Hannah… Sehnsucht überkommt mich.

Einmal standen wir mit dem Schlitten am Rodelberg. Hannah hatte mit den sehr glatten Stiefelsohlen Schwierigkeiten, auf den Berg zu kommen. Auf halber Höhe verlor sie die Leine des Schlittens. Und es gab drei Rowdies, zwölfjährig, die allen Kindern Angst machten mit ihrer rücksichtslosen Wildheit. Der eine rannte Hannahs Schlitten hinterher, die beiden anderen reichten ihr die Hand, um sie auf den Berg zu ziehen. Und als Dank – Hannahs unbeschreibliches Lächeln.

Mißtrauisch betrachte ich jeden gewundenen Draht, jedes Seilende, jeden Gummi auf der Landstraße, ob er sich nicht doch in eine Schlange verwandelt. Die Legende sagt dem Heiligen Patrick nach, daß er die Schlangen aus Irland verbannt habe.

Weiß man, ob er wirklich alle erfaßt hat? Paul sagt, es habe nie Schlangen auf Irland gegeben. Ein Grund mehr, es zu lieben!

Ein endloser Strom von Autos und Longvehicles zieht an uns vorbei. Wollen sie alle nach Donegal?

Donegal – Fort der Fremden – es macht mir Angst.

Es wird die nördlichste Stadt unserer Tour sein.

Wir erreichen sie am frühen Nachmittag. Die einfachen B&Bs öffnen nicht. Man ist von der Arbeit noch nicht zurück. Wir müssen auf eine hochfeine Unterkunft mit rooms en suite zurückgreifen. Sie gleicht einer kleinen Pension. Mehrere deutsche Ehepaare haben sich dort eingemietet.

Donegal ist das Fort der Fremden geblieben. Das Leben pulsiert. Betuchte aller Herren Länder schenken Donegal ihre Aufmerksamkeit und ihr Interesse. Sie prägen das Bild der Stadt, und diese möchte das Geld der Fremden. Auch unseres. Ein erlesenes Geschäft am anderen. Geschmackvoll und teuer.

Für Franziska sehe ich einen Engel aus glattem Holz, als ob er nach einer Vorlage von Barlach oder Kollwitz gearbeitet wäre.

Etwas hindert mich, ihn in Pauls Gegenwart zu kaufen.

Eigentlich wollte ich Franziska keine bildliche Vorstellung von einem Engel vermitteln. Aber wie sollte ich dem kleinen Mädchen von drei Jahren diese wunderbar innere Verbindung zu der Allmacht bewußt machen? Also sprach ich von einem Engel. Das Kind war beglückt und fortan beseelt von tiefem Grundvertrauen, so daß es sichtbar mutiger und selbstsicherer wurde.

Das hübscheste Café-Restaurant erreicht man über eine steile Treppe, die von einem Lampengeschäft nach oben führt. Es gewährt Aussicht auf das Stadtzentrum – ein riesiger, runder Platz mit Bänken, Laternen und Bäumchen in Betonfassungen. Paul bestellt sich einen Kuchenteller. Es liegen fünf englische Küchlein darauf, bei deren farbig kandiertem Anblick Paul glücklich auflacht. Ich wage mich an Muscheln.

Und dann sage ich, daß ich noch einmal telefonieren müßte.

Und kaufe den Engel.

Am Abend finde ich meine Heimlichkeit mit dem Engel blöd, und ich frage Paul, warum er mich eigentlich nicht kennenlernen möchte, wie ich bin und mich so annehmen.

Den Sinn meiner Frage versteht Paul so, daß ich Streit mit ihm suche. Nein, hinter meiner Frage empfindet er Kritik, und er denkt, Angriff sei die beste Verteidigung.

Daß auch ich Paul nicht so annehmen will, wie er ist, kommt mir nicht in den Sinn.

Paul öffnet das Ventil seines angestauten Grolls.

Eigentlich hätte ich lachen sollen, wenn ich nicht erschrokken wäre über den Widerspruch, der in der verzweifelten Heftigkeit seiner Worte lag und der Banalität des Vorwurfs.

Mein Fahrstil sei unmöglich. Er will damit sagen – auch ich bin nicht die ideale Partnerin für ihn.

Daß ich aufs Rad steige, bevor der höchste Punkt des Berges erreicht ist, wäre unökonomisch. Kein Wunder, wenn es mich so schnell erschöpfe!

Und ich fühle mich jeden Tag so wunderbar und großartig, und kein Berg ist mir zu hoch und kein Weg zu lang!

...daß ich ‚ständig' wissen möchte, wieviel Kilometer wir gefahren seien, nerve ihn.

Und Pauls Vorwurf, daß ich Wettfahrten mit ihm veranstalte… oder ihn symbolisch mit gelben oder weißen Trikots auszeichne… Ich tat es aus simplem Spieltrieb, um die Monotonie der Wegstrecke aufzuheben.

Erst versuche ich, mich zu verteidigen und Erklärungen abzugeben. Dann breche ich ergrimmt die Diskussion mit dem Versprechen ab, nie mehr nach der Kilometerzahl zu fragen. Abschließend sage ich böse, meine Fahrweise falle in den zu respektierenden Persönlichkeitsbereich. Ich bin so verbiestert über das sinnlose Gespräch, daß ich glaube, in der Enge des Zimmers ersticken zu müssen. Zudem finde ich, die Betten stehen viel zu dicht beieinander. Ich lege meine Bettmatratzen vor das Fenster und verschaffe mir so die Illusion von Freiraum.

Hinter dem Streit steht nichts anderes, als daß wir uns mögen und traurig sind, so wenig Brücken zueinander zu finden.

Aber das mußte erst einmal begriffen werden.

Beim Frühstück passiert, daß wir von den mitanwesenden deutschen Ehepaaren mit befremdlicher Distanziertheit behandelt werden, als ihnen klar wird, daß wir mit Fahrrädern unterwegs sind. Diese Geringschätzung geht mehr von den Frauen als den Männern aus.

Eigentlich machen sie Urlaub in Belfast, wo die Söhne studieren. Einen Abstecher wollte man sich denn doch leisten in die arme Republik. Donegal sei durchaus einen Ausflug wert.

Als wir uns vor ihren Augen auf die Räder schwingen in einem königlichen Gefühl von Freiheit, umweht von Abenteuerlust, blitzt in den Augen der Männer etwas von Verständnis und Wehmut auf.

Es ist ein klarer, sehr kalter Morgen. Wir fahren in die Bergwelt von Donegal. Paul hat mir Kargheit versprochen. Mein sichtbarer Protest auf den Matratzen vor dem Fenster hat uns beide füreinander wieder sanft und versöhnlich gestimmt.

Ich erhalte meine Handvoll Brombeeren. Hier im Norden und in Atlantiknähe sind sie klein, nicht richtig schwarz und nicht süß. Viele stehen noch in Blüte. Ich bedanke mich gebührend und verstehe sie als Friedensangebot.

Der heutige Tag wird keine Radtour, eher eine Wanderung. Die Steigung ist so stetig und so gewaltig, daß wir kilometerweit schieben müssen. Dann geht es so rasant bergab, daß es nicht eines Tritts auf die Pedale bedarf. Das wiederholt sich.

Grünbraune Weite und Höhe um uns. Land, durch Gletscher abgeschliffen. Heide und Moor in sanften Wellen. Vereinzelt die länglich abgerundeten Hügel. Walrücken.

Wo das Land einsam wird, wächst mein Empfinden, es gehöre wieder mir. Es öffnet sich, es verschenkt sich mir.

Als wir ein Flüßchen passieren, steht wieder das Schild mit den drei munteren Wellen und dem aus dem Wasser springenden Lachs. Es hatte drei Wochen bedurft, bis ich den Lachs als Fisch erkenne, den ich für die Sichel des Mondes hielt, wo er doch Angelgewässer ausweist.

An diesem Tag naht der historische Augenblick unserer Reise. Wir haben den nördlichsten Punkt erreicht. Narvin. Vor uns liegt der Rückweg. Auf die abendliche Karte an Martin (die letzte) schreibe ich: Juchhuu, es geht nach Hause!

Ich will aus meiner Einsamkeit heraus.

Warum ist es im Leben so, daß man sich stets nach dem sehnt, das unerreichbar und fern ist? Hatte ich mich nicht auf die Wochen mit Paul gefreut, gefreut auf seine Art, mit Humor und Freundlichkeit der Welt zu begegnen?

Ich lade Paul ein. Wenigstens einen Irish Coffee will ich mir mit ihm leisten. Paul merkt meine Freude.

Er hat ja recht, als er an dem einzigen Pub, der sich in der Weite und Öde findet, vorbeifährt.

Was gäbe es gemeinsam zu feiern?

Mich rührt das vergessene Tee-Ei, das an einem Dachbalken baumelt am eingesunkenen Haus unter hohen Eschen in kilometerweiter Einsamkeit. Ich möchte es photographieren und finde das Gemäuer bewohnt von Mäusen und Spinnen.

Wir übernachten in einem einsam stehenden Bauernhaus, weit hinter Glenties, wo ich schon keine Unterkunft mehr vermutete. Ein großer Hof mit Hühner und Katzen und Kuhställen und einem ‚unbeschreiblichen' Hund.

Die Frau, die uns öffnet, wird in meinem Alter sein. Sie hält die Hand vor den Mund und kichert wie ein junges Mädchen. Sie freut sich, daß Gäste kommen und bittet uns in ihre gute Stube. Sie bewirtet uns mit Kaffee und wunderbarem selbstgebackenen Kuchen. Kichernd huscht sie um uns herum und erheitert uns mit ihrem freundlichen Wesen. Schließlich hält sie es nicht mehr aus und lüftet ihr kicherndes Geheimnis. Ihr Gebiß sei am Morgen zerbrochen – an einer Scheibe Toastbrot. Sie läuft in die Küche und holt die zwei Hälften, die wir verlegen teilnahmsvoll begutachten und ihr versichern, daß wir sie trotzdem sehr charmant finden. Dafür bringt uns die Frau ein weiteres Tellerchen mit Kuchen und gibt ihr zweites Geheimnis preis. Sie sei heute Silberbraut. Wir gratulieren und werden zum Abend zu einem Glas Wein eingeladen.

Es ist ein richtiger Kamin. Das Feuer leckt prasselnd an den Torfriegeln, bis sie rotglühend strahlen und in silbergrauer Rundheit erstarren. Das sehr mit Gälisch durchzogene Englisch unseres Silberpaares macht das Verständnis nicht leicht. Die Männer sprechen über Geld und Leben, d.h. der Bauer redet, und Paul nickt. 75 Kühe stünden im Stall. Mehr erlaube die EU nicht. Das reiche gerade, die beiden am Leben zu halten und das Haus vor dem Einsturz zu bewahren. Der Jüngste wird den Hof erben. Mit der Frau tausche ich durch Zeichensprache die Anzahl unserer Kinder und Enkelkinder aus. Sie hat keine Enkel, ich habe vier, was sie höchst verwundert. Wir prosten uns zu und versichern uns immer wieder unserer Sympathie.

Unser Zimmer, groß und geräumig und mit weit auseinanderstehenden Betten, hat einen Nachteil – wir müssen uns in dem in der Zimmerecke eingelassenen Handwaschbecken waschen. Wir beschließen, in aller Heimlichkeit das nebenanliegende Gästezimmer mitzubenutzen. Paul soll es tun! Wer nimmt Schaden?

So passiert, daß Paul im Dessous der Frau des Hauses auf dem Korridor begegnet, als er leise und unbemerkt das unerlaubte Zimmer verlassen will. Die Frau, erschrocken, einen fremden Mann im Slip zu treffen, hält sich kichernd die Augen zu und macht so ungesehen, wo er gegen die Regel verstieß.

Paul sagt während des abendlichen Vorlesens: Langsam wachsen mir die Kelten ans Herz!

Annäherung braucht Zeit.

Ich bin Paul dankbar für diesen Satz. Sehr.

Die Kelten… sie fühlten sich frei und lebten ihre Freiheit in einem anderen Verständnis als wir. Sie ließen sich nicht von Menschen oder Umwelt in Zwänge bringen. Was bei uns hinter dem Wort ‚Sünde' steht, war ihnen fremd. Gut und Böse bildeten eine Ganzheit. Es gehörte zusammen wie Leben und Tod. Sie entwickelten aus ihrem Denken keine Theorien und keine Wissenschaft. Das dünkte ihnen wie Anstecknadeln auf einem Mantel, die eines Tages wieder abfallen würden.

Auf dem Weg nach Ballyshannon

Es hat über Nacht geregnet. Im Stechginster liegen wie silberne Tüchlein Spinnennetze. Zerrissene Schleier, perlenbesetzt, hängengeblieben vom eiligen Ritt der Feen durch die Nacht.

Zwinkernd hatte unser Hausherr von dem Treiben der guten und bösen Geister gesprochen, die in manchen Nächten nach wie vor zugange seien. Und er erzählte, als er das Dach seines Hauses mit Ziegeln deckte, fand er unter den Balken Kalbsknochen, die vor Verwünschungen und bösem Zauber schützen sollten und damit die Kühe reichlich und gute Milch gäben. Er ließ offen, ob noch immer Kalbsknochen unter dem Gebälk versteckt lägen.

In dem Regendämmer hat der Tag für die Schafe noch nicht begonnen. Sie schlafen. Das eine die Wärme des anderen suchend. Manchmal fällt milchigweißes Licht durch die Wolken oder ein perlfeiner Regen. Mir gefällt es, durch die stillen Regenschleier zu fahren. Sogar das herbe Riedgras im herbstnahen Braun sieht nach dieser Nacht verzaubert aus.

Unser Rückzug aus den Bergen Donegals gestaltet sich schließlich in eine sausende Abfahrt. Wir durchrauschen noch einmal die Stadt mit ihrem Castle und ihrer Abbey. Unser Ritt wird aufgehalten. Offensichtlich ist Wandertag. Ein unabsehbarer Schülerstrom Sechzehn-Achtzehnjähriger ergießt sich in die Stadt. Es bleibt rätselhaft, aus wievielen Schulen sich dieser Strom rekrutiert. Es müssen Schüler einer ganzen Grafschaft sein. Vielleicht kommen sie aus Ulster.

Ich habe Wahrheiten gesucht in Irland. Ich habe mein Märchen an den Dichter geschrieben. Ich werde mir vorkommen wie die verlorene Tochter, die zurückkehrt voll Sehnsucht, voll Ungeduld, voll Heimweh nach dem, der mich annimmt und der mich lieben kann so wie ich bin, weil er meinen Namen weiß und ich den seinen.

Das ist die größte und tiefste Erkenntnis, die ich in Irland gefunden habe.

Jetzt ist es passiert. Ich habe mich nicht beherrschen können, ich habe meine Freundlichkeit vergessen. Paul ist es gelungen, mich aus der Fassung bringen. Als er mich innerhalb einer Stunde zum drittenmal fragt, ob ich erschöpft sei, fährt es aus mir heraus, daß ich diese Frage hasse und sie nicht noch einmal hören möchte! Nicht, daß ich mich erleichtert fühle! Meine heftige Reaktion tut mir leid. Paul scheint tief gekränkt, daß ich mir seine ‚fürsorgliche Anteilnahme' so heftig verbat.

Nun denke ich über sein und mein Verhalten nach. Hinter Pauls Frage steht keine Freundlichkeit und keine Fürsorge. In trotziger Rechtfertigung laste ich Paul Überheblichkeit an. Er hat das Bedürfnis, mich klein zu machen, um sich selbst großartig zu fühlen. Ich male mir aus, wie er im Februar nächsten Jahres eine Anzeige in die Zeitung setzt, sich mit den freundlich-sein-sollenden Frauen trifft und erzählt, wie die letzte auf seine teilnahmsvolle Frage nach ihrer Befindlichkeit böse reagierte…

Will er mir auf diese Art suggerieren, daß ich als mögliche Radpartnerin für ihn nie wieder in Frage komme?

Und ich finde unsere Reise noch immer so wunderbar!

Ballyshannon. Wenn ich den Namen der Stadt höre, muß ich an ein Gedicht von Heaney denken.

‚Fischern von Ballyshannon
ging letzte Nacht ein Kind ins Netz,
zusammen mit den Lachsen.
Eine illegitime Brut...
Aber ich bin sicher,
als sie im Seichten stand und
liebevoll ihn untertauchte,
bis die erfrorenen Knoten ihrer Hände
tot wie der Kieselgrund waren,
glich der kleine Körper einem Stachelfisch,
der sie zerfleischte...'

Das ist, was mir Angst macht – die Angst der Frauen, die sie zu so solcher Tat treibt. Angst vor dem Dogma des Glaubens, das Ausgrenzungen zuläßt. Ausgrenzungen, die eine größere Hölle scheinen als ihr grausiges Tun.

Stadtbummel in Ballyshannon. Einkauf. Mein Versöhnungsangebot – eine halbe Flasche Sekt. ‚Ärgerst du mich nicht, ärgere ich dich auch nicht!' Meine Versicherung – wir haben eine schöne Zeit miteinander!

An den Fluß mag ich nicht gehen. In der kleinen hügeligen Stadt sind die Straßen hoffnungslos zugestopft von Versorgungsfahrzeugen und der Müllabfuhr, die sich mit den Bussen verkeilt.

Durch das Gewühl der Straßen zieht ein Zwölfjähriger, seine Mappe unterm rechten Arm, die kleine trödelige Schwester, deren Schultasche unter dem linken Arm klemmt. Er tut es verantwortungsbewußt. Der Anblick der Geschwister nimmt mich wieder für die Stadt ein.

Paul glaubt, seine Nieren verkühlt zu haben. Er sucht eine Apotheke auf. Ich warte draußen. Ich gehe um die Ecke und stehe vor einem Café. Es trägt einen höchst merkwürdigen Namen. „The Dead Poet's Cafe".

Dichter, du sollst wissen, daß mich deine traurigen Verse mit ebenso großer Traurigkeit erfüllen. Glaube mir, einst schrieb auch ich Verse mit meinem Herzblut. Ach, würdest du durch Irland fahren, du würdest dich selbst finden und wieder heil werden!

Dieses Mal haben wir bei einem Friedenswächter Quartier bezogen. Er humpelt wegen seines Hexenschusses an einer Krücke durch das Haus. Seine liebliche Tochter Fiona brüht uns einen Kaffee. Statt Kuchenbrot gibt es tiefgefrorene Marsriegel und Milky-ways. Er sagt uns auf den Kopf zu, daß wir aus dem östlichen Teil Deutschlands kommen, lacht zufrieden ob unserer Verwunderung auf. Wir seien nicht so eingebildet!

Das blaue Zimmer. Eine mit kornblumenübersäte Tapete. Kornblumen so groß wie Sonnenblumen. Dunkelblaue Vorhänge und hellblauer Store. Blaugeblümte Bettwäsche. Eine wunderschöne Keramiklampe mit blauem Fuß. Der Schirm aus dem gleichen Stoff wie die Vorhänge. Das Besondere der Lampe – sie ist auf dem Nachttisch angeklebt. Das hatten wir noch nie! Eine Stunde befaßt sich Paul kopfschüttelnd damit, was es mit der festgeklebten Lampe auf sich haben könnte. Er findet immer neue Erklärungen. Ich lache Tränen.

Wir lesen noch immer in der „Irischen Zauberharfe", d.h. Paul liest, ich höre zu. Ich will nicht wieder denken, daß in seiner Stimme eine sinnliche Anziehung liegt. Ich mag seine Stimme und sein schönes Lachen. Schon in Berlin, besonders am Telefon. Da schürte es eine gewisse Erwartung.

Paul ist bei den Anmerkungen angekommen. Mit sichtlichem Vergnügen gibt er sich jetzt der Antwort auf die Frage hin, welches die beste Zeit sei, Feen zu begegnen:

‚Die erste Regel lautet: Es muß ein sehr heißer Tag sein. Nehmen wir das mal als gegeben an. Und ihr müßt etwas schläfrig sein, aber auch wieder nicht zu schläfrig. Und dann sollt ihr euch auch ein bißchen feenmäßig fühlen. So der Zustand, den man im Schottischen übersinnlich nennt. Das ist vielleicht ein ganz zutreffendes Wort, vorausgesetzt, ihr wißt ohnehin, was ich meine. Dann müßt ihr eben warten, bis ihr eine Fee trefft. Dann wißt ihr es. Und die letzte Regel wäre noch, daß keine Grillen zirpen sollten. Also, wenn all dies zusammenkommt, besteht eine gute Chance, daß ihr Feen seht, oder sagen wir mal, jedenfalls eine bessere Chance, als wenn all dies nicht der Fall ist.'

Wenn morgen ein sehr schöner Tag sein sollte, wollen wir unser Feenglück probieren.

Mit dieser Aussicht ist Paul bereit, die Enge unserer Bettabstands musternd, sich mit seinen Matratzen vor die Tür zu legen. Ich weiß sein Angebot zu schätzen. Ich will es nicht annehmen. Doch Paul möchte mir diese Freude machen.

Der humpelnde Friedenswächter, der Strohwitwer ist, will sich nach dem Frühstücksmenü erkundigen. Er öffnet die Tür, als die Matratzen gerade auf dem Fußboden ausgebreitet sind. Es verschlägt ihm die Sprache. Fassungslos murmelt er: Oh lala! und zieht die Tür eiligst ins Schloß.

Das Oh lala erheitert uns maßlos. Unsere immer wieder neu ausbrechenden Lachanfälle gehen bis tief in die Nacht.

Auf dem Weg nach Dowra

Wir brechen in Ballyshannon auf und machen uns auf den Weg nach Mittelirland. Je näher wir der nordirischen Grenze kommen, umso nationalbewußter zeigt sich die Straße. Die grünweiß-orange Flagge schmückt jeden Lichtmast. Paul hat mir ausgeredet, über Enniskillen fahren zu wollen, das etwas tiefer im Vereinigten Königreich liegt. Wir wollen es bei Blacklion wieder verlassen.

Wenn ich nur wüßte, ob es an diesem tauglitzernden Morgen wirklich Lerchen sind, die so trillernd aufsteigen. In Chorin hörte ich sie im Mai, wenn ich mit Hannah und Rahel über die Felder lief, die sich zart begrünten. Hier geht der September zu Ende. Und die Kastanie steht im leuchtenden Gelb.

An diesem westlichsten Rand Nordirlands dünkt die Gegend bettelarm. Das Gesicht der Armut trägt auf der ganzen Welt die gleichen Züge. Die hier leben, ernähren sich schlecht und recht von ihrem Grund und Boden. Hier weht nichts Geschichtliches herüber. Nichts von den erbitterten Kämpfen englischer Kolonialherren und kolonisierter Iren.

Hier kämpft der einzelne mit der Natur den Überlebenskampf.

Es ist nur Wind und Stille um uns und Vogelschlag und das Surren des Rades. In der weiten Ferne liegen blau die Berge wie riesige Saurierwirbel. Neben uns eine Distelwiese im hügeligen Land, von Bachläufen durchzogen und von Erlen besäumt.

Der Herbst sitzt in den Bäumen. Die Weiden ergilben. Ich mag die Weide. Sie ist Lauras Baum. Sie streckt ihre Zweige dem Wasser entgegen, um das vom Wasser reflektierte Sonnenlicht einzufangen. Diesen gespeicherten Schatz vermag sie mit ihren goldenen Zweigen als Heiterkeit zu verschenken. Sie vermag mitzutrauern, wo ihre Anteilnahme verlangt wird. Weidegeborene öffnen sich intuitiv den großen Träumen der Menschheit, weil sie die Sonne doppelt in sich tragen.

Solche gleichnishaften Analogien mag ich.

Paul hat auf mich gewartet. Er weist auf ein Schild. ‚Scenic route'. Ich bin einverstanden. Sie erweist sich als schmale Parallelstraße mit wunderbaren Aussichten. Während sich ihre große Schwester flach und eben, langweilig und mühelos die Kilometer einzieht, springt die Panoramastraße in einem unentwegten Auf und Ab über die Berge, verschenkt auf den höchsten Punkten köstliche Weitsichten, treibt uns Röte ins Gesicht und zarte Schweißperlen auf die Stirn.

Ich versäume, ein Photo von Paul zu machen, wenn er ganz oben steht und auf mich wartet. Die dunkle Silhouette mit dem Rad vor dem wolkendurchtosten Himmel.

Weiß Paul eigentlich, welche Gunst ich ihm verschaffe, wenn er nach gewisser Kilometerzahl auf mich warten darf? Mit meiner umständlichen Art, den Photoapparat zu handhaben, abzusteigen, das Rad abzustellen, das mir mehr als einmal dabei umfällt, die beste Einstellung zu suchen, ihn dann wieder zu verstauen, biete ich Paul jeden Tag die Möglichkeit, sich nach dem Anstieg auszuruhen. Nach unserem Streit habe ich meine

Radtaschen zurückgefordert. Das war ich meinem verletzten Ehrgefühl schuldig. Nun schiebe ich sie unverdrossen die steilen Berge der scenic route hinauf und kann absolut nicht herausfinden, ob es sich schwerer schiebt.

Es gibt Ausblicke auf den Lough Macnean. Vertrautes Bild Mecklenburger Landschaft. Wir passieren einen Tannenwald, der so hoch, so undurchdringlich ist, daß es gruselt. Am Straßenrand sind die Tannen mit Flechten bewachsen und sehen krank aus. Und wieder erbarmt sich Efeu und vertuscht den Eindruck.

Wir machen Rast an der scenic route und glauben uns allein in dieser brombeerverheckten Wildnis. Da treffen wir noch einmal auf die Szenerie aus dem Märchen. Der Müllerstochter wurde das Stroh zu Gold gesponnen. Nun sehen wir Rumpelstilzchen, wie es so seltsam herumspringt und sein Feuer hütet und nährt. Und ein neues Feuer entzündet und es umhüpft, bis auch dieses prasselnd hochschlägt. Es braucht lange, bis ich begreife – hier wird mit Verbrennen gerodet.

Gegen fünfzehn Uhr kommen wir an einem Anwesen vorbei. Auf dem Türpfeiler der Steinmauer stehen drei Milchtüten, die noch nicht ins Haus geholt wurden.

Bei Böll waren es vor vierzig Jahren in Limerick zwei stehengebliebene Milchflaschen, die davon sprachen, daß die Bewohner des Hauses nach Australien oder Kanada ausgewandert waren.

Die sich dieses Haus bauten, könnten die Zurückgekehrten sein. Es steht im frischen grauen Putz. Wir treffen immer wieder auf diesen stereotypen Wohnklotz mit der breiten Fensterfront, der asphaltierten Auffahrt, dem englisch kurzen Rasen hinter der niedrigen Mauer. Ein zerzaustes Palmenbäumchen steht im Wind oder ein Affenschwanzbaum. Grundstücke ohne Charme und Geheimnis, dem Wohlstandsdenken westeuropäischer Länder verfallen, der Armut abgetrotzt.

Ein junger Bursche steht mit seinem Auto in der Ausfahrt und läßt mich vorbei. Er macht eine kurze heftige Handbewegung, mit der er seinen Daumen hochreißt. Ich bin erschrocken und denke, er hat mir ein böses Zeichen gemacht, weil er warten mußte. Nach fünf Kilometern begegnet mir ein Alter auf dem Traktor. Er macht die gleiche Daumenbewegung.

Es ist der Gruß dieser Gegend. Wir lassen uns nicht unterkriegen! Ich leiste dem jungen Mann in Gedanken Abbitte.

Wir fahren in ein Tal hinein. Im Schutz der Senke steht ein finsterer Wald. Die Bäume sind alt und hoch und lassen wenig Licht hindurch. Im dichten Unterholz stehen die Reste einer Kirche. Der Giebel efeubewachsen. Die gotischen Bögen schlicht und schön. Aus einer der schwarzen Fensterhöhlen schaut unverwandt und stumm ein Ziegenbock mit wunderbar geschwungenen Hörnern und langem Zottelbart.

Kilometerweit wird Dowra angekündigt. An jeder Abfahrt findet sich ein Hinweisschild. Eine Stadt ist es mit Sicherheit nicht. Ich zähle auf der linken Seite fünf Häuser. Jedes steht einzeln für sich. Auf der rechten Seite sind es acht, alle aneinandergeklebt, davon weisen sich drei als Bar aus und eines als Restaurant. Zu Dowra gehört noch eine Brücke, eine Post und ein A+P-Laden. Und kein B&B. Der nächste Ort liegt 20 Kilometer entfernt.

Doch im Obergeschoß des Restaurants könnten wir zwei Zimmer bekommen. Zum erstenmal graule ich mich und will mit Paul zusammen in einem Raum schlafen. Die Betten stehen sowieso weitläufig hintereinander. Die Zimmer sind nicht abzuschließen, und von der Decke und aus den Wänden dringen merkwürdige Geräusche, über deren Herkunft wir uns nicht klarwerden. Es ist, als ob Wind unter die Schindeln führe, aber Schindeln gibt es nicht am Haus. Oder auf dem Boden steht eine Wäschemangel, und ein Verdammter muß nachts die Walzen drehen.

Dazwischen das Klagen und Blöken von Schafen, das nicht abreißt.

Es ist Freitagabend. Aus der Bar unter uns dringt kehliges Lachen. Hin und wieder tappt jemand die Treppe hinauf, der die obere Toilette sucht. Ich habe einen Stuhl vor unsere Tür gestellt, damit sich niemand irrt.

Paul starrt mit unglücklichem Gesicht auf einen schwarzen Fleck an der Decke. Ich steige auf Tisch und Stuhl – es sind zwei große Fliegen, die sich begatten. Ich weiß nicht, ob Paul das tröstet.

Zunächst beschließen wir, solange es hell ist, spazieren zu gehen. Wir wollen an den See. Lough Allen. Man braucht ein Ziel, auch wenn wir es an diesem Abend nicht erreichen. Wir gehen in den späten sonnigen Nachmittag.

Es ist ungewohnt, an Pauls Seite zu gehen und miteinander zu reden, wo wir tagsüber nur auf Zuruf fahren.

Ich erzähle Paul ein irisches Märchen. Es handelt von der Robbenfrau und ihrer ozeanischen Heimat. Die Frau lebt mit ihrem Mann in der Hütte am Meer und wird von Tag zu Tag trauriger. Schließlich folgt sie dem Ruf der eigenen Seele und taucht in die Tiefe des Ozeans, um ihre Unfreiheiten und Trauer loswerden, die auf die gewaltsame Einengung ihres Selbst zurückgingen.

Und ich sage – die Wochen in Irland – sie waren wie Seelenheimat aufsuchen, Vermögen gewinnen, sich den Anforderungen des Alltags neu zu stellen. Und Antwort suchen auf die tiefsten Fragen des Seins.

Das verstehe ich, sagt Paul. Darüber solltest du schreiben.

Vielleicht sollten wir jeden Abend einen See suchen und miteinander reden und uns öffnen und Brücken suchen.

Und ich denke, Paul würde auf eine märchenhafte Weise belohnt, wenn er sich öfter auf eine harmonische Zusammenarbeit mit dem Weiblichen einließe.

Als wir um halb neun den Frühstücksraum betreten, erleben wir eine Überraschung. Wir tauchen tatsächlich noch einmal in die Vergangenheit ein. Die Atmosphäre ist uns seltsam vertraut. Wir sitzen im Kollektiv einer Agrargenossenschaft. Junge Männer, eine Frau, zwei Alte und der, der den Vorsitz führt. Scherze. Eintracht, verbunden durch gemeinsame Arbeit. Sie essen ihr deftiges irisches Frühstück. Sie sitzen da in ihren Arbeitsklamotten und sind alle sehr vergnügt. Die Frau – das sanfte Element der Truppe. Jeder ist so stark, wie die Genossenschaft gut ist.

Ich beneide sie maßlos. Ein Verlustgefühl steigt auf. Für uns wird es kein Kollektiv mehr geben, kein Füreinandereinstehen.

Ich denke an den Tag, an dem ich aus dem Kollektiv schied, um in die Freiberuflichkeit zu gehen. Mir war sehr beklommen. Ich dachte, wenn ich die Verbindung mit jedem einzelnen aufrecht erhielte, könnte ich es mir bewahren und mußte doch erfahren, daß die Summe der Quantität nicht die Qualität des Kollektivgeistes ausmacht.

Ich tröstete mich damals, daß ich jederzeit zurückkehren könnte in die Gemeinsamkeit der Verantwortung.

Dieser Trost ist schmerzhaft fort. Etwas Unwiederbringliches ist verloren.

Ein neuer Gast betritt den Raum. Ich erkenne ihn wieder, den Traveller. Nicht den Rotbärtigen. Dieser ist bereits ergraut. Sein Bart flößt Ehrfurcht ein, auch die Länge seines Haares. Sein würdiges Gesicht läßt mich zunächst an einen Pfarrer denken. Er kommt mit einem großen Hirten- oder Wanderstab in die Kantine und bestellt ein Frühstück.

Ich erkenne ihn an seinem selbstgenähten langen Mantel aus grobgewebtem grauen Wollstoff.

Auf der Einsamkeit der Landstraße werden wir am Tag noch zwei weiteren begegnen. Mit geschnitztem Wanderstecken und in ausgetretenen Schuhen. Sie erlaufen sich ihre Ziele.

Auf dem Weg nach Strokestown

Ein heftiger Wind wirft sich uns bereits am Morgen entgegen. Wir kommen kaum voran. Ein Glück, daß wir nirgendwo einen Zug erreichen müssen. Wir können die Heftigkeit des Windes ungehetzt auskosten!

Jetzt haben wir den See Lough Allen zu unserer Rechten und fahren ihn seiner Länge von 18 Kilometern ab. Quer könnte man ihn ohne weiteres durchschwimmen. Der Wind wächst sich zu einem Sturm aus.

Die Brombeeren sind sonnenverbrannt. Der hohe Farn wird gelb. Schlehen leuchten in ihrem tauben Blau. Sie schmecken so scheußlich wie in Chorin. Wenn man die blauen Früchte in die Kühltruhe legt und sie einen Kälteschock erleiden, werden sie süß.

Mich haben jedes Jahr im April die Schwarzdornhecken an den Choriner Feldrainen bezaubert. Wenn ich wußte, daß sie blühen, bin ich nach Chorin gefahren. Sie dünkten wie die Brautschleier des Frühlings.

Die Kelten hatten die Schlehen unter ihren ausdrücklichen Schutz gestellt. Sie zu roden wurde schwer geahndet.

Schwarzdorngebüsch ist in den irischen Sagen Feenort. Die Büsche wurden als Schutzwälle für die Felder angelegt, um sie vor Wildfraß zu schützen. Durch ihre Dornen und ihre Üppigkeit wurden sie im Laufe der Jahre unpassierbar. Sie bildeten die Grenze von Wildnis und Zivilisation, von Schutz und Ausgeliefertsein, von Leben und Tod, von Diesseits und Jenseits.

Gibt es keine Steine, die aufgelesen und zu Schutzmauern verwendet werden können, zieht man Drahtzäune oder pflanzt Hecken. Alle Straßen in Irland, die kleinen wie die großen, sind zu beiden Seiten hin begrenzt. Hier sind es Hecken. Stechginster, Brombeeren, Schwarzdorn, Efeu – alles aufs engste miteinander verquickt. Dann fällt der Regen, und es scheint die Sonne! Die Vegetation explodiert. Die Straße wird schmaler. Zwei Autos können nicht mehr einander passieren. Und eines fernen Tages ist sie zugewachsen. Zugerankt.

Jetzt fahren wir an einer Endloshecke entlang, die kahl und zerfleddert ist. Sie wurde auf anderthalb Meter Höhe zurückgestutzt. Der Chausseerand ist wieder frei und hat zu beiden Seiten einen guten Meter an Breite gewonnen. Die Hecke macht einen gewaltsam gerupften Eindruck. Verloren hängen Vogelnester im Gezweig, durch die heruntergeschlagenen Blätter sichtbar geworden. Mir ist rätselhaft, welcher Riese mit welcher Armkraft, mit welcher Machete, die zum Teil armstarken Äste abschlug, daß sie nun mit zerfetzten weißen Stümpfen in die Luft ragen. So geht es kilometerweit.

Dann sehe ich das rollende Ungetüm, auf der einen Seite am mächtigen Arm die Schlagmesser.

Es gibt Zeiten am Tag, da tritt der Himmel in Konkurrenz zur Landschaft. Eine Komposition in Schwarz-Weiß-Grau, die Sonne ist verdeckt. Weit oben stehen in reinem Azur Wölkchen, vom Sturm zu Zirren zerzupft. Im tiefen Dunkel hat sich eine Gewitterwand dräuend vor den Berg gesenkt. Die getufften hellgrauen Schleier über uns verwandeln sich spielerisch unter dem silbernen Licht. Schwerter aus Sonnenstrahlen blitzen wie Dissonanzen auf.

Der Himmel ist interessanter als das Land.

Ich finde ein Taschenmesser. Verloren liegt es am Straßenrand. Ich hebe es auf. Es ist noch warm. Zudem ist es hübsch und vielseitig verwendbar.

Vor uns kämpft eine drollige Gestalt gegen den Wind. In einen Regenumhang gehüllt, den der Wind aufbläht, auf einem viel zu kleinen Rad, eine Angelstange in der Hand, ebenfalls Spielzeug des Windes, strebt sie dem Fluß zu.

Er mag fünfzehn sein und freut sich über all seine Sommersprossen, als ich ihm sein Taschenmesser zurückgebe.

Der Sturm wird mächtiger. Noch wollen die Blätter nicht tanzen. Ihre Zeit ist noch nicht gekommen. So wirbelt der Sturm durch die Luft, was er auf den Wegen findet, Sand, Papier und Blätter des Vorjahres. Er wirft sich in einen Apfelbaum mit rotbäckigen Früchten. Selbst die Äpfel fallen nicht. Wie toll dagegen drehen sich die weißen Plastikscheiben an den Ästen. Mindestens zwanzig Stück. Sie werden Deckel von Marmeladeneimern sein.

Als wir die Stadt Carrick-on-Shannon erreichen, tun wir alles, um dem Sturm aus dem Weg zu gehen. Wir halten uns im Touristen-Zentrum auf. Für Martin suche ich nach einem Buch der Wappen, weil ich um seine Neigung zur Heraldik weiß. Er liebt das Wappen als Artefakt, und ihn interessiert die Geschichte, die er hinter den Bildern und Symbolen enträtselt. Für mich bleiben die irischen Wappen ein faszinierendes Geheimnis, dem ich mich an diesem Ort widme, bis ich aufgewärmt bin.

Ich kaufe für Charlotte ein neues Eselchen.

Unser nächstes Ziel ist eine Buchhandlung. Dieses Mal ist es Paul, der eine einstündige Beratung über eine CD irischer

Folklore in Anspruch nimmt. Die Buchhändlerin erliegt seinem Charme oder er dem ihren.

Es ist kein Antiquitätengeschäft, es ist ein Trödelladen, in den Paul mich zieht, auf der Suche nach einem Schatz, den bisher die anderen unterm dem Krempel übersehen haben. Der Laden ist zu groß und zu düster, um ihn gewissenhaft zu durchforsten. Außerdem habe ich Hunger!

Da der Sturm sich nicht legt, gehen wir essen. Scholle. Mit vier köstlichen Pellkartoffeln. Am Abend werde ich ein Gedicht schreiben über eine mehlige Pellkartoffel, die mit Butter und Salz gegessen wird. Nach dem Essen, wohlig durchwärmt, finde ich, wir sollten uns ein B&B suchen.

Da bei Paul die Tour nach Plan geht – ist der nicht meiner Meinung. Ich knurre und frage, ob er die letzte Geschichte des Struwwelpeters kenne. Die Warnung, daß man bei Sturm nicht ausgehen solle!

Paul antwortet mit dem ihm eigenen Humor: Wir heißen doch nicht Robert!

Ich weiß nicht, wie das Land aussieht, durch das wir fahren. Ich kann nicht den Kopf heben. Ich kann nur mit aller Kraft und allen Sinnen gegen den Sturm kämpfen, daß er mich nicht vom Rad hebt oder in den Straßenrand wirft oder vor ein Auto schleudert. Als wir wieder einmal ganz oben sind, ohne jeglichen Baum- und Heckenschutz, denke ich erleichtert: wenigstens kann uns kein Ast erschlagen!

Trotzdem finde ich, bei diesem Wetter darf man nicht einmal einen Hund ins Freie jagen. Bei der Vorstellung, daß heute Samstag ist und die Leute in den Autos zu Verwandtenbesuch fahren und am prasselnden Kamin gemütlich Kaffee trinken, tue ich mir unendlich leid.

Paul ruft mir zu: Herrlich, eine solche Naturgewalt zu erleben, nicht wahr! Wir haben Glück, daß es nicht regnet!

Gilt nicht das irische Sprichwort: It could have come worse!

Nach dreizehn schwer erkämpften Kilometern haben wir Elphin erreicht. Ich will die Stadt sympathisch finden, weil eine große Agrargenossenschaft am Ortseingang liegt. Heute ist Samstag. Die Herren des Hauses werden die Tür öffnen und für das Wochenende ihre Ruhe wollen. Mein ungutes Gefühl verstärkt sich nach dem ersten vergeblichen Klopfen.

Man will uns nicht! Zweimal die vor Verlegenheit des Lügens bedauernde Antwort, das Zimmer sei besetzt.

Komm, sagte ich zu Paul, uns gefällt die Stadt nicht! Sie ist häßlich und langweilig und unfreundlich.

Dann beginnt es zu regnen. Nein, Regen peitscht von rechts. Wir verkleiden uns wieder bis zur Häßlichkeit. Ich ziehe meine Schirmmütze so weit ins Gesicht, daß ich nur noch Pauls Hinterrad im Blickfeld habe. Innerlich stelle ich mich darauf ein, daß auch im nächsten Städtchen kein B&B öffnet und merke mir die Scheune, die gut bedacht ist und voll goldenen Strohs liegt. Die Abenteuerlust in mir ist nicht erloschen. Nicht, daß ich versessen auf Abenteuer wäre. Dem Unvermeidlichen entgegengehen. Der Situation das beste abgewinnen! Wir hatten schon so abenteuerliche Quartiere – warum also keine Scheune? Verhungern werden wir nicht, erfrieren auch nicht. Jeder von uns hat eine Taschenlampe. Paul besitzt Humor! Sich einen Abend nicht zu waschen, werden wir überstehen. It could have come worse!

Ich erwäge den Gedanken, in dem leerstehenden Haus Quartier zu beziehen, das mit vernagelten Fenstern grüßt. Doch die Vorstellung, das Haus mit Mäusen oder größeren Untermietern zu teilen, läßt mich diese Absicht wieder aufgeben.

Strokestown.

Eine unfaßbar breite Mainstreet. Ein einziges B&B. Als ich den Namen lese, werde ich zuversichtlich. Martin's House. Sonst lasse ich mich scheiden! Ein siebzehnjähriger Jüngling öffnet uns. Schon wie er uns anlächelt!

Es ist ein wunderschönes Zimmer, das wir beziehen. In Rosa und Dunkelbraun. Die Möbel sind aus Eiche, in der Vornehmheit der Gründerjahre. Ein Kamin. Zwei in dunkles Holz eingelassene Waschbecken mit hohen Wasserhähnen. Daß sie tropfen, gehört dazu. Stilvolle Fenster mit seitlich eingelassenen Fensterläden. Ein großes Doppelbett für mich. In einer Nische steht das Bett für Paul.

Und der „zwölfte Stuhl"! Mit kunstvoll geschnitzter Lehne. Der Bezug ist aus rotem Plüsch. Und sichtbar der große Buckel des Verstecks. Wir überlegen, was wir uns von dem Geld kaufen werden. Ein Cottage. In Connemara oder auf Achill-Island. Wir legen fest, wer es wann und wielange nutzen darf.

Wir drehen den Stuhl um. Alles perdu. Jemand ist uns zuvorgekommen. Das Versteck ist geplündert und mit einem frischen Brett vernagelt.

Blättern in dem Buch ‚Irish Clans'. Die Wappen irischer Familien. Die wechselvolle Geschichte Irlands, die Kriege, Invasionen, Belagerungen, Einwanderungen – sie gehen durch alle Zeiten und berührten die Schicksale des einzelnen. Wo sich große Geschichte und Familiengeschichte kreuzen, kann der Nachname der Schnittpunkt sein. Ob es die Kelten waren, die Normannen, die Wikinger oder die Briten, wo sie zu Bewohnern Irlands wurden und sich Iren nannten, hatten sie das Recht auf ein Familienwappen. Ich bin von den Farben fasziniert, der Symbolik, der verborgenen Geschichte, den mystischen Bezügen. Ich bewundere die Phantasie, mit denen die Wappen gemalt wurden. Stolz, Drohung, Verehrung, Würde, Dank.

Die Kennedys tragen drei Helme im Wappen, die Kellys zwei aufrechtstehende Löwen, die einen Turm schützen, die Joyces einen doppelköpfigen roten Adler und die Bradys auf schwarzem Untergrund eine goldene Hand, die auf eine goldene Sonne weist.

Ich lese, daß Familiennamen meist Schlüsselworte sind von symbolischer Bedeutung: Tag, Nacht, stumm, Anführer, lahm, Silberhand, Tod, solares Gesicht, braun, Woge, Meer, Abgrund, alt, Flamme, Hirsch, stark…

Mir gefällt der Gedanke, daß für die Kelten zum Verstehen der Welt eine andere Dimension wesentlich war – die spirituelle. Sie maßen der Herrschaft der Sinne als höchstes Mittel der Erkenntnis nicht die Priorität zu. Ihr Glaube begründet sich nicht aus der Betrachtung des Sichtbaren und Greifbaren, sondern beruht auf dem Empfinden – der kognitiven Emotion.

Ich beschäftige mich vor dem Einschlafen gern mit diesen Dingen, nehme sie mit in den unbeschreiblichen Zustand, der zwischen Wachen und Schlaf liegt.

Als Paul das Licht löscht, mischt sich in die Wohligkeit, mit der ich mein Doppelbett genieße, umso mehr genieße bei der Vorstellung, jetzt im Stroh liegen zu müssen und den Wind um mich heulen zu hören, Nachdenklichkeit.

In wieweit bin ich selbst wohlstandskorrupt?

Eine Scheune mit Stroh soll nicht die Alternative der Menschheit sein! Ich hätte sie ungern, und auch nur für eine Nacht in Anspruch genommen.

Alles, von dem der einzelne meint, es stehe ihm an Komfort zu, weil es seiner Menschenwürde und seinem Anspruch auf Menschsein entspricht, muß er jedem Menschen auf dieser Welt zugestehen. Dann bleibt zu prüfen, ob unsere Erde diesen Wohlstand für jeden aushält. Was braucht der Mensch wirklich zum Glücklichsein?

Trauer überfällt mich immer wieder, daß es in meinem verschwundenen Land nicht möglich war, einen anderen Wertmaßstab zu setzen, ihn als welterhaltende Alternative bewußt zu machen und zu leben. Ich weiß, daß ich in Irland nach dieser Alternative gesucht habe. Ich habe den Beweis erhalten, daß es sich auf den Aran-Islands arm und glücklich leben läßt. Aber es war nicht bewußte Entscheidung des Menschen, sich zu begnügen. Sie wurde ihm von der Natur aufgezwungen.

Dichter, Erinnerungen wehen mich an, als wir vor den blinden, verstaubten Fenstern der Orangerie in Sanssouci saßen, und die Sonne schien, und der Schnee schmolz. Und es war still. Aber es war kein Friede in uns. Es war wie Belagerung. Du Brecht-Verehrer, kennst du die Zeile – es rennen alle nach dem Glück, das Glück rennt hinterher…?

An diesem Abend nehme ich die dringliche Bitte in meinen Schlaf, daß es morgen nicht wieder regnen und stürmen möge.

Sonntagswetter in Mittelirland. Es ist wie Fahren durch eine unendlich weite Parklandschaft. Der Sonne entgegen. Der Morgen ist so blank und friedlich, als wolle sich der neue Tag für den gestrigen entschuldigen.

Das Land gleicht einer Symphonie in Grün, im sanften Steigen und Fallen der Wiesen. Kontrapunkte bilden die einzeln stehenden Bäume. Sie sind von majestätischer Größe und Erhabenheit. Wäldchen auch und Alleen.

Hier geht es den Menschen gut. Das Land ist fruchtbar. Hier häufen sich die Anwesen einstiger englischer Eroberer. Landschaftsgärten mit den alten Bäumen. Sie bieten sich dem Auge so harmonisch und ungezwungen an, der Natürlichkeit und dem Spontanen ihres Wuchses überlassen. Und doch ging diesen ‚englischen Gärten' die Vertreibung der Bauern voraus, weil deren Land zugunsten umfangreicher Schafzucht benötigt wurde.

Wie auf den Steintoren der großen Besitzungen die Löwen aus Stein trutzen und das Wappen halten, so findet man in Anlehnung dieser englischen Herrschaftsgebärde eine Menagerie unterschiedlichster Tiergattungen auf den Steinpfosten der weitaus einfacheren Hausumfriedungen. Löwen zumeist, nur kleiner – stehend, sitzend, liegend. Einigen wurden die Augen schwarz angemalt. Durch den Regen sehen sie etwas triefäugig aus. Die liegenden Löwen halten verspielt einen Ball. Dann folgen Adler, noch immer mit herrschaftlichem Anspruch, sitzend oder mit aufgefaltenen Schwingen oder gezähmte kleine Greifvögel. Dann beginnt der Spaß aus Gips mit Hunden, Eulen, Hühnern, Enten, Eichhörnchen bis hin zu kiepentragenden Osterhasen. Makaber wirken Pferdeköpfe, die manchmal wie abgeschnitten vor den Haustüren liegen. Schwäne sind als Blumenschalen umfunktioniert. Mir gefallen die Steinkugeln. Sie schmücken in den Farben weiß, schwarz, rot oder blau die Pfeiler der Toreinfahrten.

Es ist nicht zu fassen – wir haben Rückenwind!

Das ist wie Verrat an unserer Radtour: Wind, der schiebt! Keine Mühe, keine Anstrengung! Wir rollen – einfach so!

Der Ort unserer Mittagsrast gleicht nun nicht mehr dem stummen, belastenden Machtkampf zwischen Paul und mir.

Um zwölf Uhr dreißig gilt es in der Regel, nach einem geeignetem Flecken Ausschau zu halten. Da Paul vorn fährt, ist es an ihm, anzuhalten und einen Vorschlag zu unterbreiten. Da er keine Ansprüche an den Ort stellte, nur den, daß die Sonne auf seinen Rücken scheine, mußte er sich in den ersten Tagen und Wochen oft genug mit meinem stummen Kopfschütteln abfinden. Wenn er zu sehr darunter litt, habe ich Zugeständnisse gemacht. Wir haben in einem engen Weg gesessen, wo es nichts weiter zu sehen gab als Brombeergestrüpp. Es bedurfte viel freundlicher Worte, Paul zu überzeugen, daß dieses halbstündige Verweilen ein Versinken des Bildes in unsere Erinnerung bedeutet, so daß dieses Bild etwas Besonderes sein sollte.

Jetzt weiß Paul, daß der Ort Windschutz bieten muß und Aussicht. Meist sitzen wir uns gegenüber. Paul wendet der Sonne seinen Rücken zu, ich mein Gesicht. So ist Pauls Blick stets auf die Mauer gerichtet, den Baumstamm, die Hecke, die Bretterwand oder was sonst immer uns Windschutz bietet.

Heute ist es eine Esche. Ein sehr hoher Baum auf einem Hügel.

Unter der Esche sagt Paul, daß er in seiner Lehre als Holzbildhauer ihr Holz als fest und elastisch zugleich und als besonders haltbar schätzte. Und ich deute ihm an, daß die Esche nach dem keltischen Baumkalender sein Baum sei. Trotz Pauls sofortiger Beteuerung, an keinerlei Horoskope zu glauben, siegt seine Neugier, was es mit ihm und der Esche auf sich haben könnte. Zumal seine Voreingenommenheit den Kelten gegenüber im Schwinden ist.

Paul schaut an der Esche empor, wie um sich mit ihr zu befreunden. Es gibt kaum Bäume, die höher in den Himmel zu wachsen vermögen als sie. Und Paul sagt: Stimmt, ich habe schon immer nach den Sternen greifen wollen. Die Esche wächst mit Vorliebe am Rande der Wälder oder in Flußnähe.

Am liebsten allein auf der Flur – wie unsere. Paul weiß nicht, ob er das mittragen soll. Er liebe Freiheit und Unabhängigkeit, aber er hätte gern einen anderen Baum an seiner Seite. Nicht irgendeinen.

Einen, der nicht so auf dem Rad trödelt!

Das hätte ich nicht sagen sollen. Pauls schneller Blick verursacht Unbehagen. Ich beeile mich zu versichern, daß die Esche empfindsam sei und erspüre, welcher Frost der letzte war. Dann beginnt sie ihr Blattgrün zu treiben. Ich erinnere Paul, daß er in den ersten Briefen des öfteren das Wort „Empfinden" gebrauchte und ich ihm schrieb, Männer zu mögen, die die Welt über ihre Empfindung aufnehmen können. Paul steht jetzt tapfer zu seinen Empfindungen, die wir mit Seele gleich gesetzt hatten.

Bin ich also doch kein seelenloser Mensch, kommentiert er.

Die Esche bewahrt ihr lichtes Blattgrün bis zum ersten Frost, dann wirft sie die Blätter ab und zeigt, wie konsequent sie mit ihren Ästen und Zweigen nach oben strebt.

Außerdem ist die Esche nützlich, sage ich. Ihr starkes, tiefes Wurzelwerk hält das Erdreich zusammen. Und aus Samen und Rindensaft läßt sich ein Heilmittel gegen Rheuma und Gicht gewinnen.

Sag ich doch – man muß mich nur richtig anzapfen, dann verschenke ich mich selbst! Paul ist zufrieden.

Damit ist unser Picknick beendet. Paul erhebt sich, um den Verpflegungsbeutel auf sein Rad zu schnallen. Er ruft: Schnell, den Regenanorak raus! – da gießt es bereits wie aus Kannen. Vor uns liegt das Land im Sonnenschein. Hinter uns steht eine schwarze Wolkenwand. Geschützt durch das Blätterdach der Esche, geraten wir trotzdem in die Hektik des Zusammensuchens unserer Sachen. Zu unserer Emsigkeit gesellt sich eine große Kröte, die absurderweise versucht, den Baum hinaufzuklettern. Schließlich findet sie Zuflucht in meinem Beutel, der an dem Baum lehnte, was mich nun hindert, ihn zu benutzen.

Paul sagt, sie sei sehr hübsch gewesen und trüge eine goldene Kette um den Hals. Er gibt mir den guten Rat, sie zu küssen, damit ich endlich zu meinem Prinzen käme. Ich überhöre die

Anspielung und bitte ihn inständig, die Kröte aus meinem Beutel zu holen.

Nach zehn Minuten ist der irische Regen vorbei.

Ich lasse mir von Paul den Namen des Berges sagen, der uns den ganzen Tag zu begleiten scheint. Er hat eine süße schiefe Spitze und heißt Knockastia. Daß er nur 198 Meter hoch sein soll, muß ich hinnehmen.

Eine irische Kleinstadt erkennt man daran, daß ungefähr zwanzig Häuser dicht aneinander gebaut sind und die Bank of Ireland das pompöseste davon ist. Nach dem 20. Haus hat sich das Städtchen erschöpft.

Dann ruht wieder Silage rundverpackt in schwarzer Folie am Straßenrand. Sie verrät sich durch ihren Gestank. Wo der Wind die Folie zerfetzt hat, treibt sie auf den Straßen ihr abenteuerlich närrisches Spiel mit mir. Bewegungslos liegt sie am Straßenrand, mimt ein Opfer des Verkehrs, dessen Anblick ich mir ersparen möchte. Kaum befinde ich mich in unmittelbarer Nähe, springt sie auf, wirbelt herum und erschreckt mich zutiefst.

Es sind nur noch sechs Übernachtungen in Irland. Die Vorfreude auf die Rückkehr hat sich verflüchtigt. Die Sehnsucht ist geschrumpft. Das Bewußtsein, jetzt und noch immer das Außergewöhnliche zu erleben, ist wieder stark.

Am Rande der kleinen Stadt Moate finden wir ein Hinweisschild auf ein B&B im Farm-House. Das soll es sein. Daß die angegebenen zwei Kilometer mindestens drei sind, planen wir ein.

Das Farm-House ist ein Glückstreffer. Es trägt einen Eichenbaum in seinem Wappen mit einer sehr runden Krone. Der Baum steht auf einem runden grünen Hügelchen. Das Ehepaar ist gleichaltrig mit uns. Es ist Sonntag. Wir essen mit ihnen dunkles, englisches Rosinenbrot zum Tee. Sie haben Zeit für uns. Wir sind tatsächlich ihre Gäste.

Über dem Klavier hängen über- und nebeneinander gerahmte farbige Photographien. Die Flanagans haben sechs Kinder. Vier Jungen und zwei Mädchen. Die älteste Tochter ist in Amerika verheiratet. Ihr Hochzeitsphoto hat einen Ehrenplatz. Die andere Tochter arbeitet als Krankenschwester in London. Zwei der Söhne sind Jockeys in England. Stolz weist die Frau auf ausgeschnittene Zeitungsartikel, die wie zufällig auf dem Dekkel des Klaviers liegen geblieben sind, wo wir über die Siege ihrer Söhne nachlesen können. Ein Sohn arbeitet in Heidelberg als Ingenieur. Und der jüngste, der Landwirtschaft studiert, wird die Farm übernehmen. Dann werden sich Vater und Mutter aufs Altenteil zurückziehen. Sie hoffen, mit dem B&B ein zweites Standbein für sich geschaffen zu haben.

Ich leide unter der Vorstellung, sechs Kinder großzuziehen und sie herzugeben, sobald sie flügge geworden sind. Ein einziges nur bleibt in der Nähe wohnen. Die Frau trägt es mit Selbstverständlichkeit und ohne Larmoyance.

Habe ich meine Kinder noch immer nicht losgelassen? Oder ist das andere das widersinnige Prinzip?

Die Mutter des Mannes lebt in dem Cottage nebenan. Der Mann möchte, daß seine Mutter auch etwas von unserem Besuch habe. Er fragt mich, ob ich sein Geburtshaus sehen möchte. Paul läßt sich von der Frau des Hauses das Rezept des englischen dunklen Kuchens aufschreiben.

In Berlin werde ich Paul einladen und für ihn ganz allein einen riesigen Napfkuchen backen mit sehr viel Rosinen und kandierten Kirschen darin.

So komme ich doch einmal in ein richtiges, bewohntes Cottage. Es brennt bereits Licht in der guten Stube. Die Fenster sind sehr klein, denn nach ihrer Größe wurde früher der Mietzins berechnet. Der Fußboden fühlt sich uneben an. Der Teppich verbirgt, warum man ein bißchen wie auf Eiern läuft. Das ist unwichtig!

Die alte Frau – sie könnte im Alter meiner verstorbenen Mutter sein. Und irgendwie hat sie ein wenig Ähnlichkeit mit ihr. Die feine gerade Nase. Und die Falten. Wir begrüßen uns mit Herzlichkeit, als kennten wir uns viele Jahre. Ich mag ihre Hand nicht wieder loslassen, und sie begrüßt mich wie eine heimgekehrte Tochter. In ihrem Wohnzimmer ist jeder freie Fleck an der Wand mit einer gerahmten Photographie geschmückt. Ich begreife, wenn die Kinder in die Welt ziehen, sollen wenigstens ihre Bilder in dem kleinen Cottage mit der

Mutter und Großmutter und Urgroßmutter reden. Ich begreife auch, warum der Sohn mich zu seiner Mutter geführt hat – damit sie, wie sich selbst zum Geschenk, ihr Leben vor mir aufblättern kann und von ihren Kindern und Enkeln erzählen, auf sie zeigen und sie beim Namen nennen. Die vielen Hochzeitsbilder, grüne Hochzeiten in weißen Tüllträumen, silberne Hochzeit vor dem neu gebauten Farm-House, die eigene goldene Hochzeit mit dem vom Tod gezeichneten Mann.

Vor fünf Jahren sei der Vater in diesem Häuschen gestorben. Und Mister Flanagan geht mit mir durch die Küche in den Raum, der links abgeht. Dies sei das Kranken- und Sterbezimmer. Immer nahe der Küche, nahe am Leben der Familie.

Hier sei der Vater gestorben, und hier habe man zwei Tage mit dem Toten zum Leichenschmaus zusammengesessen. Am ersten Tag wurde nur Whisky getrunken, am zweiten nur Wasser, um den Whisky im Körper zu verdünnen. Es wurde gesungen und mit dem toten Vater angestoßen. Und die alten Geschichten wurden erzählt. Vom heimlichen Whisky-Brennen im Wald und dem verräterischen Rauch.

Und Flanagan grinst und sagt: Hoffentlich hebt die Regierung nie das Verbot des Whisky-Brennens auf – dann wäre der Spaß verdorben!

Im Farm-House nehme ich ein heißes Bad. Und Paul duscht heiß. Das ist die Ausnahme. In der Regel reichte das heiße Wasser nur für einen. Lange Zeit war ich mit Paul der Meinung, ich stelle mich zu dumm an, die Duschanlage zu bedienen. Zumal in jedem Haushalt jede Dusche anders funktioniert. Das ist der Vor- oder Nachteil der freien Marktwirtschaft! Wie soll ich wissen, daß ich erst an einem dünnen Strippchen ziehen muß, das von der Decke baumelt, damit ein rotes Lämpchen aufleuchtet, wenn ich warmes Wasser haben möchte.

Peinlich war es, als ich in einem B&B nicht die Toilettenspülung fand. Ich zog an allen herunterhängenden Wäscheleinen und Strippen. Erst als ich resigniert den Deckel schloß, entdeckte ich auf ihm ein kleines blaues Knöpfchen.

Ich behielt das Geheimnis für mich und versetzte Paul in ebenso große Verlegenheit.

Als wir uns im Farm-House zu unserer abendlichen Lektüre in unsere Positionen begeben und Paul den ersten Satz gelesen hat, erlischt das Licht.

Wir warten eine Weile geduldig. Es bleibt dunkel.

Paul sagt: Besser heiß geduscht, als kein Licht.

Ach, meint er dann, besser gar kein Licht als angeklebtes Licht. Er hat noch immer nicht die angeklebte Nachtischlampe verwunden. Es wurde ein äußerst alberner Abend mit immer wieder neu beginnenden Lachsalven im Dunkeln.

Daß ich wie in der Schulzeit von nicht enden wollendem Gelächter geschüttelt wurde – daran denke ich heute mit leiser Wehmut. Hinter diesem Lachen steckte etwas von Dankbarkeit, etwas von Befreiung, auch entbehrtes Fröhlichsein und vielleicht überspielte Traurigkeit, daß das Ende der Reise bevorstand. Es war wie bei Kindern, wenn das Lachen plötzlich in Weinen umschlägt.

Vor unserer Reise erhielt ich von Paul eine Karte aus seinem Sommerurlaub mit Charlotte. Es war ein kurzer Gruß, aber es stand der Satz dabei: ich habe ein gutes Gefühl, wenn ich dir schreibe. Und ich antwortete, daß ich zwar keine Auch-Sätze liebe, es bei mir aber ebenso wäre.

In Pauls Gegenwart fühlte ich mich damals wohl. Es war Harmonie und Gelassenheit um ihn. Wenn ich im Garten mit Martin wegen Franziska stritt, weil in einigen Punkten unsere Auffassung von Erziehung grundsätzlich auseinanderging, dachte ich manchmal – so wäre Paul nicht!

In dieser Nacht hatte ich einen Traum, über den ich heute noch nachdenke. Voll Sehnsucht kehrte ich nach Hause zurück, und es war meine Mutter, die mich empfing. Ich träume fast nie von ihr. Selbst im Traum war ich überrascht, sie anzutreffen, und meine Erschütterung war maßlos, ebenso meine Freude, und ich heulte. Später war mir bewußt, daß meine Wiedersehensfreude wohl Martin galt! In meinem Traum hielt sich auch Paul in unserer Wohnung auf. Er hockte auf dem Klavier und telefonierte. Er redet mit seiner Freundin, die ihm mitteilte, daß sie im dritten Monat von ihm schwanger sei. Und es verletzte mich tief. Und ich begann zu schreien: ich will nach Irland. Ich schrie so wild und verzweifelt, daß ich davon wach wurde.

In der Glasveranda der Flanagans, wo der Frühstückstisch gedeckt ist, findet sich ein weiteres Paar ein. Es läßt sich nicht feststellen, in welchem Verhältnis der bieder aussehende Endfünfziger zu der aparten, sehr jungen Japanerin steht. Vielleicht ist sie seine Ziehtochter.

Er erzählt, daß er vor 15 Jahren das letzte Mal in Irland gewesen sei und es heute als sehr teuer empfände. Er erzählt von seinen Urlaubsreisen nach Portugal zu Salazars Zeiten. Die Portugiesen hätten ärmlich gelebt und ohne Komfort, aber das habe die Reisen preiswert und billig gemacht.

Ist es so bei den hochentwickelten Nationen, daß sie im Urlaub in die armen Länder fahren, um noch einmal den Hauch von Ursprünglichkeit zu spüren, weil im eigenen Land der technische Fortschritt immer höher getrieben wird? Oder will man ein Schnäppchen jagen?

Auf dem Weg nach Birr

Die Baumkronen schwanken im Wind. Der Tag zeigt sich grau und regenverhangen. In seinem Verlauf sammelt er die meisten Minuspunkte, die je ein Tag in Irland von mir erhalten hat.

Vor unserem Start sitzt Paul unentschlossen auf seinem Bett.

Jeder muß auf seine Weise mit der Tatsache fertig werden, daß sich die gemeinsame Radtour ihrem Ende zuneigt und daß diese fast absolute Nähe rund um die Uhr ein jähes Ende haben wird.

Vielleicht hat sich eine gewisse Erwartung Pauls nicht erfüllt und somit nicht der Sinn seiner Reise. Da er die Enttäuschung nicht bei ihrem Namen nennen will, schiebt er seinen Frust wieder auf mein Fahrrad.

Aus heiterem Himmel trifft mich sein bitterer Vorwurf, daß ich nur sieben Gänge habe und er dagegen 21. Und meine Radtaschen seien viel zu vollgestopft!

Pauls Vorwurf ist ungerecht. Er trifft mich wie aus heiterem Himmel, so daß ich wütend sage, für seine nächste Tour solle er eine Rennfahrerin anfordern oder besser einen Mann! Dahinter steht, daß ich unter diesen Umständen keine Lust verspüre, noch einmal mit ihm zu fahren, was ja in unserer Absicht lag.

Nun steht meine Absage an ihn im Raum.

Paul nimmt sie wortlos entgegen.

Was mich kränkt. Wollte er das hören?

Wir haben gestern abend zuviel im Dunkeln gelacht!

Clonmacnoise soll unser erstes Ziel sein. Für mich ist es nur ein wohlklingender Name, mit dem ich keine Vorstellung verbinde. Paul liebt Geheimnisse. Wenn ich nachfragte, sagte er: Du wirst schon sehen!

Heute frage ich überhaupt nicht mehr und ertappe mich in der Bereitschaft, alles blöd zu finden, was es auch sei. Allein schon, weil der Weg dorthin so häßlich ist und eintönig!

Der für einen Tag verschwundene Gegenwind hat sich zurückgemeldet und uns seiner Treue versichert.

Die Welt ertrinkt im Grau des Himmels. 20 Kilometer lang fahren wir durch eine Landschaft, die mich an die Rieselfelder vor Berlin erinnert. Dann erblicke ich einen abgebrochenen Turm. Mich packt düstere Vorahnung. Sie wird übertroffen.

Innerlich beziehe ich Streikposition. Ich habe keine Lust, zweieinhalb Pfund für die Besichtigung der Klosteranlage auszugeben. Doch Paul hat die Absicht, eine ordentliche Toilette aufzusuchen. Heute denke ich, es lag an meinem Stimmungstief, daß mich gar nichts beeindruckte. Nur die riesige, aus Holz geschnitzte Pilgerfigur, die sturmgebeugt mit einem Stecken in der Hand innehält und mit der anderen Hand die Augen verdeckt. Auch Clonmacnoise ist ein Wallfahrtsort.

Still und stumm gehe ich hinter Paul her, windzerzaust, sturmgebeugt, Trauer im Herzen und nicht wissend, warum.

An diesem Tag bin ich mir selber fremd. Ich erkenne mich nicht in dem Spiegelbild, das Pauls Augen von mir zurückwerfen. Ich sehe mich irgendwie abgeschnitten, gestutzt, ein jämmerliches Hühnchen auf einem viel zu großem Rad, mit viel zu schweren Taschen. Einen anderen Spiegel als Paul gibt es nicht in Irland.

Noch vier Tage!

Eines fällt mir dann doch auf, wie sich diese Klosteranlage in die einsame Stille des Landes fügt mit ihrer Kathedrale, den acht Kirchen, den zwei Rundtürmen, den Hochkreuzen und den Resten einer Burg. So nahe dem River Shannon gelegen, auf dem heute, im trüben Grau von Himmel und Wasser, sechs Hausboote schippern. Wieviele Schiffe, mit Steinen beladen, sind hier vor Anker gegangen, daß diese Anlage entstehen konnte?

Ein uralter Friedhof. Seine Steine sind mit schwarzen, weißen oder leuchtend gelben Flechten überzogen, so daß kein Buchstabe mehr zu entziffern ist.

Das Hochkreuz. Hier bleibe ich nun doch stehen. Neben den Flechtmustern und Ornamenten, die mir aus den keltischen Überlieferungen vertraut sind, taucht plötzlich die erste bildliche Darstellung der Kreuzigung auf. Paul photographiert mit Hingabe, um mein gedämpftes Interesse zu kompensieren.

Ich will auch nicht in das kleine Café.

Ich will fort. Auf mein Rad. Das Gefühl auskosten, unterwegs zu sein. Immer noch auf dem Weg zu mir.

Als es an der Zeit ist, einen geeigneten Ort für unsere Mittagsrast zu suchen, tue ich kund, daß mich der heutige Tag mit seinen drohenden Regenschauern und dem heftigen Wind auf jegliche Aussicht verzichten läßt. Es ist nicht einfach, in der Öde einen schützenden Unterschlupf zu finden. Endlich zeigt sich ein Pfad, der durch einen schmalen Waldstreifen führt. Paul biegt ein und sagt, ich solle warten. Warten gehört nicht zu meinen Tugenden. Ich rolle ihm langsam hinterher. Selbst dieser Weg ist nach beiden Seiten hin eingezäunt. Nach fünfhundert Metern sehe ich Pauls Hurra-Ruf mit dem Arm – die nun vertraute Geste, wenn sein Suchen sich gelohnt hat.

Es ist ein idyllischer Ort. Verwunschen fast. Bewaldeter Felsen. Überwuchertes Gemäuer, das einst zu einer Brücke gehört haben mochte. Eingerückt vom Weg, im Buschwerk von Ebereschen und Tannen, ein Cottage. Es ist aus grauen Feldsteinen errichtet, besitzt drei winzige Fenster, einen Kamin mit funktionierendem Ofenloch und eine Tür, die sich verschließen ließe, wenn wir nicht Licht in der Hütte bräuchten, denn die Wand mit ihrem Fensterchen, die der Tür gegenüberliegt, ist völlig mit Efeu zugerankt, innen wie außen. Paul sitzt auf zwei Steinen, ich auf einer Baumscheibe.

Hier fühle ich mich gefangen und noch nicht einmal bewacht, weil Flucht nichts bringen würde.

Warum willst du mich immer kränken, frage ich Paul.

Wie kommst du darauf?

Damit ist das Gespräch zu Ende.

Das stumme Herumtragen seines Frusts wird nie zur Befreiung führen.

Steht hinter Pauls vorwurfsvollen Schweigen die Unfähigkeit, sich selbst zu mögen?

Man muß sich dem anderen zu erkennen geben, um korrespondieren zu können.

Nach unserem etwas einsilbigen Picknick fragt Paul, ob wir den Ort, der anziehend und geheimnisvoll dünkt, näher in Augenschein nehmen wollen. Ich muß mir einen inneren Ruck der Selbstüberwindung geben. Wir laufen durch meterhohen Farn, folgen einem Trampelpfad, der sanft ansteigt. Plötzlich fällt das Gestein jäh und senkrecht zehn Meter in die Tiefe. Unten liegt ein See, eingeschlossen von hohen Felsen, deren Schichten schräg abwärts fallen. Paul nimmt mich bei der Hand. In seiner Fürsorge ist er mir für einen Augenblick wieder vertraut.

Ich stehe nicht über den Dingen. Zu diesem Zeitpunkt glaube ich allen Ernstes an Pauls maßlose Enttäuschung über meinen Fahrstil, so verständnislos ich dem auch gegenüberstand.

Wo der kleine See flach ist, blühen Seerosen. Unter dem Efeu ahnt man die Mauer eines Dornröschenschlosses. Es ist nicht auszumachen, ob wir uns innerhalb oder außerhalb des Schlosses befinden. Der See verwehrt uns den Zugang.

Die hundert Jahre sind noch nicht um.

Beide haben wir das Gefühl, als seien wir nicht allein, so bedanken wir uns laut bei dem unsichtbaren verwunschenen Besitzer für die gewährte Gastfreundschaft.

Was uns jetzt zu beiden Seiten auf dem Weg nach Birr begleitet, ist bar von Geheimnis und Idylle. Ich habe davon gehört, daß in Midland Torf industriell gewonnen wird, um Kraftwerke zu betreiben. Wir befinden uns mittendrin. In der Ferne ziehen die Schwaden eines Torfbrandes. Müssen sie mich beunruhigen, oder ist es ein alltägliches Erscheinungsbild?

War Irland früher von britischer Steinkohle abhängig, machte es sich mit seinen Torfkraftwerken unabhängig von diesen Importen. Die maschinelle Produktion von Torf hat sich hier zu einem Industriezweig entwickelt. Industrie sieht nie schön aus, erst recht bei immer stärker werdendem Wind. Noch ist hier die Zeit nicht gekommen, den zurückgelassenen Moorboden durch gute Entwässerung landwirtschaftlich zu nutzen oder wieder aufzuforsten.

Der Sturm ist so scheußlich, daß ich eine zarte Anfrage bezüglich der Richtungsänderung bei Paul wage. Wenn Martin an diesem Tag mit mir auf Tour wäre… ich bin überzeugt, er hätte die Route so gelegt, daß wir nicht bei diesem Gegenwind fahren müßten. Bei Paul stoße ich auf leidenschaftliche Ablehnung. Daß ich eine solche Frage stellte, hat für ihn den tiefen Grund in den sieben Gängen meines Rades.

Einmal ist auch Birr erreicht mit Wind und Wut. Ein dünner feiner Regen stiebt. Das erste B&B gehört uns. Das Haus wird von zwei alleinstehenden, redseligen Frauen bewohnt, Mutter und Tochter, die unsere Vornamen wissen wollen und uns damit anreden. Sie sind leidenschaftliche Raucherinnen, womit sie ihre Emanzipation beweisen. Wir werden in ihre Wohnküche gebeten. Ich komme nicht dahinter, welcher der beiden Damen dieser überdimensionale BH gehören könnte, der über dem Herd mit anderer Unterwäsche trocknet.

Ich fühle mich wund vor Einsamkeit und mag nicht mehr die sich in jedem Quartier wiederholenden kleinen Späße von Paul mitanhören – my English is bad, my German is better. Die beiden Frauen sind begeistert von ihm.

Ich bin schlau geworden und benutze als erste die Badewanne. Als sie knapp halbvoll ist, wird das Wasser kalt.

Vielleicht ist das der Grund, weshalb Irlands Stromverbrauch um die Hälfte niedriger liegt als der unsere.

Paul zieht es zu den Damen. Verletzt, wie auch er ist, sucht er Aufmerksamkeit und Bestätigung. Er motiviert sein Erscheinen in ihrer Wohnküche, daß ich Bücher schreibe und meine Ruhe bräuchte. Die füllige junge Frau kommt nun unentwegt unter den nichtigsten Vorwänden in unser Zimmer, von Neugier getrieben. Zu ihrer großen Enttäuschung trifft sie mich immer nur lesend an.

Beim vorletzten Mal, als sie die Alustäbe der Jalousie erst in Unordnung, dann wieder in Ordnung bringt, fragt sie, ob ich wüßte, daß Charlotte Brontë in Birr ihre Flitterwochen verlebt habe. Natürlich weiß ich es nicht. An diesem Abend sind mir Flitterwochen unvorstellbar, noch dazu in dieser Stadt!

Beim letzten Besuch legt mir die junge Frau mit beschwichtigenden Zeichen, mich nicht stören zu wollen, Charlotte Brontës „Jane Eyne" auf mein Bett.

Aus dem Vorwort entnehme ich, daß Charlotte B. die Tochter eines niederen Geistlichen aus Irland war, engagierte Bücher gegen bürgerliche Moralheuchelei schrieb, den Pastor von Birr heiratete und ein Jahr nach ihrer Hochzeit verstarb.

Birr dann am nächsten Morgen. Ein Morgen, der sich wie Seide anfaßt. Die Straßenkehrer sind noch am Werk.

Birr – die Stadt, die der Mittelpunkt Irlands genannt wird.

Birr, das sich in dieser frühen Stunde als eine beeindruckend schöne Stadt erweist. Viele Häuser im georgianischen Stil. Und beherrscht von dem Birr-Castle, einer Wehrburg. Und die Wehrburg umgeben von zehn Meter hohen Buchsbaum- und Eichenhecken.

Birr – die Stadt, in der wieder Superlative gelten.

Warum also nicht Flitterwochen in Birr?

Wir können die Stadt etwas länger genießen, weil wir nicht auf Anhieb die richtige Ausfahrt finden und erst den Straßenkehrer fragen müssen.

Auf dem Weg nach Newtown, das auf keiner Karte zu finden ist

Morgendlicher Nebel, von der Sonne zart getönt, verleiht dem Land einen verträumten Hauch. Vor der Stadt, in gebührender Entfernung, liegt eine Wagenburg der Travellers. Es ist müßig, nach meinem Rotbärtigen zu suchen, der mir so unbedingt den kleinen Hund schenken wollte.

Traveller lieben kleine Hunde. Für große Hunde wird der Platz in ihrem Wohnwagen zu eng. Neben fast jedem Karawan steht ein ausgehöhlter kleiner Fernsehkasten, der als Hundehütte umfunktioniert ist. Zwischen den Wohnwagen sind Wäscheleinen gespannt, an denen nur noch die sehr fest geklammerten Wäschestücke hängen. Die anderen liegen im Straßengraben verteilt und auf den abgeernteten Torfmooren. Der Wind hatte über Nacht sein närrisches Spiel mit ihnen getrieben. Niemand scheint sich der Mühe zu unterziehen, sie wieder einzusammeln. Gasflaschen stehen neben den Wohnmobilen und blaue Plastiksäcke mit Abfall. Aus dem einen oder anderen Wagen ragt ein Ofenrohr, und weißer Rauch kräuselt, von Behaglichkeit kündend, in den Himmel.

Der Spielplatz der Kinder ist der Straßenrand, und dieser ist karg bemessen. Sie knieen dort und klopfen mit großem Eifer auf Holzleisten ein. Mit dem ausgeborgten Hammer des Vaters. Es läßt sich nicht erkennen, ob ihre Arbeit einen Sinn macht oder Spiel ist. Zwischen ihnen krabbeln erkundungsfroh die Babys ohne Strumpf und Schuh, nur mit einem Nicky bekleidet und der Pampers.

Die Grenze zwischen bewahrter Freiheit, Ungebundenheit, Unangepaßheit an übliche Zivilisation und bitterer Armut, die an Obdachlosigkeit erinnert, verschwimmt.

Sicher gibt es Travellers, die um ihre Würde und Tradition bemüht sind, so wie es Aussteiger unter ihnen gibt, die einer geregelten Arbeit nachgehen und in Mietwohnungen leben können. Aber die große Mehrheit der Travellers mutet wie ein entwurzeltes Volk an, dem die Lebensgrundlage entzogen wurde.

Als auch die Supermärkte und die Massenmedien, die Wegwerfkultur und die Mechanisierung auf der grünen Insel Einzug hielten, war niemand mehr auf die Dienste der Travellers angewiesen. Jetzt gab es statt Märchen und Volksmusik – Fernsehen. Die Cottages erhielten Eternitdächer, und Kleider und Schuhe kaufte man per Auto ein. Mit dem Verlust ihrer Arbeit verloren die Travellers ihre Identität. Heute werden sie von der Gesellschaft mit Stillschweigen geduldet.

Vielleicht habe ich auch aus Affinität zum einfachen Leben nach Irland gewollt. Wie es mir in diesem Moment als Armut begegnet, hat es den bitteren Geschmack verletzter Menschenwürde, gesellschaftlicher Ungerechtigkeit und tolerierter Ausgrenzung.

Die Dohlen sitzen auf den Schornsteinen und wärmen sich. Der verschleierte Morgen ist kühl. Der Himmel hat sich etwas fester zugezogen und sieht nach sanftem Regen aus. Die Schornsteine rauchen nach der kalten Septembernacht, und ich bin verblüfft, aus welch alten Häusern mit blinden Fensterscheiben und ergrauten Gardinen Rauch aufsteigt.

Und Rauch steigt gar aus einem in Hecken versunkenem Häuslein, dessen Fenster und Tür mit Brettern vernagelt sind.

Der Wind ist lau. So wird es ein friedlicher Tag werden, an dem wir nicht mit den Naturgewalten kämpfen müssen. Rechts und links neben uns liegen abgeerntete Felder, bevölkert von Dohlen, auf der Suche nach den verlorenen Körnern.

Meine Reise nach Irland glich einem Kartenspiel. Fast alle Karten sind aufgedeckt. Jetzt weiß ich, wo der Herzbube liegt.

Seltsam ist es schon, daß ich dazu so weit fahren mußte und so lange fortbleiben. Hatte ich vermutet, es wäre eine andere Karte?

Radfahren ist wie Trinken von Land und Morgen durch die Seele. Wieviel Kraft, wieviel Hoffnung, wieviel Erwartung liegt in jedem neuen Tagesbeginn. Vier Wochen lang habe ich den Morgen in aller Unmittelbarkeit und Frische als Geschenk entgegengenommen!

Im Sommer habe ich Franziska an manchem frühen Vormittag im Garten beobachtet, wie sie mit langen Schritten und seltsam ausgebreiteten Armen über die Wiese und um die Bäume lief und so eins mit sich und der Welt ihr selbstausgedachtes Lied vor sich hinsang: Welch schöner Tag ist heute wieder, die Sonne scheint, und ich bin so froh!

Sie hat zwar die Unmusikalität ihrer Großmutter, doch ich wünsche ihr, daß sie sich dieses spontane dankbare Gefühl des Beschenktwerdens noch lange bewahren kann.

Kohlrübenduft zieht in meine Nase. Hier gedeiht Ackerbau und Viehzucht in aller Üppigkeit. Das Land sieht satt und grün aus. Und wo es so ist, hatten sich die Engländer des fruchtbaren Bodens bemächtigt und waren als Landlords daran reich geworden. Sie hatten ein grausames Pachtsystem eingeführt. Der Boden wurde stets nur für ein Jahr vergeben. Und wenn der Ire den Pachtzins nicht zahlen konnte, wurde er vertrieben und das Dach seines Cottages abgefackelt.

Mit Cromwell war erbarmungslose Grausamkeit über die irische Bevölkerung gekommen. Brutale Ausbeutung begann. Entweder Tod den rebellischen Einheimischen oder Verbannung in die Moore und den unfruchtbaren steinigen Westen.

Hier stoßen wir nun häufiger auf die großzügig angelegten Landgüter mit den trutzigen Mauern, die das herrschaftliche Anwesen begrenzen. Die Toreinfahrten liegen im zurückgezogenen Halbrund. Dann führt eine Allee, mal übersichtlich und gerade, mal verschlungen und dem Schloß Sichtschutz bietend, zu dem Wohnsitz. Die dazugehörigen Parks atmen feierliche Ruhe und Frieden. Vornehme Zurückgezogenheit zieht einen tiefen Graben.

Unüberwindbar. Und ich denke, hier wird man hineingeboren. Das kauft man nicht, und so etwas baut man sich nicht mehr. Und ich denke – ich hätte nie zu den Bevorzugten gehört. Ich hätte zu denen gehört, die aus ihren Cottages verjagt wurden und in Straßengräben und Moorlöchern hausen mußten.

Als ich Kind war, wähnte ich, in eine wunderbare Zeit hineingeboren zu sein. Und ich erinnere mich eines ausgesprochenen Glücksgefühls, daß sich mit dem Beginn meines bewußten kleinen Lebens der große Traum der Menschheit verwirklichen sollte – Gerechtigkeit. Und Zuckererbsen für jedermann. Ich zählte mich zu den Bevorzugten der Welt. Schlösser wurden zu Kinderheimen und Sanatorien. Jedem war Arbeit zugesichert und ein Dach über dem Kopf, und wer begabt war zum Studieren, durfte es, weil es nicht auf den Geldbeutel des Vaters ankam. Das Gemeinwohl aller sollte im Mittelpunkt jeglichen Denkens und Tuns stehen. Es war ein wunderbarer Traum von Selbstbestimmung, ohne Angst vor Hunger und Moorlöchern, ein Traum eben.

Ich muß noch einmal an die leidenschaftliche Worte der jungen Lehrerin auf den Aran-Islands denken, die uns den Unterschied klarzumachen versuchte zwischen der großen Hungersnot und dem Verhungern. Denn es hätte niemand verhungern müssen! Das Land war reich. Es floß über von Weizen und Milch und Fleisch. Die Verwalter der englischen Landlords konnten kaum den Reichtum auf die Schiffe schleppen – vorbei an den Verhungernden, den Siechen, den Hungertoten.

Nein, die junge Frau wollte keinen neuen Haß säen zwischen den Iren und den Engländern. Sie wollte das Recht in Anspruch nehmen zu trauern um die Verhungerten und Toten. Sie wollte, daß mehr Gerechtigkeit auf dieser Welt herrsche und bewußt machen, daß das Prinzip des Stärkeren und Mächtigen mörderisch ist.

Ein Vogel narrt mich.

Er ruft mich mit hellem Ton rechts aus dem Stechginster. Als ich suchend dorthin schaue, kommt sein Neckruf von links aus der Eibe. Dann von vorn, dann ruft er hinter mir.

Kleiner Vogel, ich muß mir die Gunst meines Radpartners erhalten und darf nicht nach dir suchen!

In Lohra gehen wir auf den Friedhof, wo die Ruine eines Klosters steht. Eine Giebelwand ist unversehrt. In ihr hängt noch die Glocke, an ihr der Strick, sie zu läuten. Die Klosterruine ist keine Touristenattraktion. So liegt über dem Ort ein unberührter Zauber. Hohe alte Bäume geben ihm die Weihe. Jetzt wird mir bewußt, daß es in Clonmacnoise nicht einen einzigen Baum gab und vielleicht das der Grund war, daß es so kalt und abweisend auf mich wirkte.

Die Grabsteine sind von beiden Seiten mit Efeu zugerankt.

Der See Lough Derg ist erreicht. Er ist 30 Kilometer lang. Für unsere Mittagsrast öffnen wir ein Gatter. Eine Kuhweide. Sie fällt sanft zum See ab. Trauerweiden stehen in lichter Schönheit. Der See flirrt im Sonnenlicht. Das Gras ist warm. In die Stille fällt hin und wieder ein Lerchentriller. Wir liegen auf unseren Anoraks. Das könnte die Stunde der Feen werden.

Ich frage Paul: Fühlst du dich ein wenig schläfrig und ein wenig feenhaft?

In Pauls Stimme liegt Mißmut, als er sagt: Was bleibt mir anderes übrig!?

Ach, Paul, bei Wind und Wetter hast du die köstliche Gabe, aus jeder Situation das beste zu machen. Nur mit mir hast du Schwierigkeiten!

Wenn die Maus satt ist, schmeckt das Mehl bitter. Die Brombeeren unseres Nachtischs sind von fauliger Süße. Wir haben zuviel von ihnen gegessen. Die schwarzen Heckenfrüchte haben ihren Geschmack verloren oder wir die Lust an ihnen.

Paul hat mir ein B&B in einem Herrenhaus versprochen. Am Lough Derg. Schon in Berlin hatte er davon geschwärmt. Er weiß, wie der Ort heißt – nur, dieser Ort findet sich nicht auf unserer Karte. Am frühen Nachmittag fragt Paul eine junge Frau, die mit ihrem Kinderwagen spazierengeht. Sie kennt tatsächlich seinen Namen. Es erfolgt eine zwanzigminütige Erklärung. Paul nickt nach jedem rechts und links und wieder geradeaus und wieder links und rechts und über diesen Berg und jene Furt verständnisvoll.

Ich gehe eine innere Wette ein, daß wir das Herrenhaus nie finden werden. Ich behalte diese Negativerwartung für mich, um Pauls Zuversicht nicht zu zerstören.

Er sagt: Ich bin den Weg schon einmal gefahren!

Wir rollen in einem ständigen Wechsel soviele kleine Wege entlang und nehmen soviele Abzweigungen wie sonst in einer Woche nicht. Doch Paul scheint seine Fährte von einst zu wittern. Nach zwei Stunden stehen wir tatsächlich vor dem Herrenhaus.

Es ist imposant. Zweigeschossig. In schon bröckelndem Putz ruht es in Ufernähe des großen Sees. Hohe Fenster, hinter denen man Zimmerfluchten mit Bildergalerien ahnt. Beeindruckend sind die Baumriesen, die es umgeben. Eiben, Wacholder, Lebensbäume. Der Wacholder verströmt seinen bittersüßen Duft.

Nur – auf unser Klingeln und Klopfen antwortet niemand.

Paul stellt mich unter dem Wacholder ab und begibt sich auf Menschensuche. Es könnte sein, daß die Bewohner auf dem See die Netze einziehen. Die Stille im Haus und im Garten dämpft meine Hoffnung. Die baumelnden Kinderstrumpfhosen und Lätzchen in einem Pavillon schenken Zuversicht.

Ich sitze unter dem Wacholder, Dichter, und denke an dich. In dieser Stille wird mir bewußt, daß mir in der sonnigen Weite Irlands ein großes Maß an Kraft und Liebe zugewachsen ist. Und ich denke in aller Zärtlichkeit an dich. Und wünsche mir sehr, daß du das gute Gefühl, das ich für dich hege, offen und frei annehmen kannst wie mich selbst, ohne mich in das enge Gärtlein deines Besitzes sperren zu wollen. Vielleicht gelingt mir, dich zu ermutigen, einen Schritt ins Freie zu tun – auf dich selbst zu.

Nach einer halben Stunde kommt Paul im lebhaften Gespräch mit zwei Frauen zurück. Die Besitzer des Herrenhauses sind für acht Tage verreist. Ein Sohn heiratet in England. Es gäbe noch ein weiteres B&B in der Nähe. Der Begriff Nähe versteht sich in Irland in einer uns fremden Dimension. Eine der Frauen, die ihr Auto bei der anderen abgestellt hat, will uns dorthinlotsen. Dieses hilfsbereite Angebot verdanken wir ausschließlich

Pauls Liebenswürdigkeit. Er verschwendet sie geradezu an andere Frauen! Ich bin ungerecht!

Wir müssen noch einmal zwei Berge bezwingen.

Wieder ist es ein winzig kleines Häuslein, sehr alt, bewohnt von einem Mütterlein mit einem winzigkleinen Buckelchen.

Wir waren darauf eingerichtet, im Herrenhaus zweimal zu übernachten. So wollen wir auch in dem kleinen Häuslein bis Donnerstag bleiben, zur Freude des Mütterchens, deren Gebiß manchmal herunterklappt, so daß sie unerwartet angriffslustig aussieht, und Paul sich fürchtet.

So alt das Häuslein ist, so besitzt es doch eine Ölheizung. Aber was nützt die Ölheizung, wenn der Hahn nicht aufgedreht wird. Die alte Frau hat Prinzipien. Im September wird noch nicht geheizt! Ihre Rente beträgt 250 Pfund. Sie muß sparsam leben!

Auch gut! Unter diesen Umständen beschließe ich, mich gar nicht erst ins Bad zu wagen und in Kauf zu nehmen, daß Paul schlecht von mir denkt. Er selbst kommt zitternd zurück. Wir wickeln uns in unsere Federbetten und nehmen unser irisches Abendbrot am Nachttisch ein. Unsere Vermummung erfolgt mit schlichter Selbstverständlichkeit, eingedenk des Sprichworts, daß uns Schlimmeres hätte passieren können.

Ich sage: Paul, es ist eine schöne Zeit mit dir!

Er schaut mich verwundert an. Dann lacht er, streicht allen Frust aus seinen Gedanken und sagt: Mit dir auch!

Wir konnten auf Annehmlichkeiten verzichten und haben uns nie beklagt! Wir konnten uns über Kleinigkeiten freuen und brauchten keine Reichtümer, um glücklich zu sein.

Paul sagt: Weißt du, was passiert, wenn wir am Sonnabend im Flugzeug sitzen?... Der Himmel wird sich in den Ozean verwandeln und der Ozean in den Himmel, und ehe wir es recht begriffen haben, sind wir in der Anderswelt gelandet...

Und was passiert mit uns?

Alle Versprechen der Anderswelt erfüllen sich, und wir kehren nach sieben Jahren zurück. Frühestens.

Gut, sage ich, sieben Jahre. Aber dann müßte ich wirklich nach Hause!

Es ist so kalt, daß wir zunächst mit Sachen ins Bett gehen.

Paul hält das Buch, aus dem er vorliest, mit den Händen fest, die er unter der Decke versteckt hält.

‚Glück ist', liest er vor, ‚aus der Zeit der Irdischen zu fallen, und die Uhrzeigerzeit, sei sie nun kurz oder lang, nicht mehr wahrzunehmen. So war Irland eine glückliche Zeit für mich.

Das Bettgestell erweist sich zum Schlafen als zu kurz, die Unterlage als zu weich, das Kopfkissen als zu hart, Pauls Schnarchton als sehr ausdauernd. Mit der Sonne des neuen Tages ist alles vergessen. Morgen werden wir in Limerick sein. Von dort kann ich zur Not zum Airport laufen. Tief in meinem Innern freue ich mich wahnsinnig auf zuhause. Sonne und Himmel werden im Garten und in Chorin so schön sein wie hier. Die Wolken nicht! Ich werde die unansehnlicheren Schwestern trotzdem lieben.

Jeden noch verbleibenden Tag will ich bis zur Neige genießen!

Auch bei der alten Frau mit dem Buckelchen wird uns zum Kaffee und Porridge der Fernseher eingeschaltet. Das glaubt man den deutschen Gästen schuldig zu sein. Reklame und Zeichentrickfilme. Bis in das kleinste Häuslein Irlands kommt der amerikanisierte Schnee, der meinungs- und geschmacksbildend sein will. Warum läßt man nicht die Traveller ihre Geschichten erzählen und ihre Lieder singen?

Es ist ein sehr klarer, kalter Morgen. Zum erstenmal habe ich Handschuhe an. Wenn wir miteinander sprechen, sieht man unseren Atem. Das königliche Gefühl bleibt aus, als ich mich auf das Rad schwinge. Ich habe einen Platten. Es ist die einzige Situation unserer Reise, wo ich Paul hoffnungslos und absolut ausgeliefert bin. Er behebt den Schaden schnell und perfekt. So perfekt auch wieder nicht. Er suchte nicht nach der Ursache. Einem Dorn. Nach zwei Stunden hat er das nächste Loch in den Schlauch gebohrt.

Wir fahren an den See. Über die Weite des Wassers fegt ein starker Wind. So schlagen die Wellen hoch und brechen sich an dem Bootssteg. Ein alter Mann steht am Wasser und schaut. Er sagt, er habe sein morgendliches Schwimmbad bereits hinter sich. Und fügt hinzu, er sei über achtzig. Wir würdigen sein Alter und den Septembermut zum Baden. Da ist er uns über. Er ist kein Ire. Ein Urlaubsgast. Das verraten seine weißen Sportschuhe und sein Anorak. Ich bezweifle, daß ein Ire Badelust verspürte. Wir wünschen ihm gute Gesundheit und ein langes Leben und verabschieden uns.

Paul deutet auf das Ruderboot, das zum Herrenhaus gehört. Bei diesem Wellengang und diesem Wind verzichte ich auf das Rudervergnügen. Ich bedaure, daß der bewegte, schöne See keinen Uferweg besitzt. Alle zehn Kilometer findet sich für Angler ein Zugang zum Wasser. Dort liegen auch ihre Kähne.

In der kleinen Stadt Nenagh tauschen wir zum letztenmal Geld. Es verschwindet in Pauls hellem Leinensäckchen. Unser Prinzip der gemeinsamen Kasse hat sich bewährt. Ich weiß nicht, ob Paul schummelt, in dem Geldbeutel befindet sich immer mehr Geld, als ich nach meinem Überschlagen vermute. Neben dem gemeinsamen Portemonnaie haben wir das persönliche Taschengeld für die Mitbringsel. Der Gedanke daran versetzt uns beide in leichte Unruhe. Morgen in Limerick werden wir einkaufen!

Paul sagt, der heutige Tag bringe typisch irisches Wetter. Wir fahren bei windigem Sonnenschein. Jede Stunde erfolgt ein kurzer heftiger Regenguß, daß kaum die Zeit bleibt, den wasserdichten Anorak überzuziehen. Ich erweise mich als findiger oder mutiger, dem Schauer zu entgehen. Ich flüchte in eine offenstehende Melkanlage oder in eine Scheune oder in einen Stall oder setze mich auf einen herumstehenden Traktor und warte den Regenguß ab. Paul kämpft beflissen auf der Straße gegen Wind und Wetter. Als ich unter dem schützenden Dach des roten Traktors sitze, auf das der Regen pladdert, schiebt sich bereits von vorn ein Sonnenstrahl durch die Fahrerscheibe und fällt auf meine Hand. Anna hat mir im Sommer einen schmalen Goldring geschenkt. Zwei Hände halten eine Fassung mit einem Stein. Den Einschluß darauf hatte ich bisher als kleine Tänzerin interpretiert. Jetzt erkenne ich in aller Deutlichkeit darin ein makelloses M.

Ich liebe Offenbarungen dieser Art.

Wir fahren sehr schmale gewundene Wege. Sie als Straßen zu bezeichnen, wäre vermessen. Aber sie sind asphaltiert. Spärlich bewohntes Land. Die Eigenart der Iren, die bis zu ihrem keltischen Ursprung zurückreicht, ist der Wunsch nach Vereinzelung.

Mirabellenbäume stehen am Straßenrand. Der Boden ist besät von den runden orange-rötlichen Früchten.

Lieber Paul, es tut mir leid, daß du an der nächsten Wegkreuzung wieder auf mich warten mußt und meine sieben Gänge verfluchst – ich kann den Mirabellen nicht widerstehen. So süß und saftig sind sie ein Labsal im Verhältnis zu den faul gewordenen Brombeeren.

Ich stopfe meine Taschen voll – für Paul. Doch er mag die Pflaumen nicht! So gelten sie nicht als Entschuldigung für das Warten.

Die Brombeeren, die Paul mir pflückte, habe ich stets entgegengenommen!

Das Karussell von Freundlichkeit und Verletzenwollen, von Wunsch und Enttäuschung, von Offenheit und Stummsein, es dreht sich und dreht sich…

In seiner Verletzbarkeit und seinem Argwohn merkt Paul nicht, wann die Stacheln meiner Wehrhaftigkeit eingezogen sind.

Herbstliche Stille. Abschied nun doch in den gilbenden Bäumen und den braun gewordenen Gräsern.

Als ich über die mexikanische Malerin schrieb, übernahm ich von ihr eine Empfindung. Wenn sie auf ihren Bildern die Melone rund und unversehrt malte, tat sie kund, daß Glück und Zufriedenheit sie ausfüllten, daß sie voll innerer Harmonie war. Harmonie war in ihrer Vorstellung rund.

So fühle ich mich. Die Rundheit schließt auch mein Schreiben mit ein. Als ich nach dem Erfolg der anderen sah, machte es mich unglücklich und krank. Mein Selbstbewußtsein war zerhackt und zerstückelt. In der eigenen Mitte zu ruhen und aus ihr heraus leben und schreiben zu können, bedeutet Harmonie.

Es ist gut, um Stärken und Schwächen zu wissen. Sie sind das Unverwechselbare. Ich muß nicht sein wie andere.

Heute reizt uns der Park eines ehemaligen Landlords als Ort mittäglicher Rast. Die Räder stellen wir vor der Steinmauer ab und überklettern sie mit unserem Picknickbeutel.

Wir finden einen umgestürzten Baumstamm. Ich breite die Serviette darüber aus und decke den Baumtisch mit unseren Köstlichkeiten. Die Mittagssonne wärmt. Die Wipfel der Bäume rauschen. Links unten liegt eine Weide. Darauf äsen weiße Kühe. Zu der Vornehmheit des Anwesens gehören keine Schwarz-Weiß-Gescheckten. Dohlen lassen sich vom Wind tragen, schweben, gleiten, stürzen.

Paul fragt nicht – Und wo steht dein Baum?

Denke ich also für mich selbst über den Ahorn nach.

Wünsche sterben mit ihrer Erfüllung, das Wollen ist Teil des Ewigen… Eigenwillig streben seine Äste aufwärts. Sie drehen, winden, kreuzen sich auf ihrem Weg nach oben. Der Kampf um Identität spielt eine große Rolle. Ich muß nicht sein wie andere… Dieser Interpretation der Druiden bringe ich viel Sympathie entgegen.

Auch, daß der Ahorn in ihrem Verständnis ein friedlicher Baum sei.

Er kann so alt werden wie die Eiche. So wird mich keine Gier nach Leben treiben. Und ich nehme den Rat des Druiden an: Schätze dich hoch ein, dann mußt du dich nicht wichtig nehmen!

Als mein Vater vor achtzehn Jahren das Gartengrundstück am Rande der Stadt kaufte, wollte er den Ahorn fällen, weil er zu dicht am Häuschen stand und zuviel Laub abwarf. Jeden Herbst entbrannte ein erbitterter Kampf zwischen uns beiden. Unter Tränen habe ich den Ahorn verteidigt, nicht wissend, daß er mein Baum war. Endlich hatte ich mich mit dem Satz behauptet: der Ahorn steht unter meinem persönlichen Schutz!

Nun habe ich mich unter den seinen gestellt.

Paul hat jetzt den Kuchen herausgeholt. Ich schaue mit Interesse zu, wie er sich in reiner Selbstvergessenheit ein Stück nach dem anderen abschneidet und ißt. Die Hälfte des Napfkuchens hat sich bis auf einen kümmerlichen Kanten reduziert, den Paul fragend betrachtet, dann zu der Meinung gelangt, ihn für morgen aufzuheben, lohne nicht.

Ich beobachte an mir ein animalisches Phänomen: Futterneid.

Obwohl ich meine Mahlzeit längst beendet hatte, hole ich mir Butter und Käse und Brot wieder hervor und beginne von neuem zu essen.

Bist du nicht satt gewesen, fragt Paul.

Der unser Tisch und unser Thron war, erzählt die unhörbare Geschichte seines Lebens. In jedem Ring hat er ein Lebensjahr von sich gespeichert und sagt nun, ob es unbarmherzig trocken war und wann viel Regen fiel, ob es ein karges oder üppiges Jahr war, wann Frevler seine Haut verletzten und Narben hinterließen. Wann er bluten mußte und wann Sonnenlicht speichern.

Ich liebe Baumgeschichten.

Vielleicht sollte man mit feinem Spürsinn herausfinden, was den Baum grünen macht und vor dem Verdorren schützt… und wir würden dem Sinn unseres Lebens näherkommen.

Hinter der Weide mit den schlohweißen Kühen, die den Eindruck vermitteln, wir seien in einen Märchenfilm geraten, liegt ein Friedhof aus dem 15. und 16. Jahrhundert. Die Gräber dieser Zeit ragen nur noch als Steinkuppen aus dem Rasen. Hinter der Kapelle steht ein gedrungenes Steinkreuz, als sei es aus einem Kreis herausgeschlagen. In der Mitte ist ein Bronzeplatte befestigt mit vier fliegenden Vögeln. Die der kleinen Plastik zugrundeliegenden Idee berührt mich. Die Vögel scheinen sich von dem Stein gelöst zu haben und streben im freien Flug der Weite des Himmels zu.

Heute leisten wir uns die Freiheit, ohne Blick auf die Karte dorthin zu fahren, wo es uns am schönsten dünkt. Anziehend sind die Berge. An ihren Hängen stehen seltsame Tempel. Sie erweisen sich als aufgegebene Silberbergwerke. Der Ort, den wir dann durchfahren, nennt sich Silvermines.

Hier dringt er noch einmal in mein Bewußtsein – der irische Humor und der so ganz anders geartete Umgang der Iren mit leerstehenden Häusern in geschlossenen Gemeinden. Werterhaltend und -schützend sind die Fenster und Türen zugemauert. Die verputzten glatten Flächen werden bemalt. Keine Graffiti-Sprühereien, sondern Szenen aus dem täglichen Leben. Entweder lehnen die einstigen Bewohner mit ihren Katzen und Hunden grüßend am Fenster oder spähen übellaunig hinter dem Gardinenvorhang nach dem Wetter. Heimliche Trinker sind zu beobachten, wie sie ihre Flasche aus dem Versteck holen. Oder junge Frauen gewähren bei weit geöffneten Fensterflügeln voyeuristischen Zugang, wenn sie das Nachtgewand fallen lassen und ihre Morgentoilette beginnen. Die Bilder sind so einfallsreich und bunt wie das Leben selbst. Und sie erheitern den Durchfahrenden.

Ein kurzes Gedenken meinen Freunden der Landstraße, den vierbeinigen Globetrottern. Dreimal sind sie uns begegnet. In der Einsamkeit der Berge von Donegal, in der steinigen Weite von Connemara, und plötzlich sehe ich ihn über die Felder auf uns zuspringen. Zu erkennen sind sie an ihren schmutzigen Bäuchen, die ich mir zunächst nicht erklären konnte.

Er ist groß, mit sehr hellbraunem Fell, und eine Mischung von Schäferhund und Bernhardiner. Er erkennt auch mich als eine Ruhelose der Landstraße und will ein Stück des Wegs mit mir gehen. Die Zunge hängt ihm hechelnd aus dem Hals. Er läuft neben meinem Rad. Ich rede mit ihm und frage, woher er kommt, wohin er will.

Unterwegs sein!

Ihm zuliebe fahre ich langsamer. Er hält sich treulich an meiner Seite.

Am Straßenrand steht eine Riesenpfütze des letzten Regengusses. Der Hund wirft sich wie ein Errettender in ihre Mitte und verharrt reglos. Ich begreife – er sucht Abkühlung für seinen vom Lauf erhitzten Körper.

Ich hoffe, daß er mich, durch die Pfütze aufgehalten, wieder allein des Weges ziehen läßt. Nach fünf Minuten taucht er neben mir auf. Ich sage ihm, daß ich nicht so frei bin wie er, und er besser daran täte, sich einen anderen Weggefährten zu suchen. Er will aber nicht. Die Verantwortung, die ich für ihn zu fühlen beginne, wiegt schwer. Ich sehe mich mit ihm am Airport von Shannon stehen.

Als er begreift, daß ich von Paul an einem Tor erwartet werde, schwenkt er jäh ab und jagt in den Landlordbesitz.

Einmal müssen wir doch auf die Karte schauen, als die Zeit naht, an den Rückweg in unser Hexenhäuslein zu denken. Haben wir uns unmerklich seitlich in die Berge hineingeschoben, geht es jetzt in einem rasanten Auf und Ab zum Lough Derg zurück. Unser Weg führt uns so hoch, daß wir tatsächlich den einzigen Sandweg erleben, grasbewachsen und ameisenüberwandert. Fäden des Altweibersommers streifen uns. Wir schieben unverdrossen unter der Nachmittagssonne unser Rad, und ich scheine so unsensibel zu sein, daß ich nicht einmal bemerke, daß heute die ‚schweren' Taschen fehlen.

Unser Herbergsmütterlein händigte uns am Morgen den Haustürschlüssel aus, weil es zu einer Verwandtenfeier eingeladen sei. So herrscht im Haus bittere Kälte. Da ich morgen in Limerick zumindest mit frischgewaschem Haar erscheinen möchte, muß ich es mir mit kaltem Wasser spülen.

Wenn ich schreibe, dann bin ich. Ich gerate in einen gereizten Zustand, wenn ich daran gehindert werde. Es ist, als ob ich mein Gesicht verlöre und nicht mehr weiß, wer mir im Spiegel entgegenschaut.

Identitätsverlust.

Martin kennt diese Krisen an mir. Er leidet mit unter ihnen. Wie jetzt Paul. Doch Martin weiß, wenn er meinen nervösen Tonfall wahrnimmt, daß er jetzt guttut, mir Zeit freizuräumen. Er reagiert nicht gekränkt, wenn ich mich an meine Schreibmaschine setze und unansprechbbar werde. So kann auch er ungehindert dem nachgehen, was ihn interessiert. Wir wissen, das Gefühl füreinander bleibt unversehrt, ja es wächst, wenn jeder nach seinen inneren Anspruch leben darf. Oder weiß ich das erst seit dieser Reise?

Martins Verantwortung für mein Schreiben und den Freiraum, den ich dafür brauche, erreicht die obere Grenze, wenn er eifersüchtig meint, daß ich meine Zeit nicht mit Enkelkindern vertun soll. Aber sie sind Leben. Wie auch Irland auf dem Rad Leben war. Wie anders soll die Fähigkeit genährt werden, Leben zu beschreiben?

In der Ausgewogenheit liegt das Glück.

Ich finde an diesem Abend, ich kann nicht alle Freizeit, die mir verbleibt, Paul widmen.

So ziehe ich mich in innere Emigration zurück und beginne, meine Irlandeindrücke festzuhalten.

Erwachen im dunklen Zimmer. Das Bett ist eine warme Höhle. Als Paul den Vorhang ein wenig beiseite schiebt, um nach dem Wetter zu schauen, sind die Scheiben beschlagen. Wer steht zuerst auf? Ich nicht!

Morgens vermag ich nicht in meinem zu Buch lesen. Das Buch gehört zu meinem Einschlafrhythmus. Paul greift nach seinem Buch und verweigert sich unserem morgendlichen Gespräch.

Die Zeit bis halb neun wird entsetzlich lang.

Es ist Protesthaltung, wenn Paul liest.

Wie er abends mein Schreiben respektierte, respektiere ich nun sein Lesen. Nur, ich wollte ihn nicht bestrafen! Das Leben kann kompliziert sein!

Die unausgesprochenen kleinen Dinge machen das Zusammenleben unschön. Über-übermorgen werde ich mit Martin frühstücken!

Auf dem Weg nach Limerick

Es sind nur 40 Kilometer bis Limerick. Der Nachmittag ist für den Stadtbummel vorgesehen. Böll hat über diese Stadt geschrieben, und ich bin neugierig auf sie geworden. Er war am Vormittag eines Donnerstags in Limerick eingetroffen. Heute ist ebenfalls ein Donnerstag.

Wir fahren auf einer Nebenstraße noch immer am Lough Derg entlang. Die Ausblicke auf den See, die Landschaft um uns ist viel zu lieblich, viel zu schön, viel zu harmonisch, viel zu reich, um ‚mein' Irland sein zu können. Paul sagt, so stelle er sich die Schweiz vor.

Ich weiß nicht, ob Schönheit als ästhetische Kategorie objektive Kriterien besitzt. Liegt sie in den sanft schwingenden Bergen mit ihren dunklen Waldsäumen, den sonneüberstrahlten Wiesen mit ihren wie Alleen anmutenden Einfriedungen, ist es die Nähe und die Bläue des Sees, der sich von unserer sehr hohen scenic route in seiner Größe und Weite, seinem klüftigen Ufer und seiner Inselwelt überschauen läßt? Ist es die vormittägliche Stille, die über dem Land liegt? Auf einer seiner Inseln entdecke ich den abgebrochenen Turm eines Klosters.

Es ist wie Urlaub.

Seltsam – bisher habe ich meinen Irlandaufenthalt nicht als Urlaub empfunden. Es war Suche und Finden. Sehnsucht und Verwinden. Ich glaube, die Trauer um die verlorene Heimat ist abgearbeitet.

Mir wurde bewußt, wo Trauer und Gewinn lagen. Was ich an Verantwortung fühlte gegenüber den einst vertrauten Dingen, war mit deren Verlust ebenfalls verloren. Eine lähmende Leere war in mich gefallen, ich fühlte etwas von Sinnlosigkeit des Lebens. Ich mußte begreifen, daß in der Vertrautheit auch Enge herrschte und Grenzen gezogen waren.

Das ist mir unter der Weite des irischen Himmels bewußt geworden. Neue Horizonte zeigen neue Verantwortung. Mein Glücksgefühl ist heute größer als der Schmerz des Verlustes.

Zum erstenmal treffen wir in Irland auf ausgewiesene Wanderwege. Wir erreichen das hübsche Städtchen Killaloe. Es liegt, wo der Shannon River den Lough Derg verläßt.

Killaloe ist älter als das gegenüberliegende Städtchen Ballina, schmucker, geschichtsträchtig. Seine Straßen schmiegen sich den Ausläufern der Bernagh Mountains an. Ich stelle mein Rad an der Uferpromenade ab und tue Paul meinen Wunsch kund, in das Städtchen zu gehen. Da Paul sich als Bestimmer fühlt, gibt er keine Erlaubnis. Es ist das erstemal, daß er sich so strikt einem Anliegen von mir verweigert. Je näher unser Abflug rückt, umso heftiger geraten wir in den schmerzhaften Sog etwas Unwiederbringlichen. Ich werde aufmüpfig.

Gut, sage ich, dann warte in Limerick auf mich!

Ich lasse mein Rad stehen und gehe.

Eines habe ich in Irland begriffen – mein Rad wird mir nicht gestohlen. Die Iren sind ein ehrliches Volk.

Wie oft bin ich an Häusern vorbeigefahren, wo an den Haustüren vertrauensvoll der Schlüsselbund hing. Wie oft haben unsere Räder unangeschlossen gestanden, mit allem Gepäck.

Weit wage ich mich dann doch nicht. Bis zur Kathedrale mit ihrem reichverziertem Portal. Der Schaft eines Hochkreuzes zieht mich an. Runen. Rätselhafte Zeichen.

Erst im dritten Jahrhundert u.Z. haben die Kelten begonnen, ein Alphabet zu schaffen. Die Ogham-Schrift. Ihre Buchstaben setzten sie aus Strichen zusammen, höchstens fünf. Die Striche standen quer oder diagonal zur Mittellinie. Die Schrift läßt sich noch immer schwer übersetzen, weil ihr Inhalt zum Teil verschlüsselt und mystisch ist. Die Ogham-Schrift wurde nur für Inschriften verwendet. Es wurden Hinweise zur Person gegeben. Die vertikalen Zeichen bedeuteten schon in früher Symbolik Festigkeit, Aufstieg, das aktive männliche Prinzip, während die horizontalen Zeichen für Ruhe, für Erde, für das Weibliche standen.

Da die Kelten ihr Wissen nicht schriftlich fixierten, sondern es mündlich als lebendiges Wissen weitergaben, waren die Verse der Barden von großer Sprachgewalt, explosiver Kürze und rhythmischer Eindringlichkeit.

Den Shannon vor Augen fallen mir Worte ein, die fast einer Beschwörung glichen:

Fischreiche Flut,
Fruchtbare Erde,
Fülle von Fisch,
Fische dort!
Vogel unter der Welle,
Gewaltiger Fisch,
Schlupfwinkel der Krabbe,
Fülle von Fisch,
Fischreiche Flut!

Ich muß noch einmal an meine Schulzeit denken. Mit welcher Lust lästerten wir mit unseren Lehrern über den ‚alten Zopf' des Auswendiglernens. Es kam darauf an, das Gelernte zu verstehen und mit eigenen Worten wiederzugeben.

Und eines Tages fielen die eigenen zusammengesuchten Worte, die mit aller Unklarheit behaftet waren, durch das Raster der Erinnerung, weil der momentane Blitz der Erleuchtung längst vergessen war. Das Auswendig-Gelernte stand dagegen abrufbereit im Gedächtnis und erhielt mit zunehmender Reife eine immer größer werdende Dimension der Erkenntnis.

Mit scheußlichem Reuegefühl sehe ich Paul an dem grünen Gitter der Uferpromenade lehnen und auf mich warten. Ich stürze in den Bäckerladen und kaufe ihm zwei Stück gefüllten Streußelkuchen. Er nimmt das Versöhnungsangebot verwundert an.

Die vorletzte mittägliche Rast an einem kleinen See. Zum erstenmal benutzen wir eine für die Autofahrer oder Touristen errichtete Holzbank mit einem davorstehenden gezimmerten Tisch.

Jeder Gedanke, der sich dem Wort ‚das letzte oder vorletzte Mal' verbindet, legt sich wie ein dunkles Tuch über uns. Darunter blitzt unter allen Zipfeln die Freude auf Zuhause hindurch.

Limerick kündigt sich an.

Stadtnähe ist selten attraktiv. Industrieanlagen legen sich wie ein häßlicher Gürtel um die Stadt. Verstärkt flattert die Europafahne. Sie wird in Irland geehrt. Die Iren wissen Europas Hilfe zu schätzen. Sie stehen dankbar zu den goldenen Sternen im Kreis auf blauem Feld.

Einige Flecken vor Limerick haben sich dennoch als Villengegend erhalten. Hier liegen verträumte B&Bs. Für uns sind sie zu weit von der Stadt entfernt. Für unseren Limerickbummel wollen wir auf die Räder verzichten.

Seitlich fahren wir in die Stadt ein. Die Gegend mutet wie ein Arbeitervorort an. Arm und anspruchslos. Dieses Mal stellt Paul mich auf einer Verkehrsinsel ab, an der sich die großen Straßen kreuzen. Es ist auch die dabei, die zum Airport führt. Paul begibt sich auf die Suche. Ich habe es bis zum letzten Tag nicht begriffen, warum ich ihn dabei nicht begleiten darf. Sicherlich verbirgt sich eine ritterliche Geste dahinter.

Kurz bevor ich den Erstickungstod durch Abgase erleide, erlöst mich Paul von der Insel. Das B&B gleicht eher einer Herberge. Es gibt mehrere Zimmer in mehreren Stockwerken. Für uns jedoch nur eines mit zwei viel zu dicht stehenden Betten. Die anderen Zimmer sind von jungen Männern belegt, die irgendeinem Sportverein angehören. Da es sehr viele sind, haben wir Mühe, auch einmal in Toilette und Duschraum zu gelangen. Im ganzen Haus riecht es nach gegrillten Würstchen.

Daß uns die bevorstehende Abreise nervös macht, läßt sich kaum noch verbergen. Daß die Grenzen gegenseitiger Toleranz erreicht sind, ebenfalls nicht. Paul will der Frau des Hauses unser morgiges Frühstück in Auftrag geben, da erleidet er einen Blackout, und ich helfe mit ‚cheese' aus. Paul fährt mir unwirsch über den Mund: Unterbrich mich doch nicht!

Mein freundlicher, charmanter Paul!

Da ich nicht nachtragend bin, mache ich mich erwartungsfroh an Pauls Seite auf den Weg in die Stadt. Auf alle Fälle weiß ich, was ich für Anna und Laura kaufen will und daß ich unbedingt etwas Originelles für Rahel finden muß. Zum Glück stellt Jeanne mit ihrem knappen Jahr noch keine Ansprüche.

In meine neugierige Erwartung mischt sich leichter Streß.

Die lange, verkehrsreiche Straße führt an niedrigen, grauen Reihenhäusern vorbei. Hinter der berühmten Thomond Bridge, die über den Shannon führt, liegt die Burganlage mit ihrer wechselvollen Geschichte. Wikinger und Anglo-Normannen entdeckten als erste die günstige Lage dieses Fleckens, wo sich der Shannon zu seiner 80 Kilometer langen Trichtermündung verbreitert. Mit den vier kurzen, runden Türmen wirkt die von den Engländern errichtete und immer trutziger umgestaltete Festung heute seltsam gedrungen, kompakt und uneinnehmbar. Doch wo sie sich im Fluß spiegelt, verschwimmt sie zu zitternder Unwirklichkeit.

Als Paul mich auf ein lichtloses, vollgestopftes Geschäft aufmerksam macht, das auf der gegenüberliegenden Straßenseite liegt und sich mit Antiquitäten ausweist, wehre ich mit den Worten ab: Ach, der alte Krempel! Paul wirft mir einen maßlos enttäuschten Blick zu und sagt: Das hätte ich nie von dir erwartet!

Ich mache ihm den vernünftigen Vorschlag, uns für zwei Stunden zu trennen, damit jeder in Muße seinen Neigungen nachgehen kann. Dieses Angebot weist Paul mit Entrüstung und als Zumutung von sich. An seinem gehetztem Schritt spüre ich die innere Unrast, die ihn treibt. Ich bitte ihn, etwas langsamer zu gehen. Er tut es widerwillig. Er hat auch beim Laufen noch 21 Gänge drauf und ich sieben.

Alles, was ich sage und tue, ballt sich im Moment wieder in seinem Innern zu einem großen Vorwurf zusammen.

Was wir jetzt von Limerick durchlaufen, ist so häßlich, ein so seltsames Konglomerat von alten, verkommenen Lagerhallen und gläsernen Neubauten, daß Enttäuschung sich auszubreiten beginnt, die ich Herrn Böll anlaste. Ich habe seine Beschreibung von Limerick so stimmungsvoll düster in Erinnerung. Er ging zwischen Moos und alten Mauern auf verlassenen Straßen mit einem Gefühl von Einsamkeit und Trauer.

Unser Donnerstag nach mehr als vierzig Jahren ist sonnenüberstrahlt mit fast hochsommerlichen Temperaturen. Verkehr umbraust uns. Menschen hasten mit Einkaufstüten und Kindern an der Hand an uns vorbei.

Ich frage nach dem Zentrum. Irgendwo muß doch die Stadt auf sich selbst stolz sein, zu ihrer Geschichte stehen. Es ist die drittgrößte Stadt Irlands!

Paul hat sich nun doch bereit erklärt, sich für anderthalb Stunden von mir zu trennen. Nach dem Einkaufsbummel wollen wir ein letztes Mal gemeinsam speisen. Wir verabreden uns vor McDonalds. Aber nur, weil wir zufällig davorstehen und uns hier verabschieden.

Jetzt beeindruckt mich die Stadt. Habe ich bisher ‚schäbiger Charme' gedacht, fühle ich mich plötzlich in meinem Aufzug mit Jeans und Anorak und zusammengebundenem Haar etwas deplaziert.

Ich bewege mich auf dem Schachbrettmuster des Stadtteils Newtown Pery und fühle mich nach Amerika versetzt. Solche breiten Straßen in rechteckiger Anordnung kenne ich aus amerikanischen Filmen. Lange gerade Häuserzeilen. Mir wird der Widersinn bewußt. Georgianischer Stil mit dem Spiel des Vor- und Rückspringens der Fassaden und der gestaffelten Höhe. Die Häuser haben ein Stockwerk mehr als in Birr. Die Parallelstraßen der Hauptavenue werden immer ärmlicher, je weiter sie sich von dieser entfernen. Nur ihre Geradheit und Länge bleibt dieselbe.

Überpünktlich stehe ich vor McDonalds. Neben dem Eingang sitzt ein Mann. Ein Bettler? Das sehe ich zum erstenmal in Irland. Er mag um die fünfzig sein. Es ist ein intelligentes, kluges Gesicht. Graumelierter Vollbart. Mit fahriger Hand streicht er manchmal über Haar und Bart. Er macht keine Gesten des Bettelns. Ist dieses Auf-der-Erde-Sitzen nicht Selbsterniedrigung genug? Die Passanten dürfen auf ihn herabschauen. Etwas in meinem Verständnis von Menschenwürde fühlt sich verletzt. Vielleicht geht es dem Mann nicht gut?

Ich überprüfe unauffällig seinen Aufzug. Im rechten Schuh fehlt der Schnürsenkel. Sonst ist seine Kleidung korrekt. Etwas liederlich wirken die aufgekrempelten Jackenärmel seines Jacketts, weil die helle Futterseide sichtbar wird.

Da nähert sich ihm eine Frau. Sie mag so alt sein wie ich. Sie trägt ein hübsches Sommerkleid, weiße Riemchensandaletten mit hohem Absatz und ist auf eine aparte Weise geschminkt. Ihr Haar ist dunkel und zu einer Frisur gesteckt. Sie sagt etwas zu ihm. Der Mann reagiert nicht. Seine Körpersprache ist einzige Ablehnung. Die Frau geht in die Hocke, um sich aus ihrer überlegenen Position zu begeben. Sie öffnet etwas ratlos ihre Handtasche und sucht nach dem Portemonnaie. Sie öffnet es und zückt unsicher einen Geldschein. Der Mann sagt etwas. Sehr leise, sehr kalt. Die Frau schiebt das Geld zurück, schließt das Portemonnaie und reicht es dem Mann. Der rutscht ein sichtbares Stück von ihr ab.

Mir wird bewußt – der Mann ist kein Bettler, auch wenn er sich als solcher ausgibt. Sein Problem ist die Ehe. Die beiden sind Mann und Frau.

Die Frau redet eindringlich, beschwörend. Der Mann tut, als sei er taub. Da setzt sie sich entschlossen zu ihm.

Ich bewundere ihren Mut, ihre Überwindung und achte den Beweis ihrer Liebe, den sie ihm damit erbringt.

Es ist ein absurdes Bild, die beiden vor McDonalds sitzen zu sehen. Es berührt mich. Und ich wünsche der Frau, daß ihr gelinge, den Mann aus der Höhle seiner verzweifelten Einsamkeit und seines Stolzes zu holen.

Paul winkt von der anderen Straßenseite. Ich renne über den Damm, hake mich bei ihm ein und verkünde, daß ich nun mit großen Hunger unserem gemeinsamen Mahl entgegensähe. Als Paul ein vornehmes Restaurant ansteuert, halte ich ihn zurück. Ich will mir nicht von Minderwertigkeitskomplexen den Appetit verderben lassen. Paul muß lachen. Er sagt: mir gefällst du so, wie du bist! Dafür bin ich ihm dankbar. Ich will mich nicht verkleiden müssen, um jemandem zu gefallen. Trotzdem verkleide ich mich gern, und wenn Franziska für meine Tochter gehalten wird, dann triumphiert in aller Stille die Eva in mir.

Da wäre ich am vorletzten Tag beinahe Opfer des Linksverkehrs geworden. Daß ich die ganzen vier Wochen auf der linken Straßenseite fahren mußte, habe ich gut und schnell verinnerlicht. Aber daß ich beim Überqueren einer Verkehrsstraße erst nach rechts schauen muß, war gegen die eingeschliffene Gewohnheit. Ein junger Mann reißt mich im letzten Moment vor dem Auto zurück.

Unser Restaurant liegt dann doch in der etwas ärmeren Parallelstraße. Mißtrauisch beobachte ich, wie der sehr freundliche, blonde junge Mann alles, was ich essen möchte, einschließlich des rohen Broccoli und der Scheibe roten Lachs in die Mikrowelle schiebt. Nein – das war kein würdiges Abschiedsessen! Wir gehen in die Hauptstraße zurück und suchen nach einem vornehmeren Café. Vor dem Spiegel ziehe ich mir eines der Ohrgehänge aus Sterlingsilber ein, die ich für Anna gekauft habe. Kompromißlösung meiner Eitelkeit.

Der schwarzhäutige Ober weiß nicht, was Paul unter Cake versteht. Und Paul will keinen Käsekuchen, weil er nur cheese versteht. Schließlich essen wir kalten Apfelstrudel und trinken den letzten Irish Coffee in Irland.

‚Grau wälzt sich der Shannon unter alten Brücken hindurch: zu groß, zu breit, zu wild dieser Fluß für die kleine düstere Stadt' – so schrieb Heinrich Böll. Erst als wir zum Fluß hinuntergehen, wird mir bewußt, daß das alte Limerick eine Shannoninsel ist. Sein Wasser ist um diese sechste Stunde zu purem Gold geworden. Und es ist die Stunde der Flut. Seine Wildheit scheint mit dem hereinfallenden Abend gebändigt. Sanft und ruhig ist er geworden. Und eitel spiegelt sich die Stadt in ihm. Jede Fensterscheibe von Limerick, am schäbigsten Haus, am häßlichsten Bürozenter gleicht einem kostbaren Karfunkel. Die Sonne hat ihre Taler über die Stadt gestreut. Und über ihren Dächern türmt sich rotgolden getufftes Wolkengestein.

Diesen Eindruck nehme ich von Limerick mit.

Da ich an diesem Abend sehr aufmerksam zu Paul sein möchte, verzichte ich auf Schreiben und Lesen. Wir tragen beide gemeinsam unsere Eindrücke vom Tage zusammen. Es macht Spaß.

Plötzlich fällt in unsere freundliche Beschaulichkeit wieder der Vorwurf meiner sieben Gänge. (An jenem Abend hatte ich es noch immer nicht begriffen, daß die sieben Gänge meines Fahrrads für Paul nur Synonym waren.)

Ich hätte weinen können vor Zorn.

Mein rotes Rad hat sich als stabil und zuverlässig erwiesen, und ich liebe es!

Daß auch an diesem Abend das leidige Thema auf dem Tisch steht, provoziert mich. Ich gerate in einen seltsamen Zustand von Außer-mir-sein. Von Limerick ist es nur ein Katzensprung zum Flughafen. So schlage ich vor, noch einmal nach Ennis zu fahren, um dort die alten Photographien zu kaufen, die ich in keinem Touristenzentrum mehr gesehen habe.

Ich nehme mir vor, Paul an diesem letzten Tag zu beweisen, daß ich mit meinen sieben Gängen und meinen schwereren Taschen durchaus und mühelos an seinem Hinterrad bleiben kann. Ich verkünde laut: Morgen werde ich dir eine Freude machen!

Ich glaubte es allen Ernstes!

Beim Frühstück sagt Paul, in dieser Nacht träumte ihm von dem ‚hinreißenden' Antiquitätengeschäft, das er nicht aufsuchen durfte. Alle Schätze der Welt hätten dort gestanden! Zu einem Spottpreis! Die großen Doggen aus weißem Porzellan hätten Tränen geweint, daß er sie nicht aus ihrem dunklen Dasein erlöste. Und die wunderschönen alten Uhren hätten allesamt geschlagen, meinen Worten vom alten Krempel zum Trotz. Der Traum sei zu einem Alptraum geraten.

Ich bezweifle, daß Paul ihn wirklich geträumt hat. Er will noch einmal unterstreichen, daß ich ihn tief enttäuscht habe.

Ich biete ihm an, bevor wir Limerick verlassen, zu diesem Geschäft zu fahren. Paul lehnt es ab. Er möchte seinen Vorwurf nicht hergeben.

Auf dem Weg nach Shannon Airport

Vor uns liegen 60 Kilometer. Zu Dreiviertel ist uns die Strecke bekannt. Heute ist Radfahren angesagt und nicht ‚Land mit der Seele suchen'. Es liegt ein seltsames Vergnügen darin, den Abstand zu Pauls Hinterrad nicht größer als einen Meter werden zu lassen. Ich spüre Pauls Verwunderung und sein Bemühen, mich abzuhängen. Nach zehn Kilometern fragt er mich:

Fahre ich dir zu schnell?

Nein. Im Gegenteil!

Mit meiner ungewohnten Fahrweise kann sich Paul keine Wartepause gönnen. Wenn er sonst den Berg bezwungen hatte, wartete er in der Regel auf mich. Heute gebe ich ihm keine Gelegenheit sich auszuruhen. Nach 20 Kilometern zieht Paul seinen Pullover aus, nach 40 seinen Anorak. Und in unserem Quartier angekommen, fällt er zum erstenmal unserer vierwöchigen Tour in einen Erschöpfungsschlaf.

Paul ist unfähig, mit einem Wort unseren Fahrstil an diesem Tag zu kommentieren geschweige seinen Vorwurf zurückzunehmen oder ein anerkennendes Wort zu spenden. Er nimmt es nicht zur Kenntnis. Seine unumstößliche Wahrheit ist – ich habe sieben Gänge und er einundzwanzig.

Wir erkennen Ennis nicht wieder. Waren an jenem Sonnabend vor vier Wochen die Straßen leer, denn es war die Stunde des Gottesdienstes, haben wir jetzt Mühe, mit unserem Rad durch die engen Gässlein mit den vielen bunten Geschäften zu kommen. In den Touristenstrom, der an diesen Laden- und Pubfronten hoch- und zurückfließt, sprudeln aus allen Richtungen übermütige Quellen. Schüler. Es ist die Zeit des – school is over, oh what fun, lesson's finish, play began –, wenn nicht wieder Ausflugstag ist. Es perlt und schäumt, es lacht und ruft, und die mittelalterliche Stadt wird jung. Ich verliere Paul immer wieder aus den Augen. Mir wird bewußt, daß die Zahl der Kinder und Jugendlichen fast die Hälfte der Bevölkerung der Republik Irland ausmacht.

Ennis ist heute nicht unsere Stadt. Das erfolglose Suchen nach den alten Photographien in dem überfüllten Touristenzentrum läßt uns die Stadt schnell wieder verlassen, soweit es räderschiebend möglich ist.

Das gibt es nicht! Am letzten Tag sehen wir sie doch. Nicht in Aktion, sondern abgestellt auf dem toten Bahnhof – eine irische Lokomotive. Wie oft, wie lange haben Paul und ich auf irischen Brücken gestanden und auf die Gleise gestarrt. Einmal glaubten wir, ein grünes Licht zu entdecken und warteten geduldig. Wir wurden nicht belohnt! Und die irischen Schranken, die so ganz anders funktioniert hätten als in Deutschland… Sie sollten die Züge vor den Autos schützen, fand Böll. Einige der Schrankenschlösser habe ich untersucht. Sie klapperten in einer verrosteten Sprache. Nun steht sie hier in Ennis, und Martin hätte seine helle Freude an ihr. Ich kann sie nicht einmal photographieren, weil ich Paul an diesem Tag nicht enttäuschen will.

Auch wenn sie nicht mehr fährt, diese Lok der ‚West Clare Railway', der Komponist und Sänger Pery French hat ihr ein Lied gewidmet, das immer noch gesungen wird – dieses Lied hat Böll'sches Flair.

Mittagsrast halten wir in Abbey Quin. Hier nahmen wir zum erstenmal unser Picknick ein. Heute das letzte. Die Abtei ist verschlossen, obwohl die Tafel tägliche Öffnung ab zehn Uhr verheißt. Es ist ein Tag vor Oktoberbeginn. Wir sitzen in der Sonne zwischen den Grabsteinen. Dann gehe ich noch einmal über den Friedhof und denke an das Gekritzel in mein Kalenderbuch, als ich an einem depressiven Tag beflissen Gründe zusammentrug, warum ich denn doch nicht mit Paul die Radreise machen wollte.

Diese Kapitulation vor dem eigenen Anspruch! Kapitulation vor dem ‚Das macht man nicht!'. Negative Erfahrungen wie ein Wehr um mich aufgestellt und die Feigheit, sich dahinter verschanzen zu wollen.

Enge und Mutlosigkeit!

Noch einmal lasse ich mich von irischer Sonne durchströmen. Ich bin eine andere als die vor vier Wochen. Es ist weit und frei in mir geworden. Der Alltag, der mich erwartet, hat seine dunkle Schattenkraft verloren. Ich fühle mich bereit, seine Herausforderung anzunehmen. Mir ist ein Mehr an Heiterkeit und Vertrauen zugewachsen. Ich fühle mich stark. Und glücklich. Ich habe Eingebungen gefunden und meine Antennen für die innere Stimme geschärft.

Und ich sehne mich nach Hause.

Die unsichtbare Mauer zwischen Paul und mir ist der dunkle Punkt dieses Tages.

Und ich hege die bange Vermutung, daß Paul meine Karte zu den mittelalterlichen irischen Gesängen verschenken wird. (Doch er tat es nicht!)

Fünf Kilometer vor Shannon suchen wir uns zum letztenmal eine Unterkunft. Die Airportnähe macht sich bemerkbar. Es gibt viele B&Bs. Sie sind alle belegt. Diesesmal ist es keine Ausrede. Wir werden an die nächsten Bekannten und Freunde weiterempfohlen, wieder und wieder, fort von der großen Straße. Immer schmaler werden die Wege im fruchtbaren Land und die Häuser immer feiner.

Ich glaube, mich verhört zu haben – zum erstenmal besteht Paul auf zwei getrennten Zimmern. Vielleicht aus dem Bedürfnis, sich aufs Bett zu werfen und ungestört eine Stunde zu schlafen.

Sofort nach unserem Abendbrot verläßt Paul mein Zimmer mit dem Hinweis, daß wir ja noch packen müßten. Als wenn wir nicht jeden Morgen das Quartier mit Sack und Pack verlassen hätten!

Und es ist wie in Westport – ich kann nichts schreiben, ich kann nicht lesen. Ich kann nur an Paul denken und daß es nicht recht ist, daß jeder den letzten Abend allein verbringt. Daß es widersinnig ist, falsch und einfach nicht gut. Ich muß den Rückzug hinter seine Mauer nicht akzeptieren.

So klopfe ich an Pauls Tür und sage: Ich lade dich ein. Komm in mein grünes Zimmer!

Und ich lese ihm aus dem irischen Märchen vor, das ich für Paul oder für mich selbst oder für den Dichter geschrieben habe.

‚Es war einmal zu einer Zeit, und eine gute Zeit war es, aber es war nicht meine Zeit, noch deine Zeit, noch irgend jemandes Zeit, da hatte der Mann den Namen der Frau enträtselt. So begab er sich auf die Suche nach dem Regenbogen. Am Abend vor der Silbertannennacht entdeckte er ihn. Und er sah, daß sich die Himmelsbrücke über das Wasser des Ozeans spannte und auf einer kleinen Insel sich verankerte. Er schlug aus dem festen Holz der Esche ein Boot und ruderte zu der Insel.

Die Nacht ist still, die Nacht ist schön,
im Winde die Choräle wehn.
Am Himmel jubilieret es,
an stein'gen Klippen frieret es.
Und tief im Herzen singt es leise
nach eigenem Reim und eigner Weise:
viele Jahre warst du nicht da –
nun gibt es dich – halleluja!

In den Morgenstunden erreichte der Mann die Insel und fand das Häuslein, steingeschichtet, strohgedeckt. Er hauchte an die Scheiben und schrieb das Wort. Da wird, wo der Regenbogen das Haus berührt, die Tür sichtbar, die sich öffnen läßt.'

Noch einmal gehen wir in die Nacht. Es ist nicht Vollmond, und es sind nicht die Berge von Connemara und nicht Atlantiknähe. Es ist ein Weg, erlenbewachsen, über abgeerntetes Ackerland.

Abschied ist immer ein wenig wie Sterben. So fühlen wir uns.

Ich hake mich fest bei Paul unter, und wir schreiten aus, als gäbe es noch ein Ziel zu erreichen. 1400 Kilometer liegen hinter uns. Wir laufen weit. Keiner von uns beiden spricht. Es leuchtet nicht einmal ein Stern. Und es geht kein Wind. Ab und zu raschelt ein Tier im Gesträuch. An einem großen Feldstein bleibe ich stehen.

Jetzt umarmen wir uns, sage ich. Und ich versichere dir, diese Reise wäre mit keinem anderen schöner gewesen – nur anders eben.

Paul umarmt mich, und ich weiß, daß ich ihn mag, sehr mag und daß ich so etwas wie Verantwortung für ihn fühle.

Auf dem Heimweg tragen wir Gedanken zusammen, suchen nach Worten, Begriffen, verwerfen sie, einigen uns, was unsere Hymne auf dieses Land beinhalten soll:

Die Freundlichkeit seiner Menschen.

Der irische Himmel mit seinen unbeschreiblichen Wolken.

Die Sonne.

Vollmond über dem Atlantik.

Wind und Sturm als Herausforderung.

Die Weite des Ozeans.
Bewunderung und Ehrfurcht den Steinwällen.
Der Mut, in der Kargheit des Landes zu leben.
Die Bescheidenheit als Alternative.
Die weißen Berge und die Klippen.
Das grüne Hügelland mit seinen Schafen.
Das Singen der Kinder auf dem Schulweg.
Freiheit und Armut der Travellers.
Die keltische Vergangenheit mit ihren Rätseln.
Die Märchen und Sagen von Helden und Feen.
Und immer wieder seine Menschen, die etwas von dem besitzen,
an dem die Welt gesunden könnte.
…
Die Brombeeren und die Geste des Schenkens.
Und unsere Freundschaft, den sieben Gängen zum Trotz.

Am nächsten Morgen bin ich mit meinen Gedanken bei Martin, bei meinen Engelmädchen. Ein feiner Regen sprüht. Wir brauchen eine knappe Stunde zum Shannon-Airport.

Noch einmal will mir Paul etwas kaufen, für sein letztes Geld.

Hebe es auf für die nächste Reise!

Mit dir?

… Ja.

Ich sterbe vor Aufregung und Freude. Ich komme als eine der ersten durch den Zoll. Ich kann nicht auf Gepäck und Fahrrad warten. Ich sehe Martin hinter der Glasscheibe stehen, mit bewegtem Gesicht. Ich weiß nicht, wie ich es fertig bringe, durch alle Türen und Kontrollen zu schlüpfen. Ich liege in seinen Armen. Ich wollte gegen die Tränen ankämpfen…

Barbara!

Da ist er, mein Name, der verlorene, der wiedergefundene, in einer neuen Dimension!

Danke.

Inhalt